歌德学院（中国）
翻译资助计划

# DIE GRUPPE 47

Als die deutsche Literatur
Geschichte schrieb

HELMUT BÖTTIGER

# 四七社

## 当德国文学书写历史时

[德] 赫尔穆特·伯蒂格－著
张晏　马剑－译

東方出版中心

# 目　录

# 引　言
# 位于市场、权力和媒体之间的文学

一个幽灵在德国的文学发展中作祟——四七社的幽灵。尽管它已不复存在近半个世纪了，但是，它却依然在各种争论中神出鬼没——时而作为鬼怪，时而作为榜样，时而又作为鉴戒。大多数人都是通过谣传和观点鲜明的结论得知它的意义的。此外，这个作家组织中的几个主角至今依然决定着关于文学的讨论，这个事实也对用何种方式谈论它产生了很大的影响。当君特·格拉斯、马塞尔·赖希–拉尼茨基、马丁·瓦尔泽公开露面或者发表他们的看法时，就还总是会在媒体上产生最强烈的反响。他们是论争的高手，是讨论和一系列文章出现的导火索。他们可能已经走向了不同的极端，但却始终仍然引人关注。尽管有些人回避他们，摆出拒绝或者轻视的态度，但是，他们的名字却一如既往地成为商标。和后面几代作家中的大多数代表人物相比，即使已近耄耋之年，他们仍然能够做到处于中心地位。出现质疑是显而易见的，因为这些作家从四七社那里学到了形成其公共影响的机制。文学在那里变成了经营活动，在人们还没有形成对于雄辩术、现代交流手段和网络化联络的实践的概念之前，四七社的聚会已经是一种实际的操作。

初始的条件实在是再理想不过了——一开始是一年两次，人们聚在一起待上三天，而这三天正是文学生活的催化剂。没有与之竞

争的任何活动，没有任何节日或者其他的大事——所有的一切都聚
10 焦到了四七社每年的聚会上。因此，便可以更加准确地观察，文学发展在这里是如何变得越来越活跃的，所有在今天看来理所当然的事情又是如何在这里得到了发展——尤其是还包括了媒体化和商业化的各个方面。关于四七社有大量的研究和分析一点都不足为奇。尤其是在其1967年解体后的20年里，它是一个被人广泛讨论的对象。它使得学术性的成果和普及型的作品形成了一股巨大的洪流。在这个过程中，这个团体对于联邦德国社会和文学生活的无法估量的意义被假定成了客观事实，人们近乎疯狂地以各种不同的独立视角对它进行剖析。但是，值得注意的是，迄今为止还没有出现任何一部全面描述这个团体及其历史的作品。虽然论战变得越来越尖锐，但是，除了海因茨·路德维希·阿诺尔德撰写的、由罗沃尔特出版社出版的那部简明扼要的论著和他在哥廷根主持的更具学术性和系统性的《文本+批判》项目之外，迄今为止还几乎没有一种更大规模的将四七社作为一个整体进行思考的尝试。也许该由时间去利用这个历史的距离，将四七社描绘成一种极其有趣的现象，描绘成文学史上的一个篇章，而不是立刻陷入盲目的追随或者恶意的拒绝。长期以来，广播电台档案里保存的团体讨论的录音，还有与团体带头人汉斯·维尔纳·里希特通信的值得赞扬的编辑萨碧娜·科法拉于1997年发表的那些信件，都为此奠定了一个坚实的基础。

在此期间，最吸引人的莫过于这个团体曾经发挥的社会功能，这个功能如今尤其已与君特·格拉斯的人格、与他对自己所要求的那种道德审判合而为一。提到四七社，人们会自然联想到一些具有社会民主色彩的社论一类的东西。然而，直到最后，在团体聚会的讨论中都只是具体地谈论被朗诵的文学作品。泛泛而谈或者甚至脱离文
11 学内容的较为狭窄的范围都是一种禁忌。赫尔穆特·海森比特尔常常被引用的一段具有讽刺意味的声明看似主要是针对一种占据主导

地位的社会民主的道德："假如人们尝试着中和'四七社'作家们所有的文风，那么结果就会是西格弗里德·伦茨的风格。"[1]

这主要是海森比特尔的一个狡猾的尝试，以便将人们的注意力从这个团体对于他本人产生的作用上引开。因为自1955年起他一直都参加聚会，而且很早就被看作是这个团体的"吉祥物"——一位勇于作出尝试的作家，在一定程度上达到了诙谐和荒诞的效果。不久之后，海森比特尔便被视为现代的、将语言用作材料创作诗歌的知名作者，并且，他也明显地将这一点——就如他发表的见解所表达的那样——用作了高级的商标，但是，四七社却是他唯一可能参与的论坛。对于具有他这样的特点的人来说，没有另一个这样的舞台。约阿希姆·凯泽在他关于1964年在瑞典锡格蒂纳举行的、被普遍看作四七社对外影响达到顶峰的聚会的报告中写下了这样的语句："海森比特尔胜利地终结了锡格蒂纳聚会。"[2]这无论如何具有某种重要的意义。

虽然君特·格拉斯由于《铁皮鼓》所获得的意外成功成为这个团体最著名的作家，但是，他和尤其崇尚一种纪实性现实主义的团体的发起人汉斯·维尔纳·里希特却"掩盖"了这样一个事实——不久之后，各种完全不同的"音域"都得到了发展。20世纪60年代初期，格拉斯、里希特和少数几个留下来围绕在首领身边的死忠就在审美方面陷入了守势。这种情况的发生不仅是因为"吉祥物"海森比特尔，而且尤其是因为诸如彼得·魏斯、赖因哈德·莱陶、于尔根·贝克尔或者还有亚历山大·克鲁格这样的作家。克鲁格是1962年参与发表有关全新的德国电影的文件《奥伯豪森宣言》的作家之一，在同一年他还被里希特邀请参加团体在柏林的聚会，并且从这一时刻开始便成为聚会最独具风格的作家之一；除了他不同寻常的、打破常规的拼贴画般的文本之外，他还是文学与电影早期联系的代表。这里只会略微提及的还有以胡贝特·费希特、彼得·O.肖特耶

维奇或者彼得·汉特克为代表的最早的德语流行作家的出现以及他
12 们所引起的激烈讨论。

四七社始终都是矛盾而异类的。它远远超越了其召集人汉斯·维尔纳·里希特，而在它所代表的文学立场方面，它又无论如何无法与他相提并论。自50年代中期之后，里希特本人在审美判断方面尽可能地保持克制，仅仅还发挥着组织者、接待者和讨论主持人的作用。在此过程中他有时也承认，对于那些首先确立了四七社文学意义的作品他并不是非常能够接受——那些与直接评价他的同龄人的世代更迭的经验和战争经历不再有关的作品。然而，关于真实过程的具体了解消失得越多，里希特和格拉斯就越发明显地处于评判的中心。一个典型的例子便是关于“社会民主现实主义”的妙语，马丁·莫泽巴赫2011年9月在斯德哥尔摩瑞典皇家科学院的一次讲话中使用了这个词。[3] 这个词虽然非常尖刻，但却根本没有切中四七社50和60年代作为核心作品被加以讨论的文本的要害。四七社的发展过程同时也反映了一种特殊的联邦德国文学生活的出现，其原因也在于，在这里能够第一次听到一些重要而崭新的文学的声音。在聚会上展开的审美争论和在这个过程中相互碰撞的各种见解，是联邦德国才智发展的一个重要的文化史见证。正如下面的章节所展示的那样，即使对像海米托·冯·多德雷尔、阿尔贝特·菲戈莱斯·特伦或者保罗·策兰这些后来常常在总体上被称为见证了四七社局限和短视的作家，评判的结果也一定大相径庭。

在此期间，保罗·策兰出席1952年春天在波罗的海边举行的聚会已经演变成了一个独特的神话。经常被人谈论的是汉斯·维尔纳·里希特的一次猛烈的攻击，并且很快变成了一个独立的故事。
13 这个主题非常复杂。但是，这里应当指出，对于策兰来说，四七社无论如何不是他的主要问题。在后来的记述中被人们忽略的是，策兰曾经准确地记录下针对他的诗歌和他本人的富有侵略性的攻击从何而来——来自那些颇具影响力的评论家，他们既像一个领导集团，同时又作为四七社最强硬的对手出现。这里，有两个名字需要特别提及——一个是君特・布勒克尔，在策兰与德国文学界的关系当中，他对1959年出版的诗集《语言栅栏》的反犹太主义的严厉批评成为最重要的催化剂。[4] 另一个则是汉斯・埃贡・霍尔特胡森——60年代，他充满了怨恨和带着一种对诗歌的狭隘理解发表了对于策兰的第二篇后果严重的批判文章。[5]

在联邦德国成立后的最初几年里，过去的民族社会主义的痕迹随处可见——无论人们怎样试图将这些痕迹消除。四七社的成员尽管大多数都错误地认为自己置身事外，却仍然深受影响。人们必须非常认真地看待这个作家群体的存在在当代历史方面的前提条件——他们经历了很多非常矛盾的过程。由于60年代四七社对于市场的统治地位，人们便忽视了它直到50年代中期依然默默无闻的事实。那时，还有另外一种完全不同的氛围占据着上风——一种“高度文明”的形式，它将“德意志精神”当作一些始终完好无损之物加以崇拜，而在其中宗教的比喻发挥了最主要的作用。当时与此密切相关的作家有汉斯・卡罗萨、恩斯特・维歇特、维尔纳・贝根格林、斯特凡・安德烈斯或者鲁道夫・亚历山大・施罗德。在所有的领域内，民族社会主义时期个体的延续性是毋庸置疑的，无论是在政治上还是在文学中。无论是在社会的日常生活中还是上至部长级人物和科学院的领导机构，公开的民族主义和反犹太主义的腔调并不是什么新鲜事。即使是四七社在开创时期也充斥着那种被民族社会主义无孔不入地影响着的德语。在由阿尔弗雷德・安德施和汉斯・维尔
纳・里希特创办的、大致意味着四七社开端的杂志《呼声》中，人们 14
也能够清楚地感受到这种影响，而恰恰在阿尔弗雷德・安德施这个人身上，在很长一段时间里各种不同的影响都得到了展现——他崇敬恩斯特・云格尔就像崇敬让-保罗・萨特或者威廉・福克纳以及

托马斯·沃尔夫风格的美国小说家一样。

然而，四七社却是为数不多的几个论坛之一——对于文学来说是唯一的论坛，它摆脱了官方对语言的控制和仇恨，把握住了民主社会的一些新的形式。只有在想象着那些框架条件时，人们才能够认识到，这个过程是多么的艰难。在如何评价民族社会主义时期自身行为的过程中，区别最为明显。比如，弗兰克·蒂斯——当时一个推崇种族—民族主义的畅销书作家，也是占主导地位的文学官员中的一个，就将自己描绘成了深受纳粹毒害的牺牲品，而作为从一开始就留在德国的少数人中的一个，君特·艾希则承认自己并不是反抗的战士。在四七社当中，人们还能够看到德国特有的精神创伤、意识形态和欲望的压抑。此外，那些倔强而又自命不凡的年长的“内心流亡者”和四七社那些年轻的士兵们还有一个棘手的共同点——一种对于那些在纳粹上台之前就逃往国外的流亡者的反感。然而，即使是在这一点上，四七社内部的发展也无法取得一致。比如，里希特就曾经邀请与自己有着共同审美倾向的瓦尔特·梅林无论如何要来参加一次团体的聚会——但是，恰好是那个血气方刚的、深受阿多诺的批判理论感染的约阿希姆·凯泽，在团体讨论过程中激怒了流亡者梅林。里希特几乎是有计划地将那些流亡者排除在年轻的、还默默无闻的四七社的自我发现之外，这一方面是因为代沟的存在，另一方面也是由于对于作家角色的不同的定义。汉斯·维尔纳·里希特与著名的、在媒体中联络广泛的赫尔曼·凯斯滕关系的发展就极具
15 代表性。需要认真看待的是里希特本人在30年代中期在巴黎将近一年的流亡生活的经历——民主和左翼力量的自相残杀、流亡者们内部的争斗都令他感到恐惧；对于魏玛共和国结束时开展论战的习惯，他有一种反对的冲动。

四七社为什么局限于纯粹文学的讨论，它的主要动机也就在于此。但是，恰恰是它看似荒谬的社会政治功能却又显而易见地扩大

了它的影响。如今回想起来，它在1967年似乎就已经过时了，这看起来几乎是不可避免的；在这个时刻，四七社已实现了它的目的。但是，从今天的角度看，始终令它仍然具有现实意义的是它对于文学市场形成的参与。这是里希特在开始的时候并没有准确把握的一个视角，尽管作为非常有才干的组织者和谋略家，他已经认识到了媒体的重要性，并且从很早就开始建立起网状的联络体系。然而，以1958年格拉斯《铁皮鼓》的问世作为充满激情的开端的四七社的文学政治成就却硬生生地从里希特身上碾压了过去——在那之前不久，他还想过从文学的舞台上隐退并且只投身于一些社会政治活动，比如议会外的反对派和“反对核武器致死的斗争”。然而此后，作为老练的活跃分子，他便马上认识到了一些机会的出现，这些机会都是四七社广泛开展的对于联邦德国的各种辩论和他作为信息传播者的与日俱增的影响造成的。

从起初在内部进行的工作坊讨论发展而来的对联邦德国文学发展的臆造首先就是从四七社流传出来的东西。这里，文学和媒体被彼此联系了起来，这里，成功与失败、公共反响的机制都得到了发展。因此，能够成为四七社个体化象征的与其说是君特・格拉斯，毋宁说是汉斯・马格努斯・恩岑斯贝格。假如没有四七社这个舞台，恩岑斯贝格就不可能如此高超地掌握其独特的驾驭媒体的技能。早在25岁时他就加入了这个团体，在这里，他能够直接施展很早就被他在理
论上认定的当代作家最重要的才能——与公众的相互联系。他设置 16
了至今仍然在文艺副刊上使用的符号，凭借他的自我描写、他的各种手法、他的论辩文章，作为时代精神先锋的他始终为联邦德国知识分子的行动提供标准。虽然恩岑斯贝格早年深受阿多诺批判理论的影响，但他却并不想被动地接受其关于“文化产业”的分析，因为这对于他来说太过具有“文化悲观主义色彩”。他并不情愿地阐释他在延续阿多诺的思想中被称为“意识产业”的事物，其意义就在于学会

利用媒体，“参与到它们危险的游戏之中”，[6]将它们在作者的意义上工具化。于是，恩岑斯贝格便成为今天文化记者这一角色的榜样。几十年中，他总是能作为第一批人中的一个察觉到即将发生的事物，时至今日，他已毫无争议地成为一个制造喧哗的头领。他是四七社在文学政治方面的最好的学生。

在四七社及其周围环境里，人们第一次体会到，文学的聚会也能够成为“重要的事件”。瓦尔特·赫勒雷尔1960年之后在西柏林举办的系列朗诵会——其中就有在议会大厅举行的——气势咄咄逼人，带给文学的介绍与接受一个新的维度——电视第一次出现在这里，新的展示方式在这里得到了试验，作家们在这里允许主持人公开地提问——这些都是在当时还非常不同寻常、需要慢慢适应的事情。文学发展也经历了一个事先无法预见的繁荣时期。

下文就将描述这个充满矛盾的过程。在四七社解体之后，尤其是在70和80年代，在文艺副刊上一再出现一种仪式，也就是这样的问题——我们是否再次需要一个四七社？这个组织的解体在文学发展中留下了一个巨大的漏洞，一种引人注意的“幻肢痛”一直存在，这样的讨论每隔几年就会重复一次，常常是出现一篇赞成和一篇反对的文章作为今天争论文章的开路先锋。马塞尔·赖希-拉尼茨基在克拉根福策划的英格博格—巴赫曼文学竞赛显然是有意在延续
17 四七社的传统，而君特·格拉斯以工作坊朗诵和讨论的形式组织了由他设立的阿尔弗雷德—德布林奖则完全模仿了汉斯·维尔纳·里希特，1995年，他还出版了一本题为《关于德语文学的五十五份问卷》的集子，其中对当代作家提出了这样的问题：“我们需要一个新的‘四七社’吗？”[7]几乎在同一时间，作家赫尔曼·金德发表了一篇论战文章，在其中将四七社描写成了文学发展的领头人生硬地压制后辈作家的典型事例——即使在其“寿终正寝”之后很久，看似依然存在。[8]

然而，本书却无须再参与任何一场关于四七社的带有感情色彩的讨论。它拉开显而易见的距离来描述四七社——把它当作一个历史的现象，连同它所有重要的、某些自相矛盾的结果。当然，这个现象与时代有直接的密切的联系，无论如何不会直接与今天的文学实践有关。但是，某种反响现在却仍然偶尔存在。比如，在2011年的一个讨论1963年四七社聚会的影片节选的电视节目中，当代最重要的女作家之一西比勒·勒维查罗夫就断言：当时，这些作家们“真的确信，文字是有影响力的，确信无论如何有类似于写作的道德背景原则一类的东西存在”。“时代已然向前。对此，人们也可能会感到遗憾。作为作家，凭借写作进入那些极其多样的不同体系中并不美妙。假如我可以选择的话，坦白讲，我更希望在旁观望……”[9]

今天，是否需要一个新的四七社的问题已经很久没有人提出来了。但是，有时候这个问题却又出人意料地再次出现，就像一个幽灵，被神话承载，被猛烈地攻击或者被怀旧地神化。在这一点上，再一次更加准确地观望无论如何都是值得的——再次探究这个对联邦德国文学史产生过如此持久而深刻影响的团体存在的意义。

18

# 序幕
# 巴恩瓦尔德湖的魔女

当年四七社建立的地点现在是一个宿营地。12位不知名的作家于1947年9月费了很大力气来到了伊尔莎·施耐德–凌耶尔的住所，在信件的题头上，这幢房子使用了“巴恩瓦尔德湖庄园”的名称，这是一座低矮的、近乎三层的建筑，屋檐下面的墙壁已经倾斜。今天，那里居住着在巴恩瓦尔德湖畔为宿营者提供补给的报刊亭的女老板，房子周围小心翼翼地围起了一圈木栅栏。然而当年，这幢房子却一定给人留下了截然不同的印象，它孤零零地矗立在湖边，像一座别墅，女主人也是独自一人居住在这里。许多年之后，她仍作为“巴恩瓦尔德湖的魔女”鬼魅般成为附近施万高周围村落里人们的谈资——一位充满神秘色彩的、奇特的女士，她看起来总是以某种方式从事着艺术工作，和当地的其他人几乎没有任何来往。即使是关于的她的生辰也是众说纷纭——1910年还是1903年？——但是，这位身材高大的女士却在1947年明显地焕发了青春，导致人们产生了莫名的恐惧和“防御机制”。她长发飘飘地骑着一辆摩托车兜风；将手指甲染成红色；她身穿各种相当醒目的裙装和长长的裤子，搭配很多引人注目的装饰，这在那个年代和在那个地区对于一位女士来说还都是极其不得体的。而人们在酒馆的谈话中必然会提到的她与男人们的故事又自然而然地提升了她自身的魅力。

1947年7月，在上巴伐利亚阿尔滕伯尔因一处贵族后裔的住所举行的一次作家聚会上，伊尔莎·施耐德–凌耶尔遇到了并不十分喜欢这次活动的汉斯·维尔纳·里希特——他认为，人们必须把这样的一个活动搞得与众不同，更有朝气，更有批判性。在他看来，问题仅仅在于举办的地点——在战后德国被占领的时期很多事情都是临时抱佛脚。而对于伊尔莎·施耐德–凌耶尔来说，这次聚会能够在她 19
那里举行根本不是问题——她拥有湖畔的这栋房子连同地产，而且她还拥有捕鱼的权利，这对于膳食供给来说会是极其必要的。1945年，她的父亲，一位巴伐利亚的主任林务官去世。她继承了所有遗产，搬迁到了菲森附近的巴恩瓦尔德湖边——在从事了几年人种学和艺术研究之后。在少数对这位女士的回忆中一再出现的“另类”这个词也与她的身世有关——在民族社会主义者“攫取政权”之后，她从柏林逃往法国，在那里，她在超现实主义运动的圈子里活动。

20世纪20年代中期，她在柏林莱特俱乐部的摄影学校里接受了她的第一次艺术培训。[1]在那里，她展现出对于艺术品，尤其是雕塑摄影的浓厚兴趣。同时，她还学习了艺术史和人类学，与包豪斯的重要人物建立起联系，结识了匈牙利犹太建筑师和画家拉斯齐洛·凌 20
耶尔并嫁给了他。在巴黎流亡期间，她作为摄影师为一些杂志工作，也出版了一些艺术影集——比如关于宗教崇拜的面具，关于希腊的赤陶或者米开朗琪罗、多那太罗和罗丹。在法国被占领后，巴黎的艺术活动环境也发生了显而易见的变化。伊尔莎·施耐德–凌耶尔越来越频繁地前往父母亲居住的巴恩瓦尔德湖，并且最终与她的丈夫分道扬镳。一则谣言说，她甚至为他找到了一个新的女人。

在汉斯·维尔纳·里希特的遗物中可以找到她主要的艺术作品之一——1934年皮珀出版社出版的《面具的世界》——一幅关于人的陌生化和伪装程序的内容广泛的全景画，涵盖各个大洲，其生命力尤其在于许多令人感到惊讶的图片。给汉斯·维尔纳·里希特的献词的令人惊异之处并不在于它的表述——“衷心地献给汉斯·维尔纳·里希特，作者，1948年9月”——而是在于它的形式——手写的印刷体字母，小心细致地笔画笔直，几乎像是用一个样板写出来的；一种看上去没有任何人情味的、客观化的字体。而她在巴恩瓦尔德湖畔作家聚会上朗诵的诗歌看似同样来自另外一个世界。1952年，她的诗集《九月阶段》作为阿尔弗雷德·安德施主编的丛书《法兰克福工作室》的一本出版，几乎与此同时，英格博格·巴赫曼的处女作《被缓期的日子》也在这套丛书中出版。在1962年这个作家团体的影响力达到顶峰时出版的《四七社年鉴》中，收录了施耐德–凌耶尔付梓的五首诗歌中的第一首：

**言语**

魔女们无法言语地从屋里飞出
茅舍的铁门闩平地而起
人应当防范危险的狼群的
毫无声息的眼皮　言语是一种无法解释的
声响　人因此而身体有恙

21 这首诗里的“魔女”一词看似是伊尔莎·施耐德–凌耶尔对于她的近邻——雄高的农夫们——的一种抱怨。但整首诗其实更像是女作家从超现实主义的巴黎带来的一场游戏，而对于这场游戏而言，在战争刚刚结束的德国还缺少任何一种基础和任何一个可以想象的环境。在汉斯·维尔纳·里希特于这一时期策划的、从未出版的杂志《蝎子》的免费样刊上，施耐德–凌耶尔写了一篇关于“让–保罗·萨特、超现实主义和反萨特主义者”的文章，她断言，超现实主义已经“萨特主义化”了：“海德格尔的哲学在法国绽放出了锈红色的花朵。一个秋季已经来临。这个秋季存在于一个被毁灭的和一个尚未存在的真理之间的风暴中——一片空白。”[2]

正如在多篇描述中所能查阅到的那样，面具、书籍和图像深深影响了这位难以捉摸的、充满异域风情的女士的住宅。她每年春天都给她的摩托车涂上一种新的颜色，这令菲森乡下的居民感到十分困惑，就像她的超现实主义的诗歌也使四七社一头雾水一样——她参加了这个团体最初的六次聚会，还有一次是在1957年。作为久远的回忆，她也在团体后来的历史中神出鬼没。尼古劳斯·松巴特也早去了巴恩瓦尔德湖畔：“一位身材苗条、深色皮肤的女士和我们打招呼，她的眼神微斜，满头长发浓密乌黑，上面扎着一条织成彩色的发带。一位女魔法师，她成功地用一种温柔的、神秘的微笑驯服了这一群闯入了她的王国的野蛮人。她本来应该叫美人鱼……她与我们所有人都截然不同，对于我们当时的标准来说，她就是一种非常非德国化的现象，是一种属于一个陌生的世界主义文化范围的存在。她是一个居无定所、没有固定身份的女人，匆匆忙忙、背井离乡、难以捉摸，像水神一样。”[3]

先锋派的杂志策划人和小出版商赖纳·M.格哈特在与美国的先锋派建立联系方面远远地超越了他的时代并且遵循着一个极端现代主义的文学纲领，他在丛书《悠步画廊》的第二本中为“伊尔 22
莎·施耐德-凌耶尔主编”的《印第安绘画》作宣传，1954年他又宣布将出版同一编者主编的名为《木偶》的画册。1957年，当她最后一次出现在四七社聚会上时，柏林的《信使》报再次这样描述了她：“一位黑人诗歌的天才的女译者，一位野生动物和热带丛林的欣赏者，异域饰物的佩戴者，现在，她又戴着很多这样的饰物再次出现了。”[4]然而，在此之后，伊尔莎·施耐德就再也没有出现在文学史上。

20世纪60年代，1948年在普弗朗顿出生的、正在菲森上中学的年轻的格哈德·克普夫多次拜访了她——对于就住在附近的一个离群索居的孤独的文学爱好者来说，伊尔莎·施耐德–凌耶尔的生存方式恰恰在这个时期明显地隐藏着一种重要的承诺。在其1983年出版的长篇小说处女作《心之遥远》当中，克普夫描述了他与这位陌生的、迷人的、代表着不同的生活世界的女士的交往，在回忆中，他把她称为“青春的女伴”。尽管他给他的回忆打上了虚构的烙印——伊尔莎·施耐德–凌耶尔在小说中变成了虚构的人物“卡尔琳娜·皮洛蒂”——但真实的原型却一再被清晰地勾勒出来：“卡尔琳娜穿着一条引人注目的彩色的、有大型鱼骨图案的裤子，膝盖以下裤子的小腿部分被裁成了喇叭形，一点皱褶都没有。接缝的左右两边点缀着很多小铃铛，每活动一下、每快走一步这些铃铛都会发出一种陌生的声响。据说，这条裤子是她在墨西哥买的，人们有时候会因为这条裤子而谈起她来，也因此会谈起现在才引起我注意的墨西哥的刺绣。我觉得这件衣服简直太棒了，非常漂亮，而且在这个地区这样的穿着是极其大胆的。她的肩膀上散乱地披着一条产自玻利维亚的带着短穗的类似斗篷的披肩，由棕灰色的美洲驼毛织成，带有并不起眼的波纹图案。对此下次详表。”[5]

1947年9月2日，也就是聚会前一个星期，汉斯·维尔纳·里希特致信伊尔莎·施耐德–凌耶尔：如果来参加的人数比预计的十个
23 多出一到两个，那么他和另一位也许是他带来的、来自慕尼黑广播电台的“博士”就“准备在地板或者贮藏草料的顶棚里的什么地方睡觉了。估计所有的参会者是不会在意这件事的。”[6]后来，他回忆起——记录下来的字迹现在已经模糊不清了——参会者是如何从慕尼黑前往巴恩瓦尔德湖的：因为在上巴伐利亚的维尔海姆没有继续前行的火车，所以他们就搞到了一辆带有木制汽化器的卡车，与其说这辆车是在行驶，毋宁说是在摇摇晃晃地向前走，大家都坐在敞开的载货平台上。

终于到达目的地后，正如参会者弗莱雅·冯·乌里施在其日记

中所记录的那样，伊索尔德·科尔本霍夫立刻脱光了衣服跳到了湖里，于是，几位未来的作家都羞怯地转过了身去，与此相反，其他人则"饶有兴趣地"注视着这位"年轻的爱神"。[7] 乡村的环境，新天鹅石堡和旧天鹅堡几乎都在视野之内，一定使这些参会者感到非常兴奋。玛丽亚·弗里德里希——后来德国袖珍图书出版社的出版商海因茨·弗里德里希的妻子——是唯一的一个在媒体上报道了四七社第一次聚会的人——在法兰克福的一家发行时间很短的名叫《纪元》的报纸上，而且还使用了她出嫁前的名字玛丽亚·艾巴赫。在这篇报道里，伊尔莎·施耐德-凌耶尔的庄园被称为"鱼庄"，这并非偶然，因为在那个饥饿的年代里，尤其是对于大城市的人来说，吃鱼是一种格外特殊的经历。几年后，瓦尔特·科尔本霍夫回忆道："到达巴恩瓦尔德湖后，我们看到了那幢房子，我们所有的人都要在此过夜，那是一幢孤零零地位于湖畔的建筑。我不知道我们是如何度过那个夜晚的，大多数人都睡在了地板上，作为首领的里希特当然获得了一张床。但是我们却睡在了地板上。接着就出现了第二个问题。我们睡眠不足、饥肠辘辘、仍然很疲倦，我们想要吃早饭。什么？施耐德-凌耶尔女士事先做了准备，她四点钟就起了床，把船划到湖里，捕到了狗鱼、鲈鱼和我不知道名字的鱼。她把这些鱼煎了，于是我们每个人都吃到了一块鱼，这就是四七社的第一顿早餐。"[8] 来自波罗的海乌泽多姆岛班辛的汉斯·维尔纳·里希特不断地提到被他视为一道"美味"的狗鱼——"不同寻常的、难得一见的一餐"："当时还实 24
行每天1 800卡路里的食物配给，还有很多人食物很少，常常没有东西吃，当时还是已经没有价值的帝国马克的时代，但是，一切还都模糊不清，没有人知道，明天或者后天下面的路会走向何方。"[9]

女主人不仅每天早晨4点划船到湖上去捕鱼，她还用她那老旧的摩托车拉来了一麻袋她在菲森黑市上买来的土豆。玛丽亚·弗里德里希（原姓艾巴赫）在她短文的结尾处这样写道："当天光几乎再次大亮的时候，施耐德–凌耶尔朗读了她的超现实主义诗作，以此将一种独特的因素带入了这个团体之中。她给那些吃惊的耳朵留下了能够长久回响的强烈印象。”[10]无论如何，一种认识显而易见——在巴恩瓦尔德湖畔度过的两天当中，产生了一种由朗读、批评和谈论组成的活力，混合了刚刚过去的时代的棚屋生活和接下来生活的浪漫艺人般的预感。激烈的交流看起来也由于周围景色的偏远才真正成为可能。伊尔莎·施耐德–凌耶尔艺术和生活世界的迷人之处可以被用作标准——它虽然不再显露，但是，在准备后面的聚会时，汉斯·维尔纳·里希特却一再挑选这种位于乡下远离大城市的偏远的地方。半年之后的1948年春，这个现在已经被称为“四七社”的组织的第三次聚会在位于奥登瓦尔德山区西部的尤根海姆举行，里希特在后来的一份刊物上写道，对于他来说，尤其是这次在普法尔茨举行的春季聚会唤起了他对于一个无法复制的不受约束的文人团体的回忆，尽管有人对作为作家的他提出了批判：“一次人们现在几乎无法想象出来的聚会——无拘无束、凌乱邋遢、承载着战后最初几年放纵的生活感觉，带着这一时期的希望……”[11]

50年代中期参加过四七社聚会的露特·莱曼在她2009年出版的具有自传色彩的长篇小说《遥远的姐妹》中，在一些气氛非常凝重
25 的段落里描绘了这种浪漫文人团体感觉的来源。这位1922年出生的女作家让她的女主人公——一位女歌唱家——战后在德国漫游，在海德堡寻找工作时遇到了一个在酒吧卖艺的三人乐队——受雇于美国军队，出现在“为美国军官预订的娱乐场所里”的“大学生”：“没有之前，没有过后，没有深度，没有共同之处，除了在一个脱离了现实的、拥挤不堪的房间里听几个小时音乐，就是在室内柔和的灯火下吃饭、喝酒、跳舞，而在室外，宵禁令使街道上空无一人。……在室外，在战争已经结束与和平尚未到来之间的巨大的混乱中，他们彼此之间毫无关联。每个人都必须看到他是如何适应环境的。战争结束

的混乱和占领国士兵的秩序交织在一起的状态造成了一些荒唐的形式和局面，其中，就像被藏起来的复活节彩蛋一样，会出现各种童话般草率的瞬间，在这些时刻，一切看起来都是可能的。”[12]

这与格哈德·克普夫在回忆伊尔莎·施耐德–凌耶尔这位巴恩瓦尔德湖畔充满异国风情的女艺术家时采用的腔调如出一辙：“她讲述着这些面具，作出解释和说明，谈到各种旅行和被她称为艺术的摄影，她说，这种艺术需要极大的耐心。为了能够理解面具艺术的特点，我听到她说，我必须特别注意哑剧的元素——内在的运动和张力很重要，略微有些摆动，膨胀或者收缩，通过拉紧和放松，节奏会给面 26
部表情带来形式上的秩序。”她还展示了其拍摄的希腊陶罐上女性舞者的照片：“卡尔琳娜·皮洛蒂展开了一张纸，其中一面是她的摩托车，另一面是那些舞者优美的动作。速度与奔放、运动与妩媚，我听着她如醉如痴地讲述。”[13]

直到1950年，在四七社所有的聚会上，这位充满异国情调的女人几乎总是唯一朗读作品的女性。然而，很快人们就发现，她却始终是一个局外人。比如，阿尔布雷希特·克瑙斯就在《新日报》上这样描述了1950年在因茨希克芬举行的春季聚会：“伊尔莎·施耐德–凌耶尔对澳大利亚、印度尼西亚和美洲原始民族文学作品的翻译引起了第一次有关这种翻译活动问题的严肃的讨论。她的短篇小说《游牧人》是一部高度精练的无韵文作品，出自一种极具争议的想象世界，它使人想到了马克斯·恩斯特的插画，这部作品同样引起了争议。”[14]

1958年，伊尔莎·施耐德–凌耶尔不得不将这幢房子卖给了一个工厂主，他偶尔会来，住在一层，而它本来的女主人还拥有二层和倾斜的屋顶。不知道从什么时候开始她销声匿迹了。最后能够捕捉到的关于她的消息是，她于1972年在博登湖莱辛瑙岛上的一所州立精神病医院里离世。

# 27 第一章
# “我们期待，耶稣基督，在黑暗的岁月里。”
## 战后德国文学政治概况

1952年，当来自法国阿尔萨斯的日耳曼学学者罗伯特·闵德在研究最新的联邦德国文学作品读本的时候，他显然非常吃惊：“假如这样的读本落到了月中人手里的话，他就会想：这个德国一定是一个纯粹的农业国、一个农民和市民的国度，他们在彼此关怀备至的家庭中生活劳动，几百年来都已不知道什么是战争、革命和混乱了。”[1]

罗伯特·闵德绝不是一个论战高手。他只是记录下了这一时期氛围的关键之处，记录下了什么是起主导作用的东西。在1945年之后的最初几年里，处于核心地位的绝不是刚刚过去的、加强工业生产的野蛮行为。人们几乎感觉不到纳粹所造成的文明断裂的体验，也少有表明德国所犯罪责的痕迹。德国作家中最重要的几位都已经逃避了民族社会主义的羁绊，仍然生活在流亡当中。然而，即使是在纳粹统治的国家里也仍然有文学作品被创作出来，并且它们的作者也并未离开。

1948年货币改革之后，这些人又重新成了关注的焦点，那时，准许和资助新的文学作品出版的已不再仅仅是占领国。战后几年杂志出版的繁荣景象在1948年之后走向凋敝。现在，大约50到70岁的这一代人占据了报纸和图书市场。他们几乎不约而同地为了自身要求一种“内心流亡”。那时，人们大量谈论着“魔鬼”，谈论着“黑暗的岁月”，谈论着“祸患”。格特鲁德·冯·勒福特这样写道：“罪责已经哭完了。”[2]鲁道夫·亚历山大·施罗德被看作当代最重要的诗人。他是当代德国文学的代表，在几乎所有隆重的庆祝活动上他都要发表演讲。1951年新年前夜，借联邦总统特奥多尔·豪斯新年致辞的机会，他的《德国颂》在广播电台中播出，按照豪斯的愿望，这首诗也应当成为新的国歌，而诗的第一行便包含了全部的信念：“信仰的国度，德意志祖国。”施罗德的宗教文学作品理想地表达了1950年前后德国人的自尊心。他的《宗教诗》主导了报纸的文艺副刊，成了畅销作品： 28

> 我们期待，耶稣基督，在黑暗的岁月里。
> 在冬天的田野里，用你的星座与我们相伴。
> 通常，你年复一年地到来！
> 如今，在混乱的世界里
> 你也要觉察我们的困苦！[3]

对于德国人来说最重要的是，尽管经历了希特勒政权，但德意志“精神”却依然存在。当然，那些流亡者的看法会有些不同。1947年，伊姆加德·科伊恩在从德国寄往纽约的信中写道：“德国的全部土地都散发着谋杀和尸体的臭气，现在，一番关于虔诚的花言巧语正在那里蔓延。在东部地区，他们到处做着不同的祷告。”[4]

托马斯·曼成为核心的象征性人物。而在德国无条件投降之后，作家弗兰克·蒂斯便俨然以其对手的代言人身份自居。1945年8月18日，他在《慕尼黑日报》上发表了题为《内心流亡》的纲领性文章，其中的一段话被人们广泛引用，他认为那些流亡者“在国外的剧院包厢和正厅的座位上观看着德国的悲剧”。但是，关于大多数德国人与托马斯·曼的关系，可能最令人印象深刻的证据是《法兰克福汇报》于1950年6月6日发表在文艺副刊上的标题醒目的为其祝
29 寿的文章——准时祝贺作家75岁的生日。作者是格哈德·内贝尔：“在生日的感慨中忘记托马斯·曼与我们的区别，这件事并没有开始。他朝我们迎面走来，代表了一种甚至会走向愚蠢的对德国的反感，这个民族对这种看似会把他吃掉的冲动的回应是鄙视和愤怒，他曾经属于这个民族，他脱离它的命运并不是在1933年，而是在1945年。这位作家就是一面收集奸诈的邪恶射线的透镜——但是，当然是以一种特殊的方式生成的。就像他的作品、他的思想、他的语言缺少一切最根本的内容一样，这份怨恨也不是跳动的火光，而是微燃的火焰，是以道德评判形式出现的毁灭的兴趣，它并非自由的爆发，而是将一个卡在喉咙里的团子掐住。此外，这份怨恨在世界历史上也不再具有现实意义，它针对的是我们身处其中的全球性内战的一个没落的表现，它是托马斯·曼个人的兴趣。”

在这样的评判里，格哈德·内贝尔并不孤单，附和者大有人在。托马斯·曼的一个表述尤其激起了愤恨——在他《给内心流亡者的回信》中，这位1929年诺贝尔文学奖获得者在1945年9月28日的《纽约建设报》上写道：“迷信可能存在，但是，在我眼里，那些从1933至1945年在德国无论如何得以付梓的书籍却岂止是毫无价值，人根本无法对它们负责。它们上面附着着一股鲜血和耻辱的味道。应该把它们全部捣碎弄成纸浆。”

没有离开德国并且极有威望的作家奥托·弗拉克以这样的表述为契机勾画出了一幅规模很大的政治全景：“诸如维歇特或者卡罗萨这样的作者，或者像我自己这样的为了用母语发言的人都对发表散发着“鲜血和耻辱”味道的作品敬而远之。……德国人已经愚蠢至极，他向现代世界展现了切实威胁到它的危险，这种危险就是在约束被破坏时出现的毫无节制的现象，在困惑当中，德国人已经准备好去

肯定一种恶魔般的分工方式——相同的分工方式让那些过于努力的人去做清理下水道的工作，而与此同时，另一些人却手插在裤兜里轻蔑地观看着。为了使人类能够获得最可怕的经验，得到但愿是永远无法忘记的教训，德国人便采取了火中取栗的办法。"[5]几年之后，这种混合了自我怜悯、执拗和好斗的情绪变得越发活跃，50年代，它得以作为反共产主义的思想被顺利地纳入了冷战思维之中。 30

1948年，托马斯·曼的杰作《浮士德博士》在德国出版。这部作品切中了当时德国人的意识——其出发点是这样一个问题，即德意志文化和民族社会主义是如何能够被放在一起进行思考的。在德国的批评界里，定下基调的是那些在后面几年里权威地决定着德国文化讨论的代言人，尤其是弗里德里希·西堡和汉斯·埃贡·霍尔特胡森。

1932至1939年，弗里德里希·西堡一直在巴黎担任《法兰克福日报》的海外记者。1939年，他被任命担任外交官，1940年，在被占领的法国他被委任为驻巴黎的大使馆参赞。1941年3月，在为"协作集团"所作的题为《法国今昔》的讲话中他解释道："在法国的生活将我培养成了一名战士和民族社会主义者。"[6]1942年，他返回德国。他再次担任记者，并成为贝当元帅——法国伪政府的首脑的荣誉陪同。1948年，作为占领国的法国一直禁止西堡的作品出版。在1949年7月15日的《当代》报上，他用一种混合着塔列朗和海德格尔的圆滑的态度发表了一篇题为《与托马斯·曼和解》的文章："假如我们没有预感到*事情的真相*，那么我们就会说，在《浮士德博士》这部小说的创作过程中，使他的生活变得令人感到压抑的正是对德国的怨恨，其中交织着自怨自艾、情感的爆发、怀疑和公开的忙碌。'对于一个得体的、自由民主的共和国来说，这个国家已经迷失了'，他忧心忡忡地写道。即使在加利福尼亚之外，谁还会总是切身地相信这句话呢？尽管人们可以补充上这个同样令人忧心忡忡的问题——这样一

31 种‘得体’的评价标准到底还能在这个世界上坚持多久？假如那些重要的‘信号传递者们’不是过多地将这种阴郁的猜测与一个特定的国家联系起来的话，那么也许这倒是会为他们带来荣耀。由于诗人的视野被压缩，所以他突然之间变成了一个党徒，变成了一个政党政治家，当然是一个美国的政党政治家。”对此，托马斯·曼在写给他的瑞士朋友奥托·巴斯勒的一封信中作出了回应：“如果您想要对德国人的歇斯底里留下一个强烈而极端的，但却又是非常滑稽的印象，您就去读弗里德里希·西堡在法国占领区的一份报纸《当代》上发表的文章。很可怕。”[7]

在战争结束之后，由于灵活地适应了德国正在演变的时代潮流，汉斯·埃贡·霍尔特胡森作为诗人和杂文家取得了非常大的成功。在这一时期极大地代表了“内心流亡”利益的刊物《水星》上，35岁的霍尔特胡森在1949年的前两期上撰写了一篇长文，题目是《没有超验的世界——托马斯·曼〈浮士德博士〉及其相关文章研究》，同一年，这篇文章还发行了单行本。在文章中他写道：“无法隐瞒的事情是，将路德的名字与纳粹的罪行一口气说出来就是一种戏法。这些罪行是以德国的名义犯下的，但是，难道这个名称不是被滥用的吗？在那些年里，‘德国’在哪里？是在国务总理办公厅还是在那些抵抗战士的小屋里？比如那位令人难忘的莫尔特克伯爵身边的那些人，他们在一个恶魔般的世界里见证了一种至死都保持忠诚的基督教信仰，直到他们不得不在刽子手的绳索上英勇就义，而与此同时，另一个人却在加利福尼亚的土地上怀疑路德的名字，还‘揭穿’了作为魔鬼科学的神学。”

人们能够借助霍尔特胡森自己的生平相当清楚地回答他“在那些年里，‘德国’在哪里？”的问题。自1933年起，他便是党卫军的成员，1937年又加入了民族社会主义德意志工人党，1940年4月，他在月刊《艾卡尔特》上这样写道：“我们前进的意义已有千年的历史。

‘我们要向东方之国行进’，低地德语的骑士团骑士们、中世纪奥托和
霍亨施陶芬时期的居民们就这样高唱过，而今天伴随我们的仍然是 32
同一首歌……”[8]

汉斯·埃贡·霍尔特胡森凭借其杂文集《无家可归的人》成名，多年来，他的立场态度和审美前提都对这部作品起着主导作用。在这里，人们可以清晰地看到，在联邦德国成立初期，四七社是在怎样的环境中展开活动的。对于四七社来说，霍尔特胡森1952年在《水星》上写下的话同样得到了验证：“如果像鲁道夫·亚历山大·施罗德和恩斯特·罗伯特·库尔提乌斯这样的德意志学者共和国的‘元老’们在每天从事文学创作的那些低俗之辈头上互相使个眼色，并没有呈献任何批判的花束，那么，今天德国文学的全部中青年一代便仿佛都遭到了漠视，变得微不足道。因为，在一句维吉尔的诗行的精确而严谨的形式被视为标准的地方，一位现代的长篇小说作家根本不值得讨论。”[9]

无论如何，对于《浮士德博士》的批评折磨着托马斯·曼。他断言：“德国比过去任何时候都更加高傲和自以为是。诋毁我的作品的霍尔特胡森们认为他们正在开展文学批评工作，但是，事实上他们却是德国向过去无法忍受的状况复辟的代言人。”[10]

如果人们想要描绘战后时期文学表达方式的氛围和多样性的话，那么就会遇到一个棘手的问题。因为，人们本来并不希望停留在关于阿登纳时期的乌烟瘴气和关于联邦德国最初几年中复辟的谈话上，就是说不希望停留在按照一定程序重复的表达方式上，而这些方式本身在这期间却有着形成一种特定的污浊氛围的危险。然而，谁越是详细地研究这一时期，谁就根本无法绕过这种氛围。当那些较为年轻的、不知名的作家们寻找一些开放的事物，敢于尝试描写一些未知内容的时候，他们遇到的困难是不能被忽视的。他们都必然会遇到讨论的主导者。1926年，时任科隆市市长的联邦总理康拉

德·阿登纳在看完贝拉·巴尔托克的音乐哑剧《神奇的官员》的首演后禁止该剧继续演出；据说，他认为这是“典型的靡靡之音”。[11]
33 人们根本无法谈论，这种对于艺术的理解在这之前已经发生了根本的改变。人们还应该回忆起的是，那个所谓的“服从条款”直到1957年才在法律上被废除——这项条款授权丈夫决定所有与共同的婚姻生活有关的事务。

今天，人们已经几乎不认识那些代表着主流氛围的、当时文学发展的幕后操作者了。他们被四七社后来产生的影响所掩盖。但是，为了能够更加细致地观察那些年代的特征，仔细地审视两个突出的主角还是值得的。

弗兰克·蒂斯，生于1895年，直到20世纪50年代中期，他一直都是德国重要的作家之一，始终都很活跃。凭借一部关于那不勒斯的男高音歌唱家恩里克·卡鲁索的双重叙事小说，他在公众中获得了真正的成功，这部作品被多次再版并授权给读书俱乐部销售。由此，蒂斯与鲁迪·舒里克关于“卡普里岛渔夫”的流行歌曲所取得的成就无缝对接，并成为50年代德国向往意大利的先锋派人物。1950年，德国作家保护协会——最核心的作家组织——在一个少见而庄严的仪式上授予弗兰克·蒂斯荣誉会员的称号。此外，1950年他还在德意志语言与文学创作协会的第一次会议上被选为副主席。1955年，他最终在美因茨成为协会文学部的主席，并由此变成了令人惊讶地在法国踏上“二次流亡”之旅的阿尔弗雷德·德布林的继任者。一位像弗兰克·蒂斯这样的作家以他的方式代表了德国的发展。比如1929年，他这样写道：“民主在德国已经超越了其如日中天的声望，已暴露出了它思想上的匮乏，已失去了青年的好感。”[12]他拒绝了魏玛共和国，他的政治态度具有看重等级和精华、混合了普鲁士和容克风格的特点。他无论如何蔑视希特勒。蒂斯觉得自己高于小市民的乌合之众和无产阶级大众。

对于阿登纳领导下联邦德国最初几年的思想氛围来说，弗兰克·蒂斯的立场特别具有启发性。他与民族社会主义德意志工人党 34
没有关系，他不是纳粹。但这却并不是最重要的。更为重要的是，弗兰克·蒂斯代表了从魏玛共和国开始、经过民族社会主义时期直到联邦德国建国初期毫无间断地延续的种族的、德意志民族的和反民主的潮流。由此，他的立场就是为民族社会主义提供滋生土壤的一种德国市民阶层的典型代表。1945年之后，这股势力的很多代表又在主观上将自身理解为反抗的斗士。这再一次产生了十分具体的政治效果。1947年3月2日，蒂斯写信给路易丝·约德尔，也就是德国国防军最高统帅部的领导阿尔弗雷德·约德尔的妻子（阿尔弗雷德·约德尔在纽伦堡的战犯审判中被判处了绞刑），蒂斯写道："从法利赛人的立场上来看，耶稣也受到了惩罚，但是，基督徒们却将这种'惩罚'转嫁到了一个他为人类的罪行创造的牺牲品身上，于是，从各各他便涌出了生命的洪流。现在，约德尔大将的囚室和整个德国一样大，而审判我们的法官也将不会是纽伦堡的那些人。历史的判决总是和现实截然不同。"[13]

与之相比，卡西米尔·埃德施米德的境遇则有所不同。与蒂斯相反，埃德施米德是那种典型的见风使舵的机会主义者。1950年之后，埃德施米德将他出生和居住的城市达姆施塔特变成了一个管理德国文学的“首都”。本来应该位于斯图加特的德意志语言与文学创作协会令人惊讶地决定将办公地点设于达姆施塔特，因为卡西米尔·埃德施米德在那里搞到了相对较多的资金。不仅是这个协会，联邦德国国际笔会的中心也在1951年设在了达姆施塔特——第一任秘书长就是卡西米尔·埃德施米德。在协会中，埃德施米德使用了所有的阴谋诡计，成功地使自己变成了唯一一个始终身居要职的人，在他1966年去世前的最后几年里，他甚至成为协会的名誉主席。1965年，他还为毕希纳奖的获得者君特·格拉斯致了颁奖辞。

和蒂斯一样，在魏玛共和国时期，埃德施米德也因为种族的和德意志民族的思想而引人注目。1932年，他发表了长篇小说《德国的
35 命运》，最突出的评论来自不久之后便成为纳粹帝国文学协会主席的汉斯·约斯特。他着重将埃德施米德的作品与汉斯·格林的《没有空间的民族》进行了比较。

然而，埃德施米德却有一个污点——在初登文坛的时候，他是一个表现主义者。因此，当希特勒掌权的时候，他便愈加积极地寻找同道中人。1933年5月15日，他写信给汉斯·格林："我惊讶地看到，我的名字突然出现在一份名单上，这份名单是为了'净化'图书馆临时决定的，因此也发生了这样的事情——在一些城市里我的书籍被人烧毁了。突然，我看到自己和整个具有危害性的、我发自内心抵触的文人团体同流合污，由此给我带来的羞耻、痛苦和失望我无法向您描述。我思考着这些年来那一方面令我不得不承受的痛苦，因为我对于德国的态度总是十分积极，因为我也从不只是参加过一次马克思主义的运动，我想到，我一再用靠写作挣来的收入周游世界，以便能够为那些积极的德国的事情辩护——我想到，像《德国的命运》这样的书籍被不了解这些作品，却代表着我们德国希望的年轻人烧掉，而曾经妄图把我撕碎和绝对具有反德国倾向的作者们的不计其数的书籍却完好无损，这种疯狂在我看来根本无法理解。我不想也不能置身于这个正在走来的德国之外，但是当我看到我的名字出现在诸如伊凡·戈尔、埃米尔·路德维希、鲁宾内、托勒等名字旁边时，您能够想象我的感受。您必须相信我，这一天是我生命中最糟糕的一天。只要我还能够思考，我就会竭尽全力地向着具有毁灭性的文人气质扬帆前进。所有主流的右翼报纸也都如此断言。当人们毫无理性、无视公正地将我的名字与那些被我轻视的人相提并论的时候，我已经再也无法呼吸。有人可能以为我是犹太人（我拥有人们所能想
36 到的最好的雅利安人的家谱）——只要还存在着公正和阳刚之气，我

就必须试图在这件事情上找到公正，并非为了我这个人，而是为了我的理念和我的立场。”[14]凭借着其“最好的雅利安人的家谱”，埃德施米德的确幸运地逃过一劫。1933到1941年，他出版了十部作品。而在1944年，他还在与民族社会主义德意志工人党关系最密切的领导团体的成员——维也纳的帝国总督巴尔杜尔·冯·席拉赫商谈一本具有代表性的关于维也纳的作品。他私下拜访了冯·席拉赫及其夫人。在卡西米尔·埃德施米德写给巴尔杜尔·冯·席拉赫的夫人亨丽埃特的有时是很长的诸多书信中，有一封信的结束语是这样的：“您的孩子们的照片就在我的书房里。请您替我们拥抱他们。”[15]

1950年初，由于和巴尔杜尔·冯·席拉赫的关系，埃德施米德经历了一件令他惊讶的事情——《上奥地利新闻》调查了他的历史。包括《法兰克福汇报》在内的好几家德国报纸也都报道了这条消息。埃德施米德立刻布置人威胁要起诉，并作出了相反的描述。他提出了诸如卡尔罗·米伦多夫和特奥多尔·豪巴赫这样的名字作为证人，这两个人在1945年之前是被杀害的积极反对第三帝国的斗士。在《法兰克福汇报》上埃德施米德写道：“事实上，我与席拉赫进行了一次会谈，并没有搞什么秘密的事情，关于这次会议我到处都讲过，也向在慕尼黑的美国军方通报了结果。我进行这次会谈是按照我的朋友米伦多夫和豪巴赫的愿望，他们希望了解席拉赫那里反抗的状况。您在这件事情上继续作出的说明——‘他去了不止一次，他经常去’——是捏造。我们只进行了一次会谈。如果有人希望别人相信，我作为一个被禁止出版作品多年的作者在1944年战争早已失败的时候还试图巴结纳粹，这种说法至少是过于低估了我的智商。”

今天，德意志语言与文学创作协会已经是一个被广泛接受的机构，由它颁发的毕希纳奖被看作德国最重要的文学奖项。然而，即使是在这个协会最初不为人所知的几年里，它都是一个样板，而且是对于联邦德国初期的思想而言。在这个协会中聚集了那个时代典型的 37

重要人物——像埃德施米德或者蒂斯这样的知识分子，他们虽然并不直接隶属于民族社会主义德意志工人党，并且有时也回避希特勒，但却非常仇视魏玛共和国。在协会里，可以发现各种德意志民族的、反民主的、强调等级并且自高自大的态度，更多的是违心地去适应由外界强加而来的民主体制。阿尔弗雷德·德布林描述了他回到德国后与这些德国的思想者们最初的接触："在这些人面前谈论民主很困难。他们要么微笑，要么冷笑。现在他们已经从近处了解了民主'小姐'。"[16]

在1950年初的第一次大会上，协会选举70岁的鲁道夫·佩歇尔担任主席，他曾长年担任《德国评论》月刊的主编。对于代表着1945年之后的新起点的"道德审视"来说，佩歇尔的个性也是具有示范性的——在20年代，他坚定地属于反共和制的阵营。接着在纳粹时期，他强调民族和基督教的保守观念并于1942年被逮捕。曾经为第一次大会和主席选举做过准备的奥斯卡·扬克在关键的思考上向弗兰克·蒂斯透露了秘密："赞成佩歇尔担任主席是因为一种文学上的中立，是因为他作为反抗斗士的名声和他是一个具有保守特征的德国人。您作为副主席可以（和他一起）清楚地表达出这个协会的德国特征，也就是人们必须估计到的一种自我维护。"[17]

对于鲁道夫·佩歇尔来说，关键的全部危险来自东部。特别是那种反共产主义的立场从一开始便掩盖了对于德国刚刚过去的纳粹历史的一种更深刻的剖析。格哈德·内贝尔在托马斯·曼生日时写的文章中是如何表述的？第二次世界大战是"一场我们身处其中的全球性内战的没落的表现"。这场内战今天的表现，内贝尔进一步说
38 道，无疑是反对共产主义的斗争。在1950年德意志语言与文学创作协会举行的秋季大会上，主席鲁道夫·佩歇尔有一个原则性发言，其中他重点提到了西方主流的观点。在会议记录中有这样的记载："过去，假如为了开展追求精神自由的斗争还需要一种推动力的话，那么

现在，德国东部所发生的事情就提供了这种推动力；在粗鲁、卑鄙和愚蠢方面，他们甚至超过了民族社会主义者在压制自由精神方面可能做到的程度。”[18]

副主席弗兰克·蒂斯也这样看。他在这一时期所写书信的语言变得越来越暴躁。比如，在给卡西米尔·埃德施米德的信里他就写道：“德国的统一应受到尊重，然而，人们只能也只被允许将这种统一扩展到德国人身上，我个人认为，德布林、茨威格和贝歇尔是三个凭借感情走到一起的犹太人和流亡者。”[19]

在协会成立初期，著名诗人的名字有鲁道夫·亚历山大·施罗德和维尔纳·贝根格林。但是，还有另外一些协会创立时的成员，他们代表着最初几年的思想，比如作家维尔纳·冯·德尔·舒伦堡。1951年9月14日，他写信给主席佩歇尔：“我注意到，犹太作家，尤其是外国人在我们的剧院里大出风头。除了几个流亡者之外，我们这些德国戏剧家的作品根本没有人演出，相反，很多犹太人的作品都在上演，他们得到了德国媒体的大力支持。”[20]

这是联邦德国成立初期的情况，这是至少到50年代中期那些发挥主导作用的团体的基本观点。在较长的时间里，四七社都是一个在氛围上明显对立的，但却几乎被那些起决定作用的官员和文化政客们轻视的边缘现象。鉴于当时稳固的文学场景中的各种声音，比如维尔纳·冯·德尔·舒伦堡，令人感到惊讶的是，克劳斯·布里格勒布在一次争论中写道，“在联邦德国的战后时期，再没有第二个文化机构”像四七社那样在最初的几年里“如此彻底地使对犹太人的大屠杀渐渐淡出人们的视野。”[21]在他对四七社作为后面几年里自成 39
一体的实力集团所作的非历史性的记述中，布里格勒布否认了当时的状况。当人们窥探四七社成立的历史和早期的历史时，无法避免的是，只能从整体上去感受德国社会。无论是在当权的政治阶层里，还是在最权威的文学机构和媒体当中，都能够找到纳粹意识形态的延续，而这恰恰会清楚地表明接下来发展的困难，尤其是像四七社这样的反向运动。慢慢地各种迹象才不断增加，它们证明直到50年代中后期，一种开放的氛围才得以形成。

这些年中，文学上的大事是戈特弗里德·本恩飞速地再次崛起。他当然是一个特例，而这也尤其体现在，本恩超越了自己的时代，因为时至今日人们还在读他的作品。在本恩身上，发展的全部的自相矛盾都清晰可见，他既有一副朝向过去的面孔，又有一副令人感到惊讶的现代的面孔。1933年，本恩兴奋地与民族社会主义者走到了一起，但这只持续了一年多一点的时间，直到他也发现，对于他来说，他的表现主义的过去会成为一场灾难。1935年，他作为军医隐匿在德国国防军当中，他将这称为“流亡的高贵形式”。[22]1945年之后，本恩认为自己不属于任何阵营，于是阐发了一种超脱各种事物的精神美学。1945年12月24日，他提到了意欲重建普鲁士作家学会的想法：“对于我的问题——这个学会如今会具有何种意义和内容？——有人用‘代表’一词来回答。笑话，我说！谁，为了谁和什么？1933年，学会的成员们由于法西斯主义者的命令被除名，而今天则是因为反法西斯主义者的命令，如果明天天主教教徒们掌了权，我们就会在墙上挂一幅圣母的画像，在与会者的面前摆上玫瑰花环——就是说，要么是先有艺术，然后它变得独立，要么就是没有艺术，我们就要回家去了。”[23]

1945年之后，这些强调重要的个别思想的独立性的名言满足了
40 一种广泛的需求。战争结束之后本恩首先认为，在新的、被占领区政府进行民主教育的德国，他的一本新书是几乎不可能出版的。然而，他具有感染力的腔调、他的吸引力、他对精英和孤独的艺术性很高的召唤都创造了大量寻求认同的机会。本恩对于艺术的浸润、其审美的高雅的概念，它们的动力首先来自否认了历史和人类行为的任意一种更高层次的意义。迪特尔·韦勒斯霍夫在他的博士论文中不无

道理地称本恩为“这一时刻的表型”，而这位独白式的诗人做到这一点首先是因为他将同时代人向非政治领域的逃避确定为唯一得当的立场。

然而，本恩还有另一个特点，这个特点使他得以超越那种普遍居于主导地位的论调。与围绕他身边的那些窃窃私语蒙蔽他人的声音相反，他说出的是一种令人兴奋的清晰的语言。本恩并不喜欢那些高贵的情感。但是，由于他无论如何在自己身上始终都会感受到这些情感的存在，他便凭借一种介于玩世不恭和深不可测的智慧之间的、不断熠熠生辉的艺术一再表达这些情感。一次，他的笔友弗里德里希·威廉·厄尔策对其最新的手稿向他提出了一系列问题，而在回答厄尔策关于“柯尔特”这个概念的问题时本恩脱口而出：“柯尔特——但是，厄尔策先生！您难道不读侦探小说吗？我一直都在读，每星期六本，大脑的橡皮——一种有名的美国手枪，没有它苏格兰场的警察是不会出现的。”[24]

由此，本恩便将当代德国关于“精神”和命运的讨论远远地甩到了身后，但是，本恩却还有一种对于畅销书的偏爱，这使他有别于他周围的那些高贵的腔调。花朵和植物一再帮助他完成自我确定。银莲花出现在他的诗歌中，还有花楸，然而他最倾心的还是玫瑰，人们完全可以以另一种形式来想象这件事，由萨拉·莱安德用她那低沉的声音唱出： 41

当玫瑰开始凋零
从花瓶里或灌木中
枝叶开始落下，
泪水也夺眶而出。[25]

这位年老的、玩世不恭的、在审美方面令人神往的本恩证明自己是面向未来的。但是，由于他的存在，下面的一代人却站在了一片废墟前。他们有的30出头，有的35岁上下，从战壕和战俘营回到德国，还没有发表过任何作品。很快，四七社便证明自己是几乎唯一的这一代人可以发言并寻找他们自己语言的论坛。文学的范畴还没有真正地发展起来。人们脱离了文学的现代性，首先忙于将自身从军的经历与这些陌生的读物联系起来。但是，在这个过程中人们却验证了产生勃勃生机和思想讨论的规则。在德国，人们对此已经不再是司空见惯。

# 第二章
# “被世界历史唾弃。”
## 团体初期的混乱状况

四七社的历史开始于一座美国的战俘营。1944年11月17日，在美国伊利诺伊州埃利斯军营，“一等兵汉斯·里希特”在报纸《军营之声》上发表了一首关于“战俘”的诗歌：

**战俘**

生命如此流逝
你每天早晨起床
你是一名战俘

你被粗暴地从睡梦中叫醒
你的计划忧虑地走近
生命常常令人痛苦。

但是，你用双手努力地举起
铁锹到三十四度
哦，正午，来了又去。

下午，看向钟表的眼神
增加了自然的痛苦
你温柔得像一只小鹿。

晚上的独处很惬意
你疲惫地扑到床上
——你仍旧是一名——战俘。[1]

43　在30年代写作过少有的几篇刊登在报纸上的故事之后，这是四七社的发起人汉斯·维尔纳·里希特有据可查的最早的文学创作。它使人既可以作出政治的又可以作出审美的推断。这篇作品谈论的绝不是负罪感，绝不是德国人的自我追问，而是那种毫无罪责地被牵连进去的基本情感。不久之后作为“年轻一代”的主流声音出现在德国的里希特已经36岁了。他于1908年出生在乌泽多姆岛上，1923年，他在斯维内明德的一家书店当学徒，从1927年起在柏林-滕珀尔霍夫的戈塞琉斯书店工作。经济危机期间他失业了，有时靠做街头歌手艰难度日。1930年，他加入德国共产党，但在1932年，因为“托洛茨基主义的”不同政见，被开除出党。1933年11月，他流亡巴黎，却在一年之后便回到了柏林，因为在法国他无法支付其生活费用。在柏林他在没有登记户口的情况下居住了两年，主要靠他的女友资助并遭到了盖世太保的审讯。他尝试从事记者的工作。有据可查的是，在第三帝国期间，他有六个短篇故事在报纸上发表。1938年7月26日，他申请加入帝国文学协会，假如加入成功的话，会减轻一些他的精神负担，然而，由于发表作品的数量太少，他“并没有获得会员资格”。[2]1940年，他应征入伍。事实已证明，里希特是希特勒的反对者，但他却从来没有在军队开过小差。1943年11月12日，他在意大利的卡西诺山一带被俘，被送到美国战俘营；几个月之前，他后来的战友阿尔弗雷德·安德施在同一战场上当了逃兵。

直到战争结束，在很多地方的美国战俘营里，还有“民族社会主义的战俘营盖世太保”存在，也就是由一些追随希特勒的德国国防军士兵构成的一种恐怖组织，在个别情况下，他们甚至会杀死持不同观点的人。在美国的37.5万德国战俘中，只有1.5万人对美国军方声明自己是反对纳粹的；他们中的一部分人得到了特殊的安置。凭 44
借在《军营之声》上发表的作品，里希特引起了人们的注意，1945年5月，他被转移到位于纽约北部60公里处的大西洋沿岸的卡尼堡军营。在那里，美国的军官们将有才能的战俘聚集到一起，还出版了战俘杂志《呼声》，这部杂志的主旨在于对战俘的“再教育”以及宣传美国关于自由和民主的价值观。在撰稿人当中，除了汉斯·维尔纳·里希特之外，阿尔弗雷德·安德施、瓦尔特·科尔本霍夫、瓦尔特·曼岑和古斯塔夫·雷内·霍克都是自1946年4月起在慕尼黑出版的，也名为《呼声》的杂志的编者和最重要的撰稿人。

然而在美国，他们却出现在《呼声》的不同时期，并且首先被安置在各个军营里。里希特和安德施在美国时还不曾相遇。此外，安德施最后的八个星期还是在盖蒂堡——一个特殊的教育营地——度过的。在那里，德国的战俘们正准备着在一个新的德国承担起未来的管理任务。这或许也是为什么1908年出生的汉斯·维尔纳·里希特和1914年出生的阿尔弗雷德·安德施虽然同为后来在慕尼黑出版的《呼声》的主编，但却对美国的民主化措施产生了不同感受的一个原因。在盖蒂堡，一些杰出的美国教授们曾经开展过一种暑期大学的活动，这个地方使阿尔弗雷德·安德施感到异常振奋，但它看上去却也像一座“金丝的牢笼”。然而，最令他感到兴奋的还是在这 45
种“人为的改造”过程中不同寻常的学习机会。这是在一块飞地上进行的精英培训，但使用的却是很酷的美国英语，以一种无拘无束的方式，没有僵化的外在的形式——每天早晨被杜克·埃灵顿的《夫人很好》叫醒，仅这件事就已令安德施心驰神往。[3]

最初，安德施是共产党员，后来作为非正统的共产党员在联邦德国扮演了一个有争议的角色，而作为战俘，在美国的经历对他终生都产生了深刻的影响。1945年6月15日，在美国的《呼声》上，他在一篇文章里谈到了美国当代的作家："施泰因贝克也属于那种重要的批判性作家，他们将今天美国的文学塑造成了一种既非常具有美国特色又非常超越时代的艺术表达，一种不会为迫切的时代问题提供廉价的解决方案，而是使现代生活的艰苦和多样性继续存在的文学。在其最好的作品中，文学就是单纯的描写，就是纯粹的'我们就是如此'。但是它净化的力量恰恰就在于此……这样具有批判性的责任来源于一种自由的生活，这样说已经没有必要。"[4]

而在汉斯·维尔纳·里希特那里，侧重点则有所不同——尽管他也同样看重"批判"和"自由生活"之间的联系。当两人在慕尼黑编辑出版新的《呼声》时，和安德施相比，里希特反对美国军方干预的态度要强硬得多，这种干预在罗斯福总统去世后和在坚决反对共产主义的麦卡锡时代最初的征兆中变得更加频繁。对于里希特来说，自由和社会主义的联系具有纲领性的特征，而这与美国军方的民主观念是无法调和的。为了这种经验，里希特即使在后面的几年里也会始终使用"两头落空"的比喻——在战俘营里就是这样，他属于反对纳粹的数量越来越少的少数派，而在他作品的传播方面这种情况再次发生。在两个集团之间，在资本主义的美国和斯大林主义的苏联之间，他号召建立一个自由的中立的社会主义的德国——就是
46 说，德国应当在没有占领国限制的情况下走上这条道路。在他看来，对于民族社会主义历史的清理虽然是理所当然的事情，但他自己却觉得置身事外。由此，早在卡尼堡的时候他就遇到了阻力，他的文章经常遭到审查。后来，里希特这样回忆起1945年的夏天："战争已经结束四个月了。这对于我来说是一种解放——从仇恨、从恐惧、从一

个残忍的专制的令人窒息的困境中解放出来。我的快乐与胜利者的欢呼是相同的。我感觉自己就是胜利者。但是，我的意识却告诉我，我属于失败者。……如果我想要为德国的发展做点什么的话，那么我只能代表失败者的利益，或者换句话说——我们必须建立我们自己的事业，可能会站在占领国的对立面。”[5]

与此相反，除了在他看来理所当然的自由和社会主义的结合之外，安德施还强调了在盖蒂堡接受到的对他影响深刻的美国关于民主的定义。他在那里见到的实用主义和乐观主义的联系与德国的精神特征构成了绝对的对立。在美国的《呼声》中，关于美国安德施甚至写下了这样的语句：“这种文化的本质在于开放，在于希望转变，希望始终批判性地思索人存在的强大的内在强制力，在于它对于爱——这种基督教生机勃勃的核心的责任。”[6]关于教授美国历史和政治学的托马斯·弗农·史密斯，安德施写道，他将民主定义为“创造性妥协的一种技巧”：“这使我茅塞顿开。”[7]这一切都使安德施变成了一种模范学生，在战俘营度过了五百天之后，他带着“德国的优选公民”的鉴定书和美国《呼声》的一封推荐信离开了那里。慕尼黑《新日报》——美国军方针对德国民众的喉舌——的主编汉斯·哈贝立刻雇用他加入文艺副刊，作为部门领导埃里希·克斯特纳的助手。

安德施在德国文学和文化界开始飞黄腾达的时候比里希特多了很多特权。然而不久之后，在《新日报》的编辑部里帮助埃里希·克斯特纳做准备工作的角色已无法令他感到满足。早在民族 47
社会主义时期，他就当过广告学专家，在法兰克福的毛森工厂他还领导过相关的部门——比如，他为“毛森润肤霜”设计了这样的广告语：“皮肤粗糙皲裂，几分钟内爽滑细嫩。”[8]他积极寻找和利用机会的才能很早就体现出来，他拥有清晰的商业头脑和事业心。于是他便产生了将美国的《呼声》移到德国继续发展的想法，针对的目标就是参加过战争的年轻一代群体。曾经在卡尼堡负责《呼声》的库尔特·芬茨当时在威斯巴登的一家报社工作，安德施把他接到了慕尼黑。和芬茨还有在美国审查机关“信息审查部”工作过的埃里希·库比一起，安德施开始筹划新的《呼声》。库尔特·芬茨得到了在慕尼黑的美国军方的必要的许可。安德施首先停止了他在《新日报》的工作，然后从以前美国的《呼声》和《新日报》他认识的员工当中招募了新的《呼声》的职工。比如，瓦尔特·科尔本霍夫就是他在待过的第一个美国战俘营拉斯顿中在采摘棉花时认识的，他也从《新日报》被招募过来。

科尔本霍夫使安德施注意到了正在巴特皮尔蒙特逗留的汉斯·维尔纳·里希特，此前，安德施曾经在那里再次见到了他的夫人。在第四期上，里希特已经署名为安德施之外的另一位主编了。尽管有截然不同的考虑，他们两人仍然和睦相处。在70年代的一篇广播采访中，里希特回忆起《呼声》创办的初始阶段：“主编阿尔弗雷德·安德施只是偶尔才来一趟。他在《新日报》工作，在埃里希·克斯特纳手下。从我们在慕尼黑的第一次碰面中——在作战俘期间我并不认识他——便产生了一种具有批判性的友谊。这使合作变得简单。我们有意见分歧。安德施想要支持美国人的改造政策，当然多多少少有一些保留，我却希望看到最尖锐的批评，希望与占领国保持清楚的距离，希望充分利用所有的民主权利。但是，
48 从一开始我们的合作就几乎是完美的。”[9]1986年，里希特出版了题为《在蝴蝶商店中》这样一本勾勒四七社“群像”的书籍，其中整件事情听起来却多了几分尖刻：“他与我相反，我在任何一个方面都不适应秩序。对于一些我放过去的事情——出于宽容或者因为我觉得很麻烦，或者也许是由于粗心大意，他都会表现出一种严肃对待的倾向，这种态度甚至可能会演变成愤怒的爆发，有时是一种使他自己都感到烦躁的暴怒。”[10]

里希特和安德施意见一致的是社会主义是德国值得追求的政治目标的观念——一种重视个体自由，但却将重点工业的国有化视为前提条件的社会主义。对于里希特来说，“批判”的原则还额外地发挥着一种特殊的作用，总之，在他看来，它是民主的标志。在1947年的德国，这一标志还没有完全处于东西方冲突的氛围之中——里希特认为，抛开所有日常政治的顾虑，对于占领国的批判是一项基本的民主权利。但是，在这方面他爱国的特征却无论如何不能被忽视。

在安德施和里希特主持出版七个月后，《呼声》的发行被美国占领当局以强迫这两位主编离职的方式中断。有人指责他们宣传德国的民族主义，因为他们主张在政治同盟之间建立一个中立的、社会主义的德国，但首先被指责的还有“虚无主义”。接替《呼声》主编工作的埃里希·库比如实地落实了占领国的政策，然而，这份杂志却失去了意义，其出版很快就终止了。一个中立的、社会主义的德国的试验——这是一种幻想，一个没有任何现实榜样的乌托邦，仅仅是作为一种乌托邦存在，如果说曾经有实现的可能的话，那么它现在已经与这种可能性渐行渐远。

在安德施和里希特主编的《呼声》停刊之后，安德施开始在各种媒体上发展自己的事业。与他相反，里希特则试图将《呼声》的员工们召集起来开展一项新的计划。他希望，与《呼声》明显的政治突击方向相比，用一份文学杂志能够更有效地躲开占领当局的审查。这 49
种向文学的转向导致了四七社的建立。在1962年出版的纪念四七社成立15周年的《四七社年鉴》中，里希特在回顾中写道：“四七社的起源具有政治和大众传播的特质。创造它的并非文学家，而是具有文学志向的、在政治上很活跃的新闻工作者。”[11]

对于里希特来说，这种突击方向始终都是他的特点。但是，他无论如何具有文学志向——1949年，他的长篇小说《败兵》问世，这部小说表明了里希特对那些“失败者”的支持，这是一部关于德国战俘及其命运的长篇小说。在《呼声》当中，除了政论文章之外，他还就文学的形势写过一篇纲领性的论文——《空位时期的文学》。战争刚刚结束，局势仍在发展，未来德国的特征尚无定论，里希特在这里将这一时期定义为一个间歇期，文学在这个时期中能够发挥一种信号的功能。《呼声》明确地代表了“年轻的一代”，以他们的名义，里希特将矛头直指内心和外在的流亡。这一代人的经验是由一种深受民族社会主义影响的青春期和战争决定的，他们必须找到自己的声音。里希特在寻找一种形式来表达现在文学中必须涉及的内容：“那是我们的时代和生活的血淋淋的经历，那是我们的精神存在的争议性，那是我们心灵迷惘的不安，它将来自对客观事物的单纯感知的现实主义提升到了魔幻的高度。”[12]

里希特所宣称的“魔幻现实主义”并没有准确的定义，可以进行各种解读。此外，这也是一个时髦的词语，在战后时期，各种重要人物在各种场合都使用过这个词。比如，1947年出版的、51岁的赫尔曼·卡扎克创作的非常成功的长篇小说《大河后面的城市》虽然和四七社毫无瓜葛，但同样被称为“魔幻现实主义”。但是，里希特却认为，这也只是对于现状、对于他还无法准确把握的事情的一个辅助
50 的概念：“一种新文学的任务仍然在于，在直接的表述中，令人在真实背后看到非真实的东西，在现实背后看到非理性的事物，在强烈的社会变革过程背后看到人的转变。”[13]

里希特的“魔幻现实主义”自称与内心流亡的形而上学的世界毫无关系。最多在德国浪漫派的一个想象的空间里存在着结合点——但却是一种在里希特那里马上获得附着力的浪漫派，即当代历史的轮廓。他的废墟并非卡斯帕·大卫·弗里德里希的废墟，而是战争的废墟：“我们这个时代的标志便是废墟。它围绕着我们的生活。它是我们这个时代的人内心不安的一种外在标志。废墟存在于我们心中，就像我们生活在它之中一样。它是人们想要塑造的我们

新的真实。”[14]

在里希特“废墟”的观念里，已经能够看出“废墟文学”的轮廓，短短几年之后，海因里希·伯尔便成为这一文学的代表。废墟是反驳当时占据主导地位的诗歌的“完美世界”（维尔纳·贝根格林）的非常具体的论据，它们是一种新的现实主义的象征，这种新的现实主义已不再与对更高权力的美化和祈求有任何关系。在《呼声》中，古斯塔夫·雷内·霍克发表了一篇具有纲领性的杂文，针对内心流亡的文学设想、针对年长的一代及其自然形象和信仰观念而阐发。他以一种新的现实主义的名义反对占据主导地位的“书法”，并且从1900年前后举办于意大利的一次文学讨论中引用了这个概念——在那里，讨论的内容是一种“纯粹审美的言语形式艺术”和为“手稿传统”的“贴近生活”及“真实性”所作的辩护之间的对立。霍克是库尔提乌斯的学生，作为《科隆日报》的记者，他在罗马度过了第三帝国时期，本来，他应当在不久之后再次返回罗马。他将内心流亡者的道路描写成了一种“象征性的、田园牧歌般的、哀伤而利己的抑或做作而随笔式的形式”，他警告说，这种“内向性”会在专制制度结束后继续发展：“人的目光会变得更加敏锐。打个比方——由于伤感，美 51
会修正它的比例。人们看到事物本来的样子，公开而且直截了当地描述在道路和废墟边缘找到的东西。人们描述——但却不仅是为了描述——的内容之少就像出于消遣而去旅行一样。人们作出描述，是为了在这个真实当中找到回答和解决的方法。在废墟当中，人们会发现今天社会学和心理学意义上真实的最初的新法则。”[15]

在结束了在《呼声》的工作之后，在现在首先以文学为导向的追求当中，对于汉斯·维尔纳·里希特来说，重要的一步就是由刚刚成立的施塔尔贝格出版社组织的年轻作家的一次聚会，这次聚会于1947年7月底在位于阿尔滕博伊恩的奥托妮·德根菲尔德–舍恩堡伯爵夫人的辛特霍尔庄园举行。这次聚会的权威人士是出生于

1878年的鲁道夫·亚历山大·施罗德——自从在1910年和1911年的年度之交出版了自己的第一部作品以来，他一直与德根菲尔德-舍恩堡家族保持着联系，比如和胡戈·冯·霍夫曼斯塔尔一起成为这个家庭的常客。尽管如此，这次聚会的口号仍然是“青春的呼唤”。鲁道夫·亚历山大·施罗德开场的主旨报告的题目是《关于当代作家的职业》。这篇报告包括像这样的段落：“我曾经说过，一切艺术最内在的意义，也就是说它的使命、它的目标、它的终极目的或者至少是它的隐德来希*，它内在的对此目标的遵循，都把它变成了此在往昔的安慰者。现在，我收回所有出于谨慎才提出的附加条款，对所有人说最严肃的事情，这些事情，恰恰这些事情才是在每个可以想象的出发点下面艺术的本质，而在这本质当中也会存在其他的东西——从往昔当中提升，从往昔当中获得拯救并变得持久。这种‘持久’之物再次按照在其中成为可能的最高的意义被理解为影像，被理解为一种事物的写照，即作为衰老和将死之人的我们（按照尘世给予我们的馈赠我们本就如此）仅仅在一个隐晦的——因为是不充分的——词语中能够接受和继续传播的东西，那个词就是永恒。”[16]

在这次聚会的计划中有如下安排——星期日，10点：祈祷，由
52 鲁道夫·亚历山大·施罗德主持，11点：海因茨·弗里德里希报告，《我关于年轻一代精神状况的思考》，17点：德根菲尔德伯爵夫人请喝茶。星期一，15点：海因里希·林勒布朗读《诗人与时代》，20点：在村庄里跳击鞋舞。

后来，汉斯·维尔纳·里希特回忆道：“那是晚上，一个6月的晚上，预示着一个微热的长夜。我们坐在宫殿前一棵树下的草坪上，树上的花正纷纷飘落。我周围都是一些年轻人，他们朗诵了他们的作

---

* 亚里士多德的哲学用语，指每一事物所要达到的目的，亦即潜能的实现。——译注

品，或者说得更好听点是朗诵了他们尝试创作的作品。大部分人都对会议的过程不满意。不，他们所听到的东西并不是他们所想象中的文学，那是一种新的文学，一种当代的文学。只有我喜欢一些东西，它们令我挥之不去——这种朗读和批评，再朗读和再批评。可以肯定的是，这里没有任何规定。事情的发展顺其自然，只是鲁道夫·亚历山大·施罗德估计很难忍受——这种公开的、常常是粗暴的带有侮辱性的语言，在词语的选择方面令人回忆起过去战争年代士兵的语言——粗暴、贫乏、对事物直呼其名。这种声调自然无法左右局面，但有时它却会突然爆发，造成某种混乱，我认为，在这一时期和这种局面下这种混乱是具有创造性的。十年间，难道人们不是迫不得已才放弃了任何一种真正的批判吗？书评？有。评论？有。那么批判呢？当另一种新的文学产生的时候，它却并不是必需的吗？对于反省和自我检查来说，批判就并不是必需的吗？为了在第三帝国和战争时期积累起来的所有污言秽语中保持语言的纯净，难道不需要最激烈的批判和最努力的工作吗？是的，在这里形成的这种方法是正确的——朗读和批评，只会更好、更尖锐、更准确。这也是最关键的。我对围坐在我周围的那些人说：‘我们必须再次做这件事。只是要和另外一些人在一起。’”[17]

海因茨·弗里德里希在聚会上也同样作了报告，并且试图支持那些更年轻的人。就在此后，他这样描写道，出现了两个小团体的两极分化。在1962年出版的《四七社年鉴》中他写道：“在一个午休的 53
时间，我们在一棵苹果树下围坐在汉斯·维尔纳·里希特周围。‘我们必须重新拥有呼声。’里希特说道。但是，我们却无法重新拥有它。‘我们必须创办一本新的杂志。’里希特说。所有的人都赞同。‘一本文学杂志，我们可以将我们的作品在上面发表，可以在上面开展讨论。’里希特继续说道。‘此外，’他还补充道，‘我觉得这样的聚会其实一点都不无聊。这样的活动我们应该更多地开展。朗诵草稿，讨论——会得出一些结论。只是聚到一起的必须是合适的人——这次聚会的参加者过于良莠不齐。’ ”[18]

没过几个星期，也就是9月6日和7日，在伊尔莎·施耐德–凌耶尔位于巴恩瓦尔德湖畔的家中便举行了那次聚会，这也是她在阿尔滕博伊恩的辛特霍尔庄园的提议。后来，这次聚会便被称为“四七社的第一次聚会”。而这个团体的名称也是后来才产生的——在巴恩瓦尔德湖聚会的几天之后，汉斯·格奥尔格·布伦纳建议使用这个名称，当时人们早已清楚，这件事还会继续做下去——“四七社”的叫法借鉴了西班牙以乌纳穆诺和马查多为代表的“九八年一代”。

参加巴恩瓦尔德湖聚会的有——沃尔夫冈·贝希勒尔、海因茨和玛丽亚·弗里德里希、瓦尔特·马里亚·古根海默、瓦尔特和伊索尔德·科尔本霍夫、弗里德里希·明森、汉斯·维尔纳和托尼·里希特、沃尔夫迪特里希·施努雷、伊尔莎·施耐德–凌耶尔、尼古劳斯·松巴特、海因茨·乌尔里希、弗兰茨·维什涅夫斯基、弗莱雅·冯·乌里施，还有巴登–巴登的帕拉斯出版社的出版商霍尔特曼。原则上说，这些都是《呼声》以前的工作人员，而在巴恩瓦尔德湖畔还需要解决的计划便是创办一份文学杂志来接替《呼声》。然而，《蝎子》却只是出版了一期免费样刊。尽管如此，聚会还是产生了自己的吸引力——作为讨论的论坛和自我净化的过程。

战争令所有人都还心有余悸。比如，海因茨·弗里德里希在柯尼斯堡被包围时身负重伤，侥幸逃命。和他一样，大部分人都有年纪轻轻被无辜地卷入战争机器的感觉。他们不愿回顾，他们希望获得一些新的东西。几十年后，海因茨·弗里德里希还依然赞同一种非
54 常特殊的世代更迭的感觉：“人必须想象——那时，我们20岁、22岁、24岁。年长一些的也就30岁上下。当时24岁的我们1933年的时候也就10岁、11岁。对于一个我们无法进入的文学世界，我们一无所知。1945年之后我们来了，被世界历史所唾弃，我们曾经为了一项

事业奋斗，最终，连我们自己都不再相信这是我们的事业，但是，我们毕竟为了它而来，因为我们从我们的父辈们那里得知，人要为了祖国尽义务，人必须做这件事，就像要纳税一样。于是，人必须服完兵役。于是，我们参与了战争。于是，我们经历了这场战争。然后，我们便遭到了唾弃，开始寻找新的彼岸。”[19]从主观上，人们觉得自己对民族社会主义并不负有责任，不想与之有什么关联。

关于早期几次聚会的大部分信息都来自汉斯·维尔纳·里希特本人——在成名很久之后，他在几篇文章里讲到了这个团体开始的情况。这些信息并不一定都是准确的，有各种各样回忆的漏洞和叠加的内容。尤其是里希特70年代的广播手稿有时便有圣徒传记的倾向。然而重要的却是，他阐释了他关于四七社的设想——对于在这里真实发生的民主化进程来说，这些设想非常重要。在汉斯·维尔纳·里希特看来，最重要的是批判的功能——在美国的战俘营里，这就已经构成了他民主观念的一个中心内容。在他看来，具有批判的能力是一切的基础。 55

1974年，他这样描述了在巴恩瓦尔德湖畔发生的接纳新成员的经历：“在我的旁边，每个朗读者都坐下来。这似乎已变成了理所当然的事情。在第一段朗诵之后——朗诵者是沃尔夫迪特里希·施努雷——我说：‘好的，现在开始发表看法。你们有什么想说的？’于是，便发生了任何人在这种形式中都始料未及的事——批判表达的口吻都很生硬，语句都很简短、扼要、明白无误。每个朗读出来的词都被斟酌推敲，看它是否还可以使用，或者也许已经过时，已经在专制年代——最严重的滥用语言的时代——里用得过多。就像人们常说的那样，每个语句都被审视。每个没有必要的修饰都会遭到斥责。那些空洞的、批评者们认为已经失去其内容的夸夸其谈都被删除——心灵、疼痛、兴趣、困苦。在参会者的耳边能够保留下来的都是简明扼要的陈述句。……一切都像前一天晚上一样继续。对于新的一天的开始我要说的无非只是：'我们再次开始吧。' 每个称呼都是多余的，都会使我遭到嘲笑，比如我说 '女士们先生们'、'尊敬的同志们' 或者 '亲爱的朋友们'。在这个圈子里，各种形式都会被禁止，而且在20年里一直如此。一切都直截了当，只针对被讨论的对象——朗读的作品。朗读的顺序是由我来决定的，没有人会提出异议。除此之外的事情不会被谈及，这也是理所当然的。刚刚朗读完作品正在倾听批评的作者不允许作任何反驳。他必须任由他人对自己进行批判。这样做的理由是：将自己的成果公之于众的作者都是在无法作出回应的情况下经受批判的。坦率地练习批评，同样坦率地接受批评，这难道不是对于参会者的一次自我训练吗？事情很可能是这样的，只是在巴恩瓦尔德湖畔度过的几天里我还没有意识到。在这里形成的游戏规则和方法是自发产生的。没有任何的表述，也没有经过讨论。"[20]

从一开始，参加四七社聚会的就有一些专门的批评者，而不是作
56 品的创作者。里希特甚至打算把慕尼黑广播电台的一位打算将一部分朗读播出的编辑请来——严格地禁止录音和照相很久之后才实行。《呼声》那份兼具政治和杂文特点的遗产，对于社会公众传播的重视在巴德瓦尔德湖畔进行的"工作坊讨论"中已经能够被清楚地感受到。海因茨·弗里德里希的妻子玛丽亚·艾巴赫在法兰克福的杂志《时代》上这样报道了这次聚会："一个重要的讨论的参与者是瓦尔特·古根海默博士。然后，作家们便开始朗读他们的作品。"[21]

古根海默同样也可以证明四七社并非像它此后由于论题的尖锐化所展现的那样是一个单一的群体。他生于1903年，父母都是犹太人，上大学时专业是日耳曼语言文学和国民经济学，他很快就陷入了与民族社会主义者的冲突之中。由于作为一家德国工业企业的代表被派往德黑兰，他得以自救。1941年，他加入了法国戴高乐将军领导的抵抗武装，在法国、意大利、北非和近东地区与德国作战。1945年

之后，他立刻返回了德国，很快就成为知名的戏剧评论家。特别具有影响力的是，他是1946年面世的《法兰克福手册》的创办人和主编之一，这是一份左翼天主教杂志，直到1950年它的发行量一度达到了7.5万份。

当时也在巴恩瓦尔德湖畔的尼古劳斯·松巴特在他1995年写的回忆录中提到了瓦尔特·马里亚·古根海默：“他的外表很像我想象当中的斯蒂芬·茨威格。一位归来者，现在肩上披着一件老旧的法国军大衣，像一块披肩。他说起话来带着鼻音，声音洪亮而细腻，表述始终精确，始终带着讽刺，始终尖刻辛辣，他说的话中从来都没有确信无疑的内容，而是很委婉、充满了暗示，想要强调的内容他还会用相同的方式再次收回，更多的是出于骑士风度，而不是因为他对他提出的内容把握不大。”[22]

汉斯·维尔纳·里希特也回忆说，古根海默在巴恩瓦尔德湖畔还穿着“戴高乐军队破旧的军装，正是穿着这身军装他在意大利与 57
第三帝国战斗。1943年，我们——他和我——在离卡西诺山不远的圣彼得前线彼此对峙。现在他就站在这里，每只手里都拿着一个厚厚的、装得满满的档案袋，用这个档案袋，他走到哪儿就把半个编辑部带到哪儿，他对我说：‘您必须重复这件事。您无论如何都要重复这件事。’”[23]

除了古根海默之外，在最初的一段时间里，值得一提的评论家还有弗里德里希·明森、瓦尔特·曼岑和瓦尔特·海斯特。在杂志《蝎子》的免费样刊里，海斯特写了一篇有趣的示范文章，这期样刊11月在慕尼黑发行了一百份——一位名叫汉斯·普里比尔的年轻的印刷工人在他的业余时间里完成了排字和拼版。在其中一篇创刊的杂文中，瓦尔特·海斯特讲到了几乎同龄的克劳斯·曼和流亡，在“音域”和自我保护的机制方面，这与那些针对托马斯·曼从而描述年长的、坚定的“内心流亡者”的争论文章几乎没有区别——每一代人都看似在流亡者那里寻找自己的对应者。海斯特对克劳斯·曼的一本“小书”感到气愤，他甚至不想准确地说出这本书的题目：“这本书名叫《昨天和明天》或者《今天和明天》。但书的内容我还是清楚的。”（克劳斯·曼的杂文名为《今天和明天——当前欧洲的精神状况》，1927年出版。）海斯特特别引用了克劳斯·曼的一句话：“现在，如果希特勒上台掌权，我们就去流亡。”当时，这句话令他“感到气愤”。1947年，从一个留在德国的人的视角他解释了原因：“那时，我们没有钱，我们知道，我们也不会有钱，但我们有家人，没有我们，他们就无法活下去，我们没有‘关系’，我们*和德国人中从事劳动的群众*没有两样，他们被束缚在其家乡，不仅是因为一条精神的，而且也是因为一条可以感觉到的、物质的枷锁。如果希特勒上台掌权，工人群众将要做什么或者将会做什么？——面对这个问题，我们擅长文墨的同龄人的轻率的话语听起来难以置信地可耻和不负责任。”

当然，海斯特对于时局的描述无论如何应该予以重视。但是非常特别的是，在1947年，他用怎样的热情恰好对克劳斯·曼展开了
58 攻击，而且还把这种攻击当作后来被人们称为“反思历史”的最重要的元素。在德国人和流亡者之间，他建立起了一种阶级的对立，为了他自己并突出他传记作品的特征，他要求以穷苦的尊严对抗富裕的奢侈生活。由此产生的后果是，将流亡指责为一种草率的行为——但却没有反映出大多数流亡者具体的命运，哪怕是一些皮毛。无论如何，这与弗兰克·蒂斯著名的抨击托马斯·曼的言论几乎没有什么区别。

要准确描述四七社初期的状态很困难。姑且不谈那位看上去几乎享有治外法权的女主人伊尔莎·施耐德–凌耶尔，就拿古根海默和海斯特来说，在第一次聚会时，他们便展现出了与众不同的气质和人生经历。然而，瓦尔特·海斯特棘手的“阶级意识”也强调了与起主导作用的“内心流亡”的区别——后者给自己下的定义是一种优秀

的姿态，是一种臆想的不可触及的德意志精神，而并非代表工人的利益。尽管如此，还是有证据表明，在将“德国”视为一个核心范畴的海斯特或者汉斯·维尔纳·里希特身上，都有一些与内心流亡的接触点，无论如何比与那些在德国投降之后滞留在国外的流亡者的接触点更多——即使四七社的创立者们在主观上主要活动于这两个团体之间的真空地带。

然而，如果更细致地观察，就会发现“流亡”这个概念看上去要比它给人的第一印象更加复杂。如果把这个概念非常广泛地加以理解，那么汉斯·维尔纳·里希特甚至也可以被算在其中，因为他在1933年之后曾经试图在巴黎艰难度日，但却由于经济原因不得不返回柏林并在那里或明或暗地隐匿了起来。瓦尔特·科尔本霍夫也是一个特例——他生于1908年，在20年代做临时工周游欧洲，1929年，他成为德国共产党党员，为左翼报纸撰写文章。1933年他流亡丹麦。尽管被开除出了德国共产党，他还是响应党的政治策略返回德国，并 59
在1942年成为德国国防军战士。和里希特一样，在他的身上，左倾的政治态度和爱国主义之间也有一种特殊的联系。1944年，科尔本霍夫也在卡西诺山被美军俘虏。他1947年发表的长篇小说《我们的血与肉》展现了一种严肃的、社会现实主义的、报告文学式的写作方法，最小的共同点似乎就在这里——科尔本霍夫的文风类似于后来被概括为四七社早期审美态度的东西。

《蝎子》的免费样刊记录下了科尔本霍夫和沃尔夫迪特里希·施努雷之间的一番争论，这番争论显然在巴恩瓦尔德湖畔的讨论中也发挥了重要作用。科尔本霍夫“反对那些混淆视听者”，反对那些“永恒价值”，将这些归咎于施努雷，他引用了他争论对手的表述——例如，“被普遍接受的东西”是“浅春清晨那明媚的纯洁”或者“草地上的鲜花”。然后，便出现了一个瓦尔特·海斯特在他针对克劳斯·曼的论战中也使用的词语——这一切都是“不负责任的”。重要的是，“提高反对一切不公和丑陋的声音”，“对于每个能够写作的人来说”，素材就“在大街上”。

在施努雷的回应中，两位作家之间的对立读起来却有所不同，仿佛时间错后了——施努雷主张“真实性”，描绘了过去几年中他写作的发展过程。他认为，科尔本霍夫对他的指责已不再准确，尽管如此，他仍然尝试着在一个新的层面上反驳科尔本霍夫。在这篇文章里，人们会加入到一个犹豫的、充满怀疑的自我找寻的过程当中。施努雷是自愿加入德国国防军的，直到战争持续了几年之后他才“感到身心交瘁”，他才认识到“杀戮的荒谬”和“全部士兵游戏的疯狂”。当他在这段时间里开始写作的时候，“由于反感持续的士兵的群体生活”，他自认为是一位“诗人”，他希望为自己保留一个“内心
60 的岛屿”。战争结束之后，施努雷陷入了一个进退两难的境地，事后他感觉自己负担过重。对于赫尔曼·黑塞的作品，他曾发表过一篇关于“艺术作为对不朽的向往”和关于“艺术家作为远离时间的内心倾听者”的文章，然而，由于新近的经历，他却悄悄地开始“更加现实地、更加生动地、仿佛更具人性地”写作：“我在这里讲的是，艺术家不被允许探究其时代的问题，而在那里我自己却把这件事做到了如此的程度，以至于我在战后（还在旧的《呼声》上）发表的第一部中篇小说完全只能从我们时代的主要问题的角度，也就是从罪责的角度去理解。”

在施努雷身上可以找到那个1945年之后在德国处于中心地位的概念，但是这个概念却遭到了强烈的、连续的排斥。作为少数几位作家之一，施努雷提到了“罪责”问题。他将其确定为他写作的主要动力，它强迫他去实现一种无条件的“真实性”。从审美角度来讲，科尔本霍夫的现实主义概念是不够的。施努雷批评长篇小说《我们的血与肉》，说它仍然停留在“简单化地描写最现实的和最日常的内容”上，他主张“使如今人们已无法回避的现实内容变得透明”——

也就是说，“在这些内容背后发现那些事实的强大推动力”。然而，施努雷为此而找到的那些话语却会使人想起汉斯·维尔纳·里希特召唤一种“魔幻现实主义”的尝试——他关注的是一种“既有血有肉又有思想的”，“既是尘世的又有魔力的双重存在”。对于施努雷来说，“悲壮的幽灵般的鬼怪的现实”至少是和“外在的舞台”同等重要。在与当前现代性的经验毫无直接联系的情况下，他在寻找与之相一致的形式，由此在四七社初期，他便成为一位突出的作家。极具讽刺意味的是，在巴恩瓦尔德湖畔举行的四七社第一次聚会上朗读的他的作品——无论如何是第一篇作品——《葬礼》后来竟被看作是“砍光伐尽文学”的一个代表——因为其内容是始终困扰他的关于上帝的问题。

61 第三章

# 军人阶层和香槟酒的紫铜味道

## 1947年11月海尔林根的第二次聚会

在第一次聚会两个月之后，四七社举行了第二次聚会——以显示这种经验和信息的交流是多么的急迫。原本是一份名为《蝎子》的文学杂志的编辑部全体会议，现在已经变成了一个独立的事件。于是，1947年11月8日和9日，在被纳粹杀害的抵抗战士索菲和汉斯·朔尔的妹妹英格·朔尔的介绍下，人们在位于乌尔姆附近海尔林根的奥德特和汉斯·阿伦斯夫妇的“森林宁静之家”相聚了。乌尔姆市的市长是被杀害的朔尔兄妹的父亲汉斯·朔尔，而在汉斯·维尔纳·里希特看来，与乌尔姆，与那里的业余大学和渐渐有名的版画和设计高等学校的联系在后面的一段时间里显得更加重要。

里希特在《呼声》杂志的战友阿尔弗雷德·安德施也来到了海尔林根。他没有去巴恩瓦尔德湖，是因为在同一时间他的一个弟弟在汉堡举行婚礼。作为《呼声》推动者的安德施很早就形容自己是个“局外人”和独立的人，从类型上看，他将自己明显地与里希特、明森、曼岑或者海斯特身边那种同志似的小集团般的朋友圈区别开来。在海尔林根，他的朗读并不顺利——小说《故乡前线》还是在战争期
62 间创作的，具有一些程式化的低级趣味——一个盖世太保的女特务与一个抵抗战士坠入了爱河。斯特凡·赖因哈特在他的安德施传记

里这样描述了安德施朗读之后的情景:“他只是艰难而愤怒地忍受着那些粗暴的批评,然后立刻离开了会场。”[1]在回忆录《谢林大街48号》当中,瓦尔特·科尔本霍夫非常真实地刻画了自信的安德施的特点:“当他确信什么事情的时候,他说话时的表情便极其严肃,一切对于幽默或者理解的暗示看上去都早已消失了。”[2]

然而,在一点上安德施还是引起了人们的广泛关注——聚会之后,他还在乌尔姆市政厅的地下酒馆里发表了一篇题为《抉择中的德国文学》的纲领性演讲,这在四七社的历史上是绝无仅有的。早在这个团体活动的初期,汉斯·维尔纳·里希特就原则上禁止大家广泛地讨论文学和政治。但是在这里,安德施却满足了那种用一些纲领性的内容为团体的存在正名的愿望。

他的报告在第二年被印成了小册子,它体现出在他多方面的找寻过程中的进退两难,也反映出一些并不一定年轻,但还完全不知名的德国作家们的起步状况。安德施希望确定,一种与事情的现状相一致的当代文学能够呈现何种模样。第一眼看去便令人目瞪口呆的是,他对“内心流亡”文学的评价是何等的积极。在此,安德施使用了一个简单的辩论技巧——他说,按照概念,真正意义上的纳粹文学根本不能称之为文学,也就是说,一切配得上文学称号的东西从一开始就是站在政府的对立面创作的。于是,一种“内心流亡”的情景便得到了粉饰,并与很多事情联系在一起,显而易见,安德施自己的过去也进入了这个情景之中——他生于1914年,希特勒“掌权”时他19岁,在德国共产党的组织里做事。1933年,他被关押在了达豪集中营,由于他母亲的申诉得以获释——她指出,无论如何他已经故去的父亲曾为民族社会主义德意志工人党的崛起作出过贡献。在1933
年秋再次被短暂地逮捕之后,安德施断绝了他与共产党的联系,投身 63
于不带任何政治性的文学创作之中,沉湎于自然和山水之间。1944年,一部短篇小说在《科隆日报》上发表。安德施在战争期间从德国国防军中逃跑这件事显然符合其内心的活动，而在他公之于众的传记中却几乎找不到这些内心活动的证据。

他写了好几篇文章描述他在美国战俘营中度过的岁月。特别是在《盖蒂或者人为的改造》中，他描绘了在盖蒂要塞里接受的由著名的美国教授带来的民主教育。在《呼声》上发表的几篇文章里，他兴奋地探讨了美国的音乐和文学，而在1945年7月15日的另一篇文章里，他要求他的同类人“开展自我教育，以达到克制、批判性思维和谨慎的思考”。这些价值观显然要归因于在美国给安德施留下深刻印象的民主课程。然而，在《呼声》的德国版本中，这些价值观却与其爱国的观念产生了矛盾。他指责美国的占领势力对德国人的管束，指责它完全与其理想背道而驰地阻碍一种民主的产生。和汉斯·维尔纳·里希特的感受一样，在安德施看来，促使占领国严格地控制德国人并且首先实行“去纳粹化”的原因几乎没有发挥什么作用——他们都在为在其眼中无罪的一代人辩护，敦促建立一个民主的、社会主义的德国，这个德国应该位于两个阵营之间，应当使西方和东方的价值观相互沟通。

这种德国式的理想主义的立场看似已经超越了具体的刚刚过去的岁月，也反映在安德施被四七社欣然接受的关于当代文学的讲话中。安德施没有在任何一个地方提出关于个人罪责的问题，提出归根到底是德国人的罪责的问题，对于发生在欧洲的对犹太人的大屠杀也只字未提。安德施关注的就是绝对的当前。他的核心概念“抉择”——同时也是文章标题里最重要的词——要归因于一个生存的
64 范畴，这个范畴出自当时让-保罗·萨特的文章。安德施了解所有萨特已经翻译成德语的作品——短篇小说《墙》、最重要的剧本《苍蝇》以及杂文《存在主义是一种人道主义？》。尤其令安德施感到鼓舞的是将过去的“自欺”甩在身后并且开辟崭新的道路。

然而，这些崭新的道路却令人惊愕地与旧有的道路类似。安德

施赞同将“内心流亡”区分为三种类型。对于像汉斯·格林、埃米尔·施特劳斯或者埃尔温·吉多·科尔本海尔这样的作家，虽然他们非常紧密地依赖于民族社会主义的意识形态，但安德施本人还是承认他们具有“一种主观的诚实态度”。他将“公民古典主义”的传统看作作家的第二范畴，属于这一类的有汉斯·卡罗萨、鲁道夫·亚历山大·施罗德还有格特鲁德·冯·勒福特。他为第三组作家加上了“反抗和书法艺术”的标记，其中包括斯特凡·安德烈斯、汉斯·莱普、马丁·拉施克和欧根·戈特洛布·温克勒。“书法”——这也是古斯塔夫·雷内·霍克在《呼声》中用来形容那些年纪较大的、在第三帝国中从事写作的作家的词——当然这种界定是有争议的。与此相反，安德施却毫无争议地使用了这个词。对于他来说，这个词指的是那种在审美方面高贵的态度，用具有象征意义的写作方式来破坏那个极权主义的制度。在他看来，这一文风的代表是恩斯特·云格尔——他终生都对云格尔怀有极大的敬佩和感激之情。

“无家可归的左翼人士的”立场是安德施在这一时期为自己确定下来的，借助这一立场，他得以前往各个阵线之间一个想象中的地方，这一立场也表现在，他在其讲话中对托马斯·曼给予了非常积极的评价——这在此时的联邦德国几乎是独树一帜的看法。与此相反，对于海因利希·曼、阿诺尔德·茨威格或者阿尔弗雷德·德布林所倡导的那种“现实主义的趋势艺术”，他却采取了消极抵制的态度，更不要说那些对一种外在的意识形态过于执着的“无产阶级的作家”（奥斯卡·马里亚·格拉夫、维利·布雷德尔、安娜·西格斯）了。具有典型意义的是他对贝托尔特·布莱希特的评价，他将后者看作他这个时代的伟大作家——他认为，毫无疑问，布莱希特的艺术成就受到了反对德国情绪的很大影响。直到布莱希特回归德国，对 65
于年轻一代德国作家他才具有了一种恰当的意义。

作为“抉择”的生存行为的“自我荡涤”——安德施的观点出自

萨特思想的核心内容——并不意味着探究过往。它仅仅涉及向下一代人开放的未来——即使是年龄已经较大的，但还不知名的作家比如里希特和安德施都被归入了这新的一代之中。在这里，在这个意识形态的转向中隐藏着那个“零点”的理念，而这一理念与四七社的出现是有联系的。而恰恰是这个带有意识形态烙印的“零点”在海尔林根和乌尔姆得到了如此广泛的认同。在安德施的讲话中，他也把所追求的未来的希望寄托在了刚刚成立的这个团体的作家们身上。他尤其提到了沃尔夫迪特里希·施努雷、瓦尔特·科尔本霍夫、君特·艾希和收到了前往海尔林根的邀请，但却由于其致命的疾病无法成行的沃尔夫冈·博尔歇特。

在联邦德国后来的历史上，安德施由于其非正统的共产主义立场而走向了极端，但是在文化舞台上，他却得到了广泛的认可。他涉及联邦总理维利·勃兰特时期实施就业禁令的诗作《第三条第三款》一时之间悬挂在了几乎每个站在时代的高点定义自己的大学生
66 的集体宿舍里。但是，正是在这个其政治方面的辉煌时期，他怀有敬意地发表了维护恩斯特·云格尔的《阿姆里斯维尔讲话》，令人大吃一惊——这篇讲话1973年被整版地印在了在纲领上偏向左翼的《法兰克福评论》报上。怀着对云格尔的语言表达的敬佩，他摘录了被普遍看作后者反抗纳粹的主要作品——《在大理石悬崖上》。在无须更详细地解释的情况下，他这样展示了反抗专制制度的勇敢行为：“那些地下室就是如此，在它们上面，专制主义的那些高傲的宫殿拔地而起，人们也感受到了其节日的芳香四溢——最恐怖的一类散发恶臭的洞穴，在其中，被抛向一切永恒的歹徒们尽情享受着对人的尊严和自由的亵渎。接着，缪斯便沉默不语，真理开始闪烁，就像天气恶劣时在空中发光的一盏灯。于是，人们看到，最初的雾气几乎还未蒸腾，那些弱者已经退却，然而，即使是军人阶层，当他们看到戴着面具的歹徒从低处走上堡垒，他们也已经开始畏缩不前。”[3]

“即使是军人阶层”——当安德施在70年代还想要使这些虚饰
而庸俗、沉浸在一种沉闷的男性热情之中的语句作为文学的宝石闪
光时，这仍然是一个严重的情况，它将一束光投向了战争刚刚结束
的年代。毫无疑问，人们过去可以将云格尔的文章当作对纳粹统治
的影射来阅读——这只是会出现在一种语言中，这种语言容易被人
与纳粹充满激情而具有挑衅性的语言混为一谈，它无论如何没有拿
出什么其他的东西与之对立，也无法揭穿它。这种语言同时也是一
种政治语言，其动机在于，它希望使一种高贵的精英赫然挺立于那
些低俗的庶民面前。它与民主的观念一点关系都没有。对于云格尔
来说，最清楚地莫过于他呼吁，“宁可在未来与自由的人一起沉沦，
也不愿与奴仆一起走向胜利”。安德施也恰恰热情地引用了这句
话。用“自由的人”对抗“奴仆”、用“军人阶层”对抗“戴着面具的
歹徒”——纳粹分子在这里作为粗鄙的群众，作为乌合之众出现，而
德国的君子和贵族则理所当然地出现在他们头上。这种自命清高的 67
激情是1945年之后几乎全部想将自己归入“内心流亡”者行列的人
的标志。在这方面，恩斯特·云格尔与那些略有些平凡的人物比如
弗兰克·蒂斯几乎没有什么区别。当后者在战争即将结束时在一个
社会底层的家庭中销声匿迹的时候，他在其1945年的日记里记下了
自己的经历——这是一个“社会心理学的法则，即只有当低贱而粗
鲁的人处在为高贵而文雅的人服务的地位上，前者才会向后者学习。
弗洛伦斯*犯了一个自然在她所谓的‘相似性’方面情有可原的错
误——将我们从一开始便置于相同的层次上，并且将我们不在一起
吃饭解释为不可能……将彼此格格不入的人关在一起，这始终都会
不利于更优秀的人。粗鲁的人并不想向上走，他们只想把更优秀的

* 或指美国心理分析学者和女权主义者莱拉·塞科尔·弗洛伦斯（Lella Secor Florence, 1887—1966）。——译注

人往下拉向自己，而当后者停留在其精神和文化层面上时，他们就会对其怀恨在心。”[4]

这些在魏玛共和国时期出于优越感而产生的反对民主追求的情绪，现在被用来反对纳粹——这是德国的痛苦之处。恩斯特·云格尔语言的本质并不是希望唤醒人们联合起来反对纳粹的黑暗统治，而是它已经与纳粹的语言紧紧地纠缠在了一起。

阿尔弗雷德·安德施的表现显示他被此类德国的“震音”深深地吸引和影响，这类“震音”喜欢将自己假冒成德意志的精神和德意志的深邃。也是因为自身的缘故，他在云格尔的文章里读出了一种反对纳粹的立场。这位孤独的人、这位“无家可归的左翼人士”和茕茕孑立的唯美主义者的赞美是他的动力。因此，早在1953年3月20日致恩斯特·云格尔的一封信中，安德施就将云格尔的《森林之路》与阿多诺的《最低道德》，甚至是托马斯·曼的人本主义相提并论（对此云格尔表示非常感谢）：“因为我可以阅读，所以我便只能断定，对于我来说，《森林之路》最后的结果与《最低道德》处于*同一条*线上；如果托马斯·曼返回欧洲而云格尔放弃民族主义的话，那么
68 这就向我证明了非常不同的路径会汇聚到一个叫作*反抗*的点上。一切叫做精神、艺术或者‘存在’的事物（您看，我在形式上认可了您想要的东西）反抗统治着这个时代中心的、极权主义体系的意识形态的疯狂。”[5]

然而，云格尔已经“放弃民族主义”的说法，与其说符合云格尔经常模糊不清的回避行动，毋宁说尤其是符合安德施的一厢情愿。在与恩斯特·云格尔的共同点变得显而易见的同时，安德施却令人惊愕地在语言形式上把自己与另一位著名的为纳粹所累的作家区别开来——戈特弗里德·本恩，尽管后者用类似的手段使孤独的唯美主义者的立场变得更加高雅。和安德施相比，在其基本的世界观和政治见解方面，本恩和云格尔的共同点要多得多，但是在语言上，本

恩看起来却像来自另一个时代，来自一个云格尔和安德施都无法预知的未来。因此，在对四七社早期历史的观察中不能忽视的是，本恩这位极其明显的反民主人士对云格尔的反应会与安德施截然不同。1952年5月，云格尔到本恩的住所拜访了他。在他1970年出版的作品《靠近》中，云格尔披露了他在那个晚上关于那次碰面所作的笔记。无论如何，人们应该感谢他这份真实的记录。

云格尔描写了本恩如何短暂地走出房间，拿着云格尔不久前出版的作品《访问古登霍尔姆》走了回来："他又一次坐到我身边，说道：'您知道吗？这是您写得最精致的一部作品。'然后，他便翻开这本小册子，开始读其中的一段，这段话探究的是能够通过靠近来实现，但却无法超越的目标。在一瞬间，现象和存在、波涛和大海变成了一体。"云格尔所写的段落是这样的："单一的事物从分开的事物中产生并给自己穿上了华丽的外衣，这样的事情周而复始。这个秘密曾经无法言说，然而所有的奥秘都暗示着它，谈及它，只是谈及它。历史的道路及其看似如此复杂的名录都通向这个真理。靠近这个真理的还有每个人的生命，连同每一天、每一步。只有这个单一的事物 69
是所有艺术的主题，从这里出发，每一种思考都在其等级上被决定。这里有冠绝一切、使任何失败都不刺激人的胜利。参与其中的有尘粒、虫豸和凶手。在这束光线中没有任何死气沉沉的东西和任何阴暗。"在他的回忆中，云格尔极其惊愕地记录下了本恩的反应："他把这本书放到了我们中间的沙发上，说：'这是什么？这是什么——这是阴茎！这只能是阴茎！'"[6]

在70年代，当日耳曼语言文学研究中心理分析的文学解读大行其道的时候，这段文字可能是最被人喜欢引用的一段之一，人们要么对它冷嘲热讽，要么觉得它意味深长。无论如何，它清楚地显示出云格尔和本恩的区别。本恩能够与现代晚期和后现代的感知建立联系，当激情看似变得过于强大时，他可以把它打破，在生命的最后几年里，他越来越频繁地借助日常的俚语、暗示以便使其语言接近通俗文化；他具有一种傲慢的、很酷的姿态。在有“本恩的声音”这个概念之前，他在用通俗文化的元素演奏。本恩证明了当时可能发生的事情。然而在四七社最初的几年中，这些事情却还丝毫没有被人感受到。

阿尔弗雷德·安德施纲领性的杂文《抉择中的德国文学》试图使战争刚刚结束的那段时期中彼此矛盾的视角能够达成一致。在纳粹统治期间长年的隐匿行踪、对权力状况的沉默的妥协和沉溺于诸如自然和遥远的历史，这些貌似不受时间和历史影响的主题恰恰展示出类似于自我保护的痕迹——作为德国人留在德国。因此，对于一个“零点”、一个无论如何新的开始的向往也就越发强烈。爱国主义——一种并没有感觉被民族社会主义腐蚀的德意志民族的感受和关于社会主义及新的一代良机到来的混乱的观念造成了一种颇具时代特征的混合体。

人们并没有长时间地询问，一个人拥有何种具体的过去。重要
70 的是那共同的经历——在最美好的年华在战争中白白送命。其中，当兵的经历创造了一种集体精神而且无论如何具有积极的意义。即使是独立的斗士安德施，尽管无论在步兵先锋预备队还是后来在空军野战师团里都从没有直接上过前线，但他却在四七社最初的聚会上回忆起前线的经历。1949年，在他最初的一次广播专题节目里他谈到了四七社并且断言：“然而，在所有这些形形色色迥然不同的人物和英才那里，这个团体积极的发酵酶看起来就像黏合剂。人们可以把它称为人和艺术的伙伴关系。这个词非常不准确，而且具有历史的负担。最后的同志们倒在了斯大林格勒，这是一句著名的士兵的话。然而，四七社却由于一种共同的主要经历的意识被团结在了一起。这种经历不仅包括外在的历史事件，还包括人们如何经历它的方式。”[7]

这种一起挺过一段艰难岁月的感觉甚至将不久前还在前线互为仇敌的战士汉斯·维尔纳·里希特和瓦尔特·马里亚·古根海默团结在了一起。其中，一种主观的可信性发挥了某种作用——谁作为德国的战士在被俘时承认是纳粹的敌人，谁就无论如何属于被“战友们”在正常情况下反对和鄙视的少数。当然，在战后德国被占领的那段时间里必然也会出现很多机会主义的现象。比如，在四七社早期的聚会上，弗莱雅·冯·乌里施也在场，她把她的丈夫汉斯·于尔根·克吕格尔也带到了海尔林根。1945年4月，25岁的她凭借一篇有关种族主义的博士论文在海德堡获得了博士学位——1939年，她从西南非洲来到德国学习新闻学。她的丈夫为纳粹杂志《帝国》撰写文章，并且因为获得过一系列骑士十字勋章而闻名于世。[8]

海尔林根的聚会是在弗莱雅·冯·乌里施的朋友奥德特和汉斯·阿伦斯的住宅里举行的——但是，他们也是索菲和汉斯·朔尔的妹妹英格·朔尔的朋友，后者是被纳粹杀害的抵抗组织“白玫瑰” 71
的成员。人们看到，各种线索如何在这里交织在了一起，而战争刚刚结束时期的纷乱又是如何得以掩盖刚刚过去的一切的。聚会的主人汉斯·阿伦斯在1933年之后便在《民族观察者》上发表文章，并与党卫军中队长汉斯·欣克尔过从甚密。1944年，阿伦斯计划写一本题为《我们对元首的信仰》的书籍，然而这本书却被人以“对战争无关紧要”为由拒绝了。2003年，古德龙·里彻在一篇写于康斯坦茨的硕士论文里这样写道：“在出版商的圈子里，汉斯·阿伦斯很有名，而汉斯·维尔纳·里希特也在这里活动。为什么他——这位在纳粹政权倒台后公开立场的反法西斯主义者——要在‘森林宁静之家’里举行聚会，其原因今天已经无法理解了。”[9]

一个特别错综复杂而又相当与众不同的故事的主角是汉斯·于尔根·泽林，他在海尔林根也朗读了作品并且被看作是充满希望的后辈作家之一。在其早期关于四七社的广播专题节目中，阿尔弗雷德·安德施称泽林为“这个圈子里简短形式的最大天才”。1947年，慕尼黑的库尔特·德施出版社出版了他的短篇小说集《科迪莉娅》，而在用法语写的献辞中人们能够猜到一个秘密：“献给那位告诉我我应该写作的女士。”在第二次世界大战期间，泽林在巴黎的空军部队里担任战地法官，军衔为中校，而此前，他曾在西班牙内战期间担任“秃鹰军团”的“法律顾问”。1941年8月，他开始与女演员阿莱缇交往，后者因为出演电影比如《北方旅馆》和《天色破晓》而出名。1945年，因为在马塞尔·卡尔内的经典作品《天堂的孩子》中扮演嘉杭丝一角而达到了其声望的顶峰——这部电影在巴黎的各家影院里场场爆满达两年之久——而在战争结束之后，由于她曾与“敌人有接触”，所以被禁止参加演出并被软禁了起来。

作为外交官的后代，泽林比1898年出生的独具魅力的阿莱缇小十岁，而一个德国国防军军官和来自巴黎近郊库贝瓦尔的迷人的女演员之间的暧昧关系也成了不同阵线和体制之间的一段疯狂的插
72 曲。泽林，一个有教养的、亲法的人，后来被聘任从事联邦德国的外交工作，1960年在担任大使期间在刚果河里游泳时溺亡。研究泽林和阿莱缇关系的克劳斯·哈普雷希特写道：那位穿着便装与阿莱缇一起出现在剧院、音乐会和马克希姆餐厅中的德国人外表很英俊，由于其教养、魅力和“翩翩风度”令人印象深刻。[10]尽管他的地位很高，但他看起来仍然试图尽可能巧妙地避开麻烦。与小说集同名的短篇小说《科迪莉娅》几乎不作任何掩饰地回忆了与阿莱缇的恋爱关系，在男主人公“我”身上的自我描写极其可信，只是稍加润色地描述了泽林作为在巴黎的德国国防军军官的真实行为：“我们的阳台安装着经过锻造的金属栅栏，透过栅栏可以看到法国梧桐，阳台后面是一个很大而凉爽的房间，我们晚上就住在这个房间里，那架大钢琴摆在左边两扇长长的窗子之间，墙上有黑色的大理石壁架，上方是镶着金边的镜子，房间里还有用包金的木料和红色的长毛绒制作的圈

手椅和凳子。在左边墙上大理石壁炉上的镜子前，木制的黑人少年蹲坐在那里，人们可以打开他的肚子，我的雪茄就放在里面。大多数时间我们都生活在这里。我们很少外出，由于不停的掌声，出于对她的考虑，因为我周围的人里的那些嫉妒鬼，因为所有陌生的面孔都会干扰我们。这个房间完全不合乎我们的风格，但是，和其他任何地方比起来，我们更愿意待在这里，在跟踪我们的人面前这里是安全的，在这里我们不给任何谣言、仇恨和嫉妒以任何滋生的养分。”[11]

从形式上看，短篇小说《科迪莉娅》很有趣，有一个巧妙布置的框架情节，故事开头，一个陌生人将在前线被杀死的叙述者“我”的证件据为己有，将它们传递给读者，并使一切都笼罩着一种神秘的气息。同样充满神秘感的还有常常是贫乏的、令人感到窒息的语言，
它只是在暗示，但却使这个在被占领的法国发生的不可能的爱情故 73
事散发着令人渴望的光芒——尽管有一些无关痛痒的语言上的不流畅之处。叙述者“我”——“她称呼我为‘柯维诺’，因为她觉得，我看上去像一只小乌鸦，颈部裸露着，被雨水打湿了，从巢穴里掉了下来”——在空军的一所“设计局”供职，隶属于空降兵团：“战争总是知道，对于它来说我在什么地方是最有用的，直到现在，直到最后。他是不可或缺的，战争认为。这种想法并不新鲜，在它之前已经有其他人也这样觉得，但是对于我来说新鲜的却是，发现它可以为我所用。”[12]

与大多数四七社创立者的军人般清醒的激情相比，泽林的语言在这个短篇小说中更加压抑、更加发人思考，通常来讲，他也一直都沉浸在这种激情当中。《科迪莉娅》尝试着把握在这对情侣周围并非如此预先设定的经验，同时，这些经验对于颇具拉丁风格的三十来岁的德国国防军军官来说又是动人心魄的（哈普雷希特写道，泽林一共向阿莱缇求过三次婚）。和泽林一样，无论是成果丰硕得多的恩斯特·云格尔还是与他同一辈的同行，都不曾把在法国的战争经历

用作创作的主题："我们的所作所为是一种罪行。这是一种任何一本法典中都没有记载的罪行，这并不是冒犯自然精神的罪行。但是，这却是反对战争的罪行。战争是时代的法则。……我们在这条线的两侧，科迪莉娅和我，但是我们却没有屈服。我们毫无恶意地对战争的权利不屑一顾，我们相信在我们自己身上感受到了一种更好的权利的存在，我们按照这种权利生活，丝毫都不关注线路、通路和其他关于民族的东西。我们并没有生活在这条线的两侧，而恰恰是生活在这条线上。其他人，在战争的角斗场上，每天都有成百上千的人自相残杀，在一种心醉神迷之中，对于那些继续活下去的人来说，它早已变成了地狱。但是，其他人——我羞于将它写下来——对于我们来说无所谓。我们所生活的微小的天堂就是重要的一切。……对于我来说，小科迪莉娅比大战重要得多。我担心，做个爱国者我缺少
74 天赋。"[13]

仅仅是由于一些粗俗的、由战争的氛围引起的套话，这部短篇小说才使人辨认出它大约写于1945年并出自一位德国作家笔下。这种氛围更多地附着于一种属于另一个生活范围的无忧无虑的渴望——比如，当柯维诺将瓶塞从酒瓶中旋转出来观看那股"银灰色的缓缓地"从瓶颈中流出的"烟气"的时候，这种渴望便变得意味深长："香槟如此冰冷，以至于它几乎没有泡沫，有一股紫铜的味道，第一口喝下去与苦巧克力相去甚远，我们两个人如饥似渴地喝着。"[14]

阿莱缇和泽林的恋情突然中断了。1942年底，泽林被派去"经受前线的考验"，阿莱缇则在巴黎解放后由于其绯闻而被捕和拘押，最终被驱逐到外省。直到1946年3月18日她才得以返回巴黎，但几乎一切都已时过境迁。当泽林1949年复活节时从他在上巴伐利亚的避难所最终再次来到巴黎的时候，很清楚的是，维系他们关系的框架条件在此期间已经截然不同了。他已不再是那位能够带着她出入各种餐厅的风流倜傥的军官，而是一个身无分文的自由作家，在巴黎

的公众当中最好还是不要过于频繁地出现。尽管有一种很强的吸引力，但感情终究无法承受日常生活的劳碌。泽林后来和一个德国女 75
士结婚并育有两个儿子。

在海尔林根，他的那些四七社的同行们是否知道泽林背后还有如此令人神往的故事？ 1947年，《天堂的孩子》在德国影院上映，迅速成为一部经典之作。为了不使人猜到故事的来源，泽林在海尔林根并没有带着令人感到尴尬的、非德国式的对爱情的渴望朗读短篇小说《科迪莉娅》，而是朗诵了出自同一集子的另一个作品《切入自然》，这个作品倒是更加能够体现出四七社的精神来。这是一个在传播中具有挑衅性的、希望制造令人震惊效果的砍光伐尽风格的作品——一个兽医从一头公猪身上切下了睾丸，而协助他的那个女孩则"用刷子刷洗着猪的屁股，但只是草草了事"。[15]即使在这里，也显现出了一种并未得到继续发展的语言天赋。泽林第一部也是最后一部作品——1950年由S.费舍尔出版社出版的长篇小说《卡萨杜卡拉》却遭到了批评界的冷遇，然后，他便消失在了外交岗位上。

所有人都很可能显而易见地感到，在海尔林根举行的聚会上，生活经历相当不同的作家和文化官员们走到了一起。希望把过去的岁月甩到身后的共同感受造成了一种牢固的联系。一些成员与纳粹的牵连看上去远不及汉斯·朔尔家庭的故事更能引起人的共鸣，作为附近城市乌尔姆的市长，他邀请大家到市政府出席招待会并为阿尔弗雷德·安德施能够发表他的纲领性讲话创造了条件。此外，通过汉斯·朔尔，四七社还建立了与乌尔姆业余大学的联系，直到50年代中期，这所业余大学都是同类中最著名的一所。汉斯·维尔纳·里希特后来成为那里的讲师。

在海尔林根的第二次聚会上，原本是讨论出版杂志《蝎子》的计划的编辑部会议，却变成了顺其自然的事情。那些较为年轻、尚未成名的作家对互相碰面和展开讨论都怀有浓厚的兴趣。1997年，海因

76 茨・弗里德里希在一次广播讨论中回忆起那种觉醒的氛围:“我们当时有一点亢奋,因为我们说,这样一次聚会真是太棒了。当时,人们一直在左翼和右翼中寻找能够志同道合的人士。于是我们决定,马上召开下一次聚会,以便把这件事情坚持不懈地做下去。需要一个舞台的正是那些年轻的作家们,他们寻找着一个舞台,为的是无论如何能够引起公众的关注。因为占据主流的文学是另一个样子。那是以西堡先生为代表的文学,保守,与1933年之前的文学保持着联系。诺萨克和霍尔特胡森等人或者还有哈格尔施坦格——这些都是那个时代年轻一代中的佼佼者。而那些在我们身边互相见面的作者首先希望成为作家。他们需要一个基地,以此为出发点,他们能够引起人们的注意。汉斯・维尔纳・里希特用他那天才的,同时又是不拘小节的友好的方式和我们拥抱,说:我给你们提供这个基地。在这里,你们将会引人注目!”[16]

# 第四章
# “你们醒来吧，你们的梦想很糟糕！”
## 作为四七社标志性人物的君特·艾希

今天，这个团体初期的大部分作家人们都已经不认识了。然而，却有这样一位跨越时代的作者，不久之后便成了四七社的门面；1950年，四七社第一次颁发了“四七社奖”，而谁将获奖已经再清楚不过。1948年春天，已经年届41岁的诗人和广播剧作者君特·艾希第一次出现在了团体在尤根海姆举行的聚会上。在其讲话《抉择中的德国文学》中，阿尔弗雷德·安德施已经恰如其分地提到了他。凭借其诗集《偏僻的田庄》，艾希在战后几乎变成了一类代言人，里希特用这样的语句回顾了艾希在尤根海姆聚会上的朗诵：“所有的人都感受到，这是我们的文学。”[1]在1950年于因茨希克芬举行的聚会上，艾希获得了“四七社奖”，关于他在那次聚会上的朗诵，阿尔布雷希特·克瑙斯在《新日报》上是这样报道的：“这一次，从第一行开始，我们就能够感觉到独特的语调，那轮廓分明和色彩艳丽的纯粹的语言的旋律。从这些作品中产生出一种令每个人都能感到的幸福。‘这个穿着蓝色夹克的男人’包含着一种魔力，如果想要更详细地给这种魔力下定义，简直就是吹毛求疵。知道内情的人都期待着艾希获得这个奖项。”[2]

芭芭拉·柯尼希第一次参加这个聚会，在回忆中，她描述了那种沉重的气氛，描述了坐在“电椅”上朗读的情形，以及常常是生硬的批评和毫无顾忌的腔调。但是，关于艾希的朗诵她却这样写道：
78 “当君特·艾希朗读时，突然一切都安静了下来。没有人举手，也就是说，他用他的诗作将大厅填满了，不允许其他任何东西进入。在很长一段时间之后，大厅里才又有了动静——轻咳声、本来只是想提醒‘不要再说话’的声音。竟然还有这样的事情。”[3]

那首对于艾希来说非典型的诗歌《盘点》常常被看作四七社早期的纲领性文字、核心的作品。然而，他最重要的时刻——他一跃成为文学的标志性人物——却是另一个时刻，而这一时刻稍晚才到来——1951年4月19日晚间的黄金时段。此时，德国西北广播电台作出了一个非常大胆的试验——它播出了君特·艾希的广播剧《梦》。

当时，广播剧是对公众影响最大的文学体裁，因为那时还没有电视。电台在准备阶段就已经预料到，在那天晚上将要有不同寻常的事情发生，于是便尝试着预先采取一些措施。编辑部向各种报纸提供了关于这部广播剧的信息和小心谨慎的介绍，编辑坐在演播室的电话旁准备着在播出后与听众们直接通话。事实很快证明，做这些准备工作确有必要。无数的听众怒不可遏地打来电话，德国西北广播电台的电话总机记录下了这些不满的声音。比如，有人说：“您说，今天晚上您又在广播里瞎扯了什么乱七八糟的东西？真令人作呕！放弃您全部的广播剧吧，您知道，这件事非常糟糕！”也有人说：“哼，晚上在广播中播放这样的东西真是厚颜无耻到了极点！明天我会和新闻界联系，我倒要看一看，广播电台是否能播出点什
79 么别的节目，在一天的劳碌和紧张之后，我们在晚上坐在收音机前，能否让我们高兴一点。我们最后的积蓄可一定不会付给这样的东西。”又比如：“这样的玩意已经和疯狂差不多了！在如今这个每个人都要去奋斗的艰苦时代里，您却播放这些令人作呕的东西。这节

目实在让人恶心！这也叫文化吗？我觉得已经到了您必须停播这部广播剧的时候了。”[4]

1951年4月19日的夜晚被看作现代广播剧的诞生时刻，同时又是其历史性的时刻；《梦》就是其经典作品。人们甚至为这一文学体裁设定了“艾希标准”。然而，在第一次播出时，听众主要的反应却是恐惧。《明镜周刊》在其前期报道中写道：“播出时间比通常情况略微晚了一点，因为人们希望孩子们已经上床睡觉了。尤其是第二个梦的内容最好不要让孩子们听到。”[5]广播剧的第二个“梦”是这样的：

丈夫：他并不贫血。

先生：如果他不贫血，我就不需要他了。

丈夫：我向您表示祝贺，因为他不贫血。

女士：最重要的首先是血。

妻子：当然，这我们知道。报纸广告里已经说了。

女士：这是新疗法，您懂的。

妻子：医学的伟大成就，为人类祝福。

女士：但是我不知道，那个小昌都是否合适。

丈夫：我妻子每年都生一个孩子，有时还是双胞胎。他们都被用于新疗法了。

妻子：六岁是最好的年龄。

丈夫：我们只提供受过一流教育的健康的孩子。这里，我有介绍信。

女士：给我看看！啊哈。

妻子：给这位先生看看你的脖子，昌都！

孩子：好。

先生：这里是动脉，安琳。

80 女士：是的。但是，这次可以让这个女孩做。[6]

与此相呼应，一位听众的评论是这样的：“孩子被出售，以便被宰杀，这样的东西竟然没有作为晚餐提供给人们！”[7]君特·艾希的广播剧《梦》捅了一个马蜂窝，它是对于刚刚成立的阿登纳治下的德国发起的一次挑战。这也表现在1951年第一次颁发了“战争失明者广播剧奖”——这个奖后来成为德国最重要的广播剧奖。获此殊荣的是埃尔温·维克特的《你可以呼叫时间》。然而，评委会却认为有必要在其评语中提及艾希的《梦》：“一部像君特·艾希的《梦》一样的具有如此闪光的、迷人的外在力量的广播剧避开了所有提供帮助和提示的思想内容。在令人感到痛苦的幻景中，恐惧被描述出来，就像它时刻与今天的人相伴，而对此，艾希却既没有说出任何安慰的言辞，也没有指出任何出路。于是，这部广播剧也与广播剧奖原本的目的相悖，所以在评委们当中也就没有得到必要的赞同。”[8]

君特·艾希比四七社的大多数成员都年长。在第三帝国中他随遇而安，在第二次世界大战中他被征调当过司机和话务员，从1944年起在空军服役。他在美国战俘营里待过几个月。广播剧《梦》播出时，这一切还都历历在目，但看起来已经属于另一个时代了。联邦德国的“经济奇迹”此时刚刚开始。德国人正全心全意地投入到工作中，以便驱散刚刚过去的岁月留下的阴影。在他们的潜意识中，《梦》深深地刺痛了他们。1954年，艾希为西南广播电台创作了一部新作品，他把下面的诗行放到了结尾，这些诗句产生了几近神奇的效果：

你们醒来吧，你们的梦想很糟糕！
你们保持清醒，因为惊奇的事情正在靠近。
它也在向你走来，你住在遥远的、鲜血横流的地方，

它也在向你走来，走近你下午的睡梦，
睡梦中，你并不想被打扰。 81
如果它今天不来，它就会明天来，
但是你要确信。
……
不，你们不要睡了，维护世界秩序的人正在忙碌！

你们不要相信他们的权力，他们规定，必须为了你们获取这种权力！

你们醒来吧，当有人认为你们心灵空虚时，你们的心灵其实并不空虚！

你们要做无用的事情，从你们的嘴里唱出他们并不期待的歌曲！

你们要变得令人难堪，要做沙子，而不是世界运转的油料！[9]

艾希是少数几个在希特勒政权垮台后用一种全新的语调讲话，并且不再延续其在专制统治之下的行为和语言的作家之一。几乎独一无二的是，与那些可以参考的传记记述相反，他根本没有首先尝试将自己描写成受害者或者积极的希特勒的反对者。因此，根本无法预见的是，恰恰是艾希在1945年之后成为德国人排斥行为的不遗余力的控诉者。

1907年2月1日，艾希出生在奥德河畔的雷布斯，他的父亲是记账员和农场主，他们曾多次搬家。艾希从来都不愿多说自己的经历，尤其是关于他早年的生活人们几乎一无所知。上大学时，他选择了国民经济和汉学专业。1927年，年仅20岁的他在一本《新诗集》中发表了他最初的诗歌。在一篇艾希于第二次世界大战后撰写的简短的生平介绍中，他描述了大约发生在1928年到1929年间的关键事件：“在巴黎的一年加深了我对艺术世界的偏爱，也破坏了我维护市民阶层的意识。”[10]

1930年，位于德累斯顿的沃尔夫冈·耶斯出版社出版了君特·艾希的一部诗集，题目就叫做《诗》。1932年，他最终放弃了
82 学业，称自己为“自由作家”。关于他周围的环境，人们最早是通过一份同样是由沃尔夫冈·耶斯出版社出版的“文学杂志”——《纵队》——了解的。关于这一时期艾希的自我理解的唯一证据，可以在这份杂志1932年发表的一篇文章中找到。在周围的政治环境日益严峻的同时，在《纵队》里，人们有计划地致力于自然诗歌的创作。艾希试图在这里找到自己的位置：“一个对于时代作出的决定，就是说，对于时代的一个局部现象的决定，根本不会引起真正的诗人的兴趣。（但这并不排除，比如他作为一个个人支持一个政党。）诗人不会做任何选择，令他感兴趣的只有他的‘我’，他不会像叙事作者和戏剧家那样创造一个‘你’的和‘他’的世界，对于诗人来说，只存在着一个缺少团体的个别的‘我’。恰恰是因为他不会对任何事情作出抉择，所以他能将时间作为一个整体藏于心中，并且在其‘我’的纯净的镜子里使时间再次显现。因为‘我’的变化是一个时代的本质内容。虽然这种变化并不能像读一份报纸那样被人觉察出来，但是，谁懂得如何去读懂诗歌（这本领几乎是无法学会的），谁就会在诗歌中感受到这种本质。就像我们今天将艾兴多夫或者默里克看作其时代的表达一样（不包括他们使用曾经最新的时尚词汇），同样的道理，对于后人来说，一首今天读到的、完全个人创作的诗歌也会毫无疑问地将我们的时代表达出来。”[11]

在这一时期，艾希的诗歌尝试着摆脱格奥尔格·特拉克尔遮蔽一切的榜样，以达到简单的形式。与此同时，艾希接触到了另一种具有完全不同前景的媒体，但对于一位自由作家来说，这一媒体却提供了最好的克服财政困难的机会——广播。艾希与一位来自《纵队》的朋友马丁·拉施克一起创作了他的第一部广播剧——《歌手卡鲁

素的生与死》。这部广播剧于1931年4月9日由“柏林广播时刻”电台播出。通过创作这种迅速发展的以无线电为媒介的作品，艾希保证了其作为自由作家的生存条件——即使到了民族社会主义时期，这一点也似乎并未被人察觉。与此相对应的是，他的诗歌创作便停滞了下来。在1930年的诗集出版之后，他的诗歌便变得更加简洁，荷尔德林或者特拉克尔式的长诗节变成了近乎民歌式的四行诗。艾 83
希在这一时期创作的最后一首诗——《穿越沙丘的路》——最晚是1935年写成的。直到十年之后，艾希才在战争结束时在美国战俘营里重新开始了诗歌的创作。与此相反，为广播所写的作品的数量却从1932年、1933年开始急剧增加。

在这个过程中，由于纳粹统治的开始导致的一个重要的转折无论如何没有被觉察。此前，他创作的广播剧有：《冒险家闵希豪森的一生》（“柏林广播时刻”电台，1933年2月26日）、《梯尔·欧伦施皮格尔》（“柏林广播时刻”电台，1933年4月10日）、《幸运骑士——根据艾兴多夫小说改编的七场喜剧》（德国广播电台，1933年5月25日）。然而，最重要的事情是艾希和他的朋友马丁·拉施克共同承担完成的每月播放一次的系列广播剧——题目是《科尼希斯乌斯特豪泽的乡村邮差的每月图像》。从1933年10月4日至1940年5月9日，这个节目——以乡村邮差作为主要角色——在德国广播电台定期播出。现在，这个节目几乎没有保留下来任何内容——但是，在1936年的一个片断之中，其艺术风格清晰可见。其题目是《为乡村邮差一段星辰小夜曲所写的前言》：“此时，我站在旧窗边。我再次看到黑暗中的乡村，我对它是那么熟悉。花园中的灌木丛和光秃秃的枝条簌簌作响，仿佛那声音来自过去。啊，谁有一颗苍老的心，谁就不会相信还有青春，就不会相信夜晚还保留着爱人的秘密并仍然会使一些心灵变得沉重，使一些人无法安睡。哦，12月，冰冷的年纪的月份，在你的夜晚当中，乡村空旷而清新，没有令我困惑的事情。”[12]

虽然艾希不再写诗，但是，诗意的感觉却显然已经渗透到了他为广播电台所做的谋生的工作中。为了确保这份工作，1933年5月1日，他递交了加入民族社会主义德意志工人党的申请。事实已经证明，在30年代，有一个特别是由诗人组成的朋友圈——于尔根·埃格布雷希特、彼得·胡赫尔、霍斯特·朗格、赫尔曼·卡扎克、奥达·舍费尔。在波莫瑞的卡闵县，艾希在佩波劳有一幢夏天度假的
84 房子。1939年8月10日，他收到了加入空军的入伍命令。在给从《纵队》时就认识的、来自法兰克地区的朋友阿道夫·阿图尔·库纳特的信中，他对军营生活的单调和乏味颇有微词："我们宁愿谈论一些舒服的事情。比如，今年的葡萄长得如何？还是说长得不好？无论好与不好，无论如何你都应该想到关于葡萄酒的长篇小说！我觉得，这是个适合你的题目。你会笑——恰恰在像现在这样的一个时代里去完成这样的一个任务挺好的。因为现在的人对此不感兴趣，所以顾及读者感受的危险已经降到了最低。你只需要在葡萄藤前为自己辩白就行了。"[13]

如果人们愿意如此看待的话，这也许就是他"内心流亡"的方式——他自己却并不这样认为。虽然，凭借对自然的真挚情感和非政治的主题，他尝试着使自己脱身，但是，他却很快就受到了限制。第二次世界大战开始时，他尝试着采取一切手段通过广播电台得到一次休假的机会，以便能有一段时间逃避在军队服役。为此，他需要一份合同和一个广播剧的主题。然而，时代却已经走向了极端。广播已经成为一个直接的、服务军事的宣传工具。1940年3月13日，艾希从柏林写信给库纳特，谈到了他对主题的寻找："遗憾的是，我不知
85 道我该如何给我的广播剧收尾。我曾经看中的汉米尔顿夫人已经在汉堡出现过了，所以，现在必须尽快寻找一个新的素材。你们在柏林拟定的那份非常精彩的剧目单中，据说在此期间没被改编过的已经没有了。靠着自身天赋的资源和自成一体的图书馆，尽管有电台工

作人员的鼎力帮助，我仍然需要一个星期的时间才能找到一个在任何地方都不会造成误会的素材。现在的主题是1922年发生在约翰内斯堡的金矿工人的罢工，假如我是宣传部的话，我就会用惊恐地绞在一起的双手拒绝这个主题。如果它不被播放，我也可以接受，虽然我的失败令人遗憾，但是，我却有了假期，只有那些每天晚上9点在灯光熄灭后必须躺在床上的人才知道这意味着什么。”[14]

从“宣传部”的态度上看，艾希是大错特错了。他刚刚修改过的关于1922年约翰内斯堡暴动的剧本完全符合民族社会主义政策的意图。要么就是这个剧本艾希不感兴趣，要么就是他对它的估计出现了偏差。毫无疑问，这个素材的主要内容就是为了煽动反对英国的情绪——德国国防军对西部的进攻在即。1922年发生在南非的金矿工人罢工事件主要针对的就是英国的资本家，他们为了追求利益希望白人矿工的工资与黑人的工资一样——否则，他们便威胁要完全关闭企业。1940年5月8日，《金城暴动》由德国广播电台播出。这是民族社会主义时期艾希创作的最后一部广播剧，一部对于他来说完全缺乏代表性的广播剧。很长一段时间里人们都以为，艾希在这段时间里为广播电台所写的几乎一切都下落不明了。所以，1993年，在布拉格附近一座从前的修道院里发现了这部广播剧的一个铅印版，所引起的轰动便愈加强烈——14公斤重、好几厘米厚的蜡版，每张都可以播放最多4到5分钟。录制到这样的蜡版上是当时常见的录音方法。而为了实际的播出，此后会将它们压制到可播放的虫胶唱片上。 86

这部广播剧中最糟糕的用作宣传的一幕——一幅英国大资本家的风俗画，极可能并非出自艾希之手，而是在播出前不久被人添加上去的。一些证据表明，对于这个素材的极具政治性的、直接有利于战争的维度，他并不十分清楚。然而，《金城暴动》却证明了，艾希是如何无辜地犯下了过错，又是如何作为主观臆想的非政治人物纠缠在民族社会主义之中的。战争结束之后，他便从中吸取了教训，对于战争时期的一切他缄口不言。

五年后的1945年年中，在美国战俘营里，艾希突然重新开始写作诗歌。诗作《盘点》立刻声名远播，很快就出现在了所有的读本之中：“这是我的帽子，/这是我的大衣，/在这个麻布袋里/装着我的剃须工具。……”[15]通常来讲，这首诗作标志着德国战后文学的开端。它被看作“零点”的证明，被看作一种“砍光伐尽”文学的宣言。然而，在其字里行间，人们会注意到往昔的岁月对它们的重压——就像一个黑洞，一股巨大的能量。伸手可及的物品是遗留下来的唯一的东西，对于它们来说重要的是一种自我的证实。这不是一个无忧无虑的新的开始，也并不是发生在无辜的状态下。在列举这些物品时，人有一些犹豫不决和小心谨慎的语气。然而，诗作《盘点》与君特・艾希十或十二年前创作的诗作有着根本的区别。这里已不再有抒情的向往，不再有梦的形象，甚至连自然都没有了。通篇都是幻想的破灭和冷静。处于核心地位的是日常生活，是人存在的最恶劣的条件。这并非诗意的心醉神迷的时刻。在艾希这一时期创作的另一首著名的诗作《茅厕》当中，“荷尔德林”甚至与“小便”一词的韵脚压在了一起——这种事情在几年前是无法想象的：“荷尔德林的诗行/困惑地在我耳畔响起。/雪一般纯净的/云彩倒映在小便里。”[16]

《盘点》和《茅厕》虽然是艾希在1945年以后的那段时间里最有
87 名的诗作，但是，它们却是在一个例外的情况下产生的。不久之后，他便又重新回到了从前四行诗节的风格上，并且尝试着在自然当中反映人的生存条件。《盘点》——这是一个被突出的、无法重复的瞬间，一个他除了谈论自己、谈论一种极端地回归到自我身上的生存之外已无他事可谈的时刻。在1948年令艾希成名的诗集《偏僻的农庄》中，既有这些写于战俘营的赤裸裸的毫无掩饰的诗行，也有早在30年代初就写就的诗歌以及已经将这样一种“盘点”甩在身后的新的作品。1949年，艾希为南德广播电台朗诵了大量的诗歌，引人注目的是，《盘点》和《茅厕》都不在其中。在他看来，这两首诗在这一时刻都已经不再重要。取而代之的是，他甚至朗读了一些较旧的诗作——关于30年代早期到40年代晚期这段时间，他几乎没有交代。

但是，艾希在此却试图将他已有的诗歌语言与新的经验结合在一起。他巧妙地躲避着他依然能够从中获取先验维度的自然诗歌和一种通俗的语言，这种语言在一些方面让人想起同时正在产生的戈特弗里德·本恩的新诗。然而，在这些日子里，艾希身边却发生了一些新鲜事。一直将自己看作不参与政治、将文学置于社会日常活动之外的一个更高尚的生存空间里的他，现在却被要求准确地阐明文学的任务。1949年，他在一篇报纸文章中写道：“不希望只是消遣，而是希望发挥作用的作家必须鼓起勇气，即使是写读者不喜欢的东西。文笔并不是什么安眠冲剂，而是一种炸药。”[17]

这是另外一种全新的态度。在这里，宣告其到来的是创作广播剧《梦》的那个君特·艾希，一个不对公众趣味和媒体规则作出任何妥协的人。他敏感地对日常的“被人理解”的要求作出反应。令人感到惊讶的是，这种敏感的来源变得十分清楚——并不是迅速发展的排斥行动，对此，他非常具体地作了说明：“难道一开始无法被人 88
理解的一切就都是无稽之谈吗？毫无疑问，对于作家而言，上过新闻学校并非坏事。然而，我们来观察一下如此频繁地被作为主要证人引用的美国人吧。无论如何，沃尔夫和福克纳并不是每个人都能接受的。一个普通的读者该如何阅读《太阳照常升起》或者《大双心河》？应该发人深思的是，在第三帝国当中也有人曾经提出过类似的要求。他们导致了‘蜕化的艺术’这个概念的出现。在我看来，它们与极权体制统治大众的关联一清二楚。‘马戏团’令人入睡，形式却令人感到不安。应该尊重一种遵循现实主义的文学的伟大成就——由此推导出一种整体的要求，是我们不希望让自己看到的一个贫乏的证明。”[18]

此外，无论如何具有一种奇怪的现实意义的是，在《法兰克福评论》上第一次刊登的这篇诗学论述中，出现了一个——也许甚至是修改过的——印刷错误，在艾希的《作品全集》当中这个错误还一直保留着——和保留下来的手稿不同的是，在那里写的并不是“形式令人感到不安”，而是“形式令人感到宁静”。显而易见，不仅在当时，即使在今天，艾希都切中了一根敏感的神经……

显然，令艾希感到烦恼的是，在民族社会主义时期他被政治势力用作了工具。他愿意从中得出结论。他所要求的“即使是写读者不喜欢的东西”的勇气、他关于文笔是“炸药”的言语，都是与他在《纵队》时的最初创作相去甚远的一个文学概念。艾希在此期间对于文学和他自己所提出的高尚的道德标准有多么严肃，这一点在他1947年底写给维利·费泽的一封信中体现得非常清楚。后者正在写一篇题为《秘密的德国》的文章——费泽希望在这篇文章中记录下反抗希特勒统治的情况和那些确信自己站在正确一方的德国力量的觉醒的氛围。艾希的回答令人目瞪口呆。在一种专制制度结束之后，几乎没有一位20世纪的德国作家像他那样作出如此的反应：“亲爱
89 的维利！感谢你的来信！我与这篇《秘密的德国》格格不入。我并没有积极地反抗民族社会主义。我不喜欢现在装出这样的一副姿态来。”[19]

对于艾希来说，反抗“权力”成为50年代的一个主题，他猛烈地抗争着任何形式的“默许”。这虽然也是对康拉德·阿登纳领导下初建的联邦德国的一种具体的批评，但是，这首先却是艾希从其在希特勒政权统治下的经验中吸取的教训。这体现在艾希重新开始了他广播作家的工作：“但是，我怎样避免使广播剧变成一种所谓漫无边际的废话，收音机一旦被打开，它就会不停地播放下去，人会喋喋不休地说着话。我怎样避免广播剧——我们只管这样说——变成一种

废话呢？对于我来说，这原本就是问题之所在，当我思考这件事的时候，这也是我在创作广播剧时感兴趣的地方。我该如何在某种程度上将间歇、沉默带入到言谈之中呢？”[20]

艾希战争之后创作的第一部广播剧名叫《买来的考试》，1950年播出。主题是黑市、饥馑和行贿。时代的困境反映到了一个个体的冲突之中——一个学生向他的老师提出，如果后者把考试题目泄露给他，他就会提供给他本来非常难以搞到的东西。凭借着良心，老师无法答应这个条件，但是，他的妻子却因为家庭的困顿向他施压。在过去的民族社会主义的背景下，人们很容易读懂这部广播剧反映的个体冲突——当良知和生存的冲动彼此发生冲突的时候，会发生什么事情？艾希希望，广播剧在50年代能够主动地摆脱娱乐、摆脱单纯的消遣的名声，简而言之，就是摆脱纳粹文化的枷锁。接着，他很快就获得了“战争致盲者广播剧奖”——虽然并非是因为他那令人心慌意乱的《梦》，但却是因为一年之后即1952年播出的广播剧《另一个女人和我》。在感谢辞中，艾希不可避免地谈到了广播作为大众媒体的尴尬角色：“此外，我们这些为了广播而工作的作者还处在一个机构的法则的管辖之下，而我们始终都应当带着警惕的怀疑态度 90
观察这个机构，即使我们是在为它服务。我们受到的危害比诗人更大。在我们不专注的时候，我们便服务于世界的机械化，而在我们爱别人的时候——我想，也可以这样说——我们便有助于某些力量的壮大，这些力量会阻止大规模的集中营出现，也将使世界不会成为一片巨大的墓地。”[21]

广播剧《维泰波的少女们》1953年首次播出，其主要内容是一个用比喻手法描绘出来的纳粹时期的紧张局势。1943年，一位犹太裔祖父连同他17岁的孙女被一个独身的女人藏在了柏林的一幢出租房里。在一份旧画报上，他们发现了一个故事——一群来自维泰波的少女在罗马错综复杂的地下墓穴中迷了路，人们再也找不到她们了，于是，他们便设想这个故事延续下去的各种可能。然而，从一开始就看似无法避免的是，最终纳粹军官仍然敲响了他们的房门：

> 加布里埃勒：你现在就在我们待了三年的地方。我数了墙纸上的条纹。一共365条。条纹的数量和一年的天数一样。这是个多么荒谬的巧合啊！还是这是有意为之，有什么意义？还是一年根本就不是365天，我只是这样想象的，因为我在墙纸上数出了365条条纹。
>
> 奥尔登堡：我觉得我没有来过这里。
>
> 加布里埃勒：你在家里，爷爷，在我们自己选择的牢房里，柏林—维尔默斯多夫，摄政王大街96号，温特夫人的住所。时间我已经不清楚了。但那是10月，1943年。[22]

摄政王大街96号——这个地址令人关注。这是君特·艾希自己的地址，直到1943年，这栋房子在一次炸弹袭击中被烧毁。他将普遍的、宏观的历史与他自身个人的经历直接联系在了一起——而且首
91 先是为了自己。公众对于这个地址的故事并不了解。纳粹时期的个人生活偶尔会在艾希的广播剧中表现出来——会出现一些类似的情节。他借助广播剧诱导性的、有时烦扰人的手段对一些事情作了细致的处理，这些手段在梦境中将现实勾勒得比其一眼看去的样子更加清晰。恰恰是在第二次世界大战之后，艾希曾经这样描述了广播的各种可能性："广播具有话剧和书籍不具备的可能性。它尤其具有将非现实的事情透彻地描述出来、使思想和梦境直接产生效果的能力。广播剧的可能性还一直都只被利用了其中的一小部分。"[23]

在广播剧达到其顶峰的这为数不多的几年里，艾希创作了这一体裁的几部扛鼎之作——《梦》、《维泰波的少女们》、《拉策蒂斯之年》以及《西图巴尔岸边汹涌的波涛》。有时看上去是一些不受时

间限制的素材,比如生存的世界谜题,但在其中却极其突然地发生了一些下意识的事情。在50年代,艾希是个引发事端的人,是一个以极端的方式抨击阿登纳统治下的社会中的“默许”态度和“同心协力”的人——他想到的是对于刚刚过去的历史的回忆。1959年,在接受毕希纳奖的讲话中,他的想法变得最为清楚:“我们知道,权力感兴趣的是,一切艺术形式都不超越善意的界限。权力与质量是相互抵触的。超越了控制、超越了权力所允许的范围的语言是不受欢迎的。它单纯的存在意味着一种批判,意味着一些与控制和权力本身互相矛盾的东西。这里的语言,指的是那种深奥的、那种试验性的、那种极端的语言。它越是强烈地违背语言的规则,它的生命力就越强。权力带着特别的愤怒迫害它并非偶然。并不是因为缺少适合的内容,而是因为不可能将这个内容投入实际应用。因为此时会产生一些无法为权力所用的东西。与权力针锋相对发挥作用的并非内容,而是语言。……我接纳所有无所适从的人,独来独往的人和局外者,政治和宗教方面的异教徒,不知满足的人,愚蠢的人,在失去的岗位上斗争的人,傻瓜,没能耐的人,倒霉的空想家,狂热分子,搬弄是 92
非者,所有在幸福的时候无法忘却这个世界的苦难的人。”[24]

艾希的文章不是由政治口号组成的。他的文学不是传统意义上积极投入的文学。它使人感到心烦意乱,因为它将一些可怕的事情、一些人们不承认的事情写了下来。1957年2月1日,《法兰克福汇报》登载了一首艾希的诗作:

**后卫部队**

站起来,站起来!
我们不会被接受,
消息和群星的阴影一起到来。

正是和其他人一样离开的时刻。
他们将其街道和空旷的房屋
置于月光的保护之下。它权力微薄。

我们的语句会被寂静记下。
下水道井盖翘起来露出了一道缝隙。
路标已经转了过来。

当我们回忆起爱的路标，
可以在海平面上和飞雪中觉察！
来吧，在我们未盲之前！

几天之后，这家报纸不得不腾出一个整版的篇幅来刊登读者关于这首诗的各种来信。下水道井盖翘起来露出了一道缝隙："最近几年里，我必须负责剥夺精神病院里那些精神病患者的行为能力和安置他们。在我看来，这位艾希先生无疑就属于这一类人！一位编辑居然接受了这样一堆垃圾，对此只能说太令人感到悲哀了。"或者："在今天的文学作品中，哪里的月亮还是银色的，哪里的家庭独居住宅舒适安逸？从本恩到伯尔，从马拉帕特到海明威（更不要提阿尔
93 诺·施密特）都不仅仅是将下水道井盖打开了一道缝隙，全部的下水道都是打开的，肆无忌惮地散发着臭气。难道不是更应该这样来提问——我们怎么把这个缝隙填上？难道我们不必改变想法吗？在文学当中，病态的就是健康的，难道不就是在今天发生的吗？难道我们不是在发呆地盯着开放的排水系统，仿佛从那里就能够得到解脱似的？"[25]

艾希在50年代走的道路是具有示范性的。他是少数几个直接攻击联邦德国初期排斥机制的人之一，同时，他也批判性地质问了自

己个人的经历。在这一过程中,他加入四七社也就几乎是必然的;一个典型的由时代所决定的奇妙结果便是,民族社会主义时期他丰富的广播电台实践使他能够迅速地认识到,广播剧将成为50年代对公众最具影响的体裁。

一个突出的例证便是1959年艾希获得毕希纳奖时的讲话,在这篇讲话里,他也回应了《法兰克福汇报》上读者的意见和广播电台听众的电话:“就我个人而言,我怀疑永恒价值会使权力变得不朽,而被编造出来的存在的快乐使我想起了我曾经不得不写作的那种以工作为乐的诗歌——在被控制的语言中肯定生活,无休无止的‘由快乐带来力量’的主题和人与人彼此相互友善!(但是,多么不幸,你们并不友善,多么不幸,你们并不快乐!)百废待兴,一切都是积极的——经济、英雄、爱情,为什么生活总是只有阴暗面呢?幸福和业余时间与日俱增,你们不用担心,我们会来照顾你们。这全部的致命的乐观主义,如此可疑地受人欢迎,如此准确地符合标准。眼睛和耳朵紧闭,所有人的脸上都带着一种喜悦的微笑。一首歌,三首,四首,我们这样对未来充满信心地迈向一千零一种奴役。将要付诸实践的是建立运转完美的社会。我们已经没有时间说‘是’了。如果我们的工作无法被理解为批判,无法被理解为敌对立场和反抗,无法被理解为令人反感的问题和对于权力的挑战,那么我们的写作就是徒劳的,我们就是积极的,我们就是在用天竺葵装饰屠宰场。”[26]

# 第五章 锲而不舍的新手

## 里希特、安德施和媒体中的网络式联系

像“砍光伐尽”这样的词能够产生何种结果真令人感到惊讶。在德国文学中，很长时间以来它都代表着1945年之后一个极端的新的开始，那时，人们似乎已经宣布摆脱了所有遗留下来的夸夸其谈和激情洋溢。此时，这样一种“砍光伐尽”在文学上的证明却很少见。除了艾希为数不多的几首著名的此类诗作之外，人们可以把汉斯·维尔纳·里希特和瓦尔特·科尔本霍夫描写战争经历的长篇小说归于此类——但是很独特的是，作为作家，汉斯·维尔纳·里希特的朗读在每次四七社的聚会上都会遭到强烈的批评，所以，从50年代中期开始，他便将自己的工作局限在纯粹的组织者上。海因里希·伯尔则是一个例外，因为他将一种毫无雕饰的现实主义语言和基督教的道德观念结合在了一起——早在1953年，伯尔就支持基督教民主联盟。此外，“砍光伐尽”文学还包括几个海明威的追随者，包括报告文学的文体，首先是补记的对战争的报道——但是，除此之外，在四七社当中也有自然的声音存在，不久之后，里希特周围的一群人便感受到了各种完全不同的审美挑战。

当沃尔夫冈·魏劳赫1949年发明“砍光伐尽”这个词的时候，这种写作方式的几乎不为人所见的高潮已经过去。在魏劳赫主编的

文集《一千克——德国新故事汇编》的后记中，他这样评价德国的当
代文学："在我们的灌木丛中，它砍光伐尽。"——这毋宁说是对文学
各种可能性的一种普遍的诗意的概括，是一种具体的文学政治的座
右铭。魏劳赫描述了在当时的现实中获得支持甚少的一种表达愿望 95
的想法。但是，汉斯·维尔纳·里希特却在魏劳赫创造的词汇中本能地认识到，这为他周围的不知名的年轻作家们从事写作提供了理想的合理性证明，于是，他便把它引用到了未来的纲领性的表述当中。由此，他获得了意想不到的成功。

在四七社当中互相碰面的"年轻一代"，并不一定是就年龄而言的。君特·艾希生于1907年，瓦尔特·科尔本霍夫和汉斯·维尔纳·里希特生于1908年，另一位《呼声》的主编阿尔弗雷德·安德施生于1914年。"年轻"更多地意味着，这些作家到那时为止还几乎默默无闻。他们在没有任何历史背景的情况下在公众面前亮相，而他们当中的一些人在第三帝国时期无论如何有过一段贫乏而隐匿的作家经历，在绝大多数情况下都完全不为人所知。将他们联合在一起的是这样的感觉——没有负担，坦率地向前看，着重地、满怀雄心壮志地去占据未来。因此，后来"砍光伐尽"这个概念便成为这个团体对自己的定义，与政治上的委婉表达"零点"相得益彰。

然而，具有很强的象征意义的是，沃尔夫迪特里希·施努雷的短篇小说《葬礼》成为1947年四七社里第一篇被朗读的作品。因为空虚，追问上帝的声音不断减弱，这篇小说事实上讲述的是一种全新开始的热情。凭借几篇早期的作品，施努雷可以被看作"砍光伐尽"的典型代表。但是，当1949年阿尔弗雷德·安德施在其广播专题节目中谈论施努雷的一篇短篇小说时，从中却可以听出完全不同的、更加亲密的、从德国的思想传统来看被人熟知的腔调："在它的一些表述中，它也许会伤人，但它却是必要的。因为，它将对于德意志思想的震动隐藏在了它的温柔和残暴当中，德意志思想就像凤凰涅槃一般

希望一跃而起。”

在战争刚刚结束的那段时期以最直接的方式为自己的一代人发声的作者是沃尔夫冈·博尔歇特（1921—1947）。在后来的读者看
96 来，他成了战争刚刚结束时期文学的经典作家，与四七社的作家们心有灵犀。博尔歇特的文学灵感最早表达出了被汉斯·维尔纳·里希特和他的朋友们看作可以使彼此联系的东西，表达出了被他们看作其处境的审美转化的东西。

博尔歇特英年早逝，死于战争留下的后果，他曾多次被拘捕，并被判处“前线缓刑”。他是四七社想要代言的“年轻一代”的代表人物，是那些在战争中作出了无谓的牺牲、带着精神创伤返回家园的人们的喉舌。他战后创作的剧本《大门之外》——从战争中回归的年轻人贝克曼的故事——切中肯綮。早在1947年2月，它便以广播剧的形式首次播出，第一次登上舞台则是在同年11月的汉堡。作家1947年底的早逝也有助于传奇的形成。由此，他被数代作家赋予了殉难者的角色，这个角色在《大门之外》中已经在审美方面做了准备。他的戏剧的内容是儿子对父亲的反抗，无论是在家庭还是在社会方面。他希望他们能够面对他们的罪责和责任，但却遇到了众所周知的排斥机制。他作品中的一个基本的动机便是市民们依然轻率地我行我素。

博尔歇特的戏剧——战后文学的第一个重要的证明——从文风上看是无法感觉到“砍光伐尽”的。人的经历更多地是由借鉴表现主义的形式重点表达出来的。此外，这部戏剧还有一些配乐诗朗诵的成分——它展现了士官贝克曼在好几次尝试和不同处境当中的失败。他的控诉对于社会现实丝毫不起作用。无论是上校还是卡巴莱剧场经理——被普遍认同的两个代表——都以讽刺的态度拒绝了他。贝克曼越来越严重的孤独感表现在向独白发展的趋势当中，方式从具体的控诉发展成为一种对生存意义的提升。所有的人在戏剧

结尾都是“被谋杀的凶手”，罪犯和受害者已合而为一。而那个“已经无人相信的”年老的上帝身上充满了自我怜悯的情绪。这在很多方面会引起人们的认同。在关于四七社1948年4月在奥登瓦尔德 97
山区西部的尤根海姆举行的第三次聚会的文章中，冈特·格罗尔在《南德意志报》上这样写道：“没有做作的仪式，团体以一种非常自然而然的方式悼念了早逝的沃尔夫冈·博尔歇特。”[1]

汉斯·维尔纳·里希特与博尔歇特曾经有过情感上的交流，在他看来，“砍光伐尽”与其说是一个具体的观念，毋宁说是一种向往，他的这些感觉有代表性地在1947年由他主编的文集《你的儿子们，欧洲》的前言中被表达了出来，君特·艾希的《盘点》就首先发表在这部文集中。里希特这样写道：“《约翰启示录》改变了那些活着的人。在这个时期之前存在的事物现在已经无法把握，看起来就像一个被人遗忘的童话。另一种声音决定了生活，一种诞生于废墟世界的声音。它更接近现实，且从来没有如此接近生活。在这几十年里，人处在一个堕落的市民世界之中，极大地远离了存在的中心，现在，人再次尝试着融入自我，渗透进真正的和真实的事物，渗透进对象和经历的直接的内涵中。对于一种‘心灵的重生’的向往与形成一种新的现实主义的开端结合起来，拒绝备受限制的、被仇恨所扭曲的昨天和今天导致人希望更加自由地展望明天。”[2]

真正的和真实的事物——在最初的几次聚会上，这样一些新的模糊的观念首先意味着，人们要面向未来，不希望过分地受累于过去。处于中心地位的是关于写作实践的讨论。在为慕尼黑广播电台撰写的一篇关于1949年秋天在阿梅尔湖畔的乌廷举行的聚会的文章中，赫伯特·胡普卡写道：“弥漫在整个聚会上的是一种文学工作坊的氛围，在这个工作坊里，人们就像在一个家具作坊里一样锯木、刨光、评定、测量，手工部分常常被评价过高。”[3]尤其是尖锐的批评在少数几篇能够找到的聚会报道当中被突出出来。关于在乌廷

的聚会，慕尼黑的《水星》杂志是这样报道的："没有人被侮辱，即使
98 批评会使用尖刻得具有近乎伤害性的语句。"[4]在尤根海姆举行的第三次聚会上，阿尔弗雷德·安德施凭借极具煽动性的攻击作为评论家崭露头角——在沃尔弗迪特里希·施努雷朗诵时，他相当迅速地引人注意地将大拇指指向下方——一个后来独具特色的手势。不久之后，汉斯·维尔纳·里希特也结束了朗读："我想，我们已经听够了。"[5]

好像理所当然的那样，汉斯·维尔纳·里希特变成了组织者和团体聚会的领导。在这件事情上，他证明自己具有非凡的才华——他并不具备天才的作家通常表现出的自我陶醉，他也不像阿尔弗雷德·安德施那样具有明确的理论性和纲领性兼备的观念，而是表现为一个一再在困难的处境中具有正确本能的实用主义者。具有典型意义的是弗里德里希·明森在关于1949年4月在马克特布赖特举行的聚会的报告中所使用的表述——这是一次工作会面，"在汉斯·维尔纳·里希特（慕尼黑）教育式的领导下"。[6]与跟他共同主编《呼声》的同事、常常被人在背后认为傲慢的安德施相反，里希特在人际交往方面颇具天才，而且是组织聚会的行家里手。

从一开始，他就打算将一切都保持开放的状态，绝对不想建立任何协会或者组织。就像他在1955年接受柏林美国占领区广播电台的采访时所描述的那样，直到最后，他都会始终坚持这样的说法："'社'这个名字是偶然产生的。这是一个朋友圈，它于1947年建立起来，在八年当中自然又发生了很多变化，因为总是有新的作家加入进来，而有另一些作家离开。这并不是一个组织，没有固定成员，没有主席。同样，也没有规章制度和会费。"[7]在1962年达到其成就的顶峰时，里希特对此仍然有所强调："什么是四七社？这很难回答。我总是说——一个朋友圈。您知道，恩岑斯贝格曾经说过，在四七社中，每个人总是只有三位朋友。他们也肯定不都是我的朋友。但是

我觉得,我和所有的人都是朋友。”[8]

起初,里希特也拒绝为首先只是设想为不定期的会面起一个名字。70年代,他回忆说,在巴恩瓦尔德湖畔举行了第一次聚会之后, 99
在与会者当中开始出现的“亢奋情绪”中,汉斯·格奥尔格·布伦纳来找他,“一位30年代的作家、批评家和评论家”,他要求给这个孩子起个名字:“布伦纳讲到了西班牙在对美国的战争失败后出现的‘九八年一代’,从这个组织当中涌现出了乌纳穆诺等人。这个‘九八年一代’有两个相辅相成的目标——变革西班牙的社会与政治生活和变革西班牙的文学。在我看来,这仿佛就是我为自己设定的目标——彻底的变革。‘您就叫它四七社吧’,布伦纳说,而我这样回答:‘好的,好的,我们可以这样做,四七社,这个名称完全不受任何约束,实际上没有任何含义。’”[9]

尽管里希特首先将自己看作政论作者,但是,在实施出版杂志《蝎子》的计划和举行四七社聚会的过程中,他无论如何也逐渐展示出了文学方面的抱负。在70年代所写的一份底稿中,他回忆起冈特·格罗尔——当时慕尼黑德施出版社的经理——在1947年到1948年的冬天如何邀请他创作一部长篇小说,格罗尔说,他能够做得到。格罗尔曾经是《呼声》的一位认真的读者,后来也作为《南德意志报》的记者跟踪报道了四七社的多次聚会。1949年,里希特的长篇小说《败兵》出版,这标志着他对“失败者”所持的旗帜鲜明的立场——一部关于德国战俘及其命运的长篇小说。小说的绝大部分内容是他在1948年5月到8月间在阿尔滕博伊恩写成的,也就是四七社第四次聚会的地点。而1951年出版的他的第二部长篇小说《他们脱离上帝之手》的情况也类似——他是在阿梅尔湖畔的乌廷写作的,1949年,他在那里召集了一次聚会。

可以看出,《败兵》源自里希特的亲身经历。一等兵居勒经历了战争和被俘。1943年9月8日意大利与盟国的停战和卡西诺山战役

在文中发挥了很大的作用。政治灾难的经历和里希特在居勒身上所寄托的、对新的生存开端的希望反映了战争刚刚结束时期他个人的
100 境况。从文风上看，他能够追溯到20年代的阅读体验——来自表现主义和新实际主义的德国独有的内涵。处于核心地位的是报告文学的元素和士兵用语中被过分强调的对话，最终，人可以找到希望，在一个不确定的未来之中终于“走出这台完全污秽不堪的机器”。[10]

这部作品取得了相当大的，甚至国际性的成就（立刻就被翻译成了九国语言）。即使是不久之后就表现为四七社最重要的对手的弗里德里希·西堡也称赞《败兵》是到当时为止一位参与过第二次世界大战的士兵所写的最好的一本关于战争的作品。[11]由于这部作品，里希特在1951年获得了柏林市政府颁发的冯塔纳奖。然而，在此之前，在1948年于尤根海姆举行的第三次群体聚会上却发生了一件有趣的事情：作为聚会的主持人，他宣布也要朗读作品——这种情况一共只出现过几次——并且从主持人的座位坐到了通常在他旁边朗读者要坐的座位上。

后来，他这样回忆说：“另一个人没朗读几句就发现自己要失败了，注视着这样一个人并不是一件很轻松的事，但是，更加困难的是——我现在才感受到——自己去朗读。我的朗读很糟糕，结结巴巴地，笨拙而迟钝。听众没有什么回应，——我注意到——只是一片寂静，于是我感觉到这并非赞许的寂静，而只是专注，并非心情激动，并非感同身受。朗读总算结束了。在整个朗读过程中，我连头都没敢抬，这样就不会看到任何也许是指向下方的拇指。现在，我重新换了座位，坐回了讨论主持人的位子，说：‘好，现在请发表评论。’寂静，没有人发言，没有人举手，只有60双眼睛盯着我，眼中表露出不喜欢、拒绝或者不知所措，也许是对于眼前这个缺少天赋的人感到不知所措。终于有一个人没打招呼就发言了，他的话很简单——老一
101 套，一个俗套接着一个俗套，而下一位批评者也没多说什么好话——

人为的俗套，死气沉沉，并不真实，一部缺少自身特点的作品。是的，事情就这样继续着，我的朗读很不成功，不过和其他人不同的是，这种感觉并不是突然产生的，而是一点一点地产生的，批评者说出的每句话都加深了这种感觉，直到我最终跌入无能者、无才华者和失败者的谷底。”后来他还写道：“聚会刚一结束，我就把到当时为止所写的一切都扔到了废纸篓里。”[12]

里希特朗读了《败兵》早期版本里的两个章节，无论如何，人们也可以将这部长篇小说后来的成就看作团体批评的结果。这部长篇小说虽然有其文学上的缺陷，但是，在内行看来，它的写作却是相当规整的。作者非常重视省去那些多余的内容，继而展开言简意赅的描述。很多在刚刚成年时就受到战争伤害的人的那种无辜地变得有罪的感觉被以这样的方式激发出来。但是，对于团体的聚会和仿佛被看作理所当然的里希特的权威来说，在尤根海姆的经历却也造成了无法低估的后果。里希特展现了四七社作家的一种理想的状态——堪称典范地忍受着批评，并没有用女演员受辱的方式愚弄朋友圈和同行，此外，还承担了内容上的后果。在最初的几年里，里希特在聚会上曾多次朗读，每次他都遭到自己忠诚的追随者们强烈的批评。但是，这却丝毫没有损害他作为团体领袖、作为无可替代的协调人的角色，恰恰相反——由于他既专业又通情达理的态度，他赢得了尊重。

后来，在四七社取得公认的成就的时期，最晚从君特·格拉斯的《铁皮鼓》的登场开始，里希特发出参加聚会邀请的原则变成了一个被议论纷纷的、被赋予各种解释的大事。在最初的几年中，这件事进行得很随意：“我根本没有邀请那些已经出版过作品的人，也许这是我的一个愚蠢的原则。最多偶尔会邀请某个人。发邀请时我非常地随意，主要取决于我能够想起什么作品或者什么人。那时，我根本不 102
曾想过，这件事会变得如此重要。”[13]在该社最初的几年里，氛围完全被打上了此类即兴创作的烙印——一代人的友情，他们感受到了很多的共同点，一部分起源于战壕的语言，但也有这样的感觉——既然作为文学家就必须实现自我，摆脱年老的“内心流亡者”的那种辞藻华丽的、庄重的腔调。

尽管四七社还远没有被正式建立起来，尽管尤其是不被文化圈中那些起主导作用的力量所接受，但是，下一个授予汉斯·维尔纳·里希特的绝对重要的奖项却与他的角色和这个团体有关——1952年的雷内–席克勒奖颁发给了他的第二部长篇小说《他们脱离上帝之手》。这个奖是为年轻的德国作家创作的最好的长篇小说设立的，部分得到了一些国外出版社的资助，其中有纽约的哈珀兄弟、伦敦的哈奇森、巴黎的卡尔曼–列维、米兰的蒙达多利、巴塞罗那的约瑟·杰纳斯和阿姆斯特丹的阿勒特·德·朗格。评委会由知名的流亡者组成，第一位便是托马斯·曼。此外，还有阿尔弗雷德·诺伊曼、赫尔曼·凯斯滕、恩斯特·彭措尔特，有时安妮特·科尔布也会参加。无论如何，凭借他的小说，汉斯·维尔纳·里希特击败了伊尔莎·艾兴格尔（《更大的希望》）、海因里希·伯尔（《亚当，你在何处？》）、西格弗里德·伦茨（《空中有鹫》）和路易丝·林泽尔（《生命之中》）。

里希特自己道出了个中缘由——他将这个奖金额高达5 000马克的奖项看作“一个文学政治事件”[14]——看作对于四七社的鼓励。奖金资助者的国际化特征和评委会的组成表明，人们关注的是重建中的德国的具有时代批判精神的年轻的文学。用何种眼光观察早期联邦德国建立起来的文学场景，这在一些反应当中体现得极其清楚。关于里希特的长篇小说，君特·布勒克尔在西柏林《每日镜报》上写
103 道：“像汉斯·维尔纳·里希特这样的思想一定非常进步的作者，当他们展开了所谓新现实主义的旗帜时，他们就是迟到了大约半个世纪的先锋派。……在这里，并不缺乏集中起来的丰富内容，缺乏的是

心灵的荒芜。”[15]

将“心灵的荒芜”与战后的“流离失所者”和集中营的瓦解放在一起，将长篇小说的素材缩减到它所呈现的单纯的形式上——这是联邦德国在新生的阵痛中开展的排斥行动的优选形式。即使是《新文学世界》——位于达姆施塔特的德意志语言与文学创作协会的报纸——也知道什么是最重要的事情。奥斯卡·扬克写道：“从前，与书籍的切口烫金对抗的是自然主义。对于今天那些写报告文学的人们来说，这种艺术就是一种残暴的行为。因此，他们尽其所能地创造出了一种新的艺术纲领，人们后来将这种艺术纲领记录为我们时代的‘日常文学’。它和自然主义一样语言很少。因此，可以想象它的可翻译性和它在国外的适度传播，国外错误地将它理解为我们文学的一个真正的产品，但其实它只是我们文学的边缘现象。我们也从陌生的国家引入了类似的商品。按照价格的规定和命名，我们文学的一个边缘产品是不应该有价格的。席克勒是一位诗人，一位语言大师，一位富于激情的修辞学家——这一切里希特都做不到。”[16]

扬克认为，杰出的青年作者有斯特凡·安德烈斯、恩斯特·克罗伊德尔、海因茨·里塞和鲁道夫·克雷默-巴多尼。并不意外，这些都是四七社以外的比较保守的作家的名字。然而，克雷默-巴多尼却参加过四七社的聚会，他觉得参会者根本没有资格尖锐地批评自己，于是便坚决地不再与四七社的成员往来了，很长时间之后，在维利·勃兰特担任联邦总理期间的1972年举行的那场群情激昂的联邦议会选举中，作为唯一的小有名气的作家，他呼吁人们把选票投给基督教民主联盟，这是历史的一个前后一致的结果。

和第一部长篇小说相比，里希特的第二部长篇小说由更多具体的报告文学组成。1950年，他和记者克劳斯·哈尔特一起参观了位于纽伦堡附近黑尔斯布鲁赫的一个“流离失所者”的营地——都是一些在战争结束时失去联系和因无家可归而寻找避难所的人。人们 104

会询问他们的生平和经历，他们会自己写下一部分简历。在50年代初的联邦德国看来，里希特的作品不仅是形式，连主题都很笨拙，像一个异物。因此，席克勒奖的颁发事实上已经大大超过了一种单纯的文学评价。然而，就像事后出现的异口同声的反应那样，这个奖项的颁发并没有持续下去，原本应该每三年就评审一次的席克勒奖只授予了这唯一的一次。虽然赫尔曼·凯斯滕努力为里希特说话，但是，托马斯·曼却很难被说服。面对新生的德国，曼总是遇到问题。战争刚刚结束就由弗兰克·蒂斯策划的、以曼作为象征的关于流亡的“争辩”无论如何令他心有余悸。他非常重视保持距离，几乎无法区别他总归已经放弃的年长者和也许还在寻找中的年轻人。1951年12月13日，曼在给凯斯滕的一封信中写道：“这里简直是什么都没有，作出如此的解释是该奖项评委们关于眼下德国作品的一种残酷无情的，也许看起来怀有敌意的评价。我们必须下决心，而决定把奖颁给《他们脱离上帝之手》也是在不得已的情况下——因为面临困境——才说得通的。从艺术的角度看，这部作品……还有很多不尽如人意的地方，但是，以上帝的名义，人们可以把这称为特点——一种特定的艺术上的撕裂也许是时代的烙印和装饰。我甚至常常更加反感在道德上对一*切*都等量齐观的偏好——就像德国人所喜欢的那样。人们必须承认，存在着一种严肃的雄心，一种坚定的意志——要用画面记录下来而且必须记录下来的时代变得粗野的内容，还有一种令人尊敬的努力——不让杂乱纷繁的事物漫天飞舞，而是把它们攥在所谓的一个拳头里，将它们集中到一些联系松散的命运之中。……人们可以向他致敬，之所以如此，是因为诺伊曼和您都指望我来作决定——我说‘同意’。就让我们宣布H.W.里希特为最佳射
105 手吧！我们无须说出，他处在一群新手当中……我们会受到批评；但是，不会很激烈，就像我们在解释——什么都不存在。”[17]

“在道德上对一*切*都等量齐观——就像德国人所喜欢的那

样”——这是对弗兰克·蒂斯和战争刚刚结束时那些内心流亡者恶劣攻击的具体回忆，这也向正在费尽心力的汉斯·维尔纳·里希特投去了一束昏暗的光。但是，只有当人们把托马斯·曼后来写给里希特本人的信也拿到旁边时，画面才变得完整。1953年，后者将他的第三部作品《沙滩中的足迹》连同自传性的青春回忆直接寄给了曼本人。1954年1月30日，曼回了信："这是一部快乐的作品，可爱、充满了诗意和幽默，在其滑稽可笑的朴素中令人感动。"[18]也许此时里希特已经预感到，凭借其老练圆滑的技巧，在文学政治领域，托马斯·曼可以成为他本人的一个榜样。

后来，在里希特看来构成了“四七社起源”的“政治和大众传播的特点”尤其适合他自己。除了当时少量的报纸报道之外，关于团体初期情况的资料大多出自他本人之手，后来，作为著名的、具有传奇色彩的发起人，他将这些见证资料都记述了下来。如上所述，这些资料只是有条件地可以作为出处使用，因为它们具有一种理想化的特征，而且在70和80年代里，里希特也未必能够非常准确地回忆起那些细节来。约阿希姆·凯泽开玩笑称，他立刻就能列举出“10到20个”里希特在其《在蝴蝶商店中》中因疏忽所犯的“错误”。[19]然而，里希特所提到的、在后来的接受中长期起决定性作用的氛围的细节却具有足够的说服力。比如，关于第三次聚会他写道："在打招呼时人们便互相拥抱，吵闹着互相说着诚恳的话，因为非常兴奋根本不去考虑是否有张床可供休息。这件事大家都交给了我。在第一个夜晚，他们就完全因为讨论、争论和讲述无法平静下来，直到我作为‘旅店老板’直接将他们身旁的灯光熄灭。——第二天早晨，他们筋疲力尽地坐在椅子上或者躺在拖来的垫子上，但是，一旦朗读开始， 106
大家便立刻又变成了一群聚精会神的听众。"[20]

在他对1949年在马克特布赖特举行的聚会的回忆中，发生了某种矛盾："气氛一如既往地‘混乱’。在马克特布赖特可吃的东西很少。我们都很饥饿。啤酒还不能称之为啤酒。尽管实行了货币改革，但我们仍然营养不良。”但是，闭会仪式上，市长赠送了一桶葡萄酒。尼古劳斯·松巴特“为参会者”写了“几篇批判性的杂文”并希望当众朗读。里希特并不想干预此事——“在这里被批评的是作品，而不是人”，他正式宣布聚会结束，离开了会场。如他所写，当他一个小时之后再次回来时，“场面完全变了。所有的人都在互相大声辱骂，声称每个人都能比另一个人写得好，说的话诸如‘我再也不想见到你了’或者‘你就是那个合适的人选’，其他人又重复着这些话。
107 所有的人都火冒三丈。令我感到惊讶的是，被捐赠的葡萄酒桶的塞子已经打开了。那葡萄酒看起来并不太好，但有几个人已经喝了好多。我所有的息事宁人的尝试都失败了。……就这样持续了几个小时，直到酒桶空了为止。”[21]

关于在尤根海姆举行的聚会，通常在报纸文章中提到得很少，在冈特·格罗尔的记述中，他也同样提到了一些附带的情况：“假如不提及那头野猪的话，结束这次聚会的报告是不可能的，这头野猪原本是用来改善这些饥饿的作家们的伙食的——只要是他们自己猎杀的。但是，他们却没有得到武器。现在，虽然大多数人——其中包括接受过严格训练的射手——看上去普遍没有拿起武器的迫切需求，但是，用自来水笔终究是无法射击的，无论如何打不到野猪。而这正是除了德国文学之外令四七社格外激动的地方。”[22]

聚会的报告是由与报社有联系的参会者撰写的，用这样的方式，他们也能够或多或少地为自己献上一番溢美之词。H.R.明尼希就在《南德意志报》上这样报道了1949年在马克特布赖特举行的聚会：“在H.G.布伦纳的中篇小说《铁锈》中、在A.鲍尔已经开始创作的时代小说《狮穴中的丹尼尔》中、在W.海斯特的政治喜剧中、在H.R.明尼希的小说《格莫拉的没落》中、在J.v.霍兰德的诗歌以及W.科尔本霍夫的短篇小说《我看着他坠落》和G.亨泽尔的短篇小说《在长期休息中》中，年轻一代作家们努力要表达的已不再只是个体的局限性，还有一个被从自身和世界之中驱赶出来的人对于宇宙和最细小的事物的看法。”[23]

财务问题从一开始就左右着聚会的举行，也正因为如此，40年代末，与媒体的联系便越来越重要。里希特加强了与出版商和文学经理人的联络，有的放矢地邀请他们。1950年在因茨希克芬，库尔特·德施和布里吉特·贝尔曼·菲舍尔这两位著名的出版商第一次出现在了聚会上。一个具有决定性意义的事件同样发生在1950 108
年——在这里，第一次颁发团体的奖项。里希特始终都在寻找出资人，当无论是为人还是文风上都与他关系密切的现实主义作家弗兰茨·约瑟夫·施耐德被美国的麦凯恩广告公司录用的时候，一个模糊的想象获得了具体的形式——和关于一次单纯的作家聚会的消息相比，在团体聚会结束时颁发一个奖项在公众中产生的影响将会强烈得多，事实上，施耐德也的确促使其公司完成了资助，尽管当时人们还不熟悉“赞助”这个“咒语”。

事实上，四七社奖立刻就变成了一个标志，这也是因为获奖者的选择总是预示着远大的前程。随着君特·艾希首次获奖，团体的声望骤然提升。艾希代表着广播剧，而广播电台此时正扮演着电视在60年代后所扮演的角色。在参会者中间对获奖者进行的民主投票几乎总是被证明为一个巧合——1951年，默默无闻的33岁的海因里希·伯尔成为团体的第二位获奖者，这对于未来非常重要——尽管伯尔只比虽然同样正直、同样属于现实主义，但却更加墨守成规的作家米罗·多尔多得了一票。1952年，在尼恩多夫，在美国的广告公司退出之后，恩斯特·罗沃尔特从拍卖中获得了由欧司朗公司提供的五百个白炽灯泡，并以此捐赠了奖金——奖项授予了伊尔莎·艾兴格尔，对于她后来的成就来说，这意味着一个无论怎样评价都不为过的重大决定。

由于恩斯特·施纳贝尔作为德国西北广播电台的台长在1951年参加了四七社的聚会，所以，四七社与媒体的联系又成功地迈出了重要的一步。为了能够当选台长，他——与时俱进地！——毛遂自荐，说自己也从事文学创作，还是当时德国广播专题节目的创办人。他在1947年1月29日所做的长达三个小时的广播节目被认为具有划时代的意义。一些广播听众被有意邀请来讲述他们尤其在那一天
109 的经历，他们的报道和同一天的一些政治新闻拼凑在一起便是节目的内容。

与报纸、杂志和官方的文化机构相反，广播最早给年轻的一代人提供了生存的空间。阿尔弗雷德·安德施很早就在广播电台开创了一番极其成功的事业。他和施纳贝尔的主要贡献在于，使广播得以成为团体作家们最急需的资助者。里希特被引用的最多的语句之一就是——“我们全都依靠广播生活！”

1952年，第一次变得显而易见的是，在四七社的一次聚会上，出版商有意地寻找作者并且立刻与几位作者签订了合同。尼恩多夫聚会的另一特色便是，德国西北广播电台将其在波罗的海海滨的疗养院提供了出来，并承担了参会者的旅费，还邀请几位作者在会后到汉堡的演播室去朗读作品。这是第一次不在较为狭窄的南德空间而在偏远省份的偏僻的酒店里举行的聚会。从空间上看，四七社也扩大到了全国范围。这个“文学交易所”的特征逐渐地显现出来，从1958年起，这个特征已经变得非常明显，看上去似乎要使其他的一切都不再引人关注。

对于四七社来说，阿尔弗雷德·安德施以另外一种方式承担了和里希特同等重要的角色。他很早就开始在文学发展中发挥主导作用，并利用这种作用帮助四七社的一部分作家实现其愿望。通过《呼声》，安德施在新闻界获得了一个很好的名声，在左翼天主教的《法兰克福评论》短暂地工作了一段时间之后，他受邀到法兰克福广

播电台担任编辑。这恰恰发生在实行货币改革的那个夏天，而广播电台在当时就已经证明，它能提供使作家在经济上有收益且可以在一定程度上独立地渡过此难关的机会。在法兰克福，人们打算仿照英国广播公司第三套节目的范例建立一个“午夜演播室”，在汉堡的德国西北广播电台，这个节目已经开播，并且反响强烈。 110

在他的“法兰克福晚间演播室”里，安德施尝试了各种新的广播形式。尤其是他引入了辩论和讨论的方式。在这里，他在美国战俘营中的经历发挥了作用——他重视描述各种不同的观点，将“妥协”视为一种民主讨论的最重要的特征，同时鼓励人们具有作出“妥协”的能力。鉴于纳粹政府垮台之后德国的局势和战后时期经济的压力，这个节目形式成了一种近乎挑衅性的尝试。比如，独具安德施特色的是讨论这样的主题：“一种美国式的信念——支持和反对实用主义”。[24]

安德施一方面自称为社会主义者，另一方面，他又深受罗斯福总统“新政”的影响，拒绝任何僵化的教条，尤其是对于社会主义理想的歪曲。

在广播电台里，除了恩斯特·施纳贝尔、阿克塞尔·埃格布雷希特和彼得·冯·察恩之外，安德施变成了当时最重要的专题节目的作者。比如，引起轰动的有为黑森广播电台制作的长达三个小时的专题节目“强势三角”，主要内容是讨论法国外交部长罗伯特·舒曼提出的合并德国和法国的钢铁工业的计划。安德施索要的报酬始终都只是一笔没有明细的总额，再有就是要求尽可能不必来坐班，以便能为自己保留一个自由作家的生活方式。当1952年恩斯特·施纳贝尔向他提出由他来领导德国西北广播电台的专题节目部时，他便陷入了既享有特权又困难重重的境地，不得不在各个工作领域之间转换，因为他仍然和法兰克福保持着联系。在那里，1952年他成功地完成了一项出版的壮举——《法兰克福评论》想要扩大为一家图书出版社，随着法兰克福出版公司的建立，安德施在那里推出了一套题为《法兰克福演播室》的平装图书，这套丛书成为即将到来的、年轻的联邦德国文学的先导。这里出版了安德施作为广播电台编辑所掌
111 握的、对于以书的形式出版原本又过于简短的作品。

由于这套丛书的装帧，试验的特征变得更加明显——安德施的夫人吉塞拉为它们增加了图饰，作为造型艺术家，她越来越坚定地倾向于50年代的抽象风格。第一批《法兰克福演播室》丛书收录有鲁特·兰茨霍夫–约克的短篇故事、里夏德·奥特的一本美国日记、四七社第一次聚会的女主人伊尔莎·施耐德–凌耶尔的超现实主义诗歌(《九月阶段》)、恩斯特·施纳贝尔的广播专题《如清晨的一天》和海因里希·伯尔精彩的讽刺作品《不仅在圣诞时刻》。熟练的广告短文写手安德施在伯尔的小册子的背面用时髦的小写字母写道，“在这里，一个重建时代的伪币铸造的特征被赋予了一种恰当的形式”。

除了施纳贝尔和伯尔这两位从四七社里走出的同路人之外，安德施对于他接手的作品的水平并不是非常满意，以至于当阿尔诺·施密特向他坦白遇到了出版社方面的问题时，他会格外地在意。尽管安德施很早就开始称赞施密特，但是，直到1952年8月19日，他才在斯图加特南德广播电台的马丁·瓦尔泽那里认识了后者本人，施密特马上向他提供了两篇短篇小说——《移居者》和《亚历山大或什么是真理》。他很快就看出，阿尔诺·施密特这个人并不好相处，但是尽管如此，他仍然成为这位很难接近的局外人的重要资助者。他不仅在《法兰克福演播室》丛书中出版了他的作品，而且后来还在杂志《文本与符号》中刊载，他还和作者一起挺过了一场由于亵渎神明和色情内容引发的控诉。

在《法兰克福演播室》的第二辑中出现了四七社成员的作品——沃尔夫冈·希尔德斯海默和汉斯·维尔纳·亨策的歌剧《一

个世界的终结》，尤其是第十二册——英格博格·巴赫曼的处女作，总之是战争之后最重要的一部诗集——《被缓期的日子》。在这部诗集的背面文字中，安德施提到了巴赫曼曾于1953年春获得四七社
奖，他解释说，在这里，他将“迄今为止只是零星出版在杂志上的英 112
格博格·巴赫曼的诗作第一次结集出版——一种诗歌艺术的力量开始走入正轨，这股力量的崛起既不令人反感又不会被人忽视”。

与众不同的是，在安德施那里，不同寻常地一跃成为新闻界的名人与他自己作为作家引人注目的努力是有关系的。1950年8月，他取得了第一个较大的、明显的成就——自认为替代了重要的旧《法兰克福日报》的《法兰克福汇报》以连载的方式刊登了他较长的作品《逃入伊特鲁里亚》。这个主题看起来颇具挑衅性——安德施在这里将自身的经历加以改编，也就是1944年他在意大利从德国国防军中逃跑的经历。由于在这一年中，刚刚建立的联邦德国在康拉德·阿登纳领导下迈出了重新武装军队的一步，所以这部作品又获得了额外的现实意义。由以前的装甲部队军官特奥多尔·布兰克领导的“布兰克机关”作为即将成立的国防部的前身被建立了起来，而与此同时朝鲜战争爆发。德国实行兵役制促使安德施下决心将《逃入伊特鲁里亚》扩充为对人生的总结——从在慕尼黑—诺伊豪森度过的童年和青少年时期到1933年的达豪集中营，“从父亲民族主义的激情独白，从政党的决定论和纳粹政权的压制，到当逃兵、萨特式的自由时刻、走向一个新的开始的自我选择的决定、他的‘直接行动’”。[25]1950年11月，安德施开始构思《自由的樱桃》——他的自传，从德国国防军逃跑的经历是其中的高潮。

这部作品于1952年秋天出版，恰恰是阿登纳重建的高潮时期。《自由的樱桃》引起了热烈的讨论，安德施一下子就作为知识分子和事端制造者而闻名了。在1952年11月28日的工会周刊《劳动的世界》上，海因里希·伯尔称赞这部作品是“沉寂中吹响的号角”。在

开头的几句话中，他的评论就论及了这个被强调的情景："鉴于即将发生的再次军事化，围绕着1945年以来从事写作的人们的作品，一
113 种沉寂产生了，这些人坚决地反对战争，而与此同时，人们却热切地渴望着浪漫主义者温顺的战争文学和将军们的回忆录，风暴中的沙漠之狐正'占据着人们的心灵'。"

当然，也有可怕的严厉批评。比如，颇有影响的汉斯·埃贡·霍尔特胡森就在月刊《水星》上写道，对于安德施来说，军队错误地成为一种"与自由为敌的现象"。安德施以一种加缪式的反抗者的方式来反对"德国的军功奖赏，反对施派德尔"。而当时影响很大的《德国士兵报》则是这样评论的："社会也好，每个曾经有过同志的人也罢，无论是在学校、在企业还是在前线，都由于'这只小田鼠'而变得无足轻重——都无法做出更好的事情来，而是只能在身后把门使
114 劲关上，将这群对社会有害的无赖、告密者和流亡者留在门外。"[26]

在这样的来龙去脉中看上去非常耐人寻味的是，此时，库尔特·马雷克正担任罗沃尔特出版社的总编辑。安德施把手稿第一个投给了他——恰恰是这个马雷克，其出自40年代早期的"宣传头衔"时至今日"在通过互联网变得从未如此兴盛的新纳粹和军事书籍市场上仍然备受赞誉"。[27]在他的编辑意见中，他虽然称赞了"逃离军队在人生观和道德上的合理性"，但是，更为严重的是，他补充说，只会有"少数书商会以欣赏的态度"支持这部作品的出版。假如能卖出70册，那就已经很多了！接着，罗沃尔特出版社让安德施等待了很长时间。然而，后者却确信，这部作品会引起"一次小小的轰动"，就像他在给母亲的信中所写的那样。[28]下一个收到安德施投稿的法兰克福出版公司的欧根·科贡立刻给出了肯定的答复。

在他的传记、政治观点和审美前提中，安德施看起来常常自相矛盾。对他的文学立场很难作出统一的概括，在他自相矛盾的心理中，他成为那些年德国放松努力的一个典型现象。在联邦德国开始

重新武装军队的那个时期里，《自由的樱桃》显然是一部非常勇敢的作品。这份勇敢得到了方方面面的证明——无论是左翼的朋友和同行，还是黑森广播电台的副台长戈特弗里德·米歇尔曼——那段时间，安德施正在那里供职。但是，至少是在领导办公室里，米歇尔曼准确无误地让安德施明白，他强烈地拒绝这种勇敢。尤其令他感到不满的是，安德施背弃了他作为士兵许下的誓言，而且用文学的手法描述了他逃离军队的经过："我待在那里是出于内心的信念，我在那里的时间和其他人一样长，他们也许并没有我的那份聪慧，他们待在那里是因为他们不得不待在那里。因此，对于我来说，当逃兵是我从来都不赞同的事情。在诺曼底，我遭到了敌人战车的碾压，曾经处于敌人的防线对面，我面对的问题是，我是否应该利用这个令人高兴 115
的机会站起来，回头跑向就停在我身后不远处的敌方坦克，然后举手投降。我没有这样做，因为，我在夜间以一片洼地为掩护爬回到了我的战友们中间。我把当逃兵看作一条简单但却并非正确的、反对错误地发动战争的道路，出于这个原因，作为法官的我始终都会谴责逃兵，即使是在我作为法官也无法确认战争的合理性的情况下。"[29]

这至少是阿尔弗雷德·安德施的顶头上司——一个重要的德国广播界人士的说法：即使是在广播电台里，尽管有很多小圈子，但由于他的观点，他仍然属于少数派。安德施与德国士兵荣誉的那种观念相去甚远。在《自由的樱桃》当中，他为他的逃离找到了一种容易记住的表达方式："我曾经只是拥有艺术的审美和私人生活，而他们用入伍服役通知把这些都毁掉了。为了他们拿起武器？为了朝着那些也许能够改变我生活的军队的士兵们开火？——在这样想的时候，一丝渺茫的希望令我感到振奋。单纯的考虑已经是一种荒唐的行为。从我的政治处境中我得出了结论。我不曾预料到，六个星期之后一颗炸弹会在希特勒的身旁爆炸。而我个人的小小的7月20日已经在6月6日就发生了。"[30]

就在这一天，他离开了他的部队去找美国人。模仿萨特，在一种无论如何存在主义的激情之中，他觉得这是一种自由的个体行动。和《自由的樱桃》中某些地方一样，这个时刻也得到了艺术的加工，借助富于表现力的描写，它们与一种现实主义的描述具有不同的意向。鉴于联邦德国正在展开的关于再次武装军队的讨论，安德施用文学的手法使当逃兵的经历成了一个重要的象征。通过容易记住的自然描写和错误的方法，他唤起了那些决定命运的内容。由他离开德国国防军这一事件——其伴随现象可能略显乏味——他创作出了
116 一部生存的戏剧。但恰恰是由于这种语言，这部作品在联邦德国成立初期却产生了令人震惊的影响。

然而，作为态度，逃离军队不仅是与德国国防军有关。《自由的樱桃》的第一且较长的部分讲的是另外一种逃离——安德施对共产党的回避，而这个对于安德施来讲至少如此重要的视角在这部作品的接受过程中几乎被忽视了。两次逃离之间的联系在于，作者在这之后都重新来到了一个真空地带，而这个真空地带——无家可归的状态也是他作为艺术家的使命。安德施将位于罗马北部60公里处双方前线之间他逃离军队的地点描写成一片荒漠。而他在意识形态上的处境也同样可以如此理解——无论是战后重建的价值还是对共产主义的选择，安德施都敬而远之。在这个背景下，里斯W.威廉斯这样解读安德施对于艺术的现代性的痴迷："在50年代早期，将逃离和现代艺术等量齐观是安德施审美立场的标志。……50年代，在意识形态阵营的两侧，现代艺术都被人质疑，因此，它得以成为身处真空地带的代名词。"[31]

在联邦德国成立之初，安德施没有像其他人那样宣传当前的西方现代派。他对于文学争论，对于了解新形式的贡献是巨大的。然而，在他身上一切却并不那么清晰。事后看起来最令人震惊的是，他超越了意识形态的阵营，作为"无家可归的左翼人士"保持着对恩斯

特·云格尔的一种亲和性。作为在意大利逃离军队的具体地点，那片已经被提升为象征的荒漠回应了安德施在其关于1948年德国文学的文章中所作的分析——在那里，他赞扬云格尔象征性表现的文风是躲避极权主义控制的可能的方法。他立刻把《自由的樱桃》寄给了云格尔和他的秘书阿明·莫勒，后者在1952年10月31日给他回信："恩斯特·云格尔也打算马上读这本书，以便确认是否可以和 117
您一起去森林散步。"[32]

事实上，以当时的理解，人们常常把安德施的"荒漠之行"和恩斯特·云格尔的"森林漫步"相提并论。在阅读之后，云格尔在1952年11月22日写信给安德施："您在这里触及了一个核心的主题，从我儿时起，这个主题就一直令我思考。我认为我也已经将它付诸实践——在非洲，之后就是在第一次世界大战中。武装冲突也会造成非常孤独的时刻出现。"[33]

然而，云格尔却从来都没有当过逃兵，以至于他们的共同点一直都非常抽象。而并非偶然的是，安德施作品结尾处樱桃树的场景会令他十分反感——对于安德施来说，这是个人自由的象征，而在云格尔看来，它与他为自身所确立的独立性和个体的独立的无政府主义的内容相悖。云格尔甚至直接把这当作主题来讨论："樱桃树上令我不喜欢的东西是它在本初子午线上的地理位置——它只是被砍断，从一个贫瘠的半球到了另一个半球。早在外籍军团里，我就有过这样的经验。"这封信的结尾指出了重要的问题——云格尔清高的态度和安德施左翼的无家可归之间的区别。"氛围发生了巨变，"云格尔写道，"个人无法改进它；但是，如果他像您一样回避理论，同时专注于赋予他所承受的事实的话，那么人们就不能立即将这评价为一种无政府主义的行动。不依赖于这一举动的问题的数量也在增加。但是，这些问题将仍然保持独立呢，还是会受制于一个新的举动？这就是阅读这部作品时在我内心激发出来的问题。"[34]

在这里，云格尔看起来几乎已经预料到了安德施接下来的发展，在60和70年代，他在政治上走向极端，并且作为积极的左翼人士干预社会生活。当然，云格尔也没有对安德施极其冒失的愿望作出回
118 应——安德施希望他在《德国士兵报》上为他辩护："一个真正的士兵将会给这份报纸一个回复，这是可以想象的吗？"[35]在同一封信中，安德施感谢云格尔阅读了《自由的樱桃》，他写道，"在过去的几星期里"，他一直把云格尔的信当作"对我来说最重要的文件"随身携带。然而，安德施的追求——不把恩斯特·云格尔留在右翼人士中间——最终被证明相当失败。

尽管深受云格尔式的德国精神的影响，但是，在美国的经历最终还是促使安德施展现出与云格尔迥然不同的文学兴趣。1949年，安德施为《法兰克福评论》的出版社主编了《欧洲先锋派代表》一书——这里，既有萨特、加缪、西蒙娜·德·波伏娃，也有斯蒂芬·施彭德和伊格纳奇奥·席罗纳的"改良的社会主义"，还有欧根·科贡和埃玛努艾尔·莫尼尔的左翼天主教。在他作为管理者和编辑所从事的工作中，他的确也在争取像卡尔·施密特和恩斯特·云格尔这样的知识分子——但是，这是在一种明确的多元论的理解之中。安德施重视观点的多样性。然后，最终的决定权他最喜欢留给自己——早在《抉择中的德国文学》一文中，他虽然称云格尔的象征主义是"专制时代中一项杰出的成果"，但是，与此同时，他却又看到了，在一个"真正自由"的时代里，同一样东西还可能成为"空洞的踩高跷游戏"的危险。

在安德施身上，集中了内心流亡的特征、美国的影响、萨特和恩斯特·云格尔之间的一种存在主义的联系，以及对超现实主义和现代派的语言游戏形式的神往。从这个"混合体"之中如何产生一种在50年代的联邦德国开辟一片新天地的立场，它在审美方面又产生了何种拓展界限和摆脱禁锢的影响，这是这一时期最扣人心弦的章

节之一。然而，在过去几年中，文学研究界却越来越多地关注安德施生平中的一些不清楚的地方，其出发点便是1993年W.G.泽巴尔德发起的道德侮辱。其中的一个重点是，1943年，安德施曾经催逼他“有 119
一半犹太血统的”夫人与他离婚——作为获得在纳粹统治下写作许可的前提条件。一年之后在美国战俘营里，安德施却希望别人把这段与一位“有一半犹太血统的”女性的婚姻看作一份功劳。泽巴尔德严厉谴责这件事是“对于他犹太裔夫人的一种策略上的工具化”。[36]在这里，无法进一步讨论泽巴尔德旺盛的道德精力具有何种功能，但是，当代史上的人物阿尔弗雷德·安德施却很可能由此几乎不会被客观地理解。2008年，鉴于泽巴尔德愈来愈突出的重要地位，两位来自齐根的日耳曼学学者带着另一发现出现在公众面前——早在1941年，安德施暂时从德国国防军退役并非如人们迄今为止所推测的那样是由于他被关进了集中营，而是因为有人指出他“与犹太人联姻”。两位作者断定：“在这里，也已经出现了对其夫人犹太出身的策略上的利用”。[37]

和安德施的传记作者斯特凡·赖因哈特一样，柏林德国反抗纪念馆的馆长约翰内斯·图赫尔紧接着指出，安德施的婚姻已经在一段时间之前，即1940年就失败了。从那之后，至少在一段时间里，他已经和他的第二个妻子吉塞拉生活在了一起。安德施恰好是在1943年宣布与他“有一半犹太血统的”夫人解除婚姻关系，这在事后始终都是一个污点。但是，图赫尔却补充说，怀疑安德施在这一刻能够了解到他第一位夫人所受到的具体威胁纯粹是主观推测（事实上，安德施的第一位夫人在纳粹时期并未受到任何骚扰地幸存了下来）。图赫尔审慎地展开论证，也部分地证明了关于安德施的一些描述原本就是错误的。然而，图赫尔却反驳了泽巴尔德的“暗示”，尤其是泽巴尔德认为，安德施逃离德国国防军并非一个英雄之举。[38]此外，安德施是少数几个很早就反对持续产生影响的反犹倾向的人之一，这从他1950年创作的广播剧《生物和网球》，尤其是从他1952年参加的专题节目里能够看出来：“从废物箱里。轻声呼唤理智的人们的反
120 抗。”与大部分在1945年之后自诩为“内心流亡者”的人相比，安德施并没有给人多少在道德上诋毁自己的借口。

他的《自由的樱桃》是联邦德国早期反对派的一份重要的文件。然而，从形式上看，这部作品却有其隐患。一般来说，它的构思使人们不会把它当作安德施传记的自然主义的描述来阅读，而是把它更多地看作寓言式的艺术加工，看作从一个具体的“我”身上分离出来的内容。保持着距离、不停地惊讶地摇着头，安德施描述了他在达豪集中营的那段日子。对于他来说，重要的是展现他曾经完全受到了共产党意识形态的影响——但是后来，通过他的观察和经验，他越来越深地陷入了迷茫，并最终不再与其来往。这在“我”这个角色的自身经历中表现得非常清楚，也成为描绘的焦点，被用内心独白的方式表达出来——无论如何，这不是一份客观的报道，无须将其与作者的说法相提并论。安德施这样设计了发生在可怕的纳粹军官施泰因布伦纳与犹太人戈尔德施泰因和宾斯万格之间的关键一幕：“一天晚上，在棚屋里，公布了这样的消息——汉斯·拜姆勒已被送入了集中营。同一时刻，有一批大约一百个犹太人从纽伦堡来到了这里；他们正在布置他们的棚屋。我们想，这些犹太人待不长。他们全都是些商人、医生、律师和资产阶级。他们不可能待在我们中间。到目前为止，关在集中营里的都只是我们这些共产党员。那些犹太人从他们棚屋的窗子往外看。他们很安静，穿着考究的西装。6点的时候，他们中有两个人被叫去扛水。施泰因布伦纳走进集中营，喊道：‘戈尔德施泰因！宾斯万格！’他们必须抬起一只水桶，和施泰因布伦纳一起走到大门前。在这个晚上，我们第一次听到威胁我们的枪声。我们所有的人都站在墙边，在那里，戈尔德施泰因和宾斯万格被枪杀了。当我们坐在棚屋间的木板上用勺子喝着晚饭的汤的时候，噼啪

的声响朝我们袭来。这声响令谈话中的我们突然变得鸦雀无声，但是，我们还是把汤喝完了。只有那些犹太人没有继续吃饭；他们还不像我们这样饥肠辘辘。” 121

在这些文字中，人们会感觉到年轻的忠诚的共产党员所体会到的那种不知所措，和对待共产党员相比，纳粹分子对待犹太人要残酷无情得多——他在与之抗争，这并不符合他的世界观。其中，内心独白的修辞手段无论如何是冒险的。而时至今日，这仍然会引起反响。因为由于这样的语段，内心常常极其矛盾的阿尔弗雷德·安德施受到了一些文学研究者的密切关注。他们强调人们在纳粹时期犯下的主观臆想的或者真实的过错，由此普遍对他道德的合法性产生怀疑。比如，罗尔夫·佐伊贝特极其缜密地对具体的历史事件进行了调查考证，把它们与安德施的《自由的樱桃》作比照，由此发现，文本中到处是错误。然而，他却将关于文学构思的最关键的问题排除在外，也就是说，错误地提出了这个问题。于是，他定期地得出结论，比如这部作品“几乎经受不住任何冷静的考查”或者它“反映了时代见证人安德施记忆力的缺失”。对于上面引用的章节他挑剔说，事实上这里描写的是犹太裔的共产党员，他们大部分是工人和手工业者；他还暗示，50年代初期作品产生的时候安德施在这些人身上添加了反犹的偏见。[39]这是对这个文本的一种彻底的误读。对于“我”这个角色是如何构思的，佐伊贝特看似毫无兴趣。但是，象征性的艺术加工在这里却是最关键的内容！

始终令安德施深入思考的是，1933年他教条主义的世界观的动摇。然而，目前研究的认知兴趣却显然不在于此。也许，在泽巴尔德的攻击中，就已经包含了诋毁安德施后来在联邦德国扮演的文学和政治角色的主要动力。然而，这却完全是另外一回事了。

# 第六章
# 卡夫卡小姐

## 艾兴格尔、巴赫曼、策兰：一次无法预测的新的入门经历

1951年春，在巴德迪尔克海姆举行的聚会上，四七社历史上一个新的时期到来了。然而，人们却几乎没有在当地记录下这次转轨，《时代周刊》只是觉得一切都很“疲惫”。至少团体的骨干们在这次聚会上都放弃了朗读作品，汉斯·维尔纳·里希特周围的那些老战友们都保持着克制——瓦尔特·科尔本霍夫、汉斯·格奥尔格·布伦纳、弗兰茨·约瑟夫·施耐德，还有团体的第一位获奖者君特·艾希。取而代之的是，一些新的名字引起了人们的注意，发出邀请的策略第一次咄咄逼人地以此为标准。一共有五十多人出席了聚会——这个圈子范围的一次明显的扩大。机缘巧合的是，四七社奖的第二位获奖者的当选至少和第一位一样具有说服力和影响深远——他就是仍然默默无闻的、33岁的来自科隆的天主教徒海因里希·伯尔。然而，他看起来却正在以一种理想的方式在团体的创建者和下一代作家之间建立起一种联系，第一眼看去一切都十分和谐。和其他人不同，伯尔描写了战争的创伤和“经济奇迹”时期的双重道德。后来作为团体主要批评者之一而闻名的约阿希姆·凯泽回顾了1951年伯尔初出茅庐的情景：“汉斯·维尔纳·里希特突然看着伯尔，当然不认识他，伯尔则四下张望，接着，里希特想：咦，这个人在这里就好

像一个工匠。他看上去像一个要去修理点什么的电工。也就是说，
他们所有人的服饰都乏善可陈！您明白吗？当我第一次去四七社的 123
时候——因为我工作很勤奋，所以我在《法兰克福评论》的收入很高——我在法兰克福找了一位裁缝，特意为自己定做了一身漂亮的西装，一身毛料西装，然后我便风度翩翩地前往那里。这完全是愚蠢的，我根本无须这样做。因为他们所有人在那里走来走去就像一群分文不挣的作者，他们也不在乎外表如何。”[1]

1951年，氛围也像刚开始时那样友善而朴素。海因里希·伯尔仅以一票的优势获得了四七社奖。位居次席的米罗·多尔凭借他的《人体舞曲》——一篇以现实主义手法描写南斯拉夫被占领时期经历的作品——同样赢得了特别是年龄较大的团体成员的很多好感。两个人都具备了在四七社中获得认可的前提条件。和多尔一样，伯尔生活在贫困线上，依靠不稳定的工作和他的妻子连同三个孩子艰难度日。1949年和1950年他发表了最初的作品，但是自1946年起他就已经开始狂热地从事写作，以便将他的战争经历记录下来，只有极少量的内容能够在一些报纸上发表。仅仅在1947年，伯尔就写了700页草稿，但是作为作家，他却没有受到任何关注。[2]1950年，位于科隆的联邦统计局录用他为临时工，负责统计建筑和住宅的数量。8月，作为在梅尔海姆办公的“人口普查办公室”的主任，他写信给他的朋友恩斯特-阿道夫·孔茨，告诉后者他的第一部作品《列车准点到达》自1949年出版后共销售了多少册——145本。[3]在他所有的作品里，处于核心地位的是战争的经历和德国的罪责问题。他与四七社建立者们的主要区别在于他的天主教信仰和他对道德问题的坚持。在他早期的短篇小说中——其中一部分是在他1985年去世后出版的——与几乎所有当代作家不同的是，他明确地将德国对犹太
人的大规模屠杀作为主题。即使在他初登文坛时，这一主题就已经 124
出现。士兵安德烈亚斯是个极其虔诚的天主教徒，当他祈祷时，他同

时也为犹太人祈祷——在这里，恰好保罗·策兰的出生地被多次提起，人们可以把这看作预先实现了一种特定的互文性——安德烈亚斯有意地重复着他的位置在“雷姆贝尔格和策尔诺维茨”之间，“特别为住在策尔诺维茨和雷姆贝尔格的犹太人”祈祷，“而在施塔尼斯劳和科罗梅阿也一定有犹太人”。[4]

但是，获得四七社奖的这个短篇小说却只是使人对此有所预感。《黑山羊》之所以获奖主要是因为它的幽默。这是一个围绕着一个市民家庭的“异己分子”展开的，并不十分尖刻的故事，一个无用的人和空想家，但仍然露出了幸运儿的原形，在这里，人们还没有过多地感受到伯尔的讽刺的活力，而在下一次的团体聚会上，他却用这种活力凭借其充满激情的作品《不仅为了圣诞节》刺入了联邦德国富裕和经济奇迹的泡沫。从策略上讲，选择《黑山羊》是明智的，伯尔很可能已经知道，为什么他没有朗读当时已经接近完成的、色彩昏暗的战争长篇小说《亚当，你在哪里？》——很显然，人们渴望清新的、另类的、更加风趣的声音。伯尔选取了相对善意的《黑山羊》，就已经提前预示了后来作品之间竞争的事实，就像在此类活动中通常发生的那样——自身完整的文本朗读，足足30分钟长，旨在获得直接的效果，而且并没有过于复杂的形式上或者内容上的要求。伯尔本能地把握住了四七社成功的标准，这些标准在后来所有的文学大事中又进一步地得到了细化。

在四七社亮相之后，海因里希·伯尔在很短的时间内便被更广泛的公众所认识——长篇小说《亚当，你在哪里？》虽然由相对冷僻的米德尔豪维出版社出版，但却得到了非常好的评价，伯尔接着便收到了好几家出版社的签约请求，直到他最终选择了吉本豪伊尔和维奇出版社。在那里，1953年春他出版了长篇小说《一言不吭》。在这部小说中，在道德上正直的、独特的“伯尔—声音”得到了迄今为止
125 最完美的表现。在媒体的反应中，他关于“黑山羊”的故事突出了

“广泛的人的本体”和“精致的幽默”，在巴德迪尔克海姆，它已经代表了伯尔的重大突破——伴随着引人注目的批评的是作品的畅销。

伯尔的同时代人，赫尔曼·伦茨获得了一种完全不同的回应。他的长篇小说《一位女士的下午》——三部曲《内心地带》的第一部——的节选，对于参加1951年秋天在维尔茨海姆的劳芬穆勒举行的聚会的人们来说就显得越发苍白无力。1962年，汉斯·维尔纳·里希特也没有将赫尔曼·伦茨收入按照他的看法汇集了最重要作者的《四七社年鉴》。但是，如果追溯起来的话，伦茨的亮相却具有重大的意义——这位作家直到很晚才被发现，即由于1973年彼得·汉特克的一篇报刊文章，没过几年，便令他直接获得了毕希纳奖。在他1983年出版的长篇小说《一个外国人》中，他运用陌生化手法，在独特的自传式的忽远忽近的变化中描述了他在四七社出现的情景——其中，1983年之前数十年的经历、感知和观点都示意性地被包括在内：

> 他回忆起，从说第一句话开始他就在想——他们会把你搞得筋疲力尽……也许这已经传染到了别人身上，对于他们来说，糟蹋他几乎就是他们求之不得的事情；因为他觉得他们简直就像足球运动员一样。
>
> 尽管并非完全正确，他想，但是情况看起来仿佛只有他一个人存在。他出门走进森林，在那里，他看到了那个长着圆圆的脑袋、戴着眼镜、目光总是看向别处的那个人。关于他，他只是透露了一些蔑视的内容，坐在他旁边的一个女孩令人厌恶地撇了撇嘴。……人们互相不理解，为什么要相互理解呢？ 1933年的时候，你买了他的一本诗集……[5] 126

在赫尔曼·伦茨笔下的主人公欧根·拉普的感觉中，君特·艾希和伊尔莎·艾兴格尔一样都并不顺利——后者明显地将自己隐藏在那个“傲慢的女人背后，她用倒叙的手法讲述了她的故事，朗读得非常精彩”，就像一个人所说，“像一位演员一样”。就连伦茨笔下扮演聚会上“获奖者”角色的海因里希·伯尔，尽管长着“颇令人产生好感的宽宽的脸颊”，但看上去却依然并不可靠：“我们必须尽力追求的一切他应有尽有”，一位牵着长卷毛狗的先生这样认为。欧根·拉普无法忍受这条狗（在四七社的历史上，瓦尔特·科尔本霍夫的狗有时被当作轶事来引用）。无论如何，那些成功人士在小说主人公看来完全是可疑的，他带有攻击性且主张一个人独处，他断言：“这里的人都务实地想要得到一切。”由此，他觉得自己的手稿也同样“索然无味，已经糟糕透顶，是误入歧途的想象的产物”。

然而，这看起来却更像1983年作者的一种自我确认——1951年在现场的主要氛围与这截然不同。这在直接的媒体反响中清晰可见。新的一代人对现实主义并不十分感兴趣。《文学德国》的报道开头是这样写的：“‘如果再提卡夫卡，我就会歇斯底里地失控大叫。’当这位伏尔塔瓦河的巫师已经被呼唤了20次的名字竟被第21次引用时，一位讨论的参与者如此喊道。”[6]

由于很多初出茅庐的较年轻的作家受到了邀请，所以，在这个圈子里第一次变得清楚明了的是，弗兰茨·卡夫卡在战争刚刚结束之后究竟具有多大的影响。在四七社中，人们通常更重视卡夫卡，而忽视海明威。在这里，世代和团体之间的界限突然荡然无存。

一般来说，德国战后文学引人注目的地方是，在四七社之外，具体的战争经历无论如何没有处于核心地位。人们在寻找“更高层次”的解释。在这方面，人们在无法预料的一面很早就有所发现。
127 卡夫卡就像一个被遗忘的幻象一样作为权威从外面出现，人们似乎毫不费力地就能使他与形而上学的、超越时间的德意志“精神”协调一致。战后第一部卓越的、超越了所有派别的成功的德国长篇小说——赫尔曼·卡扎克出版于1948年的《大河后面的城市》无疑深受这种阅读经验的影响，它在经过象征性艺术加工的卡夫卡式的形象中展现了带着民族社会主义标记的德国人的自尊心。

赫尔曼·卡扎克是少数几个人们能够准确地称为"内心流亡者"的人之一；他在纳粹统治时期所写的日记现在保存在马尔巴赫文学档案馆里并且大部分都没有发表，这些珍贵的日记反映出一位"正直的"德国人在那种条件下艰苦的生存状况。此外，在50年代，作为文学界的领导，卡扎克是个例外——他主张开放、透明和讨论。越是如此，在卡夫卡式场景的艺术风格中，所有的德国人重新找到了自我的这个事实便越具有说服力。这里，全部的线索得以汇聚在一起——无论是对罪犯和随波逐流者的排斥机制还是年轻人和质疑者的自我定位。当然，50年代德国通货膨胀式的对卡夫卡的接受决定性地得益于马克斯·布罗德糟糕的解释，他与众不同地将卡夫卡描绘成了一位形而上学的宗教先知。在这里，这位"无家可归的人"感觉像到了家一样。

"卡夫卡之声"表达出战后德国西部很多年轻作家的自尊心。它看起来如此具有权威性，以至于还没有完全决定是走学术道路还是从事文学创作的年轻学者瓦尔特·延斯已经在竭尽全力地为年轻的德国作家们寻找一种立场，他略显自大地表示："五年前我才第一次听到卡夫卡。"[7]

作为噱头的卡夫卡在伊尔莎·艾兴格尔的朗读中达到了顶点。1948年，时年27岁的她就已经发表了长篇小说《更大的希望》，这部作品将女作家过去可怕的经历——她出身于维也纳的一个犹太家
庭——转化为文学的形象。有人向汉斯·维尔纳·里希特推荐了 128
艾兴格尔，她在巴德迪尔克海姆朗读了小说《被缚者》，和长篇小说一样，这部作品也大量运用了象征手法——一个男人已经非常适应被绑缚，以至于他在其中找到了真正的自由，当人们给他打开枷锁

时，他却陷入了被奴役的状态。海因茨·乌尔里希在汉堡的《时代周刊》上这样报道："为了支持她，她自己的出版社的编辑故意把话说错：'我想，人们对待卡夫卡小姐——嗯——艾兴格尔小姐是不公平的。'"[8]

在汉斯·维尔纳·里希特的记忆中出现过伊尔莎·艾兴格尔的一句话，他更多的只是顺带会提及这句话。有时，在他几十年后写下的关于四七社早期情况的报道中，回忆和对于今后发展的认识会误导他，但是，在他1986年出版的画册《在蝴蝶商店中》里，却以独特的方式描绘了当时的气氛。里希特叙述了1952年春，也就是在波罗的海海滨浴场尼恩多夫举行聚会前四个星期，他与伊尔莎·艾兴格尔于维也纳在长距离的散步中度过了一天："在这样的谈话中，她从来不提及她的过去，比如在第三帝国中的经历。仿佛她自己披上了一件遗忘的大衣。只有一次她说：'这里，我曾经站在这个地方，那时我的亲戚们都被送走了。'我记住了这句话，直到今天。当时我没有继续问，也许是因为害怕会知晓比我想听到的更多的内容。"[9]

汉斯·维尔纳·里希特不想再听下去了，事实也许真是如此——或者他意识到自己那时没有能力领会更多。关于这位犹太女人的"过去"，"比如在第三帝国中的经历"的模糊的表述在1986年还展现出，这是汉斯·维尔纳·里希特自我审视中的一个敏感之处，因为他是一个自战争结束以来无论如何正直的、进步的、对民主讨论感兴趣的德国人。对于里希特来说，这件事看上去首先很尴尬——但却与他没有直接的关系。在四七社中，伊尔莎·艾兴格尔无论如何也不是因为她是犹太人才引起轰动的。大家首先是觉得她极具
129 魅力。在四七社中，女性参会者一直都相对较少，在创建之初，伊尔莎·施耐德-凌耶尔首先是作为具有异域风情的人参加的。伊尔莎·艾兴格尔在巴德迪尔克海姆一定造成了很大的影响。里希特尝试着用讽刺和幽默的方式来描述这件事，他写道，德国西北广播电台

的台长恩斯特·施纳贝尔——在文中他并未提及具体的名字——是伊尔莎·艾兴格尔最坚定的崇拜者之一——这位台长“有点失去了自制力”，想邀请她乘坐他“崭新的摩托车”，“这在那个时候可是个轰动事件”。在下一次的聚会上，在施瓦本地区维尔茨海姆附近的劳芬穆勒，艾兴格尔向里希特求救，因为据她说，在她的床上躺着一个赤裸的男人。里希特马上就抓住了一位“充满了希望的年轻诗人”，但后者却坚称是走错了房间。里希特继续写道：“我在房间里四处张望。这是一个相对较大的房间，中间摆着一张双人床，角落里有一个长沙发。长沙发上有一条毯子，并没有叠起来，而是凌乱地被扔在那里。我无法将视线从这条毯子上移开。奇怪的是它下面鼓鼓的，仿佛躺着一个人。我走过去，把毯子抽回，我吓了一跳。海因里希·伯尔躺在那里，睡着了或者是在装睡。我已经想不起来我那时对他说了什么。我想，他告诉我这是个玩笑，很可能真的是这样。在战争结束后的几年里，这样的玩笑司空见惯，没有人会为此生气。”[10]

当伊尔莎·艾兴格尔在巴德迪尔克海姆加入四七社的时候，她很可能是从乌尔姆启程的——她与英格·朔尔保持着联系，后者正在那里参与筹备“造型艺术高等学校”。当为盟国在慕尼黑创建的《新日报》撰稿的阿明·艾希霍尔茨报道1951年秋在维尔茨海姆森林中的劳芬穆勒举行的聚会时，他强调了这个视角。他首先用“漂亮、深不可测”来概括伊尔莎·艾兴格尔的特点，“她在乌尔姆的业余大学工作，她上一个长篇小说印了三千册，现在还能买到几本”，然后他记述道，她偶然地发现了“劳芬穆勒”——一所儿童之家——的接收条件，并且马上挤眉弄眼地为团体的成员们朗读：这个儿童 130
之家也接收“由于体质虚弱、出现成长障碍或者由于其他原因需要一种特殊护理和教育的孩子”。[11]显然，她也看到了四七社发展中的缺陷。于是，汉斯·格奥尔格·布伦纳在《文学》杂志上报道称，在1952年春举行的聚会上，艾兴格尔也参与了对朗读的批评——她

“愤怒地而又不耐烦地”指责汉斯·迪特尔·施瓦策的《被锤打的超现实主义》只是展现了“毫无风险的艺术技巧”。[12]

1952年5月在尼恩多夫，伊尔莎·艾兴格尔凭借其《镜子的故事》获得了第三次颁发的四七社奖——这又是一次对此后数十年公众的阅读产生直接影响的颁奖事件。汉斯·格奥尔格·布伦纳这样概括了这部作品的直接效果：“她的《镜子的故事》——对一个女孩
131 生命进程的倒叙描写，在其镜像中，死亡和出生合二为一——也许是德国战后最古怪而又最温情的作品，一个剧烈颤动的、蒙着羞涩面纱的秘密。在这里，常常冒失的批评让位给了平时并不常见的掌声。”[13]这的确是一个现象。汉斯·维尔纳·里希特这样描述了这一现象：“在她朗读的最后大家鼓了掌，这并不多见，我立刻就禁止他们这样做，有几个人很不高兴。”接着，里希特也谈到了那个此前在团体中形成的、明显致命的冲突的化解，因为在1952年秋天于哥廷根附近的贝尔莱普什堡举行的聚会上，伊尔莎·艾兴格尔就有了伴侣。里希特在城堡的前院等待他的客人：“此时驶入一辆银灰色的大众汽车，就停在我跟前。挡风玻璃后面，两张面孔在朝我微笑——伊尔莎·艾兴格尔和君特·艾希。他们想要给我一个惊喜，他们也成功地做到了。不久之后他们就结婚了。”[14]

也许与这段姻缘有关的是，在四七社后来的历史上，伊尔莎·艾兴格尔的星光逐渐黯淡。1952年5月，英格博格·巴赫曼第一次出现在尼恩多夫，和更羞涩的伊尔莎·艾兴格尔相比，她给那些男性重要人物们留下的印象要神秘得多。1952年初，汉斯·维尔纳·里希特在维也纳探访了伊尔莎·艾兴格尔，也就是在她参加过团体的聚会之后，在他的记忆里，英格博格·巴赫曼作为艾兴格尔最好的朋友几乎总是在场；于是他结识了她。当这两位女性的生活境况发生决定性改变的时候，她们之间亲密的友情才出现了较大的问题——巴赫曼后来批评艾兴格尔过多地屈从于妻子和家庭主妇的角色。

此外，里希特1952年前往维也纳，也是为了在红—白—红电台采访从流亡中归来的颇具影响的作家汉斯·魏格尔，他也邀请了后者参加四七社聚会。巴赫曼是这家电台的编辑。但是，里希特已经通过艾兴格尔认识了她，当他按照约定的时间来到电台时，依照他——也许更具圣徒传记色彩——的描述，发生了下面的事情："她把她未发表的诗作给我放到了一张通常空着的写字台上，让我等待 132
了半个小时，以至于除了读她的诗作之外我别无他事可做。在这段时间里，她在隔壁的房间里敲着一台打字机，当她再次走进来时，我问她谁是这些诗歌的作者，她红着脸回答道：'我。' 下午我便也邀请她来参加聚会，并且按照她的愿望，也邀请了一个生活在巴黎的朋友，他叫保罗·策兰，和她一样默默无闻。我问伊尔莎，我做得对吗，她给予了肯定的回答。"[15]

真实的经过已经无法还原，可以推测的是，在知道日后所产生的意义的情况下，汉斯·维尔纳·里希特把一切都描述得更加美好。按照现有文献来判断，对于他来说，这个邀请所包含的文学史的维度即使是在尼恩多夫的聚会期间和之后仍然并不清晰。在此期间，英格博格·巴赫曼和保罗·策兰已出现在了文学公众的聚光灯下，两个人以不同的方式出了名。但是，即使在两位诗人离世后很长的一段时间里，人们却根本不知道，他们有一段特别是可以追溯到从前的共同的经历。对于四七社的历史来说，这段故事也不能被低估。

1948年春，巴赫曼和策兰共同在维也纳度过了几个星期。那时他27岁，而她甚至还不到22岁。当时彼此相遇的人与70和80年代掌控公众阅读和大学讨论课的人没有多大关系。然而，当策兰移居巴黎而巴赫曼在1950年秋天去看望他时，他们之间的关系却变得更加紧张——一个是从对犹太人的大屠杀中幸免于难的切尔诺维茨人，另一个则不得不与阿道夫·希特勒共同分享克拉根福这座城市，后者曾站在"桑德维尔特"酒店的阳台上，看着人们狂热地朝他欢呼。不久之后，策兰与吉塞勒·德·莱斯特朗热结婚，现在，从巴赫曼与他两人的通信中可以读到，巴赫曼继续痴迷于他。那正是她编辑其诗集《被缓期的日子》的时候，其中几首诗是献给策兰的，她正
133 为此殚精竭虑，诗里有很多文字的引用和暗示。

在很长的一段时间里，巴赫曼与策兰唯一的合影是在四七社尼恩多夫的聚会上拍摄的。照片上，巴赫曼几乎是腼腆地仰视着策兰，而策兰则显得有些呆滞，好像在内心中被困住了一样。那是一个值得注意的情况——几个月前，策兰粗暴地回避了巴赫曼，而现在，他们两人却又因为被吸纳进德国的文学生活这个机会被联系在了一起。直到最后，英格博格·巴赫曼都在争取让团体的领导汉斯·维尔纳·里希特同意策兰参加聚会。在最后的准备阶段，人们仍能感觉到她的忧虑，策兰仍然可能会突然把一切都取消："你无论如何都要朗读《死亡赋格曲》——无论如何——因为我觉得我对四七社知之甚少。"[16]

事实是，除了《死亡赋格曲》之外，策兰还朗读了在这个环境中同样颇具挑衅性的诗歌《在埃及》，其他所有的人都无法分辨，这是一首献给英格博格·巴赫曼的情诗。对于那个已过去很久的，但在巴赫曼看来很快就变成了神话的共同度过的春天，1948年5月23日的一个副本是唯一的一个直接的证明：

**在埃及**

你要对那异乡女子的眼睛说：化作秋水。
你要在异乡女子的眼里，寻找你认得的水中人。
你要把她们从水中唤出来：鲁特！瑙艾米！米尔亚姆！
你要好好打扮她们，当你睡在异乡女子的身边。
你要用异乡女子的云鬟去装扮她们。

你要对鲁特、米尔亚姆和瑙艾米说：
看，我睡在她身旁！
你要把身边的异乡女子打扮得最漂亮。
你要用鲁特、米尔亚姆和瑙艾米的痛苦给她梳妆。
你要对那异乡女子说：
看，我曾睡在她们身旁！[17] 134

在这首诗里，策兰奏响了他与英格博格·巴赫曼情侣关系的这个主旋律，而他恰恰在尼恩多夫他们再次相遇时当着全部陌生人朗读了这首诗歌，这是一个只有巴赫曼才能揭开的秘密。对于其他在场的人来说，只能听到：鲁特、瑙艾米和米尔亚姆都是《圣经·旧约》里的名字，和犹太人的流亡有关——在《圣经·旧约》里目的地正是埃及。策兰——这位来自切尔诺维茨的犹太人，以摩西戒律的风格列举了已逝去时代的犹太女性的名字，并且使她们今天在维也纳面对这个并非犹太人的“异乡女子”。这个“异乡女子”——通过作为资料被保存下来的献词，人们能够辨认出其具体所指就是英格博格·巴赫曼——接受了这些犹太女友们的遗产，由此，对于策兰来说，她便成为语言本身——他的语言——的媒介。

鲁特、瑙艾米和米尔亚姆——在尼恩多夫，策兰用一种不同寻常的、缓慢而庄重的、高昂的声调将这些犹太女性的名字诵出，秉承了浪漫派德国诗歌、哈布斯堡文化和里尔克的传统。在那些仍然还部分地使用士兵的语言表达思想的德国的参战者面前，这首先一定会产生一种陌生的效果。然而，关于策兰的朗读在尼恩多夫被如何接受的报道，尤其是他个人的记述却比较混乱。在他的妻子吉塞勒面前，策兰这样描述了那些决定性的时刻：“第一场战斗。朗读。然后是‘批评界’表达立场。言语，有的有、有的没有内在的视野。但是至少讲得很好，在这第一天。窗外20米远的地方是大海、大海，总是全新的馈赠……晚上9点轮到我了。我大声地朗读，我有这样的印象——越过这些少有善意的人的头顶，我进入了一个空间，在其中还会听到‘寂静的声音’……效果十分清楚。但是，团体的领导汉斯·维尔纳·里希特——一种现实主义的发起人，甚至并非第一人选——却发表了反对的意见。这种声音，在眼前的情况下我的声音，并没有像其他人的声音那样穿越文字，而是常常以沉思的方式停留在他们身边，在这种声音中，我除了全身心地参与其中，别无他
135 选——这种声音必然会受到攻击，以便那些报纸读者的耳朵不会保留对它的回忆……那些不喜欢诗歌的人——他们占多数——都提出了反对意见。在聚会的结尾，当大家要去投票的时候，有六个人想起了我的名字。但是，这篇报道却把事情说得有点简单，几天后，我会在巴黎给你讲述细节。”[18]

在这里，策兰讲到了他对诗歌的高层次的理解，在某种程度上，他已经与“诗歌”合二为一。他觉得自己与里尔克一脉相承，所以他认同地引用了里尔克翻译的瓦莱里的诗歌《海边的陵园》(“大海、大海，总是全新的馈赠”)。此时，他首先反对的是那些“报纸读者”，他明确反对的是汉斯·维尔纳·里希特的现实主义概念。由另一位参会者所写的关于策兰朗诵的最重要也是被引用最多的回忆1976年出自瓦尔特·延斯之手，人们不必把它理解为描写当时气氛的第一手资料——此时，策兰已经逝世，已经成为当代被解读最多的诗人：“当策兰第一次出现时，有人说：‘几乎没有人能够听懂这些东西！’他朗诵得很有激情。我们都笑了。‘他的朗诵像戈培尔！’一个人说。人们这样取笑他，以至于后来四七社的一个发言人、来自法兰克福的瓦尔特·希尔斯贝歇尔不得不又把那些诗歌朗读了一遍。《死亡赋格曲》在团体中遇到了挫折！这是一个完全不同的世界，那些可以说与新现实主义的纲领一起成长起来的人们无法理解。”[19]

与戈培尔的比较出自汉斯·维尔纳·里希特。然而，他却并不

是在朗读刚刚结束后团体内部的讨论中说的，而是在一个狭小的范围内，非正式地，在吃午饭的时候。1970年，在他得知策兰自杀身亡之后，他的日记成为关于事情经过的最准确的证据。必须在这样的背景下去理解——这期间，策兰已经成为一位著名的、不可触犯的作家，而里希特正在与一种他不承认的负罪感进行着斗争："保罗·策兰结束了自己的生命。就像十年前的路易斯·克拉皮尔[20]一样，他跳入了塞纳河。在讣告中，几乎没有或者原本只字未提的是，他是通过四七社成名的。那是1952年5月在尼恩多夫。……那是他第一个 136
了不起的成就。他的成功就像英格博格·巴赫曼的崛起一样是飞快的。虽然伊尔莎·艾兴格尔在聚会上得了奖，但是，真正的发现却是保罗·策兰和英格博格·巴赫曼。当时我还不知道，英格博格曾经是保罗·策兰的情人，而且他对她的诗歌产生过决定性的影响。于是，聚会上发生了少见的冲突。在策兰朗读之后的午餐上，我完全随便而又漫无目的地说，策兰的声音使我想起了约瑟夫·戈培尔的声音。由于策兰的双亲都是被党卫军杀害的，于是，便发生了一场戏剧性的冲突。保罗·策兰要求得到解释，并尝试着将我置于从前民族社会主义者的境地。伊尔莎·艾兴格尔和英格博格·巴赫曼都哭了，泪如泉涌，并一再请求我向策兰道歉，我最后也这样做了。尽管如此，保罗·策兰却永远都不会忘记我做的这件事。"[21]

这段首先是私下里写下的文字是对当时情况的一个具有说服力的证明。对于1970年的里希特来说，这些"少见的冲突"依然首先是伊尔莎·艾兴格尔和英格博格·巴赫曼的"泪如泉涌"。他自己则始终坚信自己曾经是民族社会主义的敌人，而恰恰在联邦德国建立的最初阶段里，他又是一个新的民主的德国的少数坚定捍卫者之一。他并不承认，由于他惊人地把策兰与戈培尔作比较，他一定深深地刺痛了策兰。然而，从字里行间，人们无论如何都会感觉到他的手足无措、他的负罪感以及要去应对这种负罪感的苛求。

里希特的失礼只能在他特殊的目标设想和反感的背景下去理解。在魏玛共和国时期，他赞成左翼的观点，尽管并非政党说教，而在民族社会主义时期他又或多或少地销声匿迹，在第二次世界大战之后，他尝试着揭露纳粹的语言，尝试着攻击那种虚假的激情、攻击过分修饰的比喻和具有挑衅性的追溯过去的夸夸其谈。在里希特看
137 来，现代诗歌毋宁说就像天书一样难以理解，他在策兰的诗歌中首先看到的是与斯特凡·格奥尔格以及类似的具有庄重仪态的先知的共同点，也就是那种他强烈拒绝的庄严而又低声细语的姿态。他对策兰是犹太人和在另外一种传统中从事写作并不感兴趣，由此，无论怎样尝试着加以反对，里希特都以自己的方式顺应着在战后德国普遍存在的排斥现象。

看上去很荒诞的是，在这里彼此碰撞的反法西斯世界是多么的不同：里希特说"戈培尔"，以此为象征指向他所拒绝的一切——他把这与一个犹太人联系起来，而后者则是勉强逃过了戈培尔的迫害！但是，德国对犹太人的大屠杀却无论如何存在于里希特的意识当中。1952年，《明镜周刊》报道了由里希特主编数月的杂志《文学》的失败："对于毫无成就的事实，汉斯·维尔纳·里希特找到了一个解释：'如今在德国，缺少以前曾经有过的5万个对文学感兴趣的犹太人。'"[22]

了解并在很大程度上赞同里希特政治立场的策兰把里希特在午饭桌上所说的这个致命的评价首先看作一件极其荒谬的事情，他看起来能够将这件事视为里希特审美局限的表达，而非本质上的反犹主义。在汉斯·维尔纳·里希特的遗物中可以找到一份献词，那是策兰十年之后，即1962年6月1日在他所翻译的亚历山大·布洛克的一本诗集中所写的："献给汉斯·维尔纳·里希特，1952年5月尼恩多夫留念，法兰克福，1962年5月，衷心的保罗·策兰。"[23]话虽然不多，但至少还是可以说明一些问题。在这一时期，面对伊凡·戈尔

的遗孀对他抄袭的指责，策兰尽力为自己辩护，同时越来越频繁地指责一些好心的朋友欺骗自己。

关于里希特和策兰1962年在法兰克福的谈话，我们知之甚少。在这一时期，策兰越来越绝望地寻找着支持。那些用文学发展的策略性语言讲话的朋友们虽然善意地尝试支持他，但却令他感到失望（甚至包括英格博格·巴赫曼或者克劳斯·德穆斯）；在这段时间里，138
他与大多数德国的对话伙伴都闹翻了。无法否认的是，策兰承受着越发严重的心理疾病。在一次滑雪度假的归途中，策兰扯下了一位偶然与他坐在同一车厢里的女士的黄色围巾，因为他把它看成了犹太教的六芒星标志。这是第一次急性发作，之后，从1962年12月31日到1963年1月17日他在塞纳河畔的埃皮奈接受治疗。

策兰和里希特之间谈话的缘由是，里希特希望在《四七社年鉴》中收录在此期间荣获毕希纳奖的诗人，而后者1962年要来出席罗沃尔特出版社成立15周年的纪念活动。两个人的谈话首先一定是围绕着政治展开的——60年代初，里希特致力于波恩的政府更迭，支持社会民主党人维利·勃兰特。1962年8月5日，在一封写给当时的S.菲舍尔出版社社长克劳斯·瓦根巴赫的信中，策兰回顾了与里希特的谈话："因为汉斯·维尔纳·里希特拥护社会主义，所以我同他握了手。"[24]而在将布洛克的翻译送给里希特之后，8月2日，他又写信给里希特本人："请您不要介意我翻译的《十二》中简短的题记。我本打算不给这首诗作任何解释。我写下*这些*无疑与我当时的观念有关；这个观念也是可以记录下来的，但是，和一切事情一样，它也有时间的局限。"[25]

这里所说的"题记"谈的是社会主义，谈的是布洛克在1917年俄国革命时的经历。策兰写道："这首诗各个部分写得和谐一致（布洛克的日记是这样说的），它从中间开始走向高潮——第八次用'哦，你，悲伤和苦恼'开头，以'沉闷'结尾的段落是第一段。人们应该把它看作核心部分。”[26]

革命的核心——“沉闷”。策兰在给里希特的信中提到这些，使人能够猜测到谈话的过程——两个人谈起了他们的观念和对社会主
139 义的体验，在这个过程中认识到了基本的共同点。显然，他们彼此相互理解——而这正是策兰在受到抄袭指责而心情沉重的时候！尼恩多夫的聚会过去十年之后，恰恰是在这次私人的谈话之后，策兰把里希特视为一位潜在的伙伴。

1952年，四七社的大部分作家都非常关注作为德国国防军士兵所经历的过去，并且把它与对50年代德国的一些特定的文学设想联系在一起。直到50年代中期，现代派文学、国际的潮流对于四七社来说都依然非常陌生。于是，该团体成为康拉德·阿登纳领导下的联邦德国顽固而肤浅的官方文学之外的唯一论坛！有鉴于此，无论如何令人感到惊讶的是，到当时为止完全默默无闻的、与该团体的主流迥然不同的策兰会在尼恩多夫的聚会上获得令人震惊的成功。虽然伊尔莎·艾兴格尔——她也是一位具有犹太背景的作家——获得
140 了四七社奖，但是，策兰在投票中至少是排在了第三名。除了里希特在饭桌上那一句令人不快的评价之外，还没有任何关于批判策兰的表述的具体证据。在很多封写给妻子的信中，策兰都首先强调，他结识了一些出版商，得到了令人满意的高额广播报酬。就在同一年年底，他的第一本诗集真的就在德国出版了——德国出版公司的主编在四七社聚会期间向他提供了一份合同。后来，策兰也一再收到参加四七社聚会的邀请。比如，他自觉很遗憾地拒绝了1954年春前往罗马的邀请，但却立刻表达了秋天赴会的愿望。

在他的妻子吉塞勒面前，策兰在评价四七社时显得相对谨小慎微，也许是出于维护它的愿望。但是，在给他维也纳的朋友克劳斯·德穆斯的信中，关于尼恩多夫的聚会，引人关注的是他真正的兴趣所在：“我亲爱的克劳斯，很难讲我该如何评价这一切——那是令

人激动的，尽管如此，仍然几乎毫无水平可言。英格又一次令我非常失望。因为，她又一次否定了我，甚至到了受人挑唆与我争斗的地步——她的诗，而不是我的诗始终都很受欢迎，她被人称为诗人，这令她感到心满意足，脸上带着幸福的微笑……而这种成就绝对没有任何纯粹文学方面的原因。接着，她来问我是否愿意与她结婚，请求我给她的一首诗定个题目，这首诗现在已经在四七社的杂志《文学》上发表了。我给这首诗加了个题目——我选用了其中的一个诗行——大家都来祝贺她。她接受祝贺，感到很高兴。在我启程之前，她短暂地来到我的房间，装出一副完全垮掉的样子，乞求一小段未来的生活。我把这段未来赠送给了她。在尼恩多夫，我受到了侮辱——因为带英格来汉堡的H.W.里希特说，他之所以如此不喜欢我的诗歌，是因为我用‘戈培尔的声调’朗读。在朗读《死亡赋格曲》之后！这样的事情我必须经历！而对这样的事情，促成我此行的英格却沉默不语！”[27] 141

在他的朋友面前，策兰显然非常看重与他的女学生英格博格·巴赫曼在文学创作上的竞争——他认为，她取得了比他更大的成就，这个事实令他感到不公平。“这种成就绝对没有任何纯粹文学方面的原因”——有些参会者也证实，这其中，情色的动机也发挥了作用。此外，策兰为巴赫曼“选出”的那个“诗行”很可能出自他本人。在他那首写于1948年的、与英格博格·巴赫曼的恋爱有关的诗歌《光环》当中，读者可以读到这样的诗行：

我的眼睛落到爱人的性上：
我们彼此对视着，
我们相互诉说黯淡的言辞，
我们相爱如罂粟和记忆，
我们像葡萄酒一样睡在贝壳里，

像大海沉浸在月色的血光中。

“黯淡的言辞”——这将成为英格博格·巴赫曼一首诗作的标题，它以一种隐秘的方式与策兰互动，而在尼恩多夫她朗读的就是这首诗——更确切地说，朗读的是那位当她的声音不听使唤时帮助过她的同行。几个月之后，她也把这首诗收录进了后来著名的诗集《被缓期的日子》。

策兰认为，在尼恩多夫的聚会上，作为诗人，巴赫曼的表演有些过分，而他作为诗人得到的认可却少之又少。在对团体聚会的评价上，在他看来这似乎是关键的一点。在他直接的反应当中，这看起来至少和里希特在午餐桌上无头脑的怪异言谈一样令人反感。但是，令人震惊的却是仅仅几天之后他写给德穆斯的明信片。改变了的腔调显然与策兰刚刚在美因河畔法兰克福的一家小小的室内画廊里完成了一次成功的朗读有关：“亲爱的克劳斯，我的上一封信是在情绪
142 激动中写成的，它有一部分是不公正和愚蠢的。英格拥有如此美妙的银铃般的嗓音。另外，那件新大衣她穿着也很合身！”[28]

无论如何，策兰并不像他今天在很多描述中看上去的那样是唯一著名的受苦者，是承受着其沉重命运的不被人理解的诗人。但是，有一件事却是引人注目的——对于与他的诗作有关的所有批判性的、充满误解的反应，他的回应都极其敏感。尽管他无论如何取得了成就，但是，当有人出于竞争、出于嫉妒抑或仅仅是出于无能而冷落他的时候，他的手足无措、他受伤害的心态就会立刻明显地表现出来。这种诗人的敏感和脆弱在他几乎所有的书信中都可以被感觉到——也包括那些最早的信件，比如写给他妻子的。这些情绪的表现从一开始就无法与对在德国仍然存在的反犹主义的敏感、与对其父母死于德涅斯特河东岸的集中营而自己却苟活于世的长久的负罪感的敏感相提并论。文学发展的机制也是不依赖于当前政治的发展

潮流而存在的。但是，随着时间的流逝，策兰身上的这两种情感的变化却彼此联系在了一起。多愁善感的诗人和见证犹太人大屠杀的当事人合而为一。

从一开始，策兰就非常准确地关注着纳粹德国和阿登纳治下的联邦德国的延续性。但是，这中间却也出现了自相矛盾的，并非总是能够令人理解的过程——他与哪些同行建立起更加紧密的联系，这些关系又是如何发展下去的。1952年，在尼恩多夫举行的聚会上，至少有三位四七社的作家有意识地接触他，寻找和他交谈的机会。由此，出现了非常不同的通信交往——和保罗·沙吕克、和罗尔夫·施勒尔斯以及和海因里希·伯尔。和伯尔这位最有名的同行的通信是数量最少的。但是，能够如此清楚地说出策兰所代表的意义和是什么令这位诗人对于德国来说如此重要，伯尔却几乎是唯一的一个人。1954年，在《科隆评论》上的一篇关于策兰的文章里伯尔写道："我们的孩子们不知道十年之前发生的事情。他们了解到某些城市的名字，和这些名字联系在一起的是一种乏味的英雄主义——洛伊滕、滑铁卢、奥斯特利茨，但是，对于奥斯威辛我们的孩子们却一无所知。 143
而我们这些知道它的人却对此避而不谈，就当它根本不存在。"[29]

当伯尔并没有像策兰所期望的那样支持他应对媒体攻击——他常常借口其工作负担过重——的时候，策兰短暂地停止了与他的交往。即使与真诚地极力促成基督教和犹太教和解并且启动了许多值得赞许的倡议的保罗·沙吕克，他们之间的通信也令人感到惊讶地保持着有限的数量。只有和罗尔夫·施勒尔斯，策兰才建立了一种更亲密的友谊，而这看起来首先令人震惊。因为，和四七社中普通的参战者不同，施勒尔斯在战争中并非一般的士兵，作为一个党卫军旅长——德国国防军高级军官——的儿子，他显然深受家庭影响，在意大利，他在一支"前线侦察部队"担任中尉并指挥与游击队的作战，也就是说在指挥"防御"——仅此一项在政治上立场鲜明的任务。这是一件比当普通士兵复杂得多的纠缠不清的事情。就像后来普遍描述的那样，即使是在积极地投入战斗之后，这段过往的岁月依然使施勒尔斯看上去神采奕奕。在第一次到施勒尔斯家做客之后，1952年6月2日，策兰在一封给妻子的信中提到了这些："这既很亲切，又令人不快，非常德国化，在某种意义上，这首先使人感到厌恶，然后又促使人深思。"策兰拒绝在施勒尔斯家过夜，"理由是路太远了，但是实际上是因为我发觉，这里有太多过往岁月的可怕事情留下的痕迹"。[30]

尽管如此，策兰仍然表达出对施勒尔斯的信任，这不仅是因为他在文学公众当中支持策兰——施勒尔斯在出版界具有影响力，而且作为德国出版公司的顾问，他也参与了该出版社出版策兰处女作的工作——还因为施勒尔斯向他表达的由衷钦佩。1952年秋，施勒尔斯提到，他怀着"无以言表的激动之情"阅读了策兰的新诗，这种激动之情源自令这些诗歌"无法被理解"的"宗教体验"："穿过其表面感知的底层，人坠入本能的地带，本能从来都不是在自己的头脑中产
144 生的，但它在您那里、也在我这里却获得了形象。"[31]施勒尔斯终究不理解策兰到底写了什么——即关于一个幸存的犹太人的命运以及它对使用德语的影响，这在他为策兰的诗集《语言栅栏》所写的夸夸其谈的注释中格外清晰："接着，话语——一切与这样的语音变化有关的东西——几乎被全部吸收到内心世界的梦幻般的现实中。它聚集了那些在日常生活中在物质秩序的无法言说的徒劳的辛苦中耗尽的力量。"[32]

虽然施勒尔斯的溢美之词无论如何都有夸张之嫌，虽然由于他自己的文学创作在风格上始终受到时代的极大束缚，虽然他如今已经顺理成章地被人遗忘（他的作品有《拥有金属塑像的旧货商》、《火门槛》、《雅各布和渴望》），但是，策兰起初却表现出可以接受这种高调。在一些尝试中，施勒尔斯始终在寻找一种精华的诗意的共

性。一种被选中的感觉掩盖了他痛苦地承认，又在其中受尽折磨的德国自身的罪责："关于世界的一种深刻的认识意味着沉重的灾祸，仿佛一股邪恶势力安排的一切都是为了消灭我们，我们能够隐瞒这些吗？"[33]在没有思考这些的情况下，施勒尔斯甚至将自己与策兰及其命运相提并论："保罗，总是只有少数人会被他人当作人来考虑，也就是那些——不管是不是犹太人——被多数人讥讽的人。"[34]

恰恰是鉴于策兰对于德国普遍存在的论调的敏感，所以越发令人吃惊的是，他常年保持着与施勒尔斯的联系，甚至请他用"你"来称呼自己，邀请他前往巴黎，在自己外出朗读途中在施勒尔斯家做客。当然令人关注的是，他们之间来往的大部分书信都是施勒尔斯写的，他常常接二连三地写长信，而策兰的回信则相对较少，多数也很简短。对于他来说，凭借其在文学生活中的联系施勒尔斯是有用的，但是，策兰看起来却首先愿意接受施勒尔斯所给予他的作为诗人的尊重，这种尊重也使他不必理会那些杂七杂八的声音。如果人们想要理解策兰在德国文学生活中的行为，这无论如何是颇具启发性的。在策兰看来，作为诗人被人认可至少和政治—社会境况同等重 145
要，于是，他能够比人们猜想的那样更容易忽略某些误解。很长时间当中，策兰都不去评价施勒尔斯常常将他与恩斯特·云格尔相比较并且还为卡尔·施密特大唱赞歌。

然而，当1960年初施勒尔斯寄给他一篇以"犹太人"为主题的文章时，界限终于第一次明显地被跨越了。策兰的反应突然变得惊慌失措且令人怀疑。两个月之后，在长久的沉默之后和施勒尔斯的催促下，策兰从施勒尔斯的附信中摘录了较长的一段，连同下面的话一起寄回给了施勒尔斯："这是你1月15日写的，罗尔夫。"他指的是像这样的语句："或者，就你而言，你相信犹太人抵抗的一种忍耐的方式吗？这种抵抗难道不是从来就毫无希望地遭受着那种残忍的折磨、那种使用毒气的屠杀、那种对于生存的粗野的否定吗？也许，这已不再是反犹主义了。你知道，我在这里追问的是卡尔·施密特。……我提到施密特，这会给我的问题染上一层非常亮丽的颜色——是否忍耐的精神敌视完全是可能的？以一种也许无法原谅的方式，他的作品从一个长满老茧的波兰乡村铁匠的值得怜悯的现实中也拿走了一部分精神情结，但所指的却是精神要素的约束力，这种约束力并不承认这样的区别。”[35]

施勒尔斯的作品的特点常常就是负罪感和自我维护的这样一种相当复杂的混合体。这位在军事抵抗中有目的地与游击队打过仗的从前的德国国防军军官，他对“犹太人抵抗的一种忍耐的方式”的寻找，他用卡尔·施密特为其反问所染上的“亮丽的”颜色，在策兰感觉被称呼为犹太人而不再是诗人的那一刻，都令他感到恐惧。

1961年底，当施勒尔斯把他在很大程度上模仿卡尔·施密特所写的书《游击队——论政治人类学》寄给策兰的时候，策兰立刻断然终止了与施勒尔斯的交往。在策兰手里的那本施勒尔斯的作品中，
146 可以发现他在诸如“异类的”、“一帮家伙”以及“贴近民众的”一类的词汇下面划了线，这些对于策兰本人来讲都带有“种族的”意味。[36]值得注意的是，策兰和施勒尔斯通信集的女主编并未在其后记中继续提及这些核心的要素和两人之间关系的具体终结，与此相反，她却有意识地将自身置于施勒尔斯的视角当中，甚至还提出了这样一个观点——对于策兰来说，“与施勒尔斯的友谊可以与和巴赫曼的情谊两相比较”。[37]此外，比漫不经心更严重的是，在缺少具体证据的情况下她强调说，策兰中断与施勒尔斯的联系首先是因为汉斯·维尔纳·里希特的阴谋诡计。[38]

事实上，不久之后汉斯·维尔纳·里希特主动找到施勒尔斯，尝试着在一些共同的政治活动比如反对扩军的斗争中对他有所压制。里希特多次寻找施勒尔斯在德国国防军服役的证据，并且相信能够拿出他射杀游击队的具体证明——然而，他却没有找到。从一

开始就证明施勒尔斯是里希特的政敌的，是他在政治上支持自由民主党（最晚到60年代中期，他都是这个政党中一位颇有影响力的干部，1968年，他成为位于谷莫尔斯巴赫的特奥多尔–豪伊斯学院的院长）。

从50年代中期开始，保罗·策兰越来越强烈地感受到有人在研究其犹太人的特质，对于他来讲，这在很长时间里几乎没有发挥什么作用。但是，由于要面对对其诗歌的各种攻击，策兰才逐渐意识到自己的犹太人特质。他与像施勒尔斯这样的人因文学创作结下友情，而当他终于认清施勒尔斯充满德意志民族特性的精神讨论的真实维度时，他又突然宣布与其断交，这些都是他所陷入的危机的一个重要的组成部分。

在50年代，策兰越来越敏感地记录下纳粹的论调在西部德国的再次出现。这和他作家的气质结合在了一起。不久之后，他引用了俄国女诗人玛丽娜·茨韦塔耶娃的话："所有的诗人都是犹太人。"
策兰将他的诗作也理解成他为被纳粹杀害的家人，尤其是他的母亲 147
所写的墓志铭。于是，即使是文学生活中常见的阴谋诡计，由于其阴险的、争名逐利的、嫉妒的腔调，也让他觉得是对他人格的直接攻击。策兰辨认不出其中常见的机理、常见的阴谋和裙带关系的争斗，他也就根本无法通过这种方式自救，也根本无法表示拒绝。他是欧洲犹太人大屠杀的幸存者，这种意识随着每一次报纸上新的评论的出现不断更新。

在策兰对四七社的感受中，反犹主义几乎没有对他产生什么影响。他在尼恩多夫接触到的文学生活的令人不快的方面也由于他从广播电台、报刊编辑部和出版社获得了约稿合同因而没有显现出来。但是，策兰却非常清楚地感觉到在四七社之外表现得尤为活跃的联邦德国早期文学发展中普遍存在的反犹主义。在他看来，最具影响力的声音来自一个男人，除了弗里德里希·西堡之外，这个男人在这一时期便成为四七社最坚决的反对者——君特·布勒克尔。对于策兰后来的发展来说，布勒克尔1959年10月11日在西柏林《每日镜报》上发表的、无知得可怕的评论看起来就像一副催化剂：“策兰的诗歌主要都是些图解的形象。它们在现实的感性上的缺陷即使通过音乐性也并不一定就会得到补救。和他大多数从事写作的同行相比，策兰在面对德国语言时拥有了更多的自由。这可能是由于他的出身。和其他人相比，语言的交流特征给他造成的障碍和负担要小一些。当然，他也恰恰由此常常被误导在空虚中做事。”[39]

“这可能是由于他的出身”——布勒克尔的批评绝不是像他所说的那样针对作品本身写得如何漂亮，并且没有任何政治倾向。在这种批评之后，策兰在其朋友和同行那里开始了绝望的行动——请他们支持他反对布勒克尔。大多数人并没有认识到策兰所身处其中的危险，而是觉得他的反应有点过激。于是，策兰便与讲德语的媒体形成了一种完全混乱的关系。非常意味深长的是君特·格拉斯对策
148 兰的回忆。在1956至1959年逗留巴黎期间，格拉斯和策兰定期联系，他说他们之间是一种“复杂的友情”。他描述说，每次策兰到联邦德国去，都是“带着伤痛”归来。他仍然历历在目的是，策兰的妻子吉塞勒有一次来找他，请求他到策兰的住所去一趟，因为保罗状况十分糟糕。在那里，他看到策兰坐在沙发上，头上有一块纱布，手里拿着一份《时代周刊》，搭在沙发边缘垂下来，策兰只是说道：“你读读它吧！”[40]

谈到策兰的诗歌，格拉斯着重强调了他的敏感，以及特别是当他朗读诗歌时的各种组织安排。虽然在策兰朗读时格拉斯还不是四七社的成员，但是，鉴于他和策兰在一起的独特经历，他理解策兰用何种方式具有了令德国的同时代人感到诧异的东西：“值得注意的事情是，是他自己创造出这种庄重的东西。这是无法忍受的，如此花哨，有烛光和类似的事物。他把诗人看作先知，然后，走向神甫的那一步

和这种斯特凡·格奥尔格式的圣洁仪式也就容易理解了。当然，如果人们真像斯特凡·格奥尔格那样出现，才会是如此——人们会扮演他。而这还是发生在像这样的一个时代里！这令我反感，我告诉他，他朗读诗歌和表演的方式与他的文本内容是相悖的。他是其诗作的一位蹩脚的解读者。这很可能造成他在四七社里不被人理解，因为那里的人都特别清醒，对这一套早就深恶痛绝！”[41]

但是，格拉斯却补充道：“假如过几年，策兰的朗诵就会是一种成就。”随着艾兴格尔、巴赫曼和策兰的出现，一些新的东西开始了。但是，四七社的领导汉斯·维尔纳·里希特却不可能在较长的时间里与他邀请来的这些才子们一起做很多事情。这些年轻人的文学已不再是他1947年所追求的东西。当四七社1955年第一次在柏林聚会时，里希特在美国占领区广播电台接受了一次采访，其中他非常简明扼要地表达道：“在文学，在战后文学中仅仅能够确定一种令人感到惊讶的演变。1947年，文学非常强烈地倾向于现实主义，与此相 149
应，也非常强烈地倾向于有责任感的作品，对政治问题反应得也非常迅速，与此同时，新文学——请允许我用批判的语气这样讲——则越来越多地向形式艺术的方向发展，有点脱离了责任感。我个人觉得遗憾的是，这种时代的联系已经不复存在了。但是，人们却无法对此施加影响。”[42]

令人惊愕的是，在四七社中，英格博格·巴赫曼和保罗·策兰在事业上的发展竟会如此截然不同，尽管这两位诗人在审美方面有着非常多的共同点，尽管巴赫曼甚至受到了策兰的决定性的影响。英格博格·巴赫曼的了不起的成就并不一定仅仅源于其诗歌的暗示性，这在保罗·策兰写给克劳斯·德穆斯的信中也很清楚。和虽然羞怯但更率直的伊尔莎·艾兴格尔相比，巴赫曼看上去具有完全不同的天性。无论如何，信中关于巴赫曼信心不足，但同时又很在意效果的优雅姿态有很多的描述。

英格博格·巴赫曼变成了四七社的一个偶像。在几年前的战争期间，拉勒·安德森和萨拉·莱安德是遥远的向往对象。在很多人看来，英格博格·巴赫曼似乎在延续一条传统的路线，在四七社的聚会上，她总是非常脆弱地坐在前面的“电椅”上。她给人的印象是来自羞怯和卖弄风情的一种无法解释的混合。当她朗读她的诗歌时，她的声音有时会不听使唤。第一次的时候，不得不找另外一个人来替她朗读，因为她已经说不下去了。在长时间的迟疑之后，每个字看似都来自激烈斗争的内心，而这种朗读的方式则像梦游一般地契合着诗歌的内容。

约阿希姆·凯泽是很多谈及女诗人一种独有的特点的人之一——从她身上总是不断有东西掉到地板上，一块手绢、一条围巾，有时还有纸片；这后来变成了讲述英格博格·巴赫曼故事的一个主题：“如果您看到她，您就知道——这是一位女诗人！当她朗读的时
150 候，她总是自然地开始轻声喘息，朗读的同时泪流满面，每次都总是会从她手里掉落几页底稿，每一次，男士们都冲过去帮助这只可怜而胆怯的狍子，而女士们，也包括我的妻子却会说：我的天，她需要这些，总是搞这样一出。”[43]

就策兰和汉斯·维尔纳·里希特之间的关系而言，英格博格·巴赫曼对男士们产生的吸引力或许也并非不重要。无论如何，米罗·多尔——策兰早年在维也纳的一位朋友——的一个提示证明了这一点。由于他坚决地主张现实主义，他很早就引起了里希特的注意，两个人心意相通。同时，由于他塞尔维亚的出身，他又与策兰之间有一种东欧的斯拉夫人的联系，在米罗·多尔和赖因哈德·费德曼1951年创作的侦探小说《国际地带》里，有一段对策兰的“真切”的描写。其中，策兰抒情的耽于幻想和严肃认真的态度在佩特勒·马古尔这个人物身上都可以找到：“佩特勒·马古尔舒服地向后一靠，眼睛半开半合。从童年时起，透过睫毛观察他想要欣赏其外

表的事物就是他最喜欢的习惯之一。这叫赋予真实一种梦幻般的视角。”[44]

在有疑惑的情况下，米罗·多尔总是退到策兰的身后。他不喜欢让自己显得重要。无论如何应该认真看待的是，在他去世之前的几年中他在谈话中描述，由于里希特尝试着主动向英格博格·巴赫曼献殷勤并因此注意到她与策兰的亲密关系，所以，里希特与策兰的关系从一开始也由此蒙上了一层阴影。[45]

在里希特的回忆中，他描述了在英格博格·巴赫曼迅速蹿红之前他1952年在维也纳对她的拜访："我看着她，她看着我，是的，她看着我，但她的眼睛却并没有看着我，并没有观察我，它们在看其他一些事情，一些我一无所知的事情，一些我无法感知的事情。我无法描绘她的眼睛要表达的内容。即使我想要这样做，我也做不到。我缺少这方面的言辞。我本应该跳起来逃走，我想，她并没有注意到这一点。当她回来时——她几分钟之后就回来了——她又和之前一 151
样讲话，非常自然，仿佛什么都没有发生，事实上也确实什么都没有发生。”[46]

如果有人看到过少见的、早期电视上英格博格·巴赫曼的影像，那么这一幕就尽在眼前。第一段录像很可能是朗诵诗歌《所有的日子》，当然，这种略显混乱的黑白氛围、胶片材质的不停地闪动与之很相搭配——但是，这首先是一些技术上的刺激和一个脆弱的、几乎无助的人的碰撞，这个人为了保护自己，看似无礼地把这种脆弱展示出来。人们会在女作家身上注意到，摄影机的镜头全部直接对准她的脸。就在她说出题目“所有的日子”的时候，这短短几个音节已经传递出了一种非同寻常的紧张氛围——低沉的元音、发自喉咙的克恩滕方言看似已经将自己艰难地从其简陋的环境中解救出来沐浴着人造的日光。此时，她羞涩地看着摄影机，垂下双眼，再次看了看摄影机——后者看起来就像是个闯入者，像一些陌生的事物，来自外界，人只会不情愿地接触这些东西。几乎无法理解的是，恰恰是这位女作家成为四七社第一位“封面女郎”，一个甚至能够登上《明镜周刊》封面的极其特别的媒体现象——一种新型的、符合50年代特点的诗歌和演艺明星的结合。

英格博格·巴赫曼被塑造成了德国第一位文坛奇女子。1954年盛夏，8月18日，不仅是她，间接地还有四七社都登上了《明镜周刊》的封面——那涂着深色唇膏的嘴唇，一位28岁女性沉思的、忧郁的眼神。在她的声音里，从来都听不出洋溢的青春情感，听不出与媒体交往的精于世故和对未来的信心。即使是在她的广播录音里，出现在人们眼前的也是这幅场景——当英格博格·巴赫曼迟疑地朝着麦克风说话的时候，她看似在询问着那些言辞，有人认为，能够生硬地听出她把麦克风当作了异化的工具。

汉斯·维尔纳·里希特已经对他自己提出了一个核心的问题，这个问题在不同的时代里变得越来越有趣：“她的羞怯、她的无助是
152 真的吗？还是说那只是表面现象，只是表演，以便掩盖其能量和坚强？”或者，用今天的话说——是不是她利用了媒体和她对媒体的恐惧，以便她能够比敏感的女诗人看起来更有魅力，是不是她也有意识地把在媒体上的亮相玩弄了一把？1956年19岁时就第一次受到四七社邀请的彼得·哈姆强调了两种解读的可能性。在50年代，他多次遇到英格博格·巴赫曼，他强调了一种虚假的自相矛盾。其中，一方面是她在公众面前出现时的缺乏自信，尤其是在各种各样的男人在场的情况下，她会忘记一些特定的器具或者东西，把她的近视展示出来——无论如何，哈姆将这些解读为呼救，解读为对一个强有力的男人的向往。但是，如果最重要的是“她必须经受考验”的话，她便能够做到精力充沛且目标明确。因此，有一次，尽管她没有任何准备，但在她还没有感觉到根本就做不到之前，她便想当然地驱车几百千米赶赴一个前不久刚刚确定的约会，一路上非常自信地完全依

靠公路交通图指引。[47]显然，她的行为看起来很有魅力，会唤起男人保护她的本能，但在其飘忽不定的神秘当中却也会令人望而生畏。

汉斯·维尔纳·里希特描写了巴赫曼在德国的第一次亮相，即在尼恩多夫四七社的聚会上，仿佛他终于理解了他一直所说的“魔幻现实主义”的内容：“朗读之后她的疲惫不是装出来的。她内心过于激动，这令她感到筋疲力尽。最后，朗读她的诗歌的并非她本人，她已经读不下去了，每朗读一首诗，她的声音就会变得越发微弱，直 153
到最终完全说不出话来。这种情况一年之后在美因茨再次出现。在那里，她坐在我身边，用相同的断断续续的、拘束的、貌似一再无法讲话的声音朗读，她的诗歌则围绕着她翩翩起舞。纸张无声地掉到了地上，散乱地放在桌子上，有时她会如此用力地将一张纸扔到一旁，以至于它会在屋里乱飞。她的朗读好像一个混乱的事件，在我看来，她一方面几乎流泪，另一方面又被一种无法确定的力量推动着，一种无法看到、无法辨认的力量。”[48]

令人感到惊讶的是，英格博格·巴赫曼在德国扮演了敏感的女诗人、女性元老的角色，而她在维也纳则仍然显出一副甜美少女的样子。在她成为著名女诗人的同时，她还在红—白—红广播电台为半小时的广播肥皂剧《广播家庭》创作剧本，能够在这里也读到英格博格·巴赫曼所写的下述的语句是很美妙的，她让父亲汉斯在与其妻子的交谈中把这些话说了出来：“另外，我也要请求你，偶尔密切关注一下我们那突然迅速成长起来的女儿。那种少见的多愁善感的迟钝的表情在她脸上越来越多了。”[49]

1953年春，在她最后一次创作广播剧本前几个月，她便已经获得了梦寐以求的四七社奖。和这部同时播出的技巧熟练的、眉目传情般自然的奥地利广播连续剧所展示的相比，她在四七社中显示出了完全不同的女作家的形象。就是说，在这一时期，很多自我的构思叠加在了一起。颇具启发性的是，英格博格·巴赫曼在这部风趣的广播连续剧中有时揶揄地看似提前认识到了其未来的角色。在故事情节发生在维也纳艺术舞台的一集当中也出现了一个“英格”，其中一位艺术家希望“再次带”她出去玩，在伯父吉多的养鸡场里，突然出现了这样含沙射影的语句：“哎，伯母，那只英格博格下了她的第一个蛋……”[50]

英格博格·巴赫曼了解广播新闻写作，她了解当前的广播样式，
154 对这种媒体当时的各种可能了如指掌。但是与此同时，她却又喜欢将自己塑造成不谙世事的诗人，喜欢以明星的形象出现。毋庸置疑的是她与话剧和大歌剧的紧密联系。堪称典范的是，在后来的一篇回忆四七社的文章里她对自己的描述，这篇文章是别人向她预约的，但她却并没有写完。其中，她如此描述了她在尼恩多夫第一次与四七社接触的情景以及后来在汉堡的德国西北广播电台的聚会，仿佛她此前根本就不知道将要发生什么似的：“在汉堡，聚会继续进行，有人播放了录音，一部歌剧。《乡村医生》，原来还有广播歌剧。一个专题节目，原来还有专题节目，一部广播剧《梦幻》，原来还有这样的广播剧，在回忆中，我已经无法再理解这个‘原来还有’的说法，就像那些新闻、友谊，各种各样的友谊，欢笑、严肃，现在都已经被美化，早已被修改，早已被改变。”[51]

于是，1953年5月在美因茨，英格博格·巴赫曼理所当然地成为四七社的第四位获奖者，最晚到此时，这个奖项本身已具有了一些独特的魅力。四七社突然之间远离了它的开端。在汉斯·维尔纳·里希特阅读了放在英格博格·巴赫曼办公室桌上的她的诗歌之后，他邀请了巴赫曼来参加聚会，这一情况不久之后引起了他的格外重视。在他独有的注重实际的洞察力中他注意到，由于伊尔莎·艾兴格尔、英格博格·巴赫曼以及保罗·策兰这样的新的声音的出现，四七社变得更加重要了。尽管如此，出于谨慎而小心的基本态度，他在面对保罗·策兰时的过激反应仍然引人注目，这种反应得到了几乎所有

参会者的证明。

其中的原因很可能在于50年代中期里希特与自己进行的一场斗争。他明显地无法忍受这样的印象——年轻的作者们缺乏责任感。这是证明不同寻常的里希特式的反应的又一个实例。但即使是这种反应也与整体的印象相悖——他就像酒店主人一样仅仅主持朗读,而将那些明确的评价托付给了坐在第一排的那个慢慢形成的评论家团队。1953年秋天在贝本豪森,朗读作品的是从西班牙和葡萄牙流亡归来的50岁的阿尔贝特·菲格莱斯·特伦。1953年底,他的
代表作——鸿篇巨著《预测之岛》——同时由迪特里希斯出版社和 155
特伦的荷兰出版商盖尔特·范奥尔肖特出版,一时间被看作20世纪卓越的德语语言艺术作品之一,这是一部了不起的独行者的作品。

如今,1955年第一次在四七社亮相并被宣布获奖的马丁·瓦尔泽讲到了里希特对特伦的反应,这证明了为什么特伦在此期间以非常怀疑的态度评价这个团体,为什么他不想再与这个团体有什么联系。里希特对特伦的批评是有代表性的。在柏林剧团举行的纪念四七社成立60周年的由电视台录制的一期访谈节目中,瓦尔泽说:“我想举个例子——1953年秋在贝本豪森,有一位作家在朗读作品——好吧,我不是赖希-拉尼茨基,我避免使用夸张的言辞——阿尔贝特·菲格莱斯·特伦,《预测之岛》,现有的杰作之一。汉斯·维尔纳·里希特的意识已经完全混乱了。他立刻就发表了批评意见——通常他都不是这样做的——我并不喜欢引用这句话:‘我们不需要这种流亡者德语。’……这样极其尴尬的场景竟然也出现在了这种自由展示的活动之中!”[52]

“流亡者德语”——里希特的这句侮辱之词被多人所证明。对策兰说“戈培尔”,对特伦说“流亡者德语”——这两起事件中,他关注的都是陌生的审美设想,是与其现实主义概念相悖的东西,是令其冷静的、纪实性的、“负责任的”文学理解显得偏执而狭隘的

东西。但是，他却无论如何并不代表四七社中的多数人。在参加聚会后两个星期的1953年11月5日，特伦本人给他的家人写了一封信。他请求他们在这部长篇小说已经做好的校样上准确地查找印刷错误：“在每个你们觉得不熟悉的词上打叉，有人总是一再攻击我，因为我的语言充满了隐喻，无论只是那些语言怪兽还是那些人云亦云的模仿者，但总归是发生了。在贝本豪森，批评也是从这里开始的，而且还是来自聚会的主持本人，汉斯·维尔纳·里希
156 特。但是，他却立刻遭到了在场的作家和非作家们的责备。他杜撰说，特伦在流亡期间已经失去了与生动的德语之间的联系——所有流亡作家身上的一种典型现象。对此，有一个人——我忘记是谁了——说道，如果他们之后都能像特伦那样写作的话，那就到了他们所有的人都去流亡的时候了，等等。里希特随即收回了他的评论，另一个人（安德施）说道，假如他有钱，是一位大出版商的话，他就会用一大笔年薪雇用特伦，以便他把所有被接受的底稿在语言上都再作一点润色。一位来自图宾根的德语语言文学专业的讲师解释道，他想在下个学期讲授关于我的语言的课程。里希特已经精疲力竭。关于这件事，我会给你们讲更多。——尽管如此，我还是很想知道，对于一位普通读者来说，在他丰富的表达方式中，如果我的语言只占到百分之五的话，他还在多大程度上了解德语。婉转地说，可悲的是，即使是作家也无法想象什么是‘车辕法’和‘嫁接的嫩枝’等等，但是却知道什么是klm*或者类似的缩写。”[53]

尽管如此，特伦书信集的编者们还是说明，尽管特伦列举了很多事实并且推论里希特已经“精疲力竭”，但对于特伦来说，里希特的“指责是持续了一生的打击”。此外，他们还称阿尔弗雷德·安德施

* klm是荷兰皇家航空公司的缩写。——译注

和约阿希姆·凯泽是作家的主要代言人。无论如何必须记录下来的是，和策兰一样，特伦——在这位来自莱茵河下游地区的语言高手身上看似还要清晰——无论如何都有强有力的支持者，这恰恰也是因为里希特强烈的批评。这些作家们从来都没有遇到过一致的拒绝，这两个例子更多地是指出了里希特个人的局限。除了这两个特例之外，在四七社的聚会上没有再流传下来他曾发表过类似引人注目的言论。无论如何，当阿尔弗雷德·安德施在他的杂志《文本与符号》的第一期就刊登了保罗·策兰的诗歌时，里希特就写信给他，除了对于其他作家的批判性的回应之外，他还写道："这次有策兰的诗非常好，我第一次真正地喜欢它们了。"[54]显然，他缓慢地意识到了文学之路发展的方向。

157 # 第七章 直来直去

## 《文学》的小插曲和流亡者的角色

1952年，汉斯·维尔纳·里希特又一次作出了出版方面的尝试，以便为他的作家团体创造一个论坛。这个尝试很快就被人遗忘了，所以在对四七社的研究中也仅仅偶尔被提及。只有中国的德语文学研究者胡春春在他的博士论文里专门用一个独立的章节研究了这一现象。[1]里希特与位于斯图加特的德国出版公司达成了一致，在那里每两个星期出版一期名为《文学》的报纸。德国出版公司资助了四七社1951年秋在维尔茨海姆的劳芬穆勒召开的聚会，表现出了与年轻的、尚不知名的作家联系的兴趣。第一期报纸共八版，出版于1952年3月15日，其大字标题令人想到了《呼声》。这项试验持续了八个半月，在出版了十六期之后（正好是里希特和安德施共同出版《呼声》的数量），这份刊物就停办了——由于财政的原因。

封面的大字标题更加随意，图像的比例相对较大，很容易使人联想到马路小报。里希特和编辑汉斯·格奥尔格·布伦纳以及瓦尔特·延斯重视一种多元的形象以及各种国际的交往，每期报纸上都辟有各种栏目、问卷调查和由延斯做出的新书和文章的目录。在第一期的社论中，里希特在标题“勇气？”下写道，他希望把《文学》办成“一份公开开展争论，开展激烈但却真正的批评和不会产生误解

的讨论的报纸”。他所表述的设想与1947年时完全相同，显然，从那 158
之后没有发生什么新的事情：“那么现在呢？那些房屋依旧矗立在空旷的田野上。……新的一代人依旧在努力对抗着重建的所有阻力，为语言注入新的生命力，在努力与世界文学的发展之间建立一种联系，在努力消除德国文学灾难深重的分裂状态。”[2]

倚重“新的一代人”始终构成了里希特文学发展政策的核心。但是，在他的社论中，他却重视一个更大的视角——重视盟友，重视一种全社会的抉择。一般来说，里希特探究的是德国知识界的境况：“文学公众的大部分都已经被屠杀了、烧死了、驱逐出了这个国家。就在他们遭到迫害的同时，德国市民阶层的鉴赏能力已经在由国家扶植的中产阶级文学中丧失殆尽。标准没有了，与世界文学发展的联系中断了，一种糟糕的野蛮思想取代了清晰的理智和人性。”凭借这些话语，里希特明显地远离了那些上一代的“内心流亡者”。在这里，他采取的视角和托马斯·曼在围绕内心和外在流亡展开的“大辩论”中所持的观点是相同的。由此他有些冒险——在联邦德国成立的最初几年里，这个立场更多的是一个被排斥的少数人的立场。

引人关注的是，《文学》极力希望得到托马斯·曼的支持。第三期的大字标题下是广播电台编辑格哈德·什切蔡斯尼的文章，他刚刚在美国待了六个星期：“托马斯·曼会回来吗？”

在好几期的第一版上，在版面编排上用一个框子加以突出的都是关于托马斯·曼的消息，例如，在第四期上有一条简讯——托马斯·曼的瑞士朋友请求他在那里为他搞到一座庄园，而在第十二期中，托马斯·曼则简短地告知他正在写作的作品（《被挑选者》和《菲利克斯·克鲁尔》）。

在这个过程中，重要的绝不仅仅是利用托马斯·曼的声誉。更 159
重要的是在德国当时的精神生活中引人注目地支持这位重要的流亡

者，因为在战争期间和战后，他都对德国民众说了一些非常令人不悦的真话。比如，当曼得到官方的尊重时，人们就可以从各种反应中觉察到，50年代初期对托马斯·曼的力挺意味着什么。1949年，法兰克福市长瓦尔特·科尔布宣布，法兰克福市的歌德奖将会授予托马斯·曼，接着他便被一股来自整个德国西部的抗议信件的洪流所淹没："很遗憾，我认为我无法来参加这个庆典。因此，我按照您的愿望今天将邀请寄回。我一如既往地无法同意管理委员会授予托马斯·曼歌德奖的决定。按照媒体的报道，托马斯·曼接受了魏玛的歌德奖，这再次令人震惊地向我证明了他的善变，这让我觉得与歌德格格不入。"（埃尔温·施泰因博士，黑森州文化和教育部长）或者："托马斯·曼以他对德国和德国人发表意见的方式展现出，即使在他的内心和思想之中，他都已不是一个德国人，而假如一个托马斯·曼关于我们德国人和我们德国的思维方式将会自成一派的话，那将是令人感到极其遗憾的事情。"（恩斯特C.克尔纳总领事，不来梅）或者："是的，如此有失尊严和卑躬屈膝只可能是德国的傻瓜！人们终于通过电话、电报和不断的乞求做到了使具有捷克斯洛伐克国籍的犹太人托马斯·曼赐予我们恩惠——有36个小时站在德国的土地上！"（医学博士马丁·佩茨，罗能堡/汉诺威）或者："我们不希望放弃在这个提示的框架下探讨托马斯·曼对于德国人本性的攻击在多大范围内是合理的，在这之前，他肯定是由于理由充分的个人的失望情绪才背弃了我们的国家，并且从此在令精神得到满足的环境中生活了16年，远离了以歌德为支柱的德国的文化世界。这样的一个在这个意义上必须被看作负担沉重的人，恰恰在这个全世界再次纪念
160 的年份里被介绍为德国智慧的代表，这难道就真的合理吗？"（州政府委员阿佩尔特博士、奥托·莱斯特博士、州政府委员威廉·哈斯、奥布斯特教授博士等人，不来梅）[3]

1955年，也就是在《文学》出版的那段时间之后三年，借巴登-

符滕堡州席勒奖颁奖的机会，相同的事情又发生了："除了这个令人讨厌的流亡者之外，您就真的找不到其他人了吗？这真的是一个耻辱！具有民族观念的最平凡的教员都比他优秀！"（来自乌尔姆的L.M.，1955年3月12日）或者："这样的一个男人竟然还胆敢将他的脚再次踏进他从前的家乡、我们的德意志祖国，在整个第二次世界大战期间，这个男人都以最卑鄙下流的方式攻击和侮辱着德国人民。这样的人是不能被允许回到这个被正直的德国人如此深爱的祖国的。"（行政专员K.，来自内卡河畔的马尔巴赫，1955年5月17日）或者："在纪念席勒逝世150周年的日子，我将会以很多观点相同者的名义郑重地烧掉那位庆典致辞者的那部趣味低级的小说《大骗子菲利克斯·克鲁尔的自白》。"（来自图宾根的F.C.，1955年5月1日）[4]

无论如何，《文学》不是一份为联邦德国的文化市民阶层展开普通讨论所出版的报纸。它在出版了十六期之后便因为没有广告和赞助者而不得不停办的事实，便已清楚地说明了一切。《文学》是一份非常有趣的报纸，如果人们今天读一读它的话，会发现它是新生的联邦德国更为有趣的思想和探寻运动的一个宝库。在总共十六期中，沃尔夫冈·希尔德斯海默为十期以"直来直去"为题旨写下了社论，早在第一期上，他就嘲笑那些"对于人身上更高尚的品质具有文雅趣味和理解力的"市侩——一个真正的意外发现，直到1990年，瓦尔姆布隆的爱好藏书的小出版商乌尔里希·凯歇尔才第一次将这些社论重新公开出版。[5]而在《文学》的第一期上，还刊载有沃尔夫冈·克彭的一篇精彩的杂文，他以作家犀利的而不仅仅是塑造的眼光观察了社会现实（《不幸的拙劣作家》）。 161

毫无疑问，这份报纸短暂历史的一个高潮是海因里希·伯尔在第五期上发表的《废墟文学的自白》——正是在清除战争废墟的妇女们早已再次变成了将毛孔彻底清洗、将衣物熨平的家庭主妇的时候，在这一时期，“更高尚”和“思想”构成了文化的口号，像鲁道夫·亚历山大·施罗德和维尔纳·贝根格林这样的诗人决定了文化的氛围。伯尔反对排斥行动和短暂的重建的恳切言辞在当时令人感到不快：“我们的任务是，使人们想起人的生存并不仅仅是为了被管制，我们这个世界上的毁灭也并不仅仅具有外在的类型，并不是如此地微不足道，以至于人们可以自以为能够在短短几年中就摆脱这些毁灭。”

然而，《文学》却并不仅仅是四七社的一个出版论坛，尽管它会对其聚会作出反应并刊载在聚会上朗读过的作品。在大行其道的华而不实之外，它寻找着一个更大的公众群体。因此，可能出于精心设计的是，在第一期第一版汉斯·维尔纳·里希特的社论下面就刊载了一篇评论文章，其内容对50年代初期欧洲先锋派至关重要——雅克·罗比雄撰文介绍了“圣日耳曼德佩的传奇”，介绍了萨特、波伏娃、存在主义者和反市民的诗歌，而且1952年正是这一切在当地方兴未艾的时候。除此之外，还有一些专栏和实时新闻，这有时看起来就像一片非常漂亮的新闻界的游乐草坪。于是，在第一期上就可在综合短消息中找到下面的按语：“伊尔莎·艾兴格尔离开了乌尔姆，在那里，她帮助英格·朔尔建立了一所高等学校，并且在维也纳开始写作一部新的长篇小说。她打电话向米罗·多尔打听，写一部长篇小说需要多长时间——一年、两年还是三年。他们的一致意见是五年。”

循着与之相关的来龙去脉当可发现，汉斯·维尔纳·里希特和流亡者赫尔曼·凯斯滕之间的关系很紧张。他们开始时非常亲密，
162 作为评委会成员，凯斯滕极力推荐里希特获得雷内–席克勒奖。里希特同样参与了这个奖项的产生过程——1949年底，在出版过里希特最早的一些作品的德施出版社的房间里，四七社的作家们与流亡作家凯斯滕和阿尔弗雷德·诺伊曼相约见面。在这里，大家筹划由流

亡作家给生活在联邦德国的年轻作家颁发一个奖，也是借这个机会，里希特邀请凯斯滕参加四七社1950年春在因茨希克芬举行的下一次聚会。阿尔布雷希特·克瑙斯发表在《新日报》上的报道显示出这是多么巧妙的一招棋："在来来回回的讨论中，赫尔曼·凯斯滕渐渐成为这个聚会的一位亲切的、近乎父亲般的良师益友。他对于世界文学各个领域始终准确无误的信息、他在德国和国外文学生活中丰富的经验、他对于这些德国年轻人的发展的热情而又颇有人情味的关注，令他从一开始就成为一位考虑周到而又性格开朗的权威人士。……除了艾希、莫里安和克雷默–巴多尼之外，赫尔曼·凯斯滕的出席是那次聚会最大的收获。在这场工匠歌手的演出中，他扮演了那位汉斯·萨克斯的角色。"[6]

毫无疑问，在这一时刻，里希特正在争取那些流亡者，尤其是这位在文学生活中老谋深算的赫尔曼·凯斯滕。1952年初，他邀请凯斯滕参与编辑报纸《文学》："只有当流亡的德国作家们和年轻的德国作家们共同在一份报纸上从事写作和展开争论时，外界才能够看清楚，他们属于一个整体，他们感到彼此休戚相关。"[7]在《文学》的倒数第二期上，凯斯滕的确发表了一篇题为《向柏林表白》的文章，把柏林描写成了德国真正的大都市。但是，凯斯滕对于里希特邀请他参与编辑的直接回应却透露出他与四七社主要作家关系之间的一个薄弱之处，随着时间的推移，这个薄弱之处变得越来越清晰——他反对"德国文人中那些阴鸷的唯利是图者"，他们"想的不是如何比他们的同行创作出更好的作品，而是砍掉所有同行的头颅或者禁止他们创作，就像在纳粹统治下发生的那样，而这现在再次在东占区发生了。"[8] 163

凯斯滕具有攻击性的极权主义的观点遭到了很多四七社作家的反感。比如，里希特很早就开始尝试与民主德国的作家建立联系，以便开展一种德国内部的讨论。1954年秋，著名的东柏林科学院杂志《意义与形式》的主编彼得·胡赫尔就出现在了罗滕费尔斯堡(然而,胡赫尔和君特·艾希在谈论他们在民族社会主义时期那段共同的经历和他们由此得出的不同结论时却发生了激烈的冲突)。在对民主德国不同的评价方面,代沟也发挥了作用,而这也是凯斯滕一再谈及的问题。他曾经多次抱怨那些年轻人缺乏经验,而在他参与争论的文章里也不断提及此事。1953年10月,在发表题为《两代文学人》的报告时,困扰凯斯滕的问题得到了最清楚的体现——作为流亡者,他在初建的联邦德国的文学市场上寻找着自己的位置,在此过程中他发现人们并不重视他的经验:“老一代人是革命的,具备文学、哲学和政治的素质。年轻一代人是重建的、模仿的,对于任何改变都做好了准备。年纪较大的德国作家们希望改变或者修复这个世界,而年轻人则由于广播的存在获得了养家糊口的一份微薄而稳定的收入。”[9]

这里,凯斯滕看似间接地对瓦尔特·梅林1953年春在四七社美因茨聚会上的表现作出了反应。首先,凯斯滕和梅林都有流亡的经历,也对世代和时代有相同的感受。对于凯斯滕来说,雷内-席克勒奖的评选只是一个直接的契机,和他相反的是,瓦尔特·梅林受到里希特热切真诚的邀请则是出于个人和文学上的好感。梅林是一位在1953年依然代表着魏玛共和国文雅、嘲讽、冷静文风的作家。但是,他在美因茨的出现却引起了始料未及的后果。恰恰是为流亡者特伦大加赞赏和被看作流亡者特奥多尔·W.阿多诺得意门生的约阿
164 希姆·凯泽在其“首度发言”中作为批评者反对梅林。凯泽是作为《法兰克福评论》年轻的工作人员陪同主编瓦尔特·马里亚·古根海默第一次参加四七社的活动的——君特·格拉斯后来用这样的言语来描述凯泽令人感到震惊的印象:“他刚刚从师于阿多诺,讲起话来出口成章。”[10]

1988年,借柏林艺术学会举行关于四七社的大规模展览之机,

凯泽和学会主席于尔根·舒特进行了一次长谈。其间，他嘲笑了梅林的“那种怀旧的、趣味低劣的柏林腔，那种二流的、貌似出色的文风”，他断言，梅林被允许朗读作品，完全是“一个例外，也许是一个略带伤感的例外”：“梅林极力请求——无论如何他想要朗读一次，想要将自己介绍给德国的年轻人。于是，汉斯·维尔纳·里希特便让他朗读，但是倒霉的是，那个不喜欢梅林作品的年轻的约阿希姆·凯泽正好在座。我聚精会神地做着笔记。梅林朗读结束后我就要求发言。里希特一定有这样的感觉——好，我们问问他，他第一次来的时候可是很拘谨的。然后，我便逐一地、尽我所能有条理地陈述，为什么我觉得这种类型的作品有问题，为什么其形式的目标看似并非是一些表达不准确的东西，而是另外一些截然不同的内容，为什么很多内容令我产生粗制滥造、缺乏深思熟虑和简直就是漫不经心的感觉。当我说完的时候，很多听者明显也有这样的印象——我基本上表达出了他们的感受。而且这也并没有任何‘恶意’。这一切我都说得非常客气。但是这种客气却可能产生尖刻的印象。无论如何，梅林接下来的反应极其惊慌失措，他立刻就动身离开了。然后，有几个人说：好吧，这个小伙子论述得非常棒。但是，接着克里斯蒂安·费贝尔朝我走来，非常粗野地对我这个新人吼道：我们不会听任您毁掉我们的梅林！”[11]

和凯泽一起出现的是那群与新的年轻一代作家心灵相通的评论家——这些作家有艾兴格尔、巴赫曼和策兰，但也包括格拉斯、瓦尔泽或者恩岑斯贝格。和里希特周围的那一代四七社的创建者相比，这第二代人对于这个团体的形象产生的影响要深刻得多。凯泽拒绝 165
像梅林这样的一位作家完全是出于审美方面的考量——尽管梅林和里希特一个是流亡者，一个曾经是德军的士兵，但是他们却都与凯泽意见相左。在凯泽的审美前提中，无疑可以把他与流亡者特伦联系在一起。人们无论如何不应把有时在里希特大量的通信中时而闪过的怨恨的想法与四七社相提并论。

与令人吃惊地退场的梅林相反，颇有成就的评论家赫尔曼·凯斯滕却仍然继续关注着四七社。但是，令凯斯滕与里希特和四七社保持距离的不仅是瓦尔特·梅林的表现，而且这里还有一个个性心理学的现象。正如他在科隆的报告中所展示的那样，凯斯滕感觉自己不被人理解并且受到了伤害，和在其他几次论争中一样，凯斯滕在这里也把正确的观察（比如四七社成员与媒体的网络式联络）与一些毫无根据的假设和对四七社社会角色的错误评价混淆在了一起。于是，凯斯滕在谈论著名的广播剧作家沃尔夫冈·魏劳赫的一部作品时直接点了四七社的名，引起了轰动："魏劳赫属于这个松散的、浮动的作家团体，他们称自己为'四七社'。不久前，我听到了关于这个团体一次聚会的消息，这支从事文学创作的部队——几乎是全体——在军乐的伴奏下、在广播剧买家的喝彩欢呼声中开进了广播剧工厂。"[12]凯斯滕的苦恼不仅在于，人们并没有把他看作原创作家，而是首先把他当成了一位操盘手——通常来讲，他的强项并非长篇小说，而是小品文章。他首先高估了自己在联邦德国作为道德法官出现的可能。因此，这场针对魏劳赫的毫无约束的论战也使他败下阵来，因为犹太人和流亡者沃尔夫冈·希尔德斯海默公开反对凯斯滕，表示与流亡者凯斯滕没有什么关联，而却与四七社的同代同行们
166 关系密切："您称我们是一支'从事文学创作的部队'。（您用这个术语与另一阵营的敌人如出一辙，根据您的过去，您虽然不可能属于这一阵营，但是越是如此，您今天就越是在为他们推波助澜。对于这些战友，我祝您好运！）"[13]

对于四七社里很多的年轻作家来说，与流亡者之间的年龄差距对他们的自我理解发挥了决定性的作用。即使是在通过其传记将自己与大多数同龄成员明显区别开来的沃尔夫冈·希尔德斯海默身上，这也显而易见。50年代成为四七社最有声望的作家之一的希尔

德斯海默早在1951年就加入了团体，在团体的评判当中，他凭借《无情的传说》立刻获得了巨大成功。他是犹太人，1942年到1946年，他在耶路撒冷为英国的情报部门工作，1946年到1949年，在纽伦堡审判过程中他担任同声传译员和记录员。在很长时间里，希尔德斯海默都属于四七社毫无争议的核心，直到60年代出现了首先是由文学政策引起的分歧——和瓦尔泽一样，希尔德斯海默反感汉斯·维尔纳·里希特具有代表性的要求，反感在国外举行聚会和作为一种“文学国家队”亮相的要求。

和阿尔贝特·菲格莱斯·特伦的结构完整的《预测之岛》相比，希尔德斯海默在讽刺中轻松愉快的《无情的传说》更好地迎合了即将到来的审美趋势。在他对凯斯滕的回应中，他不仅提到了一种同代人共同的感受，而且还强调了一种明显的政治内容——在为《文学》所写的专栏文章中，他一再运用很多实例谈论阿登纳治下的联邦德国，在这个国家的重建当中，反共产主义的意识形态与排斥刚刚过去的纳粹时期的经历互相联系。并没有过于刻板地拒绝民主德国作家，使希尔德斯海默和四七社的很多作家有别于西部年长的流亡者们。于是，凯斯滕对于“无疑杰出的上一代”的自我评价令他感到气愤，他继而发问，凯斯滕不断地攻击年轻作家是否也许是出于“对 167
自身反响缺乏的失望”。[14]

在流亡者中间，凯斯滕的故事完全有它自身的可悲之处——即使在几年当中他仍然在联邦德国扮演了一个重要的媒体方面的角色。在50年代，他脱离了联邦德国当代文学的发展，这种文学此时正准备普遍地确定文学的运作方式，而他还在用他论战的天赋推动此事。在这个过程中，起作用的恰恰是在经验和世界观方面的根本不同。比如，凯斯滕与战争刚刚结束后给他从科隆往纽约寄形势报告的伊姆加德·科伊恩的通信就是那段岁月的异常珍贵的见证。

在50年代之中哪些立场曾经彼此碰撞，这在凯斯滕与1959年之后成为四七社最重要作家之一的乌韦·约翰逊的争论中变得非常清楚。1961年11月11日，凯斯滕在米兰为约翰逊的一部作品作了一个推介报告（介绍的是《对雅各布的种种揣测》的意大利语译本）。在这次活动中，就布莱希特、民主德国和柏林墙的建造，在凯斯滕和约翰逊之间发生了激烈的争论。11月25日，凯斯滕就这个问题在《世界报》上撰文，用虚假的引言和歪曲的论证，给约翰逊扣上了为修建柏林墙辩护的帽子。用反问的形式，凯斯滕最后称约翰逊是“乌布利希专制国家教育的产物”。[15]除了为民主德国和建造柏林墙辩护别无他选的约翰逊在其名为“伴随现象”的法兰克福讲座中用很多原始的引文复述了这次争论。在米兰举行的活动的录音证明，凯斯滕恰恰歪曲了约翰逊的话。然而，在文学生活中，尽管已经被证明是谎言，但是，众口铄金、积毁销骨的事情几乎没有比在这次凯斯滕和约翰逊的对立中体现得更清楚的了——近乎20年之后的1979年，约翰逊这位1971年毕希纳奖的获得者退出了达姆施塔特的语言与文
168 学创作协会，因为在该协会关于毕希纳奖历史的展览目录里，收录了凯斯滕关于发生在米兰的争吵的描述。[16]

因此，汉斯·维尔纳·里希特如此谈论凯斯滕也就不仅仅是对这位流亡者的一种怨恨了：“人们该如何使这个爱慕虚荣而又如此自负的人明白他造成了怎样的危害呢？”[17]而且，这里还涉及一种表现得越来越强烈的文学和政治的对立。在里希特用书信作出评论的短短几个月之后，这一点便体现得淋漓尽致——德国联邦议会基督教民主联盟的党团主席海因里希·冯·布伦塔诺以凯斯滕的指责为借口，意欲剥夺乌韦·约翰逊所获得的位于罗马的德意志学会的资助。

汉斯·维尔纳·里希特在50年代初期试图将赫尔曼·凯斯滕作为盟友争取过来，这不仅是出于短期的策略上的考量，为了他的社会政治观念，他也需要伙伴，而这些观念正是他始终试图借助于文学来实现的。《文学》也应当彻底地探究在康拉德·阿登纳治下的德

国形成一个反对派的可能。在这份报纸停办之后，里希特再次直接在政治领域追求这个目标——与德国的再次军事化和核武器展开斗争。

几乎必然如此的是，即使在《文学》当中，汉斯·维尔纳·里希特的文学概念也多是模糊不清的。作为纲领能够一目了然的是，人们在反对什么——反对复辟、反对再次军事化、反对那些占主导地位的伪善而又不识人间烟火的文艺爱好者的“书法艺术”。《文学》几乎没有讨论过当代文学可能具有哪种特征的问题。它没有超越过一种“魔幻现实主义”的概念，这个概念具有多重含义、界限也不清晰，而里希特在他唯一的一篇文学理论文章中就使用了这个概念——1947年《呼声》中刊载的《空位时期的文学》。

然而，这份报纸的信息量却相当大，看上去比自认为代表德意志语言与文学创作协会的《新文学世界》生动得多。一些新鲜事物的 169
痕迹也显现了出来，然而，里希特凭借其手段却无法非常准确地理解这些新鲜事物。有一些关于萨特和巴黎的存在主义的报道，但也有关于亨利·米勒的煽动性的文章。此外，卡尔·O.佩特尔还从纽约写来关于侦探小说作家米基·斯皮兰的文章。《文学》努力扩大着传统的文学概念的范围，在这段时间里，借助这类题目（也包括第九期上刊载的乔治·西姆农的一幅头像），它看起来颇具挑战性。引人关注的还有，那些新近发展起来的媒体又受到何等的重视。1952年4月15日，有报道称，4月28日21时至22时，位于斯图加特的南德广播电台要开始播出一档文化专题节目：“德国广播的第一个特别系列节目，它希望跨地区地运用广播的表达方式概括地探讨文化生活。”在第八期上——1952年7月1日，德国电视还处于发展的初期，几乎不为人所知——已经有一篇题为《电视——艺术的新大陆》的文章。而可能奏响了当代史上“一支华丽的钢琴曲”的是，25岁的大学生于尔根·哈贝马斯在《文学》上发表了他最初的文章之一——在第十三期上刊登了他的文章《反对文化批判中道德教育的狂妄自大》。他首先反对的是美国牧师N.D.布赫曼的“道德重整”——一项以日内瓦附近的考克斯为中心的运动：“考克斯的例子引人注目地展示出，如今，道德教育的行为在何种程度上已经是一种技术的行为，在得到一般实施的情况下它又在多大程度上以一种左右意识形态的行动作为标准。”

《文学》刚一问世就遭到了猛烈的攻击。1952年夏天，协会的刊物《新文学世界》的编辑奥斯卡·扬克在给协会主席鲁道夫·佩歇尔的一封信中表示，他绝不会编辑一份像《文学》这样的“马路小报”。[18]早在3月25日，他就已经愤怒地评论了雷内-席克勒奖授予汉斯·维尔纳·里希特这件事，而其背景恰恰是《文学》第一期刚刚出版。在这段时间里，奥斯卡·扬克依然是最重要的“内心流亡者”
170 之一，也是阿登纳治下的联邦德国初期文学政治架构中的重要成员之一。已经被引用过的他对于汉斯·维尔纳·里希特的攻击（“我们文学的一个边缘产品”）通常是针对一些不受欢迎的立场，这些立场远离了一种德国人坚定地维护自我权利的感受，而这种感受正在排斥着刚刚过去的纳粹的历史。于是，令人感到惊奇的是，克劳斯·布里格勒布在他反对四七社的“论战文章”中以谴责的口吻断言，除了流亡者之外，四七社从一开始也同样拒绝“内心流亡”的年长的作家，此外，他甚至还由此阐发了一种道德上的谴责：“记忆正等待着诚实的人们之间的一次谈话。”[19]这样的一次谈话看上去可不会这么简单。

就连起主导作用的评论家弗里德里希·西堡也在两篇短时间内相继发表的文章中用辛辣的讽刺对《文学》作出了评价——1952年8月14日发表在《时代周刊》上的《阿谀奉承的文学》和9月13日发表在《当代》上的《文学的胡闹》。借助其对这份报纸的攻击——此时这份报纸即将停刊——西堡将矛头直指四七社：“任何一种制造真正的精神敌人的尝试都失败了，因为人们终究不能将不喜欢阅读其刊物和书籍的人称为意识形态上的对手。在多余的噪声发出时捂住耳朵的权利无须任何原则性的解释，一群感到无聊的公众的哈欠声并非预示着一场扣人心弦的唇枪舌剑之争的战斗口令。……那些编者们——这其中汉斯·维尔纳·里希特和瓦尔特·延斯格外引人关注——几乎不会和他们枯燥无味的报纸一起沉沦下去。他们建议公众保护其被保护人的精神资质，他们和其被保护人一如既往地提出构建当代文学的要求，而通常在这种文学中并没有很多构建出来的内容，于是，我们要继续严密地监视他们，以便确信他们私下的联合——这种联合本身并未展示任何公共利益——是否是一种精神运动的发祥地，是否符合那种在广播谈话中被忧心忡忡的文学管理者 171
用尖细的嗓音称为'新文学'的状况。"[20]

在《文学》出版的同时，四七社还绝对没有达到凌驾于文学家定期聚餐之上的高贵地位，这在西堡恶意讥诮的言辞中清晰可见。然而，恰恰在这一时期，四七社却开始缓慢地在文学发展中建立起了网络式的联系。那些新的、按照联邦组织架构的、在其初期还受占领国掌控的广播机构提供了大多数联系的空间。然而，在1948年的货币改革导致杂志大量停刊之后，一些新的出版物却开始慢慢地吸引人们的注意。它们缺少文学政治的色彩，而是追求纯粹的文学性，由此，西堡的"新时代"以一种更加出人意料的方式开始了。

# 第八章
# “民众必须欣喜地投身于艺术！”
## 杂志《音调》和《文本与符号》以及重要的局外人沃尔夫冈·克彭和阿尔诺·施密特

50和60年代期间最重要的杂志无疑是卡尔·汉萨出版社出版的《音调》。发起者是出生于1922年的德语文学学者瓦尔特·赫勒雷尔，1952年，他凭借诗集《另一位客人》作为诗人一举成名，1954年加入四七社。这份杂志创建时的氛围反映出了联邦德国初期和四七社的角色特点。

在自己的诗集出版之后，从一开始头脑就非常灵活的赫勒雷尔便立刻产生了由他的出版社发行一份文学杂志的想法。他与君特·艾希商谈共同主编的可能，此前，他对后者给予了积极的评价，而艾希则在1952年11月20日的一封信里对赫勒雷尔的诗集大加赞赏：“您的诗歌、它们的特色和语言的力量都令我感到吃惊。”[1]在一封写给导师格奥尔格·布里廷的信中，赫勒雷尔勾勒出了他的计划，虽然仍然不甚明确，带着几分试探的口吻，但是，他却有意地回避了在文学公众当中占据主导地位的论调——重要的是一些“具有建设性的人才，而不是那些沉湎于任何循规蹈矩或政治用语的人。”[2]

对于1953年联邦德国的状况来说，这是一种引人注目的时髦的表述。显然，赫勒雷尔希望展现现代精神，但他却还不十分清楚该如何理解现代精神。在这个关联中，他1953年3月写的保留在遗作中的一篇诗学提纲非常具有启发性。其题目是《保留与起步》： 173

> 我们并不轻视日常琐事的范围，我们正是从里面走出来的。我们来自这个圈子。我们喜爱它。早晨起床、办公室和图书馆。厂房、教室和农舍。城市的街道和村庄周围的草地。铁道。有围墙的房屋和远方。海洋和深入其中的陆地。过去的事情，“大大小小的”故事。从我们身边掠过的瞬间。我们首先要做的接下来的事情。
>
> 在所有这一切当中我们都是一样的。在从事园艺和经营喧嚣的百货商店的人们当中。在被俘者当中。在恋爱的人们当中。在酒杯里，在盘子里。在脸上。在世事的各种联系中。在梦境中。存在沙沙作响，存在的跳跃的火花。
>
> 我们不停地继续前行，但我们却未曾失去这一切。我们尝试着扬弃它。我们尝试着归还它，改变它。改变它；因为我们爱它。我们只能在继续前行中做这件事。我们继续前行。我回头看，但是只是为了继续前行。我们把一些现实看作承载我们的节奏。[3]

“我们继续前行”：这是赫勒雷尔基本的冲动。正如《音调》的最初几期所展示的那样，他与国际潮流之间还没有任何联系。他几乎不了解国外的文学，而是以他自己的德国经验为出发点，以参加战争的一代人的经验和对一些不同事物、新鲜事物的向往为出发点。这里，也许最好地勾勒出了50年代四七社文学追求的意义和令他们取得成功的东西——赫勒雷尔是该团体第二代的一位理论代言人，他与巴赫曼和策兰结盟，他的文章和文学政治的观点表明，在审美方面，他尝试着准确地说明那些作家的文学创作。“我们继续前行”——这 174

个态度与其说是政治性的，毋宁说是审美方面的。它对赫勒雷尔未来的活动产生了深刻的影响。他在1953年所做的诗学笔记的简短语句并没有提及“砍光伐尽”的艺术风格，尽管这些笔记读起来非常客观，反对“高贵的”德国文学语言的那种矫揉造作、华而不实的风格，这一风格比纳粹政府持续的时间更长。但是，除此之外，赫勒雷尔的语句也证实了当时一种不同寻常的好奇心的存在；它们证实了轻松、愉快和对未来的开放态度。

《音调》的第一期于1954年2月出版。在此之前发生了哪些棘手的事情，今天仍然很难追述。当艾希意识到除了其文学创作之外，担任主编的工作将会消耗多大的精力时，他便坚决地退出了。即使是赫勒雷尔对此也并非毫无异议。1953年11月8日他对艾希的回绝
175 作出了回应：

> 我们正要在事情还没发生前就把它毁掉，我和您都是如此，这一点我非常清楚，这是件伤心事。我当然理解您的信，我的状况也是如此。我认识到，在这里，我并非那个出现在正确的位置上的合适的人。也许我能够在万不得已时做一首诗，或者我可以写一篇“学术”论文，但是，对于这样一种与众不同的职业来说，人必须具有不同的“感觉”。我认为，人必须具备一种很强的*不受外界影响*的能力，以至于这一切不会占去一个人全部的精力并令他感到痛苦，人必须能够保持所有人与人之间的联系，从一件事情到另一件事情，人不能有过长的“转换时间”。——将来会是如此：即使是这个新生的“孩子”也必须托付给从事文学*运作*的那些人，但是与此同时，我现在却打算*不再咒骂*这些人。人们需要他们，只有他们能够做这件事。历史已经证明，我无论如何没有能力理顺这样的事情。
>
> 现在真正困扰我的最大的担忧只是，谁将来承担养育我们

> 的雕鸮的使命，它会变成怎样一只（也许是丑陋和被驯化的）鸟，一只鹅还是一只孔雀。即使在这种情况下，人也必须能够再次说出：这与我毫不相干，但这却与人有关。我思考着阻止这些事情进行的可能性，但是我却几乎不再相信，这无论如何是可能的。然而，这其中，有一点却是荒谬的——如今，主要的事情已经完成，我们在某种程度上已经能够任由历史发展，此时，我们却要交出这一切。[4]

显而易见，赫勒雷尔无论如何不是一个从一开始就从事“文学运作”的人。一方面，他觉得自己是文学家，另一方面，他又把自己看作学者。他想要摆脱的是那些纯粹的官僚，在后面的几年里，这也变成了他的一个鲜明的标志——按照他的性格，他虽然变成了一名官员，
虽然同时在社会的几个领域里工作，但是，他却是在用作家的意识 176
做这些事——而并非用官员的意识。在魏玛共和国时期著名的《雕鸮》杂志被唤醒的那种忧伤之中，人们已经能够认识到，对于计划中的文学杂志的设想还未成熟。事实上，一个星期之后，11月15日，赫勒雷尔又从慕尼黑给艾希写信，这一次的话语却截然不同。赫勒雷尔参加了汉萨出版社的一个会议，突然间有了一位新的战友——汉斯·本德尔，海德堡《轮廓》杂志的主编，他已经准备好放弃这份杂志，转而参与《音调》的编辑工作。

按照计划，《音调》自称“文学创作的杂志”，此外，在第一期上没有任何社论，没有任何纲领性的表述，只有作品。卷首诗出自奥斯卡·勒尔克（1884—1941）——当时除了威廉·莱曼之外的另一位重要的自然诗人，在这一期结尾的“题记”中只对这首诗作了一个注释，谈到了编者的意图：“《音调》将首页，也是单独的一页留给了那些已经付梓的、长时间以来已经证明被流传开来的诗歌。”勒尔克的诗歌《去海边》出自他1930年的诗集《大地的呼吸》。后面几

期《音调》的卷首诗分别是——格奥尔格·特拉克尔，《黑暗中》；马克斯·赫尔曼–奈塞，《浪子还乡》；恩斯特·施塔德勒，《箴言》；格奥尔格·海姆，《夏日的号角沉寂无声》；瓦尔特·卡勒，《红泉涌动》。除了自然诗歌之外，这里的重点放到了在纳粹统治下遭到蔑视的表现主义，而重新发现已被遗忘的早期表现主义诗人瓦尔特·卡勒（1881—1904）的尝试对于刚刚创办的《音调》来说同样具有典型特征。

《音调》的第一期只是希望通过名字和拼凑在一起的作品产生影响，希望在德国的传统中寻找接触点。刊登在奥斯卡·勒尔克的卷首诗之后的是——格诺·哈特劳布，《变形记》；赫伯特·格利茨，诗歌三首；君特·艾希，短篇小说和对话；格特鲁德·科尔马，遗作诗
177 歌两首；卡尔·马库斯·米歇尔、瓦尔特·伯利希和英格博格·巴赫曼所写的关于罗伯特·穆西尔《没有个性的人》的文章；格奥尔格·福雷斯蒂尔，遗作诗歌两首；马丁·海德格尔，《……人诗意地栖居……》；瓦尔特·舍费尔德，诗歌三首；汉斯·朔尔，俄国日记节选；赖纳·布兰巴赫，诗歌三首；赫尔曼·范达姆，《论格奥尔格·毕希纳的〈沃伊采克〉》。对于编者们来说，除了炙手可热的诗人君特·艾希之外，英格博格·巴赫曼——这位四七社里冉冉升起的明星——在这里出现显得格外重要。格特鲁德·科尔马和汉斯·朔尔意味着大胆尝试用新的目光观察民族社会主义时期，与此相反，凭借其刚刚在比勒山上所作的关于荷尔德林的报告，海德格尔看似成了一个必不可缺的名字，而颇具讽刺意味的是，他恰好被放在了伪装的诗人“格奥尔格·福雷斯蒂尔”*的后面（不久之后，他便引起了一桩小小的文学丑闻）。

在准备阶段，君特·艾希为制订出刊计划做了很多工作。1953

---

* 即卡尔·埃默里希·克雷默。——译注

年，在筹备过程中，艾希和赫勒雷尔之间有过频繁的书信往来。比如，1953年10月1日，艾希写道：“随信将施泰格的文章寄回。完全不可能——如果我们要刊载这样的东西，那真是一个耻辱。我希望再次从头到尾思考一遍德语语言文学这个整体。到我们下一次见面为止请您给我时间，您最好在这方面*什么都不要*做。您不必担心我们一事无成。现在，在时间紧迫的情况下最重要的是有时间。……我后天前往乌尔姆，以便在关于汉斯和索菲·朔尔的记录中挑选出一些东西来。那将是一种在我看来重要的音调，原本只可能出现在第一期中。一个提示——文学作品不仅是一种审美现象，而且也从其他的源泉中获取营养。在这些记录当中有很多精彩的内容。明显的政治方面的内容我当然会略去。”[5]

坚决地指向罗伯特·穆西尔的《没有个性的人》最早也源自艾希，这部小说只是在短时间以来才得以被更多的公众接受。在《音调》第一期的审美方面，他引入了一个明确的重点，让卡尔·马库斯·米歇尔和瓦尔特·伯利希这两位不知名的散文作家参与进来，他们在联邦德国未来的文化史上都发挥了重要的作用。在《音调》 178
的第二期上，发表了几篇《论贝托尔特·布莱希特的文学创作》的文章，在当时的联邦德国，布莱希特是一位被官方排斥的民主德国作家。有一篇文章出自瓦尔特·本雅明的遗作。在文学作品中，保罗·策兰的诗歌《阿西斯》格外引人注目。

在短时间之内，《音调》就成为举足轻重的德语文学杂志，无论如何，彼得·胡赫尔在东柏林主编的《意义与形式》可以作为一个比较参数被提及。瓦尔特·赫勒雷尔也因此成为德国文学发展中最有影响力的人物之一。然而，他在1954年5月9日写给君特·艾希的一封信中却又一次描述了面临的障碍：“亲爱的艾希先生，我向您发出周日的一声叹息。我归来之后，《音调》与出版社的矛盾愈演愈烈。尽管开端完美，尽管有很多预知的和积极的评论，但是，格普费特却一再干涉，一再出现令人感到沮丧的朝向单纯、‘和谐’、通俗化的发展趋势。针对‘问题’的冲击‘过于猛烈’，‘会激起愤慨’（在这些不言而喻的乏味的事物中，除了激起愤慨还能有什么呢！），‘学术性’太强。”[6]

此类问题看似并不受时间的限制，50年代也并不例外。然而，赫勒雷尔却成功地阻止了汉萨出版社的主编赫伯特·G.格普费特对《音调》的影响。赫勒雷尔也善于利用君特·艾希这位最重要的广播剧作家的名气，而后者为前几期杂志的出版也出了很多力——尽管他拒绝共同担任主编。比如，1953年11月16日，艾希致信赫勒雷尔："您放心，我能为《音调》所做的事情我都会心甘情愿地去做。在这里，我寄给您全部手稿。……我会通知英格·巴赫曼。我还会和海德格尔谈及您的建议。"[7]艾希还建立起了其他重要的联系，1953年12月14日他来信提示："我收到了保罗·策兰寄来的为杂志写的诗。您会给他写信吗？巴黎16区，达罗达街5号。"接下来他又加上
179 了一句，这句话表明他对杂志面临的困难情况十分了解，也是后面几年的主题："我希望，英格·巴赫曼仍然及时地提供稿件。"

对于50年代中期来说，1956年由苏尔坎普出版社出版的赫勒雷尔编选的《过境——世纪中叶的抒情诗集》具有指引方向的作用，令人感到惊讶的是，当时赫勒雷尔同时还在法兰克福大学撰写他后来颇具影响的教授论文《在古典主义和现代派之间》。在50年代中期，《过境》在很多方面都挑起了事端。它通过清晰的、朴实的印刷版式博得了人们的好感。它像读圣的作品一样令人想到，赫勒雷尔给每一首刊登的诗歌都加上了自己的诗歌评论——不做脚注或者词汇的解释，而是用诗意的散文的语言继续扩展诗歌联想的线索。此外，这个诗集还一定会令很多读者感到震惊，因为赫勒雷尔在刊登这些诗歌时并没有提到作者的名字。只是在诗集结尾处的索引中，人们才能将每首诗和它的作者对号入座。比如，汉斯·阿尔普的《平原》、

君特·艾希的《充耳不闻》、戈特弗里德·本恩的《一个词》和胡戈·冯·霍夫曼斯塔尔的《船上厨师，一个俘虏在歌唱》就刊登在了相邻的两页上，并且加上了赫勒雷尔在旁边做的笔记——这是一种新近产生的文本形式，一种独立的连续统一体，一位“世纪中期”孕育的独一无二的发出各种声音的作者。

赫勒雷尔的前言准确地阐述了那段时间令他感到心绪不宁的一切。“过境”意味着运动，意味着一条通向开放的道路，意味着一种现代的生活感受。诗歌和对诗歌散文式的继续探究、感觉和对感觉的分析式的渗透合二为一。对于散文的那种形式而言，赫勒雷尔的“过境”思想是一个典范，在这个典范之中，第一手和第二手文献之间的界限被打破了。对于他来说，最重要的是“现代的运动中心”，它们“同时也是诗歌的运动中心”。诗集的章节不是按照主题划分的，而是按照“形成我们的时代风貌和我们自我的内在景象的动力”划分的。

这些章节通常以两个概念为标志，它们通过一个双箭头——一个指向一边，另一个指向另一边——彼此联系在一起：瞬间——“现 180
代女孩”；昏暗——内在景象；年市——街道；跳跃的杯子——公开的死亡；吐火女怪——奥德赛。这些“双重章节”夹在起始章节“献给听众”和收尾章节“过境”、“献给留下的读者”之间。最后的一首诗是费利克斯·哈特劳布的《读者》，借此，赫勒雷尔最后的诗意的评论是：“这首诗在始终被阅读的头脑上起舞。”

对于四七社的联络构成来说，《音调》和《过境》是另外的组成部分。瓦尔特·赫勒雷尔立刻变成了在朗读时坐在第一排的最重要的评论家之一，在四七社向明显的当代写法开放的过程中，他的角色是起决定作用的。除了赫勒雷尔之外，对于作家的名声和文学影响的联系，阿尔弗雷德·安德施也是一个典型的例子。除了德国西北广播电台的台长恩斯特·施纳贝尔之外，安德施是作家们在广播电台中最重要的委托人，1955年，他达到了其在文学活动中的权力巅峰。一方面，他获得了出版一份自己的杂志的机会，另一方面，他收到了来自位于斯图加特的南德广播电台提供的机会，将他的“晚间演播室”和专题节目的工作捆绑在一起——他在斯图加特创建了“广播杂文”，在瓦尔泽、恩岑斯贝格、海森比特尔的参与下，这个节目连同阿尔诺·施密特固定时间的专题节目时至今日都被看作文艺广播史上的巅峰之作。

与《音调》相比，安德施的杂志《文本与符号》更具有试验意义，它显然将重点放在了当代的先锋派上。在此之前，欧根·科贡的法兰克福出版公司已失去了支付能力——当安德施得知此事后，就立刻与卢赫特汉德出版社的出版商爱德华·赖弗沙伊德取得了联系，以便能够继续以另一种方式出版他的丛书《法兰克福演播室》。除了重点出版的法律书籍之外，赖弗沙伊德正想扩大新的领域，于是他建议安德施出版一份新的文学杂志。从1955年1月15日起直到1957年，《文本与符号》每季度出版一期。无论在内容上还是在策
181 划方面，安德施都拥有绝对的自由，以至于《文本与符号》得以迅速变成审美现代派的旗舰，而在停刊之后它在后人的记忆中几乎成为一个传奇。诸如阿尔诺·施密特、保罗·博勒斯、雷内·夏尔和保罗·策兰这样的作家也都让人觉得，现在一些新的事物开始了。然而，“传奇”却只能持续三年的时间——1957年3月，出版商赖弗沙伊德通知安德施，他明年将不打算再出版《文本与符号》：“现在，因为已经确保了功成名就，所以他已经达到了目的——对于这家发行税法方面书籍的专业出版社来说，他们已经赢得了第二条文学的支撑腿。”[8]在第十六期，也是最后一期上，安德施在其编者按中写道：“在今天统治德国的精神大潮中，他们只是少数。归根到底，精神之所以具有生命力只能依赖于这些少数人的存在。”

所有后来被与这一时期等同起来的作家，即使他们的重要性还

没有完全得到承认，但他们的活动范围却几乎都无一例外地集中在四七社之内或者周围。两位在四七社边缘出现且从未直接参加过任何一次聚会的作家在这里作为特殊情况值得一提——沃尔夫冈·克彭和阿尔诺·施密特。他们发表作品的阵地属于四七社逐步形成的关系网，而他们也几乎只是依靠广播生存——依靠那些与四七社有关的编辑，首先是阿尔弗雷德·安德施。

本来，沃尔夫冈·克彭满足了许多成为四七社核心成员的前提条件。早在第三帝国初期他就已经登上文坛，在希特勒统治时期他与之巧妙周旋，50年代初，又凭借精彩的长篇小说三部曲——《草丛之鸽》（1951年）、《温室》（1953年）和《死于罗马》（1955年）——引起了人们的关注。

克彭将一种完全属于自己的声音带入了战后的德国。毫无疑问，它出自表现主义和魏玛共和国——一种快速的、紧张的都市断奏，传统的长篇小说形式被打破了。克彭既是一位语言评论家，同时又是一位社会评论家，当他在《草丛之鸽》的开头令占领国的飞机在 182
空中盘旋的时候，他的人物的下意识也陷入了循环：“飞机在城市上空，是一群宣告灾祸的小鸟。马达的噪声是雷鸣，是冰雹，是风暴。风暴、冰雹和雷鸣，夜以继日，飞来又飞去，死亡的操练，一声低沉的呼啸，一次震动，一次废墟中的回忆。”和阿尔诺·施密特一样，生于1906年的克彭是一个局外人，不谙世事。然而，他却“在精神上总是把自己看作四七社的一员”，汉斯·维尔纳·里希特在后来的一次访谈中回忆道：“他来过两次——一次是1954年在罗马，在奇尔切奥海角。就是说，聚会在那里举行，但他没有到场。他没有过来，而是待在了罗马。对于我们来说，当时是一个很好的参观罗马的机会。那里给人的印象太深刻了。但之后他对我说，他去参加了当时罗马市长在古罗马城堡举行的招待会，我本来是可以见到他的。但是，我却想不起来了。第二次他去了罗滕费尔斯堡。也是在1954年。可是，他上午都在那里，我也看到了他。然后，他就再次消失了。为此，他向我作了解释，他解释说，他无法忍受见到这么多人。”[9]

沃尔夫冈·克彭属于四七社外围的程度有多大，在他1979年1月30日写给阿尔弗雷德·安德施的一封信中显现无疑：“在汉堡，您曾在大街上抓到过我。这改变了我的人生。这件事应当被人报道出来。您始终都是一位同志、一位同行、一位战友，您编辑《文本与符号》，为斯图加特的电台工作，为了我们，使我们得到报酬，得以旅行，给我们提供了开放的视野。……您在汉堡的住宅。在我的记忆中是一座精致的小屋。木制、平房。一个宽敞的空间。可以工作或者抽烟斗。清澈明亮也有吉塞拉的功劳。英格博格·巴赫曼来过这里。受您的资助。我结识了她。我们喝了很多酒。在一个上午。很开心！在斯图加特火车站的候车室里我和阿尔诺·施密特共进晚餐。您曾经鼓励他在广播杂文中发现他想象中的文库。他说，他的希望
183 就是在一家中型企业当一个门卫。我们都非常真诚。”[10]

阿尔诺·施密特的情况类似，尽管作家本人在其典型的态度中说话的腔调完全不同。除了1951年曾授予他奖项的阿尔弗雷德·德布林领导下的美因茨学会之外，在50年代使阿尔诺·施密特的作家生涯无论如何得以延续的正是阿尔弗雷德·安德施这位文学的领军人物。和欧根·科贡相比，早在1950年，安德施就将阿尔诺·施密特描述成了“几十年来德国最重要的语言事件”，在自己编辑的丛书《法兰克福演播室》里他出版了施密特的作品，而可以被看作具有纲领性意义的是，1955年他的《文本与符号》杂志的第一期（在海因里希·冯·克莱斯特的序篇之后）是如何开篇的——它刊载了阿尔诺·施密特卓越的无韵文作品《波卡洪塔斯的湖景》。由于“亵渎神明”和“传播淫乱文字”，这部作品的“性物态”立刻招致了谴责，一时之间，安德施估计自己要在避难所待上三个月。在艾丽丝·施密特的日记中可以找到当时的反应：“先试试瑞士。紧急情况下可以经

由奥地利到东占区去。但是，无论如何首先都只能以访问为目的出行，直到被提起诉讼，可以马上回来。……阿尔诺：这件事变得可怕了。我在瑞士该怎么做呢？他们终究会将我引渡的。安德施看似想要待在那里。他曾经在集中营里待过。那里和监狱没什么区别。”[11] 然而，甚至假想要移民民主德国的施密特一家充其量只是搬离了天主教的法院管辖区特里尔，搬到了更加自由的达姆施塔特。1956年，德意志语言与文学创作协会主席赫尔曼·卡扎克的证明彻底阻止了诉讼程序。

很早就注意到阿尔诺·施密特的那些敏锐的人当中还有马丁·瓦尔泽，当时他是位于斯图加特的南德广播电台的自由撰稿人。作为广播电台的代表，他已经参加过在维尔茨海姆森林中举行的聚会，不久之后又作为作家加入其中，并在1955年就获得了众人渴望得到的四七社奖。马丁·瓦尔泽为广播电台撰写的描述阿尔诺·施密特形象的文章令这位唯我论者非常高兴，当瓦尔泽邀请他来录制
一期广播节目时，施密特欣然同意。除了一场朗诵之外，还播出了瓦 184
尔泽和施密特之间的一次谈话，播出时间是1953年4月17日——在文学史上，这次谈话在多个方面都非常具有启迪意义。

> 马丁·瓦尔泽：我认为，我们的听众觉得您的语言有些奇特、有些不同寻常，我认为，我们必须对此再说点什么。当您希望记录下一个时代的影像的时候，当您想要记录下一个时代的思考过程的时候，您在这里所运用的语句却是这个时代中完全与众不同的，于是，没有人说，您再现了这个时代，而是说您在跟生活在这个时代中的很多人套近乎，甚至于无法理解，我说的对吗？我想强调，您应该承认，如果人们想要正确地阅读您的作品，就需要一些文学上的热情和博学，读者、我和您都知道，我很看重这些，但是这的确需要在文学方面预先积累的知识。

> 阿尔诺·施密特：是的，这完全是可能的，但是，我却不得不反驳您，很遗憾，与其他艺术相比较，比如音乐和绘画，这是在读者身上普遍出现的错误，因为他可以阅读，所以他也就可以阅读每一本书籍，您看，在音乐方面，如果我把一份总谱给一个外行看的话，没有人会这样想，他会欣然承认，他对此一无所知，但是，在看一本书时，每个人都认识上面的字母，也懂得每个语句，于是每个人都认为，他可以毫无困难地阅读，也许甚至也能够从事写作，但是，这却是一个错误，因为即使在这种情况下，专业人士恰好与那种门外汉相去甚远，以至于我乐于向您承认，两者的接近非常不可能，即使这样的接近一定会出现，那么它也不是从艺术家这方面引发的，并非艺术迎合民众，而是民众、每个人，必
> 185 须欣喜地投身于艺术。[12]

在这个时刻，互相接触的已经不只是文学史上的两个章节了。彼此相互面对的是新闻业的原则和文学理解的原则，而后者与新闻业的理解恰恰针锋相对。在这里，马丁·瓦尔泽讲的话是一个心系听众的广播从业者必须讲的——此时，他25岁。从这一点出发，人们能够非常清楚地看出这两位作家不同的公众效应——如此泾渭分明，以至于后来几乎没有类似的情况发生。阿尔诺·施密特结尾处的讽刺几乎一字不落地引用了《勃朗特的草原》里的一个段落，其中的“诗人”说道：“艺术迎合民众？！——当他们听到《沙皇皇储》里的伏尔加之歌时，会因为感动而吼叫，而在听里特尔·格鲁克的《奥菲欧》时却会无聊得冷若冰霜。艺术迎合民众？！——这个口号还是留给纳粹分子吧——与此相反——民众（每个人！）必须欣喜地投身于艺术！”[13]

艾丽丝·施密特在其日记中记录下了那次斯图加特之行的情形。这里清楚地记载了很多关于阿尔诺·施密特与公众，总之是与

他人交往的内容，有的是私人来往，有的则是半公半私的联系。1952年8月18日，马丁·瓦尔泽在中心火车站迎接施密特夫妇：“‘施密特先生！’哦，一个男人笑着站在那里，我首先注意到他与众不同的衣着——浅灰色的夏裤，上面是一件宽松的浅蓝色的套头衫，不过倒是真材实料，脖子上松散地围着一条花格丝绸围巾，就是说衣着完全是艺术家的范儿。除此之外，他是一个中等身材的年轻人，长着一张并不难看的、几乎可以说英俊的面孔，黑黑的直发，戴着黑色边框的角边眼镜。除了穿着之外，他身上再无任何引人注意之处。……接着，我们便驱车前往电台附近位于赖岑施泰因大街的瓦尔泽博士的住所。一个和我个头相仿的黑皮肤的小姑娘打开了门。一条淡黄色的裁剪宽松的丝绸套裙看起来非常漂亮。她身材窈窕，黑色短发，嘴唇和嘴的样子都有点像非洲人，无论如何比较少见，但却很漂亮，同样漂亮的是纤小的身材：‘我的太太’——”[14] 186

这是阿尔诺和艾丽丝·施密特夫妇典型的态度——他们彼此相互确信对于世界的立场，对于所遇到的一切事情都摆出一副感到极其惊讶的表情。然而，与马丁·瓦尔泽的交往却首先停止了。瓦尔泽像介绍广播人物时那样的极尽溢美之词令阿尔诺·施密特感到很不习惯。在他们交往之初，阿尔诺·施密特给瓦尔泽写了一些不同寻常的、感情真挚的信，他很喜欢这位年轻的崇拜者。比如，1953年11月10日他写道：“在语言和节奏的平衡方面您自己就是专家，而且始终都仍然是唯一的一个可以感觉到任何一种倒装、任何一种元音的和谐、任何一种‘言语的球’的‘旋转’的人，其他人只会去选举阿登纳。”[15]

然而，1953年4月10日，瓦尔泽却写了一封大胆的信，谈到了在公众当中，甚至是在四七社中直接亮相的问题：“今天，阿尔弗雷德·安德施来拜访我，告诉我他曾经邀请您参加四七社在美因茨的 187
聚会。您拒绝了。安德施认为，我应当用相同的建议再一次来烦扰您。我了解您对于所有这些会议的态度。但是，假如四七社的那些作家能够在他们当中拥有一个令他们尊敬的人的话，我会为他们感到高兴。假如您去朗读作品，那么，一些轻率的文字便会原形毕露。……虽然将会有很多流言蜚语，有很多不重要的你来我往，但是，那里却有一些人，和他们交谈并非毫无收获。我首先想到的是海因里希·伯尔和伊尔莎·艾兴格尔，还有迪伦马特。假如您朗读作品，那么整个活动都会更有意义。”[16]

即使是施密特的出版商海因里希·马里亚·莱迪希–罗沃尔特也督促阿尔诺·施密特到美因茨去参加四七社的活动："我听到一些小道消息，据说有人想在今年向您颁发四七社奖。当然，这还只是一条非常不靠谱的谣传。另外，我们已经参与到这个奖项之中……”[17]在一张明信片上，施密特拒绝了瓦尔泽的邀请，并且写信给莱迪希–罗沃尔特："四七社——我并不适合做人体模特；您还是算了吧！(我第一次听说，您帮忙扩大了这个奖项的金额——您每年给您的作者们发一个这样的奖多好！《移民》和《森林之神》都很好——它们会获得四七社奖吗？)我更愿意光明正大、默默无闻地靠翻译维持生计，而不是靠文学的同性恋*。因此，我也高兴地听说，不久之后您还有东西给我。——谨致问候，您的阿尔诺·施密特。又：在四七社里必须要唱歌吗？还是只须赤身裸体地去朗读？”[18]

早在1949年，汉斯·维尔纳·里希特就阅读了最早刊登在《时代周刊》上的《海怪》，之后他便邀请施密特加入四七社，但没有成功。1964年，借施密特被授予冯塔纳奖的机会，里希特终于见到了他本人，并且断言："施密特不想来参加四七社聚会的原因和克彭一样——他不希望见人，不喜欢和人交际。后来，当我结识他本人

---

* 施密特的意思是，不想在四七社的那些人面前抛头露面，博得那些人，尤其是男性作家们的好感而获得四七社奖。——译注

的时候，我就断定，他真的不属于我们这个团体。我们无法相互理解。……（他）过于怪癖。”[19] 188

后来，当马丁·瓦尔泽本人已经成为一位著名作家之后，他这样回忆起1952年阿尔诺·施密特到访他在斯图加特的住所时的情景：“阿尔诺·施密特昂首阔步走了进来，表情就像一位大获全胜的将军。我们大概三个月大的女儿躺在放衣服的箩筐里，整个人都被埋在里面。我还看到，他几乎可以说通过表情支开了他的妻子，以免使她产生关注这个孩子，也许自己也想生一个的愚蠢的想法……”[20]

汉斯·维尔纳·里希特不遗余力地尝试邀请阿尔诺·施密特加入四七社，这总归是对他的一种尊重，这也显示出，里希特在总体上取得了何种成就——能够使各种各样的作者，也包括女明星相聚在一起。然而，克彭或者阿尔诺·施密特的行为和反应也预示了一些东西的来临，这些东西后来既促成了四七社在公众当中的辉煌时刻，也造成了其内部所面临的严峻考验，同时导致了它的终结——很多著名作家退出了该团体聚会时马戏表演一般的活动，他们害怕这样的热闹场面。但是，四七社的首要任务却是无论如何首先要营造出这样的场景来。

189 # 第九章

# 节日必须到来

## 奇尔切奥海角的聚会和一次始料未及的新流亡运动

令所有的人都感到惊讶的是，1954年4月底，四七社第一次在国外举行了聚会，地点在罗马南面的奇尔切奥海角，与罗马相距大约100千米。在最初的几年中，汉斯·维尔纳·里希特曾经多次试图推动关于欧洲的思想，他将战后引领潮流的“年轻一代”明确地看作“欧洲的一代”，这可能间接与此有关——对于刚刚过去的这段历史的专门属于德国的问题由此便变得无足轻重。在四七社最初的几次聚会上，已经显露出一种德国与法国的联系——早在1949年在马尔克特布莱特举行的聚会上，客人当中就有达豪集中营曾经的囚犯，如今联合国教科文组织的部门领导约瑟夫·罗万，当时在巴登-巴登法国军事管辖下生存的杂志《谈话》的编辑路易斯·克拉皮尔和来自《文献》杂志的安东尼·维斯-维蒂尔。尤其是在巴黎出版的《文献》杂志主要关注当前德国文学的发展。主编雷内·温岑曾经多次组织过德国和法国的作家见面会——其中就有1950年5月在黑森林的施鲁赫湖畔的聚会，恰恰在四七社因茨希克芬的聚会之后，这次聚会得到了汉斯·于尔根·泽林的支持。然而，在50年代，与法国的联系却逐渐地中断，实际的相互理解最终被证明极其不易。此外，对于汉斯·维尔纳·里希特来说，德国内部的定位问题也变得越来越重要。

1954年初，意大利突然出现在了聚会的日程上，这完全是因为英格博格·巴赫曼的缘故。190

长期以来，她一直居住在意大利，也不断试探着吸引其他人前来。在与汉斯·维尔纳·里希特的来往信件中，曾经多次提到计划在罗马组织一次聚会，而对此的反应已经预示了60年代两次讨论热烈的国外聚会——1964年在瑞典和1966年在美国——遇到的难题：罗马路途遥远，越来越多的人提出了参会者旅费的问题，对于一些候选者来说，费用过于昂贵，于是他们决定放弃。英格博格·巴赫曼虽然承诺将会联络意大利的作家和联系人，但是最终，聚会的进程还是和此前一样。参会的还是德国的作家们。德国外交部的文化处和意大利拉齐姆地区的旅游局提供了一笔资助，这次聚会的受重视程度可见一斑，在聚会结束后，罗马市长和当地大学的德语文学系还举办了一个官方的招待会，然而，这都是些表面文章。

奇尔切奥海角是英格博格·巴赫曼发现的。首先，她游说汉斯·维尔纳·里希特在罗马召开聚会，以便此后再把聚会的地点向南方迁移一段距离——从某种意义上讲这是她的一次随性之举，因为她看似特别喜欢奇尔切奥海角。那里正是荷马史诗《奥德赛》里的神话人物喀耳刻用媚人的光彩引诱船员们的地方，她的诱骗术臭名昭著。然而，当她的猎物屈服于她的时候，他们就会被变成猪。奇尔切奥海角是四七社成员英格博格·巴赫曼的一次令人目瞪口呆的自我表演，具有讽刺意味的基调从一开始就被她考虑到了。无论如何，此前在尼恩多夫和美因茨举行的聚会上就已经显露无遗的是，对于该团体的一些男性成员来说，她扮演着一种喀耳刻幻象的角色。在《奥德赛》中，喀耳刻的口是心非还有另一种表现——无论如何，奥德修斯从赫尔墨斯那里得到了一种神草，以便抵御她的魔法，于是在喀耳刻那里待了整整一年。她告诉了他如何才能够安全地躲避一定会对他构成威胁的塞壬的歌声。191

英格博格·巴赫曼从一开始就在四七社里扮演的角色、她的卖弄风情、她的寻觅和她对那些男人的反感，这一切都凝聚到了喀耳刻这个角色身上，而且无须具体地指名道姓——一场文学的游戏，只有最少数的参会者对此有所了解。他们下榻的房子叫作“马加喀耳刻”。这是当时必被考虑的少数几家酒店之一。在此期间，奇尔切奥海角所在的地方圣费利切周围几千米范围内已经布满了酒店、度假村和单层平顶楼房，而另一个特别的噱头则在于，今天的“马加喀耳刻”酒店与当年四七社举行聚会的酒店已经毫无关系。它已经是在另一个地方重建的建筑，只是沿用了原来的名字。但是，开会用的那幢两层的建筑如今还在，它现在是另一家酒店的配楼，在当地相关酒店的星级排名中名落孙山。酒店一层有一间休息室，1954年，那些讨论很可能就是在这里进行的，它依然保留了一种50年代的氛围，微微有些破损和落寞，但是，那些磨得发亮的人造革座椅、那些夹杂着红色斑点的玻璃柜子、那朝着大海打开的开窗墙都还能令人感受到
192 一缕风情、一丝向往。

这几乎就是英格博格·巴赫曼的向往的写照，而奇尔切奥海角仅仅是另一块马赛克砖而已。这种向往在50年代德语新文学中涉及的人越来越多。在巴赫曼的早期诗歌作品中，意大利就已经出现，作为一个梦境的超验地点——巴赫曼出生于奥地利的克拉根福，毗邻斯洛文尼亚和意大利，对于她来说，南方的观念从一开始就意味着一种神往。收录于1952年12月出版的著名的处女作诗集《被缓期的日子》中的诗歌《秋天的行动》直接将这种张力用作了主题：“就像那些鸟儿一样，/我们已无法逃向南方。”[1]

“逃路”的主题不仅对于巴赫曼来说是至关重要的，四七社周围的其他一些作家也在这里仿效她。在英格博格·巴赫曼对意大利的向往中，几乎和她同日出生的作曲家汉斯·维尔纳·亨策就发挥了一种催化剂的作用。同为26岁的两个人在四七社于哥廷根和卡塞

尔之间的贝尔莱普什堡举行的聚会上相识；这次聚会从1952年10月31日持续到了11月2日。亨策是和沃尔夫冈·希尔德斯海默一起被邀请去那里的，他与后者一起策划了广播歌剧《一个世界的终结》。对于未来来说，写于聚会即将结束时的巴赫曼与亨策之间来往信件的第一个书面的证明就是一个独特的序幕："亲爱的巴赫曼小姐——我再也见不到您了吗？星期一早晨我将前往科隆，如果您愿意，我可以把您带上，我会再打电话的。您的诗歌非常优美，也很忧伤，但是那些傻瓜，即使是那些看起来似乎'理解了'这些诗歌的人们也根本不理解。再会，您的H.W.亨策。"[2]

巴赫曼小姐与亨策一起去了科隆，而她的诗歌"优美而忧伤"，则可能是他们结盟的标志。在他们的艺术中，两个人都对超越界限感兴趣——这里分别指的是音乐与语言之间的关系。后来，亨策称音乐是"精神的谈话"，而英格博格·巴赫曼与音乐的特殊关系从早期的诗歌到后来的长篇小说《马利纳》中都可以找寻到，后 193
者的结构在其与主题和变化的游戏中就像一曲交响乐。亨策称它是"马勒的第十一交响曲"——对于他来说，更多的赞许已经无法想象了。两个人的另一个共同点是各种非常主观的向往的协调一致——亨策也向往南方。他很早就引用了巴赫曼的诗歌《秋天的行动》中的那个诗行，同时也是对她的直接邀请——他自己已作出了表率。

1953年初夏，这位作曲家从慕尼黑动身前往伊士亚岛。首先，他只是想在那里待上几个月，以便远离喧闹的人群，但是，从那时起他便一直待在了意大利。刚到伊士亚，他便开始劝说英格博格·巴赫曼来找他。在伊士亚岛上共同生活的那几个月，即从1953年的8月到10月形成了他们关系的神话般的开篇。巴赫曼的广播剧《蝉》就是很好的证明，亨策为这部广播剧配了乐，同样描述这段日子的还有她的组诗《岛屿之歌》，亨策也为它谱了曲：

节日必须到来!
你,受苦的神圣的安东尼,
你,受苦的神圣的莱昂哈德,
你,受苦的神圣的维特斯。

为我们的请求,为那些祷告者,
为音乐,为欢乐留出空间!
我们学到了单纯,
我们在蝉的合唱团里歌唱,
我们吃吃喝喝,
这些瘦骨如柴的猫——

绕着我们的桌子漫步,
直到晚间的弥撒开始,
我把你擎在手中
用眼睛,
一颗宁静而勇敢的心
194 向你献上它的愿望。

给孩子们蜂蜜和坚果,
渔网中满是鲜鱼,
使花园获得丰收,
给火山月亮,给火山月亮!

我们的火花越过边界,
焰火在夜空中
翻腾,在昏暗的木排上

巡游的队伍渐行渐远，将
时间给予史前时代，
给予缓慢爬行的蜥蜴，

享受佳肴的植物，
紧张的鱼，
风的纵情狂欢和山的
欢乐，一颗虔诚的星在那里
走失，捶打着它的胸口
四处喷射。

现在，你们保持坚强，愚蠢的圣徒，
对着大陆说，火山口并不平静！
你，受苦的神圣的罗胡斯，
你，受苦的神圣的弗兰茨。[3]

在彼得·哈姆制作的一期电视专题节目中，亨策描述了这首诗的由来——英格博格·巴赫曼的确来到了伊士亚岛上，正好是在圣维特斯节，在8月的一个星期日来到了弗里奥的广场上："这真的非常漂亮，也许现在仍然和当年一样漂亮。那几乎是一个异教的庆祝活动，有火把、鼓声和音乐，她来到这里，想着意大利真的是这样的。或者那不勒斯——那里正举行着一个永远不会停止的节日。"[4]

亨策写于1953年7月的邀请信讲述了他在伊士亚岛上最初的经历，这封信也为他们的关系定下了基调，抛开他的同性恋倾向，这种关系自然也是男女之间的一种关系："亲爱的英格博格·巴赫曼，当然，被幸福和过多的爱慕眷顾是一件危险的事情，但确是一点幸福， 195
它并不来自智慧的檐沟，也不会流入智慧的深渊，那是含情脉脉的喜悦和爱恋，也许在如此冰冷的世界上非常陌生而纯洁，是美丽和高洁的小小的奇迹，当人想要工作的时候，这就只可能是美好的——恰恰是这些属于人必须在接下来的时间里要获取的东西，但愿您能够正确地理解。您要是知道我在这里多么惬意该有多好啊！”[5]

“非常陌生而纯洁”，这是描述这片风景的关键词，也是人如何适应这片景致的关键。从一开始，两个人就一直在努力调节彼此的距离。从1953年底开始，巴赫曼就住在罗马，亨策从伊士亚搬到了那不勒斯，从1956年1月到8月，两个人再次一起居住在了他的寓所中，其间有过好几次旅行。就像他们在伊士亚岛上同居时那样，他再一次计划结婚，也谈论着彼此的自由和关注。一个在另一个身上寻求并找到了支持，支持他去应对德国内部被看作充满敌意的文化活动——其中，空间上的距离，即居于南方看上去能够提供一种依靠，而对于英格博格·巴赫曼来说，亨策的同性恋同时也意味着摆脱她所熟悉的与男人们相处的困境。无论如何，巴赫曼与亨策的故事都是流亡到南方的第一个范例，恰恰在四七社的作家们那里，这种流亡早在50年代就已经开始了——最早的一批追随者包括阿尔弗雷德·安德施和沃尔夫冈·希尔德斯海默。

这种流亡是对联邦德国内部氛围的一种直接的反应，对此人们常常会详尽地指出。虽然英格博格·巴赫曼作为文学少女的奇迹登上了《明镜周刊》的封面，虽然凭借她的第二本诗集《大熊星的召唤》被人热议，然而，她却觉得很多东西都是对她的误解。凭借其1956年在柏林首演的歌剧《鹿王》，亨策获得了巨大的成功，但是，他也意识到自己面临着猛烈的攻击和各种阴谋。亨策多次抱怨德
196 国的冷漠，向往着与巴赫曼一起在意大利过一种与世隔绝的生活：“在生活中重要的是拥有时间和宁静。这是我清楚的认识。因此，德国毫无用处，因为那里所有的人都不得不用负担去填充空虚。但是，如果人不保持安静，那么理智就根本不会出现，它将错过通向内心的

大门,坚定地朝前方张开的嘴会有力地闭上,那里并不是理智想去的地方。”[6]

在他们各自所属的领域,他们分别要面对教条而僵化的革新者——亨策要面对无调性音乐和达姆施塔特新派音乐圈子,而巴赫曼则要面对报告现实主义和地区性的男人团体。最初,她拒绝了四七社的“现代精神”,不无讽刺地称其为“沥青文学”,与此相反,她称自己为“克恩滕的乡土作家”。[7]事实上,巴赫曼和亨策在南方显然因为彼此的共同点而经历了令人兴奋的时刻——但是,在日常生活中,这却无法一以贯之。由于他们不同的性情,他们在那不勒斯的同居生活以失败告终,1958年7月起,英格博格·巴赫曼与马克斯·弗里施同居,首先仍然是在罗马。

对于阿尔弗雷德·安德施来说,在奇尔切奥海角举行的聚会也仅仅是其南下途中的一个阶段,他和他的妻子吉塞拉很早就考虑过在远离德国的地方购买一幢小房子,在一封写给台长恩斯特·施纳贝尔的信中,这件事的背景被清晰地描述了出来:“我觉得如今在德国发生的许多事情都很糟糕,无论如何我没有患上被追踪妄想症。”[8]1954年的复活节安德施是在加尔达湖畔度过的,他还去帕多瓦和威尼斯郊游,接着,他便和妻子一起来参加四七社的聚会,以便之后继续深入南方,经过那不勒斯和科森扎前往西西里。从那里,他们坐轮渡登上利帕里群岛,住在一位瑞士画家的旅馆里。在这里,安德施创作了他的纪录片《在遥远的南方——一位女画家的视觉笔记》的脚本,他的妻子、女画家吉塞拉是这部纪录片的主角。在6月的归途中,安德施还在意大利北部的白云岩地区度过了一段时间,在离开了三个半月之后,他才于7月初再次回到了汉堡。 197

事后令人感到惊愕的是,这段时间在外的那些日子——在南方被延长的旅行和考察、与此有关的多个创作计划——与他内在的心境产生了多么激烈的矛盾。法兰克福出版公司即出版他的《自由的樱桃》的出版社申请破产，这本书仅仅销售了2 150册，而与他在广播电台的工作有关的令他殚精竭虑的商议和会谈更使他大伤元气。另外，这段充满向往和在南方巡回旅行的时间也与政治上的冲突重叠在了一起——1953年9月，康拉德·阿登纳在大选中获得的压倒性胜利看似使基督教保守派在重建之外的所有政治选择都变得徒劳无益，冷战和德国的再次武装又火上浇油。还有就是围绕阿尔诺·施密特的文章的争论，其中甚至包括与欧根·科贡——《法兰克福评论》天主教左翼主编的争吵都坚定了安德施内心逃离的想法。科贡拒绝了施密特的文稿，尽管安德施尝试着用恳求的言辞对他产生影响："致命的、冰冷的阿登纳正在作为'基督教的政治家'展示给这个世界，因此，施密特必须在这个世界做出反对基督教的举动。"[9]

1955年7月8日，也就是在反对阿尔诺·施密特的《波卡洪塔斯的湖景》刊登在《文本与符号》上的诉讼程序中被审问之后，安德施从斯图加特——在那里，他成功地主持着夜间的节目——给他的妻子吉塞拉写信："我在此期间取得的成功不会欺骗我相信这样的事实——我至多还能够这样在德国工作几年。德国人再次处于进军当中（'死亡是来自德国的大师'），我只能向他们提供一场——尽管是辉煌的——掩护退却的战斗。如果说我在这个世界上仇恨什么东西的话，那么它就是民族，顽固而目光短浅地抗拒一切光明、开放和自由的民族。现在，他们又在花费120亿修建兵营。"[10]

1956年初，德国联邦国防军开始实行常规兵役制，作为对内政发
198 展——其中，针对阿尔诺·施密特和阿尔弗雷德·安德施亵渎神明和色情文学的指控仅仅是一个附带的战场——的反应，汉斯·维尔纳·里希特倡议成立名为"格林瓦尔德团体"的公民自发组织，其后果便是1958年春他的住所由于涉嫌危害国家安全的阴谋活动遭到彻底搜查。1957年4月4日，阿登纳为联邦国防军计划装备核武器辩护，称这仅仅涉及"炮兵部队的继续发展"。即使在位于斯图加特的

南德广播电台——在那里安德施负责一档高层次的文化节目——框架条件也发生了变化。1958年，当时的台长弗里茨·埃伯哈德，一位自由左派的反抗战士和流亡者在再次选举中败给了“年轻潇洒的基督教民主联盟议员”[11]汉斯·鲍施。不久之后，后者便对安德施的节目提出了异议，比如反对海因里希·伯尔的富于讽刺意味的《致一位年轻的天主教徒的信》。

当安德施的广播剧《在长颈鹿之夜》被另一家电台，位于巴登-巴登的西南广播电台首先禁止播出时，冲突的范围继续扩大。安德施与斯图加特商议他继续工作的方式，他成功地将其1959年5月1日到期的合同转变成了一份顾问合同，“负责筹划一些特定的节目”。这使他得以永久地在提契诺安顿下来。他与巴伐利亚广播电台商定，每月发表文化评论，而在第一篇评论中他就说明了离开德国的理由。他的传记作者斯特凡·赖因哈特这样概括这种“对文化消费者的惩戒”，就像安德施自己所称的那样：“他想要离开，离开用空转耗尽材料的文化产业，前往‘创造性的核心’，去从事写作。联邦德国已经变成了一个大众消费的毫无特色的、过分吵闹的国度，到处都是被伪造的真相，一个克彭式的‘温室’，这个温室一方面借助大众和梅赛德斯的车手，借助多余的奢侈品和庞大的行政机构，另一方面凭借取悦大众的罗密·施耐德的拙劣演技使一个拥有两个阶级的社会变得令人无法忍受。与此相反，贝尔佐纳的一片长满藏红花的平滑的草地将会怎样地令人的精神为之一振啊。”[12] 199

对于安德施来说，贝尔佐纳和提契诺就是英格博格·巴赫曼梦寐以求的南方的那片令人向往的土地——真实的德语文学发展之外的另一选择。尽管英格博格·巴赫曼、汉斯·维尔纳·亨策、阿尔弗雷德·安德施以及沃尔夫冈·希尔德斯海默的个人境遇无法相提并论，但是，他们的逃离行为却都是出于相同的动机。安德施的言语有时在细节上可以与巴赫曼的形象世界衔接在一起。他赞赏她和汉斯·维尔纳·亨策前往伊士亚而后又去那不勒斯，他和两个人都保持着密切的联系。两个人的作品都被收入在他的十二册丛书《法兰克福演播室》中——巴赫曼的处女作和亨策与沃尔夫冈·希尔德斯海默合著的广播歌剧《一个世界的终结》。

然而，对于安德施来说，在奇尔切奥海角举行的聚会还有另外一层完全不同的含义——就在这个地方附近，在第二次世界大战中他从德国军队中跑了出来，而在卡西诺山战役中曾经被俘的汉斯·维尔纳·里希特也会把这一地区与清晰的回忆联系在一起。当时，盟军就在离奇尔切奥海角不远的安奇奥纳托诺登陆，而在这附近，安德施在由铁丝网围起的美国战俘营中度过了一段时光，在那里他曾经被迫去埋葬在战斗中阵亡的士兵。阿明·艾希霍尔茨在发表于慕尼黑《水星》上的关于四七社聚会的报告中写道，瓦尔特·科尔本霍夫徒劳地寻找那些“他曾经作为二等兵栖身过的地洞”，并且补充道，这个地区现在已经像科尔本霍夫本人那样“与战争保持了同样的距离”，而后者正在写一本关于一次浪漫冒险的作品。只有汉斯·扎尔——艾希霍尔茨断言——“这位敏感的、1933年从德国逃出来、现在从美国归来的作家和评论家认为：‘恰好在这个登陆地附近聚会难道是非常合适的吗？’”[13]

可见，对于年长一些的四七社成员来讲，将南方设想为生活的一片新的空间并非易事；这必然是年轻人的一项特权。在团体朗读过程中，最重要的还是通常的程序。阿尔弗雷德·安德施朗读了短篇
200 小说《迪亚娜和吹笛手》，在讨论中，其插曲式的交叉重叠引发了关于形式的问题，也触及安德施私密的愿望——创作长篇小说的动力。与亨策、巴赫曼和安德施无论在私人交往还是在工作交流中都联系密切的沃尔夫冈·希尔德斯海默看上去在奇尔切奥海角进行的讨论中也收获颇丰。

与此相反，意大利的环境却几乎没有起什么作用，除非人们联

想到四七社在这里推选出的获奖者——荷兰人阿德里安·莫里安，在回顾四七社的历史时，始终都被称为是唯一从那一系列鼎鼎大名的人物中漏掉的获奖者。艾希霍尔茨称他的特点是“怪诞和具有愉快的幽默感”。[14]一般来说，人们认为莫里安在该团体中颇有人缘，这在意大利的这次推选中也许收到了成效。1979年，汉斯·维尔纳·里希特称他为一位“为近代德国文学在荷兰的传播作出过很大贡献的小说家”。[15]托尼·里希特在她的图片集里回忆道，莫里安的作品“意味深长、怪诞而又充满诗意”，然而，莫里安却“无法找到一位愿意长期出版其作品的出版商”。无论如何，她附上了莫里安写下的关于巴赫曼的一句话：“巴赫曼看上去仿佛每天早晨都会在她的夜间小柜上发现她自己的诗歌。”[16]

汉斯·维尔纳·亨策后来回忆道，“正如我所知道的那样”，对于英格博格·巴赫曼来说，“很遗憾，1954年4—5月绝不是一段好时光。”[17]这首先基于他自己与巴赫曼的交往经历：他的追求——和她一起全神贯注地工作、生活，但却根本不会与她结婚——最终被证明是一种幻想。他的解释是对一封书信的回应，这封信是主编沃尔夫冈·希尔德斯海默通信集的编辑呈递给他的，信的落款是一个非常顽皮的签名“保罗·特里夫格里奥”，几乎可以肯定的是，隐藏在这个签名背后的是英格博格·巴赫曼。对于巴赫曼在德国公众当中所取得的成就来说，这是一段潜伏期。1954年8月18日，已经颇有名气的新闻杂志《明镜周刊》以英格博格·巴赫曼作为封面人物出版，标题为“少女奇迹”。这便预示着，这位28岁的女性正处于人们关注的 201
焦点，而她自己对此心知肚明。

然而，留存在人们记忆中的却只有这张封面照。在杂志里面，故事的发展却完全不同；封面女郎只能被人认作封面女郎。在与封面有关的报道中，女诗人移居罗马这件事虽然仅仅被用作借题发挥的素材——在市场推广中，她的照片再次被刊载出来——但是，报道的主要内容却是“青年诗人”的整体，是他们全部的生存状况，是“自由作家”的经济保障。其中，巴赫曼是和另外两位诗人一起被提及的——海因茨·皮翁特克和瓦尔特·赫勒雷尔。在三个人的照片下面是共同的图片说明——“悲伤的新生力量”。

报道的标题是：“居无定所和离群索居中的诗歌创作”。记者克劳斯·瓦格纳希望略带讽刺地谈论由当时已经成名的评论家汉斯·埃贡·霍尔特胡森创造的概念“居无定所”：“即使是这位租住配有家具的房间的女孩（指巴赫曼在罗马）看似也是一种预兆——类似的情况是，作为非公务员的大学讲师，青年诗人赫勒雷尔也在勉强维持着这样一种缺少安定的租房居住的状态。今天的诗人依旧住在阁楼里，即使门口的纸片上显示出一个学术的头衔，另外，他在书籍中也很受折磨。”当瓦尔特·赫勒雷尔1954年秋天搬家的时候，英格博格·巴赫曼在给他的信中写道：“祝贺您拥有卫生间和电梯！这样，创作一种‘有家的’诗歌的条件就慢慢达到了。”[18]《明镜周刊》的标题已经造成了暗示的效果，尽人皆知。从今天的角度来看，尤其令人感到惊讶的是，英格博格·巴赫曼和仅仅作为学者留在人们记忆中的瓦尔特·赫勒雷尔在这里被人称为水平相当的诗人。但这却也证明，至少在那个时期，即使是英格博格·巴赫曼也和杂志的主编一样把赫勒雷尔看作诗人。1954年8月，在《音调》的第四期上，赫勒雷尔发表了他的组诗《我们城市的陌生人》，9月，巴赫曼写信给他：“我现在在读您的关于罗马的诗歌，写得非常美，我想再读一遍，
202 因为它们让我有一种陌生感，或者更准确地讲，是它们使罗马让我感到陌生。您知道，这不是什么异议，但对于我来说，这却是一件值得去深思的事情。因为我在这里常常感觉已经和这座城市融为一体了，就是说我几乎不知道，它是什么，它又不是什么，还有，除了自己的两只眼睛之外，其他人又是如何看待它的。总体来看，它可能很舒适，但最终却又是如此陌生。”[19]

瓦尔特·赫勒雷尔经常在罗马遇到英格博格·巴赫曼，第一次是在1954年4月。在那里，他正在四处讲学的途中，并非因为同时在奇尔切奥海角举行的四七社的聚会——直到秋天，他才第一次参加聚会。赫勒雷尔试图进一步拉近英格博格·巴赫曼与《音调》的距离。4月10日，她“热情地”给他寄去了一张明信片，和黯淡的、几乎就要消失的打字机打出的字迹相比，“慕尼黑–库夫施泰因车站邮局”的大大的印章由于其浓重的黑色而显得格外醒目：“亲爱的赫勒雷尔博士，现在已不再寒冷，春天已悄然而至。您的信刚刚收到；很遗憾我现在没有时间，但是，我明天一早会立刻给您提到的那家酒店打电话，我认识那家酒店，因为我就住在它附近。但是，情况是这样的，这里所有的地方都住满了人，所以我非常担心无法帮助您。和往常一样，如果不是弥涅耳瓦酒店，我可以把您安置在其他地方，但当然要首先考虑那里。您到达之后请马上给我打电话，如果我恰好外出不在家，那么我要么在弥涅耳瓦酒店已经预订了一个房间，要么就会留下一封信，告诉您您住在哪里，但我会尝试在那一天尽可能待在家里，这样您下了火车就可以联系到我，免得您再去冒什么风险。信写得非常匆忙，但我是真心诚意的，期待与您见面！”[20]

在弥涅耳瓦酒店的门房里，赫勒雷尔显然收到了两张相隔时间很短写下的留言，这些留言可以被看作对罗马日常生活的介绍：“很遗憾，我今天18点到20点之间不在——我会试着耐心地等待您的电话；但是，如果我无法等待这么长时间的话，那么我建议，我们一起去吃晚饭。8点半或者9点。最好是9点。”[21]随后，四七社也加入了进来，而且是其首领汉斯·维尔纳·里希特亲自出马。在其回忆录
关于赫勒雷尔的章节中他写道：“我在罗马再次见到了他，这一次是 203
在英格博格·巴赫曼的陪同下，如果我们没有搞错的话，连她也对他的笑容着迷。他令他的笑声无拘无束地在我们三人就座的小饭馆里回响。”[22]

但是，在这些日子里，赫勒雷尔和巴赫曼见面的次数却更多。他们一起给伊尔莎·艾兴格尔和君特·艾希写了一张明信片，上面的图片是罗马广场，赫勒雷尔写的称呼是“君特·艾希一家”，而巴赫曼在“君特·艾希”前面又加上了“王子”、“侯爵”这样的短语，还写上了地址。卡片的开头她是这样写的：“亲爱的，这里也更加寒冷和不适了，但是尽管如此，我却和赫勒雷尔博士舒适地坐在一家茶馆里，我想念你们！”赫勒雷尔继续写道：“我还没有见过地下墓穴，我希望，在回程中途经维泰波（英格博格·巴赫曼的重要建议）——两位，手稿已寄出，以便不耽误《音调》的发表！”[23]《维泰波的少女》是君特·艾希创作的当时著名的广播剧之一，这断断续续的意大利语很可能是英格博格·巴赫曼临时教给赫勒雷尔的。

显而易见，赫勒雷尔希望住在弥涅耳瓦酒店——在他的诗集《另一位客人》中可以找到一首题为《贝尔尼尼的大象，弥涅耳瓦广场》的诗作。包括1954年4月的这次逗留也在一首诗中使同一只大象再次显露了出来。在8月出版的《音调》里，也就是在由五部分构成的组诗《我们城市的陌生人》的第五部分里，可以读到这样的诗行：“……如此离去，以至于那头/将埃及沉重地驮到罗马的大象，/不再反抗。小钟不再/令我们感到烦恼。……”英格博格·巴赫曼也许是第一个戏谑地将赫勒雷尔比作“大象”的人，无论如何，她对于弥涅耳瓦广场上的原始场景非常熟悉。在她给赫勒雷尔的多封信中，大象的主题一再发生变化。1954年11月25日，她写道：“您何时再到罗马来？大象已经感到一丝寒冷了，但是，驴的脊背上却已经披上了毯子。”[24]

很可能在1955年秋天，赫勒雷尔给她寄去了一首新诗的草
204 稿——他打算将它刊登在《音调》1956年的第一期上（其题目是《驶入港口或期待船只或关于人、海角和石头》），这一次，巴赫曼写得很详细：“亲爱的大象，熊对信件和底稿都感到很高兴，然而，他还没有

这么容易进入状态，先把底稿放到了一边，然后再次开始。一个令人讨厌的爱唠叨的人！现在，这只熊的头脑清楚了一些。越来越喜欢您的诗。问题是：这首诗难道不已经是一幅场景了吗？还可以把这幅场景想象得更开阔、更具舞台效果吗？……2月，熊要前往法兰克福，就在这个寒冷的月份的中旬或者月底。大象到那个时候会收集一些蜂蜜吗？会和熊一起去喝葡萄酒吗？跳舞就不必了。它非常期待再见，衷心地和您握手。您的英格博格·巴赫曼。”[25]在这里，人们可以感受到英格博格·巴赫曼不让四七社看到的、戏谑的一面。

英格博格·巴赫曼将自己描述成“熊”，其原因大概是因为1956年秋天出版的诗集《大熊星的召唤》；写这封信的时候，与诗集同名的诗歌已经刊登在了《水星》上。但是，她一定非常喜欢赫勒雷尔的诗集《另一位客人》中的这首诗，其结尾的诗行是：“现在前往南方。/愚人一清二楚。/那只北方的熊/终于从你的鞋上落下。”[26]在其《意大利之行》中，歌德也曾称自己是“北方的熊”，而在她离开故乡克拉根福之前写的一封信中，她在有疑惑的情况下同样称克拉根福为北方：“因为期待，”她感受到了“严寒”。[27]

瓦尔特·赫勒雷尔引起轰动的文集《过境——世纪中叶的抒情诗集》和巴赫曼的《大熊星的召唤》同时出版，其中也收录了巴赫曼的七首诗作。在这一时刻，他们两个人都处于其文学声望的顶峰。对于赫勒雷尔来说，“过境”这个概念是一个适时的诗意的范畴，巴赫曼几次使用了这个概念来描述她个人的境遇——在先后住在罗马、到美国的大学讲学两个月、回到克拉根福、与汉斯·维尔纳·亨策在那不勒斯同居半年、在巴黎度过了一个忧郁的秋天之后，她觉得 205
自己的生命就处在一种实实在在的“过境”状态。1955年2月，她从机场给赫勒雷尔写了一张明信片：“在过境中被关在了法兰克福机场的等候大厅里。”[28]

在赫勒雷尔离开法兰克福，并从1959年开始其在柏林的新的工作之后，两人之间的通信往来日渐减少。但是，赫勒雷尔立刻邀请巴赫曼来参加他在柏林工业大学举办的引起轰动的系列讲座《技术时代的文学》，并为柏林电视台制作了一期长达15分钟的与巴赫曼的访谈，但这一访谈却从未播出。直到这个时候，也就是被巴赫曼看作噩梦般地与马克斯·弗里施分手之后住在柏林的那段时间里，他们彼此的称呼才从"您"变成了"你"。

赫勒雷尔也受到南方的吸引，在提契诺盖了一栋房子。但是，他的确只是把它当作度假的地方。不过直到1972年秋天，也就是他在西柏林艺术学会举办大型的符号学展览"语言的世界"时，这个决定还在产生影响。在目录中他写道："如果人们对意大利的各种面食有所了解的话，就会明白，在饮食领域里，不同的语言之间存在着明显的差别——在意大利，美食并不仅仅依赖于食材的质量，而且也依赖于食材的外观。不同的形状代表了非常清楚的口味的区别，这一点在意大利面食上得到了充分的体现。这种面食的面坯大多数是相同的，但不同的口味却决定了面食各种各样的形状。"[29]按照卡琳·基武斯提供的信息，为了这个目的，学会甚至专门组织了一次前往提契诺的公务旅行，以便现场购买各种面条。对于赫勒雷尔来说，虽然与巴赫曼和安德施不同，南方看起来并不是那么关乎生存，但无论如何，它都是一个标志。

与此相反，对于安德施来说，将目光投向意大利是有决定意义的，他与意大利艺术家比如鲁伊吉·努诺和伊塔洛·华伦蒂建立了联系，在他的遗物中，米凯兰杰洛·安东尼奥尼赠送的著作看上去
206 依然非常漂亮，连同60年代初期浅米色的封面用纸和莫妮卡·维蒂的头像。在对60年代初期一个在罗马的下午的简短描述中，一个在四七社中他从未实现的向往被表达了出来——当时他和一些作家在一家咖啡馆里，他越是尝试着用言语去准确而冷静地概括这一环境，他与这一环境的距离就越发令他感到痛苦："阿尔贝托·莫拉维亚

走进了罗萨蒂咖啡馆，穿过人民广场，他身材高大、瘦削、腰板挺得很直，走起路来微微一瘸一拐，嘴角显出一副愤世嫉俗的态度，高傲地把头向后甩去。这位意大利最民主的作家看上去就像一位普鲁士的军官。……他走进罗萨蒂咖啡馆，所有的目光都看向他，指挥官已经来到，但他却没有理睬任何人，立刻径直走向了皮尔·保罗·帕索里尼，坐在他的桌旁，轻松地与这位年轻的首领交谈起来，他一定把帕索里尼看作他最喜欢的学生……莫拉维亚很严肃，帕索里尼则很敏锐，一个敏锐而又顽皮的年轻人，棕色的脸庞不大，戴着黑色的角边眼镜，一只年幼的雕鸮，一只只在黑夜活动的猛禽，尝试所有可怕的艺术形式。……但是，当他在埃因奥迪书店里介绍伽达的《痛苦的认识》时，他却为人们准备好了惊喜，并不是这一整本书，而仅仅是其中的一句话，这句话给他提供了用轻声细语展现尽善尽美的艺术的机会。几乎所有的德国文学解读都与罗马的智慧有关——这是一种享受，尽管很难理解。满头白发的卡尔洛·埃米里奥·伽达郑重地参加了人们为他举行的庆祝仪式，他真的理解这种享受吗？……在我看来，记录下这些是值得的——在这个世界上最后的文学天堂中，伟大的同行们不带任何妒忌之心地相互鞠躬行礼。”[30]

# 207 第十章
# “你的腰间缠绕着青藤。”

## 从原始森林中走来：四七社庆祝成立十周年，进入新大陆

君特·格拉斯最早出版的作品要感谢瓦尔特·赫勒雷尔。《音调》1955年第三期上发表了一首他的诗歌《梦乡百合》，他凭借这首诗歌获得“南德广播电台诗歌比赛”季军（冠军是克里斯蒂娜·布斯塔，亚军是维兰德·施密特）。赫勒雷尔立即对这位默默无闻的诗人表现出浓厚兴趣，一个令人惊讶的证据就是同一年的《法兰克福汇报》。1955年11月21日在文艺副刊的显要位置有一篇文章，题目为《物品的骨架：斯图加特的君特·格拉斯展览》，作者名字的缩写“-ck”从来没有在这份报纸上出现过。

> 君特·格拉斯这个名字在今年春天第一次为大家所知。当时这位26岁的柏林人获得了南德广播电台的诗歌奖。之后不久，《音调》杂志就登载了他的诗歌作品。杂志被加印，引发了读者强烈的信件回复：有些读者表示愤怒，也有读者表示赞同。之后格拉斯在柏林四七社的春季聚会上朗读了作品。德国、奥地利和瑞士三国作家举行了一次聚会，在德国作品朗读之夜上他成了最受关注的角色。此后他又在巴符州贝本豪森的四七社

秋季聚会上朗读了精致的散文和新的诗歌作品。不过格拉斯的 208
职业并不是作家，而是画家和雕塑家。在斯图加特卢茨和迈耶画廊举办的展览会规模虽小，但有精心挑选的绘画和雕塑作品让大家概要性地了解他的创作。

格拉斯的诗歌和绘画来自同样的创作灵感。他描画的不仅仅是硬朗的轮廓和物品的骨架，还有用鹅卵石晶体绘制的寒冷风景。去掉了一切边框和装饰元素，这种物体的骨架变成了精致的普遍性的线条游戏：这是一种由尖锐的轮廓和单个骨骼构成的艺术，并且过渡为一种大世界的抽象线条结构。格拉斯的作品充满能量，笔画十分自信，让人惊讶。前景里有个超大的稻草人，其血管系统和背景城市里的高楼大厦的脚手架相互交织。一只蜘蛛的八条腿变成了细致的桥梁构造。在名为《风信鸡》的素描中他摆脱了类型束缚，创作出令人信服的、颇有吸引力的当代线条感。在雕塑作品中有一件作品具有鸽子的外形，而里面包裹着癌细胞结构，他用一种现代的童话风格来平衡线条的硬度。

格拉斯游刃有余地将具象和抽象融合在一起。他没有选择更为容易的道路，将世界缩小，尽量顺畅地化解为几何图形，超越于物体的坚硬之上。他在素描上和在诗歌里都体现出与众不同之处，尽管他已经在自己的道路上进入到一种释放自我的状态（该评论来自赫尔穆特·海森比特尔）。里面也有一些固执和用力过猛的地方。不过这是一次令人赞叹的尝试，这位来自柏林的艺术家第一次颇费周折地将作品从“孤岛”上运了过来，在一个比较隐秘的场地举办展览；希望大家走过的时候不要错
过，应该多去参观。 209

这样的一家大报纸居然会为了一个默默无闻的艺术家做广告。

这个缩写名字的背后隐藏的就是瓦尔特·赫勒雷尔，证据就是1956年4月20日《法兰克福汇报》文艺副刊女秘书写给赫勒雷尔的一封信："我们这里还保留了两张照片，是您当时给我们写格拉斯的那篇文章时寄过来的。"[1]在赫勒雷尔的遗稿中也发现了这篇文章的手写草稿。

格拉斯文学上的成功始于四七社，而邀请他参加年会的人正是赫勒雷尔——在《音调》杂志出版格拉斯诗作之前他就向汉斯·维尔纳·里希特推荐了格拉斯。在报纸文章当中他彻底隐瞒了自己的帮助和身份。他这几年一直在不知疲倦地寻找未成名的年轻作家，希望发掘新声音，他发现这位来自卡舒布地区，过着波希米亚生活方式的雕塑家、爵士乐手和诗人格拉斯是一块未经雕琢的宝石，他开始对格拉斯进行系统打磨。1955年格拉斯获邀参加四七社在柏林卢本霍恩之家举行的春季聚会还只是一个开始。纪念四七社成立50周年时曾经在柏林举办过一场专家论坛，格拉斯回忆道："于是我就去了，之后被一群出版商围着，他们低声说了一些充满魔力的词语，比如说'费舍尔出版社'和'苏尔坎普出版社'，我当时想，黄金时代来了。不过我也有点疑神疑鬼的，当我离开聚会的时候，外面站了一个人，他刚刚叫了一辆出租车，他问我：'您要去哪里？'当出租车载着我们出发的时候，他说：'我是赫勒雷尔。我会印发几首你的诗歌。'我暗自想：'你也就是说说而已。'不过他是唯一一个说到做到的人！其他的出版商很久都没有再联系我，直到卢赫腾汉特出版社来找我。一年之后我的第一本诗集就出版了。但是第一个在文学上认可我的人是瓦尔特·赫勒雷尔。"[2]

50年代末，格拉斯有三年时间住在巴黎，他不时为钱所困，靠给德国广播节目写稿子勉强维持生计。而《音调》杂志一直在出版他的诗。汉斯·维尔纳·里希特回忆起他在1955年与格拉斯第一次见面的场景："他看起来很鲁莽，有点儿潦倒，我感觉他绝望地就像一

个乞讨的吉普赛人。”里希特一开始想“赶他出去”。两年以后，里希 210
特再次见到格拉斯，觉得“他看起来像样一点儿了”，不过格拉斯仍然说自己“‘穷得像狗一样’。他还用文件包带了一些素描作品，要在四七社年会上出售”。[3]里希特认为格拉斯这个异想天开的想法肯定没有机会，可是他惊讶地发现，沃尔夫冈·希尔德斯海姆已经购买了格拉斯的一幅素描。

从这个时期开始，赫勒雷尔和格拉斯之间开始频繁通信，一直延续到赫勒雷尔2002年去世。1958年2月5日，赫勒雷尔给格拉斯写了一封信，语气不太符合他一贯的导师角色：“亲爱的君特，如果你不想让文学杂志、报纸和出版社的所有编辑都发狂的话，请你看在上帝的面上一定要习惯比较明智的校对符号。我面前摆着你诗作的样稿，印刷机很忠诚地把你标注的所有的方括号都打出来了。总共有40个之多。下次如果咱们能见面的话，我要好好给你上一堂关于校对符号的课。”[4]

格拉斯这个绝佳的例子代表了50年代的自由职业作家如何艰 211
难求生，利用本来就很少的机会。现在文学界很普遍的资助措施、奖项和奖学金，在当时连想都不要想。每次到了年会的时间，格拉斯就会依靠沿路搭车的方式回到德国，一家挨一家地去问电台，讨要合同。赫勒雷尔还记得，《明镜周刊》在夏天还向他证实过“这种不得安宁的租户生活状态”：“如今的诗人还一直住在阁楼里。”[5]

自由职业作家的社会状况在四七社里从一开始就是一个无法回避的话题。有些人接到邀请之后会拒绝参会，尤其是住在北德和柏林的作家，因为年会地址大都选在南德的小城市里，交通非常不方便。阿明·艾希霍尔茨作为媒体报道记者从很早开始参加活动，他在《新日报》的一篇文章里报道了1951年在劳芬米勒举行的秋季会议，他曾经谈到与会者的经济状况：“来看看打地铺的那40个人状况如何：橡胶鞋跟、彩色袜子，可爱的领带都在脚下，有时能看到某人肚皮上的褶子，几位女士在同一天已经换上了第二条裙子……”他发现大多数人的情况“比四年前要好”。有几个人作为自由作家获得了成功，从出版社能拿到固定的工资或者“依靠尚能运转的销售系统卖故事”——也就是说，他们四处派发一些适合报纸周末特刊的故事，慢慢地积攒出一些固定客户。“专职”作家绝对是少数，埃希霍尔茨列举了几个典型的例子：瓦尔特·延斯在图宾根大学教古代哲学，阿诺尔德·鲍尔是电影评论家，汉斯·格奥尔格·布伦纳在阿伦斯巴赫民意测验研究所工作。弗兰茨·约瑟夫·施耐德在第二年，也就是1952年说服了自己的公司成为赞助商，并且开始了一个
212 对于作家来说很有前途的工作：他在美国迈卡恩公司编写脚本。埃希霍尔茨若有所思地确认道：“为一家烟草公司写广告词的时候，他有几个月的时间都在推敲一个句子，不过假如他能把这句话卖出去，那么每个词给他带来的收入都超过三本书的总和……”[6]

1952年10月在贝尔莱普什堡开会期间，与会者集中讨论了广播剧以及电台对于作家的普遍意义这两个话题。沃尔夫冈·魏劳赫，最重要的广播剧作家之一，朗读了“一篇格式十分严格”(《法兰克福汇报》)[7]的广播剧。君特·艾希作为广播剧的重要推动者很早就定下了基调和标准，因为在电视普及之前的50年代，广播剧是一个重要的文学类型。对于自由职业作家而言，报酬很高的广播剧是一个最重要的收入来源，并且也间接影响了当代文学的风格和写作方式。沃尔夫冈·希尔德斯海姆也在同一届会议上朗读了为广播歌剧节目撰写的“一部滑稽的轻歌剧”，由汉斯·维尔纳·亨策作曲，“这是针对当今艺术活动的一篇辛辣的讽刺文章”。[8]阿尔弗雷德·安德施在他的系列《法兰克福录音室》里几乎同时发表了《一个世界的终结》。一年之后，1953年秋天在贝本豪森，新闻报道员罗尔夫·施勒尔斯在《法兰克福汇报》上写道，四家广播电台的代表前来参会：“只要通过试读，就能够得到一个节目的邀约，失败的人以后就别指望再

得到广播电台的合同了——因为朗读的作品属于一位作家作品的一部分，所以这样的决定往往影响力巨大。”[9]

在这一届会议上，恰恰阿尔弗雷德·安德施做了一期关于拉普兰旅行的广播特别节目获得了最大的反响——而且是在一个关于文学的研讨会上！这就很能说明当时的情况了。总之，1953年在贝本豪森的年会上大家讨论最为热烈的主题就是广播剧。年轻一代的广播剧作家对于这个文学体裁有一些不同的理解，他们已经对君特·艾希制定的规则有很多意见，所以艾希在朗读之后被人喝倒彩。沃尔夫冈·魏劳赫给出了新声音的示例：他从自己的书《黑人的那一分钟》里提炼出了一段“广播剧式的独白”，由马丁·瓦尔泽在斯 213
图加特广播电台制作完成。英格博格·巴赫曼朗读了为芭蕾舞剧《米施金亲王》编写的轻歌剧，由汉斯·维尔纳·亨策作曲，这部轻歌剧也符合这种广播剧的风格。

记者霍斯特·门尼希描写了这次四七社年会主要的气氛：“面对众多公共评论机构（出版商、发行商、广播电台的人！）”，这些作家和文学评论家“必须克服极大的思想负担才能大胆发言：这恰恰说明，这个圈子在1953年的今天也陷入了巨大的经济依赖性。（‘我能打破这种依赖性吗？我有什么权利这样去做呢？到最后要是没有一只狗去吃他手里的面包，那责任就在我身上了！’）”[10]

在四七社逐渐找到定位的阶段，这些想法已经第一次出现，而且也从此开始影响着后来的年会。比较有名的作家们开始害怕负面的小组评论会造成经济收入的减少。广播电台起到了催化剂的作用。策略性的考虑显而易见影响了朗读作家们的作品选择，不少人都想在登台朗读时显得充满活力，他们误以为这样会让自己获得多数人的认可。那些天性比较犹豫的人或者独来独往的人都疏远了四七社——尽管他们的文章比那些得到赞扬的文章有趣得多，最被人熟知的例子就是沃尔夫冈·克彭和阿尔诺·施密特。

另外一方面这里也给那些年轻的无名作家提供了很多机会。四七社的人际网络创造了很多的可能性，会激励一些人走上自由职业作家的道路。如果能有一次朗读获得很好的反响，那就会得到电台的订单和出版社的合同。恩斯特·施纳贝尔在1954年3月27日写给里希特一封信，谈到即将举行的奇尔切奥海角年会，这封信很有代表性。施纳贝尔怀着当作家的雄心壮志很早就参加了四七社，不过他同时在广播电台取得了极大的成功，最终担任德国西北广播电
214 台台长。他人脉关系广，认识对于四七社成员来说最重要的人，他几乎可以代表四七社聚会的发展状况。施纳贝尔在这封信里解释说，他不来参加年会了："经过长时间的思考我做出了这个决定，我和一群作家在一起干什么呢，我已经不是作家了。……我现在是台长。"然后他谈到了广播电台的资助作用："如果我记得没错的话，作家过着危险的生活。兼职作家的时代已经过去了，危险更为增加。我毫不惊讶，有一长串的作家，其中也不排除四七社的一些成员，都在着急地寻找新的生活保障。因为这个职业本身就没有什么保障，所以他们就尝试着转嫁风险，而且是转嫁给合作伙伴，转嫁给广播电台。你也知道我们支付的报酬是非常慷慨的，公共监管机构并不希望我们如此大方。我慢慢地变成了像圣塞巴斯蒂安那样的德国文学资助者，我个人觉得倒也没什么。"

施纳贝尔铺垫了很久才扯到正题上来。他关心的是广播电台为了一个项目支付给作家的预付金。他认为电台要承担很大的风险，因为不知道作者什么时候能够交稿以及稿件的水平如何。很多时候要由编辑室来完成大部分的工作："作家的风险就是他永远不可能确保自己的状态可以完成某个灵感的火花，或者是这个火花一开始闪闪发光，但是写着写着就变得微弱，这个风险从作家身上转嫁到了电台身上。"考虑到后果这位台长提出了一个问题："您看这样行不行，您先试着安安静静地写出很多稿子，等全部完工之后再

交给我们?”[11]

这番话并不仅仅出自一位台长之口。施纳贝尔觉得实践型新作家的养成出于很多原因令人不快。这也和他自己的职业发展道路有关：50年代，节目制作者和电台编辑主要是通过稿件内容来体现节目的特点。施纳贝尔和安德施这样本身也是作家的人成长为电台负 215
责人，这种情况并不少见，而且被认为是最理想的情况。他们不是那种单纯从媒体自我活力角度出发的纯粹的管理者，虽然在几十年的发展过程中这已经成了普遍状况。他们的权威更多的是建立在他们的作家身份上。所以大概要把施纳贝尔的警告放在这样的背景里去理解：“我认为重要的是，要把我们的节目从一定程度上的手工产品中解放出来，要去获得真正的文学品质，用我们现在这种方法得到的产出实在太少。而且这种品质不能依靠预付金、保证程序和按劳取酬的程序获得，而是要在孤单的创作之中。”[12]

这种刚刚出现的想法基于一种认识，那就是作家和媒体越来越依赖对方。四七社中形成了联邦德国早期社会中的自由职业作家这种新类型，而四七社就像一个早期的试验场。随着时光的流逝，社会环境发生了怎样大的变化，施纳贝尔貌似随意的一句话却很有代表性，他也提到了最大的问题：“哪个作家喜欢看着自己的文章被改得面目全非呢？可是这样的情况在我们这里每天都在发生。”[13]

施纳贝尔此时绝对没有想到以后的发展情况变成了制作人和编辑研讨会来提出主题和内容，作家们来适应这些方案。他的这些想法来自现代媒体运作的初期，而媒体运作已经开始影响作家。50年代中期，四七社已经成为文学公共活动中一个重要的组成部分：英格博格・巴赫曼登上了《明镜周刊》的封面，四七社的固定成员君特・艾希和海因里希・伯尔已经成为重要的当代作家。很多四七 216
社成员都定期为电台写稿，在电视普及之前电台对于打开知名度十分有效。恰恰因为这一点，汉斯・维尔纳・里希特才必须重新思考四七社的纲领。促进发展的热点已经随着文学公共活动的发展发生了变化，这些变化也是基于国内政治情况的讨论，以及新一代人的出场，他们不再认可里希特最早的想法以及他那一代人坚硬的内核，那一代人是有过战争经历的，当时也自称是“年轻一代”。

1955年在柏林召开的年会上，君特·格拉斯第一次出现，柏林美国占领区广播电台对里希特做了一次采访，之前的引言也是来自于此，其中几个重要的句子最为恰当地描写了里希特所处的局面：“在文学中，在战后文学中发生了一次令人惊讶的变化。1947年的文学倾向于现实主义，相应地也较为推崇积极参与式的文学，去表现时代的政治问题，而年轻的文学——我说得比较尖锐——越来越多地追求艺术形式，远离了社会参与。我个人觉得很遗憾，不再有密切的时代感。可是又对此无能为力。”[14]里希特从这个时刻开始不再以作者
217 的身份出现在四七社。不过由于自身的影响力他仍然是四七社的中心人物，他将四七社变成了很有影响力的、文学政治的工具。他有意识地没有对自己在四七社的地位进行明确的定义，除此之外他还作为时代批评记者和社会政治领域活跃的知识分子开展了很多其他的活动：特别是在“格林瓦尔德小组”里，这个组织反对德国的重新武装，他还领导另外一个叫“与核死亡斗争”的组织。

1955年的柏林，迫于当时的情况，必须关注文学政治这个角度。人们在孤岛一样的西柏林开会，而每时每刻都会意识到，在紧邻的民主德国首都东柏林，也在开会，尽管说的同样是德语，但是作家们讨论的问题全然不同。到场的有联邦德国笔会的代表与君特·比肯费尔德、埃里希·克斯特纳、鲁道夫·哈格尔施坦格。美国文化政治家梅尔文·J.拉斯基在会议结束时接受《月刊》杂志邀请参观了编辑部，这是美国中央情报局赞助的杂志社，所以这是自然而然的事情。同时，自由柏林广播电台台长阿尔弗雷德·布劳恩在电视演播室为四七社举办了一场招待会。在这里，汉斯·维尔纳·里希特加强了

他与柏林媒体的关系。他计划几年之后搬到西柏林去，他已经得到了好几个电台和电视固定节目的邀约。

里希特从一开始就非常重视与民主德国的联系。他致力于突破壁垒实现一个统一的、中立的德国，他的态度影响到了他在《呼唤》里的文章，而且不论情况如何变化都始终如一。1954年秋天在罗滕费尔斯堡举办的会议上，《意义与形式》杂志的主编彼得·胡赫尔也出席了，大家觉得他“很有魅力”，不过很明显他很喜欢“意见一致”。[15]他和君特·艾希当时争吵很激烈，不过这场争论没有留下任何书面记录。1955年里希特在柏林和他的几个随行人员一起，“非官方”地和民主德国作家斯特凡·赫尔姆林以及博多·乌泽在一家“很舒适的红酒馆”会面。[16]自由柏林广播电台的节目总监格 218
哈德·勒文塔尔（后来因为在德国电视二台专题节目中态度明确的主持引发很大争论）也在场，他和斯特凡·赫尔姆林互相攻击。汉斯·维尔纳·里希特似乎一直保持了观望和克制的态度。毕竟这次和民主德国代表的会面是应反共代言人梅尔文·J.拉斯基的邀请才确认下来的——在这里能明确看出冷战的两大阵营。里希特从现在开始定期邀请民主德国的作家参加四七社的年会，特别激烈的冲突发生在1962年和1965年在西柏林举办的聚会上。

50年代中期，里希特几乎没有谈到过关于当代文学的美学讨论这个话题，他始终坚持自己那种社会现实主义的、深受报告文学影响的美学观念，出于政治直觉他也几乎不再参与这种讨论，而更多的是充当一种主持人的角色。而他作为主持人也取得了令人惊讶的成绩。1955年年会时马丁·瓦尔泽获得了四七社奖，里希特居然眼皮都没眨一下就接受了，瓦尔泽的作品又是回归了卡夫卡式创作的外壳。他第一次正式参加四七社是1953年在美因茨的大会上，被批得挺惨。其实1951年在维尔茨海姆森林中的劳芬米勒举行会议的时候，他就曾作为南德广播电台的编辑溜进了聚会大厅，结识了里希特。里希特后来回忆起瓦尔泽1955年获奖时显得很无所谓："马丁·瓦尔泽的行为举止和我料想的完全不同，他那种不可一世，那种傲慢都不见了，他成了一个十分可爱的参会者，大家都没有讨论过这件事，突然之间他就成了其中的一分子。"[17]

1956年，里希特决定以后的四七社年会一年只举办一次，而不是以往的每年春季和秋季两次。背后的原因是他从事的政治活动越来越多。1956年2月初，在"格林瓦尔德小组"的第一次会议上，里希特在他的原则报告中描述了联邦德国纳粹化和重新武装化带来的危
219 险，他认为毫无疑问首先受到危害的就是知识分子。他关心的事情是，要将生活在民主德国和联邦德国夹缝里的"无家可归的左翼分子"解放出来。[18]里希特在很多封信件里向潜在的志同道合者表述过最困扰他的一个想法："如果出现重新武装，德国思想界的气氛将会对我们大为不利。"[19]他与格哈德·什切蔡斯尼和汉斯–约亨·福格尔共同定义了"格林瓦尔德小组"是一个"多元论的论坛"，最重要的目标就是抵制纳粹主义文章的扩散，抵制军队的特殊权利。他很喜欢"民主消防"这个名称。在写给瓦尔特·曼岑的一封信里，里希特明确说明了他眼中最重要的任务："这一次四七社得稍微退后一些了。目前政治事务比文学事务更为重要。"[20]1956年5月，在汉堡举行的大会上，格林瓦尔德小组决定要成立一个"共和国出版人俱乐部"，以此拓展组织形式。即便里希特在很多方面都只负责组织工作，而且他在1958年又成立了一个新的组织"与核死亡斗争"，最后，他们还是和政敌进行了多次争吵和困难的辩论。[21]1957年初，他对格林瓦尔德小组显露出一些疲惫之态。他写信给保罗·沙吕克说自己被"琐碎小事搞得七零八落"，他还说："过去这几个星期我十分渴望四七社的聚会，我想重新走回文学道路。"[22]

1957年四七社的年会上，里希特也在忙着他的社会政治活动和处理各种麻烦。可是恰恰在这个时候，两代人之间的矛盾第一次暴

露出来。很长时间以来有很多迹象都显示出这种矛盾：伊尔莎·艾兴格尔那种表达主观感受的断裂式散文，显示出作者受到西方主流现代派形式上的影响；英格博格·巴赫曼那种冷淡而又热情的诗歌在小组讨论时得到了认可，也没有出现一些关于基本原则的讨 220
论——虽然她压根儿没有使用战壕写法和士兵用语。可是在随后的第二次和第三次年会上，在施泰恩贝格湖畔尼德波平工会大楼举行的年会上，暴露出了美学上的分歧，这种分歧以前早就在私底下扩散开来。在较老的作家和年轻作家之间发生了夹带人身攻击的争吵，汉斯·维尔纳·里希特把前者称作“现实主义者”和“自学者”，将后者称为“来自大学的形式主义者”。

这是四七社第一次遇到内容方面的危机。之前依靠着自信的直觉，汉斯·维尔纳·里希特在组织会议的时候会避免在讨论朗读过的文章之外进行一般性的讨论。社会学者特奥·皮克尔也参加了1957年尼德波平的年会。当他试着用社会学的一些论据去进行分析时，他和恩岑斯贝格、瓦尔泽和格拉斯之间发生了激烈的争论。这几个人对于里希特来说属于四七社的第二代人：“他们只看重美学和形式标准。这种讨论很快变成了争吵，变成了激动的言语之争，差点害得四七社四分五裂。我实在没有别的办法，只得站起身来大喊一声休息。”[23]

赫尔穆特·海森比特尔在读完格特鲁德·施泰因的作品之后似乎经历了一次文学上的觉醒，他尝试了极端的形式实验，这已经是他第三次参加大会了，但是里希特始终没太把他当回事儿，他“从来没有取得成功”。1957年的大会上，海森比特尔朗读之后有个人紧接着问道：“这到底是什么玩意儿？”里希特回忆起当时的场景：“海森比特尔没有说话，只是微笑，我说‘一般情况下不允许提问’。我也没听明白他的文章，可是我知道：海森比特尔的回答也不会让人更明白。”虽然是里希特发现了伊尔莎·艾兴格尔和英格博格·巴赫曼，他还经常拿这件事自夸，可是现在他甚至觉得这两个人也很

可疑。他突然发现她们很有攻击性，不只是针对他，也针对海因里
221 希・伯尔和西格弗里德・伦茨：“她们认为这是属于昨天的文学，因而显露出一种谈不上是蔑视，但至少也是不尊重的态度。”[24]

柏林《信使报》的阿诺德・鲍尔曾经就这次大会写了很长的一篇报道。他也发现四七社里的气氛发生了变化：“1957年，大多数年轻人——无论是倡导哪种趋势——都想要摆脱语言上的惯例。这些留着前刘海发型的早熟少年，就像雕塑家的对立面，还有很少深思的少女，‘想看到事情的真相’——她们倾向于使用一种抽象的语言。”[25]这是一种十分生动的描写，似乎描写的就是汉斯・马格努斯・恩岑斯贝格，他的“早熟”还体现在很多疯癫的话语中，也像在描写英格博格・巴赫曼。鲍尔的报道中还提到伊尔莎・艾兴格尔笔下的侏儒、政治家和孩子们之间想象出来的对话引起了真正的轰动：“像森林仙女一样的艾兴格尔那种梦幻般的愉快引发了激烈的矛盾，有人攻击她，也有人像骑士一般替她辩护。现实主义作家们威胁说要离开会场。作为讨论的主持人，汉斯・维尔纳・里希特再次展示了外交家一般的技巧。”[26]

这个辩论中的例子很好地说明了里希特的能力，他用父亲一般的睿智将四七社团结在一起。鲍尔的报道中也记录了他在“超现实主义作家们”朗读作品之后所说的话：“我也不是特别明白，但是既然大家讨论得这么激烈，就说明它还是有些价值的。”而对于现实主义作家，他也同样会使个眼色，用很真诚的态度辩护道：“每个人都可以发表自己的观点，就算说完之后会让人怀疑你是个不懂艺术的人或者是一个社会学家。”这两派敌对的势力尽管“相互之间连一句话都不说”，但是里希特却有能力让“他们都留下来”。[27]

1957年在尼德波平的年会上，四七社刚成立时的那一代成员已经明显感觉时代不一样了，他们努力挣扎要站稳脚跟。英格博
222 格・巴赫曼早已声名鹊起，也许正是因为这一点，她的朗读才引发了

“现实主义者”与“观众”之间最为奇异的争吵。她朗读了自己的诗歌《爱：黑暗的大陆》，这首诗从很多方面讲都可以被写进文学史。这首诗没有被收入那两本已经出版的著名诗集，而是在那之后不久写的，属于女性主义文学解读的必读文本。巴赫曼这种女性视角的极端主义和问题化也为性别研究提供了具有最多解读可能的范本。

**爱：黑暗的大陆**

黑国王伸出手露出猛兽的指甲，
他将十个苍白的月亮赶入轨道，
他命令下最大的热带雨。
世界在另外一端看着你！

他拖着你飞过大海，来到
金色海岸和象牙海岸，来到他的嘴边。
可是在那里你依然双膝跪地，
他毫无理由地拒绝你，选择你。

他命令最大的午间断裂
空气破碎了，绿色和蓝色的草，
太阳在煮浅水里的鱼，
水牛群旁边的草在燃烧。

商队走向彼岸，
他抽打沙丘走过沙漠，
他想看到你脚上燃烧的火焰，
你身上的鞭痕流出红色的沙。

他，毛发浓重，色彩艳丽，走在你身边，
他抓向你，在你头顶撒开大网，
你的腰间缠绕着青藤，
223 你的颈间卷曲着肥硕的蕨。

从所有雨林中的神龛传来叹息声和呼喊。
他举起物神。你想到了那个词。
香甜的树林触碰幽暗的鼓。
你出神地望着你的死亡之地。

看，瞪羚飘浮在空中，
一大堆枣停在了半路！
一切都是禁忌：土地、果实、河流……
蛇被镀了一层铬，悬挂在你的手臂。
他交出手中的权杖。
戴上珊瑚，走进白日幻想！
你可以带走这个帝国的国王，
你，偷偷地，看着他的秘密。

赤道附近所有的栅栏都落了下来。
猎豹独自待在爱的空间。
他是从死亡之谷而来，
他的前爪打磨天空的边缘。[28]

只有这一次朗读的时候是有现场录音的，此后很长时间也不再有这种情况，一直到1962年，汉斯·维尔纳·里希特都在日程安排上禁止这样做。海因茨·路德维希·阿诺尔德在极负盛名的哥廷根档案中根据录音记载了关于巴赫曼诗歌的讨论。这是关于四七社“工作坊讨论”的第一个真实证据，因此特别有启发意义。

卡尔·阿梅里：我要冒险从最不重要的地方开始，不过仅仅是为了评论：我想问问第二首诗是什么意图呢，就是那首《爱：黑暗的大陆》。这首诗我觉得和D.H.劳伦斯的那个《骑马离开的女人》有些相似之处。那个女人骑马跑了，去找印第安人，在一场杀人祭神的仪式里成为祭品，被人用黑曜石的刀子捅死了，
而且是她自己希望的，她喜欢这样。（笑声）我有点儿被搞糊涂 224
了，因为诗里说，她盯着死亡之地，最后那只猎豹又从死亡之谷跳了出来。我不知道，里面的因果关系在哪里，来自亲爱的黑暗大陆的死亡魔力，来自禁忌以及一切的魔力是被破解了吗？我不知道。这首诗里有“水牛群旁边的草在燃烧”，或者“你的脚腕缠绕着青藤”这样的句子。我觉得这些句子相对而言，低于英格博格·巴赫曼一贯的水准，我感觉是这样的。这不是我平日习惯听到的她写的诗。

瓦尔特·赫勒雷尔：首先必须要把标题讲清楚，究竟是《爱：黑暗的大陆》还是《更喜欢黑暗大陆》？

（澄清了一下标题。）

N.N.：说实话，我也对这一首诗歌有些异议。我觉得，这首诗歌字里行间体现出来的异国情调，可以一直不断地写下去，不用作出修改。我认为，它有一点儿像那种时髦的帷幔。我只是说这一首诗。

瓦尔特·赫勒雷尔：无非又是非洲嘛，可是水牛群啊、蛇啊什么的，我认为，在19世纪初已经有最为详细的描写了。

N.N.：弗赖利格拉特！

N.N.：如果能把这首诗和弗赖利格拉特的诗弄混，那我觉

得，这里也就不用再讨论了。

（乱作一团。）

马丁·瓦尔泽：就因为提到了非洲，而且在文学史里写着，弗赖利格拉特曾经写过非洲，就作出这样的比较毫无意义嘛！
225 倒是看看比喻啊，节奏啊，我现在不想再说这首诗了。

汉斯·马格努斯·恩岑斯贝格：我想从这首诗歌谈到别的方面。到现在为止我听到的评论，我觉得都是在说另外那几首诗歌。对于英格博格·巴赫曼而言，她现在迎来了更为柔和的时间。我几乎想说是更为柔和的。也许这没什么好争论，也许这不是批评，不过我不得不说，我更喜欢更强硬一些的。

沃尔夫迪特里希·施努雷：我想再谈一谈“异国情调”这个词。如果某人在写一首诗，眼前浮现出水牛、大象或者猎豹之类的，为什么在他产生了这种幻象或者灵感或者想法的时候，他必须得去翻一下文学史，是不是已经有人写过了？如果他能用自己的形式表达出来——而且表达得相当好，为什么他还要左右为难，看看是不是在哪里标注了这里有一个外来词？不就是这么回事儿嘛。

汉斯·维尔纳·里希特：现在我要为批评的一方辩护。阿梅里并没有开始……阿梅里只是谈到了几个句子。

卡尔·阿梅里：我在说到异国情调的时候并不是那个意思，要去和弗赖利格拉特比较。希望这次我把话说明白了。

汉斯·维尔纳·里希特：他说的是形式，并不是具体内容。

N.N.：并不是这样的。他的确和弗赖利格拉特作比较了。他是谈到了内容。

汉斯·维尔纳·里希特：我觉得有点儿吃惊……我认为，现在，这个时刻……我不得不说，我不喜欢这样。我发觉有几个人有点儿不高兴了，因为批评过于尖锐……

(乱作一团。)

约阿希姆·凯泽:我感觉,如果批评错了的时候,不是心情不好,而是感到出现了不同的阵营,相互之间似乎有了恶意,人 226
们就会想,这个人怎么会这么说呢,完全不可想象。我们是从试验场走出来的,在试验场里应该以上帝的名义超越目标,走出去,可是有人会一直被困在这种世界观里:你怎么会说出这样的话来。我觉得这样是危险的,因为慢慢地会把这里所说的话变成报纸上的文章。我们必须得先预测一下,这样说会不会被印刷出来。这才是造成心情不好的真正的原因。[29]

这就是四七社第一次危机的顶峰,对此人们也不应该过于高估它的意义。不过这里的批评偏离了巴赫曼诗歌的核心,女诗人的眼光超越了她身处的时代,这个例子就像教科书一样标准。这次大会上显现出来的关于意识形态的争论也在一定程度上影响了关于英格博格·巴赫曼诗歌的讨论。有趣的现象是,年轻一些的汉斯·马格努斯·恩岑斯贝格认为“巴赫曼变柔和了”,他的批评较为尖锐,而年长一些的沃尔夫迪特里希·施努雷(1947年就加入四七社了,属于创建时期的元老之一)的反应倒是十分敏感,还带着赞许。看来“主体真诚度”曾经是第一准则,里希特以后也要继续敦促大家遵守。

约阿希姆·凯泽正确地看到了讨论中涉及美学的观点,在表达意见的时候只是间接提到。很明显他考虑的是四七社讨论所产生的公众影响:“试验场”已经成为过去。每个人心里都明白,现在大家关注的是声望和金钱。凯泽的发言也是出于个人利益:他谈到了“报纸文章”这个词并非偶然。他的发言成为评论家新定位的一部分,后面几次大会上这一点就会显现出来。他提到了市场机制,不过还没有看到其全貌。下一年市场机制就会比较明显。 227

在凯泽为《法兰克福汇报》撰写的文章里，他只是很小心地提到了现在已经十分明显的阵营分化。他很激动地反对公众对四七社的错误认知，比如说四七社“在文学上刻意追求贫困，缺乏艺术性和美感”。他还补充道：“批评不再是提供帮助。”[30]它是会产生后果的。

1957年，在发生了巨大的代际分歧之际，四七社也庆祝了十周年生日。大家无法预知，它的生命历程已经过半。尽管气氛不佳，但是汉斯·维尔纳·里希特还是不屈不挠地计划了四七社下一年的聚会。连约阿希姆·凯泽也不痛不痒地写了这样一句话：“在接下来的十年时间里我还会继续报道大会。”这样的大会正好还有十年。不过，四七社即将在1958年迎来最为灿烂的时光，这一点连约阿希姆·凯泽也未曾料到。四七社在这里达到了统治市场的地位，它还会继续扩大自己的影响，而中心人物就是那个“像狗一样穷的”画家和诗人。

## 第十一章 228

# 伴随着牛铃铛和鹿角，战后时代走到了尽头

### 君特·格拉斯令四七社成为联邦德国文学界的核心机构

20世纪50年代，文学界的概况一目了然。那时很少会举办朗读会，文学爱好者想和重要人物建立联系也相当容易。作家和文学评论家彼得·哈姆才16岁时，就给当代著名的大人物写信，而且居然也会收到邮局寄来的回信。他很早就曾和英格博格·巴赫曼，或者是瓦尔特·赫勒雷尔见面，他1954年底就在《音调》这本诗歌杂志的首发版发表了一首诗，这时他年仅17岁。就连那本奠定了赫勒雷尔以后发展方向的诗选《过境》中，也有三篇文章来自年轻时的彼得·哈姆，这本诗选直到今天仍是研究50年代文学界最重要的参考书籍之一。彼得·哈姆回忆起他1956年秋天获邀参加四七社在尼德波平举行的大会——在巴伐利亚州施泰恩贝格湖畔的工会大楼里举行的两次大会中的第一个，这次的会议还没有出现纯粹美学派与旧现实主义派之间原则性的争执。

哈姆朗读了自己的诗，君特·格拉斯进行了友好的评价，他说这些诗在斯特凡·格奥尔格与库特·施维特斯之间建立起一种令人意外的关联。哈姆留意到，君特·格拉斯此时已经作为年轻一代的发言人登场，似乎已经预示着他以后的重要地位。哈姆也立即发觉， 229

评论家里最具权威性的是瓦尔特·延斯，他说话时带有一种按照古典方式训练过的雄辩气质，很明显能够震得住场面。此时延斯已经代表中年一代，在自由讨论环节反应最为敏捷，说话时充满热情和怒火。

戏剧顾问和出版商克劳斯·福尔克加入四七社的过程可以看作是爱好文学的中学生发展的典型故事。还在法兰克福上文理中学时，他就创办了一个松散的话剧小组，叫“新舞台”。这个剧团表演的主要是当代话剧，不过也演布莱希特的作品。在那个年代这种消息总是传播得很快，最后著名的布莱希特戏御用女主角特蕾莎·吉瑟在巡演的路上还专门过来一趟，她想亲眼看看这个剧团在干什么。19岁的福尔克联系了当时已经是知名话剧作家的君特·格拉斯，让他惊喜的是，他居然获邀参加四七社1959年在艾尔默宫和1960年在阿夏芬堡举行的年会。现在福尔克还保留着当年汉斯·维尔纳·里希特写的那些令人困惑的明信片，他冷静地通知大家聚会地点，毫不注意通知的形式，打字的是里希特的妻子托尼。至于当时具体的过程他已经记不清了，大约是格拉斯告诉里希特，他认识一个非常年轻有为的小伙子，这样一句话就足够了。

在讨论克里斯蒂安·费贝尔的一篇文章时，格拉斯还帮福尔克辩护。福尔克在法兰克福师从瓦尔特·赫勒雷尔开始了大学的学习，同时还在分析当时连续出版的系列士兵小说里的语言，而恰恰是在费贝尔的文章里认出了这种语言，费贝尔还是四七社的“热情拥护者”。福尔克的这番指责正中四七社的秘密神经中枢，尽管他根本不知道自己的行为会引起轩然大波。仅仅因为年龄他也会招惹到以汉斯·维尔纳·里希特为核心的强硬派的攻击，弗兰茨·约瑟夫·施耐德最为出言不逊。可是在战争结束已经15年之后，成长起来的年轻一代很明显早已经对那些描写战争经历的文章感到厌烦。无论如何，君特·格拉斯绝对站在福尔克这一边，尽管他心里感到和汉斯·维尔纳·里希特很亲密，在四七社结束后的几十年时间里，格拉斯也一如既往地推崇里希特倡导的“工作坊讨论”和以团结为主的作家评论。格拉斯说，像福尔克这种作者的文章也是可行的。 230

彼得·哈姆和克劳斯·福尔克都对君特·格拉斯记忆犹新，这应该只是个偶然现象。格拉斯很早就成了一个象征性人物，当时默默无闻的年轻版画工和诗人，此前不久还因为外形问题差点儿被汉斯·维尔纳·里希特赶出去。但是他很快就成了四七社里最有权威的明星。格拉斯获得了世界性的声誉应该感谢四七社；反过来这个团体获得了市场统治性地位，它的光环也要感谢格拉斯1958年那轰动性的登台，这一年的年会是在格罗斯霍尔茨劳特那家叫老鹰的旅店里举行的。这个早期联邦德国文学团体的耀眼时刻现在已经被赋予了不可比拟的光环，这光环闪耀了几十年，甚至连诺贝尔奖委员会都听说了。汉斯·维尔纳·里希特在1986年曾经写道：“我以后再也没有经历过四七社里的那种狂热的热情”。[1]

尽管汉斯·维尔纳·里希特始终都显得十分冷静，但是对于这些时刻的回忆还是显现出后来为人所称道的文学史上的重要意义：“然后君特·格拉斯就开始朗读了。我并没有期待什么特别的东西，只是希望听到我已经了解的：一个有才华的人展现出的原始的语言天赋，他早就已经向文学批评界证明了这一点。也许他会再次朗诵《叔叔，叔叔》里的段落或者是几首诗歌。在他朗诵之前我曾经问过他：‘你要读什么？’我想知道是为了便于安排时间。他回答：‘读一部长篇小说。’我很惊讶他居然在写长篇小说。对我而言他就是一位诗人，要么就是一位剧作家。不过就在他读完开头的几句话之后，整个大厅里的人就像遭到了电击。这正是后来的《铁皮鼓》的第一章。马塞尔·赖希–拉尼茨基停止了做笔记，有几个人张大着嘴巴在听，约阿希姆·凯泽微笑着把脑袋轻轻地晃来晃去。我知道，这将是四七社一个巨大成就的开始。我只是担心，格拉斯念到后面，这文

章会变弱。不过这种情况并没有出现。当格拉斯朗读完之后，很多人都去拥抱他。有些人说‘真是太棒了’或者是类似的话。有几个
231 人建议我颁发奖项，因为这个决定我还保留着没有说。自从1955年之后就再也没有颁过奖。已经过了三年。是我刻意叫停了颁奖。这会导致竞赛朗读。而现在，我知道，我必须颁奖，可是我没有钱。那家美国广告公司的捐赠几年前就已经用光了。我走出人声鼎沸的大厅，遇到了西格弗里德・翁泽尔德。他一把抓住我说：‘汉斯・维尔纳，你必须颁奖。’我说：‘可是我手头没钱啊。’他说：‘我现在就捐给你五百马克。你再问问这里的其他出版商。’其实压根就没有出版商，不过有很多编辑，他们同时也是四七社的作家。我走来走去，见人就问。有几个人飞快地跑去打电话，去问自己所在的出版社。一个小时之后我总共筹集到了三千马克，比奖项所需的金额还多出来两千马克。”

这件事发生的过程和几十年之后德国书业协会基金会决定在法
232 兰克福书展上设立一个“德国图书奖”十分相似。大家只是凭借直觉，认为现在，在这个时刻，已经出现了这种可能性，就是将德国当代文学纳入到公共讨论之中。在第一轮评选时，格拉斯就已经凭借压倒性多数票得到了这个奖。里希特在他那充满了逸闻趣事的报道中以这句话来结尾，也颇有记者的风格：“格拉斯站在饭店前台旁边一个狭窄的走廊里，每当我走过他的身边，我都会说‘又多了五百马克’，他笑了，又多喝一杯烧酒，当我最后一次经过时，已经有五千马克了，他还一直在笑个不停。”[2]

里希特当然希望借助格拉斯的《铁皮鼓》将“四七社奖”提升为德国最重要的文学奖项，同时让这个社团也提升为德国文学界的核心机构。不过格拉斯这次的朗读所引发的信号力量早已突破了四七社的范围——尽管年会是在这个位于阿尔高地区的小旅店里，墙上挂着鹿角装饰，里希特在主持讨论时用的是一个牛铃铛。在这个时

刻，战后时代宣告结束，新的篇章已经打开。年轻的联邦德国进入了青春期。

《铁皮鼓》在阿登纳时代那种沉闷到窒息的气氛中像惊雷一样炸响，将慢条斯理和注重内心的50年代文学一下子扫掉，这绝对是百年一遇的大事件。铁皮鼓手奥斯卡·马策拉特在三岁时决定停止长大，这个人物角色破坏了联邦德国习以为常的坐标系，在美学上具有前瞻性。格拉斯1927年出生于但泽市郊的朗弗，是一个食品杂货商的儿子，50年代末的德国文坛还没做好迎接他的准备。不过他早期波希米亚的生活方式倒是一下子变得可信起来。这个贫穷的石匠学徒工生活在杜塞尔多夫，时不时还在一家爵士乐队里客串一把演奏员，用搓衣板打节拍，他在50年代早期就曾浪迹欧洲，关于1956年到1959年在巴黎度过的那三年时光，他后来多次诅咒发誓地说过：他住在意大利广场旁边潮湿的地下室公寓里，得给接连出生的孩子 233
们换尿布，偶尔喝一瓶烧酒，有时是和保罗·策兰一起喝的，尽管如此，一摞《铁皮鼓》的手稿在不断变厚。

他的散文中充满乐趣，不知节制的语言暴力，在猪头肉皮冻、鳗鱼和性器官里的翻找，透露出一种狂热的、肉欲的热情——这在1958年起到了一种解放的作用。而随着一些官方机构将此看作挑衅行为，这种解放的意味反而更加强烈。君特·布勒克尔在《法兰克福汇报》发表的文评指出了基调："阅读这部长篇小说是一种令人尴尬的享受，如果谈得上是一种享受的话。格拉斯之所以选择这样的描述内容和描述方式，只有一部分归咎于事件本身，另一部分则怪作者自己。这样做的后果就是让这件事变成丑事，而且也损害格拉斯的声誉。叙事者在讲述他鄙视的东西时那种乐趣是如此强烈和明白无误，艺术的享受是多么令人讨厌，他将这种享受提升到一种让人毫无胃口的'为艺术而艺术'的细节里。为什么要写塞满了一堆鳗鱼的马头？为什么要写对一个木雕的强奸企图？为什么要写喝下混着尿的汤？在一个港口酒保的后背上舔食抽动的肚脐眼里的汽水粉？因为很明显这会给作者带来很大的乐趣，可以借此施展一下他随时信手拈来的描写天赋，而他尤其喜欢详细描写呕吐的过程并细致入微地描写呕吐物。……因此这本内容过于丰富的书最后给人的印象是真正丑陋的空白。在持续的反人类的气氛中只有一条是自始至终能够读出来的，那就是自我仇恨。”[3]

汉斯·马格努斯·恩岑斯贝格这段时间供职于斯图加特的南德广播电台，在十天前的节目里就已经作出了预言：“有人怀疑他是在挑衅，这是不对的。他既没有逃避丑闻，也没有刻意制造丑闻，可是恰恰这个罪名被安到他的头上，说他丝毫没有感到良心不安，对他而言，让人震惊的东西恰恰是最容易理解的。这位作者并没有攻击任何东西，不想证明任何事情，也不是在展示什么，他的意图无非是用
234 最为详细的笔触去讲述他的故事。”恩岑斯贝格基本上确认：“《铁皮鼓》是一部成长和教育小说。这本书的结构采用了德国叙事作品里最好的传统。整体构思极为用心，也令读者一目了然，正如经典作品一样。情节与主题之间的高度结合也很传统。作者显示出很高的专业能力，看起来有点儿过时，他文章展开得很宽，每一条线索都有交代，每个主导情节都用得上。格拉斯证明了自己的写作能力，他以前没有得到过尊敬，可是这次我们的确应该对他表示尊敬。”[4]

布勒克尔和恩岑斯贝格这两人的反应正好代表了公众的态度：这也是联邦德国在50年代末期的景象。布勒克尔代表了进入文化圈子的统治阶层的态度，这个群体后来被称为有影响力的阶层。不过人们可以看出，年轻的恩岑斯贝格有一点儿神经紧张，开始展现出一种令人惊讶的冷静的权威性。这在他进行文艺评论的初期尤其明显，特别是隔着历史的长河人们更能够清楚地看到，恩岑斯贝格在这个时刻已经具备了很有前瞻性的眼光：“在我们文学的小花园里，也许看到的都是毕德麦耶尔式的窄花坛，或者是具有进攻性的塔希主

义的窄花坛，而格拉斯给大家展示的是一把钉耙。这个男人是个捣乱分子，他就像沙丁鱼群里的鲨鱼，在我们业已驯化的文学界他是一个狂野的独行者；这本书是一团硬东西，正如德布林的《柏林，亚历山大广场》，或像布莱希特的《巴尔》，对于接受者和语言学者来说，这一个硬块要噎在喉咙里达一年之久，直到这本书成为一部经典作品，或者被存放在文学史的停尸所。”[5]

不过首先仍然有一些和布勒克尔持相同意见的人要指手画脚一番。1959年底，鲁道夫–亚历山大–施罗德基金会想将旗下著名的不来梅文学奖颁发给格拉斯。可是不来梅参议院反对评审团的意见，拒绝颁奖。教育理事安娜玛丽·美维森解释说：“经过深入商讨之后的否定决议主要原因在于，这个奖项将会引发公众的讨论，讨论的并不是这本书无可厚非的文学等级，而是按照艺术以外的观点来批评 235
本书内容涉及的广阔领域。”[6]这位理事很具体地看到了这个问题，认为必须禁止当地学校使用这本在不来梅获奖的书籍。

在她发表了这番言论之后，评委会成员本诺·冯·维瑟，艾尔哈特·克斯特纳和鲁道夫·希尔施退出。一些作家如保罗·策兰、英格博格·巴赫曼和乌韦·约翰逊公开表示无法理解，宣布他们支持格拉斯。在不来梅参议院公布决定之后，马塞尔·赖希–拉尼茨基在《时代周刊》发表文评，也向这些政治家们开火，他也赞同汉斯·维尔纳·里希特对君特·格拉斯的第一印象，谈到格拉斯是一位“吉普赛著名艺术家”。“毫无保留的吉普赛音乐，”他接着写道，“如果人们将这种技艺高超的呈现与艺术混淆的话，那么这件事可就值得深思了。”赖希–拉尼茨基的结论主要是，格拉斯通过自己“不受约束的想象力将大家的注意力从过去几十年的主要问题上引开，他攻击性的真实性经常遭到质疑，而对于时代的探讨却被玩耍和吹泡泡给挤压了。”[7]

一年过去了，格拉斯在格罗斯霍尔茨劳特登台朗诵那一次，也是赖希–拉尼茨基第一次参加四七社的年会，他也写过这次的经历。不过那时他写的东西听起来还有一点儿不太一样："格拉斯写了一部非传统的、有力的，甚至是狂野的散文作品，文字的韵律现在听起来就已经有种独一无二的味道。他擅长观察和描写，他笔下的对话很出色，他的幽默感有些愤怒，很独特，他要说的话很多。"[8]当时在格罗斯霍尔茨劳特的人只听到了《铁皮鼓》的两章，可是赖希–拉尼茨基评论意见前后不同的主要原因在于这一年里发生的事情：他自己也开始在四七社里发言并很快确定了自己作为文学评论家的身份，再加上格拉斯的迅速成名和公众对他的讨论。

在接下来的几年时间里，这种发展势头越发明显。在《时代周
236 刊》登载严厉批评文章三年之后，外部环境似乎又发生了很大的变化。赖希–拉尼茨基于1963年5月22日在科隆西部德国广播电台节目中谈到了《铁皮鼓》，这次他作了"自我批评"："现在我会调整说话时的重点，着重对格拉斯散文中的新奇之处作深入的研究。为什么我当时没有这么做呢？为什么我的那篇文评充斥着被激怒的腔调呢？这位叙事者那种热情的、狂野的力量令我印象深刻。可是他同时又让我失望。我感到不满的是格拉斯没有约束他的生命力，对热情不加控制。我觉得，这是对天赋的挥霍。我认为自己有义务去警告作者，让观众抱着一种怀疑的态度。"

从中可以看出，格拉斯的公众形象在历史中是不断变化的，他同时既是公众眼中的惹事精，又是偶像。特别是在《铁皮鼓》出版后的开始几年，曾经引发过强烈的反感，直到它被确立为文学经典作品。（恩岑斯贝格在具有前瞻性的预测中曾说过这部作品被接受需要"十年的时间"。）不容忽视的还有一点，1959年，《铁皮鼓》里伤风败俗和极为现实主义的描写引发的评判绝不仅仅是纯粹从美学角度出发的探讨。到了60年代这种趋势才逐渐放缓。格拉斯凭借描写在但泽度过的少年时期以及二战的"但泽三部曲"（《铁皮鼓》之后还有

1961年出版的《猫与鼠》和1963年出版的《狗年月》）成了一位享有国际声誉的作家。不过，在这种情况下，尤其要提到由于中篇小说《猫与鼠》引发的丑闻，其严重程度甚至超过了《铁皮鼓》。争议的主题是关于小说中的主要人物，外号叫“大马尔科”的小伙子，正如赫尔穆特·卡拉塞克在《斯图加特报》的评论文章里所写的，这篇小说的主要内容是“男孩子恶习”，“因为脖子上的喉结超乎寻常地大，就要求身体上的平衡。结果就是，对于人们平时习以为常的行为举止和某些东西却格外看重，顺便还嘲讽和故意装作不在意。这些中学四五年级的学生只知道游泳，而二次大战却已悄然逼近。成人的世界在卡舒布族方言和可笑的热情中瓦解了。”[9] 237

1962年9月28日，黑森州工作、福利与健康部长申请将此书列入对青少年有害的书单。原因如下：“小说包含大量淫秽描写，将会在伦理方面对儿童和青少年产生危害。证据在第28、38、39、40、41、42、43、53、54、98、102、104、112、130、139、140页。这些页码上面的段落包含一些详细的场景，带有格外详细的描写，毫无意义，分布在整篇小说中。这些描写的方式让人得出这一结论，它们单纯就是为了淫秽的刺激。这些描写会引发青少年读者不好的幻想，诱发他们的性行为，以此对教育造成不好影响。”[10]

这场讨论十分激烈，很多评论都引发了争议，例如瓦尔特·延斯很轻易就作出了一个判断：“我认为‘大马尔科’是当代文学作品中最感人、最真实可信的一个男孩形象。”[11]无论如何，君特·格拉斯已经确定了自己特别作家的地位，不能单纯地把他归入某个文学领域，他在社会政治领域激起了很多的争论。而且他也带火了四七社，公众已经将它看作是社会生活中十分重要的一个机构——虽然它的自我定位仍然是一个作家们讨论自己作品的地方。

至于四七社已经成为一个什么样的机构，在格拉斯登台之后的第一次年会上，以一种事先没有想到的规模显现出来。1959年10月

底，四七社在艾尔默宫开会。这一次的会址与以往的工会之家或者乡村旅社完全不同。艾尔默宫是自然神学家约翰内斯·缪勒为一个
238 狂热的宗教小组修建的，是富裕阶层的高雅度假胜地，各个小组成员之间很快就流传出一种说法，那些在艾尔默宫担任服务员的漂亮姑娘，被称为“大厅女儿”，其实属于一个秘密的婚姻中介机构，是为了能够得到机会嫁入豪门。沃尔夫冈·希尔德斯海姆立即给里希特写信描写了艾尔默宫：“我实在是无法克服对这个机构的反感。”[12]

瓦尔特·哈森克莱瓦在他给《月》杂志所写的日记式报道中给出了一个客观的评价：“与会者中仅有百分之二十的人是作家，百分之八十是经理。”[13]作为比较，上一次在格罗斯霍尔茨罗特举行的年会基本正常，而这一次的会场挤得满满当当。哈森克莱瓦列举了以下职业：“来的人有出版商、编辑、评论家、解说员、大学教师以及文学爱好者。”比这个文学机构平时的观众要复杂得多。一下子每个人都想来参加四七社的活动。艾尔默宫的年会成为联邦德国文学界第一次“重大活动”，虽然那时还没有出现这个词，可是仍然能够预见以后还会发生什么。马丁·瓦尔泽在小组见面之前曾经写信给里希特，说了他在书展上的经历：“在法兰克福大家都在谈论这次年会。”[14]

1959年，在艾尔默宫出现了赖因哈德·鲍姆加特曾经详细描述过的情况，四七社的各种发展趋势第一次让人看不明朗。他亲身经历过这个组织的运行机制：他1959年朗读的一本长篇小说引发了广泛的、毁灭性的批评，也彻底熄灭了他想成为作家的雄心壮志。不过他后来成了风格最为迥异、最受认可的评论家之一。鲍姆加特后来曾经这样回忆过这次聚会：“也许人们无法想象，四七社后来逐渐成为一种天赋交易所，也许这并不是四七社的本意，但是却不可避免地出现了这种情况。用交易所的行话来说，就是发行了一些新的股票，对已有的股票进行测试，看看之后行情上升还是下跌。在那里发

生的事情是对个人职业发展强有力的干涉。今天人们已经忘了这一点，因为有那么多的作家聚会、朗读会、评奖：当时可是一年只有一次啊！即便当时还没有电视台报道，因为禁止那样做，也只有很少 239
的广播录音，事后也没有进行大规模的报道。文学界的每个人都知道：谁失败了？谁成功了？为了能在50年代末和60年代还十分狭小的公共领域获得成功，就必须穿过这个小小的针眼儿。”[15]

1959年的艾尔默宫，大家第一次发现，四七社已经成为一个文学集市。汉斯·维尔纳·里希特想要预防这一点，所以他设定了特别的政治关注点：他希望与会者中的一个很小的波兰团体获得大家的关注，特别是塔代乌什·诺瓦科夫斯基宣读的长篇小说《波兰舞万圣节》。马塞尔·赖希-拉尼茨基和安德烈·维尔特也都在场。瓦尔特·赫勒雷尔赢得了极大的关注，他以长篇小说作家的身份登台。他朗读了自己的作品《大象钟》，这部作品他已创作了很长时间。这次登台朗读的成功似乎极大地鼓舞了他。托尼·里希特后来回忆起当时的情景时这样写道：“他不停地动来动去，抓住我的胳膊，迈大步，跳跃，快速旋转，直到折腾得自己筋疲力尽。”[16]不过这一次倒是揭示出一种特殊的现象，尽管这本书在四七社广受好评，但是直到1973年才正式出版，实在是太晚了，那时的文学氛围已经大为不同。

艾尔默宫的高潮非英格博格·巴赫曼莫属，她朗读了自己的中篇小说《一切》，这是她第一次在一个聚会上朗读散文，按照大家的反应来看，她外貌上的光芒也影响到了文学作品。另外，汉斯·马格努斯·恩岑斯贝格朗诵了他的诗歌《泡沫》，之后他和乌韦·约翰逊之间爆发了一场关于政治美学的讨论；乌韦·约翰逊是从德意志民主共和国“搬到”西柏林的，这是他第一次参加四七社的年会。他们的讨论可以视为东西德之间引人注目的鸿沟，体现了政治因素对诗歌的影响。约翰逊系统地控诉文学表达中的社会因素，恩岑斯贝格像一个“愤怒的年轻人”一般开始挑衅般地解释文本之间的关联和

240 文学上的参考系统。克劳斯·瓦根巴赫在为《法兰克福期刊》撰写的日记式报道中记录了一段典型的对话："恩岑斯贝格：'如果您对某个人说，他应该改变自己，这就是最保险的手段，他绝不会改变。'约翰逊：'我觉得如果作出回答就是一个教育学上的错误。'"[17]瓦根巴赫对约翰逊身上布莱希特的影响持同情态度，不过强调了恩岑斯贝格在语言上的极大天赋："只是有时看起来，在某些地方他的表达过于散文化，雕琢气息浓了一些。"[18]

1959年，在书展上一下子出版了格拉斯的《铁皮鼓》、海因里希·伯尔的《九点半钟的台球》和约翰逊的《关于雅各布的种种揣测》这三部联邦德国文学史上的重要作品；这三位作家都和四七社有密切的联系。在艾尔默宫的年会上，外部环境已经发生了彻底的变化。大家第一次怀着一种强烈的自信参会，要展现德国当代文学的先锋队的形象。克劳斯·瓦根巴赫此时担任费舍尔出版社的编辑，在他的日记式报道中采用了一种不同寻常的、花边小报般的旁注，也表达了一种骄傲，让一向崇拜自然和艺术偶像的德国式的"艾尔默精神"让位给文学："星期六傍晚，在'缪勒之屋'的穹顶里，大家分成了卡尔特拉湖和瓦尔波利切拉两派。(之前由一位身着古代德国长袍的庄严女子对艾尔默宫的熟客们宣布将有一场关于画家夏加尔的报告，然而并没有举行。)接下来有一些很有声望的出版商喝醉了，格拉斯教大家跳一种巴黎的舞蹈，赫勒雷尔、艾希和恩岑斯贝格在帮巴赫曼的法兰克福讲座出谋划策，艾希也在和这几位准备他在达姆施塔特领取毕希纳文学奖时的发言稿。不时有女服务员纱裙飞舞，穿着'艾尔默舞鞋'穿梭而过。那些大厅女儿：就好像第二天的会是为她们而开一样(这里的习俗是将一盒夹心糖拴在门把手上)，
241 里希特夫人想要一顶帽子。在场的70个成年(有些已经非常成年)男人却没有一个人戴了帽子。"[19]

也许这不是偶然，不过四七社的影响力好不容易达到了这样的

高度，所以确定了两次春天聚会的日期，这属于计划外的，不太符合四七社一惯的做法：一次专门以广播剧为主题的讨论会，在乌尔姆设计学院，还有一次用于电视转播的聚会，地点在巴登–巴登的萨斯巴赫瓦尔登。1960年5月底在乌尔姆举行的广播剧聚会成了一种持续性活动，这时已经有迹象表明它会成为一个固定的节目。汉斯·维尔纳·里希特考虑到很多自由作家经济上的困境，想将注意力放在这种最为有利可图的文学类型上来，他和西部德国广播电台、巴伐利亚广播电台以及北德广播电台的广播剧编辑部合作，邀请了大约80位专门从事广播剧工作的作家、编辑、导演和评论家。会议的日程还是遵循惯例：介绍了十几部广播剧，紧接着进行讨论。从气氛上就能明确看出，广播剧对广大听众产生影响的高潮时期已经过去。电视的重要性即将显现。格哈德·茂茨在《世界报》上写到了这次会议："广播剧还活着，很多人的工作还依赖它。不过电视在德国的成功已经指日可待，美国的广播电台已经结束了，德国离这一天也不远了，广播节目已经降级，只有在厨房和在汽车里才有人听。"[20]

对于作者们来说，重要的是两个不同的广播剧派别之间的讨论。一方面是传统的，关注词语和叙述的作家们，他们将电台视为其作品的传播站。另外一方面，真正的广播剧制作人开始崛起，他们的做法是突出"声音的游戏"而将朗读文章逐渐变成一种背景声音。声音材料、原声录制、音乐和制作时的特别技术已经成为独立的合成元素而被看重，人们将此称为"空中剧院"、"无线电娱乐"。从根本上已 242
经出现了传统文学家和特别的广播艺术家之间的分化，现在这种现象早已十分普遍。

一年之后，1961年4月中旬，这场关于广播剧的会议才正式举行，完全由西南德广播电台出资赞助。有趣的是这次会议显示出一些别的征兆。尽管在这个领域可以挣到更多的钱，但是大多数作家都持一种怀疑态度。其实早在50年代就有很多电台想要尝试争取更多的作家参与这种新的媒体。对新事物的恐惧却相当强烈，对于很多作家来说，出现在公众视野中要克服很大的障碍。与此相关的事件还有当时阿登纳计划成立一家国家性质的中央电视台，后来经过调整变成了"德国电视二台"，政治方面的因素变得比较明显。这时人们开始讨论"大众媒体"的双重性格。电视台提供了一些资金，节目和预算都有扩展。但是很多人认为这种媒体独特的活力会给艺术造成障碍。奥利弗·施托尔茨，在电视方面即将大有作为，他在1961年为《伟大》杂志撰写了一篇关于《电视事实》的文章："电视和文化是悖论。这一句简洁有力的评判中掩盖的是那些有文化意识的专业人士、自封的知识分子和到处旅行的会议报告人逐渐变得千篇一律的表述。有些人在拿腔作调地说出'电视'这个词时，指的是大众娱乐，视觉上的漂浮物，工业化的神奇灯笼，简而言之就是'文化不幸'。"[21]

施托尔茨代表的是一种新"先锋派"的意识，和以前也曾被称为先锋派的那些人相比，他们走上了一条全新的道路。专门为电视工作的那些作者从很早开始就已经偏离了普通作家所走的道路。汉斯·维尔纳·里希特信件的出版人，萨碧娜·科法拉，在评论部分提到了一封信，这是汉斯·维尔纳·里希特在电视大会举办前不久写
243 的："我想，在萨斯巴赫瓦尔登将会有一场可怕的争吵，因为我现在还想到，电视节目真是一个愚蠢的发明，只是因为技术已经发展到这个程度了才会制作出这种节目。格拉斯的话也许是对的。作家就应该写作，而不是画画。我看到名单的时候……谁和电视节目有关联呢。我们要面对的东西可不简单。"[22]

在萨斯巴赫瓦尔登的酒店里展示了九个电视节目，观众大约有一百个，"他们全都没有看过电视节目"——雷内·德罗默特在《汉堡时光》报上充满惊讶地写道。他还发现，"很多节目的风格十分相似，让人怀疑，对这些节目略微改动一下就可以作为广播剧播放"。

另外，德罗默特还指责说，没人先去尝试“弄清楚，声音和画面属于不尽相同的领域和风格，各种手段并行如何能转化为融合”。[23]

海因里希·伯尔、君特·艾希、西格弗里德·伦茨、瓦尔特·延斯、马丁·瓦尔泽和其他一些人既是四七社成员又是著名的广播剧作家，他们都拒绝了萨斯巴赫瓦尔登大会的邀请，对于电视这种特别的形式不感兴趣。沃尔夫冈·希尔德斯海默，他写的电视节目《大饭店夜曲》在萨斯巴赫瓦尔登也被展映，他出于另外一个原因对这次活动有些反感，他认为“四七社居然参加这样的活动。……我觉得，这种事情过于功利了，特别是成员们本来的工作领域，比如长篇小说或者是戏剧，还没有按照这些类别进行过讨论呢”。[24]

“功利主义”这种说法挑起了一场原则性的争论，希尔德斯海默在后来的几次大会上也曾再次提到这个观点。与他相反，里希特是用一种更为实用主义的观点来看待这件事，作为出版商和文化政策家，他很早就认识到电视带来的各种机会。他毫不松懈，下一年又计划了一次新的电视节目大会，只不过这一次没有纳入德国电视一台的节目研讨会框架之内。1962年10月底，在柏林促成了《奥伯豪森 244
宣言》（发表于同年5月）的代言人亚历山大·克鲁格和埃德加·赖茨合作，在四七社常规会议的后面紧接着举行一届“电影大会”。四七社里好几位作家也对此很感兴趣，同样作为可视化媒体的先锋派电影对于大多数人来说比大众媒体的电视更能被接受，因为电视有很多特别的要求。亚历山大·克鲁格也以作家身份参加了1962年四七社的常规大会。

尽管出现了相互矛盾的发展趋势，但是很快情况就明朗起来，四七社在经历了1958年的《铁皮鼓》事件之后在公众生活中实现了突破，其影响力无人能出其右，而且在解散后也没有任何一个文学组织能够超越它。四七社的活动继续扩展。汉斯·维尔纳·里希特在格罗斯霍尔茨劳特大会举办和格拉斯登场之前就已经决定了要退出日常政务（在“格林瓦尔德小组”解散之后，也因为对德国社会民主党的政治家感到沮丧），尤其是1958年的慕尼黑作家大会虽然热闹，但是并没有取得实际成果，他渴望四七社的聚会，虽然从1955年到1958年期间他的心思并没有放在这个方面。他现在将自己在社会政治方面的所有能量都投入到四七社，毕竟这是由他定义和召集的。里希特对于具有轰动性公众效应的活动有一种令人信服的本能，使得四七社更为耀眼，再说它在1958年就已经取得了成功。在经历了1959年在艾尔默宫这种“市民化的”大会地点召开会议之后，里希特计划将1960年的大会放在法兰克福附近举办，他委托费舍尔出版社机灵的编辑克劳斯·瓦根巴赫去挑选合适的地点，经过里希特的旧友弗兰茨·约瑟夫·施耐德的点拨，瞄准了阿夏芬堡市政厅。

在这里第一次显示出发展的界限。里希特很早就计划要召集一百多名与会者，在8月底写给瓦根巴赫的一封信里，他写道：“除了
245 获得邀请的人，不许任何人参会，除了市长和文化负责人之外，阿夏芬堡当地的人也不行。我请求你尽量阻止那些没被邀请的拙劣作家一群群地从法兰克福跑过来，那些文学爱好者或者怀着商务目的的好奇者，还有那些狂热支持者，不要让他们出现在阿夏芬堡。我不会让任何人进来，因为必须邀请的人已经太多了。我觉得有必要保密……肯定会有一番热闹。所以请不要出于虚荣心到处去炫耀此事，关于邀请的人请尽量低调。一定要推到我身上……就说这人特别顽固……没有里希特的邀请谁都不能来。”[25]

据报纸的报道，有超过140名听众旁听了28位作家的朗读。里希特注意到，为了保证四七社大会的质量，他必须要独自掌控局面。克劳斯·瓦根巴赫在会后不久就给里希特写信说：“你从阿夏芬堡回来时不怎么开心。”他说自己和恩岑斯贝格“分析了，为什么这一次不太好”。他认为最重要的原因是“感觉出版商、作者和评论家之间存在一些没有必要的顾虑。”[26]开始几年里那种理想状态已经彻

底地成为过去，当时是随时可以提出批评，根本不用考虑对事业和出版合同会造成什么样的影响。

里希特认识到下面这一点时心情也不甚愉快，他的老伙伴们瓦尔特·科尔本霍夫和阿德里安·莫里安那种传统的叙事方式在讨论中不受欢迎，反而是年轻的作家们非常活跃，而里希特并不欣赏他们的写法。赫尔穆特·海森比特尔不再是孤军奋战，迪特尔·韦勒斯霍夫、于尔根·贝克尔和路德维希·哈里希也在尝试试验性质的文章，其中语言成为主题。年轻一代作家在美学上的差异和自我营销的做法引起了截然相反的反响。彼得·吕姆科夫后来的回忆展现了这一发展趋势的典型特点，他也表达了对四七社的一些质疑： 246

> 我第一次参加这个论坛是在1960年11月，我朗读了一些经过精心挑选的颂歌和诗歌（谈到自己总是很难给出客观的评判）。我得到的友好的反响让我深受鼓舞，决定明年仍然要朗读诗歌作品，但是却遭遇了一大批吹毛求疵的老家伙，他们绝不让新人出头，他们喜欢的是格拉斯式的舍恩贝格棒棒糖，外面装饰着亮闪闪的铭文缎带。整天听到的都是经典噩梦。让格拉斯和他周围簇拥的那些无知的反对派死去吧，眼泪汪汪地站在一排新坟前面，让我感到一种幸福感，就像在参加一场集体葬礼，还有豪华的讣告。我又继续参加了很多次大会，但是对于评判标准的怀疑挥之不去。这种大会的优势在我看来十分明显，就在于能够让出版社的编辑飞快地知道作家们正在写什么，这并不是一种躲避批评和进行自我校准的过程，最终无疑会导致那种讨人喜欢的中不溜水平一再获得好评，而明显有些过分的写法会被淘汰。自从1961年之后我就没再在这个小组里朗读过作品了。[27]

赫尔穆特·海森比特尔在这个时期最喜欢的是爵士歌曲，歌词里提到的“新生事物”也是他所喜爱的，他在《德意志报》上撰文热情地赞扬了乌韦·约翰逊在阿夏芬堡的登场。约翰逊朗读了《一段描写的描写》，这篇文章后来变成了以民主德国自行车运动员泰沃·舒尔为主角的小说《关于阿希姆的第三本书》。“约翰逊成功地做到了将这个问题放入一种很有现实意义的关联之中，而且没有限定其开放性，这个问题在每一种散文文体中都有，也是关于叙事性虚构与省略法之间的两难困境。他以此展示出一种范例，如何将1960
247 年人们在这世界上的经历与写作结合起来。”[28]

海森比特尔写的这篇报道无疑是将手指伸进了四七社早已撕开的一个伤口：美学上的差异已无法弥合，这种差异也与代际有关。海森比特尔最后讽刺性地引用了一位评论家的话，他在听完最初的几个朗读作品之后，迷惑地，几乎是绝望地喊道：“我现在就等着这样开头的一篇文章，从前有一个男人，他叫爱德华。”海森比特尔认为这句话很有代表性，他又自负地补充道：“歌德没来，我这样说也许有些夸张或者是有失公平，来的是乌韦·约翰逊。评论界必须要自己调整。”[29]

# 第十二章
# 巨大的棺材，巨大的矮人
## 吉泽拉·埃斯纳和克劳斯·罗勒的故事

20世纪50年代末，德国文坛出现了一对神仙眷侣：吉泽拉·埃斯纳和克劳斯·罗勒。作家和评论家彼得·哈姆曾经回忆起阿夏芬堡的大会："吉泽拉·埃斯纳美得令人惊讶。晚上在一个小酒馆里，她穿着一条很短的皮裙子站在自动点唱机旁边，旁边是同样酷酷的克劳斯·罗勒。四七社里所有的男性成员，至少是绝大多数人的眼睛都盯着这个漂亮女人。这是我最强烈的印象：所有人都渴慕她。"[1]

不过此时被视为文坛未来之星的其实是克劳斯·罗勒。人们虽然也知道，吉泽拉·埃斯纳也写作，她和克劳斯·罗勒合作过一个合集，里面是一些滑稽的短篇小说，故事主角叫特里波尔，这本书已经出版，不过显而易见罗勒是主要作者。他已经参加过几次四七社的大会，第一次是1955年秋天在贝本豪森，1958年他的短篇小说集《黑夜的尊严》出版，好评如潮。沃尔夫冈·施威尔布罗克在《法兰克福汇报》上撰文写道："这里有一种断奏一般的对话，分布在最小的章节段落之中，一下一下地围绕着真相的核心，有种令人激动的感觉。在这种马赛克拼贴的布局里，一块块的小石头组成了符号、信息、通知，让人感到能够引起轰动。"[2]

克劳斯·罗勒在1958年差点儿获得了“四七社奖”——可惜就在这一届大会上君特·格拉斯朗读了《铁皮鼓》。罗勒成了第二名。
249 彼得·哈姆的回忆也已经暗示了他的私人生活。一开始吉泽拉·埃斯纳只是陪同他出席。不过1962年在柏林的大会上，她朗读了自己的长篇小说《巨大的矮人》中的段落，而他则退出了竞赛。克里斯蒂安·费贝尔在《世界报》上回忆起她登台的样子：“就像丢了王冠一样抑郁，像是石膏雕刻而成，像是一夜没睡。”[3]

对于她文学创作方面的能力，大家各执一词。知名评论家约阿希姆·凯泽写道：“那个极其有勇气的吉泽拉·埃斯纳引发了热烈争论。”[4]“自由柏林广播电台”用几个小时的时间播送了这次大会，挑选了一些朗读的作品，但是吉泽拉·埃斯纳并没有被选中。瓦尔特·赫勒雷尔在主持词中是这样介绍她的：“吉泽拉·埃斯纳给人一种红颜祸水的印象。各方批评第一次以严肃的态度交火。阿尔弗雷德·安德施认为，四七社又重新焕发了活力，其他人则认为吉泽拉·埃斯纳作品中的构思都是神话。但是又有相互矛盾的地方。故事吸引人之处更多的是主题，而不是结构。”[5]

克劳斯·罗勒和吉泽拉·埃斯纳，一个是前途光明的青年诗人，一个是美艳不可方物，这一对组合在几年的时间里曾引起无数关注。
250 然而，吉泽拉·埃斯纳1962年在四七社登台时两人已经分居，1963年初离婚。他们的爱情故事是阿登纳时期一个很有代表性的故事，同时也是四七社扮演角色的一个指标。

1954年11月，25岁的大学生克劳斯·罗勒在埃尔朗根的一个大学生舞会上认识了17岁的吉泽拉·埃斯纳。虽然当时她身边已经有一个男朋友，不过这并无妨碍。罗勒在第二天就给她写了一封信：“亲爱的埃斯纳小姐，请写信告诉我，在这个星期什么时间我可以去纽伦堡学校里接你，或者在别的什么地方见面。”1955年1月8日的晚上，在“女王酒吧”，两人之间就已经从尊称变成了朋友之间的昵称。3月两人一起去观看一场歌剧演出，之后在“羊毛头巾酒吧”一直待到后半夜。他叫了一辆出租车送她回家，不过出租车在离她家还有一段距离的地方停下了。他们第一次接吻。吉泽拉·埃斯纳的情书是这样写的：

> 纽伦堡，55年5月24日。亲爱的罐头盒，你是一个铁皮罐子，标签上面写着：最精致的扁豆，特别新鲜，不过对此你并不感兴趣。你肯定会感到奇怪，我居然给你写信，不过我要向你证明，我只要花费一些力气还是能写出一封信来的。可惜我现在没有信纸。我请求你心平气和地接受这个事实。当然你会想，又能指望一个铁皮罐子做什么呢，我忘记了你要给我打电话。我虽然忘记了你，可是还一直记得你的电话。2点45分的时候我说：可惜吉泽拉不在家，有目击证人可以为我证明。我在学校里刻苦学习了三个小时化学。圣灵降临节我们要出门。所以不要只是预祝天气不要下雨，你还是乖乖地和你父母一起去蒂罗尔吧。不过我请求你，回到纽伦堡时可别变成一个蒂罗尔的小伙子（穿着皮裤子，戴着羽毛和雪绒花饰物的帽子），否则的话 251
> 我恐怕有患上黄疸病的危险。不过我会在星期四2点再给你打电话。如果没有接到电话的话，那么我先预祝你在家里度过五个小时惬意的时光。你可以在圣灵降临节之后那一周的中午给我打电话。我会像一盒萨妮拉人造黄油一样一动不动地等你的电话，我跑去接电话的时候，会在写字台椅子上融化成软垫子上的一摊油。不过我会给你打电话的。我非常想念你破破的罐头盒嗓音。[6]

吉泽拉·埃斯纳的签名是“茜茜”，因为她说自己和当时大热的茜茜公主系列电影里的女主角罗密·施耐德长得有一些相像，所以会用这个名字来卖弄风情。约会时总是她父亲的司机开车送她去。她父亲曾经在经济上获得过巨大的成功，已经爬上了西门子一家工厂经理的位置。关于埃斯纳的家庭，克劳斯·罗勒在短篇小说《十八岁生日》里有过描写："霍普夫妇又出门了。他们不是去拜访客人，就是在家里招待客人。尤斯蒂娜和奇布斯、乌尔瑟斯去了她父母在地下室装修的酒吧。在一个曲线形的闪闪发光的吧台后面，他们坐在高高的吧椅上，天花板下面闪烁着昏暗的霓虹灯，房间的角落里摆满了木长椅和黑色的腰子形小桌子。在吧台对面的墙上，尤斯蒂娜钉了一张丝袜公司的宣传画，一个姑娘妩媚地晃动着线条优美的小腿，下面写着一行字：你腿上的丝袜，一定要是艾瓦牌的。"[7]

吉泽拉·埃斯纳的父母在自己的圈子里为这个漂亮女儿物色丈夫，不停地给她介绍企业家的儿子。而克劳斯·罗勒绝对不是这个目标群体里的人，他跟着父母刚从民主德国逃过来。对于吉泽拉·埃斯纳而言，他能提供的恰好是她一直在努力追求的知识分子般的存在。直到她成年之后，她才能按照自己的意愿嫁给他，在她21
252 岁这一年——按推算来说应该是在1958年5月。在吉泽拉（茜茜）写的信中，社会方面的阻碍和父母造成的困难出现得越来越多，1956年距离她成年还有两年时间，她曾写道："我心里很清楚，以后的两年也将和现在的情况差不多。只不过各种可能性会越来越小，我不得不像以前一样撒谎，只不过是在另外一个层面上，也没有别的办法。我们得说，你有一个固定职业，这样他们应该会满意的。"[8]

1957年7月，矛盾激化了。吉泽拉·埃斯纳本应该和父母一起在意大利度过暑假。她和哥哥提前几天出发去了一个宿营地，克劳斯·罗勒也去了。他写了一本旅行日记，这里用茜茜这个名字的首字母S来指代吉泽拉·埃斯纳，他的哥哥理查德用字母R来代替，有这么一段："讨论如何正确地煮意大利饺子。当我转过身时，父亲站在我身后。我先反应过来，说了一句：'你好，埃斯纳博士先生。'令人惊讶的是,我并没有像以往遇到这种情况一样心跳过速。他说到什么‘辜负了信任’和‘欺骗’,让我回避一下,他要单独和女儿说话。S请求他‘回头安安静静地谈这件事,因为事情已经发生了’。我尝试着参与讨论,但是笨嘴拙舌的。他没有让步。‘您还在等什么?’‘我随时听候您的吩咐。’我低着头走开了。身边的人都气呼呼地参与了争执。我为这位父亲觉得抱歉。他完全懵了。我一直很平静,其实是没有反应过来是怎么回事儿。我坐在我的帐篷前一个显眼的地方。之前穿上了长裤。S说,在我走后,父亲让R痛打她。R拒绝了。父亲愤怒地踢翻了装着意大利饺子的锅,去打S。她逃到帐篷里。R站在两人之间。过了一会儿,R来找我,说他父亲要和我谈话。他靠在一个斜坡上,告诉我,以后禁止我再和他女儿来往。‘您自己先努力成就一番事业吧,小伙子!’”[9] 253

从这以后,吉泽拉·埃斯纳和克劳斯·罗勒只能偷偷见面,一起动身离开。在博岑的领事馆,他们费了很大的周折才拿到了一本应急用的旅行护照。这次的逃跑从一开始就有很多白费劲的征兆,因为之后吉泽拉·埃斯纳还是得住在父母家里。但是战线已经很明显:她父母不接受罗勒这样的人成为未来的女婿。为了能够结婚,要在监护人法庭经历非常麻烦的交涉。这个步骤格外困难,因为吉泽拉的父亲控告罗勒诱拐了他的女儿。

关于克劳斯·罗勒是否能够养家糊口,这事听起来似乎是可以的,但其实大有疑问。克劳斯·罗勒从大学辍学,想成为一个自由职业的作家。看起来似乎充满了希望:他1955年就在四七社大会上朗读了作品,与君特·格拉斯和汉斯·马格努斯·恩岑斯贝格成为朋友,阿尔弗雷德·安德施在先锋杂志《文本与符号》上发表了他的短篇小说。他定期会得到广播电台的订单,特别是赫尔穆特·海森比特尔所在的南德广播电台,这家位于斯图加特的电台当时十分优秀。出版人克劳斯·皮珀尔在26岁的罗勒第一次在四七社登台之后就显示出对这位作家的兴趣，1955年10月28日他写信给他说："我是否能够请求您在出版这部长篇小说时首先考虑我们出版社？接下来几年我的主要出版目标就是在我们社推出年轻德国作家的作品。我的编辑们和我本人最感兴趣的任务就是与作家们密切合作。"[10]

这看起来似乎是为一位年轻的德语作家提供了最好的条件，四七社早在50年代中期就为此构建了一个良好基础。长篇小说是这种推介活动的绝对主角，但是罗勒一开始写的是短篇小说。在皮珀尔撰写的后序中，他也对此作出了反应："刚刚读完了《夜的尊
254 严》，我很喜欢。一篇情节紧凑、画面感强烈的散文，寓言的人文精神核心有说服力。"[11]

1958年，在罗勒出版的第一本书里，《夜的尊严》成为标题小说。很明显这篇小说是根据他和吉泽拉·埃斯纳的真实经历改写的，主题是社会矛盾和争执。在这篇小说中他将自己的处境进行了极端化处理：大学生苏丝，这个名字让人想到茜茜，只不过拼写方式改成了Y，"为了不显得小家子气"，她的情人叫尼古拉斯，是一个来自南美洲的黑人。她身边的人对此无法接受。最终苏丝放弃了，否认尼古拉斯的身份，而尼古拉斯就像看不见的幽灵一样，在黑暗中将身子沉入沙发椅，遁入了黑夜的颜色之中。

还有一篇名为《十八岁生日》的短篇小说也是根据罗勒和吉泽拉·埃斯纳的亲身经历改编的："下午尤斯蒂娜一般会帮忙做家务，她的家庭雇有佣人，她可以翻翻时装杂志，看看书，去游泳，和乌尔瑟斯打网球，那是在夏天，有时会有客人来访，霍普夫人的女朋友们，尤斯蒂娜会帮她们煮咖啡。"[12]

乌尔瑟斯、尤斯蒂娜和霍普一家，这些人物的原型很容易认出。吉泽拉的母亲格特鲁德·埃斯纳读了这本书，然后写信给罗勒，在信中她也尝试了一下文学伪装：

乌尔瑟斯和其他年轻人一样在这里住下来，对于西方是一种获利吗？绝对不是！乌尔瑟斯在这里面对的经济奇迹对他来说只能是奇迹。乌尔瑟斯不喜欢靠勤奋和真诚获得的好工作。

——可是如果一个人无法通过婚姻或者遗产获得财富的话，那他只能一直是个穷鬼，直到他死。

乌尔瑟斯不想作为一个穷鬼死去。现在乌尔瑟斯在寻找一个有钱的女孩。我们暂且叫她“弗洛蕾丝蒂娜”吧。弗洛蕾丝蒂娜的父亲是一位受人尊重的有钱人，他是凭借真诚的劳动获得了这些财富。乌尔瑟斯经常来，也喜欢来这个表现出经济奇迹的房子，在这个家里他觉得很舒服。如果是一个能干的女婿， 255
弗洛蕾丝蒂娜的父亲绝对不会反对——可是乌尔瑟斯是这样的人吗？

弗洛蕾丝蒂娜的父亲很快就发现，乌尔瑟斯会用一些充满嫉妒和幸灾乐祸的言论来掩饰自己的贫穷，而不是用一种年轻人乐观向上的态度和积极肯干来改善自己这种悲惨的状况。所以很有必要保护弗洛蕾丝蒂娜。父亲不假思索地揪住乌尔瑟斯的衣领，把他赶了出去。这一点让乌尔瑟斯一直耿耿于怀。

如果他现在将自己的恶毒和诽谤作为对现代文学的一份贡献（参见《十八岁生日》），如果一家又一家的文学杂志要被埋葬，因为几百万个正在死去的人想要阅读一些恶毒和诽谤以外的东西的话——

这到底是谁的错呢？弗洛蕾丝蒂娜的父亲？还是尤斯蒂娜的父亲？——或是霍普夫人？

格特鲁德·埃斯纳的这种做法是延续了一个悠久的传统，在面对破坏性的文学作品和过于批判性的文学作品时需要怀有一种“乐观主义”，那是“积极向上”的男人本来应该具有的一种精神。埃斯纳夫人想要享受生活，她宣称自己以前很辛苦地工作过。曼弗雷德·戴令于1958年11月29日在《世界报》上撰文评论了罗勒的短篇小说，即便这样也无法改变埃斯纳夫人的看法，他的评论很有预见性：“罗勒的短篇小说基调都很绝望，而恰恰是这些人应该从中感受一下，他们没有看到今天的年轻人作品中那些目光敏锐的东西，反而批评他们让人厌烦、没有创造性、总是失败。”[13]《法兰克福汇报》上有一篇文章是这样写的：“在几个方面需要克服，要经受得住万能综合征，它就像一个铅锤坠在年轻人的灵魂上，而这无非是以下真相的结果，例如面对单调和虚伪道德时的恶心，孤独感和被抛弃感，这些情绪都是在一个‘单调的世界’里家庭生活的空虚所引发的，穿过
256 ‘一个无味的良好愿望形成的温热水坑’和自助餐台，上面摆着经历了经济奇迹的父母那些流行的建议。”

格特鲁德·埃斯纳和她丈夫在意大利旅行回来之后就强迫他们的女儿与克劳斯·罗勒分开。两人很久都没有见过面。吉泽拉被送到了汉堡的亲戚家里。她写给克劳斯·罗勒的信件透露了一些她的心情和想法，也是她以后创作长篇小说《巨大的矮人》的动机：“你过得如何？好，坏，中等；你能过下去吗？你依然依然依然喜欢我吗？你那里今天天气怎样？你正坐在书桌前吗？你在做什么？你有很多钱吗？很多、很多钱，不——是更多。扔给他们很多钱，然后再把道德扔过去，让他们窒息。你要用理想将它们插满，然后扔进炉子里；它们肯定会流出浓稠的汁液。你1点去吃饭吗？午餐你爱吃吗？如果你不喜欢这封信，就把它揉成一团好了。你甚至都不用读它。直接扔到炉子里去好了。我能忍受你这样做。可是我觉得好难啊。但是他们不会罢手的。他们是在帮助我，让我对他们的反抗态度更加坚强。——你还喜欢我吗？真见鬼！我很喜欢你，很喜欢，很喜欢……他们以为这样做有用，真是笨蛋。这些地地道道的伪君子；这些肥胖的、迟钝的、讨厌的富人。这群可怜虫——到处都是这样的

人，而且人数一天天地还在增加。”[14]

在1964年出版的《巨大的矮人》中是这样写的：“从那些躲避的脑袋中间和他们的肩膀上望过去，在没有人的地方有一面镜子，里面能看到他们朝向对方的脸和半边脸。他们脸上挂着不自信的微笑，也许他们这样微笑地看着对方已经很久了。他们怯怯地微笑着，有些人嘴角在抽动，有些人是上唇或者下唇在抽动，有些人带着一丝不知所措，就好像他们自己也不知道，如何长时间地没有缘由地保持微笑。”[15]

在吉泽拉·埃斯纳被“流放”到汉堡期间，在这种绝望的困境
中，她觉得一切都是那么不确定，她收到了母亲的来信，1957年11月 257
13日的一封信是这样写的：“我亲爱的吉泽拉！你彻底误解了我们在电话里的谈话。你的每一封信都让我们欣喜。我们一如既往地担心你，但是你却完全不理解也不尊重，你爸爸从俄罗斯回到柏林那一天，我去接他，他首先问到的就是你：吉泽拉过得怎么样？她有正儿八经的房间吗？她健康吗？写信吗？她喜欢那里吗？她是不是在继续吃药？”[16]

吉泽拉·埃斯纳被打发到更远的维也纳上大学，给她的钱也非常少。她在维也纳期间经常陷入绝望情绪，发疯般地胡言乱语，还有自杀幻想。不过她也全心全意地投入了大学生的生活，在夜店里鬼混，寻求艳遇，所有的一切都是因为她和克劳斯·罗勒之间说不清道不明的关系，她对社会关系和个人境况的仇恨。她第一次离开父母生活，充分地体会堕落和松绑的自由，享受自己的魅力：“昨天我给自己买了一条特别棒的裤子。它太贵了，我不能告诉任何人，其实并不是买来的，我让人给我量身定做的：弹性织物加羊毛，很贴身，还要更紧身，几乎是白色，单色的——穿上后都蹲不下去。这样的裤子别人见都没见过。”有一天她轻松地写信给罗勒：“我要穿上华丽的衣服，是你还没有见过的衣服，和一个花花公子去剧院，我觉得他就是

我这一生的男人。”[17]

1958年5月2日就是截止日。这一天是吉泽拉·埃斯纳的21岁生日，也意味着她成年了，按照约定应该用一场婚礼作为高潮好好地庆祝一番——可是在维也纳的时光对两人之间的关系是一种更大的挑战，克劳斯·罗勒一年只来过几次。在此期间，他从埃尔朗根搬到了慕尼黑附近生活，他在1958年1月写信给父母说：“在埃尔朗根也曾有过一些日子，我什么都写不出来，但那都是些休息的时间，是每个人都会有的情绪不好的时候，是自己可以调整的。另外，在埃尔朗
258 根时我也没有空闲到规律写作的程度，总是要和吉泽拉见面，因此也没有顾及其他的压力，或者是我自己没有觉察到压力之类的。在这里我三年来第一次有了彻底的空闲，按说我应该能够很好地工作。可是不知道是哪里不对劲，熄灭了，我只能像挤牙膏一样写作。有时我会想我已经完了，我是一个失败的天才。”[18]

虽然罗勒的短篇小说到处都收获了赞誉之声，可是长篇小说才是不断的威胁和诱惑，只有凭借一部长篇小说才能让作家克劳斯·罗勒实现真正的突破，能够赢得更多的公众关注。这部长篇小说，还有同吉泽拉·埃斯纳之间扣人心弦的关系：这两条主线决定了罗勒一生中最为关键的几年时间。其中还有一个特别的主题也越发凸显，那就是避孕。在50年代还没有避孕药。在吉泽拉·埃斯纳写来的信里经常性地会出现这样的表达，说她很害怕，会“出事儿”。两人的通信中很早就提到过打针，是医生开的针，引来例假，以便证明她没有怀孕。更复杂一些的还有一种所谓的癞蛤蟆测试：将女病人的一滴血注射到一只雄性癞蛤蟆或者青蛙的淋巴结中，如果怀孕的话就会引起测试动物体内精液的荷尔蒙含量上升。

1958年春天出现了一次严肃的状况。她确实怀孕了。1959年1月21日，两人的儿子降生，取名奥斯卡，来自君特·格拉斯《铁皮鼓》里男主角的名字奥斯卡·马策莱特。克劳斯·罗勒早在1955年

就通过四七社认识了君特·格拉斯,两人私交甚好,格拉斯为埃斯纳和罗勒早年的合集《特里波尔:一个令人惊讶的男人的一生》(1956年在瓦尔特出版社出版)绘制了插图,不过在出版的书里并没有被采纳。两人分别都有外遇,再加上远隔两地,他们之前结婚的打算已经基本消失,不过因为吉泽拉怀孕,结婚又变得迫在眉睫。若干年之后,克劳斯·罗勒准备将吉泽拉·埃斯纳的信件用在一部长篇小说中,他在1958年4月16日吉泽拉来慕尼黑的那个日期旁边写 259
了一行备注:"那个孩子被造出来了。"不过事实也许并不是这样确定。这个儿子,奥斯卡·罗勒认为,他的父亲是吉泽拉·埃斯纳和克劳斯·罗勒通信中提到的"第二个男人",维也纳一个不正派的匈牙利人。

在这个时期,埃斯纳写给罗勒的信件中透露出一种对世界上的一切都很厌恶的情绪:"你就是我的老师,你告诉我,为什么就没办法避开那些令人讨厌的事情?为什么那些污秽之物一直堵在嗓子眼儿,鼻孔里也全是?简直连漱口都堵得慌。我冷静的斯普特尼克*,我不曾恨过你,我现在甚至都不知道我是否还爱你——我已经彻底忘记了。我想不起你的样子,我曾仔细观察过你的牙齿,没有答案。讨厌的是,你从来不曾丧失过理智——你做出了一个完美的榜样,可是有时这一点恰恰让我讨厌你。我已经死了,一切都过去了,甚至没有触碰到我就已经远离了,我只感到一丝虚弱的恶心——像贝克特描述的那样:既没有继续做下去的力气,也没有结束的勇气。"[19]

这个孩子让他们很快就结婚了。吉泽拉·埃斯纳的名字现在正式改为罗勒,她搬去和丈夫一起住在慕尼黑郊区的一个村子里。罗勒1959年8月在写给父母的一封信里提到了一场聚会,是在皮珀尔

---

* 苏联1957年发射的世界第一颗人造卫星的名称,俄语意为"旅伴"或"伴侣"。——译注

出版社的编辑赖因哈德·鲍姆加特家里举办的:"对于我们来说,进行长时间的交谈十分困难,我们俩平时生活在孤独中,似乎忘记了交际能力。吉泽拉穿着最漂亮的裙子,鹤立鸡群,大家都争着请她跳舞。"[20]

在短篇小说获得成功之后,罗勒正在加紧努力写一部长篇小说。他想出来了不少题目,已经远离了那些包含很多自传因素的短篇小说。罗勒和吉泽拉·埃斯纳都非常痴迷于卡夫卡的文学世界,两人共同的短篇散文集《特里波尔》里每一行几乎都能看到卡夫卡的影子。他的长篇小说草稿也是在创建一个卡夫卡式的世界模型,充满了荒诞的幻想和寓言式的情节。皮珀尔出版社对他寄予厚望。1958年在格罗斯霍尔茨劳特的聚会上,罗勒从刚动笔的草稿中挑选了一段朗读,1959年在艾尔默宫聚会上他不敢再冒险,介绍了另外一个中
260 篇小说。不过大家的反响平平,评论家称其为"索然无味的散文"。出版社让他尽力写出这部长篇小说的结尾,可是罗勒并不太能驾驭这种较大的结构。在经济方面颇为费心费力的出版商克劳斯·皮珀尔也变得越来越没有耐心。1960年春天他告诉了罗勒他在策略上的考虑。他建议作者考虑是否将代表性的作品先发表在杂志上,例如《年轮》。"我在考虑,我们是不是采用和四七社运行模式类似的方法,也许最有利的建议就是在您的长篇小说出版之前要绝对保密,不要泄露出去,不要之前就先让别人知道,一定要保证作品的影响。……另外,关于这几年四七社的年会,瓦尔特·延斯也同意我的看法,也许您不要朗读这部长篇小说比较好。他之前就有过类似的经历,朗读了新写的长篇小说往往得不到什么好结果。"[21]

这封信是5月份写的,但是四七社在秋天的大舞台此时就已经在影响很多计划。评论家约阿希姆·凯泽认为克劳斯·罗勒的情况很有代表性地说明了四七社在刚开始那几十年里的发展模式。在谈话中他回忆道:"轮到克劳斯·罗勒朗读了,我相当严厉地批评了他

的东西,其他人也是,当天晚上他的出版人克劳斯·皮珀尔就和他说,罗勒先生,这部长篇小说我们没法出版。您再重新找一家出版社吧。刚开始的时候大家说话就是这么直接,那时战争还没过去多久,人们心里还存留着那场灾难,人们知道:文学并不是这世界上最为重要的东西。可是十年,十二年之后,如果某个人在四七社失败了,那不仅意味着他在四七社里不受欢迎,而且还首先意味着声望上的极大损失以及金钱上的极大损失。”[22]

克劳斯·罗勒始终没有交出出版社以及公众都非常期待的那部伟大的长篇小说。他的编辑赖因哈德·鲍姆加特于1960年11月给他写了一封信,直接触碰到了那个伤口:“君特·格拉斯以一个荒诞艺术家的身份开始了他的故事,但是却用但泽为这部长篇小说打造了一个坚实的基础,他在这部长篇小说里转换身份成了现实主义作家。而您的经历恰恰相反,悖论的一点也许正是受到了君特·格拉斯的诱使。您自己抽走了脚下您的经历所铺成的稳固的地板,而恰恰是这一点才造成了您写的故事集那种独一无二的风格和说服力,您用这部长篇小说漂浮到了一个荒诞的、充满了象征意义的真空地带。……您属于和卡夫卡截然不同的那一个流派,我认为,完全从经验中抽离出来,然后构建和扩张一个寓言般的模型世界,这既违背您的任务又违背您的天赋。”[23] 261

克劳斯·瓦根巴赫在关于1959年艾尔默年会的报道中提到了罗勒的朗读,他知道自己在说什么,因此他的措辞也带着一丝痛苦:“对于年轻的作家们来说不应该再把卡夫卡当作创作的范本。”[24]一开始广受好评的作家克劳斯·罗勒的危机在1959年和1960年达到顶峰。虽然他还在1961年和1966年的四七社年会上朗读了长篇小说片段,但最终这些作品都未获出版,很快他就彻底改行去做别的事情了。他成了一名编辑,特别是服务于君特·格拉斯,并且以这种始料未及的方式逐步稳定下来,以这样的身份参与文学活动。60年代中期，他成为社会民主党“德国作家选举办事处”的主要组织者，君特·格拉斯和克劳斯·瓦根巴赫都属于他最为重要的朋友和生意伙伴，几乎可以说他已经克服了文学创伤。

而他青年时期最爱的女人，吉泽拉·埃斯纳则将其父母家里的故事转化为极大的创作力。汉斯·马格努斯·恩岑斯贝格在1961年出版的文集《预兆》里面第一次向公众介绍了她：“怪异的幽默女作家，在日常生活中显现出怪异的征兆。”长篇小说《巨大的矮人》在1964年获得了巨大的成功。开头的几句话就极具纲领性：“我父亲是个爱吃的人。他决不强迫自己。”事情是通过一个孩子的视角来描述的，小洛塔尔·莱恩莱，用一种不为所动的、自动仪器一般的
262 准确性触碰身边的环境，记录长辈的行为。这种视角制造出一种超现实的效果，在这些单独的观察之间没有解释或者逻辑关联。题目里隐藏了一个事实，克劳斯·罗勒曾经在他父亲加工花园小矮人的工厂干过一段时间，可能这件事激发了吉泽拉的创作灵感，不过“巨大的矮人”到底指什么，谜底很快就解开了：这些人物的姿态都是那种故意显得自己很重要，又很傲慢蛮横的样子，不过在面具背后，内心深处，他们都是贫乏的小矮人。

乔纳森·斯威夫特笔下那种荒诞的变形，新小说那种完全不带内心冲动的照相机式视角，让·保罗，还有欧仁·尤内斯库那种传统中癫狂的幽默：埃斯纳从一开始就不是在社会现实主义的轨道上游走。她在最初的几部作品中就已经发展出一种美学，与几年之后才登上文坛的埃尔弗里德·耶利内克有很多相同之处。1970年出版的长篇小说《触碰禁忌》带有“反色情”那种挑衅，与耶利内克1989年出版的《情欲》有异曲同工之妙。

可是吉泽拉·埃斯纳早年赢得的声誉很快就烟消云散了。原因不止是她以妖冶女子的形象登场，还与罗沃尔特出版社的广告风潮有关，出版社总是以她的女性魅力作为卖点，正如几十年后对于埃尔

弗里德·耶利内克的刻意包装。不过在60年代这种方法只是激起了相当多的别扭的反应，只能靠男人间的黄色笑话才能挽救。尤其是吉泽拉·埃斯纳在政治上的追求比较极端，拒绝融入68年那一代人的主流思潮。在当时的作家圈子里，成为社会主义者是极其适宜的，在沙龙里人们竞相发表激烈的左派演说，而吉泽拉·埃斯纳市民家庭的出身也完全符合惯常的标准。不过她在1977年做了一件事，可能是当时能做的最不酷的事了：她加入了德国共产党。这个以莫斯科路线为导向，由德意志民主共和国出资赞助的党，从本质上就和那些耀眼的、做出优美姿态的党派以及极端的党派不同。尤其是与
吉泽拉·埃斯纳以前那种个人魅力有很大区别：鬼火般忽闪的极乐 263
鸟的形象，黑发美女，有成群的男性仰慕者，写的都是荒谬的、极为讽刺的，充满了文字游戏的文章。

吉泽拉·埃斯纳在1970年前后也开始采用一种分析的姿态来撰写散文或者新闻稿件。在为《具体》杂志关于“偏袒”主题的小册子刊物发声时，她的写作天赋得以全面爆发：她提出了这样的问题，为什么让-保罗·萨特在向民众散发毛主席语录小册子时偏偏要穿一件中山装，为什么简·方达散发传单时不再将头发染成金色。埃斯纳认为“内容的美学化”很重要，而看起来“在资本主义社会里就连最无私的个体也无法拯救自己不被这种内容的美学化侵蚀”。所有这些与她同龄的积极左派沙龙分子都被她写进了宾客题词留念册：“吉拉德·奈瓦尔用牵狗绳牵着一只大龙虾在巴黎的林荫道上溜达，是为了那个时代的声誉，而今天则用牵着社会主义上街溜达来代替。”[25]

吉泽拉·埃斯纳骄傲地自称“列宁拥护者”，遭到很多人的抵制。她之所以会加入德国共产党，最明显的原因是因为她认识到，要少凭借外表的吸引力，多做“小公务员式的小事”。从本质上来说，她是不适合这个党的，但是她用越来越绝望的姿态来抗拒这一点。

她几乎是愤怒地拒绝在社会批判的洪流中畅游的机会和由此带来的媒体上的成功。最为典型的事件还有她在70年代对当时全国流行的女权主义进行清算，而对女性解放这个概念进行了学术上的和市民眼中的定义："女权主义领袖们提出的口号居然不是'同工同酬'，而只是'没有夏娃的肋骨就没有亚当'，这个现实再次证明，女性运动并不是社会底层的运动。"[26]

她那著名的发型，头上戴的宽大的帽子，看起来和她的列宁主义
264 具有同样的铠甲功能——也是一种个体心理学上的窘境，其根源估计还是在于她对自己来历的思索。她也近乎狂热地写文章批评那种对切·格瓦拉自以为是的神圣化。随着1989年德国统一以及东欧剧变，她的失望越来越强烈——她也愈发贫困，不得不住进精神病院接受治疗，1992年在那里自杀身亡。

克劳斯·罗勒于2000年去世，他也是成名太早，之后经历了很多的失望。早在1957年9月20日，当时还只有20岁的吉泽拉·埃斯纳怀着强烈的、不被家人接受的爱情，写信给克劳斯·罗勒："今天夜里我梦见你了。是那种月夜里的风景，到处被白雪覆盖——你我之间隔着很多道篱笆，我好不容易走到你面前时，飞来了很多很多的黄蜂——你想象一下：雪中的黄蜂——它们蜇遍了我们全身。"[27]

# 第十三章
# “他谈到你的时候就像在说一种新的疾病。”
## 文学评论的胜利

最晚到50年代末期可以观察到一种在四七社初期无法想象的现象：一小组职业评论家主导了讨论，他们反倒成了真正意义上的明星。这完全是一个自发的过程，绝对不是汉斯·维尔纳·里希特刻意如此。当然从一开始，作家当中也有一些人在写散文和文评，例如瓦尔特·马里亚·古根海默、弗里德里希·明森、瓦尔特·曼岑或者瓦尔特·海斯特。但是他们并没有形成自己的派别，他们的表现更像是团结的盟友。汉斯·维尔纳·里希特从一开始就将文学批评看作是一种关键性的力量，具有根本性的社会意义，无论是对于民主的教育，还是对于形成一种新的文学都是如此。后来里希特曾经在一个电视专题节目中回忆起此事：“我们并不是志愿者机构。我们想让德国文学、德国战后文学重现生机。我们希望它能在世界上占有一席之地。为此我们需要激烈的文学批评，他们一定不能有所顾忌，绝对不可以。”[1]

瓦尔特·延斯和瓦尔特·赫勒雷尔很早就已经加入了四七社，而且很快成为主要的评论家，不过一开始他们的身份还首先是创作型作家。在最初的几年时间里，延斯因其修辞上的精雕细琢和颇具传统风范的散文作品（《不：被告人的世界》）获得成功，1952年仅两

266 票之差与“四七社奖”失之交臂。最终他的学术道路却成为作家这个身份的绊脚石，他的文学作品在形式和语言上也受到了大学世界的很大影响。在他之后出现的瓦尔特·赫勒雷尔和约阿希姆·凯泽代表了另外一种风格，两人在之后的岁月里每个人都发展出各自日趋成熟的写作风格。

瓦尔特·赫勒雷尔凭借其1952年发表的诗集《另外那位客人》跻身于最为重要的青年诗人之列，不过他同时活跃于多个领域，很早就成为大学讲师，他作为《强调》杂志出版人的身份尤为突出。他在讨论中发言的时候并不太像一个文学评论人，而更像是一位以前从事手工业的同事，他试着从内部读懂一篇文章，极少发表明确的评论。第一位以纯粹的评论家身份，而不是以作家身份参与其中的是约阿希姆·凯泽。他完全称得上是一位“职业评论家”。不过从外部看来，直到1958年马塞尔·赖希-拉尼茨基以及1959年汉斯·迈尔加入之后，评论家团队才算是真正意义上完整了。两人代表着一种截然不同的论战风格，不过正是借由这一点才让文学评论家作为一个团结的整体被大家感知到。从这时开始，四七社对于评论家而言成为一个理想的场所，帮助他们在文学市场上找到一席之地，而且也越来越有意识地寻求获得一种市场价值。公众的态度褒贬不一。这种发展是和君特·格拉斯的《铁皮鼓》以及四七社的成功平行出现的——两者之间的关系是相辅相成的。

自50年代末以来评论家们达成共识的只是这一点：他们以评论家身份登台，他们很重要。但是涉及他们对自己角色的理解，则差别巨大。随着第一排“评论家长椅”地位逐渐稳固，四七社在实践中整合了各种形式的文学评论：平民论者、校长和文学散文家平分秋色。
267 汉斯·维尔纳·里希特对这种发展状况多多少少地感到惊讶。他本能地意识到，只有满足这些评论家的愿望，他才能得到作为四七社秘密权力中心的这种威望。在作家朗读作品之后和开始讨论之前——

除了少数几句表达感情的话之外，差不多在50年代中期是这样——他说的唯一作为仪式性转折的一句话就是：“好，我们开始评论吧！”

最晚到50年代末期，在四七社的大会上，这种局面已经基本形成，在朗读之后，坐在第一排的这些主角们，这些重要的评论家，就会按照顺序开始发言，点评那些最精彩的地方、致命的错误，发表他们的想法。马丁·瓦尔泽1962年在一篇题为《致一位年轻作者的信》的报纸文章中，曾经描写过这些先生们，这篇报道属于他一生中写过的不起眼的文章之列，几乎不值一提，但恰恰是他写过的最好的文章。[2]他善意地提醒这位虚构的年轻作者，如果他获得了渴望已久的邀请信，在四七社里朗读了自己的文章，之后他将会遭遇什么：“赫勒雷尔首先有力地挥舞着他的小手。他会把你读的东西灵巧地切开，切成薄片，就像是为显微镜准备的，把每一句话都大卸八块，他会说，这对你而言就是典型的句子。因为你是一位非常年轻的作家，而他是一位伟大的细菌培养者，他说起你的时候很小心。你感觉到，他谈到你的时候就像在说一种新的疾病。他说起你就像说某种新的细菌品种，只要你想，他就可以从你的天资中培养出这种细菌。你得有这个心理准备，他会小声抱怨。他的这种抱怨会伤害你，尽管他并不是针对你。这是一种持续的暗示，暗示着他本来想说的那些话。我们当中没人知道他要说什么。”

关于赫勒雷尔的这一段传神描述，与之不相上下的只有广播节目片段，是从60年初期开始偶尔在四七社年会上录制的。1964年在瑞典小镇锡格蒂纳举行的年会上，关于赖因哈德·莱陶的朗读，赫勒雷尔讨论发言时的文字记录是这样的：“这不仅仅是突然之间的来回 268 转换，而是在尝试物品的各种可描述性，同时也在尝试物品状态以及人的可描述性。这样做的目标就是实现一种可比较性。只是从外部的环境去描写这栋房子和房子的主人。中间总归有些什么东西可写。在客人和房子之间站着男主人，然后是女管家，周围肯定有些什么。只有这样才能实现可描述性。”

瓦尔泽在他那篇文章里不需要引用别人的话，他继续写道：“最后，赫勒雷尔总算是说了几句实际一些的话，在你典型的句子上插满了小旗子，在旗子上写上一些难以捉摸的专家客套话。然后他就把你读的东西和这些小旗子都扔在空中，不过你不用害怕：瓦尔特·延斯会接住它们，把你读的东西和赫勒雷尔的小旗子都用剪刀剪碎。你完全可以把他想象成龙虾。延斯会举着剪刀把你读的东西和赫勒雷尔额外加上的东西剪碎，不让它们碰到他的身体。你别指
269 望他的话和赫勒雷尔之前说的恰恰相反。毫无疑问他会将赫勒雷尔的某些小旗子插在另外的地方，不过首先他会将你读的东西一再地抛向空中，然后又自己接住，为了要看一看，这东西有多重，它还能撑多久。”

赖因哈德·莱陶在锡格蒂纳朗读作品之后，瓦尔特·延斯紧挨着赫勒雷尔发言说：“我觉得自己理解了这篇文章，而瓦尔特·赫勒雷尔的发言我完全没听明白。遇到这么难的文章，评论家首先不是提出批评，而是要进行解读，给出分析，第一要先弄懂。我明白了这一点。但是我觉得这样做可能会简单一些。我们要看到熟悉的莱陶元素。就是那些不言而喻的东西，是那些好玩的发牢骚的部分，是那些抽动的肌肉，是所有……”

马丁·瓦尔泽在下面这一段文字里描写了更加紧张的气氛：“让我们想象一下，延斯收拢了他的剪刀，延斯发言之后的寂静果然如期而至，现在该怎么办？本来应该轮到约阿希姆·凯泽发言。字母排序表知道这一点，大厅知道，他自己当然也知道。汉斯·维尔纳·里希特是这样说的。凯泽十分熟悉延斯的结束语，及时地将脑袋调整到侧偏位置：每个朝着他的人都能看到，他正在无辜地凝视你朗读的东西。他说这东西挺漂亮，他就是这么说的，因为他知道，所有人都知道，他说出一个词的时候言下之意是什么。他还会继续用无辜

的眼神凝视一会儿你朗读的东西，很明显他觉得自己有必要去解释一下到底是哪里漂亮。当他提及之前发言的人使用的批评工具时，会带着一种害怕，就像是第一次谈到被强奸的女人们。”

事实上约阿希姆·凯泽是这样对莱陶说的：“在一开始必须得说，也许我们有太多的时候都闭口不提，我们用一种什么样的标准在处理这些文章，是用什么样的标准在衡量。这一篇我觉得是一流的，是伟大的高水平的文学作品。所以说，有一点我要反驳赫勒雷尔的话，不然也称不上是讨论了。有时我觉得这些描写出来的画面比实际发生的事情还要好，人物形象比话语好。我感觉，这种嘲讽并不能
驾驭文章的形式和力量。我想列举几个例子来说明……” 270

对于马丁·瓦尔泽来说，最难跳的舞步还在前面。“你朗读的东西，被赫勒雷尔插上了小旗子，被延斯贴上了大大的标签，称了重量，被凯泽吸进去又吐出来，披露出隐私，现在该轮到马塞尔·赖希–拉尼茨基发言，他迅速站起身来，准备开始和你理论一番。因为他比之前几位发言人语速都快，所以他能够在稍微超出可承受的发言长度内，将前面几位对你的做法再重复一遍，还能再加上自己的东西。赫勒雷尔的语言病菌学、延斯的措施和安置，还有凯泽的尝试，在他的镜室里伤害你描写的画面，赖希–拉尼茨基除了重复和纠正之外，还评论了你朗读的东西对于世界的用处及其正派性。如果他不在场的话，这些重要的观点就会无人提及，一想到这一点，他的语速就变得更快了。”

这可真是让人惊讶，瓦尔泽这么早就已经总结出了赖希–拉尼茨
基的特点：关注到“你朗读的东西对于世界的用处及其正派性”，这 271
条标准将赖希–拉尼茨基同其他同僚区别开来，对于四七社所处的时代，有一点要格外说明一下，那就是赖希–拉尼茨基并没有引起很多人的关注，在公众反响中，他也不如那些能够精辟论证的对手那样耀眼。他从一开始就没有这样的雄心壮志，要在理论水平上追赶赫勒

雷尔、延斯、凯泽或者迈尔。他雄辩的技巧不怎么用在学术讨论上，而更多地用在话剧舞台上，或者是在老友聚会上。1962年在柏林他终于找到一个机会，能够表达自己的原则："我认为，完全没有任何娱乐意义的散文是不称职的。我反对赫勒雷尔说过的一句话，那些没有什么影响力的职位可能更为有趣。真的，我们俩在这一点上意见相左：散文和文学必须发挥影响！如果有什么东西很有影响力，那肯定不是坏东西！"

直到几十年之后，赖希-拉尼茨基凭借充满幽默的格言警句达到
272 了其影响力的高峰。不过对于1962年的四七社来说，他的表现很明显还为时过早。这个时期最令人害怕的评论家是汉斯·迈尔，他是德意志民主共和国莱比锡大学的教授，每次为了让他来参加四七社的年会都费尽周折。迈尔是一位很有天赋的即兴演说家，他总是能在朗读一篇文学作品之后有很多有创意的想法，而且还极具个人特点。所以马丁·瓦尔泽完全有理由在文章中让他最后一个出场："现在我希望，为了你好，也为了我们大家好，汉斯·迈尔能替我们想想。这时你会发现，其实马塞尔·赖希-拉尼茨基的语速还算慢的。还有一点要修正：如果你的朗读让赖希-拉尼茨基回忆起了一些他之前就已经知道的事情，那么在迈尔这里你会留有这样的印象，你给他帮了一个忙，因为你恰好证实了所有他已经知道的事情。"

1964年在瑞典的锡格蒂纳，在赖因哈德·莱陶朗读之后的讨论中，汉斯·迈尔又是最后一个发言，他说："首先为了与延斯的发言有所区别，我要说的是，其实我很明白赫勒雷尔是什么意思，其实这篇文章本身比赫勒雷尔的解读给我带来更多的困扰。赫勒雷尔说：从这种叙事原则的表达方式推导出的最为明显的问题就是确定一个具体的叙事者。那么现在我必须得说，在倾听这篇文章时我的确完成了最令人惊讶的进化。每一刻我都在问自己：究竟是谁在讲述？"

汉斯·维尔纳·里希特，四七社的精神领袖，有很长一段时间都

没有意识到他到底召集了一些什么人物。在1960年之后他又尝试了几次，想把会议组织得像以前一样：不要那么多围观的人，不要那么多的记者和出版人，他也曾敷衍地尝试限制那些评论家的角色。但是已经无法奏效。只有越来越少的作家们还会参与讨论。他们比以前谨慎，毕竟事关前途啊。只有君特·格拉斯还是那么显眼。他一直到最后都非常严肃地看待四七社独有的“工作坊”这一特性。格拉斯十分感谢汉斯·维尔纳·里希特和四七社的这种模式，他经 273
常会发言阐释一些手工技巧方面的观点。他当然有资格这样做。

1960年情况已经十分明确：四七社已经成为一个文学公众活动。在四七社年会上可以谈论文学，谈论周边的一切，还有八卦故事和阴谋诡计，在文学公众活动中没有与之匹敌的机构，也没有其他这类重要活动。参加四七社的年会是保持对话的先决条件，而在这种环境中自然而然地产生了一个结果：评论家成为一种机构，他们的影响力甚至波及到街头巷尾。

为了解释四七社所产生的这种吸引力，让评论家成为中心，有必要给出一个与历史背景有关的解释。因为“评论家”的类型和权威性在某些方面是德国独有的一种现象。与英国或者法国相反，德国从来没有一个占据绝对优势的首都，可以让文学界的大腕儿们在几平方米的地方不断地碰面。从启蒙时代起，作家、出版人和记者就相对孤立地生活在各自的偏僻小城里，只有费尽周折地与报纸和杂志通信才能产生某种联系，还是采用最为复杂的书面形式。在其他国家，通常情况下肯定是在咖啡桌上简短地交流几句就好。而德国的评论家总是闭门造车，在极大的困境中写成一篇文章。

在德国产生了杰出的文学批评，也反映出其独特的条件。在这条独一无二的战线上，创始人是弗里德里希·施莱格尔，他针对歌德的《威廉·麦斯特》撰写的散文就已经展示出了评论的可能性。这篇文学评论为以后的文章定出了标准：“这本独一无二的新书，人们

只能学着从自身经历中去理解，按照一种由习惯和信仰，由偶然的经
274 历和专横的要求构成和产生的类型概念去评判：就好像一个孩子用手去抓月亮和星星，还想装进他的小盒子里一样。”[3]

从一开始就有各种不同形式的文学评论：弗里德里希·施莱格尔式的文学评论是平视谈论对象，产生一种有特点的美学上的震颤。另外还同时存在至少两种其他的流派类型。一种是以流行文学为对象的变种。这种文学批评类型在精神生活中有很长一段时间被认为是不全面的，直到20世纪晚期，伴随着流行一时的听众分析和读者分析才变得重要起来。另外还有一种学术型的游戏方式：它将主观性隐藏在一种宣称客观的早已知晓中。19世纪的大学教授们将文学的迅猛风潮拉低到了他们的水平上。这种类型的评论早已被忘记，可是那种姿态仍然保持到今天。健康的人类理智往往让位于一种文学的自我活力，在这一点上，流行性的文学评论，如果它没有完全改变的话，和学术性的文学评论是相同的。

像阿尔弗雷德·克尔或者瓦尔特·本雅明这样的评论家在20世纪仍然延续了弗里德里希·施莱格尔的路线，他们这大学讲师不是白当的。本雅明最为有名的作品是关于同时代的作家如卡夫卡和普鲁斯特的散文。1929年他是这样描写普鲁斯特的：“诚如常言说，一切伟大的文学作品都创建或者瓦解了某种文体，也就是说，它们都是特例。但在那些特例中，这一部是最深不可测的作品。它的一切都超越了常规。从结构上看，它既是小说又是自传又是评论。在语法上，它的句子绵延不绝，好似一条语言的尼罗河，它泛滥着，灌溉着真理的国土。”紧接着他又用诗意的词语赞美读者的幸福：“上个世纪在格列诺布尔有家旅馆名叫‘逝去的时光’，不过我不知道它现在是否还存在。在普鲁斯特的世界里，我们也像客人一样穿过大门。在我们头上，悬挂着的招牌在风中摇曳；在门后，等待我们的是永恒与狂喜。”[4]

这种奢侈的评论方式，对作品的身临其境，当然只有在书面形式中才存在。与此相反，四七社开启了评论家工作的崭新方式：这种 275
评论是以口头方式进行的。它的权威性以雄辩的口才为基础，因此也符合刚刚开始发展的媒体法则。评论家古老的姿态在四七社里顺应了时代的要求。在这一方面，马塞尔·赖希–拉尼茨基的确扮演了一个特殊角色。与那些颇具学者风范的同行相反，他属于这种新型的、适应流行潮流的评论家类型，而这一流派刚刚开始出现。不过在四七社里，赖希–拉尼茨基只是偶尔展示他的才华，他的同伴和对手们在口才方面差别不大，他们主要讨论的内容是社会政治和美学理论，因此更符合那个时代的要求。1963年在法兰克福举行了奥斯威辛审判，在这个背景下，社会呼吁一个与阿登纳时期那种复辟氛围对抗的知识分子反对派，因此也致力于推动受上层社会影响的、具有启蒙意义的讨论。赖希–拉尼茨基对这一切都不太感兴趣。他从 276
一开始就是一位电视评论家，尽管那时电视还未参与进来。在四七社的年会上，他的发言中引人注意之处是追求出人意料的高潮和十分明确的效果。因此他也很快树敌无数，不仅仅是因为内容上的倾向——用一些民族原创和贴近现实的标准去衡量他在波兰时追随的具有社会主义特点的现实主义，现在则是用此标准去衡量资本主义。其实主要是因为他那种很具攻击性的批评态度。当时为了达到一种气氛，通常会追求小组内的一致意见，而他显得格格不入。大家都认为赖希–拉尼茨基自我表演欲望过强，自私自利。

在很短的时间里，德国公众对赖希–拉尼茨基的印象也在发生变化，这一点很有趣。他是一位波兰犹太人，在柏林长大，30年代末为躲避纳粹迫害又逃回波兰。在华沙的犹太人隔离区度过了一段困难时期之后，他在社会主义国家波兰很快成为一位评论家。汉斯·维尔纳·里希特从50年代中期就开始尝试扩大与波兰之间的人际交往圈子，结果就结识了赖希–拉尼茨基，于是邀请他参加1958年的年会。1958年7月，这位评论家用访问签证入境，他决定来联邦德国闯出一片天地。通过四七社同事们和作家们的介绍，他很快就在不同的媒体单位得到了工作。汉斯·维尔纳·里希特在1959年9月4日的一封信中流露的语气十分具有代表性：“我惊讶地得知，您已经成为德国公民。请允许我表达对此事的喜悦之情。您知道为什么吗？因为这里您这样的人实在太少，这个国家和人民急需您这样的人。”[5]在这个时期，里希特将身为犹太人和波兰人的赖希-拉尼茨基视为能够拓展德国视野的重要人物。

赖希-拉尼茨基以令人惊讶的速度登上德国的各种报纸的文艺副刊，而里希特对他的看法也改变得同样迅速。1960年11月，赖希-拉尼茨基在《世界报》上撰文报道在阿夏芬堡举行的年会。当时通
277 行的做法就是，年会的参加者之后也会“正式”报道，不属于四七社成员的观察者不允许这样做。总之，里希特就此事写信给《时代周刊》的鲁道夫·瓦尔特·莱昂哈特，他简明扼要地写道：“拉尼茨基又写了很多的蠢话。上帝请帮助他。”[6]

在这一年的时间里发生了很多事情，要想解释清楚恐怕先要看看赖希-拉尼茨基在年会上的表现。1961年8月23日，仅限四七社“核心”成员参加的年会即将在吕讷堡附近的戈尔德狩猎行宫举行，在筹备过程中里希特写信给弗里茨·J.拉达茨：“为了照顾大多数人的心愿我也许不会邀请拉尼茨基。”[7]1961年9月24日在写给犹太人朋友沃尔夫冈·希尔德斯海姆的信里，他表达得更加明显：“拉尼茨基让我觉得很为难。我该把他怎么样呢？我不再喜欢他了。他是一群朋友里的死穴……或者说是一只叫个不停的瞎眼母鸡……下的都是软壳蛋。”[8]希尔德斯海姆的回信很简短：“别让拉尼茨基参加。”[9]虽然没有档案记录，但是从现存的信件中看，君特·艾希和伊尔莎·艾兴格尔这两位十分重要的著名作家也表达了对赖希-拉尼茨基的不满，他们说在这样的条件下没有兴趣参加年会。

一向很有谋略的里希特倒是犹豫不决起来。他在1961年9月26日给西格弗里德·伦茨写了一封详细的信请他出主意，因为伦茨与赖希-拉尼茨基的关系非同一般。在信中他描写了自己的一些想法，不过却假称是其他权威人士的意见：“在四七社内部已经形成了一个强大的反对党来针对拉尼茨基。主要成员是艾希、艾兴格尔和希尔德斯海姆，不过现在也有一些人又加入其中……我该怎么办呢？如果我继续邀请拉尼茨基的话，他们都拒绝参加四七社的年会。给出的理由是：文学批评变得过于学术化、过于正式，在四七社内部已经成了气候，并不是为作者服务，而是伤害作者。那些职业评论家们说的话，在报纸上一样能够读到，而这样一来就偏离了四七社的初衷，他们想要的是作家们之间的评论性对话。这种专业评论引起 278
了反感，再说了，这些专业评论家是否配得上这种特权也很令人生疑。这样做不会产生友谊，只会破坏友谊，而且四七社里那种良好的沟通氛围已经消失不见，尽管它曾经在战后那几年起到了巨大的作用。大家都说拉尼茨基就是那个干扰的死穴。他缺乏对友谊的感觉，他的虚荣心，他对于统治路线的适应，他对战后文学发展做出的堕落行为，慢慢地让人无法忍受。看看报纸上的评论就足够了。大家不想看到他出现在四七社里。拉尼茨基完全不属于这个团体，和汉斯·迈尔一样。恩岑斯贝格、凯泽和其他人也是这种看法。我该怎么办呢？如果我继续邀请拉尼茨基，那么这个组织就可能四分五裂。当然我还可以顽固地抵抗这些反对派，让他再待一段时间，可是我对拉尼茨基的感觉也不是特别友好。虽然我觉得他‘光头’里的想法很有趣，可是我在去年读到了太多真心不喜欢的文章，可惜在天主教报纸上也有。四七社现在也是一个政治上比较活跃的团体，在这方面有一个统一性。拉尼茨基从来没有意识到这一点。这是他的错误。在未来的时间我关心的是如何维系这种统一性，格拉斯说得对，他说：‘现在四七社必须要极其抗打击才行。’如果只是我一个人这么想，那么我还能再忍受拉尼茨基一段时间。我们在四七社成立后的15年时间里曾遇到过更糟糕更危险的人。可是我们毕竟不是生活在1953年或者1954年了，反对派大多数来自保守的一方，态度严肃且恶劣。好人是怎么摆平这件事的呢？”[10]

里希特提到的那些人在文学方面的考虑和里希特感兴趣的政治论点有所交叉：柏林墙建起来后不久，社会民主及其完美的代表人物维利·勃兰特是他眼中的焦点，在君特·格拉斯的影响下，各种
279 关系都更加深入。让里希特困扰的一点就是赖希–拉尼茨基将四七社完全看作是他表达自己市场战略观点的论坛，而对里希特所说的“团队精神”有错误的认识。这里还不仅仅是关于赖希–拉尼茨基：1959年在艾尔默宫，特别是1960年在阿夏芬堡举行的年会已经成为文学上的重大活动，这让里希特觉得是一个问题。他希望借助于一个几乎是绝望的举动来一下子改变前进的方向：戈尔德年会之前的邀请政策极为克制，还出现了个别的口舌之恶，就连老成员也不可避免(萨碧娜·科法拉出版里希特信件时曾记录了瓦尔特·马里亚·古根海默和沃尔夫冈·贝希勒尔的事情)。对里希特而言，在四七社内部的“评论”从一开始就是最为重要的一个元素。而如今让他觉得不能承受的，以及他没有预料到的是“专业评论”：这个词指的是会导致四七社解散的市场机制，而这一点恰恰又是他一直十分推崇的。

10月5日，里希特接到一封来自君特·艾希的信，让他茅塞顿开，这封信的效果是他想达到而无法事先预料的：“亲爱的汉斯，有人对我说，如果不邀请赖希–拉尼茨基参加四七社的年会，将会是一场人类的灾难。我觉得也是这样，所以我请求你邀请赖希–拉尼茨基。还有人告诉我们，我们俩，伊尔莎和我，是导致你不邀请赖希–拉尼茨基的决定性因素。希望不是这样。如果真有这么大的影响力倒是让我们自己感到挺害怕。”[11]

就在当天，里希特写信给希尔德斯海姆：“拉尼茨基让我非常担心。因为年会地点离汉堡很近，如果不请他，看起来就是故意冷落他，那么会引发无数的谣言，而且在职业上对他也将是一个打击。另外还有家庭方面的原因……一切都让人极为伤心。因此来自汉堡的作家们（西格弗里德·伦茨、费贝尔等）都在替他说话，至少让他再来参加一次戈尔德的年会。我今天晚上去汉堡，会和拉尼茨基谈一谈。也许在这样的情况下我至少要让他作为听众出席……也许这会 280
让他好受些……他必须保持沉默。在这一点上就让我自由决定吧。我心太软了……实在不忍心将某些人的自高自大和虚荣心碾成尘土。更何况还会毁灭一个人的事业前途？我能这样做吗？我们走着看吧。如果我在这种强烈的感觉中变得软弱，请关照并谅解。”[12]

其实里希特已经变得软弱了，他对赖希–拉尼茨基的敌人希尔德斯海姆刻意隐瞒了一件事，那就是他当天就给赖希–拉尼茨基写信说道：“这里是参加四七社年会的邀请……这一次其实是一个内部的会议。人数众多的大会和专业评论，这两样都必须消除。我们想要转回到作家评论这种模式，就像以前一样。这种评论方式尽管有些笨拙，但是却深受喜爱，而且更为准确。大家普遍希望能够‘后退一步’。我认为，您一定能够理解大家的这个愿望。这个小组在一起已经很久了，最近大家都希望能够延续传统……在政治方面也是如此。过几天我要去汉堡，到时候我们可以面谈。”[13]

“就像以前一样”——汉斯·维尔纳·里希特真的相信这句话吗？按照当时的报道，在戈尔德举行的这次仅限内部人员参加，没有出现新面孔的年会十分无聊。下一次的年会应该是1962年在柏林举行的，这一次里希特邀请了很多年轻的、默默无闻的作家。另外，自由柏林广播电台也正式录制了小组讨论，并公布了其中的一些段落。四七社召唤的那些神怪，现在的确已经出现，而且也不会消失了。

281 第十四章

# 从真实的袖子里钻出来

## 西柏林作为德国文学之都

20世纪60年代初期，西柏林突然成了德语文学之都。没有人知道这是怎么回事，但是几乎所有重要的当代作家都突然搬到了这个国土之外的地方，住在了柏林墙的背风面，例如君特·格拉斯、英格博格·巴赫曼、乌韦·约翰逊、马克斯·弗里施、汉斯·马格努斯·恩岑斯贝格。这一点特别引人注意，因为恰恰在同一时期，很多企业家和在经济界十分活跃的圈子纷纷离开了柏林。现在柏林似乎开启了一个新的空间，一个为新项目提供机会的试验场。文学很快就填补了真空。起决定作用的因素是1959年底，四七社最重要的代表人物之一的瓦尔特·赫勒雷尔被聘为柏林科技大学文学专业的教授。

赫勒雷尔可谓占尽了天时地利人和。他立即就开始利用修建柏林墙之后西柏林引人注目的地位所带来的各种机会。他很快构建起一个由各种机构、学生和文化政治关系构成的看不透的网络，不过也因为他那种难以描述的，但是却又很明显的垄断地位遭到了很多言语攻击。他刚刚作为教授赴任，就将年轻的当代文学带到了西柏林，在此之前两者几乎没有任何瓜葛。首先是四七社里的作家们。早在1959至1960年的冬季学期他就在科技大学组织了一次朗读系列活

动，主题叫“科技时代的文学”。 282

伊尔莎·艾兴格尔和君特·艾希在这次活动中打头阵。君特·格拉斯吸引了大量观众，这种形式在柏林打破常规，极具创新性，颇有蓄势待发的架势，而《法兰克福汇报》在乌韦·约翰逊和汉斯·马格努斯·恩岑斯贝格的朗读会之后发文总结道：“在德国的大学里，坐得满满当当的礼堂并不是什么稀奇事儿。但令人惊讶的是这种拥挤是为了一种纯艺术活动，是课程安排之外的，完全自愿的，而且参加者并不局限于大学生。有五个星期，每到星期一的晚上，在活动开始半小时之前，柏林科技大学最大的礼堂里就已经挤满了人，每个座位上都有人，过道里塞满了人，就连讲台上也坐满了人，大学生里主要有柏林自由大学学习日耳曼文学的学生，还有应用技术大学的学生，还有一些来自东柏林，拥挤的人群中还有教授，一些柏林文化圈子里的名人，当然也有很多柏林的上流社会人士，所有人都来了，就为了能聆听当代的作家朗读自己的作品。”[1]

一年之后，赫勒雷尔再次举办这个系列活动，由汉斯·埃里希·诺萨克和沃尔夫冈·希尔德斯海姆开始。《德意志报》强调了一种崭新的社会事件这一特征：“柏林科技大学的3010阶梯教室从11月中旬至圣诞节期间成了一个巨大的文学‘沙龙’。其中既有穿黑丝袜的女大学生，又有老先生们，留着齐刘海发型的年轻人和上层社会的淑女们挤在一起，开场是爵士乐，显示出主题的宽泛性和报告人的吸引力。”[2]

西柏林人很明显生活在文化荒漠中，极为渴望能够触摸到新的时代脉搏。第一批概述性文章现在也已经到达了边远的城市。E.G.舍费尔为很多联邦德国的地方性报纸撰稿，文章的标题是《3010阶梯教室里的骚动》：“柏林迎来了一个新的精神中心：科技大学3010阶梯教室。柏林终于有一块磁石在发挥吸引力，一个将文学家凝聚在身边的男人，他很明白联合的力量，这就是瓦尔特·赫勒雷尔 283

教授。一系列的作家朗读活动成了柏林文化旺季绝对的顶峰。除了3010阶梯教室以外常常还要征用2010阶梯教室，里面用扩音设备将朗读传送过来。除了借助于扩音器也能感受到3010阶梯教室里骚动气氛的这七百人之外，还有几百人失望而归，他们要么是没有入场券，要么是从一开始就不得不放弃了。柏林这个已经失去吸引力的地方，这个由于其特殊的军事地理位置而无法长期拥有很多艺术家和资本的城市，赫勒雷尔教授的能力和积极性对它而言不啻为一件幸事。”[3]

其实早在美因河畔法兰克福做私人教师的时候，赫勒雷尔的多种活动组织能力就已经开始引人注意。他被科技大学聘为教授是有充分理由的：他作为文学学者也取得了引人注目的成就。1958年，他的大学授课资格论文《在经典与现代之间——过渡时期文学创作的笑与泪》就达到了很高的标准，在当时日耳曼文学的学术圈子里具有突破性意义。赫勒雷尔成功地做到了不将文学创作归类为抽象概念。他发展出一种独特的方法，能够将原创文学与再生文学结合起来。1963年他创建柏林文学之家时，很精准地描写了自己的烦恼：“柏林文学之家尝试着消除文学、文学评论和文学研究之间的界限，这种界限在德国尤其难以逾越。”[4]

瓦尔特·赫勒雷尔在这三个领域都是一位名人，他发挥出一种今天我们所说的“联带效应”。四七社的实践让他满心欢喜，因为他可以身在其中地引领这种文学公共活动，特别是在60年代，他感觉简直是如鱼得水。在这段时间里，一直到这个组织解散，他都是除了汉斯·维尔纳·里希特之外最重要的人物——不只是作为主办人组
284 织了在柏林万湖湖畔举办的1962年和1965年年会。通过文学研讨会他不断介绍年轻的作家们加入四七社，于是很快就产生了一个所谓的“柏林帮”。在柏林文学之家举办的“散文写作班”影响很大，这是在德语文学公开活动中第一次机构组织的创意写作研讨会。在

胡贝特·费希特、彼得·比克塞尔、汉斯·克里斯托夫·布赫、赫尔曼·彼得·皮韦特、尼古拉斯·博恩以及其他几位的积极参与下，四七社的平均年龄大为降低，也让第三代作家加入进来。

瓦尔特·赫勒雷尔在四七社已经做到了这么多，他在科技大学更是一位伟大的推广大师和宣传家：显然他充分应用了媒体带来的各种机会，尤其是电视这种媒体。他从一开始就仰仗于和“自由柏林广播电台”电视编辑部的密切合作。汉斯·维尔纳·里希特在60年代搬到柏林并“略微站住脚”，全要感谢赫勒雷尔所做的工作。里希特在柏林组织的文学和政治活动都是在赫勒雷尔创建的柏林艺术之家的护翼下。这位四七社的老板搬到了柏林郊区的格乌纳森林埃德纳大街8号，这里原来是出版商萨姆埃尔·费舍尔的住处，他和西部德国广播电台以及自由柏林广播电台合作，在这里创办了一个“文学政治沙龙”。老的四七社成员恩斯特·施纳贝尔代表两家电视台支付一半的房租。政治与文学在此交汇，这段时间在柏林，政治的代表是社民党，文学就是四七社。有一期由弗兰茨·约瑟夫·施特劳斯参加的节目成为传奇：他在口才和应对媒体的技术方面绝不输给作家们。几乎从不发表具体政治表态的赫勒雷尔居然在几个晚上参加了该活动，他身上体现出一种在公共性与私密性之间独特的混合，尤其明显的是在他1965年迎娶摄影师雷娜特·冯·曼戈尔特时，婚礼还是在埃德纳大街里希特家里举行的。君特·格拉斯捐助了自助餐。

柏林最大的电视文学事件就是赫勒雷尔在1961年到1962年期
间举办的“国际朗读系列活动”。因为预计会有大量观众，所以选在 285
了大会堂的大厅里举行，每个星期一都由自由柏林广播电台直播活动现场。每一个这样的夜晚都成为一个重大活动，只有亲眼所见，才能理解这些活动的规模和影响，这里第一次聚集了各国作家，他们将国际潮流带到了柏林。以前只能远远感受，现在可以当场听到看到：例如“新小说”的著名代表人物，阿兰·罗伯–格里耶、娜塔丽·萨洛特和米歇尔·布托尔，意大利诺贝尔文学奖获得者萨瓦多尔·夸西莫多，以及富有传奇色彩的约翰·多斯·帕索斯，他是美国现代大城市小说的先驱。来自奥地利的英格博格·巴赫曼和海米托·冯·多德雷尔这两位德语作家也跻身于国际知名作家之列，赫勒雷尔和他们关系非同一般。

大会堂里能容纳1 500名观众，可是有更多的人想参加这种活
286 动。其实活动本身无非就是作家朗读，不过是一种不同以往的新形式，现在已经变得非常普遍了：将朗读作为重大活动，作为经过排练的事件。这些活动的电视录像成为艺术史上的重要档案。它们由柏林文学之家的电视中心制作完成，用的是古老的35毫米胶片。1961年11月13日的晚上，英格博格·巴赫曼的出场简直无可比拟：影片以特写镜头展示了她那种近乎挑逗的魅力：她的声音十分脆弱，让人感觉她似乎马上就说不下去了，这是一种让人神经紧张的魅力。在经久不息的掌声中，英格博格·巴赫曼站起身来，想要赶紧走开，迷茫的眼睛和瓦尔特·赫勒雷尔对视了一下，似乎是在问他，我现在该做什么。他轻轻地扶着她的肘部，带着她走了出去。

海米托·冯·多德雷尔的气场也很强大。无异于在科技化的、坚信进步的高度现代化中插入了另外一个时代，一个媒体传播还未曾出现的时代。在电视画面中，站在入口和赫勒雷尔简短交谈的多德雷尔身影越来越大，他的身体似乎通过一种伸展的、强有力的动作充满了整个房间，而身边的赫勒雷尔却越来越小，显得有些低三下四的。赫勒雷尔问他，在他眼中什么样的小说才能称得上是现实主义小说时，多德雷尔用一种无法模仿的风格说道：“我认为，现实主义的长篇小说作家能钻进一件想象的长袍，然后从真实的袖子里钻出来。”

赫勒雷尔执着地追问多德雷尔的长篇小说创作理论中有什么具

体的技巧，多德雷尔的回答对于四七社来说颇有启发意义，因为这时
小组内部的美学争论有愈演愈烈之势，他说："我会在绘图板上画一
个表格，里面列出每一章只能有几页。女士们先生们，我的火车准
时抵达车站，然后又准时离开。这张表格画好之后，我当然也会看
它——每个对自己的技能有所了解的人都会这么做——我也会看哪
里是比较困难的部分。第400页、第896页，然后我会把所有这些困 287
难的部分写上两三遍，就比如某个人在钢琴上练习一段很难弹的奏
鸣曲，贝多芬晚年创作的奏鸣曲，他也不是从头到尾弹一遍，他也会
反复练习难的部分。写作也是如此。如果已经从头到尾写完了，描
写的部分也在那里，结构也有了，然后我再从头看起，随机修改结构。
这时该轮到那个大惊喜出场了，总是要多次修改，不然这部作品就写
坏了。如果它最终的样子和计划一样，那就糟糕了。"[5]

这位擅长运用语言的作家正在创作伟大的最后一部作品《斯卢布的瀑布》。对于赫勒雷尔而言，多德雷尔不只是一个秘密武器，他是那种在所有的风格与时代之间随意漫步的奥地利作家，赫勒雷尔成功地让他面对这么多的现场观众以及电视机前数量更为庞大的观众。可是多德雷尔说起话来就像是身处咖啡馆，完全刹不住车，当活动和现场直播接近尾声的时候，自由柏林广播电台的导演塞给主持人赫勒雷尔一张小纸条，上面写着："我们不能超过19:35。请一定阻止多德雷尔在雅克贝格博士说完话之后再次发言。"[6]

当时的电视转播要面对的困难就是如何处于这些活动的中心位置。这系列活动也是一种崭新的形式。赫勒雷尔似乎是无意之中发明了这种带主持人的作家朗读活动：作家在观众面前朗读作品之前、之后或者在朗读中间都要回答一个主持人的提问，这种方式在当时简直是不同寻常。在这个时候，大家都觉得无处不在的摄影机是一种干扰的外来物，这种技术当时的确刚刚起步。《世界报》的一篇中期报道中展示了当时赫勒雷尔和他在柏林组织的文学公众活动以

及汉斯·维尔纳·里希特对四七社的媒体推广起到了何种作用，他
288 们进入了一个崭新的领域：

> 这是一种罕见的场景。四位先生坐在一面墙前面，聚光灯照着他们。他们穿着日常西装，坐在钢管腿的桌子旁边，这些桌子腿上还带着木头或者塑料做成的黑色翅膀。这几位先生身后立着屏风样的墙，涂成奇怪的死气沉沉的颜色，浅灰色的、绿色的、红色的、蓝色的木板竖立在深灰色的底色上。
>
> 他们前面是三台有着钢制底座的设备，它们时而升高，时而降低，还能向左或者向右旋转。在那四位先生说话或者相互点燃香烟的同时，有三个男人围着这三台设备跳来跳去。从坐着的人那种闲散的姿态上来看，他们面前不停移动的这三个人肯定不是执行射击命令的小分队，尽管每一台设备都伸出一个枪管一样的东西对着墙前面的先生们。
>
> 那么，毫无疑问我们面对的是电视录制的场景，那三台不停移动的神秘机器，上面时不时亮起一个小红灯，和桌子翅膀后面缠绕的黑色和红色电线相连接，而这些线路又和一个电视台连在一起，那里有几百人忙碌着，把这里录制的内容在那个空间里播放。而这一切都是在柏林大会堂里举行的一场作家朗读会。[7]

据当时的报道称，有差不多两千人来聆听英格博格·巴赫曼的朗读，“在这个下着滂沱大雨的寒冷秋日”，而且其中几乎一半的听众是站着听完了几个小时的作家朗读。很多人只能站在外面通过一个扩音器才能听到女诗人的声音，“但是没有人中途离开”。[8]赫勒雷尔组织的系列活动标志着一场文化政治的进攻，在六八年运动之前展示出一种气氛方面的骤变。人们似乎都遵循某种纲领朝前看。恰恰

在1961年8月13日柏林墙建起来之后，汉斯·维尔纳·里希特心底越发清晰地想要将四七社和这个有象征意义的地方结合起来。四七 289
社成员借着年会表达各种政治态度也在持续发酵。因为修建柏林墙而针对东德政府的抗议也越来越明显，形成了在联邦德国议会之外的反对派。

60年代，艺术与政治的交织十分密切，赫勒雷尔组织的轰动性活动十分明显地体现了这一点。1964年末1965年初在艺术科学院以“小舞台上的现代话剧”为主题举办了一系列晚上的活动，效果十分轰动。来自纽约的“生活话剧”刚一登场就从根本上撼动了德国通行的话剧概念，几年之后在戏剧评论领域还多次有人提到这一次的最初经历。当时人们还没有做好心理准备，去直接面对这种当代的先锋艺术，这种艺术形式和德国的国家剧院和市立剧院的演出差别很大。从今天的视角来看我们几乎无法想象，这些话剧表演居然在德国电视一台进行了现场直播，只不过节目播出时间是在晚上的10点40分。在六八年运动爆发的前夕，1964至1965年冬季学期里，赫勒雷尔举办了一个关于“电影中的变化”的系列活动：高潮部分是1966年1月和意大利导演皮尔·保罗·帕索里尼举办的活动，在播放的节目中赫然发现当时相当年轻的德国导演维姆·文德斯就坐在观众席第一排。这场活动在自由柏林广播电台是稍晚一些时候播出的，主持人在节目开始前说道：“为了避免以学生为主的大量观众涌入，不得不动用了警察来进行疏导。”一年半之后，在1967年6月2日，在本诺·奥内佐格死后，警察和大学生之间的关系以一种别的方式升级——不过这两者之间还是存在某些关联的。

1962年，四七社成立已经15年了。当然要在柏林举行周年庆的年会。尽管里希特对赫勒雷尔始终怀有一丝不信任，当时属于现实主义—社会民主派的里希特曾经警告过赫勒雷尔，他身上有某些形式主义者的倾向，但是颇具组织才能的赫勒雷尔对于里希特而言是

290 不可或缺的。直觉特别准确的里希特发现，在美学上吹来了一股新风，对他而言是陌生的。里希特在1961年6月13日写给瓦尔特·延斯的一封信中很精确地表达了自己的观点："现在还剩下什么呢。目前只有两条路可走，一条是自我现代化，也就是说变成赫勒雷尔那样的人，或者是彻底放弃文学。因为我实在是变不成赫勒雷尔，即便是遇到最大的艺术扭转，也只剩下第二条路可走。"他在1961年8月23日写信给弗里茨·J.拉达茨提到"在赫勒雷尔层面上的文学近亲繁殖"。[9]不过这些信的内容与里希特在准备1962年柏林年会前夕写给瓦尔特·赫勒雷尔的信并不矛盾：

亲爱的瓦尔特：

我现在有一件麻烦事。接到邀请的105人当中有93人答应要来。只有4个人来不了。可是我事先估计会有25到30人来不了。你看，所有人都想来柏林。我们该怎么办呢？

就算我将柏林的作家排除在外，我也需要大约90个床位，估计还有几个人会答应来。你能不能给格洛施打个电话？他得把大家安排在周边住宿，走路不要超过20分钟的地方。"老邮局"旅馆我们要全部包下，在"老赌场"那边尽可能多摆一些床位。也许稍微远一点的地方还有别的宾馆，"经济大厦"那里怎么样？

我还有一个请求。我估计所有那些爱看热闹的人都想混进来，我完全有理由怀疑，还会有人从民主德国带着国家许可过来。但是我不想看到他们，不管他们是谁，和西柏林的这些围观者一样。所以我有以下的请求：你能否安排两个大学生守门，务必要拿着邀请名单对照，保证只让名单里的人进入会场？我
291 觉得这一点很重要。

还有：和参议院举行的庆祝活动，如果有必要的话，请安排

> 在星期二，10月30日，放在科学院举行。那位什么先生（主席叫什么来着？）还专门为此事给我打过电话。我觉得，我们的“周年庆典”还是应该在内部举行，不需要那些各界代表。你觉得呢？我在《时代周刊》上读到这样一句话：四七社的周年庆典将于10月底在朋友和敌人怀有怨恨的参与下举行。如果大家都怀有怨恨的话，那就让每个人都在这次的周年庆典上自由讲话，发泄他们的怨恨。也许会非常有趣。而我也是怀有怨恨的，所以我要第一个发言，要为了这15年来大家对我所做的事报复一下。[10]

从很早开始就有种种迹象表明，1962年在万湖举行的大会将是很特别、很精彩的一次会议。它处在多重影响之下，有刚修起来一年的柏林墙，还有一些其他的政治冲突，例如古巴危机和《明镜周刊》丑闻，而且会议召开时恰逢围绕四七社进行的文学政策讨论到达顶峰时期。汉斯·维尔纳·里希特想在15周年庆典之际推出一本年鉴来介绍这个当年他只是随意命名的机构。为此他与多家出版社商谈，在此过程中和弗里茨·J.拉达茨之间逐渐建立起很好的关系，这个年轻人是罗沃尔特出版社的副社长，是从民主德国迁居过来的。当时流行的袖珍本小册子《墙》（由汉斯·维尔纳·里希特主编）和《可能性》（关于1961年联邦议会大选，由马丁·瓦尔泽主编）都是由这家出版社出版的，这些小册子都与四七社有着密切的关联。里希特并没有将这一本《年鉴》设定为集合了颇受好评的文章的“最佳作品选”，而是作为一部编年史。他想选择的是在四七社年会上朗读的代表性文章，能够反映出当时的气氛的，另外还有几篇关于四七社历史的散文作品。里希特在1962年8月2日写给拉达茨的一封信 292
里所表达的思考很典型：“再次提醒一下，挑选的标准参照不同的质量要求，只在这15年里朗读的文章中挑选一小部分，也许是恰当的。

有几篇作品当时遭到了猛烈的批评，还有几篇彻底失败。我坚持自己的观点，一本年鉴如果不想撒谎，就应该反映出这种概况。否则的话它对未来也就没有任何意义。不需要偷偷看看西堡、布勒克尔和其他同事的反应。”[11]

除了汉斯·维尔纳·里希特和海因茨·弗里德里希这种带有个人色彩的回忆，《年鉴》开篇还发表了评论家汉斯·迈尔、约阿希姆·凯泽以及颇为老练的论战家汉斯·马格努斯·恩岑斯贝格（《小团伙》）撰写的文章。恩岑斯贝格在这篇文章里将四七社定位为“没有首都的文学中央咖啡馆”，后来引发无数攻击。《年鉴》的结尾部分也收录了“被边缘化的人”的文章，包括马塞尔·赖希–拉尼茨基的文章，题目是《口头评论的可疑性和必要性》，还有来自马丁·瓦尔泽的《致一位年轻作者的信》。经过精心挑选的文学作品前面有一篇弗里茨·J.拉达茨撰写的评论性前言，今天读起来就像一部很有说服力的小小的文学史，它的确概括了最重要的东西。艾希、策兰、巴赫曼、吕姆科夫和博布罗夫斯基被强烈推荐，同时还有恩岑斯贝格在1959年艾尔默宫年会上朗读的长诗《泡沫》。其他的曾经获得过四七社奖的作家例如伯尔、艾兴格尔、莫里安、瓦尔泽和格拉斯，也选取了他们朗读作品的片段。而对于第一届年会举办时的主人艾尔莎·施耐德–凌耶尔，《年鉴》选取了五篇她写的诗歌（只比巴赫曼少一篇！），这是对她表达的敬意。也有战争归来者的那些简短的、哀伤而又现实主义的文章（例如汉斯·于尔根·泽林的《对大自然的切割》），不过也有新作家比如赫尔穆特·海森比特尔的作品，还有被称为戈特弗里德·本恩后继者的彼得·吕姆科夫的八首
293 诗歌，在篇幅上与君特·艾希几乎旗鼓相当。

这是一本庆祝的书。大家普遍都是这样认为的，特别是在50年代长期处于盟主地位的小品文作家们，例如汉斯·埃贡·霍尔特胡森、弗里德里希·西堡和君特·布勒克尔。现在他们不能再以同情

的态度沉默对待四七社，或者是顺便发表一些讽刺的意见，而是要去面对它。《年鉴》出版于1962年9月，在万湖举行的年会则是从10月26日到28日。《明镜周刊》将封面故事献给了四七社的周年聚会，虽然带有这本刊物普遍的傲慢语气，但是最终还是赞扬了四七社的重大意义。这在官方的德语文学界无异于骑士受封仪式。此外，《时代周刊》的副刊负责人鲁道夫·瓦尔特·莱昂哈特一段时间以来总是自称为四七社的“独家喉舌”，这个称呼是他自己命名的。莱昂哈特是一个对各方面都持开放态度的自由派，他和里希特在政治见解方面共同点并不多，但是他身上有一种对话题和时效性可靠的记者直觉。《明镜周刊》出版两天之后，10月26日，在年会的第一天，他将文艺副刊内容全部贡献给了四七社。在一篇题为《德国文学在国内的意义是什么？》的引言文章中他写道：“我们并未退缩，而是将‘四七社的独家喉舌’视为我们的名誉称号，将德国战后著名作家聚集在一起显示出该组织的重要性，如果有人不想参加，那就随他去好了。”

他这句玩笑话指的是该组织的两个敌人，君特·布勒克尔和汉斯·哈贝，为了这期刊物莱昂哈特特意向这两位作家约稿。布勒克尔的文章题目是《四七社和我》。不过在出版之前，莱昂哈特将这篇文章寄给了马塞尔·赖希–拉尼茨基，让后者写一篇文章作为回应。非常明显的一点是，在联邦德国的文学公众里已经发生了一种范式转换。布勒克尔在几年前曾经就保罗·策兰的《语言栅栏》写过一篇暗含批评的文章，而这次的文章里有一种令人惊讶的虚荣心。他 294
将自己定位为一个伟大的独行者，对抗“社团热”，对抗类似于“野蛮的土著”的“男子成人仪式”，对抗“一种和精英想象的惊人的联系”。他一开始有些傲慢地抗拒“这种想法，四七社在我的思想和写作中始终扮演了一个重要的角色，简直没办法产生一种深刻的敌对关系”。后面的整篇文章则很明显地充斥着嫉妒和怨恨，所以他的这种姿态不小心还是被自己出卖了。布勒克尔将四七社称为“妖言惑众的小团伙”和“观点暴政”,同时还把它称为“德国的聚餐会”,“一群人跑到一起蹲在那里”,“从根本上就是反精神的”。这是在德国普通民众身上的一种典型现象,某种伪贵族式的反民主情绪。人们宣称自己是思想精英的一部分。这一点从魏玛共和国到第三帝国再到阿登纳时代一直得以延续,荒谬的是反而让人想到,这些人恰恰也助长了民族社会主义。

布勒克尔文章的一些细节是怎么写的,最好还是借助具体的例子来说明。他认为,“四七社成员里最有天赋的作家中有几位在发表了最初的几篇作品之后也引发了朋友圈之外的一些反响,不仅仅是在我这里。恩岑斯贝格的观点明显带有倾向性,他说如果没有四七社也就没有伯尔,没有巴赫曼,这纯粹是在引发论战”。布勒克尔指的是恩岑斯贝格收录在刚出版的《年鉴》里的那篇很狡猾的文章——《小团伙》,恩岑斯贝格假装自己只是四七社的访客,他似乎只是毫无恶意地在复述他在四七社里的感受。他写道:“他们很骄傲,在科学院还没有激动地赞叹不已,也没有颁发奖项的时候就发现了一批优秀作家,例如海因里希·伯尔、君特·艾希、伊尔莎·艾兴格尔、英格博格·巴赫曼、马丁·瓦尔泽和君特·格拉斯。”这和布勒克尔暗示的东西不太一样,确让他的话从一开始就失效了——事实上恩岑斯贝格在这篇文章里展开了论战,而且指名道姓地要和布
295 勒克尔对着干,就好像他早有预感一样。

赖希-拉尼茨基在《时代周刊》上回应布勒克尔的文章则十分老练自如。他在末尾处提出了以下问题:“难道柏林1810年到1830年时期的文学沙龙也是可笑的和反精神的吗?霍夫曼斯塔尔、施尼茨勒、克劳斯和巴尔所构成的‘青年维也纳派’作家们也近乎是一种惊人的关系吗?‘罗马咖啡馆’也是德国的聚餐会?”身为犹太人的赖希-拉尼茨基在这里以一种特别的方式坚称四七社的基本趋向从一开始就是“反法西斯的、反对专制的”,他又补充道:“在这个国家有

一个时期，总有人尝试着在反法西斯主义与思想暴政之间找到某种因果关联。今天又听到这一类的言论，哪怕只是在暗示，至少要经过思考之后再表态。我不想隐瞒，这种说法让我感到非常震惊。突然就让人想到，集体评判产生于何种土壤，还有关于整个四七社那些可怕的中伤诋毁的传说。”[12]

针对四七社的“文化战争”在年会举办完之后仍在继续。弗里德里希·西堡在12月1日谈到了布勒克尔批判文章的一个集子。在这期间风向又发生了哪些变化，可以从以下段落窥得一斑：“这位知识分子勇于承认自己拒绝贝托尔特·布莱希特，说沃尔夫冈·博尔歇特水平一般，图霍夫斯基的四厚本著作有点儿过于丰厚，他认为海因里希·伯尔不配得诺贝尔文学奖，那么他就会看到，他这番话招致一帮暴徒来掐自己的脖子，无异于不可挽回地给自己降了级。一个所谓的受过教育的人，一位女行政专员，或者经济界一位高雅的男士敢于承认自己受不了君特·格拉斯倒人胃口的描写（而他是这么有天赋）吗？不，他得仔细思考一下后果，如果不想被人称为蒙昧主义者、法西斯分子或者是核弹推崇者，尤其是会被人认为特别过时，还是不要明说吧。”[13]

此时阿登纳仍然是德国总理，不过官方文学机构的领袖们已经很明显地转入防御状态。只要再等几年，海因里希·伯尔就会真的获得诺贝尔文学奖（格拉斯还要继续等待一段时间），与国际对接的 296
德国当代文学已经成长起来。伦敦的《观察家报》还充满敬意地援引了一段《明镜周刊》的报道：“新一代的德国年轻作家们在欧洲怒放，甚至有人说，目前德国出版的有趣的作品数量超过欧洲任何一个地方。”[14]四七社1964年的年会在瑞典举行，1966年则移师美国，这也是因为在这些国家人们开始对德国作家感到好奇，想要与德国作家建立联系。

年轻的随笔作家瓦尔特·伯利希一周之后在《时代周刊》上发

表了一篇文章来回应西堡。他在文中表现得十分自信，就好像他肯定未来是属于他的，他主要表达了对西堡的同情。他写道，西堡已经追不上时代了。伯利希还指出，“评论界对待英格博格·巴赫曼散文的方式，他们对君特·格拉斯说的那些话，他们是如何对待马丁·瓦尔泽的”，完全可以“白纸黑字地摆在西堡的面前”，可是，“这压根儿没有用。这压根儿没有用，是因为巴赫曼、格拉斯和瓦尔泽一直都在，因为即便是最为苛责的批评，也无法改变这一事实，那就是这三位，以及其他很多位作家都属于文学，属于我们的当代文学。这压根儿没有用，因为即便是最好的评论也无法改变这一事实，就连西堡也是当代文学的一部分。”[15]

四七社对西堡的反应可不仅限于瓦尔特·伯利希这轻轻的一击，而是尝试了多种游戏方式，在以后那些年中这种游戏的规模还越来越大，其中包括挑衅的恶作剧、颠覆性的活动和表演。人们永远都无法搞清楚到底是谁冬季每天都给弗里德里希·西堡邮寄一个新的花园小矮人。大家首先想到的人是克劳斯·罗勒，他父亲管理着一家生产花园小矮人的小工厂。西堡曾经在《法兰克福汇报》上写了一篇很长的讽刺性杂文，他抱怨说，“村子里头发灰白的邮局老太太每天早上都拖着一个笨重的包裹气喘吁吁地穿过一片雪地，走到我
297 偏僻的小屋来”。[16]

这件事可以从多个角度来解读：“一开始我还以为是过分热情的读者寄来东西表达敬意，而且第一个小矮人的手里还捧着一本书，封面上用充满艺术美感的方式写着我的一本书的名字。不过这个小矮人有破损，他的尖顶帽碎掉了，让人能悲伤地看到这件艺术作品那糟糕的质量。”可是后来这件事却朝着谁都想不到的方向发展起来。每一次的寄信人都写的是公众生活中不同的名人，当西堡开始把小矮人按照给出的地址寄回去时，又引发了新的麻烦：“结果真是捅了马蜂窝，因为没人知道到底胡编的寄信人数量有多大，每个人都以为

自己是唯一名字被利用的那个人。”在结尾处，西堡愤怒地写道：“在我们这个国家，人们的思想状态实在贫瘠，所以完全可以想象，整个四七社的自信心都加强了，方法就是他们都和小矮人保持着距离，而让我限于小矮人的包围之中。”

60年代初期，大事件接踵而来，很多东西都变了。突然之间，四七社成了领袖。由于《明镜周刊》将四七社作为封面故事，所以1962年在柏林举行的年会人特别多，因为这本杂志违反了内部习俗，将年会的举办时间和地点公布于众了。汉斯·维尔纳·里希特收到无数想要参加的人提出的愿望，他在准备期间写给朋友们的信里的一个主要议题就是找些“健壮的年轻诗人”，站在门边拒绝那些不请自来的人。他写道：“尽管如此，参加者的数量仍然在不可阻止地攀升。还有什么阻止的方法呢？什么办法都没有。可是恰恰是这种盛名会毁灭四七社。”[17]

这句话里包含了这个两难的困境。里希特想要知名度，他想要影响力，当然也是出于政治方面的动机。可是同时他又想掌控一切，想继续使用“私人朋友圈”这个成功秘诀。他慢慢地意识到这样下去肯定是不行的。他还是执着于一个美好的想象，他和克劳斯·瓦根巴赫也是这样说的，尽管后者也有他自己的想法，里希特想要在柏林成立一家出版社，专门出版四七社成员，尤其是东德作家的作
品。瓦根巴赫不断提出获得邀请函的愿望，里希特在10月17日写信 298
给他：“亲爱的克劳斯，我逃到基姆湖畔布莱特布鲁恩的乡下来了，为了避开那一千个想要得到邀请函的人。我不是印刷邀请函的机器，四七社也不是一家机构，也不是作家协会，而纯粹是私人事件。这种性质一定不能改变，否则它明天就不存在了。它的成功完全基于这个性质。换句话说，小组的每一次聚会都是由我来决定的，其他所有的事情也一样！”[18]

有一个小插曲完全可以说明里希特的神经已经极度脆弱。黑森

广播电台的编辑阿道夫·弗里泽委派一名叫乌尔里希·格雷高的员工报道此次年会。罗尔·沃尔夫带着他去了，以此消除了格雷高对于年会排外性的顾虑。可是过了几分钟之后，里希特大喊了一声："这里又有不请自来的人。"他粗暴地扯着格雷高的袖子把他拖了出去。事后里希特向弗里泽表达了歉意："每一次大会我都得这样避免媒体人、摄影师和那些看热闹的人打扰我们，有时也不得不采取我并不喜欢的方法。在柏林尤其糟糕。我刚把一群这样的人从一边赶出去，他们又从另外一边进入了大厅。最后这个小小的房间里大部分的人都不在邀请之列，而作家们却只能站着，或者在门外等着。最终我对这种持续的干扰实在是怒火冲天，只能把没有邀请函的人和我不认识的人都赶出去。"[19]

开会期间正好赶上古巴危机高潮：与会者听到飞机在万湖上空盘旋，就像是遇到了紧急情况，这也很有效果地突出了会议的基本气氛。很多受邀者都担心，万一战争爆发，柏林墙势必会成为首要攻击目标。约阿希姆·凯泽在总结性的报纸文章中傲慢地提到了一开始
299 的情况："一些'比较现实的'的作家临时决定不来参加柏林的年会了。"[20]沃尔夫迪特里希·施努雷在《世界报》撰文报道此次聚会，重点提到了政治氛围："天顶有一次传来两声巨响，大家正在聆听朗读时突然之间闯进来两架那种能突破音障飞行的苏联喷气式歼击机。"[21]汉斯·施瓦布-费利施在他的文章中则强调了这次万湖年会的文学质量。他写道："尽管在休息期间大家用不同寻常的夸张手势和激动的态度讨论政治话题，但是立即又会转回到关于文学范畴和观察的话题上来。"[22]

这次朗读作品的作家有25位，其中11位是第一次登台。1961年在戈尔德狩猎行宫举行年会时注重"隐秘性"，大家似乎都沉浸在自己的作品中，而柏林则聚集了一个新时代的作家。亚历山大·克鲁格不久前才参与起草了有关德国作家电影的《奥伯豪森宣言》，他此

次朗读了自己的作品《人生历程》。不少初次朗读的作家中有一些获得了巨大的成功：吉泽拉·埃斯纳、彼得·魏斯、罗尔·沃尔夫、赖因哈德·莱陶、彼得·比克塞尔、胡贝特·费希特、保罗·尼岑。萨碧娜·科法拉在她出版的汉斯·维尔纳·里希特的通信集里写过一篇评论文章，她简明扼要地写道："瓦尔特·赫勒雷尔的影响引人关注。"[23]

约阿希姆·凯泽这样总结道："极其勇敢的吉泽拉·埃斯纳引发了激烈的讨论。海森比特尔既有先锋派风格同时又很明快的诗歌令人着迷。赖因哈德·莱陶和于尔根·贝克尔获得了承认，现在起码'在内部'已经很有名。"[24]除此之外的一个高潮是君特·格拉斯朗读他的作品《狗年月》。最后作为一个亮点由瓦尔特·延斯朗读一篇作品《i时代的终结》，让在场的作家们猜测是谁写的，这是一篇讽刺性杂文，讲的是文学公众活动以及四七社在文学评论方面先锋派的习惯以及潮流的发展。文章大受好评，大家猜测作者是瓦尔特·赫勒雷尔、沃尔夫冈·希尔德斯海姆或者马丁·瓦尔泽，大家都说他们几位文章写得优雅又有语言和学术水平，而且还饱含深意。当宣布作者是汉斯·维尔纳·里希特时，大家都吃了一惊。所以对 300
他本人来说，1962年的年会也是一个高潮：他写的文学类文章第一次得到广泛好评。

四七社奖自从1958年颁发给格拉斯之后再没颁发过，它已经成了一个很受关注、神话般的存在，而且要求很高。这一次因为出现了很多高水平文章，所以颁奖一事又被提上了日程。很快结果就变成要在彼得·魏斯和约翰内斯·博布罗夫斯基之间作出抉择。彼得·魏斯是一个特别的发现：他经过多年的尝试之后，终于在1960年在苏尔坎普出版社作为德语作家出版作品，带有自传性质的文章《与父母和逃跑点告别》和紧随其后出版的首部德语长篇小说《马车夫身体的影子》在四七社年轻一代作家中引发了极大的关注。汉斯·克里斯托夫·布赫19岁时第一次参加了1963年在德国巴登–符腾堡州的绍尔高举行的年会，他立即将魏斯视为自己的榜样，60年代初期时他一时兴起竟跑到斯德哥尔摩，去彼得·魏斯家按门铃，受到了魏斯亲切的招待。

魏斯1916年出生在柏林，父母皆为犹太人，他很早就移民到瑞典，致力于一个很有前瞻性的美学项目：他的思想是“跨学科的”，很早就开始进行“跨文化”的尝试，游走于不同语言和艺术门类之间。初期他对自己的定位是造型艺术家，在50年代的瑞典作为实验电影导演声名鹊起，60年代凭借革命性的戏剧作品《马拉/萨德》在德国话剧界一夜成名。同时他还借助文学作品表达自己的反思，反映出他以德国犹太人的身份在瑞典流亡期间的社会生活。他是20世纪一个勇于实验的艺术家，关于他的关键性记录文件是在他死后很久才出版的《哥本哈根日记》，提到了他60年代加入联邦德国文学公共
301 活动的经历。在这里有必要详细地看一下这篇文章，以便能领略到四七社最重要的作家之一的生活状态，同时也能了解到四七社在60年代所进行的艺术讨论，与他们刚开始时的状态完全不同了。[25]

1960年时魏斯44岁，生活在斯德哥尔摩，不过这一年他去哥本哈根生活了几个月，拍摄了纪录片《在外墙的后面》，这部片子的内容是关于郊区小镇那种庸庸碌碌的生活。当时还没人知道这将是他的最后一部电影。一年前，他和多年的女友古妮拉·帕尔默施蒂娜分手，之后也曾试着复合，但是又因为在哥本哈根的几段短短的艳遇而中断。在日记里彼得·魏斯提到了所有这些纠葛，构成一幅马赛克般的画面，其中不只有他的生活状态，也记录了那个时代的氛围，
302 一些与艺术和文学讨论相关的日常感受。

魏斯将这本日记中的部分章节拿出来单独出版，很多都放在了《笔记本》这部作品中。显然这些才是“艺术方面”重要的部分，是关于纪录片的反思或者是关于南法邮递员费迪南·薛瓦勒。薛瓦

勒用了几十年的时间，用极大的热情在公众的视野之外建造了一座“理想城堡”，成为后来超现实主义运动的朝圣之地，这是一座古怪的建筑，混合了有机的、植物的和宗教的形式。魏斯认为这座建筑是一种人类潜意识的惊人的显灵。这里也有与他自己完整的《哥本哈根日记》的契合点。这座建筑与那些私密的、毫无保留写出来的段落以及精深的、分析式的散文之间的关联绝对值得人们去挖掘。这是日记与工作坊记录一种奇妙的混合——还带有未完成的遗稿的那种美，不过有些段落也带有不确定的感觉。与20世纪60年代惯常的那些文章不同，这是一种突破惯例的尝试。

法兰克福的奥斯威辛审判和越南战争导致彼得·魏斯在政治上越来越极端，这一点在日记里初露端倪。从日记里可以清晰地看到一些个体方面的原因。对他而言，马克思主义的社会分析之路的出发点在于精神分析。这两种认识方法在联邦德国60年代末期和70年代的学术圈子里影响很大，它们的并行值得好好去研究一番。魏斯在1950年完成了对自己的精神分析，带有自传色彩的研究项目就基于这一经验，并没有将精神分析排除在外。从中可以看出两个因素之间的矛盾，其一是市民式生存方面的问题，魏斯一直想要挣脱出来却又始终做不到彻底隔断；其二是他开始从事社会活动，在哥本哈根郊区的研究工作也是社会活动。

魏斯写道：“我们去了精神分析学家的机构，而不是背离社会，因为社会的代表就是分析学家。因为我们缺乏造反的力量，我们发现 303
自己是多么脆弱。”魏斯正在拍摄的纪录片似乎也在传达这种认知，另外一方面，魏斯此时仍在坚持文学创作，那些文章像极了以市民家庭为主题的长篇小说。他在《哥本哈根日记》里记录了一场争吵，他说了很多恶毒的话攻击精神分析，不过最终却表示同意对手的观点，那人说道：“我去找了精神分析学家，因为我知道，单凭一个人的力量我无法找到争执的根源。精神分析学家代表一种客观的意识。分析学家在我开始说话的时候提醒我注意自己表达上的细微差别，这是我自己不会留意到的。”

在这一部关于郊区的纪录片里，魏斯早期拍摄的实验电影那种超现实的、游戏式的风格转变为具体的社会生活。观众可以看到镜头拍摄的源头：这里设计了光秃秃的、时髦的、空荡荡的空间，观众可以感觉到，魏斯在用画面进行创作的时候带有一种卡夫卡式的美学。在他的《哥本哈根日记》里，除了政治方面的思索和讨论之外也会突然冒出这种电影方面的思考，像是在60年代出现的马克思异化理论的先兆。“人，被压成了模型。他们从一开始就学会了要去调整，去适应。所有这些房间里没有一件称得上漂亮或者独特的物品。这些盆栽植物、壁柜、家庭合影照片、可怕的图画、地毯、挂毯、花瓶、小雕塑、灯具或者是家具，都似乎想要创造出一种令人感到安全和舒适的气氛，但是却传达出一种深不可测的恐惧和囚禁感。虽然人们一再声称自己住在这里很舒服。”

一方面是市民式的、对自己品味很有把握的自信，另一方面是一种启蒙式的动机，两者的结合十分明显，这是一种知识分子的自信，以媒体和份额为主导的民主正在发展形成中，还没有强大到令这种自信变成玩世不恭。彼得·魏斯直到最后都站在无产阶级的阵营
304 里，而且美学品味也与之相似。这段时间魏斯被裹挟于私生活的混乱中，难得他还能将这些对社会以及美学的思考进行清晰的表述。当时避孕药还未被发明出来（“古妮拉认为，是我让她怀的孕”），魏斯口中所说的对性的饥渴，对这个44岁的男人而言是一种令人惊愕而又紧迫的事情。恰恰在这一点上，《哥本哈根日记》可以视为一种文学告白：写作意味着毫无顾忌地披露自己的内心，这是一种类似手写板或者一种释放的尝试。他刻意去听施托克豪森的音乐会，却又对杰瑞·穆勒根的爵士乐感兴趣，这种分裂也令人惊讶：在这个时期阿多诺的美学理论掀起了轩然大波，这种分裂也成为艺术方面

开放性和不断寻找的证据。彼得·魏斯的《哥本哈根日记》预示了一片沃土，在60年代将会有很多青年作家在这片土地上崛起。

彼得·魏斯1962年在柏林加入了四七社，他从他最新的文章《三个行走的人之间的对话》中挑选了部分章节朗读，引起了很大的关注。他这种"充满活力的童话般的散文"似乎一开始比博布罗夫斯基那种似乎永远不过时的、热情又理智的自然和历史诗歌更能触动人的神经。两种截然不同的世界在这里碰撞，从中产生了四七社历史上最令人印象深刻的时刻。四七社将当时还默默无闻的两位作家——彼得·魏斯和约翰内斯·博布罗夫斯基带到了一起。最终似乎还是约翰内斯·博布罗夫斯基与四七社里更为传统一些的流派更为投合。即使是今天看到这一幕仍然让人感动，平时口才极佳的瓦尔特·延斯在听完博布罗夫斯基的朗读后仰天大喊："这就是最高标准，让人想到荷尔德林啊。"[26]

克劳斯·瓦根巴赫后来成了博布罗夫斯基的出版人，他回忆道："真的是出乎所有人的预料，约翰内斯·博布罗夫斯基以几票的优势获得了四七社奖。这一点令人诧异，因为当时四七社本来要在于尔根·贝克尔和彼得·魏斯之间作出选择，两人的文章都是具有很高
美学水准的。然后突然冒出来这些诗歌，它们来自一个遥远的地方， 305
还带着泥土气息。我还能记起每一首诗，四七社的那些专家，那些知名评论家听完都努力克制着自己的惊讶，汉斯·迈尔、瓦尔特·延斯、瓦尔特·赫勒雷尔——他们几个都惊呆了，想要尝试着用他们那套文学史的、美学的理论来分析这些诗歌。"[27]

当时在场的一百多位听众里有73位被汉斯·维尔纳·里希特认定为"有投票资格"，令人惊讶的投票结果是博布罗夫斯基以43比30的成绩胜出。也许是因为这位来自德意志民主共和国的作家身世独特，再加上他当时已经是一个重要的文学政治人物。里希特一直都在努力与民主德国建立起某种联系。此前他在1954年就曾邀

请过彼得·胡赫尔，1917年出生的博布罗夫斯基在1960年成为参加四七社年会的第二个民主德国作家，可能是在胡赫尔的提示下，他才来到了阿夏芬堡。博布罗夫斯基成了游走在民主德国和联邦德国不同战线上的文学形象，成了某种秘密的道德机构。

博布罗夫斯基花费了很长时间，才在50年代作为诗人在德意志民主共和国站稳脚跟。这个来自梅默尔地区的作家构想出一个想象中的、东方的“萨尔马提亚”作为诗歌故乡，这个萨尔马提亚来自历史上真实存在过的一个地名，却独立于时空之外。但是这些诗歌在数量上又不够结集出版，除了享有治外法权的彼得·胡赫尔在1955年出版的《意义与形式》一书中曾经提到过他之外再也没人提起过他。博布罗夫斯基不喜欢德意志民主共和国，因为这里正在走上一条“比特菲尔德的道路”，他竭尽心力地想要推进一种正确的现实主义纲领。

博布罗夫斯基身上令人苦恼的一点是，他的诗歌非常具有时代精神，显得十分现代，但是同时又带着一些古意。很显然这古意还不是来自19世纪，博布罗夫斯基说18世纪的作家克洛普施托克是他的“灵感来源”。这位诗人在二战之后定居柯尼斯堡——这个城
306 市名字已经不存在了[*]——这是他青年时代生活过的城市，他深深地沉迷于伊曼纽尔·康德、赫尔德，特别是“来自北方的占星家”，晦涩难懂又充满神秘色彩的约翰·格奥尔格·哈曼。博布罗夫斯基在他读的哈曼的书中标注了很多地方并从中作出一种大胆的联系，就是将古典主义的颂歌与古典主义的诗歌（博布罗夫斯基在这些诗歌里寻求精神庇护所）结合起来，还有风景，魏克瑟尔河[**]和梅

---

* 柯尼斯堡曾是德国文化中心之一，二战后成为苏联领土，1946年更名为加里宁格勒。——译注

** 维斯瓦河的旧称。——译注

默尔*之间的那片风景，在库尔兰德与里夫兰德之间的那一片风景。

博布罗夫斯基在获邀参加阿夏芬堡的年会之后一直与四七社和联邦德国的作家们保持着联系，他由此也成为一个特殊现象。他住在柏林郊区弗里德里希哈根的枫树街，他的住所慢慢变成了文学家们聚会的场所。他似乎完全脱离了时代。博布罗夫斯基收集来自17、18世纪的文稿。在他房间的正中摆着一架古钢琴，他经常演奏。家里人一起唱赞美诗。

四七社的年轻作家还有爱凑热闹的看客们都很喜欢去拜访博布罗夫斯基，他们视他为独一无二的伟大诗人，来自传奇的萨尔马提亚，他们也尽情享受他的热情招待，六八年运动前期这些狂野的年轻人遇到了约翰内斯和约翰娜·博布罗夫斯基夫妇这种东欧基督教的固执人物、无政府主义的流浪者克里斯托夫·梅克尔或者是左派的出版人克劳斯·瓦根巴赫，在聚会时不断会有知识分子之间热烈的讨论。克劳斯·瓦根巴赫曾笑着概括道："大家都围坐在桌边吃午饭，享受着美味的东欧美食。还能喝到正宗的烧酒，然后大家就安静下来。"[28]

博布罗夫斯基成了在民主德国与联邦德国文学界里一个引人注意的因素，而且事先谁也没有料想到会是这样。他的两部诗集《萨尔马提亚时代》和《阴影国度的洪流》都是先在斯图加特的德国出版集团出版，之后才在东柏林的联盟出版社面世。博布罗夫斯基在民主德国基督教民主联盟的出版社工作，担任编辑，但是官方机构的审查拖得太久，结果两本书没办法同时出版。博布罗夫斯基可以被视为一个榜样。在此之后不久，民主德国就想出一个方案，在联邦德 307
国出售民主德国作家的版权，在这种情况下，博布罗夫斯基的散文集也是最早出版的。他发展出一种在东西德之间斡旋的惊人能力，他

* 克莱佩达的旧称。——译注

在枫树街的住所以及在联盟出版社的工作都为他赢得了联邦德国的极大认可。

博布罗夫斯基并不是一个战略家。对于民主德国和联邦德国而言，他更像是一个道德机构：他的创作主题是关于德国在东欧所犯的罪行，这让他在一些琐碎的讨论中脱颖而出，而一些由在联邦德国被驱逐者组成的团体对他的憎恨，则强化了他在民主德国的地位。他无论在民主德国还是联邦德国都成为独一无二的耀眼明星，原因还在于他身上无产阶级的烙印。他的祖辈是胡格诺派，是从法国逃出来的，所以宗教对他而言从一开始就是一件自然而然的事情。克劳斯·瓦根巴赫曾经试着去解读博布罗夫斯基这个人，他是这样总结的："他是一个友谊大师。他可以和各式各样的人交朋友。这太让我惊讶了。也许我这样说有点儿傻气，他身上带有某种意大利人的气质。他能够和来自完全不同阶层、持不同政治观点的人保持一种友好的联系。这是他一种很伟大的能力。"[29]

在多次争执和外交交涉之后，博布罗夫斯基获邀参加1963年在绍尔高举行的四七社年会，同时获得邀请的还有作为东德作家群体的某种官方代表的马克斯·瓦尔特·舒尔茨。1964年在瑞典小镇锡格蒂纳举行的年会几乎成了一件国家大事，博布罗夫斯基也去了，尽管他到达的时间非常晚。他本来计划要在正式会议结束后组织一场管风琴音乐会，作为德国瑞典文学斯德哥尔摩演出周的节目。60年代初期，博布罗夫斯基几乎成了能够促进东西德对话的唯一一人：他是在东西德之间进行调解的人，例如在柏林-勃兰登堡基督教学院举办会议，组织克劳斯·福尔克在夏洛腾堡朗读《魏茨地窖》，在克罗茨贝格朗读《尖齿》或者在大学生俱乐部朗读《齐格蒙德的小
308 屋》。而他在弗里德里希哈根枫树街的家后来也一直都是一个充满传奇色彩的地方。

博布罗夫斯基去世的时间后来显得格外具有象征意义。他是

1965年9月2日去世的，他的创作活跃期正好也是民主德国文化政策比较自由的那段时间，在他辞世之后，这一文化政策也在1965年12月德国统一社会党中央委员会第十一届大会上被突然终止。之后没有哪座小岛能继续保全他。克劳斯·瓦根巴赫回忆说："他的家庭医生没有诊断出盲肠炎，导致他盲肠穿孔，他被立刻送到了克佩尼克医院。到了那里才发现，他对青霉素过敏。问题就在于，他要么得死于血液循环障碍，要么得死于感染。那里有一位特别好的医生，给我写下了所有西德的青霉素品种，当然这么做是违法的。他也找来了当地所有的青霉素品种，为了能找到他不过敏的一种，最后他说：我给您一点儿博布罗夫斯基的血液，这样可以去西柏林的菲尔绍医院做一个血培养。我们在这里也会这样做。胡贝特·费希特也在场，他把试管夹在腋窝里，因为试管必须得保持一定的温度，我们发疯一般飞速从弗里德里希哈根赶往一个检查哨。我每次都被盘查得格外仔细，但是胡贝特却以那种同性恋般的得瑟姿态轻而易举地混了过去，腋窝里还夹着那管血。到了另外一边他立即乘上一辆出租车，及时到达，在那边也做了一个血培养。结果和克佩尼克医院的结果一样——不过在前一天他就去世了。结果出来得太晚了。他真的是以一种戏剧性的方式去世的，真的是非常偶然非常不起眼的事件引发的。"[30]

309 # 第十五章 “秘密的帝国作家协会”

## 《明镜周刊》事件作为四七社的转折点

1962年10月27日，四七社的成员们正在热火朝天地针对朗读的文章进行高水平讨论，这时从汉堡传来一条消息：鲁道夫·奥格斯泰因——《明镜周刊》的出版人，被捕了，就在这周刚开始时他还大力赞扬了四七社。直接的诱因是康拉德·阿勒斯的一篇题为《有条件的军备》的报道，文章主题是北约组织代号为“Fallex 62”的军演。奥格斯泰因被控“叛国罪”，说他公开了军事秘密。阿勒斯也在西班牙的度假胜地马拉加被捕，此举毫无法律依据，还得到了西班牙佛朗哥政权有关当局的帮助。在四七社年会期间的那个星期五和星期六，有关部门搜查了《明镜周刊》出版社并没收了所有文档。这次针对媒体自由的突袭违反惯例，而发起人正是国防部长弗兰茨·约瑟夫·施特劳斯，他曾经有段时期受到《明镜周刊》的严厉批评——因为核武器，还有“菲巴克丑闻”:《明镜周刊》报道说，施特劳斯向美国国防部长推荐菲巴克公司参与美军大规模住宅项目，而这家公司是施特劳斯的朋友运作的，而且施特劳斯本人还是这家公司的受托管理人之一。联邦议会的一个调查委员会就非法收受好处一事展开调查，但是驳回了起诉，不过这桩生意始终没能谈成。

四七社的成员立即意识到《明镜周刊》事件的政治影响力，至

少十位作家当即决定给奥格斯泰因发一封表达支持的电报，大家本 310
来正在等着他来参加年会的。当天晚上，阿尔弗雷德·安德施、汉斯·马格努斯·恩岑斯贝格、克劳斯·罗勒和乌韦·约翰逊在他的住处，由安德施起头，起草一封抗议决议信。他们要求施特劳斯辞职，这封信里还有这样的表述，肯定会引起激烈的反击：“签字者对鲁道夫·奥格斯泰因表达敬意并和他站在一起。在这个时代，战争已经不能作为政治手段使用，签字者认为向公众公开这些所谓的军事秘密是一项任何时候都必须履行的职责。”[1]

“所谓的军事秘密”这个表述立刻成为敌人攻击的靶子：有名的几位斗士立即在文艺副刊上作出回应，例如弗里德里希·西堡、鲁道夫·克雷默–巴多尼、汉斯·哈贝和沃尔夫·约布斯特·西德勒。最后一位是这样写的：“四七社必须为教唆叛国罪承担责任。怎么就没有人站出来反对拉达茨和诺斯呢。这是知识分子提出来的最具毁灭性的回答。国家不再把知识分子当回事儿。”[2]有几位四七社的作家和追随者有点儿害怕了。迪特尔·韦勒斯霍夫就在11月3日写信给里希特说：“重要的是要解释清楚这一桩可疑的警察行动背后的原因，而不是通过‘所谓的秘密’这种不清不楚的概念招来麻烦，说知识分子的态度很可疑。我的印象是，这样做不仅会引发错误的攻击，更可怕的是作家们会因此搭上声誉和信任。正有人想找一个替罪羊然后猛烈地攻击呢。”[3]

汉斯·维尔纳·里希特继续公开支持这些作家，他也参与了这项决议。为了辩护接下来又有一份“额外声明”发表，这一次并不是所有人都签名，有人说：“我们担心事态进一步发展，使得‘军事秘密’这个概念被滥用，反而会阻碍向公众阐明政治和军事处境的危
险。”[4]紧接着作家们又把奥格斯泰因的被捕和1933年纳粹针对《世 311
界舞台报》的主编卡尔·冯·奥西茨基的审判联系在一起。

西格弗里德·翁泽尔德正在努力将苏尔坎普出版社打造成联邦

德国知识分子的旗舰，他与恩岑斯贝格和约翰逊一起撰写了决议信，他说："我本人很高兴，能够签上自己的名字。可是这一切都是不对的，我们似乎被人利用了。这是一种让人伤心的荣誉，西堡在《法兰克福汇报》上的主题文章比我们的呼吁发挥了更大的作用。"[5]

赖因哈德·莱陶的评论很好地展示了四七社中一部分人的政治观点接下来是怎样发展变化的，莱陶主编了关于四七社历史的《手册》，于1967年出版，他是这样说的："这份抗议特意选择了'所谓的军事秘密'这个词。它让人想起当时十分普遍的说法，提到德意志民主共和国时前面都要加上一个'所谓的'。加上这个词之后想要表达的意思是，这不是一个国家，它只是有这么一个名字而已，而这个国家的军事秘密，也不是什么军事秘密，它只是这么叫而已，整个事件只是警察采取行动的一个幌子。'所谓的'这个词的讽刺意味被四七社的反对者们忽略了——不管是有意还是无意。"[6]

汉斯·维尔纳·里希特强调小组成员的政治行动并不是四七社的政治行动。1956年针对匈牙利起义的声明、1958年针对德国军队配备核武器的呼吁总是错开了四七社年会的时间。第一次在年会期间发表声明是在1960年的阿夏芬堡年会上，这次发表了两个声明，而且每一位成员都单独签了名——里希特十分注意在这种活动中不要牵扯到四七社。第一个声明是关于阿尔及利亚战争，表示要和发表了《121位作家宣言》的法国作家和知识分子们站在一起，号召大
312 家决不顺从，拒服兵役。第二个声明是关于反对阿登纳政府的《德国—电视》计划，他们觉得这是"政府党派和经济利益集团操纵的工具"，而不是"处于公众监管下的出版机构"。遭到批评的方案经过改造，后来促成了"德国电视二台"的成立。

早在50年代，里希特就曾活跃在"格林瓦尔德小组"和"反对核死亡的战争"两个团体里。对于他而言最为重要的事件就是1958年4月18日"反对核军备的慕尼黑委员会"宣告成立，后果就是以很可

疑的理由对里希特和其他的主要倡议者们的住所进行了搜查。里希特一直都在尝试将自己的政治活动与四七社截然分开。不过1962年的“《明镜周刊》事件”带来了一种新的气象。四七社成了整个社会关注的焦点，无异于一种象征符号。到了1963年1月19日终于得到消息，基督教民主联盟政客约瑟夫–赫尔曼·杜夫许斯要在汉诺威召开新闻发布会。《法兰克福汇报》首先登载了对此事的报道。标题是《杜夫许斯对四七社的影响力深表忧虑》，文章是这样写的：“基督教民主联盟的执行主席杜夫许斯面对记者表达了他对四七社影响力的‘隐秘的担忧’（他的原话），这一影响力不仅限于文化领域，而且也扩展到了政治领域。他称四七社是一个‘秘密的帝国作家协会’。”[7]

这是执政党派第一次对这个作家团体发起总攻。阿尔弗雷德·安德施在罗马读到了这篇刊登在《法兰克福汇报》上的文章，他写信给汉斯·维尔纳·里希特说：“我刚才读到了随信寄来的报道。总的来说这是一个大的胜利，1963年四七社在政治版面制造出意见截然相反的文章标题。我只是想对你说，每个反对杜夫许斯的行动我都会帮助你。总的目标就是，持不同意见的作家们在广播电台还有一席之地可以发挥影响，我们一定要抢回这最后的角落。把我们比喻成帝国作家协会真是恬不知耻，无法忍受——尤其是这话出自格洛布克那个党的秘书。”[8]汉斯·格洛布克从1933年到1945年担任帝国内政部的部长级官员，并且作为法律专家参与制定了大量反犹太人的法律。在德意志联邦共和国时期他成了国务秘书，参与了联邦总理府的建立。 313

杜夫许斯的话发表后掀起了轩然大波。1963年发生了很多起诉讼案。早在1962年底就有柏林市民起诉四七社“教唆卖国罪”。位于卡尔斯鲁厄的联邦检察院启动了调查程序，终止之后，柏林的联邦检察院又继续调查：因为怀疑四七社“教唆不服从”。1963年3月，这一调查也终止了，理由是，在有关《明镜周刊》事件的决议中使用的表述没有超越“爱国的、慷慨激昂的表达方式”这一界限。

另外一方面，四七社又起诉了杜夫许斯。一开始里希特希望能够找到杜夫许斯言辞之间的毛病。杜夫许斯在新闻发布会时曾经公开说过，他很久以来都在寻求方法和道路，能够给作家和政治之间糟糕的情况“解毒”。因此里希特写信邀请杜夫许斯与他攻击的几位作家见面会谈。来自西部德国广播电台和自由柏林广播电台第三套电视节目的恩斯特·施纳贝尔立即联系里希特报名参加。他很希望参加这场对话。他说：“毕竟除了生活在自然保护区公园里的海森比特尔之外，我是唯一一个既与广播电台有关，又和四七社有关的人。杜夫许斯的访谈之所以会取得第一阶段的成功，是因为没有哪个在电台工作的人敢于直接提到四十七这个数字。”[9]

果然在这个时期西部德国广播电台就辞退了沃尔夫迪特里希·施努雷，他有时候会在电台发表一些政治评论。特别是北德广播电台的电视节目《全景》也越发遭到基督教民主联盟政客们的激烈批评，据说还有人从波恩打来电话，询问多家电台哪些员工是四七
314 社的成员。[10]2月底，杜夫许斯对里希特的邀请作出了答复。一开始他解释说自己相当纠结，不会作出任何答复：“我提到四七社让人回忆起帝国作家协会，是想用一个警示性的例子说明，作家、出版人和艺术家们的集体行动很容易成为具有操控性的意见垄断者——无论是关于什么内容。”紧接着他对里希特建议的面谈作出了回应：“您一定能够理解，四七社的代表人物首先要和他们之前散播的那种言论保持距离，我才能和他们坐在一起，他们居然认为泄露军事秘密是一种道义上的职责。我不能承担这种责任，通过讨论其他的问题让别人有这种印象，好像这种态度无足轻重一样。”[11]

里希特写信回答说：“正如您所知，帝国作家协会是一个通过滥用国家权力建立的强迫性组织。它应该成为一种警示性的例子，警

告所有别有用心的人，他们将国家动机置于言论和媒体自由之上，并因此令作家的自由成为国家权力的牺牲者。”之后里希特反守为攻：“您为什么会说出一些与事实严重不符的言论？您这样做会给听众造成一种印象，觉得您会通过中伤诋毁、错误的言论和散播的假设损害德国作家和记者在新闻工作方面的行动自由，限制您不喜欢听的一些言论，您甚至想压制这些言论。您的做法，只有您的这些做法最为接近您所提到的帝国作家协会的政治和思想纲领。”[12]

与此同时，有13位作家在柏林州立法院向杜夫许斯提起诉讼。德国新闻社在3月3日报道了此事，诉讼主要是针对纳粹时期的“帝国作家协会”这一比喻：“里希特和施努雷公开要求杜夫许斯收回这一言论，而杜夫许斯并未作出回应。而且在律师警告之后他也没有 315
准备要收回这一说法。”诉讼拖了很长时间。杜夫许斯在9月就曾对媒体提到这一比喻，他说这是各党派一致认可的一种说法，而作家们的律师拒绝接受杜夫许斯的这种说法。1963年12月，这种说法终于画上一个句号，判决结果是：杜夫许斯不得再发表类似的言论，他必须承担大部分诉讼费用。

1963年这一年围绕着四七社产生了很多政治上的讨论。在媒体报道中也充分体现了这一点。1962年的柏林年会第一次由广播电台大规模地现场录制并在节目中播放。现在电视这一媒体也开始介入。迪特·埃勒斯1963年初开始在位于巴登–巴登的西南广播电视台文化部担任主任，他4月份就曾询问里希特，他是否能拍摄一部关于四七社的电影，里希特回答说，和埃勒斯同时有另外两家电视台都曾问及此事，分别是巴伐利亚电视台和德国电视二台。最终还是西南广播电视台进入到实际运作阶段。埃勒斯主要想拍摄四七社的政治活动。这让里希特再次陷入他已经体会过的困境：他越发巧妙地在两者之间周旋，一边是感兴趣的公众，一边是一种可以保持其特性的私人朋友圈。

由于之前遭受到政治上的攻击，里希特认为西南广播电视台的提议是一个很好的机会。从他的回答中可以看出他在政治策略上的技巧："我本身完全不反对类似的节目，但是另外一方面却不想给本次四七社的年会造成额外的负担。不只是因为这次年会是一次纯粹的内部会议，完全不对公众开放，而且所有的参加者都表达了这个心愿，想要摆脱围绕四七社的那些半官方的麻烦事。……当然我还有一个问题：如果不拍年会的话是否还能表现四七社'政治活动的立场和方向'这个主题？在历届年会上从来没有谈论过政治，至于立
316 场和方向完全是个人天性。该怎么办呢？我还没有想清楚。尽管如此……我也对这样一个节目感兴趣，我也想借机澄清一些事情。"[13]

渴望一场"对外保密的会议"，渴望回归到以前那种朋友的私密圈子，这些话里希特都是认真的。挑选年会地点时就能看出这种用意：上施瓦本地区绍尔高的一处古老的旅店。不过所有参会者和里希特心里都明白，这只能是一种美好的幻象而已。7月，里希特写信给赖因哈德·莱陶说："目前我有很多担心……和杜夫许斯的官司，还有我听到的一些风言风语，以及由此引发的后果，今年秋天有些人不来参加四七社了，包括恩岑斯贝格、希尔德斯海姆和约翰逊。我听到太多人说起'有影响力'这个词，我十分不喜欢这个词。我们这个时代的年轻作家嘴里提到这个词就像是威廉二世时代的一个时髦词，带着某种强硬的保守主义，或者是一种愚蠢的傲慢。可是我希望，这一切都是流言蜚语。出于'文化政治'的原因我还是希望能够让四七社再维持一段时间。"[14]

不过里希特的做法倒是挺符合"有影响力"这个词的含义。他同意西南广播电视台在四七社年会期间拍摄。他自己设计了一个方案：他计划让四七社成员和政治家在年会日程的间隙接受采访。埃勒斯就按照这个方案实施。里希特的妻子托尼在四七社里一向自称是专用摄影师，她陪同现场的拍摄，而连接各个段落的解说词是由塞

巴斯蒂安·哈夫纳来朗读的。在绍尔高拍摄的《哈夫纳特辑》成了关于四七社最为重要的资料之一。

可惜年会本身有一点儿乏味，就像1961年在戈尔德狩猎行宫的年会一样，都是因为要尽可能地控制会议规模。1962年的柏林年会就像吹来一股清新之风，出现了很多陌生面孔。虽然在绍尔高会议上25位作家中15位都是第一次朗读作品，但是没有一位让人听完之后觉得很激动。背后的原因是没有预想到的影响力因素：里希特在前往苏联旅行的时候认识了一些人，也邀请了那里的作家——虽然 317
不见得是他真正想要的那几位（一开始他甚至想邀请亚历山大·索尔仁尼琴！），无论如何还是有四位官方派来的苏联作家。民主德国作家除了博布罗夫斯基之外，还有无产阶级现实主义风格的作家马克斯·瓦尔特·舒尔茨，尽管他在美学理解上与其他与会者的水平相去甚远，但是却格外地难伺候。另外，还有来自挪威和芬兰的作家参会——里希特在年初的时候曾经去斯堪的纳维亚半岛讲学一圈。绍尔高年会的正式特征更为明显一些，因为规模刻意控制在很小的范围内。而来自外部的参会者以及西南广播电视台的摄制组都让“朋友圈子”这个幻象显得十分可笑。

四七社的运转方式也发生了本质上的改变，正如萨碧娜·科法拉针对里希特的信件所写的评论文章里所说的那样：“早年间在四七社内部的朗读被视为引起出版商关注的机会，而现在是出版商在利用年会，为了提高他们名下作家的知名度。”[15]这就是我们今天称为“克拉根福症候”的开端，那些新的作家还没有什么知名度，他们早就签订了合同，现在要像马术表演一样被牵出来表演，也是一种为了提高出版量进行的赌博。汉斯·施瓦布–费利施在给西南广播电台的一篇文化评论稿件中是这样写的：“在绍尔高让人想到小型书展这个词。”

有一个人的出场可谓是最显著的一个成就，也许属于四七社最为重要的出场之一，尽管当时与会者没有意识到这一点，那就是彼得·魏斯，他第一次朗读了刚刚完成的话剧作品《马拉/萨德》，1964年他凭借此剧声名鹊起。汉斯·维尔纳·里希特以一种令人感到迷惑的方式宣布魏斯的朗读即将开始，他居然敲了一面鼓，作家在朗读作品时伴随着这种极具启发性的节奏乐器，倒成就了一种前无古人但是颇具未来感的行为艺术表演。

年轻的作家康拉德·拜尔以一种语言实验的方式写作，给大多
318 数人都留下了最好的印象：大家都说他的“报告十分精彩”，有点儿类似卡尔·瓦伦丁、赫尔穆特·夸尔廷格，让人想到具象诗歌。他朗读的作品是《第六感》片段。来自维也纳的流亡犹太作家埃里希·弗里德第一次参会，他在接下来的几次年会上都有出色表现。瓦尔特·延斯和恩斯特·施纳贝尔把他推荐给了里希特。特别有趣的是马丁·瓦尔泽在这件事上的表态：“（这些年来）最后一个请求：我结识了埃里希·弗里德，伦敦西北20巷10号，他由于流亡几乎不认识什么人，十分渴望能够来参加年会。我觉得，我们应该帮个忙，来改变他在文学命运上的不幸。他实在是很可怜，被排挤在外。我觉得，四七社如果能为这样一位流亡者安排两天的时间让他觉得回到了故乡，那真是一个大功劳。”[16]

里希特闷闷不乐地写信给延斯，说现在“一大群黄金20年代的黄金流亡者都想来绍尔高呢”，“从库尔特·沃尔夫到你推荐的埃里希·弗里德。他们都是老先生了吧，超过70岁了？我请这些人来不是自找麻烦吗？”[17]延斯赶紧解释说，弗里德“大约46岁，是个很有天赋的诗人和散文家”。弗里德在绍尔高朗读了他的《警示诗》并且积极参加讨论，他很受欢迎，之后就不断接到邀请。吉泽拉·埃斯纳在上一年参会的时候，她用挑衅的、冷酷的文章出乎所有人的意料，而这一次她得到的评价就差很多。《世界报》警告她不要“刻意追求效果”。瓦尔特·延斯指责说，一切都很无聊，没有任何的论证，

所有的构思本身就是这么无聊。马塞尔·赖希–拉尼茨基提出了一个“甘泪卿问题”*：“写作到底是为了什么？”卡尔·阿梅里的发言带有浓厚的巴伐利亚民俗风格，他承认自己对所描写的婚礼中的男人十分同情，但是女作家并没有为同情留下一席之地。还有另外一位女作家遭受了更无情的批评，她就是鲁特·雷曼，她的作品被归入了“消遣文学”那一类。君特·格拉斯认为她的文章“完全不在道上”，只有埃里希·弗里德觉得很受启发，请求女作家“对所说之物 319
进行扩展”。海因茨·冯·克拉默替雷曼辩护，他解释说，每一种文学都是从流行文学开始的，这个论据实在是没有说服力：汉斯·维尔纳·里希特的追随者们已经无法再掌控讨论的局面。

胡贝特·费希特在绍尔高会议第一次登台，他在题为《敏感的故事》系列的一篇文章中准确地描写了当时的气氛：

> 这就是德国人的处决传统：绞刑架，七名刽子手。君特·格拉斯坐在右手边前面靠墙处。所有人都看着他。赖希–拉尼茨基想模仿格拉斯，于是就坐到左手边的前排去。但是没有人朝他看。在剧院首演的时候他又制造事端，在灯光变暗之前，阿尔内·贝伦森跨到第三排座位之前，赖希–拉尼茨基突然站了起来，那副样子就像是在后面几排寻找他的情人。所有人都看到了他，直到开场锣声传来，他才坐下。那几位大佬评论家都坐在第一排。延斯、赫勒雷尔、迈尔，约阿希姆·凯泽没来。
>
> ——所有人都是博士吗？
>
> ——是的，赖希–拉尼茨基除外。他们也都是教授。汉斯·迈尔自从离开莱比锡之后就不是教授了。约翰内斯·博布

---

* 甘泪卿是歌德的代表作《浮士德》中的一位少女，德语中“甘泪卿问题”（Gretchenfrage）指棘手的、难回答的问题。——译注

罗夫斯基也在场。带着两个保镖。恩岑斯贝格是博士。他给苏尔坎普出版社当顾问。弗里奇[18]说，他在这个月给翁泽尔德写了一封信，为此他得到了一千马克。他刚刚获得毕希纳文学奖，翁泽尔德把恩岑斯贝格在领取毕希纳文学奖时的发言稿登载在报纸上。这份报纸在绍尔高可以免费领取。恩岑斯贝格现在每个月给《明镜周刊》写一篇文学评论。恩岑斯贝格说：在这个国家人们挣钱太多了。他有几年在挪威的一栋木屋里过着离群索居的生活。

320 ……

——格拉斯提醒延斯注意，德特勒夫想到的是粪便，但是叙事者说的却是粑粑。延斯急急忙忙地没有留意。里希特问格拉斯，他觉得好不好。格拉斯没有回答。赖希–拉尼茨基说：我什么都不想说，不过我同意延斯的意见。迈尔救了我。他认真地听着，似乎他一边倾听，一边想着文章，而不是想着如何组织语言去评论。……伊娜·赛德尔的爱子[19]——克里斯蒂安·费贝尔说：让人着迷。——我担心，现在一切都完了。彼得·E.弗里奇博士向我表示祝贺：您通过了！赖因哈德·莱陶问我是否想去汉泽尔出版社。奥托·F.瓦尔特邀请我去他在瑞士的别墅将小说写完。彼得·弗兰克说我可以在卢赫特汉德出版社出书。和格拉斯在一个出版社？恩岑斯贝格跟我喝了一杯啤酒，说我可以在苏尔坎普出版社出书。汉斯·迈尔说：我的办公室门牌号是……[20]

除了费希特很久之后才发表的关于文学活动的讽刺文章之外，对于绍尔高年会的主要印象就来自西南广播电视台的《哈夫纳特辑》。这部纪录片十分可观，记录了四七社的工作，以一种实用主义的方式破解了激动的公众对于四七社的妖魔化想象。哈夫纳在影片开始部分引用了四七社在1963年期间一些辩论时的话，他的结束语也显示出一种典型的、英国式的自由思想：“女士们先生们，我相信，您已经看到了足够多的画面，可以就关于四七社的一些轰动性新闻作出自己的判断。四七社不是一种秘密的私设作家协会，也不是秘密的帝国作家协会，也不是盈利性团体，也不是以文学作为伪装的左派党。那么它究竟是什么？我认为四七社成功的秘密就在于，它打破了作家们那种孤立的状态。”在最后一句话里他让大家回想起，“这种自由的、自发的、自治的组合才是民主最根本的土壤”。[21] 321

在每个当事人的表述中可以清晰地看到不同的观点。汉斯·维尔纳·里希特、瓦尔特·赫勒雷尔、乌韦·约翰逊或者是马丁·瓦尔泽都十分注意在文学的讨论中不要涉及政治，只有晚上，在正式会议日程之外的小圈子里，有个别人会激烈地讨论政治话题。他们对外向各方面澄清，政治态度和政治活动只是作家个人的事情。汉斯·维尔纳·里希特定义了一个共同的基础：“核心是自由思想！”

在很多方面都能感受到四七社内部积聚起了很强的爆炸力。在《哈夫纳特辑》中，汉斯·马格努斯·恩岑斯贝格形象非常突出，当时他还年富力强，又极富感染力，在胡贝特·费希特的文章中他也显得极具个性。在关于政治陈述的插入片段中，他是唯一一个积极面对这种新媒体的人，展现出自己在政治讨论方面是一个出色的高手。一开始他就很清楚地展现出自己在四七社的特殊地位，尽管他以一种老练的雄辩口才显示出自己的低调：“四七社的一位敌人——这说明四七社还是有一些敌人的——曾经说过我是四七社的‘主导理论家’。我绝对不想成为这样的角色！我可不想费心给一个这样松散的组织当什么理论家。”他很随意地补充道：“另外从政治上来看，这个社团简直平淡到令人吃惊——只是四七社的众多敌人还没有认清这一点。”[22]

这句话也预示出接下来的情况。恩岑斯贝格这番话听着有点儿自傲，但还是有系统的。他不仅学会了角色分配，而且很早就已经明白，必须要顺应时势发展并成为站在发展顶端的人。在50年代这种
322 态度专属于“愤怒的年轻人”，属于“反抗统治阶层的年轻人”。他们没有固守某种僵化的态度，总是做些出乎大家意料的事情。恩岑斯贝格密切追随四七社不断增长的重要作用，从中得出自己的结论。他比汉斯·维尔纳·里希特——四七社的领军人物——更早看出了时代呼唤什么样的精神，并且适应了有效的媒体技术。这是一种赢得声誉的手段，获得关注，塑造一种姿态，显得充满秘密，从而吸引人的注意。四七社的年会对于恩岑斯贝格而言是一个重要的实验场地。他在这里尝试各种在公共场合出场的可能性，现在已经达到了效果，他也成为独一无二的先锋派人物。

从这个意义上来讲，作为四七社的代表性人物，汉斯·马格努斯·恩岑斯贝格比君特·格拉斯要重要得多，有影响力得多。格拉斯在四七社解散几十年后仍然遵守汉斯·维尔纳·里希特所倡导的理念，要将友情和团结放在中心位置，这是作家的社会道德责任。他的态度十分明显，要作为一个知识分子说出准备好的话，基于自己独特风格的形成过程，在面对更年轻一些的作家时他也划出一条传统分界线，这些年轻人会对当前热点的政治问题坦然地说出自己的想法。对于恩岑斯贝格来说，在60年代初期这已经成为过去。他是面向未来的——而这个未来也会根据情况不断变化。

# 第十六章

# 兔子·刺猬·恩岑斯贝格

## 四七社“主导理论家”的道路

汉斯·马格努斯·恩岑斯贝格在联邦德国长大。四七社成立时他刚刚20岁，恰好是能够伴随社团一起成长的年龄。二战以后他飞快拿到高中毕业证，之后又迅速写完了博士论文，题目是关于文学变形艺术家以及浪漫怪婴克莱门斯·布伦塔诺；之后还不等人们反应过来，他已经是南德广播电台编辑助理了，而且是在具有传奇色彩的“夜间录音室”阿尔弗雷德·安德施手下。他还不到25岁，月工资就有八百马克，这在50年代中期是一笔数量可观的工资，所有的大门都向他敞开。

恩岑斯贝格知道，银幕上出现詹姆斯·迪恩的时候意味着什么。广播里传来的是比尔·哈利和猫王的歌。这一代人是“愤怒的年轻人”，如果足够年轻，又成长在新的社会环境里，那么就会清楚地知道方向在哪里。同时，恩岑斯贝格也知道如何给自己提供充足的保障。他50年代初期在弗莱堡上大学的时候，曾经见过诗人赖纳·马里亚·格哈特，此人很早就和美国的文学界有接触，出版了一份很明显不太专业的杂志，但是杂志内容十分极端、绝不让步；恩岑斯贝格虽然表现得很感兴趣，但是他后来就躲着这个人，自从离开弗莱堡之后与此人再无联系。[1]恩岑斯贝格很早就拥有一种直觉，知道哪些东

西能够引发关注，而且还过得去。1957年他的诗歌集《狼的防卫》出
324 版，就像一股旋风吹进50年代那种小市民式的舒适惬意，此时人们仍然在刻意回避纳粹历史，并且迎来经济腾飞。《写给有轨电车里的一个男人》等诗歌就是乐于摇醒联邦德国的自我理解：

> 我一点儿都不想知道你的事，男人
> 水汪汪的眼睛，涂着油脂的发缝
> 还粘着干草，公文包里装满奶酪。
> 不。你是谁我无所谓。在楼梯间你的目光
> 在柜台后面，哪里都像是在电影院门口，
> 一面镜子，抹着贪婪的肥皂。
> 就连你（都不带着仇恨！）也转身
> 朝着核桃木的五斗橱走去，朝着索菲亚·罗兰走去，
> 回到满是汗味，满是仙客来和纸尿布的家。
>
> 你知道什么，
> 世界是什么味道，鲑鱼如何
> 跳到拉普兰，斯卡兰歌剧院的香气，
> 甜味的灰尘，我的老卢克莱修
> 带着狄德罗亲笔写的边注，
> 芦苇荡中一枚轻舟上的爱情：
> 徒劳地为你准备了，世界：
> 狂野和金银丝编织品，都是纯的，
> 愤怒、欲望和辛苦，一切都是枉然！
>
> 不过我在主祷文上面，在橱窗里看到了
> 你的脸，它还粉扑扑，

不过很快就会出现眼袋，
石灰和复仇欲，肝脏
发灰，因为酒精，明知道
败局已定。我看到了伤疤，
你不曾看到的，还有皮疹、精液
和血。我在你眼中看到了
谋杀，在有轨电车里，就在我对面。[2] 325

50年代的联邦德国仍然到处都有以前的纳粹分子，在哪里都避不开。不过恩岑斯贝格表达的情绪并不仅仅是厌恶和愤怒。他抨击的方式倒是饶有趣味。他征服世界的时候，一般的德国人还困在穷乡僻壤，他独自庆祝胜利——拉普兰的鲑鱼、斯卡兰歌剧院的香气、芦苇荡里的爱情。

对于一个对生活充满了渴望，有着自由思想的年轻人而言，德国的日常生活让人无法忍受。另外他也有一些经常惦记着他的敌人。他相当地刻薄和傲慢，写了一些标题为《编进高级阶段教科书》这类的诗歌，不过众所周知这种刻薄倒是挺受欢迎的。还没等他反应过来，他的诗歌果然就被收录进教科书了，正如他所愿。1963年他作为最年轻的获奖者得到了毕希纳奖，这是德国文学最高奖项。也许整个国家都在等待这样的一种风格吧。各种文学公开活动急于招募他参加，就像要吸干一块海绵里的水，即便各处的领导职位仍然被老纳粹分子占据。恩岑斯贝格的自信源于他在这个时代比以往或者以后都更加确定，到底未来属于谁。

恩岑斯贝格作为年轻诗人的形象直到今天还影响着公众对他的印象，也已经载入当代德国文学史。其背后的原因在于这是一种经过精心设计的形象。他作为记者的表现和作为诗人一样精彩。从一开始他就没有限定文章类型，参与文学活动时也保持一种清晰的自我定位。他技艺精湛地游走于原创文学与再生文学之间。一方面他以诗人赢得的声誉为散文家和文章作者的身份增光添彩，另外一方面他通过散文、文章和各种形式的文字报道为他诗歌的接受度奠定了很好的公众基础；在那个时代，他这种专业的态度无人能匹敌。他就像一个公共机构。如果仔细观察就会发现诗歌、传单和早期创
326 作当中的主打文章之间几乎没有界限。他将政治与诗歌的自我、社会和私生活联系得十分紧密。

他的诗歌并不是市民阶层残余的那种德国诗歌轻声低语、充满神话的调调儿。而它绝对与布莱希特有关联，只是这个时期联邦德国还没有认识到布莱希特的价值。恩岑斯贝格和布莱希特一样深知，作为作家应该懂得如何巧妙地使用媒体手段。恩岑斯贝格集诗人和媒体理论家于一身，在他的第一本诗集问世之前，他已经于1956年在领军性文学杂志《音调》上发表了一篇文章，纲领性地预测了他将来的生命轨迹。他的主要思想是："文化产业就是我们面对的现实，与其抱怨，不如去研究它的规律性。"[3]在文章的开始处他写道："写作者和读者有充分的理由必须敏锐地观察现代的'大众媒体'。如果他们不仅仅是写作者和读者，而且自认为要对当前的精神生活承担一些责任，那他们必须要对这些媒体，包括广播、电视和电影施加一定的影响。"[4]

恩岑斯贝格怀着极大的兴趣投身于各种新的可能性，社会评论只是达到目标的一种手段。1956年2月，斯图加特的南德广播电台播送了他的一篇散文，标题是《〈明镜周刊〉的语言》，影响巨大。他分析了这本很有影响力的新闻杂志上的文章，得出了一个明确的结论："《明镜周刊》的意识形态无非是一种怀疑式的无所不知，它怀疑一切，但从不怀疑自己。也就是说，不是《明镜周刊》在开展批评，而是其代替物。"

这篇知识渊博的分析当然不会让《明镜周刊》发生什么改变，但

是它达到了自己本来的目的。这篇散文于1962年发表于名为《细节》的一本书里，恩岑斯贝格又补充了一条回顾式的信息：“文章发表后引起了一些关注。《明镜周刊》杂志的编辑部在几天之后请求我 327
同意他们将手稿的部分内容印刷在专栏里。我同意了。”[5]

这简洁的语气表明这是一场彻底的胜利。这位评论家立即被聘为《明镜周刊》的专属作家，这对于双方都有益。恩岑斯贝格地位的上升在六八年运动前夕颇为典型。当时布莱希特就已经认识到：“资本主义将针对他释放的毒气转变为毒品，而且乐在其中。”布莱希特所理解的批评，恩岑斯贝格认为是行动指南。

受到《明镜周刊》成功的激励，恩岑斯贝格立即将这一经验用来对付一个更为困难的对手——保守的《法兰克福汇报》。这一次需要的时间比较长。《法兰克福汇报》没有发表恩岑斯贝格的文章。但是它印刷了一个小册子作为回答，替自己辩护。对于恩岑斯贝格而言这也许更好。之后这个国家经历了动荡的几年，恩岑斯贝格也成了《法兰克福汇报》的专栏作家。恩岑斯贝格不只是积极进入媒体，而是从一开始就属于媒体的一部分。

恩岑斯贝格很早就熟练掌握了各种运行机制，这些技巧随着自己的成长日臻成熟，在60年代初期的作品出版事宜中就已经十分明显。他激烈地与阿登纳基金会的一些代表人物进行辩论，同时也会抨击四七社那种散漫的在野党般的自我感受十分无聊。他对那些已经成名的多栖作家论战的回答堪称“精妙”（一定要使用这种媒体语言），这些作家包括西堡、克雷默-巴多尼、约翰内斯·盖塔尼德斯、汉斯·埃贡·霍尔特胡森，这不亚于一场全方位攻击，登载在1960年12月17日的《南德意志汇报》上。这些精神上保守的守旧派在1960年针对四七社不只是发布了一些愤怒的评论，而且是认真地在和它作对。报社、电台、剧院和文化政治权力核心机构里的统治结构或多
或少还和以前一样——那些一直以来有影响力的出版商也已经觉察 328

到了气氛的变化。四七社在公众眼里已经被推到了有威胁性的中心位置，其对早期联邦德国文化讨论中形成的一些不言而喻的共识越来越多地提出了质疑。

霍尔特胡森撰写了一篇范例式的文章表达了他的基本原则。1960年11月26日，他在《南德意志报》上发表了一篇文章讨伐“文学上的在野党”——很明显他指的只能是四七社。霍尔特胡森曾经是纳粹冲锋队成员，战后公开激烈地反对托马斯·曼，将戈特弗里德·本恩捧为超越一切党派的明星大作家；随着岁月的流逝在他身上发生了蜕变，他说话时带有一副与他的地位不相称的实用主义腔调。他现在最喜欢的魔法词就是“客观性”：“那些不同政见者眼中的真空，从另外一个方面看可以视为一个客观性的空间，艺术和科学、政治批评和技术成就可以在里面肆意生长。在此意义上能够客观思索的人，可以在他工作的土壤上经历一种整体的东西，也就是‘世界’——不再是看不到世界，而只是玩社会批评的拼图游戏。他让自己不会陷入那种令人窒息的自我厌恶，而这种自我厌恶似乎常常折磨那些不同政见者：在他们发表的文章中随处可见他们面对‘大众社会’这种巨型怪物时那些令人忧虑的受虐狂式的‘精神眩晕’，而这些坦白他丝毫不感兴趣。”下面这些尖锐的批评就有失公允了：“为数不少的不同政见者在蓬勃发展的文化产业中占据了重要职位，同时还作为薪水很高的局外人享受各种舒适之处。当然他们也不会放弃名声不好的冰箱，也不会放弃大众汽车。他们当中没有一个是穷光蛋。”[6]

对恩岑斯贝格而言这是个绝好的反击机会，他写道：“这就是苦涩的真相。在德国就有些人可以不受处罚地当在野党，而且居然还
329 能纯属多余地挣钱。这真是一个丑闻！那些不愿为政府和祖国摇旗呐喊的作家们——那些说自己拥有冰箱的作家！我们德国人现在所处的时代已经发展到有人居然可以写诗而不必挨饿——而这自古以

来就是天才得到书面确认的权利和任务。”[7]

恩岑斯贝格从形式上就已经澄清，他压根儿没有把霍尔特胡森的观点，尤其是那种澄清的语气当回事儿：他从一开始就身处另外一个层面。这一份“文学政府的辩护词”已经成了一种讽刺性的角色游戏，在这个游戏中，那些保守派代言人被称为“深思熟虑的艺术与道德捍卫者”，他们发出“警告的声音”，也必须要为自己的说法负责：“所有这些，以及更多的迹象表明，这四位正义使者在这里表达了他们的忧虑，也确实说到了点子上。如果我们同意他们的判断，那我们也就不得不承担治疗的后果。这些后果是可想而知的，只有收回这番言论才能够阻止这些精妙的诊断专家将其说出来，而这一点我们也许没有能力做到。究竟是什么原因造成我们的文学在野党陷入无法言说的境地？因为缺乏一个民主的对手。简而言之，缺少一个文学的政府。……给那些热爱生命的、维护国家的力量让位还为时不晚，这些位置本来就是属于他们的，将在野党摒除在外。……有人会问了，我们已经变得狭隘的文学是否能推选出能够胜任这些任务的作家呢？我们不想抢先一步对这个深刻的问题作出回答，也许这个回答永远不会出现，没有人会质疑汉斯·埃贡·霍尔特胡森在众人渴慕的内阁中为自己争取到的位置，也不允许任何人去怀疑约翰内斯·盖塔尼德斯和鲁道夫·克雷默的候补资格。如果提到‘在自我纠正的过程中去相信保守派的统治’，毫无疑问我们首先想到的第一个人就是弗里德里希·西堡。”[8]

汉斯·维尔纳·里希特是一位谨慎的文学政治家，他一直致力于四七社的团结，从一开始他就对恩岑斯贝格不是很放心。他的这 330
种想法得到了证实，恩岑斯贝格为《明镜周刊》写一个月的专栏文章，他竟然在里面猛烈批评里希特于1962年出版的一个合集，而且恩岑斯贝格自己也在里面发表了一篇文章，这本书的标题是《评述：1962年德国回顾——德国科学家、作家和出版人的36篇文章》。在这本几乎有六百页的合集中，主题似乎并不是文学，而是涉及所有社会领域——关于二战结束后的政治情况，关于普鲁士的衰亡、德国外交政策的条件，关于人文主义和宗教，关于经济和社会变革，关于教育学和民意形成，最后当然也包括各种艺术。这本书的意图是呈现第三帝国1945年无条件投降之后联邦德国17年的状态。

此时正是里希特出版活动最为密集的时期，几乎和《评述》同时出版了四七社的《年鉴》，此前还在罗沃尔特出版社推出了两本小册子，一本是关于柏林墙，另外一本是关于作为一种政治可能性的社会民主党。恩岑斯贝格热切地将四七社视为一个论坛，他在1962年7月25日写信给离开柏林暂居挪威的里希特："亲爱的汉斯·维尔纳，下下周我将在《明镜周刊》上撰文评论《评述》一书，我希望你不会觉得这篇文章是个突然袭击。文章我不能发给你，因为还没有写完，不过我要告诉你，我的批评相当尖锐，尽管我自己也是这一派的。我只是认为，这么一本品味高尚的书，我们做得还不够，在很多情况下没有打下牢固的基础。应该公开地说出来，而且是由我们当中的一个人来说，而不是永远来自另一方。"[9]

一年以前，在里希特以及瓦尔泽主导下出版了关于社会民主党和柏林墙的两本小册子，恩岑斯贝格也认为水平一般，说那只是随意编在一起的文章而已。在一封信中他向里希特表达了自己的愿望：
331 "下一次让合作的诸位给合集交稿子的时候都更小心一些，写得更好些，少用那些套话。"[10]在为《明镜周刊》撰写的文章中，他果然像是一位难以预测的自由思想者，他批评道："这本书缺少了必要的目录，后面又有多余的地图、表格和数据组成的附录，这不过是一本汇集了预言、告白、闲聊和要求的大杂烩，是一个辩论、花边小报、呐喊和伤感回忆的合成物。尽管也有具体的、贴近现实的文章，但是数量有限。"[11]

里希特当然是暴跳如雷。一年之后，在准备绍尔高秋季聚会时，他写信给阿尔弗雷德·安德施，虽然表达的是一般性的担忧，但是毫无疑问他指的就是汉斯·马格努斯·恩岑斯贝格，他这样写道："我们必须再商量一下，为了文学上的前途，我们得谈谈志同道合的小团体这件事。这是一个令人厌恶，久了之后让人尴尬的过程，更加上，他依然傲慢得让人无法忍受。"[12] 332

恩岑斯贝格出生于1929年，里希特出生于1908年，两人的差别不只是在对社会环境的感受上，首先是那种举止让里希特觉得很陌生。在四七社成立初期，里希特绝对没有想过为了推动个人的文学成就组成"兴趣小组"，他甚至都无法设想如此巨大的个体分化。而现在恩岑斯贝格向他展示了四七社随着时间推移发生的变化——而作为四七社拥有最大权力的领袖，里希特却毫无回手之力。

还有一件很典型的事，里希特和恩岑斯贝格作为仅有的两个德国人参加了一次由意大利人组织的欧洲作家苏联游。虽然里希特利用这次机会邀请苏联作家前往绍尔高参加年会，但最终来的还是那些得到政府允许的官员。1963年8月，里希特在写给安德施的一封信里总结了这次的苏联之行："汉斯·马格努斯当然又大放异彩。他同时熟练掌握四门外语，所以非常自信地在国际交往中应对自如，很是气派。他在莫斯科朗读自己的诗作《方言》，获得了最为热烈的掌声，最后是他，而不是我，还去见了赫鲁晓夫。"[13]"他，而不是我"——里希特似乎预感到了什么。被苏联的共产党书记和国家领袖接见，这件事不仅仅代表着荣誉。

恩岑斯贝格身上典型的特点是，他不是在和他非常熟悉的媒体共同运作，而是从外部观察媒体——正如他1956年发表在《强调》杂志的文章里所说的。后来当有人提到他早期的激进分子形象时，例如提到他在50年代的挑衅行为，他的回答就和他70年代在南德广播电台访谈节目里所说的如出一辙："这不是我的主意，说我是个愤怒的年轻人，这是英国文学评论界搞出来的陈词滥调。那里有一群

333 作家，我和他们压根儿没打过交道，他们大多数都称自己是戏剧家。因为在媒体活动中用到了这么一些词汇，他们就想找到某个人，可以把这些词用在他身上。而我很偶然地成了牺牲品。如果他们想要说出自己想说的话，那是他们的权利，他们可以这样去写，而我也有权利这样想，这和我本人没什么关系。”[14]

这位媒体专家熟悉媒体，正因为如此他才蔑视媒体。自从他开始从事艺术活动，身边就总是伴随着记者和出版商。很快他就想明白了，最好的媒体就是能自己出版。他已经用自己发明的“意识产业”概念假定了一种理论，他受到了阿多诺“文化产业”概念的启发，不过他并不认同阿多诺的文化悲观主义。恩岑斯贝格希望通过媒体的多种可能性来提高公众意识。[15]1965年他推出了《教科书》杂志，在大学生运动中起到了巨大的作用。1979年，种种预兆发生了彻底的变化，他又开始运作《泛大西洋》杂志，里面主推一个叫“奢侈品与时尚快报”的专栏，虽然看起来与《教科书》是截然不同的杂志，不过的确是最顺应当时发展形势的决定。1985年，恩岑斯贝格又推出了《其他的图书馆》，这是一系列高品位的精彩图书，不追随任何规则，但不断地给读者带来惊喜。恩岑斯贝格在联邦德国的公众生活中从一开始到今天都是“兔子与刺猬”原理无可争议的大师：当其他人终于明白眼前这条路该怎么走的时候，恩岑斯贝格早就已经另辟蹊径，找到了一个新的方向。

对于恩岑斯贝格而言，四七社这个试验场具有不可估量的重要意义。他以后做的所有事情，特别是那些毫无预兆的改变方向和惹
334 人生气的事情，似乎总是比时代精神领先那么一丁点儿，但是没有人能够像他那样大胆，那样充满热情地沉湎其中，这恰恰都是他在四七社还非常单纯的那段时期里历练出来的。他是和那个时期一同成长的，在最早的几次年会中，文学评论家逐渐汇聚到了第一排，越来越多的出版商前来参会，为了挖掘令人耳目一新的作家，四七社为期三

天的年会渐渐变成大家闲聊，文学活动变成了天才和买卖的交易所。1961年，在戈尔德狩猎行宫，恩岑斯贝格朗诵了话剧《乌龟》中的片段，这篇文章遭受了灭顶之灾，今天压根儿连当时记录了一些想法的草稿都找不到了——“我倒觉得这是一桩幸事。”[16]

汉斯·维尔纳·里希特和他最亲密的战友们还在绞尽脑汁地思考一些刚刚有些眉目的设想，恩岑斯贝格已经毫无负担地尝试四七社带来的其他机会了。所以很有必要再看看他的另外一些活动。

1968年，联邦德国迎来了划时代的一年，四七社最后一次年会刚开完不久，恩岑斯贝格就宣布了“文学已死”，大多数人都是这样去理解他的想法，他将自己创办的杂志《教科书》最为传奇的第15期刊物标题定为《关于最新文学的客套话》。他冷嘲热讽，但是目光敏锐地批评了他在1968年看到的艺术活动：“文学家们在庆祝文学的末日。诗人们向自己，也向别人证明，写诗已经成了不可能的事。评论家们在歌唱评论的死讯。雕塑家们为雕塑作品打造了塑料棺材。所有的活动都称自己是文化革命，可是它们看起来和新年市场并无差异。严峻的时刻非常少，而且过得飞快。能够留下来的都贡献给了电视节目：关于作家在社会中扮演角色的专家论坛。”[17]

恩岑斯贝格比很多他的同伴们都更加刻薄、更加聪明，也更会随机应变。他在各个方面都稳固了自己的地位，他描写了市民资本主
义社会里的文学痛苦，但是却从来没有真正地提出过质疑。但是他 335
最终宣布的结果倒是值得深思。他相当清楚地表述了在1968年有影响力的文学应该是什么样子的：“在一个政治文盲们庆祝胜利的社会里，对于能读书写字的人而言，找到有限的但是有用的工作不应该成为一件难事。因为这并不是一个新的任务。伯尔内在150年前的德国就已经提出来了，罗莎·卢森堡都已经死了50年了。与这些榜样相比，我们现在手头的东西实在是太少了：例如君特·瓦尔拉夫关于德国工厂的报告文学、巴曼·尼鲁曼德的波斯书、乌尔丽克·曼

霍夫的专栏、格奥尔格·阿斯海默的越南报道。这些文章的作用我认为毋庸置疑。但是他们为自己设定的任务和由此带来的结果之间实在是不成正比，仅仅用天赋不够来回答就太狭隘了。其背后的原因是意识产业的生产关系，迄今为止那些识字的人始终无法战胜这种生产关系。作者们坚持使用传统的工具：书，个人版权，遵循着市场的分配规律，遵守着理论工作与实践工作之间的严格划分。”[18]

那些从恩岑斯贝格的文章里解读出“文学已死”的人其实并没有想错。恩岑斯贝格是在策划一些新的东西。其实他是在策划一个新阶段，他非常严肃地对待这件事情。当事关他最根本的职业时，他就会进入最佳竞技状态：那就是议院外在野党与媒体的关系。1968年4月中旬在柏林科技大学的大礼堂有一个会议，中心议题就是议院外在野党提出的一个要求，在自由柏林广播电台开设一档定期播出的节目，编辑工作由该党负责。恩岑斯贝格负责与自由柏林广播电台台长弗兰茨·巴尔西希谈判。他在柏林科技大学挤满了人的大礼堂里发言说巴尔西希拒绝了他的要求：“从台长的拒绝里我们只能
336 得出以下结论。首先要成立一个工作组来监管报道内容。到现在为止这一步还没有做。这项措施是防御性的，还远远不够。下一步我们认为有必要采取行动了，就像我们在表达诉求的时候一开始说的那样。至于要针对自由柏林广播电台采取什么行动，目前正在商议。不过仅凭这种方式的行动也是不够的。最终我要建议，作为唯一合适的回答：我们需要一个自己的电台！”（现场掌声经久不息，合着《胡志明之歌》的节奏。）[19]

恩岑斯贝格一向擅长嗅到风向变化，预先采取行动，但是又不会让自己真的深陷其中：不过关于1968年，关于这个联邦德国狂飙突进时期他所扮演的角色，后来问他最多的问题就是这两个。尽管他不想被塑造成四七社的成功代表或者是愤怒的年轻人，但是他却十分喜欢60年代的革命者这个标签。作为媒体艺术家他必须这样

做。但是在1968年之前他还需要做很长时间的准备工作，正如他在1999年接受采访时所说："路德用一个墨水瓶去砸鬼。如果您今天去瓦特堡参观，可能还会有人会指着墙上的墨水污渍让您看。这是一个传说，硬是安在他身上，在一个真实的人物身上附着一层这种编造出来的故事，往往遮盖了本来的样子。就像我所说的，这些都是虚构出来的，与真实的人物没有多大关系，反抗也没有多大意义。我该怎么说呢，人是由很多部分构成的，这些传言就像人身上长出的一层霉菌。而且你永远也别想摆脱！关于我也有一些杜撰出来的故事。例如我宣布了文学的死亡。好几十年以来报纸上都是这样写的，来来回回就是这些事儿。或者还有人说：我是菲德尔·卡斯特罗的诗人。还有说我是六八年运动的主导理论家。或者说我是一个变节分子、一个背叛了左派的叛徒。这些话反复出现，都是抄来抄去，那么好吧——为什么不呢？就让他们写吧……"[20] 337

恩岑斯贝格并没有那么大的秘密，他自己总是强调这一点。例如大家可以比较两个相隔几十年的采访，一个是1976年，另外一个是1999年。在这几十年时间里发生了一些事情，没人能预料社会环境随之而来的变化，而且还出现了历史上一个巨大的范式转换：从工业时代过渡到了信息时代，发生了数字化革命。

关于如何与媒体打交道，谈到他作为年轻捣乱分子的角色，1976年他是这样说的："是的，如果有人对你说了这样的话，不应该去辩护。就那样听着好了。从战术角度讲我也觉得去招惹别人比自己作出反应要好得多。也就是说：保护、防御总是坏的。所以有人和我说话时，我总是首先带着兴趣倾听。不过我也许要补充一点，这种所谓的惊吓和挑衅其实并没有什么大不了。而且在很多情况下我其实并没有发觉自己在做什么，我并不知道。我当时没明白，现在也没明白，为什么会变成很糟糕的事情。我自己真的是相当惊讶。"[21]

而在23年之后的1999年，他是这样说的："第一点首先是战略规则：不要作出回应。永远不要回应，就让别人说好了，不要再谈到那个话题，也不必作出回答，那根本就没有用。一群人对一个人作出回应总是好过一个人对一群人作出回应，这很简单。那么谁会被淘汰？其他人总要说出他们的心里话，无论这番话是否友好，这是他们的权利。关键的一点是守住自己的本意，这很简单。关于让人恼火的事情：您知道吗，40年以来，一开始我还是努力澄清了一部分，不过没关系，这就是多元论，这就是媒体自由，等等。40年之后我也不
338 在乎了，让他们说去吧！”[22]

恩岑斯贝格这么直接地说出了他的成功秘诀，真是令人惊讶。在公开场合他总是无视别人对他的议论。无论1956年、1976年还是1999年，无论媒体发生了什么样的变化，媒体有多大的意义，他都没有什么变化。无论信息技术和媒体行业的革命进行得如何彻底，恩岑斯贝格这个弄潮儿、媒体先锋分子都以不变应万变。他始终如一。最重要的东西始终没有变，尽管看起来所有的一切都和以前不一样了。对于恩岑斯贝格而言，文学只是达到目标的工具而已。早在“媒体学”这个概念被发明出来以前，他早就认清了媒体的运行机制，总有独一无二的主张。最好是能够施加影响，心里明白，但是表现得像不知道一样。

恩岑斯贝格的最大成就在于最大程度地融合了文学和新闻学。他直到今天仍然享有盛誉的原因并不是在读者群体里取得的成功，他的作品发行量虽然也令人尊敬，但是远远不能和同时代的格拉斯或者瓦尔泽相提并论，他的成功在于媒体方面同仁们的赞叹。报纸的文艺专栏喜欢将格拉斯贬低为老社会民主人士，说他停滞不前，而瓦尔泽到了晚年搞出很多花边新闻。可是恩岑斯贝格却创造出一种角色模式。文艺专栏异口同声地呼喊：是这个人创造了我们。

如果有人一直在观察20世纪80年代以后丰富多样、差异性巨大的新闻流派，可能会对四七社几乎所有成员耸耸肩膀。不过提到恩

岑斯贝格的名字，所有人眼里都冒着光。这真是一项了不起的成就，能够摆脱四七社带来的负面影响，而将自身的能力发扬光大，让众人赞叹。

339 第十七章

# “这闻起来像是名牌货。”

## 德国文学国家队做客瑞典的锡格蒂纳

其实汉斯·维尔纳·里希特早已经对四七社不上心了。他觉得自己已跟不上文学的步伐，那些年轻作者对组织活动有截然不同的理解，而且他们对自己那种流行的现实主义也很疏远。50年代中期，里希特只是毫无兴趣地推动着四七社的活动，一年仅组织一次会议，而且其中连续两次几乎是故意选了一个不太有家的感觉的工会之家作为会址——那时他一心扑在“格林瓦尔德小组”上，为反对重新武装的斗争付出的远比为四七社付出得多。直到经历了一次次政治失望之后，他才将自己的精力又转向四七社。此时，也就是60年代，他在给朋友的信中一再说明，自己还在推动四七社的活动仅仅是出于“文化政治原因”，这表明有一种情况还在继续：对里希特而言四七社从一开始就是一个政治替代品。随着时间的推移，他认识到，文学远比社会名流更具有效力，或许甚至比具体的政治行为效果更为持久。基督教民主联盟高级政客杜夫许斯的攻击可能更坚定了他的这一认识。

自1960年起，里希特越来越清楚地认识到自己身陷其中的这种分裂状态。四七社的文化政治分量是他能够借以展示自己的资本，比如他自1963年起在柏林为电视台主持的“文化政治沙龙”节目，如果不是依靠他在四七社的地位和作为文学领军人物的声望，主持人也轮不到他。然而文学市场发生了种种变化，原本的“工作坊讨 340
论”完全变成了作者交易所和展示场，这给他带来了麻烦，使他有些无力应付。他毫无希望地尝试将会议组织得比较融洽，不面向公众开放，不出现“看热闹的人”（他喜欢使用这一称谓），这些反应都是基于一种极为认真的态度：“朋友圈”这一特性虽然是个幻象，但对里希特而言却是个必不可少的神话。他以身作则的那种考虑周全以及父辈似的关怀是四七社能够如此卓有成效发展的根本原因。“不建协会、不立章程、不设主席、不定日程”，不厌其烦所说的这类话放在经济领袖和未来的文化领袖的口中带着一人独尊的特征，却是四七社散发神秘光环和成功光环的保障。里希特用一种自相矛盾的方式将这一既开明又专制的机制用于联邦德国社会的民主化，用于建立一种多元的辩论文化。更深层的讽刺或许就在于，他无可避免地重复着康拉德·阿登纳那些家长制的统治技巧。最好不要让每个人都有发言权，在这一点上里希特具有同一种本能。

有一件事情可以看作是内心不安的表现，里希特在1963年绍尔高会议上做了此前从未做过的事情：他最后发言说要再谈几个原则问题。这次会议原本通知是一次小型的、工作坊式的会议，但在事实上又是一次正规的国家级行为，有几个外国的代表团参加，商讨了出版人策略和编辑策略，还有一个人数不明的摄影小组。当时里希特不由自主地跑到前面“严厉训斥”（约斯特·诺尔特在《世界报》中的用语）道：并非每个人仅仅因为被允许参加大会就会自动成为四七社的成员。四七社只是一个很小的圈子，至于哪些人已经被纳为成员，这类话他汉斯·维尔纳·里希特再也不会说了。在塞巴斯蒂安·哈夫纳的电视专题节目中，里希特也刻意表现出他不断增强的权力。在被问及他的“成功秘诀”时，他面带些许神秘的微笑，只 341
说了一句话：“我一个人说了算。”

在绍尔高会议筹备期间，为了缩减与会人员数量，他费了不少力气向那些老伙伴解释为什么没有邀请他们，如瓦尔特·希尔斯贝歇尔、瓦尔特·海斯特、哈特曼·格尔策和于尔根·冯·霍兰德。1960年阿夏芬堡的大会他就没有邀请“创社成员”瓦尔特·马里亚·古根海默。到1964年他突然又邀请所有的人参加锡格蒂纳会议——似乎是为了转换方向。不过他从一开始就将在瑞典锡格蒂纳举行的这次会议作为一场大型活动进行筹备，他计划要让这次会议代表德国当代文学，可以说是代表国家主权的活动，或许他预感到自己需要显示出更强大的个人权威。这一类的矛盾日益增多。

对里希特而言，选择以福利民主为特色的瑞典是机缘所致。祖籍乌泽多姆半岛的他也很喜欢那里的氛围。1963年春，经德国驻斯德哥尔摩大使馆文化主管官员牵线搭桥，他前往斯堪的纳维亚半岛作了一系列的报告。在那里，他与日耳曼语言文化学者古斯塔夫·克伦和新闻记者托马斯·费格扎克建立了密切的联系，两人对德国当代文学都有深入的研究，他随即邀请他们前往绍尔高参加会议。在瑞典举办一次会议的想法就是在那里产生的。对里希特而言，古斯塔夫·克伦是个非常理想的人选。事实很快证明了这一点，克伦特意在这一年的秋天为此次会议出版了一本索引，他在索引中对“我们为什么邀请四七社来瑞典”进行了纲领性的论证：“数年来瑞典文化讨论受到了瑞典地方主义的影响。因而任何能够建立一种强有力的欧洲联系的倡议对我们来说都十分重要。我们希望，通过德国和瑞典出版人和作家的个人关系，翻译问题在这几天内能够找到一个令人满意的解决办法。……我们将四七社看作德国战后发展
342 的精神维他命，我们认为，德国和瑞典文学之间的关系若能得到加强是一件幸事。”[1]

绍尔高会议后没过几周，瑞典会议已经做好了充分的准备。值得注意的是里希特在这件事情上发出的不同声音。在前几次会议

期间，他不停抱怨社会公众、局外人和未被邀请者的好奇以及缺乏原先的亲切气氛——而这次却将它作为正规的国家活动来享受。在梅拉伦湖畔的锡格蒂纳举行正式会议之后，紧接着在斯德哥尔摩还安排了一个“庆祝周”活动，1964年1月18日他已为此起草了一份详细计划：

> 拟组织的活动有：
>
> 1）公开组织一次年轻作者之夜，作者为布赫、费希特、博恩、比克塞尔和埃斯纳等人。
>
> 2）观看戏剧演出，魏斯、希尔德斯海默、格拉斯和瓦尔泽等人除外。
>
> 3）听约翰内斯·博布罗夫斯基的管风琴音乐会，此人为优秀管风琴手。
>
> 4）观看英格博格·巴赫曼和汉斯·维尔纳·亨策的芭蕾舞，后者或许也在锡格蒂纳。
>
> 5）知名作家作品朗读会。
>
> 6）在王室图书馆举办展览：手稿，照片，《呼声》和《蝎子》的原始期刊，魏斯、格拉斯、希尔德斯海默等人的版画。[2]

这是全新的声音，是对四七社角色的全新定义。里希特想抓住这个机会表明德国外交的另外一种可能性，而且为此要将他的四七社放在中心位置。里希特发出一封封信件宣传瑞典会议并向自己的追随者发出邀请，这些信中反复提到将在会议结束时隆重举行的“龙虾宴”。一个多么巨大的变化：1947年的那些螯虾是艾尔莎·施耐德-凌耶尔亲手从巴恩瓦尔德湖中捕捞供大家享用，而此时却变成了盛宴时很有装饰意味的瑞典龙虾！这条发展的曲线是参加四七社 343
成立聚会的人中谁也未曾预料到的。1964年5月21日，里希特专程前往斯德哥尔摩，出席为计划中9月举办的会议而召开的新闻发布会，在四七社历史上这绝对是空前之举。里希特似乎已经到达了他作为文化领袖的顶点。大家都认为他与瑞典建立关系是与波恩联邦政府的官方行动并行不悖的。因此在准备阶段必须与德国驻斯德哥尔摩大使馆以及设在那里的歌德学院进行种种艰难的协商。沃尔夫冈·希尔德斯海默是里希特多年的密友，他曾一再表示四七社过于商业化和官方化。里希特兴高采烈地给这位老朋友写信说："我真想在锡格蒂纳见见你和希尔维亚，当然是从我的角度出发。这是我最大的心愿。我想和你们一起笑，想和你们闲聊，恰恰就是因为在北边举行的会议是这么多年工作的光辉顶点。这就是我的感受。我现在甚至有点儿自豪。你能明白我的感受，对吗？"[3]

然而随后发生的事却让里希特浑身冰凉。首先是汉斯·哈贝和此前的盟友鲁道夫·瓦尔特·莱昂哈特分别在瑞士的《世界周刊》和《时代周刊》上写信反对四七社的统领地位。不过最重要的是7月3日《时代周刊》刊登了马丁·瓦尔泽的一篇文章，标题为《让我们将四七社社会化》。一个核心"成员"对里希特制定的基本原则公开提出异议，在四七社历史上这还是第一次。瓦尔泽的这篇文章意味着之前个别人的抱怨现在变成了公开的干扰："所有的事情或多或少是自行发生的，并非某个怀有野心的谋划者做了工作致使四七社已经变味，就是说在态度认真的观察者看来它如今已经变成一种文学垄断会，某种有统治欲的组织，一种持久性的阴谋，一种标有价码的名牌商品。当我走进一所大学去讲点什么时，在海报上我的名字
344 下方我看到了那行字：'四七社成员'；我在报纸上读到：'他是四七社的'；此时此刻我感到有些恐惧，我倒吸一口冷气，看到：这闻起来像是名牌货。"[4]

所以瓦尔泽提出这样一个要求：四七社的会议应向所有感兴趣者开放，如人数太多，则应由一个评审委员会决定谁在讨论会上朗

读:“这样所有的帮派集团、所有的阴谋、所有的统治欲等将会尽除。一旦敞开那些窗户,人人都可查验的、近乎民主的风就会吹遍会议大厅。”[5]

居然有人就这样脱离了核心圈,而且还是1955年的获奖者,里希特感到这极不寻常。他随即于8月7日给阿尔弗雷德·安德施写信:“《世界周刊》中所说的整个事情,包括瓦尔泽在《时代周刊》上发表的文章,其起因仅仅是我给他(莱昂哈特)的邀请发得太晚(他认为太晚)。哎,弗雷德,这一切是那么低级粗俗。瓦尔泽生气,是因为他的朋友扬克在绍尔高经历了失败。那篇文章就是因为这件事。莱昂哈特刊登那篇文章是因为他还没有拿到邀请信,于是就认为自己不会被邀请了。事情就这么发展下去。”[6]

当月月底,沃尔夫冈·希尔德斯海姆给里希特写了一封信,他这才知道事情并非那么简单。希尔德斯海默拿到了计划于正式会议结 345
束后举办的“四七社斯德哥尔摩周”的活动日程,“经过了一个不眠之夜和一个艰难思索的白天”,他决定不去瑞典。希尔德斯海默这封信肯定不是与瓦尔泽商定好才写的,他表达了另外一种意见——不过两人倒有些相通之处:“我一如既往觉得自己与你和四七社紧密相连,将自己视为其中一员。我也很乐意再次参加会议,参加一个不向公众开放的会议,一个没有示范特性的会议。也请相信,我绝对无意去中立地批评你们的计划。不过就我个人而言,它不是正确之举,它是一种妥协,一种我不乐意作出的妥协。我认为我的自由就在于我无须让那些城市父母官或一个政府来招待我,如果我不愿意。”[7]他祝愿里希特举办“一个十分圆满的会议”,信的结尾署名“永远是你的沃尔夫冈”。这次关于参加锡格蒂纳会议的争论还是导致里希特与希尔德斯海默之间多年的友谊令人忧虑地冷淡起来。

四七社稳定一致的重要支柱海因里希·伯尔通知里希特,说他患上了“相当严重的眼疾——真糟糕,非常糟糕:我病了”。不过随后他又补充道："我非常乐意与你和其他几位再见一面。非得是瑞典吗？非得要如此之多的宣传吗？……请尽量理解我——没有任何'帮派政治'原因。我的确感觉需要静养一年。如果是私事找我：随时都行，而且无论何事——但公事：绝无可能。"[8]就连以"分裂的德国的诗人"而蜚声天下的乌韦·约翰逊用的也是类似的理由："我承认，我几乎无法忘掉那位杂志摄影师，在绍尔高他想让我们像一个足球队那样排队和保持队形。我担心在官方场合又出现类似的场景。"[9]

与四七社关系密切的著名作家最终都未出席锡格蒂纳会议，不过理由各不相同，他们是伊尔莎·艾兴格尔、阿尔弗雷德·安德施、英格博格·巴赫曼、海因里希·伯尔、沃尔夫冈·希尔德斯海默、乌
346 韦·约翰逊、西格弗里德·伦茨、君特·艾希和马丁·瓦尔泽。为代表德国当代文学所付出的努力遭受了巨大挫折。四七社首先是一个"朋友圈"，里希特最喜欢的这个定义在这种情况下几乎难以成立，因为许多朋友的确更喜欢私人聚会。

四七社的功能发生了巨大变化，这已成为显而易见的事情。50年代那些保守派敌人此时绝大部分都哑然无声，其中一部分顽固不化又锱铢必争，从这一方面看四七社已经赢得了胜利，已经完全尽到了自己原本的职责。但它继续存在着，既作为文学活动中显而易见的势力要素，又作为里希特的个人工具，他利用它能够最为有效地施展自己的文化政治抱负。10月，即锡格蒂纳会议结束后一个月，沃尔夫冈·希尔德斯海姆在一封信中点到了极为敏感之处："若一心考虑影响，那么目前或许会……对自己潜在的影响力有益，但却对个人保持正直不利。我无法改变自己的看法，我认为新的四七社就是适应的标志，一个令人忧心的标志，我看到反对声在弱化，表述日趋平和。与对手对话的愿望中隐藏着想获得对手承认的愿望，我看到了一种温顺的跟风随流，它令我毛骨悚然，我看到我们的立足之本已经消

失。”[10]

海因里希·伯尔变得更加尖锐，1965年年中他在《水星》发表了一篇题为“对四七社的恐惧”的短评。文中这样写道：“四七社属于这个国家，与它相匹配，在政治上和它一样束手无策，四七社虽然不具有联邦共和国社会的所有特性，但还是有一些，因而它处在真实而唯一的危险之中，即成为一个公共机构并承担一种职能，也就是：发挥功能。……如果（我几乎没有胆量写出来，但我确实想到了这一点）——如果基督教民主联盟下一届全国代表大会闭幕时为四七社举办一个招待会借以美化自己，四七社将会怎么做？……作为社团它远没有一些基督教民主联盟的议员左倾，但在政治上却和那些议员一样束手无策。”[11] 347

60年代出现了一种力量，想要摆脱以50年代精神为基础建立起来的四七社中心。这是一种拉力测验，抗拒力来自两个不同的方面。一方面那些通过四七社成名的作家不愿再受制于社团规矩，他们将自己定义为独立个体，想以此摆脱大家长里希特和长期被视为必不可少的社团团结精神。另一方面，60年代的知识分子日益感受到一种政治极端化。伯尔的这篇文章很好地记录了当时的氛围。此前四七社宣称的一直是一种被默认为不言而喻的左派自由主义，在产生问题时则宣称是与社会民主主义意见一致，而这篇文章却否认了这种局面。独来独往和社会政治尖锐化是两种截然相反的态度，此前四七社认为这两种态度对其自我定位都同样危险。1964年的锡格蒂纳会议具有巨大的象征意义。

在瑞典，人们对德国国内的这些讨论一无所知。此次四七社的大会在当地是令人瞩目的大事件。拉尔斯·古斯塔夫松在《快报》一篇文章里的定义很有代表性：“该社团净化了被形而上学和谎言毒化了几十年的德语，提高了整个语言区域的文学和文学批评水平并为该区域敞开了大门，在这些年中这一切越来越清晰地发展为欧洲最有趣的文学。”古斯塔夫松尤其提到汉斯·维尔纳·里希特让他深受感动，“当会场人声鼎沸，或有人窃窃私语时，他只需轻轻一咳就能使会场恢复秩序”。这位未来的瑞典大作家非常惊讶地说，他“还从未见过这么有权威的人”。[12]

虽说“斯德哥尔摩周”最后办得比汉斯·维尔纳·里希特当初通知的节俭一些，但却有不同的接待活动，除四七社正式会议之外，每天在斯德哥尔摩还举行诗人朗读会，德国评论家还在大学作了五
348 场报告。在约阿希姆·凯泽用电报从锡格蒂纳发给《南德意志报》的大型报道中，传递了一些这种非同一般的气氛。在1964年9月26/27日周末刊上占一个多版面的大型报道中可以看到如下文字：“斯德哥尔摩各家日报热情、准确、详细、大力报道了这次活动，这次活动不仅远比各家德国报纸以往报道的此类会议丰富多彩，而且还拓展了联邦政府在斯堪的纳维亚的所有其他文化政治活动。每一场报告会和作者朗读作品会都获得高度评价。……你若是认为这一切都是善意的亢奋，你就不会对大学生们涌向所有的德国评论家的报告会和德国作家朗读会（不得不一再改换会场）感到惊讶，如果这也不能让你感到惊讶，那你也许会被销售额说服：有人在桑德贝格书店指给我看突然之间读者预订的德国作家的书，总价值达数千克朗，堆成山似的书正待发送。伯尔、海森比特尔、格拉斯、延斯、伦茨以及所有其他作家。书店店主说，还从未有过如此之多的预订。现在瑞典对德国的看法有了变化。”[13]

凯泽的兴奋估计也与四七社内进行批评的方式方法在瑞典人中引起巨大轰动有关。托马斯·冯·费格扎克在《斯德哥尔摩新闻》中写道：“在锡格蒂纳没有颁奖。之所以会这样，恐怕是因为集体批评。五巨头（瓦尔特·延斯、汉斯·迈尔、马塞尔·赖希–拉尼茨基、瓦尔特·赫勒雷尔和约阿希姆·凯泽）的合作在此次会议上发挥得如此完美，在四七社历史上还很少出现这种情况。”[14]这种评论使那

些作家黯然失色，它才是此次会议留给人们的真正回忆，德国主流媒体的反应也是如此。就连汉斯·维尔纳·里希特在会议结束时也简要地说：“这一次的奖本应颁给评论家们，但那样我们就得将此奖分成五份或六份，那是不行的。”[15]很多年之后，约阿希姆·凯泽还热情洋溢地回忆起当年在锡格蒂纳，评论家们相互激励，大家都发挥了最 349
高水平。

借助于锡格蒂纳会议的整个组织方式，业已制度化的批评第一次找到了最适合自己的框架条件。在公众眼里评论家是这次活动的真正明星——在这次会议上确定下来的一些东西，在随后的数十年里又不断进行着补充。克拉根福的巴赫曼竞赛以及1988至2000年间的电视节目《文学四人谈》都借鉴了这种模式。

约阿希姆·莱泽在一篇文章中对此次会议进行了详细统计，总结出的结果为：25位作者中有10位是首次朗读自己的作品，共有10位得到肯定性的评价，9位得到否定性的评价，对6位的评价意见不统一。借助录音莱泽统计出共有260次发言，具体到个人的数字为：约阿希姆·凯泽发言30次，其次为瓦尔特·延斯23次，瓦尔特·赫 350
勒雷尔和埃里希·弗里德各18次，汉斯·迈尔和马塞尔·赖希-拉尼茨基各13次，君特·格拉斯12次，汉斯·马格努斯·恩岑斯贝格10次。[16]

至于文学评价方面，瑞典文艺专栏作者托马斯·冯·费格扎克的总结性评价显得非常有意思——他恰好谈到了四七社同时出现的两种不同潮流。他描述了前几年四七社内部形成了新现实主义者与形式主义者之间的矛盾，而此时这种冲突已成为过去：“在锡格蒂纳会议期间，这两种倾向第一次相遇在同一篇文字中，这在赫尔穆特·海森比特尔的新诗作中表现得最为明显，它们将简化至极致的语言与清晰的政治诉求融合在一起。这自然就引起了争论，这些语义学的艺术作品究竟该理解为诗还是散文呢。不过从语言角度进行的语义分析和从政治角度进行的分析旗鼓相当。”[17]

海森比特尔虽然一开始有点儿受人嘲笑，是一位倾向于形式主义的边缘人物，因为独创性一再受到邀请，而在锡格蒂纳他恰恰是最受好评的作家！拉斯·古斯塔夫松写道：“我们的具体诗诗人不能参加赫尔穆特·海森比特尔在锡格蒂纳的作品朗读会差不多算得上是悲剧。”[18]约阿希姆·凯泽在《南德意志报》上简练地总结此事称：“是海森比特尔成功地结束了锡格蒂纳会议。”[19]汉斯·施瓦布-费利施在《法兰克福汇报》上作了非常客观详细的报道，也没有发表过于主观的意见，但他在给里希特的一封私信中说：“看样子这一次怕是海森比特尔拿奖了。”[20]

施瓦布-费利施推测，依照四七社内颁奖“迄今为止的实践情况”，海森比特尔在得奖时已经“过于有名”了。不过显而易见的是，在60年代获得成功的都是那些长期被当作“形式主义者”而遭受攻
351 击的人。新一代作家占据着优势地位，引起最多关注的新名字是于尔根·贝克尔、胡贝特·费希特、君特·赫布格、彼得·比克塞尔、亚历山大·克鲁格和赖因哈德·莱陶。里希特的老伙伴们都失去了影响力。具有典型意义的是关于女抒情诗人格里泽蒂丝·林赛·弗莱明的故事，里希特根据一个秘密指示邀请她来锡格蒂纳，她还没有丝毫名气，是里希特在巴勒莫发现了她。里希特大概以为自己找到了一位新的英格博格·巴赫曼，此时可以重复50年代那个出色的成功故事：“我将把她作为我自己的‘神秘人物’（原文如此！）在锡格蒂纳介绍给大家。在四七社历史上已有过几次这样的做法。每一次都拔得头筹……今天如此出色的是……是呀，不说了。我依赖的不是我读到的东西，而是我的直觉。”[21]弗莱明朗读了诗作《大山的荒峰……》和《请在快乐的轻碾慢磨中耐住性子》，被批得一无是处。

康拉德·拜尔的作品朗读留下的则是另一种意义的惨痛回忆，上次在绍尔高他可是大受欢迎。汉斯·施瓦布-费利施描述其作品

的特征是“卡巴莱小品剧式的，近似于赫尔穆特·夸尔廷格那种哭闹式的反叛”，称他说的是“挖苦或野蛮粗暴”的话语：“甚至能听到诸如‘非人的’和‘法西斯的’之类的呼叫。”[22]几个星期后，康拉德·拜尔自杀了（显然主要还是性格原因），随后引发出各种推测。抒情诗人汉斯–于尔根·海泽也在锡格蒂纳遭遇了毁灭性批评，他几十年后在《法兰克福汇报》上的一篇文章意味深长地证明了四七社持久的影响力以及从中产生的神秘化。那是一段悲伤的回忆。海泽描绘自己是一个特立独行的人，他的推荐人是瓦尔特·曼岑，他虽是四七社创建初期的成员，但是已经没有什么影响力，当时在基尔担任地方法院顾问，开会时几乎没有人提起过他。海泽在这篇文章中写道：“其间旁边那几桌上关键的方向已经确定。他们说着恭维话，鞠 352 着躬，偷偷地密谋，如何让对手真假难辨。”终于点到他的名字让他朗读，给了他25分钟时间，15分钟后里希特“粗暴地打断了他：‘我认为我们已经听够了。’”

海泽这篇文章的结尾典型地描述了文学活动造成的羞辱，不过也很有代表性地展示了如何尽力避免这类羞辱。四七社后来经常描绘的那种场景，还有将天才与文学活动截然分开的老做法也和这种运行模式有很大关系。海泽说他最后还去了那所房子的地下室，因为他听见那里有打台球的声音：“我看到了一个人：康拉德·拜尔，他独自一个人在打球。他没有抬眼但看见了我。他一边愤怒地用球杆击球一边问我：‘您是从庞德那里学来的，对吧？’我回答说是，又补充说：‘是的。从庞德的驱邪仪式诗歌学的。庞德的意象主义。’——‘我知道。我也是从庞德那里学来的。不过是从他的诗歌！’他说这些话的时候根本就不管别人是否能听懂，就好像他早就知道别人不会认可他。我明白他是什么意思，我留下他一个人，走到那栋房子前面，一个瑞典与会者的妻子在那里等我，要送我去斯德哥尔摩火车站。没过几个星期我就看到消息，康拉德·拜尔自杀了。”[23]

四七社已经为这类文学活动下了定义，而这个定义影响力巨大，所以多少年后它依旧还是这类活动的典范——就好像这么多年之间文学活动没有向前发展似的，来自四七社的这种机制早就得到了强化，而且也出现了很多不同的变种。四七社在1964年遭受了比较大的打击，一个明显的见证就是鲁道夫·瓦尔特·莱昂哈特在《时代周刊》上的一篇文章——这位记者曾经因为自家的刊物被称为四七社的“喉舌”而感到十分自豪。四七社的敌人君特·布勒克尔、汉
353 斯·哈贝、赫尔曼·凯斯滕等人的攻击越来越激烈，由于基督教民主联盟政客杜夫许斯的一些言论，提高四七社的政治价值变成了没有把握的事，在此情况下莱昂哈特开始退出四七社最积极的支持者的行列。1963年在绍尔高为《时代周刊》写报道的不是他本人，而是编辑迪特·E.齐默尔，汉斯·维尔纳·里希特注意到此事但未露声色。收到锡格蒂纳会议的邀请后，莱昂哈特也是等了很长时间才给出答复。60年代初，联邦共和国发生了让人应接不暇的社会骤变，情况更加让人捉摸不透。莱昂哈特收到了锡格蒂纳会议的邀请，而且他也应邀去了——不过他的心情十分复杂，既感到厌烦又带着些许自恋式的骄傲。

他的这篇文章是文化记者脱离自己报道主题的典型范例，他过于突出自我了，似乎他才是报道的主题。莱昂哈特发明了那种日后流传开来的文艺副刊文章的文学样式，它就是一个组合场，由一个个用星号隔开的注解组成，而且每个注解之间好像互不关联。文章的标题叫作“四七社在瑞典”，副标题为“本年度会议快照”，然而文中丝毫未提及那些朗读作品的作者，没有写那些或好或坏的写作尝试，没有写这次活动的气氛，没有关于这次活动文学水准的报道。莱昂哈特从一开始写的就是种种焦急的等待，例如写他临近午夜时坐在旅店房间里，写他听见弹钢琴的声音和“喃喃的人语声”，写他没

有更多的时间完成自己的稿件:“明天稿件就得送到机场。”他写谁没有到场,他写旅店大厅传出的“各种不同强度的声音”的变化,他写瑞典人的好客,尤其是会议期间“在德国大使馆的帮助下”一个临时酒吧竟然可以卖酒。3点36分他写下这样的笔记:“通读了所有文字,认为不够充分。然而怎样才叫充分呢。”[24]这就是这篇文章的结尾。作者试图超然于日常事件之上,超然于大肆宣扬和大肆渲染 354
四七社之上——然而从他的这种做法中,人们觉察到他不太情愿接受活动主办方的倾向和一些侮辱的成分。莱昂哈特的这篇文章想以一种疏离的语气远离文学活动,描述的仅仅是如何来写这篇文章,它自身首先就是这次文学活动的一种病症,不过是一种在新闻方面预示未来的病症。

在这次会议上,历时最长分歧最大的是关于君特·格拉斯朗读作品的争论,他朗读的是话剧《平民试验起义》的前两幕。剧本涉及贝托尔特·布莱希特在1953年6月17日民主德国工人反政府起义中的角色问题。汉斯·施瓦布-费利施在《法兰克福汇报》上撰文说,为此进行的争论反映出“四七社内部的政治分歧”。格拉斯描写的布莱希特首先是一名戏剧导演,对他而言,对事件进行美学转换远比社会问题本身重要——对布莱希特来说,尤为重要的是从现实中为他在柏林剧团导演《科里奥兰》获得益处。拉尔斯·古斯塔夫松夹在社会民主道德和依照左倾思想偏激地进行社会设计之间左右为难,他知道这是在捅马蜂窝,他小心谨慎地写道:格拉斯的戏剧是“争议性的,轰动性的,不过也可能是太出色了,所以值得进行艺术讨论。……对布莱希特的讽刺是魔鬼式的,但或许有些肤浅”。[25]约阿希姆·凯泽最后狡猾地说出了一个观察结果:剧本在提及布莱希特时称之为“老板”,而格拉斯有一次出现了口误,将“老板”读成了“恶棍”。[26]

这句话说明了许多问题,涉及1964至1968年期间联邦德国文学圈发生的许多事情。有充分的理由可以说，四七社在锡格蒂纳处于国际认可的巅峰，然而也正是在锡格蒂纳呈现出一个不容争辩的事实：四七社历史上的全盛期其实已经过去了。它已经开始与时间赛跑，拯救自己。

# 第十八章
# 人生历程

## 1965年：在社会民主与饥饿的年轻作家之间

深受战争影响的那一代人创建了四七社，又在会议上主导讨论仅仅持续了短短几年。1951年以后，当圈子开始大力扩展时，新的一代登上了舞台——尽管他们不再认同老一代的现实主义理念以及现实报道的尝试，但这新一代作家却很快成功地融入了四七社。伊尔莎·艾兴格尔、英格博格·巴赫曼、马丁·瓦尔泽、君特·格拉斯以及走过一段弯路的保罗·策兰甚至代表着四七社的成就：他们尝试与各国的现代派接轨，尝试能够反应时代精神的各种不同形式。甚至像赫尔穆特·海森比特尔这样在美学上特立独行的作家也能够进入四七社，他是进行各种形式实验和利用语言材料创作具体诗的代表。直到后来令人惊讶地出现了两个阵营之间的对立，人们才给他们安上“现实主义者”和“形式主义者”的概念。

汉斯·维尔纳·里希特在相当长的时间内能相对容易地将四七社拢在一起是基于联邦德国的形势，与阿登纳政府的暗中政治对立，尤其是整体气氛上的对立。两个阵营分明，阵线一眼就能看得出。他们有一个共同的敌人，这个敌人在政治方面就是基督教民主联盟的统治权和留用的前纳粹分子仍占据主要管理岗位，在文学方面就是起主导作用的文艺专栏作者、以自己的方式闪耀光芒的弗里德里希·西堡、精英人物君特·布勒克尔、《时代周刊》保守的副刊主编保罗·许纳费尔德和机会主义的年轻人汉斯·埃贡·霍尔特胡森。
356 因此四七社的作家们自然而然地形成一种集体感，逐步构建起一个网络，向媒体挺进。

在1962年的柏林会议上，四七社第三代首次登台亮相，虽然普遍认为在文学方面它是最好的一届会议，但也第一次显现出无法弥合的裂痕。年轻作家，如于尔根·贝克尔或亚历山大·克鲁格，奉行的是完全不同的美学纲领，他们开始持续不断地扰乱前辈们。在沃尔夫迪特里希·施努雷发表于《世界报》的报道中可以看到一些这方面的情况："在受到极端威胁的时代里，人们在如此众多的文章后面窥见了一个有着怪异秘密的、机械化了的替代世界。在那个世界里人们瑟瑟发抖，文字场比命运更加重要，在那个世界里叮当作响的组合链替代了目标明确的思想，在那个世界里形式实验高于描写一个人的尝试。……过分强调纯技艺和纯手法的危险显而易见。很少像现在这样让人认识到这种批评的界限，因为它让内容退居于形式之后。它的词汇表里堆积着几十个标识语，诸如'语言材料'、'陈词滥调'、'数学式通体结构化'、'文本层面'和'现实网屏'，最富有诗意的作品朗读以及水平一般的作品朗读之后都用它们进行评价，单单这个词汇表就清楚地表明了这种文学批评的局限性。"[1]

1960年于尔根·贝克尔第一次在四七社登台亮相，之后四七社用了七年的时间走过一条漫长的道路，直到1967年，即在普尔沃米勒举行的最后一次会议上，才把四七社文学奖颁发给他。于尔根·贝克尔的第一本书叫《原野》，第二本叫《边缘》，第三本叫《周围》。这些书名就代表了一个计划：要去触碰一些东西，感知它们，仔细观察——在60年代早期的联邦德国这种计划是会惹恼一些人的。在这第一批作品里，贝克尔融合了各种体裁，《原野》、《边缘》和《周围》在长诗、短篇小说和长篇小说之间不断转换。它们靠语言发挥作用，但所有的感官都参与其中。正是在这一方面它们是符合现实的。《原野》用真正符合时代精神的手法描摹城市，那是一种在科 357
隆四处闲逛的意识流，而1965年贝克尔与行为艺术家沃尔夫·福斯特尔出版《即兴演出》也不是出于偶然。对他而言这是在突破界限，当时致力于突破的是造型艺术而不是文学。这是一种开放的形式，可以包容所有正在发生的事，不过也同样可以容纳回忆的洪流和意识流。

今天来看这位作家，他超越了自己所处的时代。21世纪初的年轻抒情诗人从于尔根·贝克尔身上获得了很多灵感，例如尼克·布洛伊特格，他的视觉感知形式通过所有数字技术的可能性而变得更加丰富，也更贴近现实，而贝克尔在60年代就已经考虑数字技术这种手段了。从他的文章中可以看出，不能信赖直接感知，他在文章里描写了一些没有词语也没有体验的巨大空间，这些文章用自己的方法接近那些空间。他相信拼贴画原理。瓦尔特·赫勒雷尔1965年发表了关于"长诗"的著名观点，而此时于尔根·贝克尔已经颇有心得——长诗那时高高在上，与流行文化有着各种各样的关联，是一个持续不断的联想过程，是对现实进行诗意的呈现。

今天于尔根·贝克尔这样回顾自己在四七社的早期经历："说到我的朗读，当时的讨论分歧很大。部分人不理解，许多人好奇，也有一部分人是真正感兴趣。我还记得赫勒雷尔极有兴趣地作出了反应，大概还有约阿希姆·凯泽。我觉得最理解我的是马塞尔·赖希-拉尼茨基，他用一贯的夸张语气问我：这还是文学吗？当时我就明白了，他懂我，因为那当然已不再是他所理解的文学。赖希-拉尼茨基当时还深深局限在自己的文学兴趣中。由于他的文学见解，他被视为斯大林分子——加引号的。他的问句'这还是文学吗'其实是一个反问句，这个问句告诉我：他其实已经精确地理解了那些
作品！"[2] 358

当被问及有没有哪一次四七社讨论其作品时的发言确实让他历久难忘时，贝克尔随意地回答说："有一句话我一直没有忘记，是亚历山大・克鲁格说的。我在锡格蒂纳朗读了一个作品，一首散文诗，题目是《某些日子结束时》，讨论时也出现了一些分歧，其间亚历山大・克鲁格说了这句话：意识不需要情节！那本来就是一个描述意识进程而不是讲故事的作品。可是大家关注的恰恰正是：一个故事，有人问，故事在哪里，当时七嘴八舌地就开始了……然后就是这句话，一个同行说的——意识进程的描述不需要叙事情节。这句话说得如此精炼，我一直没有忘记。"[3]

亚历山大・克鲁格是四七社最让人惊讶的象征性人物之一。几十年后君特・格拉斯讲起当年克鲁格登台时的情形："四七社有一些真正的历史性时刻。比如我还记得亚历山大・克鲁格朗读他的《人生历程》前几篇故事时的情景——连后面的评论水平也立刻提高了！"[4]

随着几十年的岁月流逝，人的记忆也许会出现偏差，因为录音重现了格拉斯1965年在瑞典锡格蒂纳批评亚历山大・克鲁格作品朗读时所说的话："里面有一种卖弄，有一种自以为是，有一种对我们所属的社会的疏远。作者大大疏远了这个社会，在我看来这就是一个牧师的狂妄自大，他采用现代修辞手法写教会宣传册。"

克鲁格与于尔根・贝克尔的相似之处在于同时尝试多种体裁。他在2001年获得了毕希纳奖，但首先是作为电影导演和制片人出名的。1968年他拍摄了后来家喻户晓的影片《杂技场穹顶下的杂技演员：一筹莫展》(其中有一些1967年四七社大会讨论时拍摄的画面！)，同时也出版了一本书，书名叫《分镜头剧本和散文》。这种双管齐下的做法非常独特。克鲁格的文学作品以电影美学为追求目
359 标，遵循的是蒙太奇原理和组合原理，不过因使用急促的、穿插有新闻纪实式的语言段落而独具一格。克鲁格理解的语言和画面不是对

立物，对他来说视觉媒介绝不是文学的敌人。他认为作家的聪明之处无疑就在于能够吸收融会所有符合时代精神的艺术表现新形式。

克鲁格1932年出生于图林根的哈尔伯施塔特，1958年作为弗里茨·朗的助手进入电影行业，1962年参与发布《奥伯豪森宣言》，正是因为这个缘由他1962年作为作家参加了四七社的活动。1966年凭借影片《告别昨天》开创了新德国电影和作者电影这两个概念。1962年的散文作品《人生历程》让克鲁格在文学领域也一举成名。该作品是九个人的传记，他们都受到了民族社会主义的影响，犹如在一个法庭前受审。此后纪录这一文学手法在60年代使用得越来越频繁，克鲁格用他所学的法律技能发出了一种声音，与四七社成立后最初几年相比，这种声音具有一种意义完全不同的启蒙作用，对驱散依然还极其浓厚的阿登纳时代的语言迷雾起了协助作用。作为“砍光伐尽”和“零点时刻”论点的反方案，他提出的基本问题是：第三帝国如何影响着联邦共和国？ 1945年真是一个重大转折年吗？

这部《人生历程》以叙述者的插入式问题分章节，这些问题的作用不是连接过渡，而是剪辑。克鲁格也多次解释说，这些故事最初是作为电影构思的。1966年他将其中的一个短篇小说拍成电影，即阿妮塔·G的故事，女主角只能眼睁睁地看着自己的祖父母被押往特雷津集中营。

他的这些作品遵循极其冷静的准则，不断提出怀疑，用文学手法分析个体和社会的状况，这些特征持续出现在他的其他作品中。在 360
另外一个方面他也始终将发掘和革新四七社放在重要位置：自80年代中期起，克鲁格作为颇具影响力的电视制作人，他的电视节目发展公司（DCTP）垄断了各商业电视台的符合法律规定的文化节目。RTL电视台节目部主任赫尔穆特·托马因此称他是一个“收视率杀手”——这只会给精明的克鲁格这一形象带来益处。

于尔根·贝克尔和亚历山大·克鲁格这两位作家很早就加入了

四七社并一直留在社里，今天依然被视为具有现实意义的时代状况诊断人。他们都不符合四七社的主流，也就是今天提起四七社的审美观所联想到的那些想法。不过到60年代这种共同的审美观已不复存在。马塞尔·赖希-拉尼茨基作为评论家还没有成为主导角色。君特·格拉斯虽然能够凭借《铁皮鼓》获得的声誉谋生，在历次会议上对技艺讨论的态度也非常认真，但在文学和政治上却没有什么新的建树。马丁·瓦尔泽最晚在60年代中期就得到了喜剧丑角的称号，直到今天还未能摆脱——他绝对没能进入四七社核心。

60年代这种代际之间的冲突不是突然间出现的，而是慢慢形成的。不过早在四七社的第三代首次亮相时，已经能够看出他们摆脱了以前四七社的传统。那时似乎一切都在依照计划进行：一个重要因素就是1963至1964年在柏林文学之家，由瓦尔特·赫勒雷尔主持举办的“散文写作”研讨班，对文学活动来说它就像一个针眼。1932至1944年期间出生的16位作者接受了技能培训，就是如今流行的写作工作室的萌芽状态。授课老师有汉斯·维尔纳·里希特、彼得·魏斯、君特·格拉斯、彼得·吕姆科夫和瓦尔特·赫勒雷尔。参加研讨班的年轻作家有彼得·比克塞尔、克劳斯·施蒂勒、彼得·海尔、胡贝特·费希特、沃尔夫·斯默莱特、埃尔弗里德·格斯特尔、扬·胡贝尔、汉斯·克里斯托夫·布赫、沃尔夫·D.罗格斯基、
361 马丁·德勒曼、科琳娜·施纳贝尔、尼古拉斯·博恩、约阿希姆·诺伊格罗施尔、赫尔曼·彼得·皮韦特和罗尔·沃尔夫，最后这一位作者只参加了很短一段时间。研讨班的授课老师都有写作练习的固定题目，里希特的题目是《某人在强光下离去》，彼得·魏斯的是《死亡》，君特·格拉斯的是《结婚广告》、《心灵关注电话》和《为老年人和孤独者组织的环城游览》。《散文写作资料汇编》是柏林文学之家出版社出版的第一批书之一，不久之后还出版了“十五位作者的集体创作小说”，书名为《旅店》。对于四七社此后的历史以及联邦

德国和西柏林的文学发展来说，这个研讨班都有着令人惊叹的意义，而学员胡贝特·费希特的一本名为《第二宗罪》的书则让人们看到了这个研讨班的内情。与《敏感故事》的其他几卷一样，这本书也是这位作家的遗作，费希特于1986年辞世，它从气氛上极其详细地描述了当时已经潜在的代际之间，即学生和老师之间的冲突，不过这一 362
冲突直到1967/1968年的学生运动才公开化。当时具有开创精神的创意写作班“散文写作”结束近20年后，费希特询问当年的学员各自的经历和后来的发展，留下了不太完整的录音，《第二宗罪》几乎全部根据这些谈话记录编写而成。

80年代初进行这些调查谈话时，费希特早已是大名鼎鼎的文坛中心人物，享有底层作家以及偶像作家的美誉。随着时间的推移，他的重要性越发凸显。他关注到一些主题和形式，其现实意义很久之后才显现出来：社会边缘群体，同性恋，在那些当时被称为“第三世界”、如今成为“全球化”标志的重要地点实地考察民族学——费希特简直就像是在悬崖边缘工作。他的长篇小说《调色板》以一种无可比拟的手法描绘了60年代在政治表象之下的蓬勃生命力。除了《调色板》和《德特勒夫的模仿：铜绿》之外，他的作品均未完成。

在对柏林文学之家的写作研讨班进行调查时，费希特首先考虑的一个问题是：“文学公共活动的这一创举”当时是在什么样的氛围和条件下进行的？他的谈话和提问表明，他绝不是保持着一定距离、以客观的态度去接近事件：他身在其中，他的观察从根基开始，书名《第二宗罪》就是纲领。对费希特而言，最重要的就是柏林文学之家写作练习的关键性情景，这一情景出现过多次。作为写作训练负责人，君特·格拉斯评点了犹太人和同性恋者约阿希姆·诺伊格罗施尔的文章。费希特承认那些文章写得并不好。格拉斯毫不留情地将那些文章批了一通，然而他做此事的方式却让学员们感到有些不太舒服。《第二宗罪》第一篇谈话的对象就是诺伊格罗施尔，谈话是

1978年在纽约进行的，诺伊格罗施尔作为翻译家住在那里，费希特直截了当地问他："格拉斯猛烈地批评您时，布赫曾经说过：这是对犹
363 太人的谋杀。"诺伊格罗施尔的回答居然是："他说过这话吗？"[5]

这种"对犹太人的第二次谋杀"是经历过纳粹时期的德国人的"第二宗罪"的象征性核心，它成为后面各篇谈话的主题，并且以费希特的感知方式突出表现了那种无能状态，无法看清同时代人的问题，例如少数派、被边缘化者或者是文学活动中与众不同的声音。费希特曾公开承认自己是同性恋者，这在60年代初几乎是比承认信仰共产主义更为严重的禁忌。他在谈话中也一再涉及性话题，非常特别的一点是费希特不太自然地向埃尔弗里德·格斯特尔问起她在青春期时的经历，她是"散文写作"研讨班的一位女学员，是个犹太人，第二次世界大战期间一直藏身于维也纳的一间阁楼里。在字里行间可以清楚地看出，费希特感兴趣的不仅仅是犹太人遇到的困难——对他来说这首先是对父辈以及纳粹时代那一代人进行清算时的一个主题，他同时感兴趣的还有个人隐私。埃尔弗里德·格斯特尔显然在谈及这方面话题时十分窘迫，在回答关于性方面的问题时结巴得最厉害。

费希特表现得极为镇定，他直截了当地提问，那些问题来自他自己的诗歌创作和那些令他纠结的问题。这些提问越来越清晰地显示出他的自信，很难想象60年代初跻身文学活动的那些人身上居然会有这种自信：因为所有的门都向他们敞开，其中一些人立刻就成了四七社成员。参加了柏林文学之家的研讨班就代表他们已经成名，只是他们自己并没有觉察到这一点。不过或许恰恰因为这一点，才能让他们用一种劣势者的生命力去抵抗格拉斯和其他名人。约翰·施泰因贝克被说得一无是处，菲利普·罗特和约翰·乌普迪克当时的遭遇也一模一样，还有维托尔德·戈姆布罗维茨也应邀为柏林文学之家写作研讨班的学员们作了一场报告。就连乌韦·约翰逊

也被否定，他比那些学员大不了多少，不过已经成名。除了诺伊格罗施尔和格斯特尔之外，费希特还采访了皮韦特。这本书还附有费希特的一些短文，以日记形式记录了60年代早期的那些事件，以今 364
天的眼光看简直是提供了一些八卦的谈资：约翰内斯·博布罗夫斯基的双性恋，大同性恋者汉斯·维尔纳·亨策的出场——他是胡贝特·费希特眼中的大同性恋者，因为与其相比费希特觉得自己是小巫见大巫。

此书一半的内容是关于瓦尔特·赫勒雷尔，费希特与这位当时的文学教皇交谈了好几天，对他的采访进行得十分艰苦。对于费希特和其他的采访对象而言，赫勒雷尔是幕后统治集团和前辈的杰出代表，他似乎操控一切。尽管采访记录中有很多难以理解的缩写，而且文字复述缩减为一些关键词，但费希特与赫勒雷尔的谈话对于理解当时的冲突发展脉络而言依然是极其重要的第一手资料。

费希特带着六八年运动一代的狂热步步紧逼赫勒雷尔：问他在纳粹统治时期长大成人的情况，他熬过战争的经历和方法，他的性经历，他的学术生涯及其带来的转折变化。令人惊讶的是，赫勒雷尔虽然被迫以守为攻，但在很长时间的谈话中，他的表现却明显强于费希特。赫勒雷尔不是一个贪慕权力的人，但由于他的交际才能无意中获得了权力。他“正直地”（一个非常贴切的词）应对费希特的提问，勾勒出一幅小型自画像，带有那代人的鲜明特征，他们在年轻的联邦德国长大成人并发挥影响，他的话很有说服力。两人还讨论了赫勒雷尔的诗《他毫无忧痛地躺在路边》，这种讨论很有启发意义，这首战争诗当时被收印在许多读本中，描写的是找到了一具尸体的场景。对于那种冷静的描写手法，费希特批评赫勒雷尔玩世不恭，敌视人类，推卸独裁和罪责。赫勒雷尔用“形式上的距离感”这一审美原则进行反驳，对于如何能将具体经历转化为某种具有共性的体验，转化为诗，转化为语言艺术，他认为这是唯一的可能性。

费希特与赫勒雷尔于1982年进行的这场讨论足以替代所有关
365 于艺术与道德关系的学术论文。不过它也反映出60年代中期四七社内部暴露出来的问题：后起的一代作家不再描写战争时期的贫困，不再描述种种战壕经历，不再就与纳粹的关系问题进行世界观的原则性辩论，而是提出种种焦灼的、进攻性的问题。费希特并没有采访研讨班负责人，例如君特·格拉斯或汉斯·维尔纳·里希特，而他们正是道德政治讨论最杰出的代表人物，也代表了一种以社会民主为特色的文化。如果采访了他们的话，或许能更加清楚地看到让费希特这代人变得极端化的温床。费希特与赫勒雷尔之间的谈话之所以进行得非常缓慢，原因在于赫勒雷尔，这位教授献身于当时的现代派文学，他比急性子的费希特思考得更深入，分析力更强，也更令人喜爱。

在费希特的访谈中可以感觉到，60年代中期在四七社内部有哪些力量在相互碰撞。和四七社一起成长起来的第三代作家仿佛是从内部炸毁了这个社团。1965年秋天的大会再次在柏林的“老俱乐部”，即赫勒雷尔的柏林文学之家举行，在会议期间这些裂痕已经十分明显。不过1965年的关注点还不在这里。

早在1964年10月，即锡格蒂纳会议结束后没过几个星期，汉斯·维尔纳·里希特给当地的组织者古斯塔夫·克伦写了一封热情洋溢的信：“令人意外的是四七社恰恰在瑞典重新稳定下来。”他的满腔喜悦首先来自他在文化政治方面取得的一个巨大成就，而且是在国际舞台上，这激励着他在这一领域继续开展其他活动。里希特在费舍尔出版社先前的别墅里创办了他的“文学政治沙龙”，开始加强他的政治活动，自由柏林广播电台、北德广播电台和西部德国广播电台都播放了他的系列谈话，而里希特向克伦谈及此事的方式很有代表性：“11月24日在我的‘文学政治沙龙’里，我们将与外交部文化处处长迪特尔·扎特勒有一个谈话，题目是‘德国的国外文化政

策’，赫勒雷尔和格拉斯都将参加，我主持谈话。你愿意加入吗？”[6] 366

1965年要进行联邦议会选举，里希特几乎将自己的全部精力都用在了前期准备阶段州选举的舆论造势上。1964年11月底，他前往卡尔斯鲁厄参加社会民主党大会。应维利·勃兰特之邀，他与君特·格拉斯、西格弗里德·伦茨和瓦尔特·延斯共同承担了社会民主党文化政治方面的工作，计划再以简装本的形式在罗沃尔特出版社出版一本名为《我们想要的内阁》的书，让作家在书里介绍最重要的社会民主党政治家。此次党代会之前，里希特写信给延斯说：“我将让四七社暂时休息一段时间，也许这样更好一些。你说得对，我现在必须考虑一下自己的事。这句话是你说的。事情也完全不能再这样下去了。安德施和希尔德斯海默都给我写了长信——他们很生气——好像他们没来责任在我。”[7]

有意思的是“现在必须考虑一下自己的事”这句话：对里希特来说，考虑自己的事显然就是指投身于社会民主党的竞选。延斯其实是想鼓励他再次以作家的身份出面。虽然在瑞典赢得了意想不到的极大声誉，但四七社却让里希特大伤脑筋。那些老朋友和老战友突然间开始反对他，此事对他的折磨远远超出他愿意接受的程度。此时被他称作“博登湖痴汉”的马丁·瓦尔泽，1961年也曾受他委托出版了一本罗沃尔特小册子《选择》，要求人们在联邦议会选举前考虑是否投社会民主党一票。里希特内心交织着多种复杂的情感：有一点儿因为四七社内部争执造成的执拗和恼火，不过也有一些自豪感，因为四七社通过他的努力已经成为文化政治方面的重要因素。他不甘心这么快就放弃。

比较一下1961年和1965年出版的两本竞选小册子很有启发意义。在维利·勃兰特第一次获得实实在在的机会有望成为联邦总理的那一刻，里希特感到激情澎湃。他马上请求瓦尔特·延斯撰写一篇人物特写——他可以自己挑选一位相关的社会民主党政治家。 367

里希特拿到的第一份稿件来自西格弗里德·伦茨，写的是赫尔穆特·施密特。里希特非常高兴："施密特（大嘴）倒也是个充满魅力的人物，毫无疑问他有把握出任国防部长。总之我决定全力支持社会民主党。现在到处去挑毛病简直就是瞎胡闹。这个党也不是处处都完美，可我们还有什么其他的选择吗？我觉得，既然瑞典人都将社会民主党当成楷模，那无论如何在大选前它就应该是我们的党。"[8]

1961年，里希特不愿出面做出版人，因为他担心自己之前的那些政治活动很有可能会给那本书带来不利。当时与维利·勃兰特的新闻负责人埃贡·巴尔的初步联系进行得小心谨慎，作家们也都比较拘谨，例如埃里希·库比那一句谨慎的表述就很有代表性：可能也做不到不投社会民主党的票。[9]

1961年的那本竞选手册基本就是充斥着这种防御性的基调。《选择》正在排版时，里希特给维利·勃兰特写信，说它收录了"约二十篇文章，有一部分批评尖锐，不过所有文章最后都表态必定投社会民主党的票"。[10]8月初，维利·勃兰特相当简捷地致谢罗沃尔特出版社推出了那本小册子，不过他强调说，自己当然不可能接受《选择》里的所有文章。[11]汉斯·维尔纳·里希特于7月24日写给弗里茨·J.拉达茨的信可以概括1961年的情况，当时《选择》已经出版，大选还未进行。他在信中这样写道："坦率地说，社会民主党已经又让我感到厌恶。一伙胆小怕事的人，一伙命中注定的失败者。必须马上建立一个新的左派政党。"[12]

里希特几乎一字不差地在1961年就说出了年轻一代，即"议会外的反对党"在1968年前的几年中铿锵有力说出的话，只是里希特自己1965年突然支持社会民主党，成了该党勤奋而忠于路线的竞选战士。他此时一再强调要用务实的眼光看待社会情况，这种现实
368 策略肯定与在锡格蒂纳取得的成就有一些关系，不过也与他在电视"沙龙"里以主持人的身份出现在公众面前有关。

在支持社会民主党选举的过程中，让大多数参与者感到意外而且影响巨大的事件发生在1961年：君特·格拉斯公开承认自己是社会民主党党员，之前大家都认为他是无政府主义者，过着波希米亚式的生活。里希特当初去波恩找埃贡·巴尔与社会民主党建立初步联系时根本就没有考虑到他。对此格拉斯表示不满，里希特认为自己有必要向格拉斯道歉："对此我十分抱歉。其实之前我以为君特·格拉斯对这类谈话没有兴趣，看来当时是我想偏了。"[13]格拉斯第一次让公众感觉到他是涉足政治的作家是在东柏林参加民主德国作家联合会的第五次大会。《南德意志报》对他出席大会的轰动性效果进行了报道："按照他的观点，言论自由在西德民主政体中虽然也受到危害，然而在东德根本就不存在言论自由。他拥护他所生活的民主世界——'尽管它有自己的错误'。他可以在那里写作和出版自己的书，而这些书在民主德国是被禁止的。"[14]

波恩会面后，维利·勃兰特给汉斯·维尔纳·里希特写信时又添加了一段"附言"："您能与格拉斯先生谈几句吗？我们在波恩已经说起过，对他的缺席我们深感惋惜。鉴于他在东柏林出席活动期间表现堪称表率，我个人十分期盼格拉斯先生能参加我们的下一次会面，也期盼他能参与那本简装书的出版。"[15]

从这一刻起格拉斯与社会民主党的联系越来越紧密。在1961年的选举中，维利·勃兰特虽说不出所料落选，但四年之后，也就是1965年，种种迹象表明他已经发起了冲锋。在罗沃尔特出版社出版的竞选小册子最终命名为《为一个新政府进行的辩护或别无选择》，与1961年出版的那本册子相比，它支持社会民主党的态度要明确得多，其中一部分文章就是真正的竞选呼吁书。另外，时任联邦总理的 369
路德维希·艾哈德（基督教民主联盟）在竞选中发表的敌视知识分子的言论又点燃了一把火。例如1965年5月29日，在拉文斯堡召开的基督教民主联盟巴登–符腾堡州大会上，他说道："我们情愿放弃在我们的竞选中敲响铁皮鼓。我无法再忍受现代艺术那些倒胃口的堕落现象。我简直要怒发冲冠。”[16]

艾哈德再次使用“堕落艺术”这句纳粹口号惹怒了一些人，然而艾哈德居然还要火上浇油。7月9日他在基督教民主联盟的杜塞尔多夫经济大会上说：“最近时兴诗人当社会政治家和社会批判家。如果他们这样做——当然这是他们正当的民主权利——那他们也就必须乐于接受他们当之无愧的称号，也就是庸人和废物的称号，对自己一窍不通的事物说三道四的庸人和废物。他们跑去担任一定的党内职位，无非就是底层的小干部，却想凭借大牌诗人的身份让人认真对待自己。不行，我们没有打过这样的赌。别想打着诗人的名号，想从政就从小人物的角色开始干起。”[17]

这都是些好的征兆，说明执政者们已经开始烦躁不安。在由社会民主党主导的弗里德里希–艾伯特基金会柏林办事处，克劳斯·罗勒和克劳斯·瓦根巴赫在协调各种竞选活动，人们称那里是“德国作家选举办事处”。他们的工作是写演讲稿和设计标语口号，其他参与者有尼古拉斯·博恩、汉斯·克里斯托夫·布赫、F.C.德利乌斯、古德龙·恩斯林、胡贝特·费希特、罗尔夫·豪夫斯、君特·赫布格、赫尔曼·彼得·皮韦特、彼得·施耐德和博恩瓦尔特·费斯佩尔——许多人都属于四七社最年轻的一代，不久之后他们变得极其狂热激进，成为六八年运动的同义语。一年后，在第一次小型经济危机的影响下，社会民主党同意与基督教民主联盟组成大联盟，另外还对紧急状态法投了赞成票，最终导致了年轻作家们的脱党运动。

不过在1965年秋天，似乎所有人都还在同心协力。最忙的是君
370 特·格拉斯，他在德国四处奔波，作了五十多场竞选演讲。然而9月19日的选举结果却让人失望，基督教民主联盟得票率为47.6%，社会民主党39.3%，自由民主党9.5%。虽然社会民主党比之前的预期多得了三个百分点，但基督教民主联盟和自由民主党费不了多少周折

就可以继续联合执政。

已成为惯例的四七社年会在1965年似乎被联邦议会选举完全遮蔽了。还在春天的时候，里希特已经开始考虑举办一次会议，那是在马丁·瓦尔泽等人发起攻击之后，另外也是受到了鲁道夫·瓦尔特·莱昂哈特一篇文章的刺激，这篇发表在《纽约时报书评》上的文章犯了一个不符合事实的错误，居然声称锡格蒂纳会议是四七社的最后一届会议。后来里希特被卷入维利·勃兰特的选举漩涡。到了夏天，瓦尔特·延斯还没有接到大会邀请函，就给里希特写信说："你也的确有重要的事情要做，这一次也确实是选举成败的关键时刻，我也不知道现在举办一次会议是否合适……气氛不利，我的感觉不太好。"[18]里希特的确表现得"没有把握也没有兴趣"，他让人将会议的筹备工作"稍微拖一拖"。[19]最后终于出现了一个绝妙的解决方法：正负责管理"德国作家选举办事处"的克劳斯·罗勒向里希特毛遂自荐，说他愿意承担四七社此次会议的组织工作。9月里希特将邀请名单寄给了他，邀请函就在"选举办事处"填写寄发。

会议于11月16至21日在柏林文学之家举行。让人惊讶的是，尽管在风起云涌的1965年有那么多人参政，但涉及政治的话题却大大少于1962年在同一地点举行的会议。引人关注的仍然是审美方面的争论，而这些争论完全是由于代际矛盾引发的。众多的艺术家和知识分子支持维利·勃兰特，什么年龄的都有，这种被政治参与暂时掩盖的东西突然重新显露出来。年轻记者乌韦·内特尔贝克在《时代周刊》上写道："须不惜一切描绘出亲切和丑陋，须捍卫现实主义的地位，须不断地尝试创新，须一而再再而三地为社会呈上一面镜 371
子，文学的使命就是用另外的方法从事社会学——这一约定应该明确宣告取消，哪怕是为了取乐！"[20]从中可以预感到，绝不能再以传统的政治社会模式去解读即将到来的六八年运动，而更应从气氛和审美方面去解释，用一种新的生存感觉。

内特尔贝克之所以如此激动是因为年轻作家在争论中依旧还处于下风。老战士布克哈德·纳多尔尼写给朋友里希特的一封信中清晰地反映出这一点："让我震惊的是这样一个事实，在谈到'内容'问题时，这帮年轻人根本就没有表现出一点对政治或社会的关注。"[21]尤为引起老一代不满的是胡贝特·费希特，他朗读的是自己的长篇小说《调色板》(后来于1968年出版)。该小说写的是一个胚胎的故事，怀孕中的母亲在汉堡混迹于爵士乐和流浪汉之中，约阿希姆·凯泽在争论中轻蔑地称之为"胚胎的专题特写"。尤其是1947年就参加讨论的海因茨·弗里德里希，他觉得整个体裁都有伤风化，于是气愤地在《新苏黎世报》上写文章评论这种"十字路口文学"。

这篇文章的要点就在于根本就没有点出胡贝特·费希特的名字，从中可以看出作者从事文学活动的一贯风格。他先是提到了其他人："尽可以半鄙视半取乐地将彼得·费克，或罗尔夫·施耐德，或莱因哈德·伦茨(原文如此！应为赖默尔·伦茨)，或沃尔夫冈·黑尔德的作品扔在一边，尽可以将它们当作性晚熟者的一种狂飙激奋期的见证，然后去做自己文学日程上的事，只要它们没有宣示出危害性很高的思想意识。"不过随后海因茨·弗里德里希便把话挑明了："年轻的性玩世不恭者用性虐待惩罚的那些角色叫作于尔根、海蒂或莫妮卡。几乎无法认出他们外貌上的特点，他们也没有什么感情。
372 他们主要由第一性征和第二性征构成，除了性之外的生存状况只是偶尔研究一下胃里的食物，在缺少其他反应的情况下，这些东西都被大量吐进了抽水马桶。就连他们在厕所中的行为也被提及，解开裤子前裆的描述被赋予神话般的重要意义。这些性玩偶传达的意义肯定不是社会反抗，或者说传达的只是扭曲的感官激情，是一种无论如何都无法为其辩解开脱的对人的蔑视，是的，是对人的贬低，他们的玩世不恭几乎无人再能超越。"[22]

玩世不恭和裤子前裆：海因茨·弗里德里希在这里指向的主要

是胡贝特·费希特及其笔下的男主角捷基。在给里希特的一封信中弗里德里希这样写道:“柏林会议之后我不得不重建……我的文学心灵平衡——还有我身体方面的平和:因为不堵住嘴巴我几乎无法进厕所……”[23]

汉斯·克里斯托夫·布赫在《法兰克福评论》上写的却完全不同:“胡贝特·费希特朗读了长篇小说新作中的一章,将会议带入第一个高潮,在该小说中他巧妙地使用科学和伪科学材料,以一种后人无法超越的、高超的运用文体的技巧,描述了一个年轻姑娘的怀孕,她生活在汉堡的‘浪荡子’阶层。”[24]乌韦·内特尔贝克在《时代周刊》上写道:“终于出现了一个人能够摆脱那种昏暗的田园牧歌,他描写的虽然是病态的东西却实现了超越,他不仅仅是新瓶装旧酒,他的语言高雅,完全驾驭了所描绘之物,足以勾画出一幅全景,让人从一个角度窥见城市的全貌。”[25]先前马塞尔·赖希-拉尼茨基在《时代周刊》上写道:“唯有一位小说家能够完全驾驭自己笔下的危险主题——胡贝特·费希特。他的作品透露出嘲讽中的倔强,带有一种冰冷的精彩。他的写作充满智慧。”[26]

在26位朗读作品的作者中,对费希特的争议最大。雅科夫·林德赢得了许多掌声,在文学奖的投票表决中最后位列第二——“他的散文作品欢快明亮,以一种轻松愉快的方式糅合了海森比特尔、若内、贝克特、罗伯特·瓦尔泽的特色,又不是刻意模仿这些榜样—— 373
这一点毋庸置疑。”[27]大家也热烈讨论了君特·赫布格的诗,都认为他“超越了徒劳无益的超现实主义诗歌实习”,他的诗被称为是一种“真实的、类似于现实主义的诗,这种诗在盎格鲁撒克逊语区已存在很久了”。[28]

迪特尔·韦勒斯霍夫讲述了一件令人意外的经历。他在1964年和1965年两次朗读的是同一部正在创作的作品,大家的反应展现出在格拉斯1958年实现突破之后发展出来的讨论结构:“后来我犯了一个极大的错误，我在四七社又朗读了同一本小说，那是在柏林举办的一次会议上，而这是一种犯忌。不应该将一部手稿再朗读一次。当时我再次朗读了那部长篇小说中的一章，其实和在锡格蒂纳会议上受到好评的是同一章。不过那天我感冒了。我读得很糟糕。我前面那个人读的是轻松愉快的作品。他的朗读超时了，所有的人都想去吃饭。我朗读时感觉就很不好，当时就是这样。结果就是突然间所有的人都反对我。批评铺天盖地，几乎是毁灭性的，对我来说继续写这部长篇小说特别艰难。不仅仅要面对那些我身为其编辑的作者，这是对我尊严的一种打击，也是对我的打击。而且还有出版社——那些人会说：现在叫他还想写！所有其他的朗读，以前的三次朗读，那些获得赞誉的朗读，似乎都不算数了。”[29]

引人注意的是尼古拉斯·博恩仅仅被顺带提及，与1964年在锡格蒂纳一样，在这次会议的评论中他得到的结果依旧不好——一位代表着另外一种新声音和新文学的作家，一位被狂热崇拜的作家，在这方面唯有70年代的彼得·汉特克能与之比肩。他的年轻朋友汉斯·克里斯托夫·布赫几年前在四七社也受到激烈批评，他试图在自己的报道中还给博恩一点儿公道：“通常情况下，评论家们总是很
374 快能达成一致，认定某一部作品为次品。接下来的几篇文章遇到了麻烦，比如尼古拉斯·博恩的文本，那是一篇写婚姻中忠诚与不忠心理机制的短篇小说。形式上放弃了花里胡哨的东西，讲述者态度十分真诚，这两点得到了认可，但由于作者与素材之间没有保持足够的距离，文本暴露出了语言上的弱点，按照其主题的要求来衡量，这个文本无法补救。”[30]

虽说提到了博恩，但是他被归入享有“无聊”名声的“科隆现实主义”之列，坐了冷板凳。谁也没有预料到这位作者将来的发展。他的诗集《发现者的眼睛》于1972年被列入红色平装本“新书”系列在罗沃尔特出版社出版，印数达八千册并且售罄，似乎是深深打动

了读者的心灵。他1976年的长篇小说《历史背离了大地的那一面》成为极端政治化之后那个时期“新主观主义”的代表性作品。 375

博恩事业上的发展非常缓慢，而且不典型，他属于60年代中期和四七社一起成长的“年轻一代”，但在文学表现上属于比较独特的一个。他是工人家的孩子，没有上过大学，50年代末，他在22岁时想与恩斯特·迈斯特建立联系——这位隐居诗人来自威斯特法伦的哈根，被大家称为“自我封闭之人”，其作品很难理解。不久之后博恩就向未被世风袭扰的恩斯特·迈斯特说起自己对美国垮掉派诗歌的痴迷，其中还有些许存在主义的气息：例如艾伦·金斯伯格就是一个例证，他证明“在如今正在觉醒的青少年一代中”产生了“耗尽自己一生的欲望”。[31]几年之后，当博恩已经在艾奥瓦大学任教时，他以一种更加放松的心态写到这一主题。他还去伊利诺伊参加金斯伯格的作品朗读会：“我听说，他现在只是唱自己写的诗。”[32]在这两件事情之间的那些年里，联邦共和国在成长进步，成为一个摆脱了束缚的国家。

恩斯特·迈斯特为博恩搞到了邀请函，让他去参加1963年在柏林文学之家举办的第一届写作班。在那里博恩与赫尔曼·彼得·皮韦特以及汉斯·克里斯托夫·布赫交上了朋友，不久后与F.C.德利乌斯也成了朋友。他几乎是自然而然地从柏林文学之家进入了四七社，参加了锡格蒂纳会议，随后一年又参加了柏林会议。在50年代得到滋养的对存在主义的基本感情与60年代的政治化之间，博恩感到左右为难。他出生于鲁尔区，来自工人阶层，这使他对某些同代人的偏激非常敏感，这些人来自市民阶层并喜欢将自己的主观感受绝对化。他在给赫尔曼·彼得·皮韦特的信中曾这样写道：“重要的是，绝对不要相信任何一个左倾的市民阶层子弟。”[33]

博恩对他那个时代各种各样的政治潮流都避而远之，一开始他还没有公开承认这一点，后来则越来越远离政治。这位来自埃森的化学凸版制作者，很有诗才，又脚踏实地，他有可能曾认真地将某个共产主义小组，或是仅仅将德国共产党视为一种选择的可能，却从来不曾参与辩论。在他与皮韦特的来往书信中可以看出他们这种有文
376 学抱负的人左右摇摆的种种观点，几乎比当时的任何一种文字记载都更具有说服力。在短短的几年间，即从1963至1967/1968年间，这种气氛更加激化，敌对情绪愈加严重。政治无从避让，人们感觉到自己的深层纤维组织都打上了社会和社会责任的烙印，自我与社会之间的关系绷紧了人的最后一根神经。皮韦特和博恩这些信件传递出当时生活感觉中的激情和痛楚——事情很清楚，人们必须选择“正确”的一方去站队，然而这正确具体是什么，又引起了一些折磨人的、曲折绵延的自问。1969年12月22日，博恩给汉斯·克里斯托夫·布赫写信说：“我担心我的写作不会再进步了。”[34]

若是没有立即被卷入某一时代氛围的漩涡，似乎就会被更加痛苦地抛回自我。博恩朋友圈的交往气氛有时是果敢的，几乎是男子汉联盟式的，但也会有温情的和嘲讽的。博恩在给皮韦特的信中说，布赫断定F.C.德利乌斯缺乏主观性，而博恩则缺乏客观性。博恩的评论是：“布赫说话越来越清楚，成熟得越来越快。”[35]

这四个朋友在四七社里的际遇各不相同。布赫19岁时就已参加绍尔高会议，是年轻一代的“核心人物”之一，但却从未真正地一帆风顺。博恩两次朗读作品都遭到激烈批评。皮韦特多次引起长时间的争论，对他的评价分歧很大。唯有弗里德里希·克里斯蒂安·德利乌斯每次朗读作品都赢得一片赞扬之声，他参加锡格蒂纳会议时也是19岁——1990年，四七社解散20多年之后，在布拉格附近再次象征性地举办了最后一次会议，德利乌斯在此次会议上被安排最后一个朗读作品，肯定是有原因的。

除了代际矛盾之外，1965年柏林会议的一个特别之处是民主德国六位作家参会，他们都拿到了旅游签证——与彼得·胡赫尔、沃尔

夫·比尔曼和曼弗雷德·比勒尔相反。他们之所以获邀是基于汉斯·维尔纳·里希特在文化政治方面作出的努力，特别是他在德国政治方面作出的努力，不过他们尽量避开了审美讨论以及容易引发冲突的话题。在各种会议报道中，他们只是被顺带提及，似乎在文学 377
方面他们是无关紧要的人——不论是弗里德曼·贝格尔还是斯特凡·赫尔姆林，不论是贝恩德·延奇、君特·库纳特还是罗尔夫·施耐德。诗人卡尔·米克尔似乎最受西德人欢迎。

四七社文学奖最终颁发给了瑞士国民学校的教师彼得·比克塞尔，在前几次会议上他就引起了人们的注意。比克塞尔朗读的作品无一例外地让所有人都感到满意，甚至连乌韦·内特尔贝克也是如此，尽管他的认可显得有些不情不愿："这里是一位风俗画大师在读有趣的散文。"[36]

约阿希姆·凯泽在《南德意志报》上发表了一篇报道，在结尾处他写道："这三天的结果就是，中间一代和老一代中的许多人开始预感到，年轻一代会有什么样的表现，是什么在驱动他们。"[37]第二年的四七社会议在美国精英大学——普林斯顿大学举办，产生了巨大的影响，这种预感才终于变得具体起来，而美国正在与共产主义越南激战。

378 第十九章

# 失能的描述

## 通俗文学从四七社的精神中诞生：普林斯顿，1966

在瑞典惊艳亮相之后，汉斯·维尔纳·里希特就打定主意让四七社每两年在国外开会一次。除了显而易见的外因，他暗地也希望这样做能避免激化德国国内的种种矛盾。没用多久，他就把目光投向了下一个候选地美国。早在1965年1月30日，歌德学院美国分院就找过里希特，问他是否有兴趣在美国召开会议。那之后没多久，美国名校普林斯顿大学德语系主任维克多·朗格就问他要起具体日程来了，同时主动表示愿意承担部分费用。他能承担80个人的旅费，每人报销400美元，食宿免费提供。此外福特基金会还赞助了一大笔钱，主要供青年作家在美国游览两周。美方明确表示希望与会者参加传统的普林斯顿大会，举行的时间是1966年4月25日，主题为"富庶社会中的作家"。四七社集会的时间也就随之定了下来：4月22日到24日。

四七社中几位德国作家与美国已有相当深的渊源。拿赖因哈德·莱陶来说，他从1962年起参加集会朗读作品，1964年还获得了不小的关注。1965至1967年他作为自由作家去西柏林生活之前，曾在哈佛大学读博士，并在几所美国大学教过书。其他人比如瓦尔
379 特·赫勒雷尔则长期以来就对美国有着浓厚的兴趣。1957年7至10

月赫勒雷尔曾受邀去马萨诸塞州的哈佛大学和芝加哥大学讲学。一年后，也就是1958年，他又在教堂山和普林斯顿大学举办讲座。他将这些初期的美国经历写成了散文，题为《年轻的美国文学》，发表在《音调》杂志1959年的创刊号上。对德国人来说，美国是从未经历过的新世界：这个世界的中心是劳伦斯·弗林盖蒂1955年以来在旧金山出版的《城市之光》系列作品，以及格罗夫出版社的《常青藤评论》，这份杂志自1957年起就为“垮掉的一代”代言。赫勒雷尔最推崇两位作家，其一是艾伦·金斯伯格以及他那首自由诗式的《嚎叫》，赫勒雷尔认为这首诗“将个人与常规化的、循规蹈矩的思维方式——那其实是一种暴力——对立起来”；赫勒雷尔似乎对一种新动向特别着迷：“转过辞藻的拐角，越过句式的高峰，吹起一股来自原野的风，那是美国文学界尚未看到的原野。”[1]赫勒雷尔推崇的另一位作家是格雷戈里·柯尔索。柯尔索的诗作《原子弹》引发了争议：他在诗中以过激的语言呼吁人们不要憎恨原子弹，而要去爱它；并且用“炸弹”和“爆炸声”这两个词玩起了文字游戏，揶揄当时的经济腾飞。只是这些文字游戏没法翻译成德语。

与美国青年的接触让赫勒雷尔活力四射。很快他就与格雷戈里·柯尔索有了书信往来。1961年，卡尔·汉泽尔出版社出版了赫勒雷尔与柯尔索合编的大部头作品《年轻的美国诗学》[2]。在德国市场上，这本颇具开创意义的书大获成功。几年后主导文学界的作家偶像几乎在这部书里都有涉及：除了金斯伯格和柯尔索之外，还有杰克·凯鲁亚克、威廉·S.巴勒斯、罗伯特·克里利、劳伦斯·弗林盖蒂和弗兰克·奥哈拉。这本书开篇第一首诗是查尔斯·奥尔森的《欧洲之死》，是献给赖纳·M.格哈特的致敬之作。格哈特曾在自己创办的杂志《未竟之书》上首次出版了W.C.威廉斯、查尔斯·奥尔森和罗伯特·克里利作品的译本，后于1954年自杀身亡。《年轻的 380
美国诗学》这部集子包着封套，销售时还附上一张唱片，里面收录了柯尔索和金斯伯格的真人原声。赫勒雷尔和柯尔索的这部诗集出来得有点过早了——比1969年罗尔夫·迪特·布林克曼和拉尔夫–莱纳·吕古拉合作的著名诗集《美国新气象》还要早八年。“垮掉”和“通俗”对于当时正在缓慢发展的德国亚文化来说，还是非常陌生的概念。

1960年7月28日，柏林艺术研究院举行了一次朗读会。当时美国作品难以被介绍和接受，不同的世界相互碰撞，所有这些情形都在朗读会上体现出来了。格雷戈里·柯尔索和纽约来的劳伦斯·费金参加了朗读会，包括赫勒雷尔、君特·格拉斯和乌尔丽克·冯·莫伦多夫在内的与会者朗读了美国作品的德文译本。萨宾娜·里兹曼在《法兰克福汇报》上如此描写这次活动：“格雷戈里·柯尔索满头卷发，也许除了滥饮之外，这群人诗中屡屡引用的许多别的兴奋剂他也嗑了不少。他以极其个性化的另类表演和点评让这场活动办得热热闹闹。赫勒雷尔在他的简短发言中将这群青年诗人誉为美式文化的对抗者。这口气未免太大了一点。”她还有句妙语：“赫勒雷尔、君特·格拉斯，还有一位盛装名媛朗读了翻译过来的诗作。这些诗写的时候根本没花心思雕琢，显然是草草了事。”[3]

鲁道夫·哈通在《明镜日报》上的文章也是如此：“朗读诗作译本的是一位风姿绰约的女郎，还有君特·格拉斯和瓦尔特·赫勒雷尔。”尽管没有提及此次活动上“女士们”的姓名，而且她们还被评论者形容为“盛装”或“风姿绰约”，但从文化角度来说，毕竟在理解“垮掉的一代”的诗风方面前进了挺大一步。哈通对活动本身描写道：“舞台上的先生们显然烟瘾都很大，当众互相抛掷香烟和火柴。
381 不用说，那位格雷戈里·柯尔索准是犯瘾撑不住了，不得不躲到‘盥洗室’待上一会儿，然后迷迷糊糊地打断同伴的朗读：他说感觉没意思，太无聊了。”[4]

这次与美国文学圈的接触让赫勒雷尔也重新考虑起自己的诗歌

创作来。艾伦·金斯伯格、劳伦斯·弗林盖蒂以及格雷戈里·柯尔索好像让他看清了一点：现在应该创作“长诗”，而不是战后联邦德国那种短小、封闭，越写越没话可说的诗。那种感官的直白，对日常生活的关注以及自由不拘的诗风正是赫勒雷尔情感上所需要的。他在一期《音调》中表露了这些思考，后来成了读者讨论最多的几期之一:《主题：长诗》(1965年第2期)。赫勒雷尔的“长诗论点”深藏在来路各不相同的多首长诗之中。他的想法由16条简短的陈述构成，一共两页半长，用星形标记彼此隔开。有一些作品一看就会让人想到赫勒雷尔这个名字，而这篇文章竟然也算其中之一，想来真是有些不可思议。当时关于文学与政治的讨论方兴未艾，赫勒雷尔的一个观点就是对此而发的:“写长诗的人看待世界的眼光会更自由，与现在的墨守成规和胸襟狭小截然相反。联邦德国只有自我解放才能看清自己。”[5]

赫勒雷尔这位严厉的一线评论家，又一次在纽约朗读了自己的作品——而且选读的不是那部长篇累牍的小说《大象钟》。他第一次朗读这部小说的节选是1959年在艾尔默宫的事了，那次朗读让业界十分兴奋，从那时起他们就等这部小说面世(一本关于符号学的小说，是50年代先锋文学的主题之一。但直到1973年才出版，先锋文学的无限风光早已成为过去)。赫勒雷尔在普林斯顿发布的《结婚宣言》没有引起什么反响，也没有正式出版过。对这篇散文，年轻的奥地利作家彼得·汉特克的表态明显就是挑衅:“抱歉，我有点儿不够客观”，但他觉得那篇文章很“没有内涵”。[6]如此评价赫勒雷尔的 382
散文的确是失实的，事实可能正好相反——然而这正是症结所在。

如果说1965年柏林大会的特征是在美学理念上的混乱，以及在表达生活感受时的代沟冲突，那么普林斯顿大会上，最尖锐的问题则是从完全不同的角度产生的。当时美国在越南战事正酣，这就成了会议最大的主题。四七社内部对此事的政治态度也完全不同。几乎就在美国武力介入东南亚的同时，四七社正在对普林斯顿大会的安排进行最后表决。汉斯·维尔纳·里希特发现互不相让的两方都给他造成了压力。一方认为，既然有个国家正打算发动帝国主义战争，那就根本不能去那个国家。对此里希特回应说，普林斯顿大学恰恰是反对越战的中心啊。而面对美国方面的东道主——日耳曼学家维克多·朗格，里希特又必须强调四七社绝对无意出台什么正式的政治解决方案，也根本没打算讨论东道国的政治问题。事情引起了一番外交斡旋，对美国方面也得先说明白，有几位要来参会的德国作家的政治态度是极端批判的。

歌德学院纽约分院的院长彼得·施塔德尔迈耶努力在里希特和联邦德国使馆之间进行调停。双方同意选择一所代表机构为四七社专门召开一个接待会。里希特快刀斩乱麻，找出了一个令各方都十分满意的解决方案。他通过讲师拉达茨，说动了罗沃尔特出版社的老板海因里希·马里亚·莱迪西–罗沃尔特，由他出面在纽约为四七社安排一场“令人陶醉”的庆典。

对四七社内大多数作家来说，去美国比去瑞典要难得多，这里面也有国内政治的因素。马丁·瓦尔泽——尽管他本人并不想成为其
383 中一员——称四七社为“文学国家队”，他说，在这种活动中免不了要显示一下联邦德国的对外政策的。这话流传开来，让很多人觉得十分不快。人们都在议论赫伯特·马库塞所说的“强制宽容”。海因里希·伯尔的话最激进：“有人希望联邦德国通过我们访美来赢得政治资本——可能事实上也确实会——这想法让我浑身直起鸡皮疙瘩！因为如果我们在美国朗读那些‘哦，确实很批判’的作品，正好可以在美国邀得自由之邦的名声。这想法真可怕！”这些话被写在信里寄给了汉斯·维尔纳·里希特。信里还说了一些话，就不仅仅是让他起鸡皮疙瘩那么简单了，而是让他痛彻骨髓：“我想，要是我们以后还继续举办会议，就该选择近处的穷山沟！还有，对立的时代过

去了，现在是反抗的时代：你们该最终、彻底地结束跟社会民主党的勾结了——这是所有党派中最卑鄙下流的一个。”[7] 384

让里希特尤其感觉棘手的是彼得·魏斯。此人创作了一出关于法国革命家让·保罗·马拉的话剧《马拉/萨德》，1963年在四七社绍尔高大会上介绍过，并未引起关注，但后来该剧闻名世界。正当四七社在普林斯顿开会的时候，百老汇大街的马丁·贝克剧院前排起了长队，人们争相观看这出由英国人彼得·布鲁克斯导演的话剧。在四七社开会之前，彼得·魏斯接受《纽约时报》采访时说：“我不赞成越战，这是我和其他作者们来到此地的原因。有些人在为改变美国而奋斗，我们想对他们表示支持，同时希望能联络到更多的为改变美国而奋斗的团体。”[8]当然这恰恰是里希特在为这次会议作外交铺垫时千方百计想要避免的：他不想让人觉得四七社是老牌欧洲的共产主义者派来的特洛伊木马。魏斯接着又表明，他所说的只代表个人观点，但四七社内部无法控制的对立局面已经露出了端倪。围绕德国作家对越战的立场及其政治后果，彼得·魏斯和君特·格拉斯在普林斯顿多次激烈争吵。集会落幕之后，魏斯、恩岑斯贝格和莱陶参加了普林斯顿大学学生的一个反越战“时事宣讲会”。魏斯在他的《笔记》中这样写道：“4月24日，大学生们组织了一个反对越战的抗议集会，莱陶和我应邀参加。参会之前，四七社一位老前辈把我们叫到他旅馆房间里，要跟我们把事情说说清楚。据他说，我们作为‘德国作家’没有权利掺和美国的事情。我说，我不是以德国人或瑞典人的身份，而是要作为反帝国主义者去参加活动。”[9]

集会之后举行的普林斯顿大会共约有600人参加。德方的格拉斯和魏斯表现抢眼。格拉斯作了题为“宫廷消亡背景下御用文人的自信缺失”的演讲，在演讲中他拒绝认同当时德国社会民主党在议 385
会外部操控的已经十分明显的左倾运动，而魏斯却明确表达了其个人的社会主义立场：“我从藏身之地出来了。”四七社已经不像以前那般团结，政见上的分歧再也无法排除在外，这是个不容否认的事实。汉斯·维尔纳·里希特与左翼犹太移民埃里希·弗里德的通信中对此说得很明白。弗里德所持的传统派观点对先锋派来说是很陌生的，他主张在更新的基础上坚持布莱希特式的简洁文风，里希特相当认同这一文学主张。

弗里德那情绪化的风格让里希特很受不了。有一次辩论得正激烈，弗里德忽然一把脱掉了套头衫，却一时根本没有注意到自己的光膀子。这位来自伦敦的移民当时正在为瓦根巴赫出版社著名的《季刊》写一部又一部的诗集。他对格拉斯的做派也很不满，指责格拉斯“行事几乎毫不掩饰自己的骄矜”。他是第一个对格拉斯发表看法的，从那时起这些看法就一直安在格拉斯身上。他说：“我依然认为他天赋很高，尽管在文学上，他的坏天性对这种天赋的损害在日渐加深。”他认为格拉斯可能是四七社里权力欲最强的人，“当然跟所有嗜权者一样，他自己没察觉。我这么评价他是因为他有着最聪明的设想，知道如何更好地维护社会民主党人的根本利益。协助他实现自己的想法简直是太正当太轻易了……这种模式尽人皆知。如果没什么能制止他，我可以预想到，不单四七社要被格拉斯毁掉，甚至作家君特·格拉斯也会蜕变成一个公众人物兼演说家，等不及举办大选就会四处跑去演说”。[10]

这个判决下得早了——带着让人忧惧的警告，因为在60年代初，很多人将君特·格拉斯与维利·勃兰特相提并论，这潜移默化
386 地对格拉斯当时的文学创作也产生了巨大的影响，这影响有多大连他自己一开始也猜不到。他的文学作品与政治文章越来越难拉开距离，政治在他的长短篇小说创作中都投下了阴影。著名的《但泽三部曲》之后的第一部作品，60年代末的《局部麻醉》就十分偏执地在六八年运动问题上不依不饶。1972年出版的《蜗牛日记》描述的是德国战后社会民主运动发展的高潮阶段，也是联邦总理维利·勃

兰特的人生之巅。这部作品以极其郑重的方式将文学和政治等同起来——比恩岑斯贝格郑重得多，后者在《教科书》中暗指“文学已死”，引起了公愤。虽然格拉斯后来不乏佳作，比如向汉斯·维尔纳·里希特致敬的《相聚在特尔格特》就写得毫不费力，一气呵成，但他个人发展道路上明显一直背着社会民主教义的十字架。不论是1986年以世界末日口气写出的《母鼠》，1988年在加尔各答避世期间发表的《亮出舌头》，还是1990年有关森林消亡的阴暗的长篇小说《死木》，他的作品中总是夹杂着一些政治气息，有点像社论，带着点儿道德说教、一本正经的味道，总是清晰地传达出一种诉求，控制着他的文学创作。

埃里希·弗里德挑明了1966年的普林斯顿那些若隐若现的东西。他不仅痛斥格拉斯，同时也痛斥里希特身边那些无聊透顶的“集议青年”们。他还痛斥以迪特尔·韦勒斯霍夫为首的“科隆现实主义”，说此人明显已经江郎才尽。汉斯·维尔纳·里希特其实心里十分赞同弗里德关于青年作家和科隆学派中新派小说分子的看法，所以这些话对他是更大的折磨。然而格拉斯却是里希特眼中的一颗恒星。1966年，基督教民主联盟和社会民主党的大联盟开始上轨道，库尔特–格奥尔格·基辛格的纳粹党历史经档案证实，人人憎恨的弗朗茨·约瑟夫·施特劳斯再次当选国防部长，恰恰在这一年，里希特在与格拉斯的密信里将他称为自己为数不多的几位智库成员之一。 387
这对四七社的未来并不意味着什么好事。

从文学角度来说，普林斯顿的大会是令人失望的。埃里希·库比在《明镜周刊》上声称，那是“最勇敢、最正直、最贴心、最美好，也是长期以来或有史以来最没劲的一次大会”。[11]普林斯顿古典的辉格党大堂的气氛可能也有助于人们产生这样的印象：不是在装饰着鹿角的家庭风格酒馆里喝木桶啤酒，而是在一座富丽堂皇的大礼堂里，不时听见普林斯顿大学教堂的阵阵钟声。有件事后来还成了笑料，就是每次钟声响起里希特就要关上窗户，但这样一来大堂里空气太闷，又不得不一再打开。

幸好还有赖因哈德·莱陶的朗读会，可以算作四七社在普林斯顿的闪光时刻。他的文章主题是军事武力，字里行间都在说越战和军政界首脑人物的做派，但没有捎带一点点时事。赖因哈德·莱陶在60年代绝对算得上是杰出的散文作家，他是四七社中因妙笔生花而被人津津乐道的几位人物之一。奇怪的是，如今他却几乎被人们遗忘了。他朗读的《敌人》选段中有以下情节："陆军元帅探身凑近窗玻璃，只看见自己在夜色中的影像。房间里一片沉寂。过了一会儿元帅说：'外面什么也看不见。' 将军松了一口气。元帅在窗前问道：'您也没听见敌人的动静吧？' '敌人曾躲在树上装鸟叫，' 将军回答说，'我们走了过去，听见树上的鸟叫声。清清楚楚，是树叶中间发出的鸟叫声。如果那真的是鸟，可能我们一靠近就飞了。' "[12]

对此瓦尔特·赫勒雷尔即兴分析说："整个结构是铺陈的，这也是这篇散文的妙处。看上去仿佛是铁皮人在跳舞，全部的人物，军队
388 被困在这些铁皮人形象里，只有一个形象没有被刻画成这样，就是那个敌人的形象。敌人站在这个铁皮人世界的对立面，有血有肉，是一种柔软的东西。此外，描写的手法能让人立刻从这种形式体会到莱陶的主题。"[13]

约阿希姆·凯泽和其他人出场之后，汉斯·马格努斯·恩岑斯贝格也发了言。他的发言能让人感觉到，这个时期除了纯文学之外，大家讨论的还有一些别的话题："我反对凯泽的意见。我觉得与尤内斯库的比较完全不恰当，使用荒诞这个概念时也应该更谨慎一些。当然我们现在谈的正是荒诞的事物，是那些被看作荒诞的事物，但说到荒诞文学，人们习惯于将之理解为别的东西。同样我也不太相信这是一个反战故事。我更愿意称之为后反战故事。正是在这一点上我看到了这个故事的勇敢之处，就是说这个故事冷静叙述整个现象，

所用的语调让人觉得仿佛根本不再有战争这回事情，仿佛在讲一段供人回忆的陈年往事。故事是对战争的悼词，所有的东西里我看到了故事的力量，其实是一种乌托邦式的力量。”[14]

此情此景竟然没有摇滚乐队带着一曲《革命》来助兴，哪怕连模仿一下披头士也没有，倒真是让人有些吃惊。只有普林斯顿大学上下课的钟声不时响起。伴着钟声，彼得·魏斯表示对彼得·比克塞尔的文章有点意见（比克塞尔在前一天的会上已经朗读过这篇文章并因此获得了当年的四七社奖）：“也许很难对这篇文章提出批评，因为这一篇与以前那些在四七社反复讨论过的文章很相像。这样一来就不好找新的论点了。由于使用了完全相同的手段来营造风格——虽然形式上更庞大一点，这也许是本文唯一的新意，表明他的确是在寻找某种形式——某种摆脱了雕虫小技，而近乎类似于感性的形式。”[15]马塞尔·赖希-拉尼茨基却完全被这篇文章感动了：“清晰透亮不同寻常的一篇散文！有趣的是，他总是使用短句子，甚至经常只有主句！”[16] 389

关于这次大会，当时在罗沃尔特出版社工作的弗里茨·J.拉达茨写了篇长文发表在《法兰克福期刊》上。他着眼于美国当时的环境，着眼于波普艺术的发展，以及波普艺术如何无情地撕裂了这些德国作家。“波普艺术，当然它不是政治鼓吹式的艺术。但人们在美学上反抗商业广告所强调的过度的对称感，使人们对商业广告的对立面也敏感起来，即对政治宣传敏感起来。人们必须了解这个国家，吃过这里的食物，闻过这里的气味，才能理解为什么安迪·沃霍尔不单现在正在举行的展览十分成功，他租用气氛诡异的‘波兰艺术之屋’举办即兴现场秀也十分成功。与这些宏大的展出相比，汉堡的‘星光俱乐部’或柏林的‘伊甸故园沙龙’都不过是矫揉造作小家子气十足的地方。这些大气的表演由垃圾、黑暗、噪声和很多彩灯组成，沃霍尔用这些灯光让所有的东西都神奇起来。观众们都蓄着大胡子，穿着透明的塑料鞋和带荧光的红衬衫。当然还有一些看完话剧又来这儿的人，锦帽貂裘，吸着香烟，他们也得跟其他人一样，站在黏乎乎的桌子边，用同样破烂的玻璃杯喝啤酒。”[17]

年轻些的德国作家对流行文学早有了解，而且也在试着往这种风格上靠。当时彼得·O.肖特耶维奇大概正在写他的长篇《岛·熊目岛上的故事》，这部作品后来被称为第一部德语后现代小说。他1965年就在柏林的大会上朗读过作品，他总结道：“两次大会都让我感觉浑身不舒服。我知道还有很多我的同龄作家也有同样的感觉。就气氛来说，这些大会让我们这些年轻人相当沮丧（这说法后来很常用），所以到了晚上或刚一散会我们就想尽法子放松，连最奇怪的方法都尝试过。”[18]

于尔根·贝克尔对安迪·沃霍尔的风格了如指掌，对现代绘画也相当内行。他在罗马的马西莫别墅写作时，试图将这种风格体现在文学创作中：“日记本一页页飞快地填满。一个星期天。在罗马的
390 时候，我想回到奥登塔尔去。在奥登塔尔我又想回到圣波里。圣波里：我这会儿想待在利物浦。在利物浦，我又急着想去森林。”[19]

主流评论家并不太理解这种格调。瓦尔特·延斯评论道：“无法辨认其结构原则。一切都是含混的联想。根本看不出有什么可以追溯的规则。”汉斯·迈尔分析道：“作品是用报纸和习惯用语拼贴出来的，就是把派对闲聊不加选择地排列在一起，还有偶尔捕捉的瞬间，就跟听起来一样很容易就能做出来。”

23岁的弗里德里希·克里斯蒂安·德利乌斯也参加了普林斯顿大会。他对四七社印象很好，因为他每次参会都挺受欢迎。可是后来他断言：“最晚到了普林斯顿大会的时候，听到几位老成员在说什么‘文学之家青年’了，他们指的是赫勒雷尔的门生。人们怀疑这些人写的东西很无聊，尽是些过分雕琢的文字堆砌之类。这只是十来个人，不过却引起了普遍的不满。人们总是期待年轻人能写出些

不一样的文学作品来。”[20]读完这段文字就很容易理解，动荡的年代过去之后，德利乌斯为什么在自己1971年出版的论文里提到了莱斯利·A.费德勒，此人于1968年前后作为后现代理论评论家出现在美国文学界。

正式议程之外，大会也举办了德美两国作家的见面会。“垮掉的一代”诗人艾伦·金斯伯格谈起一种能强化人的自我意识的药物LSD，认为这种药对政治的影响值得期待。此番言论一直深刻地留在与会者的记忆中。君特·格拉斯大胆地回应道，自己更喜欢咖啡。会上各种矛盾冲突激荡，不仅有美德两国作家的矛盾，也有新老两代人之间的矛盾。克劳斯·施蒂勒参加普林斯顿大会时只有25岁，是作为赫勒雷尔写作学校的成员受到邀请的。如今他这样总结当时的气氛：“‘内部朋友圈’自有其团结一致的气味。这个词是汉斯·维尔纳·里希特说的，他没有公开提过，但有一次他对别人说的时候我偶然听到了。我们这些人都不属于这个圈子！用这个词更多地意在 391
排挤那些在美国也许单凭生活态度就更受欢迎的年轻作家。出乎我们的意料，他们显然害怕被抢了风头。”[21]

他们的确被抢了风头。24岁的彼得·汉特克留着垮掉的一代那种发型，看上去倒更像个年轻姑娘。当他朗读作品时，人们也没觉得有什么不好。他读的是快要完成的作品《推销员》：“推销员还在路上。香肠片耷拉在面包外面。今天会是炎热的一天。一个扫把头从门缝里探出来。那个手提箱太显眼了。透过钥匙孔他只能勉强辨认出一只倒扣过来的鞋子。他的双手眼睁睁地逃离开他，迅速得他都无法跟得上。又是这个回旋往复的梦。一只玻璃杯在当啷作响，也许是一扇窗玻璃……”[22]

赖希–拉尼茨基觉得这作品很无聊。格拉斯觉得赖希–拉尼茨基才最无聊，汉特克也一样没意思。瓦尔特·延斯宣称：“他的写作原则是借助单句来完成猜想，我支持这一做法。要指出的是，最后完成 392

的作品可能不再是一次有趣的练笔，但这种练笔会加强作者以后的创作能力。”赖因哈德·鲍姆加特也相当肯定地说：“其实我的印象是，他所讲述的一切并不是用言语将这个过程制造出来，而是将已经造好的过程复述出来，让人感觉作品像是一种叙述式的再生文学。”

汉特克的朗读似乎就这样草草收场了。但人们没有想到的是，汉特克深入地研究过四七社的运作方式以及对付媒体的办法，并将这些知识用于实践之中。讨论单个作家作品的时候，他两次要求发言，按照一定的时间间隔，每次他都发表一些一般性的观点，批评当代文学界的贫乏。起初的几次无人表示理解或响应。那天，他朗读了自己的作品之后，同辈作家赫尔曼·彼得·皮韦特上场，汉特克又一次尝试发表评论。他猛地站起来，立刻产生了效果。录音文本保存了汉特克那变得神奇起来的话语：“我发现，当代德国文学创作中，笼罩着一种描述的失能。人们试图通过纯粹的描写来取得成功，这样他们至少还可以说自己在搞文学创作，虽然这种做法一开始就是最廉价的。就算不知道该写什么，但至少还可以去描写一下细节。现在，德国文学开始了一个完完全全缺乏创造力的时代。新现实主义这个可笑的流行词被各色人等利用了，好跟别人谈话的时候有的说，虽然谁都没有一点点文学能力和创造性。这样一种文学创作的可鄙之处在于，它跟随便哪本百科全书里抄出来的文字都一个水平。如此创作的人，可以使用杜登词典，或杜登图解词典，打开要找的图，指出各个部分，就用这样的套路创作作品。要是他们创作的是文学作品，那就完全是一种愚蠢傻气的文风。而评论界完全赞同这种创
393 作方式，因为他们掌握的一套方法刚好够用来评论这样的文学，因为评论界自己就跟这种文风一样愚蠢。”

对此人们一开始还是没明白，汉特克到底想干什么。但此刻他们至少明白是出事了，因而感到高兴起来。弗里德里希·克里斯蒂安·德利乌斯回忆说：“有一点是肯定的：这些话不是他当场想出来

的。他的评论并没有针对当时的作品，而是事先准备好的，酝酿了很长时间。因为他想要这样的亮相效果。然后，随着'描述的失能'这个高明的词，他把所有人都摆平了。"[23]

汉斯·迈尔，这位说话最重、学究气最浓，大多数人私底下都很害怕的评论家紧接着汉特克的话头说了下去，使汉特克的亮相变得高贵了。看上去，汉特克这番年轻气盛、断断续续的话让迈尔感觉自己的政治预设受到了挑战："汉特克想说的是这些……（笑声）。对，为什么我不该护着他，别让他被自己的观点给伤着呢？格拉斯昨天说得对，他说联邦德国存在新的小市民文学的问题。我们在这里见识了各种风格的文学作品，它们都是现今又卷土重来的小市民社会的反映，这个社会的特色就是无所作为的统治阶层。从这个意义上来说，汉特克将自己的不快表达出来，是完全正确的。他说：德国作家到底在写些什么呢？他们怎么看待世界呢？汉特克说评论界的话也完全对，他说，评论界，包括这座大厅中的评论界人士，都一点不想费力气，他们只是轻松地谈论这样一种社会状态，却不想去追问这种状态以及如何理解它。"

汉斯·迈尔感觉到汉特克在主张一种新的文风，但他只能以自己熟悉的政治模型对此加以分析。可是靠这些模型并不能正确解读它。汉特克在普林斯顿的登场象征了德语流行文学从四七社精神中的诞生。两三分钟的时间内，汉特克就变成了标志人物。他激进的发言与其外表之间的张力产生了一种特殊的效果：他看上去确实像 394
有些拘谨的修道院学生，结结巴巴，大口喘气，还想让别人注意自己。他从披头士那里学来的蘑菇头发型在那个时代对所有人来说都代表着一种对生活的渴望。对当时的德国文学界来说，这种蘑菇头还是来自完全不同的领域的一种主题。效果还不错。人们在随后几周、几个月的报纸杂志上，只要看见一个梳着半长的蘑菇头、戴着眼镜的剪影，就知道那是彼得·汉特克。他毫不隐讳地接受了安迪·沃霍尔的审美，而且就跟这位在美国一样，成了德国引领潮流的人物。

克劳斯·施蒂勒讲了一个关于汉特克的好故事，他讲起汉特克在开会间隙的怪异举止："我记得，我们这一群人，皮韦特和肖特耶维茨，还有布赫都在内，我们彼此是认识的，汉特克却不认识我们。他没见过我们，我们也没见过他。我们这伙人当时聚在一起，我记得大伙买了一瓶威士忌，一起走过公园，每人都喝上一口。然后就发现我们身后大约50米，这个害羞的披头士在跟着我们。不知怎么的，我们觉得他有些可怜，所以就停下来等他，让他跟我们一起走。他倒是一直很拘谨，基本上不说什么话。那时我们就那么坐在长椅上，他呢，为了显示自己是条汉子，就去跟一个过路的姑娘搭话，那是个美国姑娘。然后他叫道——我说这些，仅仅因为当时汉特克就处在这么个情景中，他当时也想显示自己是条汉子，但他其实是个腼腆的家伙。他为了证明自己，就大喊了一声，他叫道，嗨，我想操你！然后我们当然是大笑起来了，那个姑娘也笑着走掉了。这就是汉特克在会议议程之外，在公园里的表现。"[24]

在普林斯顿，四七社分裂成了两个阵营，它们处于最尖锐的矛盾
395 对立之中：一方是未来的流行文学和注重媒体形象的阵营，另一方是新生的激进左派。彼得·汉特克和彼得·魏斯恐怕不能容忍人们将他们相提并论，但除了一点：他们两个都要感谢四七社让他们成名。两人所代表的力量一同指向一个事实：四七社无法继续存在下去了。

克劳斯·瓦根巴赫也是六八年运动那代人中的一员。现如今他列举了那些属于激进阵营的作家，同时说明了激进派分裂的程度。赖因哈德·莱陶在美国生活多年，埃里希·弗里德生活在伦敦，恩岑斯贝格在挪威，彼得·魏斯在斯德哥尔摩。他说："他们能从外部来审视一切。他们看到将会发生什么——或者正在发生什么。他们看到60年代的联邦德国：看到1964、1965年，还会看到奥斯威辛大审

判，看到了豪奢的生活和性专制。也就是说，德国的五六十年代对年轻人来说可不怎么好玩！他们连避孕套都不知道，更不用提别的东西了。我总是说，那是一个人人梦想在汽车里做爱的时代！真是可怕！就是说：60年代明摆着就是一个充斥着谎言的时代！”[25]

作为六八年运动的前奏，格拉斯和瓦根巴赫这对朋友的反目对很多人来说是具有代表性的事件。瓦根巴赫描述道：“后来诗集《盘问》出版了。里面有反对学生运动的诗。我对他说：‘君特，你可不能这样做啊！那是些年轻人，可这些句子，这儿，这句子是什么意思——谁派你们，谁给了你们钱——这有点儿，咳，我可不喜欢这些。’而君特是顽固不化的社会民主党人——于是我们就分道扬镳了。而且很长时间互不理睬！很长时间！”[26]

赖因哈德·莱陶的文章《敌人》也对这一点多有关注：“外面下着雨。将军回来了。‘您仗打胜了吗？’有人问他。‘我没找着那敌人。’将军答道。”

# 第二十章
# 历史的警棍
## 炮仗和普尔沃米勒：最后的日子

汉斯·维尔纳·里希特的天分并不在文学分析领域。他预见未来的能力后来也被证明是有限的。他在后来写给普林斯顿的东道主、日耳曼学家维克多·朗格的信中安慰对方说："彼得·汉特克过不了几年就会被人们遗忘的。"[1]

另外还有一点颇让人疑惑：里希特到底是不是真心希望他邀请的九位民主德国作家一同去美国，就连事后也没搞清楚。1965年有七位东德客人参加了西柏林的集会，里希特非常上心，想进一步加深这种关系。可尽管维克多·朗格在美国为社会主义国家的公民搞到了一份特别许可，民主德国有关部门却毫不留情地拒绝了这次旅行；《新德国报》认为导致此事的原因是四七社那深受社会成见影响的政治立场，从他们做客美国时对美国发动战争一事的态度上就可见一斑。报纸认为，活动的发起人可能"没怎么认真想过，万一受到邀请的民主德国作家中有那么一个能去参加该怎么办"。[2]不管怎么说，设想要是某位东德作家，例如由乌韦·约翰逊引见而受到邀请的弗里茨·鲁道夫·弗里斯真的出现在普林斯顿的话，倒确实是一件有趣的事。这一年，他精彩的长篇小说《通往奥布里亚多之路》由苏尔坎普出版社出版。如果这位出色的作家能去普林斯顿，一定会大

大影响世界对他的了解以及他本人的发展。 397

于是，汉特克的名字留在了普林斯顿的余音之中，他代表着当时代际之间无法逾越的鸿沟。1967年初，四七社的另一创始人海因茨·弗里德里希抱怨“都是些小帮派，花费了很长时间绞尽脑汁地写了一些烂文章”。[3]不断地有人拿四七社的商业化做文章。四七社发展到了一个节点，必须明确表态，没法儿再含糊其辞或彻底否认。如果老一代们为“文学之家青年”们无味的作品而兴高采烈，也是与他们完全不同的文学创作观念相关联的。

商业化，作秀，美国：这一切与越战混在一起就变成了爆炸性的混合物，威胁着四七社未来的存亡，必须认真对待。里希特几位文学界的老朋友反对四七社起什么代表作用，也反对它的商业化。这些问题与一些反社会民主党党员的意见混在一起。美国之行不论从哪个角度来看，都是一个象征。沃尔夫冈·希尔德斯海默、海因里希·伯尔、马丁·瓦尔泽：社里这几位激进人士虽然有各不相同的理由，但他们都认为普林斯顿标志了四七社的堕落。伯尔曾徒劳无功地劝说里希特“最好在近处的穷山沟里开会”[4]。里希特有时欲擒故纵地说过要解散四七社。虽然毕竟只是一种说辞，而且他绝对不可能这么做，但现在看来情况变得严峻起来了。

诱发这种转变的一个重要因素，就是普林斯顿大会结束之后，一些年轻作家有机会在美国参观两周这件事，引起了德国左派圈子对四七社的强烈批评。《实际》杂志组织了一场反对者的论坛，比《明镜》还要激进，而且这份杂志在1966年的所作所为，几个月之后成了六八年运动的萌芽。《实际》杂志上的两篇文章让里希特和他的人都非常难受：1966年5月，罗伯特·诺伊曼对四七社口诛笔伐，以 398
题为《柏林帮》的文章指责四七社是类似黑社会的组织。6月份，汉斯·埃里希·诺萨克的文章更加凌厉，标题令人过目难忘：《文学娼妓》。[5]

这与四七社之前见怪不怪的媒体攻击都不一样，诺伊曼和诺萨克与弗里德里希·西堡或君特·布勒克尔的立场完全不同，他们持鲜明的左派立场，直斥四七社赤裸裸地向当权派献媚。罗伯特·诺伊曼早在1927年还只有30岁的时候就因他被广泛征引的讽刺作品集《掠人之美》成了知名的讽刺作家。身为犹太人和社会民主党员，他移民去了英国，做了国际笔会的副主席，在这个岗位上致力于激烈地批判冷战的鼓吹者。50年代后期以来，他住在瑞士的提契诺州。在那篇批评四七社的文章开头，他仿佛是在自嘲，说自己这个“乡下人”总是奇怪，柏林怎么会变得那么厉害。20年代那种爱随大流的人又出现在库达姆大街上了，女士们都穿着未来风格的库雷热牌法国时装了——四七社也像街头时尚那样爱随大流。

人们从诺伊曼的文章里能读出一丝隐晦的怨毒。只要是四七社成员创作的伟大文学作品，他都不分青红皂白地加以痛斥。就像当初他说“二代表现主义者”一样，他也预言四七社好景不长：“这些玩意儿迟早会把自己玩完的。”他煞费苦心地将格拉斯的《铁皮鼓》与约瑟夫·温克勒的小市民喜剧《疯狂的邦贝格》相提并论，温克勒的这部小说产生于20年代，诺伊曼对这个年代十分了解。不过这个笑话很快就烟消云散了，因为大多数读者都很清楚，格拉斯的小说完全处于另一个水平上。如今看起来，诺伊曼对乌韦·约翰逊的鄙薄也是灾难性的：“《柏林帮》将约翰逊的二流才能煽动到了顶点，可惜就
399 算背部肌肉锻炼得再强的人也没办法在那个顶点上坐太久。”

所谓的“帮派”是指汉斯·维尔纳·里希特、瓦尔特·赫勒雷尔，当然主要还有君特·格拉斯，他被指为“老板”，文章还说“格拉斯阉割了四七社早期的潜能，将之变成了自己的跟班或帮派，任何一个头脑清醒的人都会这样认为”。面对文学水平远远超过自己的格拉斯，诺伊曼的厌恶和狭小的气量都大大减轻了他在这场笔战中的力道，但他的确戳中了四七社的几个痛处。他有一点意见是得到公

认的，就是西柏林艺术学院文学系的主任瓦尔特·赫勒雷尔1966年获得了本学院颁发的声誉极高的冯塔纳奖。诺伊曼说："这个奖项的委员会成员（除了一位社会民主党党员之外，此人在文学方面的水平跟联邦总理一样高）首先包括汉斯·迈尔，此人是以一种可疑的方式从四七社出来的；另有一个成员是四七社自己的小出版商克劳斯·瓦根巴赫。这个奖项的初衷，是要奖励那些配得上大作家特奥多·冯塔纳的已出版的系列作品。赫勒雷尔只不过出版过薄薄的小诗集。我看过这些诗集。写得可真漂亮！很有可能是里希特写的。"

在文学方面，汉斯·维尔纳·里希特并没有获得自己门徒们的认可。诺伊曼抓住这一点反复嘲弄（"一个父亲般的角色，自己却不会写作"）。人们能听出他话里的尖酸，而且关于"黑社会"的责难也确有所指。他第一次揭示并攻击了一个事实：西柏林产生了一个强有力的文学中心，当地所有的文学活动都受它操纵和控制。诺伊曼对四七社口诛笔伐，是因为当时主导文学界的主流话语将他排除在外，他感觉委屈。另有几位与四七社走得近得多的作家也对四七社提出了批评，诺伊曼的讨伐与他们的意见相去不远，这让诺伊曼的指责看起来是对的。社会舆论认为，四七社是一个文学黑社会，对自己又袒护又夸耀，但事情还不止于此。当时还产生了政治上对四七社的新攻势，《实际》杂志正好为诺伊曼那孕育中的六八年风气提
供了合适的论坛。诺伊曼把社会民主党与四七社进行了比较，说它 400
"不是持社会主义立场的反对党，而更是一个糟糕的人民党派——倒是跟基督教民主联盟不同——勃兰特的好兄弟格拉斯和他最大的佃户汉斯·维尔纳·里希特正是要将同样处于衰败之中的四七社引向同一个方向。"

四七社变成了占统治地位的文学阶层。要让汉斯·维尔纳·里希特看清这一点并总结出教训，是很困难的。这是一个没有出路的两难困局。汉斯·埃里希·诺萨克抓住这一点不依不饶地攻击，反

而让四七社的代表人物觉得情有可原：这些攻击是一个被拒于门外的人在表达痛苦。但诺萨克的预言是对的，他说过1967年四七社无论如何都会解散。四七社的结局近在眼前，诺萨克已经感觉到了。他那句响亮的“文学娼妓”表达出了一些文学之士的不快。这些人中包括鲁道夫·克雷默–巴多尼，他有一句话常被引用：“我是右派，因为左边没位子了。”四七社中的左派——准确地说四七社所依赖的那种公众形象，那种汉斯·维尔纳·里希特和君特·格拉斯所代表的形象——越来越自我膨胀。

诺萨克具体描述这种情势时所举出的理由令人吃惊。对那种后来被人们称为“社会民主式的现实主义”的东西，他闭口不谈，也不谈一个有社会责任感的作家的优先权。在诺萨克眼里，四七社代表着“索然无味的形式主义”和“理想主义的艺术雕琢”。他将四七社的特点总结为“一种只注重文法的文学，单单从纯技术的角度品评自己创作的作品，将那些有政治、社会或人性方面关怀的作品一概指斥为不具艺术性”。这意味着在诺萨克看来，四七社的成员多是赫尔穆特·海森比特尔之流，而不是君特·格拉斯式的人物。这种看法一定与诺萨克本人的文学创作定位有关。战争刚结束，诺萨克立
401 刻创作了以轰炸汉堡等令人伤痛的事件为主题的作品，但创作时他以当时通用的手法将这个主题神秘化和隐喻化了。他最著名的小说《最晚在十一月》于1955年出版。

他的时代八成已经过去了，他有感觉；而对四七社他则保持距离——虽然他收到过几次入社邀请。最能代表他态度的，是1956年夏天他写给里希特的信，当时里希特正要扩大自己的社会政治活动，并积极反对联邦德国的重新武装。诺萨克在信中写道：“我之所以给您写信，是想请您将来在认为有必要的时候，在格林瓦尔德的系列活动中签上我的名字，不必事先征求我的意见。我也不想向您隐瞒个中缘由。对于公众，我肯定是有着一种病态的厌恶，所以才在这里离

群索居。虽然如此，但我一直高度注意着、追随着每一次活动，每次都感到遗憾和自责，因为在谈论那些关系到我们所有人的问题时，我总是无能为力。"[6]

在信的末尾，诺萨克又一次提到了他"对人群的厌恶"，其中所包含的一些东西十年后再次出现在他的文章里，那时他撰文批评四七社那"毫无冒险精神的实用性"创作。他在《实际》杂志发表的文章用充满煽动性的语气写道，四七社的"文学只讲究文法"，是为"反动派"服务的，随着对"反动派"的揭露批判，他自己站到了当时已经辨得出来的政治风向上，总之是一个相当左倾的定位。但这个位置具体在哪儿，他自己也不知道。他的激进与当时的话锋相称，政治意味却比表面上看起来要淡得多。在《实际》上发表的那篇文章中他宣称："这个时代的标志是反动派。这是四七社的错。人们绝对不必像我的同辈们那样激进左倾。左派和右派的划分反正已经不适用了，辩证地看，它们可以互换。文学，为了当得起文学这两个字，就始终是抗议的，始终是革命的，并始终是积极参与的。"

后来，他提到当时一些事件来说明什么是"积极参与"，人们才知道他的本意。"罗密欧与朱丽叶，"诺萨克说，"要不是包含着对僵化社会的批判，将不过是一个俗气的爱情故事。"他紧接着说："话说 402
回来，那个时候还没有四七社。也没有二流子。没有人在美国领事馆前大喊大叫——虽然有一些国家默许并幕后操纵的小型抗议活动。那时人们得用生命为这些事担保。"

诺萨克挥笔四处出击，批评当时能批评的一切。他的文章也第一次证明，将四七社与六八年运动相提并论在不久之后将会是常态，当时其他的历史事件都没有它重要。但这些事还提示着一些与时代无关的东西。诺萨克从一个孤独者的角度发声，这个孤独者以更高的美学品味和道德水准自居，不想随波逐流。不过触碰到痛点的正是他的意见将会很快获得大多数人的认可。

人们从诺萨克的文章里看得出一个受到不公平对待的作家所表现出来的病态。对于他的文章，汉斯·维尔纳·里希特看得比较轻，不像对罗伯特·诺伊曼的文章那么在意。但《实际》杂志上敌视四七社的文章越来越多，简直成了个要爆炸的大炮仗，这让里希特很费神。这些文章的观点，跟四七社中的左翼分子例如马丁·瓦尔泽、彼得·魏斯和海因里希·伯尔在此之前的诟病相吻合。里希特是媒体专家，他很清楚这股刮向四七社的逆风意味着什么。左派移民罗伯特·诺伊曼文章写得漂亮，对付这个敌手一定要万般小心。里希特曾与弗里茨·J.拉达茨一起为罗沃尔特出版社策划过几本书，面对这位年轻的战友，里希特在给他的信里详细地说明了自己对这些事情的看法。鉴于外部的敌对情绪，他甚至试图给四七社的内容下一个定义，以前他一直避免这样去做。里希特创建四七社时的设想，是否还符合20年后他面对当时各种议论时的态度，已经完全不重要了。里希特仿佛要通过书写让自己梳理一下思路，当年为什么要创
403 建四七社：

> 诺伊曼的批评文章是20年代的风格。这种文章——从政治角度来说——粉碎了知识分子中的左翼，比希特勒做得还早。……最后给文章定调子的根本就是“黑军团”，压倒了整个左派对这些文章风格的影响。这些文章不仅使左派发生内部争斗，而且还让他们面对与纳粹的斗争。因为那时人们试图贬损当时的人物——希特勒是个小画匠，戈培尔出身微贱，施特拉塞尔一事无成，这些人凑在一起就是一群社会渣滓，一群恶棍——说得最狠的，就是一群可怜虫，屁都不是，根本不值得在意——但十年之后，恰恰就是这群可怜虫差一点统治了整个欧洲。……此外还有，在笔战中各自为政的左派面对的是“富有集体精神”的右派，诺伊曼肯定会胜出。1945年发生了这些事

> 情之后，我就很清楚自己该怎么做了。这听上去有些自夸，但你别忘了，第三帝国时代，我本人也是一个马克思主义小团体的成员，这个团体12年来几乎只致力于一件事，就是研究1933年政治上失败的原因。我的想法是，同样的错误无论如何都不能再重演。这就是四七社产生的最初原因。因此我也试图在左翼作家中培养集体精神。这种努力获得了部分成功，它给四七社带来了极高的声望。而现在，有人却要轻率地摧毁这种声望。所以四七社又采用了新方法，一种近乎盎格鲁–撒克逊式的风格，也就是评论文本，只是单纯地评论文本，避免任何原则问题的讨论。所以我们就事论事，只评论创作的想法、观点，避免人身攻击。我总是努力调停个人之间的争执，或者我争取让它们在政治或文学领域都不要造成影响。相信我，这常常让我怀疑自己。但是，如果1933年你还年轻，经历过他们怎样把我们遗忘的，他 404
> 们所有人，或者说差不多所有人，那些昨天还夸夸其谈的人，那些施坦伯格、诺伊曼、卢克斯，对，还有卢卡契之流，我亲身经历过，知道他们是如何逃走的：彼此都是死敌，背地里互相咒骂，是的，于是战后我们只有这一种道路可走：抑制个人意气，有意识地将作家们召集起来抱成团儿，客观地发表评论，让文学问题只产生间接的政治影响。[7]

这封信几乎概括了里希特组织所有活动的基础思想。他表现出了“无枝可依的左派”的个人感受，这种感受让他在战后与阿尔弗雷德·安德施同病相怜。与联邦德国移民们的论争对里希特来说是20年代那些辩论的延续。为什么当时“他们”要“逃走”，里希特用自己特有的风格轻描淡写地说：无非就是因为他们中有很多是犹太人，生命受到了威胁。里希特本人1934年的时候曾短暂移居巴黎近一年，在那儿他与其他的移民有联系。1935年因为经济上的困难他又返回了柏林。罗伯特·诺伊曼的攻击让他愤怒，其间也掺杂着一种隐藏的反感。这反感来自一个事实：就是与其他流亡者不同，里希特本人留在了德国。对里希特来说，“1933年的失败”正是他人生的转折点和衔接点，魏玛共和国末期，左派的分崩离析给了他教训，也使他不得不流亡国外。君特·格拉斯也得出了类似的教训——战后立刻再次掀起的工人阶层左倾辩论热潮，使格拉斯作出了抉择，成为一名社会民主党人。

里希特这封信的收信人弗里茨·J.拉达茨是从民主德国移居过来的，他同意里希特的见解。他用事实证明了自己是里希特的理想盟友。1966年8月他在《实际》杂志上撰文回击那些进攻，题目
405 是《笔战虽好，认识更妙》。由瓦尔特·赫勒雷尔出版的《技术时代的语言》特辑里，第一篇就是拉达茨论四七社的文章《阿斯凯廷石脑油，或曰：中庸的笔战》，在这篇文章里他像20年代的阿尔弗雷德·克尔与卡尔·克劳斯之间的论争那样，从不同角度将里希特的观点鞭辟入里地进行了分析。

总之，1966年前后，有很多出版活动都与四七社有关。赫勒雷尔的特辑是为了回应“一份文档”，那是一本短时间内集结起来的小册子，收录于《沃尔特辑刊》，在美因河畔法兰克福出版。这本小册子的出版商赫斯特·齐尔曼收集了德国媒体上发表过的关于普林斯顿大会的各种文章，包括报纸新闻、评论、表态和访谈。重点明显落在诺伊曼和诺萨克的攻击上，诺伊曼还有幸为小册子写了结语。四七社的首脑们拒绝集体发表总结性的文字，于是小册子只在边角注里提到了他们。里希特为慕尼黑《晚报》所作的一篇访谈被收录其中，还有赫勒雷尔一篇回应彼得·汉特克的文章。册子也收录了海因茨·普拉维乌斯发表在东柏林《星期日报》上的回应文章，此举表明了这本小册子的政治态度：四七社遭到左派的攻击，虽然册子中的观点是多元的，但出版者仍然更倾向左派。

想到所谓黑社会的指责是直指赫勒雷尔，就不难理解为什么10月他要在自己的杂志上作出回应。《技术时代的语言》这期特辑的名称是《诽谤的艺术与贫乏——围绕四七社的论争》，延续了里希特对"笔战"自身问题的讨论。赫勒雷尔甚至放了两篇自己的文章在里面。文章继续使用笔名"弗雷德里希·汉特"，每当"赫勒雷尔"这个名字出现在作者栏里有可能显得过于强势的时候，他就使用这个笔名。除他以外特辑还收录了很多四七社核心圈作家的文章，格拉斯、莱陶、比克塞尔还有瓦根巴赫都在内，而语言学家哈拉尔德·魏 406
因里希从历史的角度深度解析17世纪帕斯卡尔的乡村通信的专文，则大大拓宽了理性分析的涉及面。

赫勒雷尔，这位里希特眼中的并不让人十分信任的学者和形式主义者，以这一行动给四七社的领袖提供了强有力的支持。让里希特高兴的另外一件事，就是他风雨同舟的老伙伴阿尔弗雷德·安德施也意外地再次站到了他的一边。安德施的诗作《为四七社凑凑字数》叙述了四七社建社的来龙去脉，捍卫了四七社的理念。诗里列举了四七社取得的成就，有几行是这么写的："不需那位杰出作家的友情／汉斯·维尔纳·里希特／仿佛现象本身／已向我们表明。"[8]（原文中"作家"一词是大写的，可能是印刷错误。）*里希特在这几周里所承受的压力，从他给安德施的第一反应就能看出来："这次我需要帮助，而你在我没请求帮助的情况下毫不迟疑地施以援手。哪怕我活到一百岁也绝不会忘记你的恩情……是的，弗雷德，这许多的谩骂让我备感痛苦，战后我还是第一次感觉这么'低落'，人们可能不会说我有抑郁症，但这个夏天我真的差点被严重的沮丧——政治上的低潮——给毁掉。现在一切都过去了，我感谢赫勒雷尔的行动，我也感谢你。我有这么多朋友，而此时此刻才显得出谁是患难之交。

*　这首诗中其他名词的首字母都违反语法规则使用了小写。——译注

除了赫勒雷尔和格拉斯之外，只有几位年轻人是真朋友：莱陶、罗勒、赫尔伯格、海伊。而以我们打头的这一代人里，没有一个：艾希没有，施努雷没有，伯尔没有，希尔德斯海默也没有，只有施纳贝尔和你。但你的帮助是最关键的。因为你的援助，我觉得我们整个‘这一代’又恢复了活力。”[9]

法兰克福那份文件产生的基调是已经发端的学生运动，而赫勒雷尔捍卫四七社的那本小册子的实际内容明显要比它多。虽然如此，年事渐高的四七社头上的光环却显然已经开始褪去。四七社的
407 代表人物将他们的不安表现得再清楚不过了。卡尔–海因茨·博雷尔在《法兰克福汇报》上断言："反对者的声讨、激情和恶语中伤至少跟罗伯特·诺伊曼那失败的絮叨一样让人平静。”他又加上说："对诺伊曼那粗鲁废话的批判揭示了他的伪善、恶意和一种文学上的教条路线，这一切表面上却被装扮成铁面无私的样子。”[10]

读了赫尔曼·彼得·皮韦特发表在《时代周刊》上的文章，人们能够很清楚地感觉到四七社深陷困境。年轻的作家皮韦特已经多次在四七社中朗读过自己的作品，但从没获得什么赞许。他甚至促成了——在一种很偶然的情况下——汉特克在普林斯顿那次流行艺术式的出场。但总的来说，他对四七社是忠诚的。他在文章中写道，赫勒雷尔的小册子“让对手阵营的论证方式完全失效”，而且诺伊曼与诺萨克的进攻是如此地“不灵巧”，以至于“受到攻击的一方根本没感觉到这种击打本应达到的效果。”皮韦特之所以这么做，是另有关切。他所关心的，拿格拉斯的话说，并不是四七社不需要“好的对手”，而是它需要一些人来“保护它，不被社内过于自信而又自成小团体的朋友们伤着”。

皮韦特要求四七社从不断深化的错误中总结教训，进行彻底的改革。他认为四七社必须检讨核心层权力过大的问题，还有四七社大会的商业化这个突出问题："四七社的定位早已改变，而且最初的

口号‘互相朗读作品的朋友圈’反正已经没人相信了。既然已经这样了，四七社的规矩怎么还不让人讨论任何原则问题？”

当皮韦特碰触四七社另一个痛处的时候，看得出他无疑是一位着眼于未来的作家：“现如今受到赞许的那些坚定的评论者，不论他们的贡献有多大，他们有时也只是偏听偏信的，而且他们也拿这个在卖弄。人们不是希望四七社恢复青春吗？那么仅靠每年都邀请年轻作家是不够的，还要争取到年轻的评论家，就像彼得·施耐德、乌尔斯·耶尼或沃尔夫冈·韦特，他们才能真正理解同龄人写的文章中 408
的隐喻和讽刺的杂音。”[11]甚至此时已经算四七社支柱人物的于尔根·贝克尔也给里希特写信说：“我总是想着，也许该请几个年轻的评论家来一次了，可以是乌韦·内特尔贝克、乌尔斯·耶尼、沃尔夫冈·韦特，或者最好还有海因里希·福姆韦格。”[12]

“大评论家”们独立自主，四七社变得商业化，里希特口中的那些“看热闹的人”一起把大会张罗成了“闹市”——这些事情轮番逼迫里希特，促使他像以前多次考虑过的那样，打算将1967年的大会办得私密些，安排在一个尽可能偏远的地方。在老朋友希尔德斯海默面前，他将这次集会形容为“减肥疗养”。他希望能尽量避开媒体：“我们只邀请以前在社里朗读过作品的人，或者——以前没读过的话——那些这次有作品要朗读的人。评论界人士的邀请也适用这一原则。他们可以在社里朗读‘政治散文’。”[13]

各方都提到过几位青年评论家的名字，认为他们应该参会，最后只有乌尔斯·耶尼真正出席。但相比以前，1967年10月在弗兰肯地区普尔沃米勒举行的集会规模确实小。在报道四七社的电视专题节目里总能看到魏申费尔德可爱的乡村景象：没有铺过沥青的道路，还有嘎嘎叫的鹅群。从汉斯·迈尔对参会邀请的反应上，就能看出当时围绕着四七社模式的争论引起了多大的反响：“请相信我，我绝对不是造作。我一想到会议期间可能遇到的人，就感觉很不情愿，虽然我很喜欢他们中的一部分。但在会上我得听好些年轻作家朗读作品，可能还得发表评论，可是老天，我对他们真的不感兴趣，也不怎么懂他们的文学理想。自相当长的一段时间以来，我的人生已经进入了阶级性的保守阶段，将来的传记作家们会这么描述的。我顶多还能理解得了于尔根·贝克尔和卢姆科夫的作品。要让我去品评汉特
409 克等人的高度，看来是不行，当然这只是我不好。”[14]

迈尔果然没有来开会。著名的评论家之一瓦尔特·延斯也没来。他的理由是（以前提起过的彼得·O.肖特耶维奇和沃尔夫冈·迈尔被算作年轻一代）：“肖特耶维奇还是谁来着，反正我跟他们没接触过。一想到又得见到迈尔之流，还有格拉斯的追捧者或其他什么人，我就觉得反感又讨厌。”[15]马塞尔·赖希–拉尼茨基的口气却完全不同：“有传闻说我这次不会参加，这不是空穴来风。有人不想参加，还劝我说我也不该再掺和这种事。而我呢，亲爱的领袖，我做自己认为正确的事。我认为接受你的邀请是正确的事。”[16]

彼得·汉特克可不认为参加集会是正确的选择。在普林斯顿骂过文学之后，他又在剧本《骂观众》中进一步提炼了自己的风格。在这种情况下，里希特无论如何也不想放弃这位新星，但对这一位来
410 说，四七社已经犯了错。他说：“我去了斯德哥尔摩，又听到了某些评论家的议论。现在很清楚，我不能再参加了。我绝无意冷落您，但我确实没有一点参会的兴致。”[17]

普尔沃米勒的会议试图力挽狂澜。会上又仿照以前那种成为传奇的“工作坊讨论”形式。同时，为了庆祝四七社成立20周年，会上发布了关于四七社历史的《手册》，收录了历年来关于四七社的最重要的报道。普尔沃米勒会议上对政局的讨论尤其令人难忘。六八年运动早已点燃，会议不可能不谈它。早在1966年，社会民主党的“德国作家选举办事处”就觉得自己遭到了背叛，它强烈要求维利·勃兰特与紧急状态法案保持距离。年底社会民主党与基督教民主联盟

宣布组成大联合政府，作家们表示“很失望很痛苦”：他们说现在提到维利·勃兰特的名字，“总是和施特劳斯先生一起出现”。[18]

跟以往不同，很难一眼看清谁在那条战线上。在《教科书》杂志上发生了一次公开的争论，争论双方是彼得·魏斯和汉斯·马格努斯·恩岑斯贝格。魏斯表明了自己对世界上穷苦大众和受压迫者的同情，并要求四七社在政治上采取鲜明的态度反美、反越战、反资本主义。恩岑斯贝格则辩论说，他反对这么一种没有实际行动的表态。而且他看上去态度更为激进，却无法明确看出他的主张。汉斯·维尔纳·里希特觉得眼前正在重演20年代的路线之争，他先利用这些纷争支持自己的一派：“我的印象是，仿佛一位生活在1925年的作家在给1966年的另一位作家写信。”[19]1966年，恩岑斯贝格跟往常一样毫无疑问地位于时代的顶峰，不过他是否达到了与里希特的顶峰一样的高度，不久之后就见分晓。很久以来，恩岑斯贝格都在从完全不同的角度考虑文学与政治的关系，这应该促成了1968年11月《教科书》杂志著名的“文学已死”那一期的出版。普尔沃米勒的会议他并没有参加。 411

1967年春天上演了一出闹剧，四七社和六八年运动的一些核心人物开始接触，恩岑斯贝格也在里面起到了一定的作用。乌韦·约翰逊1966年初的时候去了美国，待了很长时间，此间，他将自己位于西柏林尼德街的工作室留给了汉斯·马格努斯的兄弟乌尔里希·恩岑斯贝格。1967年3月，这位兄弟又与其他几个人一起占用了约翰逊位于施蒂尔街的房子，“一号公社”就是在那里诞生的。这群人中还包括达格隆·恩岑斯贝格——与汉斯·马格努斯分居的妻子，还有公社社员弗里茨·托伊费尔、莱纳·朗汉斯和迪特·昆泽尔曼。有一天乌韦·约翰逊在《纽约时报》上看到，在西柏林他自己的家里策划了一场以弗里茨·托伊费尔为主谋的所谓布丁暗杀行动，行刺的对象是美国副总统汉弗莱。国家安全部门的反应差不多与后来他们在巴德尔–迈因霍夫团伙案上的反应一样,《纽约时报》的报道读上去也跟联邦德国国内的报道一样富有戏剧性。约翰逊请求邻居格拉斯帮忙解决麻烦,于是格拉斯就眼看着警察们采取了清理行动。后来格拉斯在一封写给约翰逊的信中称自己是“扔布丁行动的大清场者”,六八年运动的一些轶事中说格拉斯是毫无幽默感地摧毁了一号公社的那个人。约翰逊非常高兴,又请他帮忙请来一位清洁女工,好在他与家人搬回来住之前,“用肥皂和水”把一切重新收拾好。[20]

格拉斯以这种方式驱赶了公社社员,就别指望会在六八年运动中有什么好名声。不过当普尔沃米勒第一天的朗读会结束后,大家坐在会议室里谈论斯普林格出版社的影响时,格拉斯还是主要参加
412 者之一。1967年6月2日,大学生本诺·奥内佐格被警察(后来被证明是民主德国国家安全部特工)卡尔–海因茨·库拉斯枪杀,《图片报》和斯普林格集团的其他机构大力煽动了针对学生的反对情绪。以格拉斯为首的小圈子,包括瓦尔泽和莱陶一致认为,市场占有率高达32%的斯普林格集团损害了公众信息的可信度和思想自由,于是起草了一份决议,第二天,120位参会人员中差不多有80人在决议上签了字。作家们声称,将不再在斯普林格集团的书刊上发表作品,并要求他们的出版商停止在斯普林格投放广告。在一周后举行的法兰克福书展上,翰思、基彭霍伊尔和维驰、卢赫特汉特、皮珀、罗沃尔特、岛屿、苏尔坎普和瓦根巴赫等众多出版社都宣布停止在斯普林格投放广告,并呼吁采取法律措施保护思想自由。

公社社员和SDS(德国社会主义学生联盟)却不肯放过四七社。普尔沃米勒并不是世外桃源,埃尔朗根大学近在咫尺,在与叛逆的学生们进行了一次争论之后,里希特命人控制通往普尔沃米勒的道路,尽管如此,学生们还是到处发传单,在树上张贴大字报。学生们当然还不知道那个抵制斯普林格的决议,坚信自己能在这件事上给四七社施压,他们高呼:“没收斯普林格!”“积极参政并不难,斯普林格

报纸别再看。”他们嘲讽地高呼（“诗人！诗人！”）不停地干扰着当时拉尔斯·古斯塔夫松的朗读。在当时的录像中，能听到众人齐呼“四七社是只纸老虎”，也能清楚地辨出其中的弗兰肯口音。录像上还能听到会场外面的玩具喇叭声，当时有个学生拿来一张大字报，上面写着“正人君子正在此开会”。至于如何应付，会场中的人们各有想法。君特·格拉斯一开始就希望根本不要理睬这些学生。赖因哈德·莱陶却走向那些学生，给他们朗读已经起草的斯普林格决议文本，让他们很是惊讶。汉斯·维尔纳·里希特最后还是回到了议程上，宣布下一个将要朗读的是君特·艾希——这场朗读后来将会议 413
推到了高潮。

为了庆祝建社20周年，往届的获奖者艾希、伯尔（他称病没有来）、艾兴格尔、瓦尔泽（谁都没想到他会来，他看上去像个勇敢而有吸引力的革命者，三天没刮的胡子在照片上很显眼）、格拉斯和比克塞尔共捐出了6 000马克作为奖金。从获奖人身上，能看出文学的标准发生了怎样的迁移：仍然年轻的、表面上仍属于先锋派的于尔根·贝克尔以压倒多数获奖。听了他朗读的人觉得，他的《边缘》远比《田野》要简洁得多。汉斯·维尔纳·里希特宣布第二名是流亡的希腊作家瓦格里斯·查基里德斯，并在会上讲述了他的情况（他没有钱也没有护照，浪迹于柏林）。听了这些，与会的出版商又为他集资了6 500马克。 414

大家都注意到，善于批评的斗士延斯和迈尔没有来，于是作家们的互相品评忽然变得猛烈起来。埃里希·弗里德在《法兰克福评论》上写道：“瓦尔特·赫勒雷尔的批评天赋这下可有了用武之地。赖希-拉尼茨基在四七社中向来受到喜爱或嘲笑，他那自以为是、没心没肺张口就来的点评这次也产生了效果，对他的点评，听众们要么频频摇头表示不同意，要么气愤地加以拒绝。”[21]在有关文学的讨论中几乎感觉不到什么代际冲突。有三位女士的朗读尤其受好评：芭芭拉·弗里施穆特朗读的作品是“一项毒辣而不掺杂感情的研究,内容是一位不善的祖母与同样不善的孙女之间(带有市民文学晚期风格的)的权力斗争”(约阿希姆·凯泽语)。[22]赫尔嘉·M.诺瓦克读了三篇小散文,还有雷娜特·拉斯普的情色诗歌,刚宣布要进行互动环节,她就试图通过裸露胸部来强化这些诗给人的印象。“细致入微的紧凑感和有力的架构完美地混在一起——很久以来都没有见过比这次更完美的混和了。”约阿希姆·凯泽在《南德意志报》上评判道。汉斯·施瓦布-费利施在《法兰克福汇报》上称之为“非常大胆的色情诗”[23],赖希-拉尼茨基在《时代周刊》上评论说:“痛苦与激情在这里得到了刺人而又客观的表达,发人深省。”[24]埃里希·弗里德在《法兰克福评论》上描述拉斯普的诗,说它们“纯粹是在表现处于色情和神经官能症之间的边缘状态”[25],认为它们“真诚,而且每首都好”。然后他又用外交辞令补充道:“要真正评论这类作品的主题,四七社惯用的评论方式是不起作用的。”[26]

有趣的是,西格弗里德·伦茨这次朗读的是他后来的名作《德语课》的节选,却得到了相当差的评价。就像在引言里提到的那样,后来人们评价说,他完美地体现了四七社的美学理念,就是以写实主义的手法反映社会现实,也就是说他体现了四七社的标准中间值。
415 在普尔沃米勒他却遭到了批评,“他的语言呈现的反抗太少”,说他的写作手法“传统”而“保守”。君特·格拉斯认为,这篇文章“太喜庆、太激情”,“作品的语调”在他看来是“完完全全不恰当的”。

君特·格拉斯本人这次也朗读了作品,以往每次大会他都要朗读作品。这也证明他是汉斯·维尔纳·里希特最亲密的盟友。他每次都带来作品供人评论,这一点与社里其他几位著名作家明显不同:海因里希·伯尔最后一次朗读是1957年,乌韦·约翰逊总共只读过一次,是在1960年;马丁·瓦尔泽和英格博格·巴赫曼最后一次出场是1961年。格拉斯每次都深受好评——除了普尔沃米勒那次，他在四七社以外的权威地位过于显眼，也许是受此牵连，在普尔沃米勒他遭到了一通猛批。他的组诗《疼痛的惨叫》被说成是“装饰性太强”而且“过于激情”，埃里希·弗里德说这部作品“有时显得俗气，不由自主地显得可笑”（同时他还举了一些例子，如“疼痛是欢乐的增值”，还有“我失眠又嗜睡的肢体”之类）。赖希–拉尼茨基的印象是，“众人攻击格拉斯作品的弱点时，差不多带着一种快感”和那种“‘就知道他将来没个好’的心态”。

普尔沃米勒会议上透出一些在政治和文学变迁影响下的新动向。总体上这次大会被看作是成功的，甚至态度最严厉的沃尔夫冈·希尔德斯海默也给里希特写信说，这是“一届美好的大会”。对文本的批判停留在纯文学的层面上，政治因素也如同埃尔朗根的大学生一样被挡在门外——激烈的冲突只发生在四七社自己的圈子和社会框架内。马丁·瓦尔泽说：“事情变得更有趣了。现在四七社里就像有好几个党团似的。现在我又来了。”[27]在与学生的交往方面有对立的两组，莱陶、瓦尔泽和其他人为一组，格拉斯以及那些忠于里希特的人为另一组，双方延续着在普林斯顿会议上两位领军人物格拉斯和魏斯之间的分歧。

40年后，在柏林剧团召开了“纪念四七社60周年”专家研讨会，已经80高龄的老对手格拉斯和瓦尔泽又并排坐在了一起。当然，政 416
治环境早已沧海桑田。有人向瓦尔泽问起在普尔沃米勒起草的那份抵制斯普林格的决议。“我想，那是我起草的。”他回答说。紧接着他承认，20年后他接受了斯普林格旗下一家报纸的采访，格拉斯当时十分气愤，指责瓦尔泽破坏了抵制行动。“我早就原谅你了。”格拉斯说。这个环节可能确实感动了他。

普尔沃米勒大会实现了一种技艺高超的平衡术，文学和政治就是靠这种平衡术保持彼此互不干涉，而四七社在文学对话之外，还表明了自己的政治立场。这是汉斯·维尔纳·里希特最后一次成功主持活动，当时没有人知道这是最后一次。压根儿没有任何告别的迹象，相反，人们松了一口气，还感觉很高兴，因为普林斯顿的危机看起来是挺过去了。约阿希姆·凯泽为《南德意志报》写了一篇优美的报道："要是好好想一想，德国能培养出的有生命力的机构是那么少，来自民间而且富有意义的传统是那么少，想一想如果同样的事发生在英国，我们将会多么嫉妒（'典型英格兰式的，完全不官僚也不依靠机构，自发的聚会，延续很久'，我们会说，'可惜啊，想让德国的知识分子做成同样的事是完全没法想象的'），我们就很难理解，为什么不努力去接受这个没有正规形式，却在不断推出新作品的团体。"[28]

意义丰富、充满智慧，如同一个神奇的瞬间——这就是君特·艾希的朗读留给人们的记忆。那一嘴灰白的大胡子让他看起来像"政界元老"——他是四七社的元老，1950年第一届四七社奖的获得者。他读的是新写的短篇集，题目为《鼹鼠》。这些文章比它的时代超前太多，比参会者感觉到的还要超前。汉斯·施瓦布-费利施在《法兰克福汇报》上称之为"集会的高潮"，他写道："驾驭语言的大师之作。
417 一个全新的艾希。一个让人大笑的人。但这种笑的背后隐藏着绝望，心如死灰的绝望。"埃里希·弗里德赞扬这些作品"是悲伤的，是最高级的批判，以政治为背景的散文"。格拉斯和赖希-拉尼茨基却一致认为，这些不过是"私下里的玩笑"（格拉斯语），"一心想制造噱头"（赖希-拉尼茨基语）。

1967年的情景就在艾希眼前——本诺·奥内佐格的死，骑警上街，还有伊朗国王到访西柏林时"欢呼的波斯人"——他描写眼前这些真事，却将它们置于一场荒诞剧中，这出剧时时让人感觉它就是一道永远存在的深渊。他朗读的版本与后来出版的版本稍有不同，从朗读录音上能听到现场一再响起笑声——也许在场的人们已经感觉到，自己同时也在嘲笑四七社的没落。艾希让人感觉到，只有这种笑声会持续下去："我相信，我的作品集《东西方历史的警棍》是独一无二的。现下我把它整个交给了一位瑞典的出版商，正如我预料的一样，刚交出去，紧急状态法就颁布了。在合法交易中不是总能买到这样的书。可能我这样下去会给自己招来麻烦——我还能有什么办法——但至少我到达过顶点，有过极富文学性的作品。你们知道贝壳吧，贝壳里能听到大海的涛声。只是要听我的作品《慕尼黑77》的话，就得把它放到比耳朵更高一点的位置上，不过它那几下轻轻的敲打产生的效果跟听贝壳差不多。今天我还读了一篇作品《施瓦宾的波希米亚人》。高压水枪、骑警、广播车里的高音，还有慕尼黑北部乡土作家的欢呼——这是一部迟到的施瓦宾作品，一切都会转瞬即逝，让人心里充满忧伤。《1967年的柏林》是另一种模式，表现的主题是姑娘们用发胶固定好的发型和她们的皮肤，这是经常被赞颂的两样东西。有些夜晚我沉浸于自己的作品集，沉思着，梦想着，思绪在萨德侯爵和保罗·林克之间摇摆。当然这一切现在都已经成为过去。如今我爱收集一次性瓶子，以便让自己较快地适应基本法的每一次变化。"[29]

418

419 # 第二十一章 不合时宜的庞然大物

## 春天过后是寒冬：四七社也许会永存

四七社运行期间，人们就在不停地预言它的末日。每个人都感觉到它可能不久就会成为过去，但没有人准确地知道它会如何结束。普林斯顿大会之后，约阿希姆·凯泽就在《南德意志报》上写道："因为四七社已经开始分裂成几个小团体，因为功成名就者不再抛头露面，因为商业化与工作会议之间的区别似乎已经消失，所以该给四七社这样的机构准备后事了。"[1]而对事情总有预感的马塞尔·赖希-拉尼茨基，在他的普尔沃米勒报道中的最后一句是这样写的："四七社现在还在。但它举办的大会让人感觉有点不合时宜了。"[2]

1967年10月初，普尔沃米勒大会举行前夕，赫尔曼·彼得·皮韦特为《明镜周刊》写了一篇关于四七社境况的报道，笔触更为尖锐。他一方面反对错误地利用四七社，同时又在它的伤口上撒了把盐：他认为普林斯顿大会前后有关四七社的争议"再次加剧了平庸之辈和休闲文学界长久以来积累起来的仇恨，这是针对一个组织的仇恨，这个组织在文学上意义重大，政治社会方面的影响更是大得无法估量，现在却因为它的会议方式和内部权力关系而疯长成了庞然大物，并且僵化了。"[3]

420 之后他们又自发地聚会过，相对低调，不要大肆评论，只邀请几位年轻作家。抵制斯普林格决议给他们带来了政治上的成功，抗议的青年学生们在得知决议内容之后也压低了调门。有人说，来参加这次会议不过是想从四七社得到“文字表述上的帮助”。[4]

普林斯顿之后，普尔沃米勒会议惊人的成功让汉斯·维尔纳·里希特又振作起了精神。年初他还给四七社的奠基人之一瓦尔特·马里亚·古根海默写信，考虑是不是应该把会议的事“放一放”[5]，他同样询问了好多位老成员，说他感觉可能确实拖得太长了过时了——却仍然准备召开下一次会议。1964年他就曾想过在布拉格开会，在东部阵营的一个国都开会，真正的社会主义阵营，这主意确实挺吸引人。当捷克斯洛伐克共产党在筹划全面自由化的时候，围绕此事的各项联络就进行得更加紧锣密鼓。在作家联合会主席爱德华·戈尔登施托克的合作下，计划越来越具体。里希特1966年去了一趟布拉格，紧接着就计划在柏林举办一个捷克斯洛伐克之夜的活动，但不久就告吹了。当里希特1968年再次造访布拉格时，计划就敲定了：亚历山大·杜布切克领导下的“布拉格之春”激励了所有人。爱德华·戈尔登施托克和汉斯·维尔纳·里希特想在1968年春天先举办四七社会议，然后再组织一场广泛参与的讨论会，讨论欧洲左派的处境。

以前里希特总为一种政治前景忙活，这些年仿佛早已经将之丢在脑后，突然它又出现了。在一封给赖因哈德·莱陶的信中，里希特又兴奋地说起了它。莱陶1967年出版了一本关于四七社的《手册》，全面收录了有关四七社的文件记录和它的发展历程。在此期间莱陶已经被迫移民美国——因为他在一次反越战学生会议上羞辱了某占领国的首脑。赫伯特·马库塞将他接到了加利福尼亚的圣迭戈大 421
学。面对莱陶，里希特写信时毫不掩饰自己的情绪：“你会对我们布拉格的朋友们说些什么呢？……彼得·魏斯前天在我这儿，待了很久，还有古尼拉，其实我们认定，我们所有人——甚至包括君特·格拉斯——都能一致同意一个口号：社会主义与民主。这个神奇的口号被掩埋了这么长时间，现在它终于又活过来了，比任何别的东西都更有吸引力，这个为布拉格而生的神奇的口号。现在很多事情都在变化，也许对我们而言这是一条古老、僵化的路，然而却让可爱的欧洲重新焕发青春。”[6]7月1日，他又热情洋溢地给弗里茨·J.拉达茨写信：“四七社不会在布拉格解散的。我可不傻。”[7]

按计划，四七社会议应当在10月3至7日在多布里斯城堡召开，那是捷克斯洛伐克作家联合会的休养地。一切都商量妥当，主办方会有30位作家出席。7月初，里希特再次前往布拉格进行最终的商谈，8月初，担任翻译的弗兰茨·彼得·金策尔就去那里着手准备具体事宜了。8月，里希特在他乌瑟多姆岛的班森老家，跟他兄弟一起待了三个星期。那个岛在民主德国境内。在那里，他听说了华约军队开进布拉格的事。所有计划一下子成了泡影，“苏联统治下”的那三个星期成了留在里希特记忆里的创伤。没有夏天，布拉格之春突然一下子就变成了严冬。

极具象征意义的布拉格大会当然不可能马上被束之高阁。马克斯·弗里施、弗里德里希·迪伦马特，还有四七社的青年才俊彼得·比克塞尔都从瑞士报名参加，所以有可能在这种情况下以瑞士作为新的会址。但里希特觉得自己与捷克斯洛伐克社会主义共和国的作家协会同声同气，与之商定，不考虑在别的地方办会。于是，11月初在苏黎世附近的吕施利孔，大约30名捷克斯洛伐克作家和30名
422 德语作家举行了聚会。里希特当着比克塞尔的面表示，他希望此次聚会能够“与四七社无关”，而应该“置于瑞士作家的名义之下”。[8]

不久之后，又有人设想要在1969年初开一次会，可以在维也纳或南斯拉夫——也就是那种能让人联想到布拉格的地方。里希特感兴趣的首选是南斯拉夫，铁托当政的社会主义体制允许某种较为自由的讨论。他与老朋友米罗·多尔一起讨论这个可能性。可是从他

反对在维也纳开会的理由上，就能看出时代已经发生了剧变。他说维也纳离当时六八年运动的中心地带太近了。他担心会再发生1968年12月9日汉堡发生的事，当时大学生们强行毁掉了汉斯·维尔纳·亨策一出戏的首演。总的来说，里希特开始“反感他的知识分子朋友们”，他说自己“对作家们感到疲劳”。[9]米罗·多尔担心南斯拉夫的局势，也对主办者表示疑虑，里希特于是就打了退堂鼓。在公众面前他反复说，要想再召集四七社聚会，除非布拉格能成为一个自由的聚会之地。[10]这种说法等于结束了四七社——虽然由具体的政治事件引起，即华约军队进入布拉格，但这个政治事件也可能只是压垮骆驼的最后一根稻草。

沃尔夫冈·希尔德斯海默并不总是里希特忠诚的朋友，但里希特很重视他。里希特给他写信，专门谈到四七社的结束。里希特在这封信中描述了作家群体的发展变化，措辞带有他的典型风格：“我们的时代要慢慢地过去了。前两个十年曾属于我们。以后的就不再属于我们啦。所以我也安葬了‘四七社’，葬在我自己的胸膛里，作为一段珍贵而美好的回忆。文学的‘鼎盛时代’不再继续，它已经终结了。剩下些什么，还不得而知。目前只能听到两位作家在说话，他们对什么都议论一番，议论大选，议论教会大会（不管哪个教会大会都议论），议论征服月球。大多数他们所说的话、所发表的正直而不受重视的言论，都让我感觉老气横秋，不过是明日黄花。这两位就是 423
伯尔和格拉斯。他们好像根本无法沉默，也许正因为他们清楚地感觉到自己要被超越了，或者已经被超越了。”[11]里希特说的这些话十分具有前瞻性。

藕断丝连当然还是有的。接下来的几年中，人们还一直热议一年一度的四七社大会停办的事。当时还没有什么别的事件，其重要性能取代这个文学事业的顶峰。当人们渐渐明白，里希特是真的不愿再召集四七社会议，恳求的声音倒多了起来。里希特在日记中写道："亚力山大·克鲁格一再跑来找我，恳请我再召集四七社开会。他的理由是：不开会的话一切都散了，没有了交流，没有了归属感，没有了把握质量的标准，一句话，没有了文学生活。他说得这样恳切，让我又犹豫起来。他建议下次开会放在波兰。真让我吃惊啊，他在智识上又平庸又冷淡，总是让我不快，可就是这么一个人如此恳切地劝我。"[12]

此前一年，加布里埃莱·沃曼来拜访里希特，里希特在日记里记下的情景从各方面来看也让人心动："我一个人待着，她穿着一件黑色衬衫，里面没穿胸罩。但她是那样男性化，或者说是那么没女人味，我几乎没在意到她的衣着。也许她身上的一切都有些太小，太干巴，太无趣。而且她喝纯烧酒。谈到'四七社'她说了两个小时。她一本正经地请求我从头再来。她说，没有四七社，她过的就不再是'文学的生活'。也许所有人都是这么想的。所有人都思念往昔。"[13]

在里希特制作的系列电视节目里，他甚至与老对手赫尔曼·凯斯滕一起谈起了四七社。凯斯滕说："对您个人来说，结束四七社肯定是好事，但对大众来说，对德语文学的发展来说，却不是好事。现在您得自己决定，什么才是更重要的。"[14]

424 最终让里希特对这一切兴味索然的原因，是政治上的断层。他最关心的是魏玛共和国之后，左派分崩离析，受到六八年运动的冲击后又变得教条僵化，此时在政治上该何去何从。马丁·瓦尔泽强烈主张作家加入德国工会，里希特对此事的看法体现了他的政治态度："的确，他们又本末倒置了，20年代的知识分子就败在这上头：想转变成无产者。而他们又做不到为了一个幻象、一个乌托邦去牺牲自己，急先锋恰恰又是文笔最好而政治意识最差的那一位：马丁·瓦尔泽。"[15]

里希特对文学的思考又不符合他在大家心目中那个实干家和领导者的形象，这一点特别能说明他放弃的原因。在一次电视访谈之后，他描述起“卢赫特汉特出版社一位编辑，是个体形臃肿的社会学者，名字叫本塞勒，他自称是文学书策划人，并主张从此以后将作家们都称为文学制造者。这种人自诩为激进左倾的革命者，他们对语言懂得多么少啊。”[16]几个月之后他又写道：“文学生活的浪潮逐渐平息，结局惨淡。再加上新一代又是彻底反文学的，他们的思维方式是社会学的。”[17]

里希特终究还是克制了召集朋友们开大会的强烈愿望，但他还是盼着这样的聚会能不带任何官方色彩地举行。1972年4月29日至5月1日，他请了大约40位作家到柏林艾尔德纳街自己的住所来，在半是自嘲半是辛酸的气氛中重温四七社的旧梦。没有出版商在场，也几乎没有评论界人士。瓦尔特·赫勒雷尔、约阿希姆·凯泽和弗里茨·拉达茨只作为作者出席，赖希–拉尼茨基没有受到邀请。作者们朗读完作品之后，可以与其他人一起讨论自己的作品，也可以回应批评——这几乎可以算得上革命性的新举措了，为的是突出漫谈的气氛和参会者之间的友谊。朗读的作品中，引人注目的有瓦尔特·凯波夫斯基的《我们仍生活在黄金时代》、彼得·魏斯的《荷尔德林》，乌韦·约翰逊的作品也受到关注，他读的一段文字描述了贾 425
科莫·费尔特里奈利的葬礼，弗里茨·拉达茨评论说，那篇文章“如同一幅干刻铜版画”[18]。约阿希姆·凯泽称赞文章描述“空洞的仪式和左派空洞的报复行动”时有种“出色的精确性”。[19]

接下来的几年中，里希特总是在自己生日时邀请朋友相聚，不对外，也不一味恪守朗读和评论这些程序，而是以某种自己习惯的方式进行。1977年，正值四七社的巴恩瓦尔德湖初会30年之际，里希特终于开始考虑举办一个正式的告别仪式。他选择的地点是1963年四七社开会的地方：克雷伯邮局旅馆，位于施瓦本地区的绍尔高，当年那可能是四七社历史上最后一次以传统方式举办的聚会，一次在偏远外地举办的聚会。人们想把这次聚会办成回顾式的，让它成为一个可敬的结局。为了避免产生新的误解，几乎没有邀请新的不熟悉的作家——除了年轻的诗人米夏埃尔·克吕格尔，他总是不同寻常。这样的安排使得来参会的“非作家”们，包括出版商、编辑、评论家和配偶们，比“纯写作者”多得多，这是赫尔穆特·海森比特尔在《德意志报》上写的话。[20]如此一来，因为聚会本身没有根本目的了，它本想突显的特色也就没能秘而不宣，反被公之于众了。

朗读环节由于尔根·贝克尔开头，他是四七社最后一位文学奖获得者，压轴的是沃尔夫迪特里希·施努雷，他再次朗读了巴恩瓦尔德湖畔四七社第一届大会上读过的那篇《葬礼》，为四七社的历史垒上了最后一块砖。文章“带着那个年代粗率的薄唇音”埋葬了亲爱的神，赖因哈德·鲍姆加特写道。[21]约阿希姆·凯泽特意谈到文中“幸免于难的人们那麻木不仁的评语和一位跛脚的牧师”，他认为这篇故事即使经过了30年，“给人的感觉也绝不像昨日怪事”。[22]施努雷这篇描写战后一场葬礼的故事与四七社的葬礼神奇地交汇在一
426 起，真是成功的策划，不绝的绝响。

这次聚会的现实意义不容低估。1977年最重要的文学作品是君特·格拉斯的长篇小说《比目鱼》，公众和评论界都认为，这部小说再次达到了“但泽三部曲”之《铁皮鼓》当年曾经达到过的文学高峰。这本书早就出版了，格拉斯在聚会上朗读了节选。另有三位评论家也朗读了他们已经发表的《比目鱼》书评，这可是以前从没有过的事。这三个人是约阿希姆·瓦尔泽、马塞尔·赖希–拉尼茨基和弗里茨·J.拉达茨。汉斯·迈尔不甘落后，即兴发表了第四篇针对《比目鱼》的评论。既然评论本身终于成了被评论的对象，格拉斯就趁机断言：文学进步了，但评论没有进步。他还说感到遗憾，因为新的离婚法不适用于作家和评论家的关系。赖希–拉尼茨基不爱听，他说，格拉斯这样说，是因为他想“跟他的几个评论家分手，去另觅新欢”，他可不能听之任之。这种对话其实加深了他们之间奇妙的

友谊。

关于这次告别聚会，赖因哈德·鲍姆加特为《时代周刊》写的文章娓娓道来，尤为诗意和精确。1960年，鲍姆加特在阿夏芬堡朗读自己创作的长篇小说选段，被批判得体无完肤，那之后他就转变成了一个伟大的、时时刻刻矗立于文学之巅的评论家。他的这篇文章将人们从1977年拉回到1963年，给绍尔高的会场增添了朦胧的色彩："在我想到从1963年的绍尔高回闪的几个瞬间时，我很清楚失去的是什么。那时，人们在为《明镜周刊》危机的胜利者鲁道夫·奥格斯泰因庆祝。那时，一位苏联的同行不无道理地说，托尔斯泰如果在这个圈子里朗读《战争与和平》的开头部分，一定会失败。那时，人们都在议论，那年秋天恩岑斯贝格会穿着赫鲁晓夫的泳裤，宽大得能装下两个他，在黑海里游泳。那时，彼得·魏斯为刚刚组建11天的艾哈德政府朗读了他的剧本《马拉/萨德》选段。我知道，失去的是那种关于文学的冥想，那种幻想，那种乌托邦，那种恐惧。可引人注目的是，这最后一次的聚会上，却没有作品像上次魏斯那未受重视的作品那样贴近现实。"[23] 427

施努雷的朗读结束之后，里希特就得致闭幕词了。但他没能说出多少话来。录音带上能听到的只有："我们到达了终点，那又如何。我该说些什么呢？我想说谢谢。我说不出什么。好吧，结束了，我们结束了。"这几句话却深深地打动了所有人。

但是这并不是真正的结束。很多年过去了，直到1990年，政治史和文学史上的又一高潮来到了。这一年终于有了机会，将1968年没能在布拉格多布里斯城堡召开的四七社会议重新补上。汉斯·维尔纳·里希特多次说过，要想四七社再次开会，除非布拉格能成为一个自由聚会的地方。1989年政局转折，重新履行当年的誓言突然成为可能——地点没变，还在多布里斯城堡，当年开会的各项安排万事俱备只欠东风。于是就像小说情节一样，一个被认为早已过去的时代再次浮现在世人面前。四七社要再次聚首，在已经彻底改头换面的社会和文学环境下，以从前的方式开会。

汉斯·维尔纳·里希特已经坐上了轮椅。君特·格拉斯推着他穿过停车场的照片，登载在各大报纸上。1968年为布拉格设定的乌托邦仿佛要实现了——虽然不再打着当年人们所关切的“社会主义
428 与民主”的口号，但这毕竟是一次小小的历史的凯旋。当时的总统瓦茨拉夫·哈韦尔，此前不久还是个被逮捕入狱的作家，乘坐一辆装饰着花朵的白色轿车在前引导，之后还亲自“手持餐盘，侍奉自助餐”[24]，完全是与自己人相处的感觉。

瓦尔特·赫勒雷尔献给乌韦·约翰逊一首诗，于尔根·贝克尔朗读了他的新诗集《英国窗》节选。东德作家海因茨·切霍夫斯基和克里斯托夫·海因的时文小品直指西方的矛盾。彼得·施耐德评论说：“架构很完美，但根本还没有写出来。”瓦尔特·赫勒雷尔自然要时不时地接过主持人的角色替换一下汉斯·维尔纳·里希特。君特·格拉斯的朗读当然也少不了：他读的是不久之后出版的作品集《朽木》。紧接着，看似已经停息的争论又自然而然地开始了：汉斯·克里斯托夫·布赫警告说，“朽木”这个词脱离了文学；于尔根·贝克尔谈到文学的献媚取宠；而汉斯·约阿希姆·塞德里希说他要轻声自问，为什么这支唱给大自然和人类世界的挽歌，如此激情却不能让他有所心动。

弗里德里希·克里斯蒂安·德利乌斯朗读了《里贝克的梨子》，这部作品体现了他对德国统一的反应。海因茨·切霍夫斯基也认为统一是倒退，是“粉饰而不是真实”。还好，捷克人鲁德维克·瓦楚利克介入了德国人的内斗。1968年著名的《两千字宣言》就出自他手，多年来他一直以园丁的身份韬光养晦。此时他像好兵帅克一样问德利乌斯知不知道，他刚才提到一种西部梨子名叫“巴黎伯爵夫人”，其实味道尝起来像萝卜？

德利乌斯的朗读并不仅仅因此而具有历史意义。它也是四七社最后一次聚会的最后一次朗读。四七社的最后聚会仿佛超越了历史，但最终又回归历史。德利乌斯是1964年第一次在四七社亮相的，2011年获得了毕希纳文学奖——当年开始画的那个圆，经过了这么多年还没有画完。 429

四七社1990年的重聚自然又成了一项文学公开活动，只是运作方式已经与从前完全不同了。很久以来再没有四七社这样登峰造极的文学高度——当时整个文学界都聚焦在这一年的这三天上，为了这三天，所有人都要期待一整年。汉斯·维尔纳·里希特，他奠定、领导了这个文学活动并打上了他个人的烙印，这样的一个人物如今再也别想出现。全国上下充斥着各种各样的活动和庆典，作家们到处亮相，主持人换个不停，主角们至少每个月都会在某个舞台或电视广播节目上出现一次。这种产业将自己专门细分了，发展出形形色色的子公司，它们又各自繁衍着支脉。这一切始于四七社，这个文学市场诞生于四七社——这一点可能当时没有人想过。

四七社的会议在文学家看来让人歇斯底里，但它们并没有达到今人眼里的专业化标准。主要问题还是在于汉斯·维尔纳·里希特，怪他一直紧紧怀抱着对“朋友相聚”的幻想。里希特不是文化产业经理人，不是交际学专家，也不像如今的行家那样懂得市场。他行事不拘，才不想设什么专门办公室、委员会之类，也不开正式会议。可是引人注意的是，他那种基本形态的民主却比通常的多数表决程序更符合民主的本意。因为总有意外，总会遇到些不寻常的事，而全局总是最重要的。也许只有在五六十年代才有可能这样，这不过是对当时时局的合理反应。1968年之后，就不得不放弃这种形式了。

四七社现象与开明专制主义颇有关联。一切都取决于里希特本人和他发出的邀请函，在哪儿，什么时间召开四七社会议都在他一念 430
之间。但作品朗读、讨论和评奖过程都是公平公开的，并没有经过什么委员会事先裁决准备。四七社不仅反映了联邦共和国的民主进程，本身也是此进程的一部分。1968年之后，文学与政治无法再这样简单地关联在一起了。一个主观化进程在潜移默化地发展着，自由派在潜移默化地扩张，这在以前是不可想象的。四七社是现代化进程中一个重要的因素，但它本身却并不现代。

四七社还存在的时候就被视为一个神话，所以很自然，当1967年它在普尔沃米勒不辞而别之后，各界人士都一再呼唤它。80年代，报纸的文艺副刊里天天都在提出这个问题，究竟还需不需要一个新的四七社。它总是触发对当代文学问题的探讨。这些并没有多少实际意义。只有一个人在不断地发扬四七社的精神，他就是君特・格拉斯。1958年他作为默默无闻的雕刻师和诗人，在格罗斯霍尔茨劳特一举成名，他感觉自己永远对汉斯・维尔纳・里希特负有义务——也与其保持政治立场上的一致。即使在四七社结束之后，格拉斯仍然重视那种富有工匠精神的作家之间的谈话，重视那些对每篇文章所作的评论；他利用各种机会努力维持这种文学评论形式。终于，格拉斯用《比目鱼》的收入设立阿尔弗雷德・德布林文学奖，将这种形式固定了下来。自1983年起，柏林的德布林奖活动都会遵循四七社当年的做法，遵照这一具有历史意义的文学会议形式。进入评奖终审的作家都会在某个周末被召集到一起，依次朗读作品，并与在场的记者和评论家一起点评。

60年代在四七社已经有所显现的事情，现在终于明朗了。后来
431 的几年中，拒绝出席德布林奖的工作坊朗读变成了一件越来越理所当然的事：可能因为那些在大出版社出过一两本书的知名作家不想再冒评奖失败或奖级降格的风险。朗读作品紧接着再被人评头论足，对那些以文坛表率自居的作家来说，是件有损声誉的事。工作坊讨论的特色成了作家们的累赘。沉默才是金。接连好几年，颁奖礼只有几位柏林的报界人士和出版社编辑出席，此外还有那么两三位

名不见经传的所谓作家。德布林奖蜕变为众多新作发布会之一，众人争相自售，盼着公众四处投射的幸运之光能有一束恰巧落到自己身上。

工作坊讨论的幻象只能依靠格拉斯的出场得以维持数年——但有时候，在几个特殊的瞬间，它又显得不是幻象。格拉斯总是全程在场，认真倾听每一次朗读。没有记者发言。奖项评委觉得有义务在讨论环节中对每位作者都加以称赞。那些没有坐在台上的作者则羞涩僵硬地沉默着。偶尔会有编辑发声，说点技巧上的事，表形达意或人物刻画之类。但格拉斯却有全局的眼光。他或迟或早总会找个时候对每个人作一番评论，每次他都讲到作品的特色。他本人连同烟斗一起成了他自己的品牌形象，成了一个文学史的象征。外部条件已经整个变了，四七社复生已经无法想象，但格拉斯一旦认准的东西他就要坚持到底。在2003年的德布林奖活动中，格拉斯说，有时候得保护一下那些作家们，但也得让他们明白，当作家没什么意义，提供太多的新手扶持措施、太多的教导有害无益。 432

令人惊异的是，另外有一个活动也成了四七社的后续，并将四七社真正变成了当代文学公共活动。这就是1977年开始于奥地利克拉根福的巴赫曼文学竞赛，是由马塞尔·赖希–拉尼茨基首先倡议的。作家与评论家的关系在这个活动上变得比较极端：克拉根福的战斗队形是事先设定的，没有散兵游勇在自由讨论环节组成评论军团，而是由一队作家直接对阵一队指定的评论家，后者的做派从一开始就像是整个活动的明星。

1977年7月，赖希–拉尼茨基在写给《法兰克福汇报》的先期报道中，一个字也没有提到自己是克拉根福这件大事的幕后策划人之一。虽然他已经列举了评审团中几个人的名字，但压根不提自己也是评委。他是个理想的评论家，总是以外人的眼光看待事情："这一切最终会是什么样子？是围绕两个奖项的一场竞赛？一个交易市场？货真价实的工作会议？还是一场文学时装秀？可能都是吧，也但愿都是。”[25]

如何将四七社的做法应用于发展中的传媒社会，赖希–拉尼茨基自有一套绝对自信的心得体会。与四七社中那些学者气质的同行截然不同，他倒很符合一种全新的评论家形象，有本事让自己成为时尚，让自己的影响面达到最大。在四七社中，赖希–拉尼茨基的才能只得到很有限的发挥——同行和对手们的辩才各有千秋。在四七社会议中，他总想评论得精彩绝伦，却往往被人看作心血来潮。但那时候他的评论早已不显霸气。而且因为报纸作为最主要的媒体还没有受到什么攻击，所以他会先在报纸上回应，最后才以《法兰克福汇报》文学部主任的身份回应。他的天才只有当他走进全新的光圈，
433 打造克拉根福的竞赛时才完全显现出来。

现在的时代需要的是文学记者，赖希–拉尼茨基完美地诠释了这一形象。虽然他的报纸文章直接来自现场发言，风格上剑走偏锋，又准确得令人惊诧，但毕竟是报纸文章，效果比起现场或电视转播要弱得多。在现场赖希–拉尼茨基可以彻底放弃累赘的书面文章，把他的口才彻底发挥出来。他对文学作品嬉笑怒骂，本能地回避过于精美的细节。在1962那次堪称经典的四七社会议上，瓦尔特·赫勒雷尔精益求精地谈论美学形式，让他火冒三丈。他突然上纲上线地说：“我相信，记叙文如果起不了任何一点愉悦性情的作用，那就是无用的。我反对赫勒雷尔刚才那句话，他说那些没有明显作用的描述，也许才是更有趣的描述。的确，我们没法意见一致：叙述和文学必须起作用！而且，要是某件东西有作用，它就不是负面的东西！”[26]

四七社没有给马塞尔·赖希–拉尼茨基多少发挥余地，让他好好经营文学公共活动，他却在克拉根福的英格博格·巴赫曼文学奖上将这些做到了极致。这项文学奖与工作坊讨论毫不相干，从头到尾都是做给评论界看的一场秀。这也引发了1977年克拉根福的首届

活动关于比赛组织方式的讨论。作家文提拉·伊万策阿努故意说，他是为了钱来的："为了搏得虚名，也为了您给我准备的那场表演。"对此，马塞尔·赖希-拉尼茨基出于评论家的道义立刻予以反驳："我们真的没有想过要给您安排一场表演！"但文提拉·伊万策阿努又接着说："这节骨眼上您当然没法遮掩，说您没有安排什么作秀！您自己就是个作秀的行家！"[27]

在四七社之后，这也意味着一种新的质量。但马塞尔·赖希-拉尼茨基还是遇到了另一种阻力，他对此很熟悉，知道如何与之周旋， 434
也相信自己胜券在握。关于赖希-拉尼茨基所持的评论观在克拉根福面对的这些阻力，瑞士作家、评审委员阿道夫·穆什克的文章一语中的。他赞成四七社早期实践过的工作坊讨论，拒绝让媒体搭台唱戏。他直接对赖希-拉尼茨基发话道："克拉根福和这场活动——它有多么成问题我们暂且不谈。它很成问题，最初的几天里这一点就一清二楚地体现出来了，而且成了众矢之的。但我们必须好好利用本就不多的机会。所以，我觉得您也应该给出无懈可击的评语。不过，这也只是很多看法中的一种。媒体报道我们的大会时，也爱谈论主导作用，谈论评判时的权力等级。最近我们好像有种义务，在给一本书作出评语的时候从关于它的各种俏皮话里挑一种来用。这些报纸对大会的报道只会给作者们造成难受、羞耻之类的感觉。来过这里的年轻人——尤其是作家，至少应该亲身感受到这里的一切还是有人情味的。"[28]

但是赖希-拉尼茨基早已不受这些反对意见的困扰，而且新闻史最终会站在他那一边。他的一番话斩钉截铁，对公众影响很大："您想教育作家们，培养他们，帮助他们。而我不想教育作家们，我相信自己也根本干不来这种事。您为作家们写文章，而我为读者写文章。我来这儿不是为了给作家们上课，告诉他们该怎么把自己的事儿做得更好。您得对这些文学作品说点儿什么，说说您的看法和理由。

还得说得有凭有据。我们的表态对作家们是否有用，只是个次要的问题。”[29]

作品评论与媒体评论分道扬镳。马塞尔·赖希–拉尼茨基的所作所为是推动这种分化的最大力量。克拉根福的赛事全程都拍了
435 电视，作品朗读和讨论现场很快就不加删节地播出了。十年之后的1988年，赖希–拉尼茨基离开了克拉根福，在德国电视二台创办了《文学四重奏》节目，终于攀上了他的媒体事业顶峰。文学在电视节目中一直是个另类，现在第一次完完全全地与马塞尔·赖希–拉尼茨基的形象融合在了一起，赖希–拉尼茨基本身就是媒体。

在《文学四重奏》里，角色是固定的，就像一出情景喜剧。赖希–拉尼茨基扮演老大和家长，西格丽德·罗夫勒与他演对手戏，时不时唱唱反调。赫尔穆特·卡拉塞克作为丑角来串场。这三人是一个配合默契的团队。第四个人是嘉宾，这个人的戏不好唱。《文学四重奏》绝对没有制造出更多懂文学的人，但它却在文学爱好者圈子里获得了话语权。

辩证地看，评论家马塞尔·赖希–拉尼茨基是奇异的。一方面，他将评论家们武装成能够登上各种媒体的秀场生力军。另一方面，
436 对于那些不满足于善恶黑白两分法的评论形式，他越来越不加掩饰地予以贬抑。赖希–拉尼茨基将评论家吹成了个大稻草人，同时又撤了他。肥皂泡爆了。埃尔克·海登赖希顺理成章地接过了他的衣钵，成了德国电视二台文学节目的头牌。她将自己的节目命名为“阅读吧！”并继续在他打好的地基上添砖加瓦。她对“阅读者”极尽推崇，却没有继续好好扮演“评论家”的角色。她已经更进一步，宣称：“我不搞文学评论！真好笑，报纸的文艺副刊总是责怪我现在不搞文学评论——是呀，对，不搞了！也根本不该搞！应该搞新书推荐！每年新出版8万多本书，没有人了解这么多书！可我了解，因为我读书非常多，因为所有出版社都以我为榜样，因为我从书目里挑选

人们可能会喜欢的书，这些书不是主流，不是浅薄的废话，也不是罗莎蒙德·皮尔彻那种书，而是一个讲得精彩的故事，能让人们欣然重拾阅读的乐趣！因为我们的文艺副刊评论文学过于严肃，有时候太过复杂，以至于人们会想：要是我读不懂评论，也就读不懂这本书！所以要埃尔克来，好把这些弄明白！"[30]

埃尔克·海登赖希就这样武断地定义了媒体的先锋作用——并为一种全新而自觉的文学话语扫清了道路，将评论和小众团体活动晾在了一边。这种模式服务于成年的消费主义市民。电视是这种模式中的首选媒体。

四七社留给后人的，并不是它的社会政治取向或它所主张的作家的铁肩道义。而是与它同始终的文学活动的"事件化"，是在推广、介绍和接受文学的过程中不可避免的市场化设计。文学之外的标准对新模式的产生和发展所起的作用也不可小觑。作家们来了又去了，但 437
关键人物和服务者一直没变。公开朗读、对话主持人、集体讨论这些形式在德国经历了不可思议的繁荣，使德国的文化结构甚至与欧洲同等水平国家相比也颇为不同。直到1967年，全年的重点都集中在那三天上，而今天，那些重点已经铺散在全国、全年中的每一天：在科隆文学节那样熙熙攘攘的市场上，充斥着各种各样的活动海报，有大而全者，如埃尔朗根诗歌节，会在啤酒帐篷中评介本季热点图书；也有小而精者，如弗莱堡的文学谈话。是四七社这个难以定论的作家联合体教人们学会了这一切，如今人们在庆典、场馆、多功能厅、俱乐部里举行的朗读会上，当然还有电视文学节目里所熟知的一切，都是从四七社学来的——这一层关系虽然从人们的视野中消失了，但又正是它，突然照亮了这个自发性团体的意义。当这个团体1947年在巴恩瓦尔德湖畔一位特立独行而又超越现实的女诗人家里初会时，它对以后的事浑然不知。不论过去还是现在，人总是不可避免地会遭遇某种困境，这种困境在文学作品中会突然地显现出来，而这也正体现出文学的影响力。

# 致　谢

感谢迈克·阿尔巴特、海因茨·路德维希·阿诺尔德、赖因哈德·鲍姆加特、于尔根·贝克尔、彼得·布劳恩、汉斯·克里斯托夫·布赫、萨碧娜·科法拉、弗里德里希·克里斯蒂安·德利乌斯、卢茨·迪特里希、米罗·多尔、米亚姆·艾希、君特·格拉斯、彼得·哈姆、伊达·海森比特尔、托马斯·扬克、约阿希姆·凯泽、约阿希姆·莱泽、雷娜特·冯·曼戈尔特、托马斯·拉特瑙、克劳斯·施蒂勒、克劳斯·弗尔克尔、克劳斯·瓦根巴赫、迪特尔·韦勒斯霍夫、埃内斯特·魏希纳、罗兰德·H.维根施泰因、安德烈亚斯·维尔滕松、汉斯·迪特·齐默尔曼给我的帮助，很多人和我进行了多次深入的交谈。

同样感谢以下公共机构给我极大的支持：柏林艺术科学院档案馆、达姆施塔特德意志语言与文学创作协会档案馆、马尔巴赫德国文学档案馆、苏尔次巴赫-罗森贝格文学档案馆、达姆施塔特大学及州立图书馆以及德国广播电台、黑森广播电台、西南广播电台、法兰克福德意志广播电台档案馆的有声材料档案馆。

# 注　释

## 引言：位于市场、权力和媒体之间的文学

1 1976年6月13日，海因茨·路德维希·阿诺尔德与赫尔穆特·海森比特尔在哥廷根的谈话。录音材料。

2 Joachim Kaiser: Von der Gruppe 47 zu 491. 载：Süddeutsche Zeitung, 1964年9月26日。

3 Martin Mosebach: Fräulein Laura wollte niemand hören. Rede über den deutschen Roman. 载：Frankfurter Allgemeine Zeitung, 2011年9月21日。

4 Günter Blöcker: Gedichte als graphische Gebilde. 载：Der Tagesspiegel, 1959年10月11日。

5 Hans Egon Holthusen: Das verzweifelte Gedicht. »Die Niemandsrose«–nach vier Jahren ein neuer Lyrikband von Paul Celan. 载：Frankfurter Allgemeine Zeitung, 1964年5月2日。

6 Hans Magnus Enzensberger: Bewusstseinsindustrie. 见：ders.: Einzelheiten. 美因河畔法兰克福，1962年，第15页。

7 Joachim Leser/Georg Guntermann（主编）: Brauchen wir eine neue Gruppe 47? 55 Fragebögen zur deutschen Literatur. 波恩，1995年。

8 Hermann Kinder: Der Mythos von der Gruppe 47. 埃京根，1991年。

9 Literatur im Foyer.《文学会客室》，卫星三台电视节目，2011年7月5日。

## 序幕：巴恩瓦尔德湖的魔女

1 Biographische Angaben nach Auskunft von Peter Braun, Universität Jena.

2 转引自：Der Skorpion. 影印件，哥廷根，1991年。

3 Nicolaus Sombart: Pariser Lehrjahre 1951–1954. 汉堡，1995年，第254页。

4 转引自：Reinhard Lettau（主编）: Die Gruppe 47. Ein Handbuch. Bericht, Kritik, Polemik. 新维德，1967年，第126页。

5 Gerhard Köpf: Innerfern. Roman. 美因河畔法兰克福，1983年，第59页。

6 转引自：Der Skorpion. 影印件，1991年。

7 转引自：Jürgen Schutte（主编）：Dichter und Richter. Die Gruppe 47 und die deutsche Nachkriegsliteratur. 艺术学会展览目录。柏林，1988年。

8 Heinz Ludwig Arnold: Die Gruppe 47. 赖恩贝克，2004年，第34、35页。

9 Hans Werner Richter: Bruchstücke der Erinnerung. 见：Literaturmagazin 7: Nachkriegsliteratur, hg. von Nicolas Born und Jürgen Manthey. 赖恩贝克，1997年，第135、136页。

10 Lettau（主编）：Die Gruppe 47，第23页。

11 转引自20世纪70年代的一份手稿。柏林经济和法律高校档案馆。

12 Ruth Rehmann: Ferne Schwester. Roman. 慕尼黑，2009年，第55页。

13 Gerhard Köpf: Innerfern，第54页。

14 Lettau（主编）：Die Gruppe 47，第53页。

## 第一章："我们期待，耶稣基督，在黑暗的岁月里。"

1 Robert Minder: Soziologie der deutschen und der französischen Lesebücher. 见：Minotaurus, hg. von A. Döblin. 威斯巴登，1953年，第17页。

2 Gertrud von le Fort: Den Heimatlosen. Drei Gedichte. 慕尼黑，1946年（未标记页数）。

3 Rudolf Alexander Schröder: Die geistlichen Gedichte. 美因河畔法兰克福，1949年，第9页。

4 Irmgard Keun 1905 /2005. Deutungen und Dokumente, hg. von Stefanie Arend und Ariane Martin. 比勒弗尔德，2005年，第296页。

5 Otto Flake, 载：Badener Tagblatt, 1945年12月8日。转引自：达姆施塔特德意志语言与文学创作协会档案馆。

6 转引自：Franz Schonauer: Deutsche Literatur im 3. Reich. Versuch einer Darstellung in polemisch-didaktischer Absicht. 奥尔滕，1961年，第168–175页。

7 Thomas Mann: Brief an Otto Basler vom 25. August 1949. 见：Thomas Mann: Briefe III, 1948–1955, hg. von Erika Mann. 美因河畔法兰克福，1979年。

8 转引自：Ernst Klee: Das Kulturlexikon zum Dritten Reich. Wer war was vor und nach 1945. 美因河畔法兰克福，2007年，第265页。

9 Hans Egon Holthusen: Tradition und Ausdruckskrise. Der Lyriker Rudolf Alexander Schröder. 载：Merkur, 1952年第51期。

10 Mann: Brief an Otto Veit vom 24. März 1950. 见：Thomas Mann: Briefe III, 1948–1955.

11 转引自：Wolfgang Beyer /Monica Ladurner: Im Swing gegen den Gleichschritt. Die Jugend, der Jazz und die Nazis. 萨尔茨堡，2011年，第48页。

12 Frank Thiess: Erziehung zur Freiheit. Abhandlungen und Auseinandersetzungen. 维也纳，1929年，第15页。

13 马尔巴赫德国文学档案馆。
14 同上。
15 维也纳奥地利国家档案馆。
16 根据马尔巴赫德国文学档案馆的一份手稿。
17 慕尼黑Thomas Jancke档案馆。
18 达姆施塔特德意志语言与文学创作协会档案馆。
19 马尔巴赫德国文学档案馆。
20 达姆施塔特德意志语言与文学创作协会档案馆。
21 Klaus Briegleb: Missachtung und Tabu. Eine Streitschrift zur Frage: »Wie antisemitisch war die Gruppe 47?«. 柏林/维也纳,2003年,第12页。
22 Gottfried Benn: Briefe an F. W. Oelze, Band 1: 1932–1945. 美因河畔法兰克福,1982年,第39页。
23 同上,Band 2: 1945–1949,第13页。
24 同上,第88页。
25 同上,第34页。

## 第二章:"被世界历史唾弃。"

1 转引自:Erich Embacher: Hans Werner Richter. Zum literarischen Werk und zum politisch-publizistischen Wirken eines engagierten deutschen Schriftstellers. 美因河畔法兰克福,1985年,附录。
2 Rhys W. Williams: Deutsche Literatur in der Entscheidung. Alfred Andersch und die Anfänge der Gruppe 47. 见:Justus Fetscher /Eberhard Lämmert /Jürgen Schutte(主编): Die Gruppe 47 in der Geschichte der Bundesrepublik. 维尔茨堡,1991年,第30页。
3 Stephan Reinhardt: Alfred Andersch. Eine Biographie. 苏黎世,1990年,第118页。
4 转引自:Volker Wehdeking: Der Nullpunkt. Über die Konstituierung der deutschen Nachkriegsliteratur (1945–1948) in den amerikanischen Kriegsgefangenenlagern. 斯图加特,1971年,第90页。
5 Hans Werner Richter: Wie entstand und was war die Gruppe 47? 见:Hans Werner Richter und die Gruppe 47. Mit Beiträgen von Walter Jens u. a., hg. von Hans A. Neunzig. 慕尼黑,1979年,第44页。
6 Reinhardt: Alfred Andersch,第122页。
7 同上,第124页。
8 同上。
9 Richter: Wie entstand und was war die Gruppe 47? 第53页。
10 Hans Werner Richter: Im Etablissement der Schmetterlinge. 21 Portraits aus der Gruppe 47. 慕尼黑/维也纳,1986年,第29、30页。

11 Hans Werner Richter(主编): Almanach der Gruppe 47. 1947−1962. 赖恩贝克,1962年,第8页。
12 Der Ruf,1947年3月15日。
13 同上。
14 同上。
15 Gustav René Hocke: Deutsche Kalligraphie oder Glanz und Elend der modernen Literatur. 载: Der Ruf,1946年11月15日。
16 Ruf der Jugend. Treffen 25. bis 29. Juli 1947 in Altenbeuern /Hinterhör. Stahlberg Verlag,卡尔斯鲁厄,1947年。
17 Richter: Bruchstücke der Erinnerung,第137页。
18 Richter(主编): Almanach der Gruppe 47,第19页。
19 50 Jahre Gruppe 47. Deutschlandradio,1997年5月26日。
20 Richter: Wie entstand und was war die Gruppe 47? 第81−83页。
21 Lettau(主编): Die Gruppe 47,第21页。
22 Sombart: Pariser Lehrjahre 1951−1954,第253页。
23 Richter: Wie entstand und was war die Gruppe 47? 第84页。

## 第三章: 军人阶层和香槟酒的紫铜味道

1 Reinhardt: Alfred Andersch,第152页。
2 Walter Kolbenhoff: Schellingstraβe 48. Erfahrungen mit Deutschland. 美因河畔法兰克福,1984年,第180页。
3 Alfred Andersch: Amriswiler Rede auf Ernst Jünger. 载: Frankfurter Rundschau, 1973年6月16日。
4 Frank Thiess, unveröffentlichtes Tagebuch aus dem Jahr 1945. 马尔巴赫德国文学档案馆。
5 马尔巴赫德国文学档案馆。
6 Ernst Jünger: Annäherungen. Drogen und Rausch. Stuttgart 1970, 转引自: Taschenbuchausgabe. 慕尼黑,1990年,第368、369页。
7 阿尔弗雷德·安德施在西南广播电台的广播手稿,1949年。
8 Sabine Pamperrien: Die böse Mutter der Gruppe 47. 载: taz, 2007年2月28日。
9 转引自: Arnold: Die Gruppe 47,第137页。
10 Klaus Harpprecht: Arletty und ihr deutscher Offizier. Eine Liebe in Zeiten des Krieges. 美因河畔法兰克福,2011年,第139页。
11 Hans Jürgen Soehring: Cordelia. Erzählungen. 慕尼黑,1947年, 第180、181页。
12 同上,第188页。
13 同上,第194、195页。

14 同上，第237页。

15 Hans Jürgen Soehring: Schnitt in die Natur. 见：Richter（主编）：Almanach der Gruppe 47，第140页。

16 Heinz Friedrich，德国广播电台，1997年5月26日。

## 第四章："你们醒来吧，你们的梦想很糟糕！"

1 Richter: Wie entstand und was war die Gruppe 47? 第95页。

2 Lettau（主编）：Die Gruppe 47，第55页。

3 Barbara König, 载：Sprache im technischen Zeitalter, 1988年第106期，第73页。

4 Hörerreaktionen auf Träume. 见：Peter Walther（主编）：Günter Eich 1907–1972. Nach dem Ende der Biographie. 柏林，2000年，第65页。

5 同上，第63页。

6 Günter Eich: Träume. 见：ders.: Gesammelte Werke, Band 2. 美因河畔法兰克福，1991年，第360、361页。

7 Walther（主编）：Günter Eich 1907–1972，第66页。

8 同上，第68页。

9 Eich, Träume，第383、384页。

10 Walther（主编）：Günter Eich 1907–1972，第11页。

11 Günter Eich: Bemerkungen über Lyrik. Eine Antwort an Bernhard Diebold (1932). 见：ders.: Gesammelte Werke, Band 4. 美因河畔法兰克福，1991年，第459页。

12 同上，第275页。

13 Günter Eich: Rebellion in der Goldstadt. Tonkassette, Text und Materialien, hg. von Karl Karst. 美因河畔法兰克福，1997年，第56页。

14 同上，第60页。

15 Günter Eich: Gesammelte Werke, Band 1. 美因河畔法兰克福，1973年，第35页。

16 同上，第37页。

17 Günter Eich: Schlafpulver oder Explosivstoff? 见：ders.: Gesammelte Werke, Band 4，第481页。

18 同上，第482页。

19 转引自：Axel Vieregg: Der eigenen Fehlbarkeit begegnet. Günter Eichs Realitäten 1933–1945. 埃京根，1993年，第6页。

20 Gerd Krogmann和Klaus Schöning的广播采访，1964年。见：Eich: Gesammelte Werke, Band 4，第498页。

21 Rede vor den Kriegsblinden 1953. 见：Eich: Gesammelte Werke, Band 4，第612页。

22 Die Mädchen aus Viterbo. In: Eich: Gesammelte Werke, Band 4，第739页。
23 Vorbemerkung zu dem Hörspiel »Ein Traum am Edsin-gol« (1950). 见：Eich: Gesammelte Werke, Band 4，第487页。
24 Rede zur Verleihung des Georg-Büchner-Preises 1959. 见：Eich: Gesammelte Werke, Band 4，第627页。
25 Frankfurter Allgemeine Zeitung，1957年2月20日。
26 Rede zur Verleihung des Georg-Büchner-Preises 1959，第626、627页。

## 第五章：锲而不舍的新手

1 Lettau（主编）：Die Gruppe 47，第35页。
2 Hans Werner Richter（主编）：Deine Söhne, Europa. 慕尼黑，1947年，前言，第7页。
3 Lettau（主编）：Die Gruppe 47，第47页。
4 同上，第49页。
5 Reinhardt: Alfred Andersch，第159页。
6 Lettau（主编）：Die Gruppe 47，第40页。
7 美国占领区广播电台，1955年。
8 自由柏林广播电台的电视访谈，1962年。
9 Richter: Wie entstand und was war die Gruppe 47? 第85、86页。
10 Hans Werner Richter: Die Geschlagenen. 慕尼黑，1949年，第459页。
11 Friedrich Sieburg: Das Kriegsbuch. 载：Die Gegenwart,1949年8月1日。
12 Richter: Wie entstand und was war die Gruppe 47? 第90页。
13 Interview mit Hans Werner Richter. 见：Volker Wehdeking: Anfänge westdeutscher Nachkriegsliteratur. 亚琛，1989年，第185页。
14 Brief an Rolf Schroers, 31.3.1952. 见：Hans Werner Richter: Briefe, hg. von Sabine Cofalla. 慕尼黑，1997年，第140页。
15 转引自：Dichter und Richter，第205页。
16 Oskar Jancke: Was würde René Schickele dazu sagen? 载：Neue Literarische Welt, 1952年3月25日。
17 Brief an Hermann Kesten, 13.12.1951. 见：Mann: Briefe III, 1948—1955，第235页。
18 Richter: Briefe，第169页。
19 2007年4月18日与Joachim Kaiser的谈话。
20 Richter: Wie entstand und was war die Gruppe 47? 第90页。
21 同上，第92页。
22 Lettau（主编）：Die Gruppe 47，第36页。
23 同上，第43页。
24 所有关于Andersch的生平细节可参看：Reinhardt: Alfred Andersch。

25 同上，第188页。
26 同上，第208页。
27 Willi Winkler: IM Deutschland. 载：Süddeutsche Zeitung, 2008年4月12日。
28 Reinhardt: Alfred Andersch，第201页。
29 Brief an Alfred Andersch, 4.4.1953. 马尔巴赫德国文学档案馆。
30 Alfred Andersch: Die Kirschen der Freiheit. 美因河畔法兰克福，1952年，第76页。
31 Williams: Deutsche Literatur in der Entscheidung，第38页。
32 马尔巴赫德国文学档案馆。
33 马尔巴赫德国文学档案馆。
34 Brief an Alfred Andersch, 22.11.1952. 马尔巴赫德国文学档案馆。
35 Brief an Ernst Jünger, 20.3.1953. 马尔巴赫德国文学档案馆。
36 W. G. Sebald: Der Schriftsteller Alfred Andersch. 见：ders.: Luftkrieg und Literatur. Mit einem Essay zu Alfred Andersch. 慕尼黑/维也纳，1999年，第121–160页。
37 Jörg Döring /Rolf Seubert: Behält der Literaturpfaffe doch das letzte Wort? 载：Frankfurter Allgemeine Zeitung，2008年8月19日。
38 Johannes Tuchel: Alfred Andersch im Nationalsozialismus. 见：Marcel Korolnik / Annette Korolnik-Andersch（主编）：Sansibar ist überall. Alfred Andersch. Seine Welt – in Texten, Bildern, Dokumenten. 慕尼黑，2008年，第30–41页。
39 Rolf Seubert: »Mein lumpiges Vierteljahr Haft ...« Alfred Anderschs KZ-Haft und die ersten Morde von Dachau. Versuch einer historiographischen Rekonstruktion. 见：Döring, Jörg/Joch, Markus（主编）：Alfred Andersch »revisited«: Werkbiographische Studien im Zeichen der Sebald-Debatte. 柏林，2011年，第47–146页。

## 第六章：卡夫卡小姐

1 2007年4月18日与约阿希姆·凯泽的谈话。
2 Heinrich Vormweg: Der andere Deutsche. Heinrich Böll–eine Biographie. 科隆，2000年，第150页。
3 同上，第134页。
4 Heinrich Böll. Der Zug war pünktlich. Erzählung. Opladen 1949, 转引自：Taschenbuchausgabe. 美因河畔法兰克福/柏林，1964年，第41页。
5 Hermann Lenz: Ein Fremdling. Roman. 美因河畔法兰克福，1983年，第81–82页。
6 Lettau（主编）：Die Gruppe 47，第58页。
7 转引自：同上，第68页。

8 同上，第64页。
9 Hans Werner Richter: Im Etablissement der Schmetterlinge. 21 Porträts aus der Gruppe 47 (1986). 柏林，2004年，第15页。
10 同上，第11页。
11 Lettau（主编）: Die Gruppe 47，第69页。
12 同上，第76页。
13 同上，第77页。
14 Richter: Im Etablissement der Schmetterlinge，第19页。
15 同上，第16页。
16 Ingeborg Bachmann /Paul Celan: Herzzeit. Der Briefwechsel. 美因河畔法兰克福，2008年，第49页。
17 Paul Celan: Mohn und Gedächtnis. Gedichte. 斯图加特，1952年，第44页。又见：Richter（主编）: Almanach der Gruppe 47，第155页。
18 Paul Celan /Gisèle Celan-Lestrange: Briefwechsel. 美因河畔法兰克福，2001年，第22页。
19 1976年10月15日瓦尔特·延斯与海因茨·路德维希·阿诺尔德的谈话。录音材料。
20 克拉皮尔，卒于1956年，在战后是法国政府的文化官员，致力于德国与法国的文化交流。他主编杂志《文献》，大力介绍德国当代文学，他也参加了四七社的好几次聚会。
21 Hans Werner Richter: Mittendrin. Die Tagebücher 1966–1972. 慕尼黑，2012年，1970年5月7日。
22 佚名：Allenfalls belächelnswert. 载：Der Spiegel, 1952年第36期。
23 里希特档案，柏林学会。
24 马尔巴赫德国文学档案馆。
25 里希特档案，柏林学会。
26 Alexander Block: Die Zwölf. Deutsch von Paul Celan. 美因河畔法兰克福，1958年（未标记页数）。
27 Paul Celan /Klaus und Nani Demus: Briefwechsel. 美因河畔法兰克福，2009年，第100页。
28 同上，第101、102页。
29 Heinrich Böll: Auferstehung des Gewissens. 载：Kölner Rundschau，1954年4月15日。
30 Celan /Celan-Lestrange: Briefwechsel，第15页。
31 Paul Celan: Briefwechsel mit den rheinischen Freunden. Heinrich Böll, Paul Schallück und Rolf Schroers, hg. von B. Wiedemann. 柏林，2011年，第29页。
32 同上，第143页。

33 同上，第41页。
34 同上，第125页。
35 同上，第183页。
36 同上，第227–229页。
37 同上，第453页。
38 同上，第451页。
39 Günter Blöcker: Gedichte als graphische Gebilde. 载：Der Tagesspiegel，1959年10月11日。
40 1996年5月17日与君特·格拉斯的谈话。录音材料。
41 同上。
42 Richter: 美国占领区广播电台，1955年。
43 2007年4月18日与约阿希姆·凯泽的谈话。
44 Milo Dor /Reinhard Federmann: Internationale Zone. Roman. 居特斯洛，年代不详，第87页。
45 1999年5月与米罗·多尔的谈话。
46 Richter: Im Etablissement der Schmetterlinge，第49页。
47 2010年10月与彼得·哈姆的谈话。
48 Richter: Im Etablissement der Schmetterlinge，第53页。
49 Ingeborg Bachmann: Die Radiofamilie. 柏林，2011年，第59页。
50 同上，第276页。
51 Ingeborg Bachmann: Gruppe 47 (Titel von den Herausgebern). 见：dies.: Werke, hg. von Christine Koschel, Inge von Weidenbaum und Clemens Münster. 慕尼黑/苏黎世，1982年，第四卷，第325页。
52 德国电视二台录像，2007年6月。
53 Albert Vigoleis Thelen: Meine Heimat bin ich selbst. Briefe 1929–1953. 科隆，2010年，第463、464页。
54 Richter: Briefe，第197页。

## 第七章：直来直去

1 Chunhun Hu: Vom absoluten Gedicht zur Aporie der Moderne. Studien zum Literaturbegriff in der Bundesrepublik Deutschland der 50er Jahre. 维尔茨堡，2004年，第122–192页。
2 Die Literatur. Blätter für Literatur, Film, Funk und Bühne, hg. von H. W. Richter. 斯图加特，1952年3月15日。
3 Goethepreis-Reaktionen auf Thomas Mann. 美因河畔法兰克福城市历史研究所。
4 Schillerpreis-Reaktionen auf Thomas Mann. 马尔巴赫德国文学档案馆。
5 Wolfgang Hildesheimer: Mit dem Bausch den Bogen. Zehn Glossen und

eine Grafik, hg. von Volker Jehle. 瓦姆布隆,1990年。
6 Lettau(主编): Die Gruppe 47,第56页。
7 Richter: Briefe,第140页。
8 同上,第142页。
9 转引自: Stephan Braese: »... nicht uns zugehörig« – Hermann Kesten und die Gruppe 47. 见: ders.(主编): Bestandsaufnahme. Studien zur Gruppe 47. 柏林,1999年,第192页。
10 1996年5月17日与君特·格拉斯的谈话。
11 Dichter und Richter,第8、9页。
12 转引自: Braese: »... nicht uns zugehörig«,第193页。
13 转引自: 同上。
14 转引自: 同上。
15 Uwe Johnson: Begleitumstände. Frankfurter Vorlesungen. 美因河畔法兰克福,1980年,第210–212页。
16 Bernd Neumann: Uwe Johnson. 汉堡,1994年,第443页。
17 Richter: Briefe,第336页。
18 Brief vom 7.7.1952,达姆施塔特德意志语言与文学创作协会档案馆。
19 Klaus Briegleb: Missachtung und Tabu. Eine Streitschrift zur Frage: »Wie antisemitisch war die Gruppe 47?«. 柏林/维也纳,2003年,第249页。
20 Friedrich Sieburg: Literarischer Unfug. 载: Die Gegenwart,1952年9月13日。

## 第八章:"民众必须欣喜地投身于艺术!"

1 Walter Höllerer an Günter Eich. 苏尔茨巴赫–罗森贝格文学档案馆。
2 Brief an Britting, 13.6.1953. 苏尔茨巴赫–罗森贝格文学档案馆。
3 同上。
4 米尔亚姆·艾希档案。
5 同上。
6 同上。
7 苏尔茨巴赫–罗森贝格文学档案馆。
8 Reinhardt: Alfred Andersch,第278页。
9 Wehdeking: Anfänge westdeutscher Nachkriegsliteratur,第174页。
10 Korolnik /Korolnik-Andersch(主编): Sansibar ist überall,第249、250页。
11 Alice Schmidt: Tagebuch aus dem Jahr 1955. 美因河畔法兰克福,2008年,第133页。
12 Arno Schmidt: Lesungen, Interviews, Umfragen. 巴尔克费尔德/美因河畔法兰克福,2006年,第10页。
13 Arno Schmidt: Brand's Haide. 见: ders.: Das erzählerische Werk in 8 Bänden, Band 3. 巴尔克费尔德/苏黎世,1985年,第121页。

14 Arno Schmidt: Briefwechsel mit Kollegen. 巴尔克费尔德/美因河畔法兰克福，2007年，第372页。
15 同上，第249页。
16 同上，第234、235页。
17 同上，第236页。
18 同上。
19 Wehdeking: Anfänge westdeutscher Nachkriegsliteratur，第184页。
20 Schmidt: Briefwechsel mit Kollegen，第223页。

## 第九章：节日必须到来

1 Ingeborg Bachmann: Die gestundete Zeit. Gedichte. 美因河畔法兰克福，1953年，第15页。
2 Ingeborg Bachmann /Hans Werner Henze: Briefe einer Freundschaft, hg. von Hans Höller. 慕尼黑/苏黎世，2004年，第11页。
3 Ingeborg Bachmann: Lieder von einer Insel. 见：dies.: Anrufung des Groβen Bären. 慕尼黑，1956年，第54、55页。
4 Peter Hamm: Der ich unter Menschen nicht leben kann. Auf der Suche nach Ingeborg Bachmann. 电视专题节目，1980年。
5 Bachmann /Henze: Briefe einer Freundschaft，第19、20页。
6 同上，第84页。
7 同上，第14页。
8 Reinhardt: Alfred Andersch，第222页。
9 同上，第220页。
10 同上，第248页。
11 转引自：同上，第310页。
12 同上，第317页。
13 Lettau（主编）：Die Gruppe 47，第98页。
14 同上，第99页。
15 Richter: Wie entstand und was war die Gruppe 47? 第120页。
16 Toni Richter: Die Gruppe 47 in Bildern und Texten，科隆，1997年，第60页。
17 转引自：Wolfgang Hildesheimer: Briefe, hg. von S. Hildesheimer und D. Pleyer. 美因河畔法兰克福，1999年，第56页。
18 苏尔茨巴赫–罗森贝格文学档案馆。
19 同上。
20 同上。
21 同上。
22 Richter: Im Etablissement der Schmetterlinge，第141页。

23 米尔亚姆·艾希档案。
24 苏尔茨巴赫–罗森贝格文学档案馆。
25 同上。
26 Walter Höllerer: Jetzt geht’s nach Süden zu. 见: ders.: Der andere Gast. Gedichte. 慕尼黑(年代不详),第42、43页。
27 苏尔茨巴赫–罗森贝格文学档案馆。
28 同上。
29 Walter Höllerer(主编): Welt aus Sprache. Ausstellungskatalog. 柏林, 1972年,第121页。
30 Alfred Andersch: Aus einem römischen Winter. Reisebilder. 奥尔滕/布赖斯高的弗赖堡,1966年,第37–39页。

## 第十章:“你的腰间缠绕着青藤。”

1 苏尔茨巴赫–罗森贝格文学档案馆。
2 转引自: 50 Jahre Gruppe 47. 柏林德国电台1997年5月26日节目。
3 Richter: Wie entstand und was war die Gruppe 47? 第125页。
4 苏尔茨巴赫–罗森贝格文学档案馆。
5 Klaus Wagner: Das Gedichtemachen aus dem Unbehaustsein und der Distanz. 载: Der Spiegel, 1954年第34期。
6 Lettau(主编): Die Gruppe 47, 第70页。
7 同上,第81页。
8 同上,第82页。
9 同上,第90页。
10 同上,第86页。
11 Richter: Briefe, 第175、176页。
12 同上。
13 同上。
14 Richter: 美国占领区广播电台, 1955年。
15 Heinz Friedrich in den Hessischen Nachrichten aus Kassel. 转引自: Lettau(主编): Die Gruppe 47, 第105页。
16 Tages-Anzeiger aus Regensburg, 转引自: 同上,第110页。
17 Richter: Im Etablissenment der Schmetterlinge, 第234页。
18 Dichter und Richter, 第239、240页。
19 Brief an Ernst Kreuder, 19.1.1956. 见: Richter: Briefe, 第207页。
20 同上,第229页。
21 最重要的一点,令人精疲力竭的状态和里希特其他的政治活动,尤其是“与核死亡斗争”活动,参见萨碧娜·科法拉在里希特信件评论中的详细描述。

22 Richter: Briefe，第247页。
23 Richter: Wie entstand und was war die Gruppe 47? 第123页。
24 同上，第128页。
25 Lettau（主编）: Die Gruppe 47，第126页。
26 同上。
27 同上，第127页。
28 Ingeborg Bachmann: Liebe: Dunkler Erdteil. 载：Akzente，1957年第5期。
29 Arnold: Die Gruppe 47，第88–90页。
30 Lettau（主编）: Die Gruppe 47，第124页。

## 第十一章：伴随着牛铃铛和鹿角，战后时代走到了尽头

1 Richter: Im Etablissement der Schmetterlinge，第118页。
2 Richter: Wie entstand und was war die Gruppe 47? 第140页。
3 Günter Blöcker: Rückkehr zur Nabelschnurr. 载：Frankfurter Allgemeine，1959年11月28日。又见：Gerd Loschütz（主编）: Von Buch zu Buch. Gunter Grass in der Kritik. Eine Dokumentation. 诺维德/柏林，1968年，第21、22页。
4 Gerd Loschütz（主编）: Von Buch zu Buch，第8页。
5 同上。
6 转引自：Harro Zimmermann: Günter Grass unter den Deutschen. Chronik eines Verhältnisses. 哥廷根，2006年，第80页。
7 Die Zeit，1960年1月1日。
8 Die Kultur, München, 1958年11月15日，转引自：Lettau（主编）: Die Gruppe 47，第141页。
9 Helmut Karasek: Der Knorpel im Hals. 载：Stuttgarter Zeitung，1961年11月11日。又见：Gerd Loschütz（主编）: Von Buch zu Buch. Gunter Grass in der Kritik. Eine Dokumentation. 第27、28页。
10 转引自：Gerd Loschütz（主编）: Von Buch zu Buch，第51、52页。
11 转引自：同上，第64页。
12 Richter: Briefe，第282页。
13 Lettau（主编）: Die Gruppe 47，第143页。
14 Richter: Briefe，第295页。
15 Reinhard Baumgart，转引自：Die unbequemen Dichter，北德广播电台电视专题节目，1997年。
16 Toni Richter（主编）: Die Gruppe 47 in Bildern und Texten，第78页。
17 Lettau（主编）: Die Gruppe 47，第154页。
18 同上。
19 同上。
20 同上。第248、249页。

21 转引自：Richter: Briefe，第341页。
22 同上。
23 Lettau（主编）：Die Gruppe 47，第255页。
24 Richter: Briefe，第340页。
25 同上，第312页。
26 同上，第327页。
27 Peter Rühmkorf: Die Jahre, die ihr kennt. Anfälle und Erinnerungen. Werke 2, hg. Von W. Rasch. 赖因贝克，1999年，第197、198页。
28 Lettau（主编）：Die Gruppe 47，第158页。
29 同上。

## 第十二章：巨大的棺材，巨大的矮人

1 2010年10月与彼得·哈姆的谈话。
2 Wolfgang Schwerbrock: Aus dem Familienalbum 1958. 载：Frankfurter Allgemeine Zeitung，1958年10月18日。
3 Manfred Delling: Ein Stück Wirklichkeit dieser Tage. 载：Die Welt，1958年11月29日。
4 Joachim Kaiser，载：Lettau（主编）：Die Gruppe 47，第178页。
5 关于四七社在柏林自由电台年会的档案记录，1962年。
6 Gisela Elsner/Klaus Roehler: Wespen im Schnee. 99 Briefe und ein Tagebuch, hg. von Franziska Günther-Herold und Angela Drescher。柏林，2001年，第19页。
7 Klaus Roehler: Die Würde der Nacht. Sieben Erzählungen. 慕尼黑，1958年，第61页。
8 Gisela Elsner/Klaus Roehler: Wespen im Schnee，第48页。
9 同上，第61页。
10 同上，第29页。
11 同上。
12 Klaus Roehler: Die Würde der Nacht. Sieben Erzählungen，第51页。
13 Gisela Elsner/Klaus Roehler: Wespen im Schnee，第70页。
14 同上，第96页。
15 Gisela Elsner: Die Riesenzwerge. Ein Beitrag. 赖恩贝克，1964年，第270、271页。
16 Gisela Elsner/Klaus Roehler: Wespen im Schnee，第115页。
17 同上，第167页。
18 同上，第155页。
19 同上，第132页。
20 同上，第253页。

21 同上,第250页。

22 2007年4月18日与约阿希姆·凯泽的对话。

23 Gisela Elsner/Klaus Roehler: Wespen im Schnee,第258页。

24 Lettau(主编): Die Gruppe 47,第153页。

25 Gisela Elsner: Parteilichkeit. 载: Konkret,1970年第20期。转引自: Gisela Elsner: Flüche einer Verfluchten. Kritische Schriften 1, hg. von Christine Künzel. 柏林,2011年,第10、11页。

26 Gisela Elsner: Von Flausch und Fluch der neuen Frau. 载: Stern,1984年8月11日。转引自: Gisela Elsner: Im Literarischen Ghetto. Kritische Schriften 2, hg. von Christine Künzel,柏林. 2011年,第307页。

27 Gisela Elsner/Klaus Roehler: Wespen im Schnee,第89页。

## 第十三章:"他谈到你的时候就像在说一种新的疾病。"

1 转引自: Die unbequemen Dichter: Anfang und Ende der»Gruppe 47«,北德广播电台电视专题节目,1997年。

2 Martin Walser: Brief an einen ganz jungen Autor. 载: Die Zeit, 1962年4月13日。

3 Friedrich Schlegel: J.W.Goethe, Wilhelm Meisters Lehrjahre. 载: Athenäum, 1798年第1期。转引自: Athenäum. Auswahl, hg. von G. Heinrich. 莱比锡,1978年,第123页。

4 Walter Benjamin: Zum Bilde Prousts. In: ders.: Gesammelte Schriften, hg. von R. Tiedemann und H. Schweppenhäuser. 美因河畔法兰克福, 1980年,第四卷,第319、320页。

5 Richter: Briefe,第286页。

6 同上,第326页。

7 同上,第350页。

8 同上,第361页。

9 同上,第362页。

10 同上,第367页。

11 同上,第371页。

12 同上,第369页。

13 同上,第370页。

## 第十四章: 从真实的袖子里钻出来

1 Frankfurter Allgemeine Zeitung,1960年2月11日。

2 Deutsche Zeitung,1960年12月30日。

3 苏尔茨巴赫-罗森贝格文学档案馆。

4 同上,关于柏林文学之家的任务描述。

5 Helmut Böttiger: Elefantenrunden. Walter Höllerer und die Erfindung des Literaturbetriebs. Ausstellungsbuch (unter Mitarbeit von Lutz Dittrich)。柏林,2005年,第136页。
6 同上。
7 Die Welt,1961年12月6日。
8 Helmut Böttiger: Elefantenrunden,第128页。
9 Richter: Briefe,第346页和350页。
10 Helmut Böttiger: Elefantenrunden,第191页。
11 Richter: Briefe,第406页。
12 Marcel Reich-Ranicki: Die Gruppe 47 und Er. 载:Die Zeit,1962年10月26日。
13 Friedrich Sieburg: Freiheit in der Literaturkritik. 载:Frankfurter Allgemeine Zeitung,1962年12月1日。
14 转引自:佚名:Richters Richtfest. 载:Der Spiegel,1962年第43期。
15 Walter Boehlich: Friedrich Sieburgs Unmut. 载:Die Zeit,1962年12月7日。
16 Friedrich Sieburg: Unternehmen Gartenzwerg. 载:Frankfurter Allgemeine Zeitung,1961年1月11日。
17 Brief an Burkhard Nadolny. 见:Richter: Briefe,第417页。
18 同上,第421页。
19 同上,第428、429页。
20 转引自:Lettau(主编):Die Gruppe 47,第178页。
21 转引自:同上。
22 同上,第168页。
23 Richter: Briefe,第434页。
24 Lettau(主编):Die Gruppe 47,第178、179页。
25 Peter Weiss: Das Kopenhagener Journal. Kritische Ausgabe, hg. von R. Gerlach und J. Schutte. 哥廷根,2006年。
26 自由柏林广播电台节目片段。
27 2005年5月6日与克劳斯·瓦根巴赫的谈话。
28 同上。
29 同上。
30 同上。

## 第十五章:“秘密的帝国作家协会”

1 转引自:Vaterland, Muttersprache. Deutsche Schriftsteller und ihr Staat von 1945 bis heute. 柏林,1979年,第199页。
2 Lettau(主编):Die Gruppe 47,第482页。
3 Richter: Briefe,第426、427页。

4 Vaterland, Muttersprache，第200页。

5 Richter: Briefe，第427页。

6 Lettau（主编）: Die Gruppe 47，第459页。

7 Frankfurter Allgemeine Zeitung，1963年1月21日。

8 Richter: Briefe，第446页。

9 同上，第448页。

10 Reinhard Lettau. 见：Lettau（主编）: Die Gruppe 47，第507页。

11 Richter: Briefe，第451页。

12 同上，第452、453页。

13 同上，第454页。

14 同上，第459页。

15 同上，第492页。

16 同上，第474页。

17 同上，第473页。

18 弗里茨·J.拉达茨在胡贝特·费希特的文章里是彼得·E.弗里奇。

19 克里斯蒂安·费贝尔是伊娜·赛德尔的儿子，赛德尔最为成功的作品就是长篇小说《爱子》，她在纳粹时期的所作所为后来不断被人议论。

20 Hubert Fichte: Der kleine Hauptbahnhof oder Lob des Strichs. 美因河畔法兰克福，1988年，第202、203页。

21 转引自：Gruppe 47: Ein Dokumentarbericht. 西南广播电台电视专题节目，1964年。

22 同上。

## 第十六章：兔子·刺猬·恩岑斯贝格

1 Uwe Pörksen: Nachwort. 见：Rainer Maria Gerhardt：Umkreisung. Das Gesamtwerk. 哥廷根，2007年，第516页。

2 Hans Magnus Enzensberger: An einen Mann in der Trambahn. 最早见：Hans Magnus Enzensberger: Verteidigung der Wölfe. 美因河畔法兰克福，1957年，第80页。

3 Hans Magnus Enzensberger: Literatur und Linse—und Beweis dessen, dass ihre glückhafte Kopulation derzeit unmöglich. 载：Akzente，1956年第3期。

4 同上，第207页。

5 Hans Magnus Enzensberger: Einzelheiten. 美因河畔法兰克福，1962年，第85页。

6 转引自：Lettau（主编）：Die Gruppe 47，第493页。

7 转引自：Hans Magnus Enzensberger: Einzelheiten，第173页。

8 同上，第175页。

9 Richter: Briefe，第404页。

10 同上。
11 Enzensbergers August-Lektüre. 载: Der Spiegel, 1962年第32期。
12 Richter: Briefe,第462页。
13 同上,第468、469页。
14 南德广播电台访谈节目,1976年。
15 Hans Magnus Enzensberger: Bewusstseinsindustrie. 见: ders.: Einzelheiten, 第7–15页。
16 Hans Magnus Enzensberger: Meine Lieblings-Flops, gefolgt von einem Ideen-Magazin. 柏林,2011年,第96页。
17 Hans Magnus Enzensberger: Gemeinplätze, die Neueste Literatur betreffend. 载: Kursbuch,1968年第15期,第187页。
18 同上,第196页。
19 自由柏林广播电台录音剪辑。
20 南德广播电台访谈节目,1999年。
21 南德广播电台访谈节目,1976年。
22 南德广播电台访谈节目,1999年。

## 第十七章:“这闻起来像是名牌货。”

1 Stockholmer Katalog zur Tagung der Grupper 47 in Herbst 1964. 斯德哥尔摩,1964年。
2 经济和法律高校档案馆。
3 Richter: Briefe,第521页。
4 Martin Walser: Sozialisieren wir die Gruppe 47. 载: Die Zeit, 1964年7月3日。
5 同上。
6 Richter: Briefe,第508页。
7 同上,第520页。
8 同上,第515页。
9 经济和法律高校档案馆。
10 Richter: Briefe,第535页。
11 Heinrich Böll: Angst vor der Gruppe 47? 载: Merkur, 1965年8月。转引自: Lettau(主编): Die Gruppe 47,第398页。
12 转引自: Lettau(主编): Die Gruppe 47,第194页。
13 Joachim Kaiser: Von der Gruppe 47 zu 491. 载: Süddeutsche Zeitung, 1964年9月26日。
14 转引自: Lettau(主编): Die Gruppe 47,第193页。
15 转引自: Richter: Briefe,第530页。
16 Joachim Kaiser: Üffentliche Intimität? Schwierigkeiten mit dem Mythos–

Probleme und Kontroversen im Vorfeld der Tagung 1964. In: Braese (Hg.): Bestandsaufnahme，第234页。

17 Lettau（主编）：Die Gruppe 47，第190页。

18 同上。

19 Joachim Kaiser: Von der Gruppe 47 zu 491.

20 Richter: Briefe，第530页。

21 Brief an Klaus Wagenbach, 15.6.1964. 见：Richter: Briefe，第504页。

22 Lettau（主编）：Die Gruppe 47，第201页。

23 Hans Jürgen Heise：Billard in Sigtuna. Vor dem Dichtertribunal: Erinnerung an eine Tagung der Gruppe 47 vor dreiβig Jahren. 载：Frankfurter Allgemeine Zeitung，1994年3月5日。

24 Rudorf Walter Leonhardt: Die Gruppe 47 in Schweden. Momentaufnahmen von der diesjährigen Tagung. 载：Die Zeit，1964年9月18日。

25 Lettau（主编）：Die Gruppe 47，第196页。

26 Joachim Kaiser: Von der Gruppe 47 zu 491.

## 第十八章：人生历程

1 Lettau（主编）：Die Gruppe 47，第171页。

2 2007年5月22日与于尔根·贝克尔的谈话。

3 同上。

4 转引自：柏林剧院专题论坛，2007年。

5 Hubert Fichte: Die zweite Schuld. Glossen. 美因河畔法兰克福，2006年，第36页。

6 Richter: Briefe，第533页。

7 同上，第543页。

8 同上，第559页。

9 同上，第342页。

10 同上，第347页。

11 同上。

12 同上，第348页。

13 同上，第343页。

14 Süddeutsche Zeitung, 1961年5月29日。

15 Richter: Briefe，第345页。

16 Die Zeit, 1965年7月30日。

17 同上。

18 Richter: Briefe，第568页。

19 同上。

20 Uwe Nettelbeck: Es war in jeder Weise ein gemischtes Vergnügen. Die

Tagung der Gruppe 47 im Rundfunk. 见: Die Zeit, 1965年12月3日。

21 Richter: Briefe，第582页。

22 Heinz Friedrich: Neue Züricher Zeitung, 1965. 转引自: Aufräumarbeiten. Berichte, Kommentare, Reden, Gedichte und Glossen aus vierzig Jahren. 慕尼黑，1987年，第234页。

23 Richter: Briefe，第585页。

24 Hans Christoph Buch: Viel Schnee und rauchende Köpfe. Zur Tagung der Gruppe 47 in Berlin. 载: Frankfurter Rundschau, 1965年11月27日。

25 Uwe Nettelbeck: Es war in jeder Weise ein gemischtes Vergnügen.

26 Lettau（主编）: Die Gruppe 47，第215页。

27 Hans Christoph Buch: Viel Schnee und rauchende Köpfe.

28 同上。

29 1997年3月3日与迪特尔·韦勒斯霍夫的谈话。

30 同上。

31 Nicolas Born: Briefe 1959–1979, hg. von Katharina Born，哥廷根，2007年，第9页。

32 同上，第271页。

33 同上，第284页。

34 同上，第73页。

35 同上，第274页。

36 Nettelbeck: Es war in jeder Weise ein gemischtes Vergnügen.

37 Joachim Kaiser: Spaβ am Tabus. Die Gruppe 47 tagte in Berlin. 载: Süddeutsche Zeitung, 1965年11月24日.

## 第十九章: 失能的描述

1 Walter Höllerer: Junge Amerikanische Literatur. 载: Akzente, 1959年第1期，第34页。

2 Gregory Corso/ Walter Höllerer: Junge Amerikanische Lyrik. 慕尼黑，1961年。

3 转引自Böttiger: Elefantenrunden. 第115、116页。

4 同上。

5 Walter Höllerer: Thesen zum langen Gedicht. 载: Akzente, 1965年第2期，第128页。

6 普林斯顿大学互联网主页上的录音材料。

7 Richter: Briefe，第595页。

8 转引自: Erich Kuby: Ach ja, da liest einer. 载: Der Spiegel，1966年第19期。

9 Peter Weiss: Notizbücher 1971–1980. 美因河畔法兰克福，1981年，第733页。

10 Richter: Briefe，第608、609页。
11 Erich Kuby: Ach ja, da liest einer.
12 Reinhard Lettau: Der Feind. 见：ders.: Feinde. 慕尼黑，1968年，第8页。
13 普林斯顿大学互联网主页上的录音材料。
14 同上。
15 同上。
16 同上。
17 Lettau（主编）：Die Gruppe 47，第242页。
18 Brief an Karin Kiwus, 19.12.1987. 转引自：Richter: Briefe，第598页。
19 普林斯顿大学互联网主页上的录音材料。
20 2011年1月与弗里德里希·德利乌斯的谈话。
21 2011年1月与克劳斯·施蒂勒的谈话。
22 普林斯顿大学互联网主页上的录音材料。
23 与F.C.德利乌斯的谈话。作家在他的《一生素描》中详细描述了当时的场景：当书籍还有用的时候。柏林，2012年。
24 2011年1月与克劳斯·施蒂勒的谈话。
25 2010年5月与克劳斯·瓦根巴赫的谈话。
26 同上。

## 第二十章：历史的警棍

1 Richter: Briefe，第603页。
2 Neues Deutschland，1966年4月16日，转引自：Richter: Briefe，第595页。
3 Richter: Briefe，第641页。
4 同上，第595页。
5 以下引自复印件：Gruppe 47. Die Polemik um die deutsche Gegenwartsliteratur. Eine Dokumentation, hg. von Horst Ziermann. 美因河畔法兰克福，1966年。
6 Richter: Briefe，第233页。
7 同上，第623页。
8 Alfred Andersch: Zeilen schinden für die Gruppe. 载：Sprache im technischen Zeitalter，1966年第20期，第296页。
9 Richter: Briefe，第631、632页。
10 Karl-Heinz Bohrer: Zwei Wörter und ein Schauprozess. Zum Ausgang des Streites zwischen der»Gruppe 47« und Robert Neumann. 载：Frankfurter Allgemeine Zeitung，1966年11月21日。
11 Hermann Peter Piwitt: Siebenundvierzig, siebenundvierzig, siebenundv... Nachlese zu einem Streit um eine Gruppe. 载：Die Zeit，1966年10月21日。
12 Richter: Briefe，第653页。

13 同上,第643页。
14 同上,第650页。
15 同上,第655页。
16 同上,第649页。
17 同上,第651页。
18 Vaterland, Muttersprache,第231页。
19 Richter: Briefe,第629页。
20 Uwe Johnson/Anna Grass/Günter Grass: Der Briefwechsel, hg. von Arno Barnert. 美因河畔法兰克福,2007年,第86–88页。
21 Erich Fried: Stärken und Schwächen. Die 20. Tagung der Schriftstellervereinigung Gruppe 47. 载: Frankfurter Rundschau,1967年10月10日。
22 Joachim Kaiser: Allerlei Neues aus der Pulvermühle. 载: Süddeutsche Zeitung, 1967年10月10日。
23 同上。
24 Hans Schwab-Felisch: Gedächtnistagung ohne Pathos. Die Gruppe 47 hat sich seit Princeton erholt. 载: Frankfurter Allgemeine Zeitung, 1967年10月10日。
25 Marcel Reich-Ranicki: Politik in den Pausen. Rückblick auf die diesjährige Tagung der Gruppe 47. 载: Die Zeit,1967年10月20日。
26 Erich Fried: Stärken und Schwächen.
27 转引自: 佚名: Dichter, Dichter. 载: Der Spiegel,1967年第43期。
28 Joachim Kaiser: Allerlei Neues aus der Pulvermühle.
29 广播录音剪辑。文字版略有改动, 见: Günter Eich: Maulwürfe. Prosa. 美因河畔法兰克福,1968年,第26页。

## 第二十一章: 不合时宜的庞然大物

1 Joachim Kaiser, Süddeutsche Zeitung, 1966年4月30日。转引自: Lcttau (主编): Die Gruppe 47,第225页。
2 Die Zeit,1967年10月20日。
3 Hermann Peter Piwitt: Monstrum mit Monopol? 载: Der Spiegel, 1967年第41期。
4 转引自: Schwab-Felisch: Gedächtnistagung ohne Pathos.
5 Richter: Briefe,第640页。
6 同上,第663页。
7 同上,第671页。
8 同上,第685页。
9 同上,第694页。
10 同上,第695页。

11 同上，第695、696页。
12 Richter: Mittendrin，1970年12月6日。
13 同上，1969年10月11日。
14 同上，1970年1月22日。
15 同上，1970年3月12日。
16 同上，1970年5月1日。
17 同上，1971年1月2日。
18 Fritz J. Raddatz：Sehnsucht nach Intrige wie Dialog. Über die wiederbelebte Gruppe 47. 载：Der Spiegel，1972年第20期。
19 Joachim Kaiser: Lebt die Gruppe 47 noch? H.W. Richter lud Autoren zu Lesungen und Diskussionen nach Berlin. 载：Süddeutsche Zeitung，1972年5月2日。
20 Helmut Heiβenbüttel: Ein Begräbnis erster Klasse. Schluβstrich unter ein Kapitel Literaturgeschichte. 载：Süddeutsche Zeitung，1977年9月30日。
21 Reinhard Baumgart: Ein fast zu leichtes Begräbnis. Die (vorläufig) letzte Tagung. 载：Die Zeit，1977年9月23日。
22 Joachim Kaiser: Ende nach 30 Jahren. Die letzte Tagung der»Gruppe47« in Saulgau. 载：Süddeutsche Zeitung，1977年9月20日。
23 Reinhard Baumgart: Ein fast zu leichtes Begräbnis.
24 Fritz J. Raddatz: Literatur im Gedächtnis. Die Gruppe 47 tagte auf Schloss Dobris bei Prag. 载：Die Zeit，1990年6月8日。
25 Frankfurter Allgemeine Zeitung，1977年6月21日。
26 奥地利广播电台录音剪辑。
27 同上。
28 同上。
29 同上。
30 德国广播文化频道访谈节目，2009年7月10日。

# 参考文献


Andersch, Alfred: Deutsche Literatur in der Entscheidung. Karlsruhe 1948.

Andersch, Alfred: Gruppe 47. Fazit eines Experiments neuer Schriftsteller. Radio Frank furt, 26.7.1949. In: Sprache im technischen Zeitalter 106 (1988).

Andersch, Alfred: Die Kirschen der Freiheit. Ein Bericht. Frankfurt am Main 1952.

Andersch, Alfred (Hg.): Texte und Zeichen. Eine literarische Zeitschrift. 1955–1957. Reprint-Ausgabe in drei Bänden, Frankfurt am Main o.J.

Andersch, Alfred: Aus einem römischen Winter. Reisebilder. Olten/Freiburg im Breisgau 1966.

Andersch, Alfred: Amriswiler Rede auf Ernst Jünger. In: Frankfurter Rundschau, 16.6.1973.

Arend, Stefanie/Martin, Ariane (Hg.): Irmgard Kern 1905/2005. Deutungen und Dokumente. Bielefeld 2005.

Arnold, Heinz Ludwig (Hg.): Der Skorpion. Reprint. Göttingen 1991.

Arnold, Heinz Ludwig: Die Gruppe 47 (=rororo Monographie). Reinbek 2004.

Arnold, Heinz Ludwig (Hg.): Die Gruppe 47. Ein kritischer Grundriss (=Sonderband Text + Kritik). Dritte, gründlich überarbeitete Auflage, München 2004.

Bachmann, Ingeborg: Werke in vier Bänden, hg. Von Christine Koschel, Inge von Weidenbaum und Clemens Münster. München/Zürich 1978.

Bachmann, Ingeborg/Celan, Paul: Herzzeit. Der Briefwechsel, hg. von B. Badiou, H. Höller, A. Still und B. Wiedemann. Frankfurt am Main 2008.

Bachmann, Ingeborg: Die Radiofamilie. Berlin 2011.

Bachmann, Ingeborg/Henze, Hans Werner: Briefe einer Freundschaft, hg. von Hans Höller. München/Zürich 2004.

Baumgart, Reinhard: Ein fast zu leichtes Begräbnis. Die (vorläufig) letzte Tagung. In: Die Zeit, 23.9.1977.

Benjamin, Walter: Zum Bilde Prousts. In: ders.: Gesammelte Schriften, hg. von

R. Tiedemann und H. Schweppenhäuser. Frankfurt am Main 1980. Band 4, S. 310/324.

Benn, Gottfried: Gesammelte Werke in acht Bänden, hg. von Dieter Wellershoff. Wiesbaden 1960.

Benn, Gottfried: Briefe an F. W. Oelze 1932–1956. 3 Bände, Frankfurt am Main 1982.

Berbig, Roland: 1959–Ein Jahr auf der literaturhistorischen Waage. In: Berliner Hefte zur Geschichte des literarischen Lebens 8/2008, S. 10–33.

Berbig, Roland: Am Rande der Welt. Ort des Lebens und Lebensort: Günter Eichs Geisenhausen. Sprache im technischen Zeitalter 189 (2009), S. 91–109.

Beyer, Wolfgang/Ladurner, Monica: Im Swing gegen den Gleichschritt. Die Jugend, der Jazz und die Nazis. Salzburg 2011.

Blöcker, Günter: Gedichte als graphische Gebilde. In: Der Tagesspiegel, 11.10.1959 .

Blöcker, Günter: Rückkehr zur Nabelschnur. In: Frankfurter Allgemeine Zeitung, 28.11.1959.

Blöcker, Günter: Die Gruppe 47 und ich. In: Die Zeit. 26.10.1962.

Boehlich, Walter: Friedrich Sieburgs Unmut. In: Die Zeit, 7.12.1962.

Böll, Heinrich: Der Zug war pünktlich. Erzählung. Opladen 1949.

Böll, Heinrich: Auferstehung des Gewissens. In: Kölner Rundschau, 15.4.1954.

Böttiger, Helmut: Elefantenrunden. Walter Höllerer und die Erfindung des Literaturbetriebs. Ausstellungsbuch (unter Mitarbeit von Lutz Dittrich). Berlin 2005.

Böttiger, Helmut:»Einmal muss das Fest ja kommen!« Ingeborg Bachmann und Hans Werner Henze. Deutschlandradio Kultur (=Feature»Werkstatt«), 25.6.2006.

Böttiger, Helmut: Doppelleben. Literarische Szenen aus Nachkriegsdeutschland. Begleitbuch zur Ausstellung (unter Mitarbeit von Lutz Dittrich). Göttingen/Darmstadt 2009.

Bohrer, Karl-Heinz: Zwei Wörter und ein Schauprozess. Zum Ausgang des Streites zwischen der»Gruppe 47« und Robert Neumann. In: Frankfurter Allgemeine Zeitung, 21.11.1966.

Born, Nicolas: Briefe 1959–1979, hg. von Katharina Born, Göttingen 2007.

Born, Nicolas/Manthey, Jürgen (Hg.): Literaturmagazin 7: Nachkriegsliteratur. Reinbek 1977.

Braese, Stephan (Hg.): Bestandsaufnahme. Studien zur Gruppe 47. Berlin 1999.

Briegleb, Klaus: Missachtung und Tabu. Eine Streitschrift zur Frage:»Wie

antisemitisch war die Gruppe 47?« Berlin/Wien 2003.
Buch, Hans Christoph: Viel Schnee und rauchende Köpfe. Zur Tagung der Gruppe 47 in Berlin. In: Frankfurter Rundschau 27.11.1965.
Celan, Paul: Gesammelte Werke in fünf Bänden. Frankfurt am Main 1983.
Celan, Paul: Briefwechsel mit den rheinischen Freunden. Heinrich Böll, Paul Schallück und Rolf Schroers, hg. von B. Wiedemann. Berlin 2011.
Celan, Paul/Celan-Lestrange, Gisèle: Briefwechsel. Aus dem Französischen von Eugen Helmlé, hg. von B. Badiou. Frankfurt am Main 2001.
Celan, Paul/Demus, Klaus und Nani: Briefwechsel, hg. von J. Seng. Frankfurt am Main 2009.
Cofalla, Sabine: Der»Soziale Sinn« Hans Werner Richters. Zur Korrespondenz des Leiters der Gruppe 47. Berlin 1997.
Delius, Friedrich Christian: Als die Bücher noch geholfen haben. Biografische Skizzen. Berlin 2012.
Delling, Manfred: Ein Stück Wirklichkeit dieser Tage. In: Die Welt, 29.11.1958.
Dichter und Richter. Die Gruppe 47 und die deutsche Nachkriegsliteratur Katalog zur Ausstellung in der Akademie der Künste, hg. von J. Schutte. Berlin 1988.
Döring, Jörg/Joch Markus (Hg.): Alfred Andersch»revisited«: Werkbiographische Studien im Zeichen der Sebald-Debatte. Berlin 2011.
Döring, Jörg/Seubert, Rolf: Behält der Literaturpfaffe doch das letzte Wort? In: Frankfurter Allgemeine Zeitung, 19.8.2008.
Dor, Milo/Federmann, Reinhard: Internationale Zone. Gütersloh, o.J.
Eich, Günter: Gesammelte Werke in vier Bänden. Frankfurt am Main 1973 ff.
Eich, Günter: Rebellion in der Goldstadt. Tonkassette Text und Materialien, hg. von Karl Karst. Frankfurt am Main 1997.
Elsner, Gisela: Die Riesenzwerge. Ein Beitrag. Reinbek 1964.
Elsner, Gisela: Kritische Schriften. 2 Bände, hg. von Christine Künzel. Berlin 2011.
Elsner, Gisela/Roehler, Klaus: Wespen im Schnee. 99 Briefe und ein Tagebuch, hg. von Franziska Günther-Herold und Angela Drescher. Berlin 2001.
Embacher, Erich: Hans Werner Richter. Zum literarischen Werk und zum politisch-publizistischen Wirken eines engagierten deutschen Schriftstellers. Frankfurt am Main 1985.
Enzensberger, Hans Magnus: Literatur und Linse–und Beweis dessen, dass ihre glückhafte Kopulation derzeit unmöglich. In: Akzente 3/1956.
Enzensberger, Hans Magnus: Verteidigung der Wölfe. Frankfurt am Main 1957.
Enzensberger, Hans Magnus: Einzelheiten. Frankfurt am Main 1962.

Enzensberger, Hans Magnus: Deutschland, Deutschland unter anderm. Äuβerungen zur Politik. Frankfurt am Main 1967.

Enzensberger, Hans Magnus (Hg.): Kursbuch 15. Frankfurt am Main 1968.

Enzensberger, Hans Magnus: Meine Lieblings-Flops, gefolgt von einem Ideen-Magazin. Berlin 2011.

Enzensberger, Hans Magnus/Johnson, Uwe:»fuer Zwecke der brutalen Verstaendigung«. Der Briefwechsel, hg. von H. Marmulla und C. Kröger. Frankfurt am Main 2009.

Faulstich, Werner (Hg.): Die Kultur der 50er Jahre. München 2002.

Fetscher, Justus/Lämmert, Eberhard/Schutte, Jürgen (Hg.): Die Gruppe 47 in der Geschichte der Bundesrepublik. Würzburg 1991.

Fichte, Hubert: Die Palette. Roman. Reinbek 1968.

Fichte, Hubert: der Kleine Hauptbahnhof oder Lob des Strichs. Frankfurt am Main 1988.

Fichte, Hubert: Die zweite Schuld. Glossen. Frankfurt am Main 2006.

Fischer, Ludwig (Hg.): Literatur in der Bundesrepublik Deutschland bis 1967 (= Hansers Sozialgeschichte der deutschen Literatur vom 16. Jahrhundert bis zur Gegenwart, Bd. 10). München 1986.

Fried, Erich: Stärken und Schwächen. Die 20. Tagung der Schriftstellervereinigung Gruppe 47. In: Frankfurter Rundschau, 10.10.1967.

Friedrich, Heinz: Aufräumarbeiten. Berichte, Kommentare, Reden, Geschichte und Glossen aus vierzig Jahren. München 1987.

Frisch, Max/Johnson, Uwe: Der Briefwechsel. 1964—1983, hg. von Eberhard Fahlke. Frankfurt am Main 1999.

Gansel, Carsten/Nell, Werner (Hg.):»Es sind alles Geschichten aus meinem Leben«. Hans Werner Richter als Erzähler und Zeitzeuge, Netzwerker und Autor. Berlin 2011.

Gendolla, Peter (Hg.): Die Gruppe 47 und die Medien. Siegen 1997.

Geppert, Dominik/Hacke, Jens (Hg.): Streit um den Staat. Intellektuelle Debatten in der Bundesrepublik 1960—1980. Göttingen 2008.

Gerhardt, Rainer Maria: Umkreisung. Das Gesamtwerk, hg. von Uwe Pörksen. Göttingen 2007.

Grass, Günter: Essays, Reden, Briefe, Kommentare, hg. von D. Hermes. Darmstadt 1987.

Handke, Peter: Meine Ortstafeln—Meine Zeittafeln. 1967—2007. Frankfurt am Main 2007.

Hanuschek, Sven/Hörnigk, Therese/Malende, Christine (Hg.): Schriftsteller als Intellektuelle. Politik und Literatur im Kalten Krieg. Tübingen 2000.

Harpprecht, Klaus: Arletty und ihr deutscher Offizier. Eine Liebe in Zeiten des Krieges. Frankfurt am Main 2011.

Heise, Hans-Jürgen: Billard in Sigtuna. Vor dem Dichtertribunal: Erinnerung an eine Tagung der Gruppe 47 vor dreiβig Jahren. In: Frankfurter Allgemeine Zeitung, 5.3.1994.

Hildesheimer, Wolfgang: Mit dem Bausch den Bogen. Zehn Glossen und eine Grafik, hg. von Volker Jehle. Warmbronn 1990.

Hildesheimer, Wolfgang: Briefe, hg. von S. Hildesheimer und D. Pleyer. Frankfurt am Main 1999.

Höllerer, Walter: Der andere Gast. Gedichte. München 1952.

Höllerer, Walter (Hg.): Transit. Lyrikbuch der Jahrhundertmitte. Frankfurt am Main 1956.

Höllerer, Walter: Zwischen Klassik und Moderne. Lachen und Weinen in der Dichtung einer Übergangszeit. Stuttgart 1958.

Höllerer, Walter (Hg.): Sprache im technischen Zeitalter. Kunst und Elend der Schmährede, Nr. 20/1966.

Höllerer, Walter (Hg.): Sprache im technischen Zeitalter. Neue Ansichten der Gruppe 47, Nr. 106/1988.

Höllerer, Walter/Bender, Hans (Hg.): Akzente. 1954–1973. Reprint-Ausgabe in 7 Bänden. Frankfurt am Main o. J.

Höllerer, Walter/Corso, Gregory (Hg.): Junge Amerikanische Lyrik. München 1961.

Holthusen, Hans Egon: Die Welt ohne Transzendenz. Eine Studie zu Thomas Manns»Dr. Faustus« und seinen Nebenschriften. Hamburg 1949.

Holthusen, Hans Egon: Der unbehauste Mensch. Motive und Probleme der modernen Literatur. Essays. München 1951.

Holthusen, Hans Egon: Tradition und Ausdruckskrise. Der Lyriker Rudolf Alexander Schröder. In: Merkur 51/1952.

Holthusen, Hans Egon: Das verzweifelte Gedicht.»Die Niemandsrose«–nach vier Jahren ein neuer Lyrikband von Paul Celan In: Frankfurter Allgemeine Zeitung, 2.5.1964.

Hotz, Constance:»Die Bachmann«. Das Image der Dichterin: Ingeborg Bachmann im journalistischen Diskurs. Konstanz 1990.

Hu, Chunhun: Vom absoluten Gedicht zur Aporie der Moderne. Studien zum Literaturbegriff in der Bundesrepublik Deutschland der 50er Jahre. Würzburg 2004.

Jancke, Oskar: Was würde René Schickele dazu sagen? In: Neue Literarische Welt, 25.3.1952.

Johnson, Uwe: Gast war ich gerne. Keine Mafia, sondern Tagungen meiner Innung. In: Die Zeit, 15.7.1977.
Johnson, Uwe: Begleitumstände. Frankfurter Vorlesungen. Frankfurt am Main 1980.
Johnson, Uwe/Grass, Anna/Grass, Günter: Der Briefwechsel, hg. von A. Barnert. Frankfurt am Main 2007.
Johnson, Uwe/Unseld, Siegfried: Der Briefwechsel, hg. von E. Fahlke und R. Fellinger. Frankfurt am Main 1999.
Jünger, Ernst: Annäherung. Drogen und Rausch. Stuttgart 1970.
Kaiser, Joachim: Von der Gruppe 47 zu 491. In: Süddeutsche Zeitung, 26.9.1964.
Kaiser, Joachim: Spaβ an Tabus. Die Gruppe 47 tagte in Berlin. In: Süddeutsche Zeitung, 24.11.1965.
Kaiser, Joachim: Allerlei Neues aus der Pulvermühle. In: Süddeutsche Zeitung, 10.10.1967.
Kaiser, Joachim: Lebt die Gruppe 47 noch? H. W. Richter lud Autoren zu Lesungen und Diskussionen nach Berlin. In: Süddeutsche Zeitung, 2.5.1972.
Kaiser, Joachim: Ende nach 30 Jahren. Die letzte Tagung der»Gruppe 47« in Saulgau. In: Süddeutsche Zeitung, 20.9.1977.
Kesten, Hermann (Hg.): Deutsche Literatur im Exil. Briefe europäischer Autoren 1933—1949. München 1964.
Kinder, Hermann: Der Mythos von der Gruppe 47. Eggingen 1991.
Klee, Ernst: Das Kulturlexikon zum Dritten Reich. Wer war was vor und nach 1945. Frankfurt am Main 2007.
König, Barbara: Hans Werner Richter. Notizen einer Freundschaft. München/Wien 1997.
Köpf, Gerhard: Innerfern. Roman. Frankfurt am Main 1983.
Köpf, Gerhard: Eine Asphodele. In: ders.: Die Vorzüge der Windhunde. Essays gegen das Vergessen. Tübingen 2004, S. 115—142.
Kolbenhoff, Walter: Schellingstraβe 48. Erfahrungen mit Deutschland. Frankfurt am Main 1984.
Korolnik, Marcel/Korolnik-Andersch, Annette (Hg.): Sansibar ist überall. Alfred Andersch. Seine Welt—in Texten, Bildern, Dokumenten. München 2008.
Kröll, Friedhelm: Die Gruppe 47. Soziale Lage und gesellschaftliches Bewuβtsein literarischer Intelligenz in der Bundesrepublik. Stuttgart 1977.
Kuby, Erich: Ach ja, da liest ja einer. In: Der Spiegel, Nr. 19/1966.
Kursbuch, hg. von Hans Magnus Enzensberger. 1965—1970. Reprint-Ausgabe in zwei Bänden. Frankfurt am Main o. J.
Le Fort, Gertrud von: Den Heimatlosen. Drei Gedichte. München 1946.

Lenz, Hermann, Ein Fremdling. Roman. Frankfurt am Main 1983.

Leser Joachim/Guntermann, Georg (Hg.): Brauchen wir eine neue Gruppe 47? 55 Fragebögen zur deutschen Literatur. Bonn 1995.

Leonhardt, Rudolf Walter: Was gilt die deutsche Literatur im Inland? In: Die Zeit, 26.10.1962.

Leonhardt, Rudolf Walter: Die Gruppe 47 in Schweden. Momentaufnahmen von der diesjährigen Tagung. In: Die Zeit, 18.9.1964.

Lettau, Reinhard (Hg.): Die Gruppe 47. Ein Handbuch. Bericht, Kritik, Polemik. Neuwied 1967.

Lettau, Reinhard: Feinde. München 1968.

Die Literatur. Blätter für Literatur, Film, Funk und Bühne, hg. von H. W. Richter. Stuttgart, 15.3.1952–1.11.1952.

Loschütz, Gerd (Hg.): Von Buch zu Buch. Günter Grass in der Kritik. Eine Dokumentation. Neuwied/Berlin 1968.

Mann, Thomas: Essays Ⅵ, 1945–1950. Frankfurt am Main 2009.

Mann, Thomas: Briefe Ⅲ, 1948–1955, hg. von Erika Mann. Frankfurt am Main 1979.

Marmulla, Henning: Enzensbergers Kursbuch. Eine Zeitschrift um 68. Berlin 2011.

Mayer, Hans: Woran starb die Gruppe 47? Anmerkungen zur Lage der literarischen Kritik. In: Süddeutsche Zeitung, 21.8.1971.

Minder, Robert: Remarques sur quelques nouveaux»Lesebücher«. In Minotaurus. Dichtung unter den Hufen von Staat und Industrie, hg. von A. Döblin. Wiesbaden 1953, S. 74–87.

Mosebach, Martin: Fräulein Laura wollte niemand hören. Rede über den deutschen Roman. In: Frankfurter Allgemeine Zeitung, 21.9.2011.

Nebel, Gerhard: Thomas Mann zum 75. Geburtstag. In: Frankfurter Allgemeine Zeitung, 6.6.1950.

Nettelbeck, Uwe: Es war in jeder Weise ein gemischtes Vergnügen. Die Tagung der Gruppe 47 im Rundfunk. In: Die Zeit, 3.12.1965.

Neumann, Bernd: Uwe Johnson. Hamburg 1994.

Nickel, Artur: Hans Werner Richter–Ziehvater der Gruppe 47. Eine Analyse im Spiegel ausgewählter Zeitungs- und Zeitschriftenartikel. Stuttgart 1994.

Palmstierna-Weiss, Gunilla/Schutte, Jürgen (Hg.): Peter Weiss. Leben und Werk. Frankfurt am Main 1991.

Pamperrien, Sabine: Die böse Mutter der Gruppe 47. In: taz, 28.2.2007.

Parkes, Stuart/White, John J. (Hg.): The Gruppe 47. Fifty years on. A re-appraisal of its literary and political significance. Amsterdam 1999.

Piwitt, Hermann Peter: Siebenundvierzig, siebenundvierzig, siebenundv... Nachlese zu einem Streit um eine Gruppe. In: Die Zeit, 21.10.1966.
Piwitt, Hermann Peter: Monstrum mit Monopol? In: Der Spiegel, Nr. 41/1967.
Prosaschreiben. Eine Dokumentation, hg. von Walter Hasenclever. Literarisches Colloquium Berlin, 1964.
Raddatz, Fritz J.: Sehnsucht nach Intrige wie Dialog. Über die wiederbelebte Gruppe 47. In: Der Spiegel, Nr. 20/1972.
Raddatz, Fritz J.: Literatur als Gedächtnis. Die Gruppe 47 tagte auf dem Schloss Dobříš bei Prag. In: Die Zeit, 8.6.1990.
Raddatz, Fritz J.: Unruhestifter. Erinnerungen. München 2003.
Raddatz, Fritz/Johnson, Uwe:»Liebes Fritzchen«–»Lieber Groβ-Uwe«. Der Briefwechsel, hg. von E. Wizisla. Frankfurt am Main 2006.
Rehmann, Ruth: Ferne Schwester. Roman, München 2009.
Reich-Ranicki, Marcel: Die Gruppe 47 und Er. In: Die Zeit, 26.10.1962.
Reich-Ranicki, Marcel: Gelungen und fragwürdig zugleich. Erste Bemerkung zur diesjährigen Tagung der Gruppe 47. In: Die Zeit, 13.10.1967.
Reich-Ranicki, Marcel: Politik in den Pausen. Rückblick auf die diesjährige Tagung der Gruppe 47. In: Die Zeit, 20.10.1967.
Reich-Ranicki, Marcel: Das Ende der Gruppe 47. In: Frankfurter Allgemeine Zeitung, 21.9.1977.
Reinhard, Stephan: Alfred Andersch. Eine Biographie. Zürich 1990.
Richter, Hans Werner (Hg.): Deine Söhne, Europa. Gedichte deutscher Kriegsgefangener. München 1947.
Richter, Hans Werner: Die Geschlagenen. Roman. München 1949.
Richter, Hans Werner (Hg.): Die Mauer oder Der 13. August. Reinbek 1961.
Richter, Hans Werner (Hg.): Almanach der Gruppe 47. 1947–1962. Reinbek 1962.
Richter, Hans Werner (Hg.): Bestandsaufnahme. Eine deutsche Bilanz 1962. Sechsunddreiβig Beiträge deutscher Wissenschaftler, Schriftsteller und Publizisten. München 1962.
Richter, Hans Werner (Hg.): Plädoyer für eine neue Regierung oder Keine Alternative. Reinbek 1965.
Richter, Hans Werner: Wie entstand und was war die Gruppe 47? In: Hans Werner Richter und die Gruppe 47. Mit Beiträgen von Walter Jens u.a., hg. von Hans A. Neunzig. München 1979 , S. 41–176.
Richter, Hans Werner: Im Etablissement der Schmetterlinge. 21 Portraits aus der Gruppe 47. München/Wien 1986, Neuausgabe Berlin 2004.
Richter, Hans Werner: Briefe, hg. von Sabine Cofalla. München 1997.

Richter, Hans Werner: Mittendrin. Die Tagebücher 1966–1972, hg. von Dominik Geppert in Zusammenarbeit mit Nina Schnutz. München 2012.

Richter, Toni (Hg.): Die Gruppe 47 in Bildern und Texten. Köln 1997.

Roehler, Klaus/Nitsche, Rainer (Hg.): Das Wahlkontor deutscher Schriftsteller in Berlin 1965. Versuch einer Parteinahme. Berlin 1990.

Rühmkorf, Peter: Die Jahre, die ihr kennt. Anfälle und Erinnerungen. Werke 2, hg. von W. Rasch. Reinbek 1999.

Der Ruf. Eine deutsche Nachkriegszeitschrift, hg. von Hans Schwab-Felisch. München 1962.

Ruf der Jugend. Treffen 25. bis 29. Juli 1947 in Altenbeuern/Hinterhör. Karlsruhe 1947.

Schäfer, Hans-Dieter: Das gespaltene Bewusstsein. Vom Dritten Reich bis zu den langen fünfziger Jahren. Erweiterte Neuausgabe. Göttingen 2009.

Schickel, Joachim (Hg.): Über Hans Magnus Enzensberger. Frankfurt am Main 1970.

Schlegel, Friedrich: Über Goethes Meister. In: Athenäum. Auswahl, hg. von G. Heinrich. Leipzig 1978.

Schmidt, Alice: Tagebuch aus dem Jahr 1954. Frankfurt am Main 2004.

Schmidt, Alice: Tagebuch aus dem Jahr 1955. Frankfurt am Main 2008.

Schmidt, Arno: Das erzählerische Werk in 8 Bänden. Bargfeld/Zürich 1985.

Schmidt, Arno: Lesungen, Interviews, Umfragen. Bargfeld/ Frankfurt am Main 2006.

Schmidt, Arno: Briefwechsel mit Kollegen. Bargfeld/ Frankfurt am Main 2007.

Schonauer, Franz: Deutsche Literatur im 3. Reich. Versuch einer Darstellung in polemisch-didaktischer Absicht. Olten 1961.

Schröder, Rudolf Alexander: Die geistlichen Gedichte. Frankfurt am Main 1949.

Schwab-Felisch, Hans: Gedächtnistagung ohne Pathos. Die Gruppe 47 hat sich seit Princeton erholt. In: Frankfurter Allgemeine Zeitung, 10.10.1967.

Schwerbrock, Wolfgang: Aus dem Familienalbum 1958. In: Frankfurter Allgemeine Zeitung, 18.10.1958.

Sebald, W. G.: Der Schriftsteller Alfred Andersch. In: ders.: Luftkrieg und Literatur. München 1999, S. 121–159.

Sieburg, Fiedrich: Frieden mit Thomas Mann. In: Die Gegenwart, 15.7.1949.

Sieburg, Fiedrich: Kriechende Literatur. In: Die Zeit, 14.8.1952.

Sieburg, Fiedrich: Literarischer Unfug. In: Die Gegenwart, 13.9.1952.

Sieburg, Fiedrich: Unternehmen Gartenzwerg. In: Frankfurter Allgemeine Zeitung, 11.1.1961.

Sieburg, Fiedrich: Freiheit in der Literaturkritik. In: Frankfurter Allgemeine

Zeitung, 1.12.1962.
Soehring, Hans Jürgen: Cordelia. Erzählungen. München 1947.
Sombart, Nicolaus: Pariser Lehrjahre 1951–1954. Hamburg 1995.
Thelen, Albert Vigoleis: Meine Heimat bin ich selbst. Briefe 1929–1953, hg. von U. Faure und J. Pütz. Köln 2010.
Unseld, Siegfried/Weiss, Peter: Der Briefwechsel, hg. von R. Gerlach. Frankfurt am Main 2007.
Vieregg, Axel: Der eigenen Fehlbarkeit begegnet. Günter Eichs Realitäten 1933–1945. Eggingen 1993.
Vormweg, Heinrich: Der andere Deutsche. Heinrich Böll–eine Biographie. Köln 2000.
Wagenbach, Klaus/Stephan, Winfried/Krüger, Michael (Hg): Vaterland, Muttersprache. Deutsche Schriftsteller und ihr Staat von 1945 bis heute. Berlin 1979.
Wagner, Klaus: Das Gedichtemachen aus dem Unbehaustsein und der Distanz. In: Der Spiegel, Nr. 34/1954.
Walser, Martin (Hg.): Die Alternative oder Brauchen wir eine neue Regierung? Reinbek 1961.
Walser, Martin: Brief an einen ganz jungen Autor. In: Die Zeit, 13.4.1962.
Walser, Martin: Sozialisieren wir die Gruppe 47. In: Die Zeit, 3.7.1964.
Walser, Martin: Tagebücher 1963–1973. Reinbek 2007.
Walther, Peter (Hg.): Günter Eich 1907–1972. Nach dem Ende der Biographie. Berlin 2000.
Wehdeking, Volker: Der Nullpunkt. Über die Konstituierung der deutschen Nachkriegsliteratur (1945–1948) in den amerikanischen Kriegsgefangenenlagern. Stuttgart 1971.
Wehdeking, Volker: Anfänge westdeutscher Nachkriegsliteratur. Aufsätze, Interviews, Materialien. Aachen1989.
Weigel, Sigrid: Ingeborg Bachmann. Hinterlassenschaften unter Wahrung des Briefgeheimnisses. Wien 1999.
Weiss, Peter: Notizbücher 1960–1971. Frankfurt am Main 1982.
Weiss, Peter: Das Kopenhagener Journal. Kritische Ausgabe, hg. Von R. Gerlach und J. Schutte. Göttingen 2006.
Weyrauch, Wolfgang (Hg.): Tausend Gramm. Sammlung neuer deutscher Geschichten. Hamburg 1949.
Widmer, Urs: 1945 oder die»Neue Sprache«. Studien zur Prosa der»Jüngeren Generation«. Düsseldorf 1966.
Wieland, Rainer (Hg.): Der Zorn altert, die Ironie ist unsterblich. Über Hans

Magnus Enzensberger. Frankfurt am Main 1999.

Wilson, A. Leslie: Perspective. An Encounter with the Group 47. In: Dimension 3/1987, S. 321–324.

Winkler, Willi: IM Deutschland. In: Süddeutsche Zeitung, 12.4.2008.

Wirthensohn, Andreas: Hans Werner Richter und die Gruppe 47. In: Deutsche Bücher 1/1998, S.57–64.

Zeller, Bernhard (Hg.):»Als der Krieg zu Ende war«. Literarisch-politische Publizistik 1945–1950. Marbach 1973.

Ziermann, Horst (Hg.): Gruppe 47. Die Problematik um die deutsche Gegenwartsliteratur. Eine Dokumentation. Frankfurt am Main 1966.

## 有关四七社的影片

Haffner, Sebastian: Gruppe 47: Ein Dokumentarbericht. SWF, 1964.

Wuermeling, Henrie L.: Poeten in der Pulvermühle. Die Gruppe 47 zwischen Literatur und Politik. ARD, 1967.

Schauer, Bernd: Die Gruppe 47. 1947–1972. NDR, 1972.

Reich, Gisela/Bronnen, Barbara: Dichter und Richter. Hans Werner Richter. Die Gruppe 47: Vorläufiges Schlussbild nach 30 Jahren. ARD, 1978.

Müller-Hanpft, Susanne: Wie sie wurden, was sie sind. Die Gruppe 47. ZDF, 1987.

Bornkessel, Alexander: Die unbequemen Dichter: Anfang und Ende der»Gruppe 47«. NDR, 1997.

Ammer, Andreas: Vom Glanz und Vergehen der Gruppe 47: Der Geheimbund deutschen Geistes. ARD, 2007.

## 有关四七社的录音资料

Arnold, Heinz Ludwig: Die Gruppe 47. Zwei Jahrzehnte deutscher Literatur. 2 CDs. München 2002.

Arnold, Heinz Ludwig: Maine Gespräche mit Schriftstellern. 3 mp3–CDs. München 2011.

# 四七社聚会列表

| | |
|---|---|
| 1947年9月6至7日 | 菲森附近的巴恩瓦尔德湖 |
| 1947年11月8至9日 | 乌尔姆附近的海尔林根 |
| 1948年4月3至4日 | 奥登瓦尔德山区西部的尤根海姆 |
| 1948年9月 | 上巴伐利亚罗森海姆附近的阿尔滕伯恩 |
| 1949年4月28日至5月1日 | 维尔茨堡附近的马尔克特布莱特 |
| 1949年10月14至16日 | 阿梅尔湖畔的乌廷 |
| 1950年5月12至14日 | 因茨希克芬 |
| 1951年5月4至7日 | 巴德迪尔克海姆 |
| 1951年10月18至20日 | 维尔茨海姆森林中的劳芬米勒 |
| 1952年5月23至25日 | 波罗的海边的尼恩多夫，德国西北广播电台疗养所 |
| 1952年10月31日至11月2日 | 哥廷根附近的贝尔莱普什堡 |
| 1953年5月22至24日 | 美因茨选帝侯宫 |
| 1953年10月16至18日 | 图宾根附近的贝本豪森宫 |
| 1954年4月29日至5月2日 | 圣费利切的奇尔切奥海角（意大利） |
| 1954年10月15至17日 | 罗滕费尔斯堡 |
| 1955年5月13至15日 | 柏林卢本霍恩之家 |
| 1955年10月14至16日 | 图宾根附近的贝本豪森宫 |
| 1956年10月25至27日 | 巴伐利亚州施泰恩贝格湖畔的工会大楼 |
| 1958年10月31日至11月2日 | 阿尔高地区的格罗斯霍尔茨劳特 |
| 1959年10月23至25日 | 米滕瓦尔德附近的艾尔默宫 |
| 1960年5月26至29日 | 乌尔姆设计学院（广播剧主题聚会） |
| 1960年11月4至6日 | 阿夏芬堡市政厅 |

| | |
|---|---|
| 1961年4月14至16日 | 巴登–巴登的萨斯巴赫瓦尔登(关于电视转播的聚会) |
| 1961年10月27至29日 | 吕讷堡附近的戈尔德狩猎行宫 |
| 1962年10月26至28日 | 柏林万湖湖畔的“老赌场”,后来的柏林文学之家所在地 |
| 1963年10月24至28日 | 巴登–符腾堡州绍尔高的克雷伯邮局旅馆 |
| 1964年9月9至13日 | 锡格蒂纳(瑞典) |
| 1965年11月16至21日 | 柏林文学之家 |
| 1966年4月22至24日 | 普林斯顿(美国) |
| 1967年10月5至8日 | 弗兰克施韦茨魏申费尔德附近的普尔沃米勒旅舍 |
| 1972年4月29日至5月1日 | 柏林萨姆埃尔·费舍尔以前的别墅里 |
| 1977年9月16至19日 | 巴登–符腾堡州绍尔高的克雷伯邮局旅馆 |
| 1990年5月25至27日 | 布拉格附近的多布里斯城堡 |

# 人名索引

（页码为正文边码）

## B

## C

## D



## E

## F

## G

## H

## I



## J



## K

## N



## O



## P

## Q



## R

## S

## T

## U



## V



## W

## Z

# 译后记

我与《四七社》这本书缘分匪浅。第一次看到“四七社”这个名字，是在阅读君特·格拉斯的作品评论时，因为《铁皮鼓》首次面世就是在四七社1958年的聚会上，格拉斯因此声名鹊起。在研究奥地利女作家英格博格·巴赫曼生平的时候又发现她在德国的成名也与四七社年会密不可分。同样借助四七社年会上的朗读引发各方关注的作家还有保罗·策兰、汉斯·马格努斯·恩岑斯贝格等。还有几位德语文学界重要的文学评论家，其成功也和四七社大有渊源，比如驰骋文坛几十年，被誉为“文学教皇”的拉尼茨基。“四七社奖”也一度成为作家成名的试金石。这到底是一个什么样的组织，能具有这么大的影响力，在战后德国的文学界发挥了如此重要的作用？我非常地好奇。

2014年我在歌德学院翻译资助项目的入选书单上赫然看到了赫尔穆特·伯蒂格的著作《四七社》，迅速翻阅几页之后我就产生了浓厚的兴趣。这本书资料翔实，旁征博引，对四七社的成立背景、历年来重要的聚会活动、关键性的人物等介绍得非常全面深入，语言高雅优美，叙述流畅，可读性很强。再加上大量的历史图片，对一些冲突事件细节生动的刻画，实在是让人不忍释卷。无论是研究日耳曼文学的学者，还是德语文学的爱好者，又或者是对二战后德国知识分子的生活和思想面貌感兴趣的人，都能找到各自的切入点。可惜的是这一年居然没有哪家中国出版社购买这本书的版权，也许是考虑到市场效益，毕竟读者受众面比较小。2015年的一天，我收到同为德语老师的好友发来的邮件，询问是否有兴趣翻译一本书，书名是《四七社》，我当时的心情就像是偶然寻回了失落的宝贝，简直是喜出望外，立即答应下来，赶紧联系有意出版此书的东方出版中心的编辑老师。由于那时我手里还有另外一本书的翻译任务，考虑到出版周期，于是找了北京大学的马剑老师合译。他负责正文引言、序幕、第一章到第九章，我翻译第十章到第二十一章以及后面的附录部分，包括参考文献、四七社聚会列表和人名索引。

在翻译的过程中，作为一名普通读者的乐趣渐渐让位于寻找合适中文表达的焦虑，痛苦纠结中夹杂着少许再创作的兴奋。尤其是对一些文学作品的评论性文字，德语读起来酣畅淋漓，妙趣横生，可是不少表述带有评论家强烈的个人色彩，很多词汇采用了引申义，或者是调侃、讽刺、比喻，再加上文字游戏，甚至是自创的词汇，想要在中文表述中体现原文的特点，达到相同的效果，可真是难。我常常觉得自己的中文捉襟见肘，不时得去看看中文的文学评论文章，找找灵感。

非常感谢东方出版中心的编辑，他们的认真、专业给我留下了深刻的印象。由于本书翻译的时间比较紧，难免有不尽如人意之处，还请读者谅解，希望同行们不吝赐教。当然，最大的希望就是大家和译者一样，觉得这是一本值得一读的好书。

张　晏

2017年4月

上海市版权局著作权合同登记：图字09-2015-625号



The translation of this work was financed by the Goethe-Institut China.
本书获得歌德学院（中国）全额翻译资助

图书在版编目（CIP）数据

四七社：当德国文学书写历史时/（德）赫尔穆特·伯蒂格著；张晏，马剑译．—上海：东方出版中心，2017.5（2019.5重印）

ISBN 978-7-5473-1116-5

Ⅰ．①四… Ⅱ．①赫… ②张… ③马… Ⅲ．①47社（德国）–史料 Ⅳ．①I516.095

中国版本图书馆CIP数据核字（2017）第063747号

责任编辑：张芝佳
封面设计：今亮后声 田松

四七社
DIE GRUPPE 47

出版发行：东方出版中心
地　　址：上海市仙霞路345号
邮政编码：200336
电　　话：021-62417400
印　　刷：上海盛通时代印刷有限公司
开　　本：720×1000毫米 1/16
印　　张：29.25
字　　数：386千
版　　次：2017年5月第1版 2019年5月第2次印刷
ISBN 978-7-5473-1116-5
定　　价：59.80元

---